田村俊子全集

第3巻

大正2年

【監修】黒澤亜里子
長谷川 啓

ゆまに書房

刊行にあたって

本全集は、田村俊子（一八八四～一九四五）の全作品を初出復刻の形で集成する。

大正初期に活躍した田村俊子は、一葉没後の明治三〇年代に文壇に登場し、昭和の「女流輩出時代」への道を切り拓いた、先駆的かつ重要な存在である。平塚らいてうが主宰した『青鞜』にも参加、文壇という男性中心の市場に、本格的な職業作家として参入した初めての女性作家でもある。

ただし、大正七（一九一八）年にその経歴を中断、恋人鈴木悦を追ってカナダに渡った後、一時帰国をはさんで中国で客死したこともあって、文学史的には長い間忘れられた存在だった。戦後、瀬戸内晴美（寂聴）の伝記小説『田村俊子』（文藝春秋新社、一九六一年四月）によって改めてその人生に光が当てられたが、肝心の作品を読むことが難しい状態が続いていた。

『田村俊子作品集』（全三巻、オリジン出版センター、一九八七～八八年）の刊行により、主要作品だけは容易に読めるようになったが、作家としての全盛期である大正前期に発表した「暗い空」「女優」などの長編をはじめ、多くの短編が刊本に未収録のままであり、加えて、露伴門下の佐藤露英時代の初期作品や、カナダ時代および帰国した後の昭和期の作品は、わずかな例外を除き、いまだまとまった形で刊行されたことがなかった。前述の作品集や、生前に刊行された単行本を集めても、彼女が発表した小説全体の三割程度に過ぎない。

本企画は、エッセイ、韻文等を含む全作品を調査収集し、編年体・初出復刻の形態で刊行する初の全集となる。詳細は各巻の解題、および別巻の著作年譜等にゆずるが、これまでの年譜等でも知られていなかった七〇編余の新出作品（小説、韻文、その他）を収録する。また、別巻『田村俊子研究』においては、晩年の俊子が上海で主宰・刊行していた華字女性誌『女声』の一部を資料として紹介する。

凡例

一、本全集は田村俊子の多岐にわたる著作を、編年体で纏め刊行するものである。
一、田村俊子の他、佐藤露英、露英、花房露子、俊子、田村とし子、田村露英、田村とし、田村としこ、鳥の子、とりのこ、鈴木俊子、優香里、佐藤俊子等の署名（＊上海時代を除く）がある作品を収録の対象とした。
一、復刻原本には原則として初出紙誌を使用した。
一、配列は原則として発表順とした。
一、収録にあたって、各原本を本書の判形に納めるために適宜縮小した。また、新聞連載は、三段組へのレイアウト調整を行った。
一、執筆者が複数となる雑文などについては、レイアウトの調整を行っている場合がある。
一、原則として、底本の修正は行わない。
一、アンケート回答など、著者の付した題名がない雑文に関しては、その記事名を〔　〕で括り表記した。
一、各巻には監修者による解題を付す。
一、単行本等に収録される際に、初出との異同が生じた場合には、その主な一覧を巻末に付した。
一、文中には、身体的差別、社会的差別にかかわる当時の言葉が用いられているが、歴史的資料であることを考慮し、原文のまま掲載した。

●──大正二年

「タンタジールや」『演藝倶楽部』（第2巻第1号）大正2年1月1日　3
「鈴木徳子」『趣味』（第7年第1号）大正2年1月1日　4
「遊女」『新潮』（第18巻第1号）大正2年1月1日　6
「同性の恋」『中央公論』（第28年第1号）大正2年1月1日　18
「おしの」『婦人評論』（第2巻第1号）大正2年1月1日　22
「初雪」『読売新聞』（第12809号）大正2年1月1日　31
〔昨年の藝術界に於いて〕『読売新聞』（第12811号）大正2年1月3日　33
「雪ぞら」『大阪朝日新聞』（第11112号）大正2年1月19日　34
「斯うして貰ひたい事」『演藝画報』（第7年第2号）大正2年2月1日　43
「ある令嬢に」『新婦人』（第3年第2号）大正2年2月1日　48
「かくあるべき男」（上）『中央公論』（第28年第3号）大正2年2月1日　53
「斯くあるべき男」（下）『中央公論』（第28年第4号）大正2年3月1日　59
「繍ひのどてら」『読売新聞』（第12862号）大正2年2月23日　65

「読んだもの二種」『新潮』（第18巻第3号）大正2年3月1日　67
「笑ひ顔」『ニコニコ』（第25号）大正2年3月1日　70
〔上場して見たき脚本三種〕『早稲田文学』（第88号）大正2年3月1日　74
「演劇的の興味」『時事評論』（第8巻第5号）大正2年3月20日　75
「親指の刺」『読売新聞』（第12890号）大正2年3月23日　76
「しよっぱい味のする泡鳴さんの小説」『新潮』（第18巻第4号）大正2年4月1日　78
「木乃伊の口紅」『中央公論』（第28年第5号）大正2年4月1日　79
「世界のはてからはてを遊んで歩きたい」『新潮』（第18巻第5号）大正2年5月1日　150
「青麦の戦ぎ」『現代』（第4巻第6号）大正2年6月1日　152
「揺籃」『新潮』（第18巻第6号）大正2年6月1日　156
「山吹の花」『新日本』（第3巻第6号）大正2年6月1日　177
「緑の朝」『文章世界』（第8巻第7号）大正2年6月1日　183
「柔順な良人」『新小説』（第18年第6巻）大正2年6月1日　194
「『新小説』編輯主任に」『読売新聞』（第12960号）大正2年6月1日　201
「再び新小説編輯主任に」『読売新聞』（第12965号）大正2年6月6日　202

「新富座」　『演藝画報』（第7年第7号）大正2年7月1日　203
「舞踊研究会評」　『シバヰ』（第1巻第5号〈第二次〉）大正2年7月1日　206
〈旅〉　『文章世界』（第8巻第9号）大正2年7月1日　210
「処女時代の心持」　『サンデー』（第228号）大正2年7月6日　211
〈二百号記念催能〉　『ホトトギス』（第16巻第9号）大正2年7月13日　213
「平塚さん」　『中央公論』（第28年第9号）大正2年7月15日　215
「日記」　『中央公論』（第28年第9号）大正2年7月15日　217
「嫁ぐまで」　『婦人評論』（第2巻第14号）大正2年7月15日　229
「夏の海は辛竦」　『新潮』（第19巻第2号）大正2年8月1日　238
〈名家の嗜好〉　『大阪毎日新聞』（第10773号）大正2年8月3日　239
〈書籍と風景と色と？・〉　『時事新報』（第10751号）大正2年8月9日　240
「界を隔てたる人に」　『演藝画報』（第7年第9号）大正2年9月1日　241
「町子の手紙」　『処女』（第1号）大正2年9月1日　246
「夏の晩の恋」　『サンデー』（第232号）大正2年9月7日　252
「宗之助の静緒と松蔦の玉の井と」　『処女』（第2号）大正2年10月1日　256

〔我が創作の自己批評〕『処女』（第2号）大正2年10月1日　258
「海坊主」『新潮』（第19巻第4号）大正2年10月1日　259
「現劇壇の新女優」『中央公論』（第28年第12号）大正2年10月1日　276
「憂欝な匂ひ」『中央公論』（第28年第12号）大正2年10月1日　282
「午前」『読売新聞』（第13112号）大正2年10月31日　304
「明治座合評」『歌舞伎』（第161号）大正2年11月1日　307
「歌舞伎座へ行く日」『処女』（第3号）大正2年11月1日　312
「秋の一日」『婦人評論』（第2巻第21号）大正2年11月1日　315
「頭に残つたもの」『新潮』（第19巻第6号）大正2年12月1日　325
〔大正二年、藝術界の収獲〕『時事新報』（第10873号）大正2年12月9日　327
異　同　329
解　題　黒澤亜里子　367

田村俊子全集 ― 第3巻

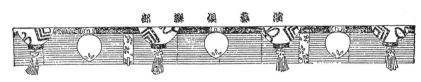

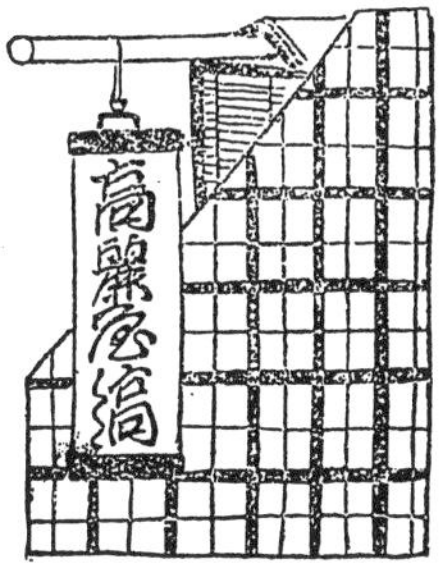

過去一年間の藝《けい》壇《だん》印《いん》象《しやう》記《き》

肅啓《しゆくけい》歳末《さいまつ》何《なに》かと御多用《ごたよう》中《ちう》甚《はなは》だ推《な》し附《つ》けがましきお願《ねが》ひには候《さふらふ》へども「演藝俱樂部《えんげいくらぶ》」の歳春紙上《さいしゆんしやう》の花《はな》と致《いた》し度候《たくさふらふ》まゝ枉《ま》げて御聴許《ごちやうきよ》被下《くだされ》候《さふらふ》上《うへ》左記《さき》の三問《もん》題《だい》御答《おんこた》へ被下度《くだされたく》懇願《こんぐわん》致《いた》し候《さふらふ》匆々《そう〳〵》頓首《とんしゆ》

一本年《ほんねん》中《ちう》にて貴下《きか》の最《もつと》も深《ふか》き印象《いんしやう》を残《のこ》されし演藝《えんげい》の種類

二其《そ》の演藝《えんげい》の題目

三其《そ》の演藝《えんげい》の演者

右《みぎ》に就《つ》き御感想《ごかんさう》なりとも御附記《ごふき》下《くだ》され候《さふらふ》はゞ尚々《なほ〳〵》幸《さいは》ひに候《さふらふ》

大正元年十二月五日

博文館

演藝俱樂部

タンタジールや

田村俊子

ずゐぶん面白《おもしろ》いと感《かん》じて觀《み》たり聞《き》いたりしたものもあつた樣《やう》ですが、只今《たゞいま》ではもうさらんぱんです——と書《か》いてゐたら不意《ふい》と『タンヂールやタンヂールや』と叫《さけ》んだ松蔦《しようてう》の聲《こゑ》らしいものが聞えました。

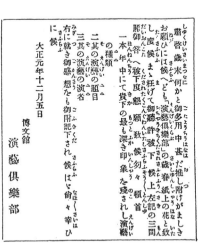

鈴木徳子

田村俊子

帝劇《ていげき》の女優《ぢよいう》のうちでは、この人《ひと》が一番藝《ばんげい》が素直《すなほ》で、そうして技術《ぎじゆつ》に熱《ねつ》と曲《きよく》がある。歌《うた》も柔《やわ》らか味《あぢ》があつて氣《き》分《ぶん》に濕《うるほ》ひがある。私《わたくし》はこの女優《ひと》が今《いま》のところでは一番《ばん》好《す》きな女優《ひと》であります。

いつたいに豐《ゆたか》な調《てう》子《し》で、その豐《リツチ》さが何《なに》を演《や》つても人《ひと》にいやな感《かん》じを與《あた》へない一《ひ》とつの徳《とく》になつてゐる。唯《たゞ》惜《を》しいのは聲《こ》

量《ゑ》のない事《こと》です。いかにも聲《こゑ》に巾《はゞ》がない。重《おも》みがない。美《うつく》しく透《す》き徹《とほ》るだけの美音《びおん》は持《も》つてゐるけれども、強《つよ》い響《ひゞ》きを人《ひと》に與《あた》へてその響《ひゞ》きで見物《けんぶつ》の胸《むね》まで戰《ふる》はせると云《い》ふだけの力《ちから》をもつてゐない。これは舞臺《ぶたい》に立《た》つ人《ひと》をして惜《を》しむべき缺點《けつてん》です。この間《あひだ》の野崎《のざき》のお光《みつ》なぞも、ずゐ分好《ぶんよ》く演《や》つてゐました。かく子《こ》が演《や》つたらあれだけの哀《あは》れみや可憐《いぢ》らしみは出《だ》せなかつたかも知《し》れず、又菊枝《またきくえ》では、あすこまでの歌舞伎《かぶき》劇風《げきふう》さへ持《も》ちこたへられなかつたかも知《し》れない。多《た》年《ねん》踊《をど》りをやつた人《ひと》だけに、形《かた》も相應《さうおう》にこなせてゐたし、初心《しよしん》ながらかど〳〵もちやんと極《きま》つてゐました。それだが聲《こゑ》に力《ちから》がないか

ら『欲《ほ》しくばお前《まへ》にやるわいなあ』の臺詞《せりふ》なども、當人《たうにん》が息《いき》を切《き》らせてゐる割合《わりあひ》に見物《けんぶつ》に響《ひゞ》かなかつた――と云《い》ふ樣《やう》な物足《ものた》りなさがちよひ〳〵あつた。

この人《ひと》の藝《げい》は素直《すなほ》で純粹《じゆんすゐ》なだけに、惡《わ》るくおさまつた厭《いや》なところがない。そこへ行《ゆ》くと律子《りつこ》のお染《そめ》なぞは少々《せう〳〵》一人《ひとり》よがりがないでもなかつた。お光《みつ》よりは三つ四つも老《ふ》けて見《み》へるほど、顔《かほ》の表情《へうじやう》もあどけないところがありませんでした。お染《そめ》らしくないお染《そめ》でした。が徳子《とくこ》の方《はう》はお染《そめ》をやつたら、振《ふ》りのたもとに北《きた》しぐれ晴間《はれま》はさらに、のあたりも、もつと見物《けんぶつ》に可愛《かあい》らしさの感激《かんげき》の涙《たみだ》をしぼらせた事《こと》だらうと思《おも》ふほど、いつたいに熱《あつ》つぽひ調《てう》子《し》をもつてゐる。お光《みつ》なぞでも尼《あま》になつてからよりは、その前半《まへはん》の方《はう》がいぢらしひほど可愛《かあ》いゝ。そうして藝風《げいふう》がのんびりして柔《やわ》らかいから、いやにこせつく點《ところ》もない。これがこの人《ひと》の何《なに》よりの生命《いのち》です。この人《ひと》のこれからの藝術《げいじゆつ》はこののんびりした豐《ゆた》かな柔《やわ》らか味《み》から生《うま》れる事《こと》でせう。私《わたし》は初《はじ》めこの人《ひと》はお孃《ぢやう》さん藝《げい》で終《をは》つてしまふかと思《おも》いましたが、近頃《ちかごろ》ではこのお孃《ぢやう》さん藝《げい》らしい上品《じやうひん》と素《す》直《なほ》さが却《かへ》つてこの後《のち》のこの人《ひと》の技藝《ぎげい》の上《うへ》に一番《ばん》いゝ價値《ねうち》をつける事《こと》になつて、男優《だんいう》で行《ゆ》けば羽左衛門《うざゑもん》だちの役者《やくしや》になるかも知《し》れないと云《い》ふ樣《やう》な感《かん》じを持《も》たせてくれました。まあ一生懸命《いつしやうけんめい》にやつて下《くだ》さい。何《なん》の彼《か》のと云《い》つてもまだ〳〵中心《ちうしん》に乘《の》り出《だ》すのは大變《たいへん》です。それでも他《ほか》の女《ひ》優《と》のやうに『もう物《もの》にならない』とあきらめて抛《はう》り出《だ》されるのが多《おほ》い中《なか》に、兎《と》に角望《かくのぞ》みをつながれてゐると云《い》ふ事《こと》は、この人《ひと》の將來《しやうらい》を最《もつと》もよい意味《いみ》に暗示《あんじ》された一《ひ》とつだと思《おも》つて私《わたし》は嬉《うれ》しく思《おも》つてゐます。せつせと勉強《べんきやう》をして下《くだ》さひ。負《ま》けないやうに。

遊女

田村とし子

この女作者の頭脳のなかは、今までに乏しい力《ちから》をさんざ絞りだし絞りだし為《し》てきた殘りの滓でいつぱいになつてゐて、もう何《ど》うこの袋を揉み絞つても、肉の付《つ》いた一と言も出てこなければ血の匂ひのする半句も食《は》みでてこない。暮れに押詰《おしつ》まつてからの頼まれものを弄《いぢ》くりまはし持ち扱ひきつて、さうして毎日机の前に坐つては、原稿紙の桝《ます》のなかに麻の葉を拵へたり立枠《たてわく》を描《か》いたりしていたづら書きばかりしてゐる。

女作者が火鉢をわきに置《お》いてきちんと坐《すわ》つてゐる座敷は二階の四疊半である。窓の外に掻きむしるやうな荒つぽい風の吹きすさむ日もあるけれ共、何《ど》うかすると張りのない艶のない呆《ぼ》やけたやうな日射《ひざ》しが拂へば消えさうに嫋々《なよ〳〵》と、開けた障子の外《そと》から覗きこんでゐつるやうな眠ぽい日もある。そんな時の空の色は何か一《ひ》と色交《ま》ざつたやうな不透明な底《そこ》の透かない光りを持つてはゐるけれども、さも、冬と云ふ權威の前にすつかり赤裸になつてうづくまつてゐる森の大きな立木《たちき》の不態《ぶざま》さを微笑してゐるやうに、やんはりと靜に膨《ふく》らんで晴れてゐる。さうしてこの空をぢつと見詰《みつ》めてゐる女作者の顏の上にも明るい微笑の影を降《ふ》りかけてくれる。女作者には然うした時の空模樣がどことなく自分の好きな男の微笑に似てゐるやうに思はれるのであつた。利口さうな圓《つぶ》らの眼の睫毛に、ついぞ冷嘲《ひやかし》の影を漂《たゞよ》はした事のない、優しい寛濶な男の微笑《ほゝえ》みに似てゐるやうに思はれてくるのであつた。

女作者は思ひがけなく懷しいものについと袖を取られたやうな心持て、目を見張つてその微笑の口許にいつぱいに自分の心を啣《くゝ》ませてゐると、おのづと女作者の胸のなかには自分の好《す》きな男に對するある感じがおしろい刷毛が皮膚にさわる樣な柔らかな刺戟でまつはつてくる。その感じは丁度、白絹に襲《かさ》なつた靑磁色の小口《こぐち》がほんのりと流れてゐるやうな、品の好いすつきりした、古《ふる》めかしい匂ひを含んだ好《す》いた感じなのである。然うするとこの女作者は出來るだけその感覺を浮氣なおもちやにしようとして、ぢつと眼を瞑《つぶ》つてその瞳子《ひとみ》の底に好いた男の面影を摘《つま》んで入《い》れて見たり、掌の上にのせて引きのばして見たり、握りしめて見たり、然《さ》もなければ今日の空のなかにその好《す》いた男のおもかげを投げ込んで、向《むか》ふに立たせて思ひつきり眺めて見たりする。こんな事で猶更原稿紙の桝のなかに文字を一《ひと》つづゝ埋める事が憶劫になつてくるのであつた。

この女作者はいつも白粉をつけてゐる。もう三十に成《な》らうとしてゐながら、隨分濃いお粧《つく》りをしてゐる。誰も見ない時などは舞臺化粧のやうなお粧《つく》りをしてそつと喜んでゐる。少《すこ》しぐらゐ身體の工合《ぐあひ》の惡るい時なら、わざ〳〵白粉をつけて床《とこ》のなかに居ようと云ふほど白粉を放す事の出來ない女なのである。おしろいを塗《つ》けずにゐる時は、何《なん》とも云へない醜いむきだしな物を身體の外側《そとがは》に引つ掛けてゐるやうで、それが氣になるばかりぢやなく、自然と放縦《はしいまゝ》な血と肉の暖《ぬく》みに自分の心を甘へさせてゐるやうな空解《そらど》けた心持になれないのが苦しくつて堪《たま》らないからなのであつた。さうしておしろいを塗《つ》けずにゐる時は、感情が妙にぎざ〳〵して、「へん」とか「へつ」とか云ふやうな眼づかひや心づかひを絶えず爲《し》てゐるやうな僻《ひが》んだいやな氣分になる。媚を失つた不貞腐れた加減になつてくる。それがこの女には何《なに》よりも恐しいのであつた。だから自分の素顔《すがほ》をいつも白粉でかくしてゐるのである。さうして頬や小鼻のわきの白粉が脂肪《あぶら》にとけて、それに物の接觸する度に人知れず匂つてくるおしろいの香を味ひながら、そのおしろいの香の染《し》みついてゐる自分の情緒を、何か彼にかに浮氣つぽく浸《ひた》し込《こ》んで、我れと我が身の媚に自分の心をやつしてゐる。

どうしても書かなければならないものが、どうしても書けない〳〵と云ふ焦《ぢ》れた日にも、この女作者はお粧《つく》りをしてゐる。また、鏡臺の前に座つておしろいを溶《と》いてる時に限つて、きつと何《なに》かしら面白い事を思ひ付くのが癖になつてゐるからなのでもあつた。おしろいが水に溶けて冷《つ》めたく指の端《はし》に觸れる時、何かしら新らしい心の觸れをこの女作者は感じる事が出來る。さうしてそのおしろいを顔に刷《は》いてゐる内に、だん〳〵と想が編《あ》まれてくる――こんな事が能《よ》くあるのであつた。この女の書くものは大概おしろいの中から生《う》まれてくるのである。だからいつも白粉の臭《くさ》みが付《つ》いてゐる。

けれどもこの頃はいくら白粉をつけても、何《なん》にも書く事が出てこない。生地《きぢ》が荒《あ》れておしろいの跡が干《ひ》破《わ》れてゐるやうに、ぬるい血汐《ちしほ》が肉のなかで渦を描《か》いてるやうなもの懐しい氣分にもなつてこない。たゞ逆上してゐて眼が充血の爲に金壺《かなつぼ》まなこの様に小《ちい》さくなつて、頬が餅細工の狸のやうにふくらまつてくるばかりである。さうして何所《どこ》にも正體がない。たゞ書く事がない、書けない、と云ふ事ばかりに心が詰《つ》まつてしまつて、耳から頸筋《くびすぢ》のまはりに蜘蛛の手《て》のやうな細長い爪を持つたやは〳〵した手が、幾本も幾本も取りついてる様なぞつとした取り詰めた思ひに息も絶へさうになつてゐる。それで今朝、この女作者は自分の亭主の前でたう〳〵泣きだして了《しま》つた。

「こんなに困つた事はありやしない。私何所かへ逃げて行きますよ。後《あと》であなたが好《い》い様に云つておいてくれるでせう。私にはもう何《ど》うしたつて一枚だつて書けないんだから。」

然うすると、火鉢の前で煙草をのんでゐたこの亭主は暫時返事をしないでゐたが、やがて、

「おれは知らないよ。」

と云つた。それが何《ど》う見ても小人らしい容嘴きかただつた。いつも私の事は私がするお世話様にやならないと云つてる口《くち》は何所《どこ》へ捨てゝきたんだと云ふ様な、いかにも小《ちい》つぽけな返報を心に疊んで、さうしてつんとありもしない腮を突き出したやうに女作者に見えた。それを見た女作者は急に自分の顔面の肉

が取れてしまつて骨だけ露出《むきだ》したやうな氣がしたが、直ぐにそれは何所《どこ》までも一本《いつぽん》に突《つ》つ通《とほ》つてゆく樣な吹《ふ》つ切《き》つた聲で、

「何《なん》ですつて。」

と云ひながら亭主の方をぢつと見た。

「おれは知らないつて云つたんだ。何《なん》だい。どれほどの物《もの》を今年になつて書いたんだ。今年《ことし》一年の間に何百枚のもの〻書いたんだ。もう書く事がないなんて君は到底駄目だよ。俺《おれ》に書かせりや今日《けふ》一日で四十枚も書いて見せらあ。何《なん》だつて書く事があるぢやないか。そこいら中《ぢう》に書く事は轉《ころ》がつてゐらあ。生活の一角《いつかく》さへ書けばいゝんぢやないか、例へば隣りの家で兄弟喧嘩をして弟が家《うち》を横領《わうりやう》して兄貴《あにき》を入《い》れないなんて事だつて直ぐ書ける。女は駄目だよ。十枚か二十枚のものに何百枚と云ふ消《け》しをしてさ。さうしてそれ程の事に十日も十五日もかゝつてゐやがる。君は偉《えら》い女に違ひない。」

男の聲は時々敷石の上を安齒《やすば》の下駄で驅け出すやうな顚狂さが交《ま》じつて、ぽん／＼と斯う云ひ續けた。

女作者の顏は眼が丸《まる》くなつて行《ゆ》くに伴《つ》れて眉毛がだん／＼に上《あ》がつて行《い》つたが、泣くどころではなくつて、失笑《ふきだ》して了《しま》つた。

「成る程さうですか。それでもあなたは物を書く人だつたんだから實に恐れ入りますよ。」

女作者はふところ手をして、自分の褄先《つまさき》を蹴りながら座敷の内を飛んで歩いた。泣いた涙が眼のはたに溜《たま》つてゐて冷々《ひや／＼》とする。自分の飛んで歩いてゐる姿が姿見の前を横に切《き》る時にちらり／＼と追羽根の

やうに映る。女作者は自分の褄先《つまさき》の赤い亂れを樂《たの》しむやうに鏡の前に行くとわざ〳〵裾をちらほらさせて眺めてゐたが、ふいと何かしら執拗《しつこ》く苛責《いぢ》めぬいてやり度い樣な氣がして來て、自分の身體のうちの何處《どこ》かの一部がぐつと收縮してくる樣な自烈度《じれつた》い心持になつた。女作者は亭主の方を向くと、いきなり其の前に齒莖《はぐき》を出した口許《くちもと》を突き付けながら、拳固《げんこ》の中指の眞中《まんなか》の節《ふし》のところでその額をごり〳〵と小《こ》突《づ》いた。

亭主は濟ましてゐた。

「ひよつとこ、ひよつとこ、盤若《はんにや》の面だ。」

然う云つても亭主は默《だま》つてゐる。女作者は自分の膝頭《ひざがしら》で亭主の脊中を突《つ》くと、立膝《たてひざ》をしてゐた亭主は、火鉢の前へ横に仆れたが、直ぐに又起き直つて小《ちい》さな長火鉢へ獅嚙《しが》み付くやうに兩手を翳して默つてゐる。

「おい。おい。おい。」

女作者は低い聲で然う云ひながら、自分の亭主の襟先を摑むと今度は後の方へ引き仆した。

「裸體《はだか》になつちまへ。裸體《はだか》になつちまへ。」

と云ひながら、羽織も着物も力《ちから》いつぱいに引き剝《は》がうとした。その手を亭主が押《お》し除《の》けると、女作者はまた男の唇のなかに手を入《い》れて引き裂くやうにその唇を引つ張つたりした。口中の濡れたぬくもりがその指先《ゆびさき》にぢつと傳はつたとき、この女作者の頭《つ・り》のうちに、自分の身も肉もこの亭主の小指の先《さ》きに揉み解《げ》される瞬間のある閃《ひら》めきがついと走つた。と思ふと、女作者は物を摑《つか》み拉《ひし》ぐやうな力《ちから》でいきなり亭主の頰を抓つた。

こんな女の病的な發作に馴れてゐる亭主は、また始つたと云ふ樣な顏をして根強《ねづよ》く默つてゐる。おなかの中では、

「何《なん》て悍婦だらう。」

と思ひながら、そつとして置くと云ふ樣な口《くち》の結びかたをして默つてゐる。女作者は、もう一度その頭《つむり》を指で小突《こづ》いてから、又二階に上がつて來た。火鉢の中の紅玉を解《と》かしたやうな火の色が灰に被《おほ》はれて、ところ〳〵ざくろの口を開いたやうな崩《くづ》れの隙《ひま》から陽炎が立つてゐる。梅の花の螺貝の入《はい》つた一閑張りの机の前に座《すわ》ると、まるで有るたけの血を淩《さら》ひ盡された後のやうに身體がげんなりしてゐる。さうして無暗と悲しくなつて、淚が落ちてきた。

「何《なん》と云ふ仕樣のない女だらう。」

泣いてる心の内ではこんな言葉が繰り返された。

ある限りの女の友達の内で、自分ぐらゐくだらない女《もの》はないとこの女作者は思つた。殊に二三日前に例《いつも》にもなく取《と》り澄《す》ましてやつて來たある一人の友達の事が考へられた。その女は近い内に別居結婚をすると云つて行《い》つたのである。たいへんに戀し合つてゐる一人の男と結婚をするまでになつたけれども、同棲をしない結婚をするのださうである。さうして一生離れて棲んで戀をし合つて暮らすのだと云ふ事

だつた。

「自分の親さへ親と思ふ心はないのに、他人の親まで、私の親にするなんて、そんな事は兎ても私には出來ないわ。結婚したつて私は自分なんですもの。私は私なんですもの。戀と云つたつてそれは人の爲にする戀ぢやないんですもの。自分の戀なんですもの。自分の戀なんですもの。」

八重歯《やへば》を見せながらその女はこの女作者に斯う云つた。女作者はこの女の言葉に壓《お》し付《つ》けられて少時《しばらく》は默つてゐた。

一あなたは苦しいの何《なん》のと云つてもあきらめて居られる人だからいゝ。心が苦しくつたつて形の上であなたはあきらめてゐる人になつてるんですもの。私は自分つてものをどんな場合にも捨てられない。自分は自分だわ。逢ひ度くなつたら逢ふし、逢ひ度くなければ逢はずにゐるわ。」

「でもあなたは、結婚をしようとする人の事を毎日思ひつゞけてゐるでせう。思はずにはゐられないでせう。」

女作者は眼をうるまして斯う聞いて見た。この女は單純に「えゝ。」と云つて、小指《こゆび》だけを反《そ》らせたやうな手付きで密柑の皮を剝《む》いてゐた。

「私ぐらゐ自分のない女もない。右から引つ張られゝば右へ寄るし、左へも行くし、何《なん》てぐうたらな女でせう。」

「然うでもないでせう。それは今、何かの反動でそんな事を云つてゐらつしやるんでせう。」

この女はまた、結婚をしても絶對に子供を生《う》まないと云ふ事を云つた。

「私は自分に生きるんだから。自分はやつぱり自分の藝術と云へるわ。自分の藝術に生きると云ふ事は、やつぱり自分に生きるつて事だわね。」

「私は自殺でもしたいほど苦しいんです。何によつて生《い》きたら好《い》いのか分らないんですもの。私は何かに滅茶苦茶に取り縋らなくつちやゐられない樣な氣がしてゐるんだけれども、何にどう取り縋つたらいゝのか分らない。私は宗教なんて事も考へますけれどもね。然うならいつそその道の人になつて了《しま》ひ度いやうな氣もしてゐるんです。」

「私だつて隨分考へたけれども、私はもう自分に生《い》きるより他《ほか》ないと思つてしまつたの。私は自分に生《い》きるの。」

この女は然う云つて、その戀ひ男の黑いマントを被《き》て歸つて行《い》つた。

一人で生活をすると云ふ事もこの女作者は疾《と》うから考へてゐた。一人になりたい、一人にならうと云ふ事に始終心を突《つ》つ突《つ》かれてゐる　けれどもこの女作者は一人になり得ないのである。人を捨てると云ふ事がこの女作者には到底出來ない事なのであつた。

「そんなら何故結婚をなすつたの。」

その時も、女の友達はこの女作者に斯う云つた。

「あの人は私の初戀なんですもの。」

「ぢや仕方がないわね。」

何か云ひ度い事が殘つてゐるやうな氣がしながら、この女作者は笑ふよりほか仕方がなかつた。

初戀――それはこの女作者の十九歲の時であつた。初戀と云ふよりはこの女作者の淫弄《いたづら》な感情が、ある一人の若い男を捉へたと云ふに過ぎないものであつたかも知れない。けれども、その時のこの若い男によつてふと彈《はぢ》かれた心の蕾の破れが、今も可愛らしくその胸の隅に影を守つてゐるのであつた。この女作者が今の男に對する溫《あたゝか》みはその影のなかゝら滲《し》みてゝくる一《ひ》と滴《しづく》の露からであつた。この一《ひ》と滴《しづく》はこの女作者が生を終へるまで絶えず〳〵滲《し》み出るに違ひない。一人《ひとり》にならうとも、別れてしまはうとも、その一《ひ》と滴《しづく》の濕《うるほ》ひは男へ對する思ひ出になつて、然うして又《また》その男にひかれて行《ゆ》く愛着のいとぐちになるに違ひない。――

女作者はその女友達にこんな事は云はなかつた。さうしてその女の友達が肉と云ふものは絶對に斥《しりぞ》ける夫婦と云ふものを作らうとしてゐるらしい未通女氣《おぼこぎ》とても云ひ度いものに、この女作者の胸はもや〳〵にされた。女友達の戀の相手がどんな人だかはこの女作者は知らなかつた。新らしい藝術家と云ふ事だけは噂によつて知つてゐた。――もう一年經《た》つたらあの女は私の前に來てどんな事を云ふだらう。女作者は然うも思つたけれども、さも自分に生きると云ふ事をもつともらしく解釋して、强い自分と云ふものを見せようとしてゐたその女の友達の樣子に、おびやかされる程この女作者の今の心は脆《もろ》い意氣《いく》地《ち》のないものになつてゐる。――

女作者は我れに返《かへ》ると、何《なんに》も書いてない原稿紙に眼をひたと押し當てた。何か書かなければならない。何を書かう。…………

「君は駄目だよ。」

斯う云つた先刻《さつき》の亭主の言葉がふと胸に浮んだ。何故あの時自分は笑つてしまつたのだらう。いくらあの云《い》ひ草《ぐさ》が馬鹿々々しいと云つても、もう少し何か云つてやればよかつたと云ふ樣な反抗がついと湧いてきた。

「私にはたいへん好きな人があるんですがね、よござんすか。」

こんな事を云つて、又突つかゝつて遣り度い氣がしてきた。何《なん》でもいゝから自分の感情を五本の指で掻きむしるやうな事が欲《ほ》しい。あの男を怒《おこ》らしてやらう。女作者はそんな事も思つた。

どれほど匂ひの濃《こま》かい潤ひを吹つかけて見ても、あの男の心は砥石のやうに何所《どこ》かへその潤《うるは》ひを直ぐに吸ひ込んでしまつて、そうして乾いた滑らかなおもてを見せるばかりである。

「私はあなたと別れますよ。」

斯う云へばあの男は、

「あゝ。」

と返事をするに違ひない。

「私は矢つ張りあなたが好きだ。」

と云へば、

「然うか。」

と返事をしてゐるやうな男なのである。自分の眼の前を過ぎる一とつ／＼に對しても、自分の心の内に浸み込んでくる一人々々の感情でも、この男は自分と云ふもの丶上からすべてを辷らせて了《しま》つて平氣でゐる。この男の身體のなかはおが屑が入《はい》つてゐるのである。生の一とつ一とつを流し込み食《くは》へ込《こ》むやうな血の脈は切《き》れてゐるのである。女作者は然う思ふと、わざ／＼下へおりて行つて自分の玩弄にするのもつまらない氣がした。

けふは時雨が降つてゐる。雨の音は聞えずにたゞ雫の音がはら／＼と響きを打つてゐる。風のふるえが障子の紙の隙間《すきま》をぱた／＼とからかつてゐる。雨の降る日に遊びに行く約束をした人があつたが。と、この女作者はふと思つたが、その考へは何の興味も起させずに直《ぢ》きとなだらかに消へてしまつた。自分の好きな女優が舞臺の上で大根の膾をこしらへてゐた。あの手が冷《つ》めたさうに赤くなつてゐた。あの手を握りしめて唇のあたゝかみで暖めてやりたい。――

△同性の戀

田村とし子

同性の戀と云ふものは誰でも一度は感じるものだらうと思ひます。つまり女が十五六才になつてその感情が眞つ赤にうみわれてくる時になると、友達同士の間でも單純な友情くらゐなところでは追《お》つ付かない事になつてくる。

何《なん》とかその間に特殊な味をもたせたくなつて來て、ある一人を特に限つて自分の所有にして了《しま》ふとか、又はその一人に向つては手を引き合ふのにも不思議な力を感じるとか、毎日學校で逢つてゐながら毎日手紙の遣り取りをしなければ氣が濟まないとか云ふ樣な事になつてくる。そうしてその手紙の中には、何だか淋しくつて悲しいとか、あなたは昨日誰《だれ》某《だれ》と放課時間に親しそうにお話をしてゐてあんまりだつたとか、私はあなたの事を考へてゐて昨晩はいつまでも眠れなかつたと云ふ樣な事が書きたくなつてくる。何《なん》につけても放縦《ほしいまゝ》な空想を溺らす相手《あいて》が欲《ほ》しくなつてきて、ラブレターの出來損ひ見たいなものが無暗《むやみ》と書き散らしたくなつてくる。そこで平生《ふだん》親しくつきあつたり、又何《またなん》となく自分の好《す》きだと想ふやうな女生を引つ張つて來たりして、この相手《あいて》にしやうとする。そうして相手が出來ると何事か唯二人の間だけの心と心の聯絡にとゞめておくと云ふ樣な事が無上に樂しい事に思はれてくる。あなたにだけお話するのだとかあなたにだけ云ふのだとか云ふやうな事が兎角云つて見たい。二人《ふたり》の間だけに限つたいろ〳〵な約束を結んで見たい。そんな事を他の友達に聞かれたり見出だされたりするとそれが又悲しかつたりおもしろかつたり、運動場の隅に行《い》つて二人ぎりでこそ〳〵話をしたかつたり、二人だけで泣いて見たかつたりする。それをみんなにわい〳〵云はれると何《なん》とも云へず羞恥を感ずるが、この羞恥の情が當人たちに取つては不思議な微妙なはたらきを示して熱と云ふものをます〳〵昂させる。

然うするとこの羞恥の情と誰某《だれだれ》と云ふ感念とがごつちやになつて、自分の心の底からは消えてしまふ事の出來ないやうな懐しみやら戀ひしさやらを感じて來て、學校から二人が別々の自家《うち》へ歸つて離れてしまふと云ふ事さへ悲しいと云ふ樣な始末になつてくる。

けれども當人たちは決してこれを戀とは感じてゐない。また極《ご》く初心な可愛らしい純潔なその胸では、かうして忘れられない離れたくないと感ずる友達に對してはそれを何所《どこ》までも眞面目なほんとうの親友と云ふものだと解してゐる。自分たちがこれ程情誼を感じ懐しさを思ふのは二人の間《あいだ》が交誼において相許《あいゆる》し相結ばれたほんとうの親友だからだと解してゐる。

だからその間《あいだ》には虚僞《いつはり》と云ふ事はどこまでも斥《しりぞ》けてゐる。眞實《ほんとう》を云ひ會ふと云ふ事が當人たちの親交上の一とつの個條になつてゐる。「きつと」から云つて二人だけで堅く手を握り合ふと云ふ事は、神の前で二人の淸らかさを誓つたよりももつと愼重でもつと眞實なのである。

そうして二人の親交を誰にも傷づけられまいとするところにお互がお互に對する一生懸命な、徹底した一とつの節操がある。何と云ふ事もなく二人はたゞ「變らない」と云ふ事を約束する。それは單にあなたを思ふ情は變らないと云ふだけの意味かも知れないが、何にしてもお互がお互に對して自分の心と云ふものを變らせまい動かせまいと云ふ誓ひが自然と二人の心の底に流《なが》れ合《お》つてゐて、そうして又堅くそれを信じ合つてゐるる。

ところで、よく同性の戀は危險だとか云ふ事を聞きます。

この頃の女學生同士がおめとかと云つて互に戀をしあふ——こんな事は女の性情を淫靡にさせ墮落的の傾向をもたせて、やがては異性に對する大膽な戀になり、結局は飛んでもない事を仕出來すやうな事になる、恐るべきは同性の戀だとか云ふ樣な事を聞きますが、私の考へるところでは、この處女時代の同性の戀は（若しも今まで私のお話してきた同性間の一種の友情を指して同性の戀と云へるものならば）そうした淫猥的な感情から生じてくるものではないと想ふのです。女が十五六歳になつて生理上の變化が起つてくる頃には、丁度精神病患者のやうな狀態に陷つてくるのはこれは誰でも知つてる事ですが、この頃にはまだすつかり形づくらない肉體の中に一時に燃え上がつて來た感情の火のおさへ場所がなくなつてきて、つまらない事に拗《す》ねたり肝癪を起したり、些細な事が可笑しくつて〳〵堪らなくなつたり。悲しくつて〳〵仕方がなくなつたりします。所謂お箸《はし》が轉《ころ》んでも可笑しい時分《じぶん》です。鮮《あざや》かな血潮が身體ぢうを快《こゝろよ》くめぐり初めると仝時に、その感情は焰のやうに唯ぱつ〳〵ぱつ〳〵と燃えあがつてゐる。そうすると平生何《なん》とも思つてゐなかつた自分の兩親に對しても、もつと可愛がつて欲《は》しくなつたり、妹や弟は無暗と可愛ゆくなるし、兄や姉に對しては異常に懐しみを感じ初めてくる。そうして親であつても兄妹であつても、他人であつても特に自分だけを可愛がるとか慈《いつく》しむとかいふ人に對して、何《なん》とも云へない喜びを感ずるのです。そうして又然う云ふ人を求める欲が盛《さかん》になつてきます。この年頃になると、もう一と目《め》逢《あ》つて相手の人が自分に好意を寄せたか寄《よ》せないかと云ふ事を直覺する樣になつてゐます。この年頃に人を毛嫌ひする事が多くなつてくるのはこんな所から起るのでせう。それから又自分の手先《てさき》を何《なん》にでも觸れたくなつてくる。何《なん》にでも手が出して見度《みた》くなるのです。この頃に友達同士が直《す》ぐに手を引《ひ》きあふのを見ても分《わか》ります。所謂接觸の快味を感じ初めてくる。そうして自分の感情を始終操つてゐて貰ひたいやうな欲求が起つてくる。この時代に悲しい本を讀みたがつたり悲しい話を聞きたがつたりするのも強ひて感情の刺戟を望むところからくるのです。この時期に、最初私が述べたやうに自分の友達に對して一層濃厚な一種の友情を感じたがるのは極《きは》めて自然的な話なのです。そうして誰にでも有り勝ちな事だと思ふのです。この一種の友情を危險の道に導く緖《いとぐち》だと云ふ樣に考へるのは少《すこ》し見當が違つた話だと思ふのです。この一種の友情がどこまで進んだところで、その間柄に決して危險性を帶びてくる筈はない。むしろ同性間にこの一種の友情を感じてる間は、妙齡の女が普通男性に對して感じる微妙な感覺を非常に遲鈍に疎《さと》くさせて了《しま》ふことさへあるのです。そうして男性に對してはすべて未知で過《す》ごしてる處女の方が餘計にこの同性間の一種の友情を感じるものなのです。早くから男性の知り合ひがあつたり懇意があつたりする女性には、決して同性間に一種の友情を感じると云ふ樣な事はありません。そうして又其の同性間の一種の友情が終には異性に對する戀愛になると云ふ事も全然ない筈なのです。第一性質が異ふばかりでなく、同性間の一種の友情の上には決して肉欲と云ふほしいまゝなものが伴はない。どこまでもその相互の愛が純潔に守られてゆく――とすると同性間の一種の友情だけでは滿足が出來な なつてつまり異性に對する欲求になるのぢやないか、と云ふかも知れないが、然うではない。この時代には女子の方には異性に對して求むる肉そのものに就いては全く無知なのです。生理上肉の欲求が起ると云ふのはそれは中年までも獨身でゐた女にばかり限られた事でこの時代には然う云ふ欲求に對しては全く無知なものなのです。唯精神的の愛慕欲ばかりです（妙な言葉ですが）人形一とつに對しても異常に可愛いゝと云ふやうな愛慕欲です。それで同性間の一種の友情と云ふものもその愛慕欲から起つて來てゐるので、それが滿足されてゐる以上その他の欲求はこの處女たちにはないのです。だから單にこの愛慕欲だけを滿たす上では、あながち同性間にばかり感じる一種の友情でなくつても、時として異性に對して感じる事もあるに違ひないが、處女の方ではそこに男女の性の別を感じずに唯單に自分の愛慕欲から生じる一種の友情として扱つてゐるに過ぎない。けれどそれが異性に對した時ばかり妙な關係が生じてくるのは、それは異性が肉的に誘惑するからなのです。いかなる男でも處女によつて誘惑されたと云ふ話はまあありますまい。異性の手で肉的の誘惑を受けない以上、處女はある年齡までその欲求を知らずに過ごしてゐるものなのです。處女の方から能動的な慾望をもつて異性の方に接してゆくと云ふ事は決してある筈がないのです。處女がある一人の異性に親しむと云ふのも、同性の間に感じる一種の友情と同じ性質のものに違ひないのです。唯相手が異性であればいつかは誘惑される――と云ふよりは肉的の快味を覺えて了ふと云ふ樣なそれこそ危險を生じてくる違ひがあるけれども、同性であつたなら、決してどこまで行《い》つても然う云ふ危險のある筈がありません。然し同性間の一種の友情と云つても、相手が一度異性に接した事のある女性であつたり又は異性に接した事のない老嬢などであつては、道徳的に解釋してそれこそ危險です。私の云つてるのは兩方が處女同士である場合の事を云つてゐるのです。私は愛慕欲を滿足させる手段として、同性の間に一種の友情を感じてゐる事はその處女たちに取つては却つていゝ事だと思ひます。小供には誰でも玩具を與へる事を危險な事だとは云ひません。小供には玩具が必要なのも同じやうに、この生理上の變化の起つてきた年頃の娘たちには、やつぱりその愛慕欲を滿足させるだけの玩具をあてがつておいた方がいゝのです。同性間に感じる一種の友情もこの娘たちの感情のおもちやと云つていゝのです。肉的の誘惑のない危險のない純潔なおもちやだと思ふのです。

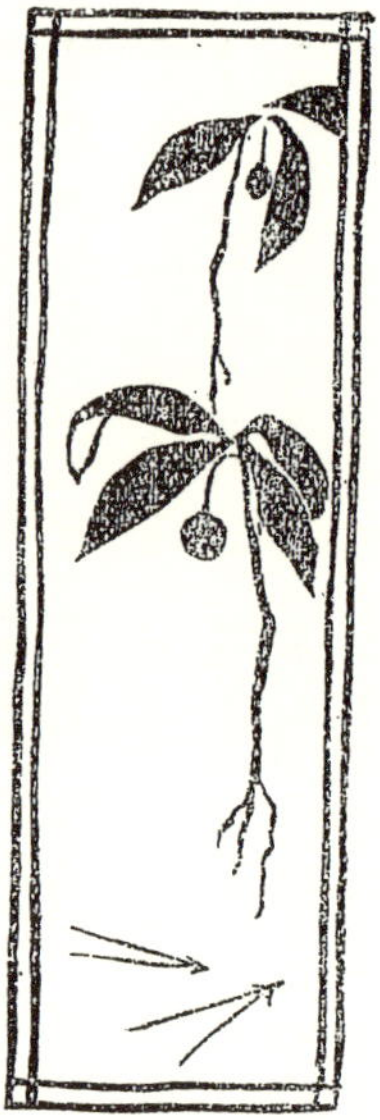

小説

おしの

田村とし子

湯屋《ゆや》の娘《むすめ》はおしのさんと云《い》ふ名《な》です。年《とし》は二十才《はたち》です。皮膚《ひふ》の色《いろ》は全體《ぜんたい》に腐《くさ》れのでた樽柿《たるがき》のやうな色《いろ》をしてゐます。そうしてでく／＼太《ふと》つてゐます。歩《ある》く時《とき》はその太《ふと》つた身體《からだ》を、踝《くるぶし》と足首《あしくび》と踵《かゝと》といつたいにずぼつと丸《まる》くなつてる人間《にんげん》の足《あし》とも思《おも》はれないやうな兩足《りやうあし》の突先《とつさき》て、うんしようんしよと運《はこ》んでゆきます。この娘《こ》が歩《ある》く時《とき》ばかりは、ほんとうに身體《からだ》全體《ぜんたい》を兩方《りやうはう》の脚《あし》で運《はこ》んでゆくと云《い》ふ感《かん》じがします。そうして歩《ある》く度《たび》に丸太《まるた》ん棒《ぼう》のやうな兩方《りやうはう》の肩《かた》が前後《ぜんご》に振《ふ》れます。そうすると胸《むね》のところに捩《も》ぎ落《お》ちそうに張《は》りきつた兩方《りやうはう》の乳《ち》が、ゆつさゆつさと搖《ゆ》れるのです。この娘《こ》の着物《きもの》の襟《えり》は夏《なつ》でも冬《ふゆ》でも一と筋《すぢ》積襞《ひだ》が出來《でき》て折《を》れ込《こ》んでゐます。それは頸《くび》の周圍《まはり》があんまり太過《ふとす》ぎて着物《きもの》の襟《えり》が括《くゝ》れる爲《せい》なのでした。

この娘《こ》の黒《くろ》い顏《かほ》へはいつでも白粉《おしろい》がついてゐます。眉毛《まゆげ》はげぢ／＼眉毛《まゆげ》と云《い》つて、太《ふと》くつて濃《こ》いばかりで恰好《かつかう》がついてゐない。何《ど》うかするとひどく剃《そ》り込《こ》んでゐることもありますが、そんな時《とき》はこの娘《こ》の顏《かほ》の道具立《だうぐだて》から眉毛《まゆげ》だけが超然《てうぜん》としてゐます。其《そ》の下部《した》の、瞼《まぶた》の腫《は》れふさがつたほんの瞳子《ひとみ》の部分《ぶぶん》だけしきや開《あ》いてゐないやうな小《ち》ひさな兩眼《りやうがん》を、さも侮蔑《けいべつ》してゐる様《やう》にこの眉毛《まゆげ》だけは顏《かほ》の頂上《ちやうじやう》に反《そ》り返《かへ》つてゐる樣《やう》に見《み》えたりします。鼻《はな》は丁度《ちやうど》この娘《こ》の踝《くるぶし》のやうに丸《まる》くつて大《おほ》きい。然《しか》し口先《くちもと》は小《ちい》さい。話《はなし》をする時《とき》などにこの唇《くちびる》をひどくあとへ／＼と引釣《ひきつ》る癖《くせ》はありますが小《ちい》さい口《くち》です。そうして齒《は》並《な》みもこまかくつて奇麗《きれい》です。生際《はえぎは》は實《じつ》に狹《せま》い。人差指《ひとさしゆび》と中指《なかゆび》と藥指《くすりゆび》の三本《ぼん》を並《なら》べてぴたと押付《おしつ》けると、もう空地《あきち》の殘《のこ》らないほどの狹《せま》い額《ひたひ》です。それてゐて腮《あご》から頰《ほゝ》へかけての輪廓《りんくわく》は兩《りやう》の掌《て》でいつぱいに抱《かゝ》へてもまだ耳前髮《もみあげ》へまでには指《ゆび》の半分《はんぶん》は殘《のこ》ると云《い》ふ大《おほ》きさです。その髮《かみ》の毛《け》がまた思《おも》ひ切《き》つてわるく、鉋《かんな》ずるめのやうな細《ほそ》ひ縮《ちゞ》れた毛《け》なのです。能《よ》く結《ゆ》ひ立《た》ての髮《かみ》を女湯《をんなゆ》の鏡《かゞみ》の前《まへ》へ行《い》つて撫《な》で付《つ》け直《なほ》してる事《こと》などもありますが、前髮《まへがみ》も鬢《びん》もふくらまつてゐた事《こと》なぞはありません。いつも油《あぶら》でびつしよりになつてゐて毛並《けなみ》が横仆《よこたふ》しに寢《ね》てゐるのです。

この娘《こ》は活花《いけばな》の稽古《けいこ》をしてゐました。男湯《をとこゆ》の方《はう》にお師《し》匠《しやう》さんから借《か》りた花瓶《くわびん》に、れい〱と椿《つばき》などの活《い》かつてる事《こと》もありました。いつもお師匠《しゝやう》さんが活《い》けて下《くだ》さるのをその儘《まゝ》持つて來《き》ておくのだそうです。花《はな》の師匠《しゝやう》はこの湯屋《ゆや》の直《す》ぐ後《うしろ》に住《す》んでゐるのでした。この師匠《しゝやう》の催《もよふ》しでよく市村座《いちむらざ》の見物《けんぶつ》に行《ゆ》きます。この娘《こ》は何《なん》とか云《い》ふ役者《やくしや》をひゐきにしてゐる積《つも》りで、小《ちひ》さな短冊《たんざく》のさがつた摘《つま》みの役者《やくしや》のかんざしを挿《さ》してゐる事《こと》などがあります。けれどもいつも〱連中《れんちう》の度《たび》に自分《じぶん》もお附《つき》合《あ》いをすると云《い》ふ譯《わけ》にはいかないのです。それと云《い》ふのはこの湯屋《ゆや》の主人《あるじ》は死《し》んでしまつて、母親《おふくろ》と病身《びやうしん》な兄《あに》との三人《にん》でやつてゐるのですから、この娘《こ》の望《のぞ》むやうに然《さ》う〱は母親《はゝおや》の手《て》から小遣《こづかひ》と云《い》ふやうなものも貰《もら》へないのでした。その爲《ため》に友達《ともだち》に厭《いや》な事《こと》を聞《き》かされる事《こと》もあるのでした。それがおしのには氣《き》になつて仕方《しかた》がありません。そんな事《こと》からひいて、自分《じぶん》ばかりが朝《あさ》から晩《ばん》まで何《なん》の樂《たの》しみもなく働《はたら》き通《とほ》してるやうな馬《ば》鹿《か》々〱しさも覺《おぼ》えたりするのです。それに活花《いけばな》などを覺《おぼ》えたつて床《とこ》の間《ま》のあるやうな家《うち》へ嫁入《よめい》りが出來《でき》るのか何《ど》うか知《し》れたもんぢやないと思《おも》ふと、自分《じぶん》が友達《ともだち》への見得《みえ》に裏《うら》の師匠《しゝやう》へ弟子入《でしい》りをした事《こと》が後悔《こうくわい》もされるのでした。

お花《はな》の稽古《けいこ》に付《つ》く時《とき》に師匠《しゝやう》から餘儀《よぎ》なく强《し》ひられて、さま〲な道具《だうぐ》も買《は》はせられたり、大分《だいぶ》な費用《ひよう》がかゝつてゐるので、吝嗇《けち》なおしのの兄《あに》は、直《ぢ》きにそれをおしのにこぼしました。そうして一寸《ちよいと》でも、おしのが湯《ゆ》の客《きやく》と無駄話《むだばなし》をしてゐると、直《す》ぐ枯《か》れ芒《すゝき》のやうな眼《め》を尖《とが》らせて怒《おこ》ります。おしのは襷《たすき》をかけたぎりで、眞《ま》つ黒《くろ》な脛《すね》をむづと露《む》き出《だ》しにした尻端折《しりはしをり》で、一日《にち》立《た》ちつゞけなのです。少《すこ》しお使《つか》ひが遲《おそ》くなつても直《す》ぐ兄《あに》の薄《うす》つぺらな口《くち》から執拗《しつこ》く小言《こゞと》を云《い》はれるのでした。

それで活花《はな》の稽古《けいこ》を下《さ》がりたいのですが、近所《きんじよ》の友達《ともだち》だちが出掛《でか》けて行《ゆ》くのを見《み》ると、遂《つひ》それに誘《さそ》はれるのでした。それに時々《ときどき》催《もよふ》すお花《はな》の會《くわい》にてゞも着《き》て行《ゆ》くより外《はか》、ちりめんの紋付《もんつき》も滅多《めつた》に着《き》る折《をり》のない自分《じぶん》を思《おも》ふと、そんな事《こと》にいくらか樂《たの》しみも繫《つな》がれて、相變《あひかは》らず眞《ま》つ黒《くろ》な顏《かほ》に濃《こ》くおしろいを塗《つ》けては立《た》ち働《はたら》きの暇《ひま》く々に裏《うら》の家《いへ》へ通《かよ》つてゐるのです。

そのおしろいも兄《あに》は大嫌《だいきら》ひなのでした。

脊髓病《せきずゐびやう》をやつたおしのゝ兄《あに》は身體《からだ》が曲《ま》がつてゐます。そうしていつも鉛《なまり》にいぶしの掛《か》つたやうな顏色《かほいろ》をしてゐます。この男《をとこ》はあらゆる人間《にんげん》の慾望《よくばう》をたゞ金錢《きんせん》一《ひ》とつに集《あつ》めてゐるのでした。おしのに二歳《さい》の年上《としうへ》ですが、この男《をとこ》は飢《う》えを感《かん》じた時《とき》に物《もの》を食《た》べると云《い》ふ事《こと》と一錢《せん》でも金錢《きんせん》を貯《た》めると云《い》ふ事《こと》の外《はか》には何《なに》も考《かんが》へた事《こと》がなく、何《なに》も知《し》つた事《こと》のない男《をとこ》でした。

「ほんとうに分《わか》らない兄《にい》さんだよ。道樂《だうらく》をした事《こと》のない人間《にんげん》ぐらゐ話《はな》せないものはないつて云《い》ふけれど、うちの兄《にい》さんくらゐ思《おも》ひやりのない人《ひと》もないもんだ。」

おしのは何時《いつ》も然《さ》う思《おも》つては、この兄《あに》の曲《ま》がつた身體《からだ》付《つ》きを見《み》てゐるのです。この兄《あに》はおしのの白粉《おしろい》をつけるのが厭《いや》で仕方《しかた》がないのですが、それとはつきり云《い》つた事《こと》もなく、唯《たゞ》おしのが白粉《おしろい》でも塗《ぬ》つてる時《とき》に行《い》き合《あ》はせると、ぢろ〲眺《なが》めて兩手《りやうて》をぶら下《さ》げた儘《まゝ》突《つ》つ立《た》てゐたりします。何《ど》うかすると、

「おたふくの癖《くせ》に。」

と呟《つぶや》いてる事《こと》もありますが、おしのは默《だま》つて知《し》らん顏《かほ》をしてゐるのです。おしのはこの兄《あに》を隨分恐《ずゐぶんこわ》がつてゐるのです。直《ぢ》きに怒《おこ》りつぽくつて、怒《おこ》ると直《す》ぐ棒《ぼう》や薪《まき》割《わ》りをもつて立《た》ち上《あが》るのが癖《くせ》だからでした。おしのはこの兄《あに》によく引《ひ》つ叩《ぱた》かれては泣《な》くのです。

「阿母《おつか》さんも兄《にい》さんの短氣《たんき》なのには小《ちい》さくなつてるんだから仕方《しかた》がない。」

かうは斷念《あきら》めては見《み》るものゝ、自分《じぶん》をこき、使《つか》ふより外《ほか》には、兄《あに》らしい言葉《ことば》一《ひ》とつ掛《か》けてくれた事《こと》もないのが憎《にく》くつて堪《たま》らないのでした。用事《ようじ》が鈍《のろ》いとか遲《おそ》いとか云《い》つて自分《じぶん》の顏《かほ》さへ見《み》れば小言《こごと》を考《かんが》へるやうな顏《かほ》をしてゐて、小言《こごと》のない時《とき》はむつつりと默《だま》つて「今日《けふ》は風《かぜ》が吹《ふ》く」とも云《い》つた事《こと》のない頑固《いつこく》な、しんねりと意地《いぢ》の惡《わ》るい兄《あに》の心持《こゝろもち》がおもしろくなくつて仕方《しかた》がないのでした。おしのはこの兄《あに》の爲《ため》に時々《とき〴〵》家《うち》を出《で》て了《しま》はうかと云《い》ふ事《こと》を考《かんが》へるのでした。

「家《うち》を出《で》るのは造作《ざうさ》もない事《こと》だけれども、そんな事《こと》をするとあの娘《こ》には何《なに》かあつたんだとかなんとか云《い》はれて、世間《せけん》からいやな評判《ひやうばん》を立《た》てられるのもいやだし、第《だい》一そんな事《こと》をすりや阿母《おつか》さんが心配《しんぱい》もするだらうしと思《おも》ふと、ほんとにそんな事《こと》も出來《でき》ないわ。兄《にい》さんなんか何《ど》う思《おも》つたつて構《かま》やしないけれど、世間《せけん》ぢや私《わたし》が身《み》でも隱《かく》せば、何《なに》か惡《わ》るい事《こと》をしたからだつて言《い》ひますからね。だからほんとに考《かんが》へちやうわ。」

おしのは入浴《にふよく》にくる娘《こ》をつかまへて、大《おほ》きな聲《こゑ》で斯《こ》う云《い》つてる事《こと》があります。然《さ》う云《い》ひながらも、朝《あさ》は五時《じ》ぐらゐから起《お》きて、尻端折《しりはしを》りで働《はたら》いてゐるのでした。

この娘《こ》が脚氣《かつけ》になつたのは丁度夏《ちやうどなつ》の最中《さいちう》でした。おしのは妙《めう》に足《あし》が重《おも》くつて、いつも爪先《つまさき》が痲痺《しび》れてゐるやうな感《かん》じを持《も》つてきた頃《ころ》には、黑《くろ》ひ顏《かほ》の色《いろ》にどす蒼《あを》い色《いろ》が交《ま》ざつてきました。そうしてどき〳〵どき〳〵と始終動悸《しじうどうき》がしてゐて、番臺《ばんだい》の上《さへ》に乘《の》るのにも一と通《とほ》りでない息切《いきぎ》れを覺《おぼ》えるやうになつたのです。醫師《いし》にかゝると輕《かる》い脚氣《かつけ》になつてると云《い》ふ事《こと》が分《わか》りました。

おしのはお米《こめ》の御飯《ごはん》が食《た》べられなくなりました。その他《ほか》の食物《たべもの》も禁《きん》じられたものが多《おほ》くつて、おしのは毎日《まいにち》虫唾《むしづ》のはしるやうな飢《ひも》じさに苦《くる》しみながら、それでも病氣《びやうき》と云《い》ふ名《な》のもとに立働《たちはたら》きをしないで濟《す》むやうになりました。今《いま》まで筋肉《きんにく》にある限《かぎ》りの力《ちから》を張《は》つて、浴漕《ゆぶね》へ入《い》れる水《みづ》を汲《く》み込《こ》む手傳《てつだ》ひをしたり、薪割《まきわ》りの手傳《てつだ》ひもしてゐた鐵《てつ》のやうな身體《からだ》の緊張《きんちやう》が、二三日《にち》ぶらぶらする樣《やう》になつてから、彼方此方《あちこち》から少《すこ》しづゝ弛《ゆる》みが出《で》てきたり、ひゞ割《わ》れが出《で》てきたりして、身體《からだ》全體《ぜんたい》がだん／＼にでこぼこになつて行《ゆ》くやうな不思議《ふしぎ》な倦怠《けんたい》に一層熱《そうねつ》が出《で》たりして、おしのゝ頬《ほゝ》もいくらか痩《や》せ氣《き》味《み》に見《み》える樣《やう》になつて來《き》ました、おしの自身《じしん》にも、ひどく身體《からだ》の痩《や》せ細《ほそ》つた肉《にく》の殺《そ》がれが感《かん》じられました。

おしのはそれが嬉《うれ》しくつて堪《たま》りませんでした。

容貌《きりやう》の美《い》い女《をんな》を見《み》ると、

「一日《にち》でもいゝからあゝ云《い》ふ美人《びじん》に生《うま》れ變《かは》つて見《み》たい。それで死《し》んでしまつてもいゝ。」

と能《よ》く思《おも》ひ／＼したおしのは、その美人《びじん》と云《い》ふものゝ顏《かほ》はどれも引《ひ》き緊《しま》つて痩《や》せてゐる事《こと》を考《かんが》へると、自分《じぶん》の顏《かほ》が痩《や》せたり身體《からだ》が細《ほそ》つたりする事《こと》に云《い》ふに云《い》はれない樂《たの》しさを覺《おぼ》えるのでした。顏《かほ》の輪廓《わく》が細《ほそ》れば自然《しぜん》と鼻《はな》も高《たか》く見《み》えるに違《ちが》ひないと云《い》ふ事《こと》が何時《いつ》もおしのの頭《あたま》にありました。何《なん》でもいゝからほつそりと痩《や》せ度《た》い、そうすれば姿《すがた》もすらりとする、恰好《かつかう》がよくなる。斷食《だんじき》をして痩《や》せられるものなら十日《か》ぐらゐ斷食《だんじき》しても好《い》い、と思《おも》ひ込《こ》むくらゐ頻《しき》りに身體《からだ》の痩《やせ》るを望《のぞ》んでゐたおしのは、病氣《びやうき》の爲《ため》にかうしてだん／＼と肉《にく》が落《お》ちてくと云《い》ふ事《こと》が嬉《うれ》しくつてなりませんでした。鏡《かゞみ》の前《まへ》に行《い》つては顏《かほ》が痩《やせ》るを測《はか》つて樂《たの》しんでゐました。

けれども誰《たれ》の眼《め》にもおしのは痩《や》せたとは見《み》えませんでした。身體《からだ》の何所《どこ》を突《つ》いても正體《しやうたい》なしに窪《くぼ》みの出來《でき》そうなほど、相變《あひかは》らずでく／＼と太《ふと》つてゐるのです。自《じ》體大《たいおほ》きく出來《でき》てゐるその顏面《がんめん》の蔭《かげ》に病《やま》ひなぞの隱《かく》れてゐる樣《やう》な氣色《けしき》もありませんでした。

「たいへん痩《や》せちやつたの。力《ちから》がなくなつちやつたの。食《た》べるものつて云《い》へば麥《むぎ》ばかりでせう。それに牛乳《ぎうにう》とね。」

おしのは客《きやく》の顏《かほ》さへ見《み》ればかう云《い》つて聞《き》かせます。そうして態《わざ》と病人《びやうにん》らしい力《ちから》のなさそうな眼《め》をして、ほつと息《いき》を吐《つ》くやうな事《こと》もしました。

直《ち》きにその病氣《びやうき》は癒《なほ》りました。それと同時《どうじ》におしのに大變嬉《たいへんうれ》しい事《こと》が一《ひ》とつ出來《でき》ました。それはおしのに轉《てん》地《ち》をすると云《い》ふ話《はなし》が持《も》ち上《あが》つたのです。轉地《てんち》と云《い》つても田舍《ゐなか》へ少《すこ》しの間遊《あひだあそ》びにやると云《い》ふ事《こと》なのです。おしのの親《おや》の田舍《ゐなか》は茨城《いばらき》の龍《りう》ケ崎《さき》と云《い》ふところなのです。おしのは五圓《ゑん》と云《い》ふお金《かね》を貰《もら》つて一と月《つき》ばかり龍《りう》ケ崎《さき》の伯父《をぢ》の家《うち》に世話《せわ》になる積《つも》りで出《で》かけました。一人《ひとり》して遠《とほ》いところへ出《で》て行《ゆ》くと云《い》ふ旅立《たびだち》が、おしのには講釋本《かうしやくぼん》で讀《よ》んだ何《なに》かの別《わか》れに似《に》てゐて身《み》に摘《つま》されました。小《ちい》さな鞄《かばん》に着代《きが》へを入《い》れて、母親《はゝおや》の心付《こゝろづ》けで藥《くすり》から齒磨粉《はみがきこ》まで揃《そろ》へた時《とき》は、何《ど》う考《かんが》へても自分《じぶん》ながら昨日《きのふ》までのおしのとは違《ちが》つた樣《やう》な氣《き》がしました。おしのは大切《たいせつ》にしてあつた例《れい》の役者《やくしや》の手拭《てぬぐひ》を持《も》ちました。田舍《ゐなか》へ行《い》つたらおしのは其《そ》れを一番多《ばんおほ》く饒舌《しやべ》るつもりでした。

おしのは自分《じぶん》の身體《からだ》を帶《おび》におされてる樣《やう》な丸《まる》くなつた恰好《かつかう》をして焦茶《こげちや》のやうな質素《ぢみ》な博多《はかた》の帶《おび》を思《おも》ひ切《き》り高《たか》く結《むす》んで、厚《あ》つぼたいネルの着物《きもの》を着《き》てゐました。汽《き》車《しや》に乘《の》り込《こ》んで了《しま》ふと、妙《めう》に家《うち》の事《こと》などを思《おも》ひ出《だ》してその胸《むね》がいつぱいになりましたが、田舍者《ゐなかもの》のなかへ自《じ》分《ぶん》の東京姿《とうきやうすがた》を見《み》せてやる事《こと》も樂《たの》しみで、自分《じぶん》の思《おも》ひを汽車《きしや》の動搖《どうえう》と一所《いつしよ》に振《ふ》り散《ち》らかしてゐる間《うち》に直《す》ぐ龍《りう》ケ崎《さき》へ着《つ》いてしまひました。

田甫道《たんぼみち》を紫《むらさき》の洋傘《かさ》をさしておしのは車《くるま》で行《ゆ》きました。伯父《をぢ》の家《うち》に着《つ》いてなかに入《はい》つた時《とき》は、伯母《をば》が一人《ひとり》で土《ど》間《ま》で煮物《にもの》をしてゐただけで皆野良《みんなのら》に仕事《しごと》に出《で》てゐると見《み》えて、誰《た》れも其所《そこ》にはゐませんでした。

「よく早《はや》く着《つ》いたつけ。」

伯母《をば》は然《さ》う云《い》つたぎりでした。おしのは丁寧《ていねい》に頭《あたま》を下《さ》げて母親《はゝおや》からの傳言《ことづて》やら、世話《せわ》になる禮《れい》やらを述《の》べてゐましたが、この伯母《をば》は太《ふと》つた身體《からだ》を太儀《たいぎ》さうに扱《あつか》ひながら別《べつ》に懇《ねんごろ》な言葉《ことば》も出《だ》しませんでした。

四邊《あたり》がしんとしてゐます。近所《きんじよ》で稻《いね》をしごいてゐると見《み》えて乾《かわ》いたぱさ／＼と云《い》ふ響《ひゞ》きが絶《た》えず聞《き》こえるだけでした。そうして田舍《ゐなか》だけが殊《こと》に斯《か》う晴《は》れた色《いろ》をしてゐるのかと思《おも》ふ樣《やう》な眞《ま》つ靑《さを》な空《そら》が軒《のき》つゞきにおしのの眉《まゆ》に迫《せま》つて見《み》えました。おしのは何《なん》とも云《い》へない心《こゝろ》細《ぼそ》さにその胸《むね》が騷《さわ》ぎました。

「誰《だあれ》もゐないんですね。」

おしのは伯母《をば》に聞《き》ひて見《み》ましたが、伯母《をば》は一寸《ちよいと》うなづいただけて、臺所《だいどころ》に上《あ》がると其所《そこ》で小《ちい》さな膳立《ぜんだ》てをして、煮《に》たばかりの黒豆《くろまめ》を小皿《こざら》へ盛《も》つておしのを招《まね》ぎました。伯母《をば》さんの裾《すそ》からは單衣《ひとへ》の切《き》れはしがぶら下《さ》がつてゐました。

おしのは呼《よ》ばれた儘《まゝ》にその前《まへ》に坐《すは》ると、ちやんとやゝ大《おほ》きな半巾《はんかち》を膝《ひざ》の上《うへ》にひろげて箸《はし》を取《と》りました。

「腹《はら》が空《す》いたつぺい。おしのさあは麥飯《むぎめし》は食《た》べ付《つ》けねへけえ。」

伯母《をば》は又土間《またどま》に下《お》りて彼方《あちら》を向《む》いたなりでこんな事《こと》を聞《き》きました。

「先《せん》には食《た》べられなかつたけれど、脚氣《かつけ》をわづらつてからは麥《むぎ》の御飯《ごはん》ばかり食《た》べてたわ。馴《な》れちやつたから。」

おしのはぽそ〳〵と箸《にし》の暇《ひま》から、頬《ほゝ》を膨《ふくら》めて云《い》つてゐる。伯母《をば》は、

「然《さ》うけえ。」

と笑《わら》つてゐました。

おしのは自分《じぶん》の汚《よご》した食器《しよくき》を流《なが》し場《ば》へ持《も》つて行《い》つたが、その流《なが》し板《いた》の汚《きた》ないのに驚《おどろ》きました。然《さ》うしてこれからはどん〳〵其所等《そこいら》ぢう奇麗《きれい》にして田舍《ゐなか》のものをびつくりさせてやらうと思《おも》ひました。伯母《をば》は着物《きもの》を脱《ぬ》ぎ代《か》へるやうにおしのに云《い》ひましたが、おしのは野良《のら》から歸《かへ》つてくる初對面《しよたいめん》の人《ひと》たちへ、今《いま》の儘《まゝ》の姿《なり》が見《み》せたくつて着代《きか》へやうとはしなかつた。そうして袋《ふくろ》の中《か》から食《た》べ殘《のこ》りの源氏豆《げんじまめ》と一所《しよ》に小《ちい》さな丸《まる》い手鏡《てかゞみ》を出《だ》して、銀杏返《いてふがへ》しの廻《まは》りを解《と》きつけたり、粉《こな》おしろいのやうなものでぽと〳〵と顔《かほ》を叩《はた》きつけたりしてゐました。それから源氏豆《げんじまめ》を噛《かぢ》りながら裏《うら》の木戸《きど》から小《ちい》さな流《なが》れのある方《はう》へ出《で》て行《い》つて見《み》ました。伯母《をば》はその後《うしろ》を見《み》てゐましたが、

「久《ひさ》しく逢《あ》はねへつたつて、なんて不細工《ぶさいく》な阿摩《あま》になつたもんだべえ。」

と思《おも》ひながら、手傳《てつだ》ひに來《き》てゐる自分《じぶん》の妹《いもうと》や妹《いもうと》の娘《むすめ》などの方《はう》が餘《よ》つ程《ほど》好い容貌《きりやう》だと自慢《じまん》らしい獨《ひと》り笑《ゑ》みを作《つく》つてゐました。

小《ちい》さな流《なが》れの向《むか》ふは一帶《いつたい》に田甫《たんぼ》でした。まだ秋《あき》ぐちの日盛《ひざか》りは、おしのの額《ひたひ》にぢり〳〵と照《て》りつけて、少《すこ》し

29　「おしの」『婦人評論』大正2（1913）年1月1日

歩《ある》き廻《まは》つてゐる間《うち》に、もうおしのは小鼻《こばな》の上《うへ》にすつかり汗《あせ》を掻《か》いてしまつた。おしのはかうして一人《ひとり》で美《い》い服装《なり》をしてぶら付《つ》いてゐると云《い》ふ事《こと》が、自分《じぶん》と云《い》ふものを、大層上品《たいそうじやうひん》に思《おも》ふ人《ひと》でもあつて海岸《かいがん》に轉地《てんち》してゐる美人《びじん》のやうな身《み》の上《うへ》に考《かんが》へさせました。おしのは何《なん》となくすつとした態度《たいど》になつた樣《やう》な心持《こゝろもち》で、源氏豆《げんじまめ》の袋《ふくろ》を袂《たもと》に入《い》れて了《しな》ふと、半巾《はんかち》で日《ひ》を除《よ》けながら時々《ときぐ》帯《おび》の結《むす》び尻《じり》に手《て》をやつてはぶら〳〵と裏《うら》の畑《はたけ》のなかを歩《ある》き廻《まは》つてゐました。

右手《みぎて》の方《はう》にこんもりした森《もり》が見《み》えます。森《もり》の上《うへ》には半《はん》熟卵子《じゆくたまご》の白味《しろみ》のやうな雲《くも》がふんわりと漂《たゞよ》つてゐます。森《もり》のわきの小徑《こみち》を通《とほ》つて行《ゆ》く荷車《にぐるま》がおしのの眼《め》に小《ちい》さく見《み》えました。おしのはあの中《なか》に鎮守様《ちんじゆさま》があるに違《ちが》ひないと思《おも》つて、彼所《あすこ》まで遊《あそ》びに行《い》つて見《み》やうと思《おも》ひ付《つ》きました。それで洋傘《かさ》を取《と》りに伯父《をぢ》の家《うち》の方《はう》へ引《ひ》き返《かへ》して來《き》ました。

丁度晝飯《ちやうどひるめし》を食《た》べに一同《みんな》が歸《かへ》つて來《き》てゐました。廣《ひろ》い土《ど》間《ま》の踏《ふ》み板《いた》に腰《こし》をかけて草鞋《わらじ》の足《あし》を投《な》げ出《だ》して男《をとこ》も女《をんな》も大摑《おほづかみ》に箸《はし》を動《うご》かしてゐました。その中《なか》で手拭《てぬぐひ》を冠《かぶ》つたまゝで紺《こん》の筒袖《つゝそで》の襟《えり》のところから赤《あか》い襦袢《じゆばん》の襟《えり》を出《だ》してゐる十七八の娘《むすめ》におしのゝ眼《め》は直《す》ぐ留《とま》りました。

「おしのけえ。よく早《はや》く着《つ》いたつけなあ。」

それは伯父《をぢ》でした。伯父《をぢ》はもう飯《めし》を濟《す》ましてしまつたと見《み》えて、爐《ろ》べりに腹這《はらばひ》になつて煙草《たばこ》をふかしてゐました。この伯父《をぢ》は逐《つひ》一と月前《つきまへ》東京《とうきやう》に出《で》て來《き》ておしのゝ家《うち》に一と晩宿《ばんとま》つたばかりでした。おしのが傍《そば》に行《ゆ》くと、

「おしのさんけえ。」

とその娘《こ》は男《をとこ》のやうな顔立《かほだち》をした母親《はゝおや》らしい女《をんな》に小聲《こゞゑ》で呼《さゝや》きましたが、おしのには何《なん》にも聞《き》こえませんでした。娘《むすめ》の母親《はゝおや》はやがておしのゝ伯母《をば》からおしのに引《ひ》き合《あ》はされました。娘《むすめ》も。娘《むすめ》はだまつてお辭儀《じぎ》をした附《き》りで直《す》ぐ何所《どこ》かへ出《で》て行《ゆ》きました。

「東京《とうきやう》ものはお粧《つく》りが違《ちが》はあなあ。」

伯母《をば》の妹《いもうと》はかう云《い》つておしのをぢろ〳〵眺《なが》めてゐたのです。

「こゝいらに好《い》い髪結《かみゆひ》さんはないてせうね伯母《をば》さん。」

私《あたし》にはハイカラがうまく出來《でき》ないから困《こま》つちまうわ。」

おしのは誰《だ》れに云《い》ふともなく筒抜《つゝぬ》けた聲《こゑ》で斯《か》う云《い》つてましたが、袂《たもと》の重《おも》みに氣《き》が付《つ》くと源氏豆《げんじまめ》を今《いま》の娘《こ》に少《すこ》しやればよかつたと思《おも》つた。

「お雪《ゆき》さんは何所《どこ》へ行《い》つちやつて。」

「お雪坊《ゆきばう》。お雪坊《ゆきばう》。」

伯母《をば》は土間《どま》の竈《かまど》の上《うへ》の窓《まど》から聲《こゑ》をかけました。

「そんな事《こと》よりや、おしのもこれからうんと働《はたら》くだぞ。田舎《ゐなか》へ來《き》て働《はたら》きせへすりや病《やめ》ひなんぞは直《す》ぐ吹《ふ》つ飛《と》んぢまわあ。なあ。」

伯父《をぢ》はそんな事《こと》を云《い》ひながら鎌《かま》を持《も》つて仕事《しごと》に出《で》て行《い》つて了《しま》ひました。お雪《ゆき》は羞《はづか》しそうな顔《かほ》をして、ついと土間《どま》の横《よこ》から出《で》てきました。手拭《てぬぐひ》の下《した》から圓《つぶら》な眼《め》が愛《あい》嬌《きやう》よく輝《かゞや》いてゐました。その唇《くちびる》が摘《つま》んだやうにぽつとりと小《ちい》さく結《むす》ばれてゐました。脚絆《きやはん》の上《うへ》に締《し》めてる紺《こん》の前垂《まへだ》れでお雪《ゆき》は手《て》を拭《ふ》きながら中《なか》に入《はい》つてきました。

「お雪《ゆき》さんは美《い》い女《をんだ》たわねえ。伯母《をば》さん。」

おしのはいきなり然《さ》う云《い》ひました。お雪《ゆき》の母親《はゝおや》も伯母《をば》も笑《わら》ひ出《だ》したが、お雪《ゆき》は眞《ま》つ赤《か》になつて兩方《りやうはう》の掌《て》を前垂《まへだ》れの上《うへ》で擦《こす》り合《あ》はせてゐました。おしのは然《さ》う云《い》ひながらも、この娘《こ》に口《くち》を聞《き》かせたら、きつとぺえ〳〵言葉《ことば》に違《ちが》ひない。お坐《さ》がさめるこつたわ。と心《こゝろ》の中《なか》で考《かんが》へてゐたのです。お雪《ゆき》は一《ひ》と言《こと》も物《もの》を云《い》はずに直《ち》きに母親《はゝおや》と一所《しよ》に出《で》て行《ゆ》きました。また伯母《をば》が一人《ひとり》殘《のこ》りました。おしのはもう一度《ど》奥《おく》へ行《い》つて丸《まる》い手鏡《てかゞみ》で顔《かほ》へ粉《こな》おしろいを叩《はた》き付《つ》けると、頻《しき》りと衣紋《えもん》を抜《ぬ》きながら紫《むらさき》の洋傘《かさ》を手《て》にして鎭守様《ちんじゆさま》の方《はう》へ遊《あそ》びに出《で》てゆきました。

（をはり）

初雪

田村俊子

お粂《くめ》が茶《ちや》の間《ま》で髪《かみ》を結《ゆ》つてゐるところへ、お粂《くめ》の父親《ちゝおや》は鍋町《なべちやう》の吉衛《よしゑ》を連《つ》れて歸《かへ》つて來《き》た。吉衛《よしゑ》はふところ手《で》をした儘《まゝ》、外套《ぐわいたう》も着《き》てこなかつたと見《み》えて直《す》ぐ椽側《えんがは》からずん〳〵茶《ちや》の間《ま》へ入《はい》つてきた。そうしてむつゝりした顔《かほ》をしてお粂《くめ》の方《はう》へ振《ふ》り向《む》きもしずに、ぴたりと長火鉢《ながひばち》の側《わき》へ彼方《むかふ》向《む》きに坐《すわ》り込《こ》んでしまつた。

「湯《ゆ》にでもはいつて落着《おちつ》くがいゝ。」

父親《ちゝおや》はそんな事《こと》を云《い》ひながら、つゞいて茶《ちや》の間《ま》へ入《はい》つてくると紺足袋《こんたび》を脱《ぬ》いだり、前垂《まへだれ》の膝《ひざ》をはたいたりしてゐたが、

「お粂《くめ》はもう髪《かみ》なんぞ結《ゆ》つてゐるのかい。」

と云《い》つて笑《わら》つた。髪結《かみゆひ》さんが片手《かたて》を突《つ》いてちよいとお辭儀《じぎ》をした姿《すがた》を鏡《かゞみ》のなかで見守《みまも》りながら、お粂《くめ》は默《だま》つてゐた。今朝《けさ》父親《ちゝおや》がお店《たな》へ出《で》かける時分《じぶん》にはまだお粂《くめ》は風邪《かぜ》で寢《ね》てゐたのであつた。お粂《くめ》は吉衛《よしゑ》がゐるのでわざと父親《ちゝおや》に口《くち》をきかないでゐる。」

「とう〳〵吉《よつ》ちやんも家《うち》へ連《つ》れてこられてしまつた。」

お粂《くめ》は心《こゝろ》の中《うち》で然《さ》う思《おも》ひながら、島田《しまだ》の前髷《まへまげ》をこしらへてゐるお金《きん》さんの毛筋棒《けすぢぼう》の動《うご》きをぢつと見《み》てゐる。今日《けふ》は前髪《まへかみ》の恰好《かつかう》がたいへんに好《い》い。鬢《びん》の癖《くせ》も直《なほ》つたし、これがお正月《しやうぐわつ》の髪《かみ》になるのだと好《い》いんだけれども、もう一度三十一日《おほみそか》に結《ゆ》ふのだから――

「お金《きん》さん、この次《つ》ぎも斯《か》う云《い》ふやうに結《ゆ》つて頂戴《ちやうだい》よ。」

「そんなにお氣《き》に入《い》りましたか。」

お金《きん》さんは眉毛《まゆげ》のない顔《かほ》を、ちよいと突《つ》き出《だ》して鏡《かゞみ》のなかを覗《のぞ》く樣《やう》な恰好《かつかう》をした。誰《だれ》かゞ煙草《たばこ》を吸《す》つてゐる。吉《よつ》ちやんかしらとお粂《くめ》は思《おも》ふ。とんと火鉢《ひばち》の端《はし》で煙管《きせる》を叩《はた》いた音《おと》のした時《とき》、お粂《くめ》は何《なん》だか自分《じぶん》の背中《せなか》に物《もの》の當《あた》つた樣《やう》な氣《き》になる心持《こゝろもち》がした。それから横坐《よこずわ》りにしてゐる足袋《たび》の先《さき》が妙《めう》に冷《つ》めたくなつたり、帶上《おびあ》げの結《むす》び目《め》がいやに胸先《むなさき》につかへる樣《やう》な工合《ぐあひ》のとれない感《かん》じがしたりして、お粂《くめ》はぢつと斯《か》うして坐《すわ》つてゐるのが何所《こ》と云《い》はれず擽《くすぐ》つたくて堪《たま》らない氣《き》がしてきた。それに今日《けふ》はお金《きん》さんの髷《まげ》を拵《こしら》へるのが馬鹿《ばか》に丁寧《ていねい》なのもぢれつたい。

「おや。吉衛《よしゑ》さん。」

と云《い》ふ母親《はゝおや》の聲《こゑ》がする。

「また叔母《をば》さんのお世話《せわ》さまになります。」

吉衛《よしゑ》が優《やさ》しく返事《へんじ》をしてゐる。すると父親《ちゝおや》が欠伸《あくび》をした。

「お湯《ゆ》がいゝ加減《かげん》ですよ。吉衛《よしゑ》さんもをぢさんと一所《しよ》に入《はい》つたら。」

と母親《はゝおや》が云《い》ふので父親《ちゝおや》は立《た》つたやうだけれども、吉衛《よしゑ》は動《うご》かずにゐるやうにお粂《くめ》に思《おも》はれた。鏡《かゞみ》のなかからは火鉢《ひばち》の横《よこ》に中腰《ちうごし》になつた母親《はゝおや》の後付《うしろつき》ばかりがそつくり見《み》える。

「へ。」

お金《きん》さんが鬢搔《びんか》きを後《うしろ》からお粂《くめ》の前《まへ》へ差《さし》出《だ》した。鬢尻《びんじり》と髱《たぼ》を付《つ》けると、それでお粂《くめ》の髪《かみ》は漸《や》つとお終《しま》ひになつた。

「おゝ寒《さむ》い〳〵。」

お粂《くめ》は火鉢《ひばち》のわきに行《い》つてわざと母親《はゝおや》に擦《す》り付《つ》きながら手《て》を前《まへ》に翳《かざ》した時《とき》、お粂《くめ》はもうちやんと吉衛《よしゑ》の襦袢《じゆばん》の襟《えり》が縮緬《ちりめん》だつたのを見《み》てしまつた。先刻《さつき》煙草《たばこ》を吸《す》つ

たのは吉衛《よしゑ》ではなかつたと見《み》えて、吉衛《よしゑ》の廻《まは》りには煙草《たばこ》入《い》れもない。そうして吉《よし》衛《ゑ》はやつぱり懐《ふところ》手《で》をした儘下《まゝした》を向《ひ》いて坐《すわ》つてゐる。

母親《はゝおや》がお金《きん》さんに煙草《たばこ》をつけてやつてゐる間《あひだ》二人《ふたり》はお粂《くめ》の髪《かみ》をいろ〳〵と評《ひやう》をしてゐる。吉衛《よしゑ》の前《まへ》で二人《ふたり》に自分《じぶん》の髪《かみ》の事《こと》を云《い》はれるのがいやでお粂《くめ》は奥《おく》へ逃《に》げて行《ゆ》かうかと思《おも》つてゐる内《うち》に、何《なん》と思《おも》つたか吉衛《よしゑ》はだまつて二階《かい》へ上《あ》がつて行《い》つてしまつた。

「まあ、好《い》い男《をとこ》でゐらつしやいますね。わたくしや驚《おどろ》きましたよ。」

お金《きん》さんが直《す》ぐに然《さ》う云《い》つた。

「だから身《み》が持《も》てなくつて困《こま》るのさ。」

母親《はゝおや》がお粂《くめ》の顔《かほ》を見《み》て少《すこ》し笑《わら》つた。お粂《くめ》はまじめな顔《かほ》をして、下《した》に落《おと》したものをふいと見付《みつ》けたやうな眼色《まなざし》をしながら、火鉢《ひばち》のわきへ眼《め》を外《そ》らした。

「無理《むり》はござんせんわね。」

「あれの爲《ため》に姉《ねえ》さんはしよつちう煩《うるさ》つてゐるやうなもんだもの。又親父《またおやぢ》さんが一《ひ》と通《とほ》り嚴《きび》しいんぢやないんだから。」

お粂《くめ》は母親《はゝおや》の言葉《ことば》を聞《き》いてゐる内《うち》にだん〳〵悲《かな》しい心持《こゝろもち》になつてきた。吉《よ》つちやんは二階《かい》へ行《い》つて何《なに》をしてゐるんだらうと思《おも》ひながら聞《き》いて見《み》るのも極《きま》りが悪《わる》いので默《だま》つてゐる。

お金《きん》さんはもつと吉衛《よしゑ》の事《こと》を聞《き》きたそうにしてゐるけれ共《ども》、母親《はゝおや》はそれぎりで口《くち》を噤《つぐ》んでしまつたので、お金《きん》さんは氣《き》が付《つ》いたやうにあわてゝ臺所《だいどころ》から歸《かへ》つてしまつた。母親《はゝおや》はお粂《くめ》に、二階《かい》へ行《い》つて見《み》ておいでと云付《いひつ》けた。お粂《くめ》は袖をかさね合《あ》はせて、細《ほそ》い頸脚《えりあし》をぐいと延《の》ばしながら階子段《はしごだん》を上《あ》がつて行《ゆ》くと、直《す》ぐ上《あが》り口《ぐち》の柱《はしら》のところに吉衛《よしゑ》はやつぱり懐《ふところ》手《で》をしたまゝ寄《よ》つかゝつてゐた。正面《しやうめん》の窓《まど》の硝子《がらす》から、薄鼠地《うすねずぢ》へ小紋《こもん》をおいたやうに雪《ゆき》のちら〳〵降《ふ》つてゐるのが見《み》える。二階《かい》にはもう電氣《でんき》が點《つ》いてゐて、紅《べに》の眼張《めは》りをいれた役者《やくしや》の眼《め》のやうに、その灯《ひ》がうつとりと淡《あは》く、薄暮《うすぐ》れにぼやけた部屋《へや》のうちに滲《にじ》んでゐる。お粂《くめ》は吉衛《よしゑ》の姿《すがた》を後《うしろ》から見上《みあ》げた儘《まゝ》、何《なん》とも云《い》はずにまた下《した》へおりてきた。

「雪《ゆき》が降《ふ》つてきましたよ。」女中《ぢよちう》が然《さ》う云《い》ひながら臺所《だいどころ》からはいつて來《き》た。母親《はゝおや》はそこに居《ゐ》なかつた。

昨年の藝術界に於いて（三）

一、○○文學——最《もつと》も興味《きようみ》を惹《ひ》いた創作《さうさく》又《また》は評論《ひやうろん》。二、○○演劇——もう一度觀《み》たい程《ほど》のもの。三、○○繪畫——金《かね》があり置《お》く所《ところ》あれば買《か》ひたき日本畫《にほんぐわ》又《また》は洋畫《やうぐわ》。四、○○建築——最《もつと》も氣持《きもち》よく感《かん》じたる公共建築《こうきようけんちく》又《また》は住宅《ぢうたく》

右《みぎ》は成《な》るべく無名《むめい》の人《ひと》又《また》は新進《しん〳〵》の人《ひと》を奬勵《しやうれい》する意味《いみ》にて作者《さくしや》（演者《えんしや》）と題目《だいもく》（狂言《きやうげん》）とをお記《しる》し被下度候《くだされたくそろ》

○

田村俊子

一、文學《ぶんがく》、ずいぶんいろ〳〵な物《もの》を讀《よ》みましたがどれも大概《たいがい》おもしろいと思《おも》ひました。そうして誰《だれ》も自分《じぶん》より上手《じやうず》だと思《おも》ひました、

二、演劇《えんげき》、ずいぶんいろ〳〵な芝居《しばゐ》を觀《み》ましたがもう一度觀《み》たいと思《おも》ふ程《ほど》のものはちよいとない樣《やう》でした、

三、繪畫《くわいぐわ》、早稲田《わせだ》の展覽會《てんらんくわい》で欲《ほ》しいと思《おも》つた繪《ゑ》がありましたからまけて頂《いたゞ》いて買《か》ひましたそれは與里《より》さんの繪《ゑ》です買《か》へる位《くらゐ》の見積《みつも》りの出來《でき》る繪《ゑ》でなくつては大《たい》して欲《ほ》しいと思《おも》ひませんたとへそれがどれ程《ほど》好《す》きな繪《ゑ》であつても。

四、建築《けんちく》、森田《もりた》さんのお宅《たく》の犬小屋《いぬごや》。

雪《ゆき》ぞら

田村俊子

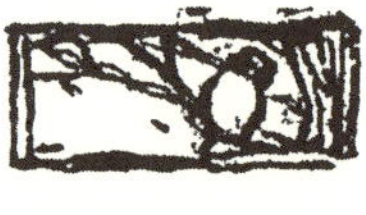

××劇場《げきぢやう》でこの次《つ》ぎに上場《じやうぢやう》するときまつたイブセンの作《さく》を譯《やく》した會澤文學士《あひざはぶんがくし》を、××劇場付《げきぢやうつ》きの俳優《はいいう》のKとEとが突然《とつぜん》に道子《みちこ》の住居《すまひ》を訪《たづ》ねたのはある雪《ゆき》もよひの寒《さむ》い午後《ごご》であつた。

道子《みちこ》は風邪《かぜ》を冒《ひ》いて、つい先刻《さつき》まで炬燵《こたつ》のうちに眠《ねむ》つてゐたのであつた。頭痛膏《づつうかう》をこめかみに貼《は》りつけて髪《かみ》を眞中《まんなか》から割《わ》つて下《さ》げてゐた道子《みちこ》の顔《かほ》は、身體《からだ》の寒《さむ》氣《け》と頭《つむ》の惱《なや》みとで眞《ま》つ蒼《さを》になつてゐた。客《きやく》を迎《むか》へて奥《おく》の座敷《ざしき》に通《とほ》してからも、道子《みちこ》は袖《そで》と袖《そで》をしつかり重《かさ》ね合《あ》はせて、ぞく〳〵ぞく〳〵する皮膚《ひふ》の惡《わ》るざむひ刺戟《しげき》を、身體《からだ》を堅《かた》くして堪《こら》へてゐた。

「何《ど》うかしたんですか。」

文學士《ぶんがくし》は道子《みちこ》の顔《かほ》をのぞく様《やう》にして斯《か》う聞《き》いた。

「風邪《かぜ》をひどくひき込《こ》んぢまつて。」

重《かさ》ね合《あ》はせた袖口《そでくち》の上《うへ》に腮《あご》をのせるやうにしてゐた道子《みちこ》は、かう云《い》ひながら、何《なに》しにこの三人《にん》が連《つ》れ立《だ》つてやつて來《き》たのか一寸見當《ちよつとけんたう》が付《つ》かないので考《かんが》へるやうな眼《め》を、それとなく火鉢《ひばち》の火《ひ》の上《うへ》に落《お》としてゐた。俳優《やくしや》のEの方《はう》は道子《みちこ》も幾度《いくど》か逢《あ》つて知《し》つてゐたがKは初《はじ》めて逢《あ》ふ人《ひと》であつた。

「××劇場《げきぢやう》のかたたちは、ほんとに上《じやう》手《ず》になりましたね。」

道子《みちこ》は一昨日《さくじつ》の晩《ばん》××座《ざ》でこの人《ひと》たちの演技《えんぎ》を見《み》たことを三人《にん》に話《はな》した。發狂《はつきやう》して悶死《もんし》する主人公《しゆじんこう》の役《やく》はこのKがやつてゐた。その發狂《はつきやう》してからの眉間《みけん》に入《い》れてある筋《すぢ》は紅《べに》か墨《すみ》かなど、道子《みちこ》はKに聞《き》いた。

「紅《べに》です。」

Kの返事《へんじ》をした時《とき》道子《みちこ》は初《はじ》めてしみ〴〵この男《をとこ》の顔《かほ》を見《み》た。舞臺《ぶたい》で見《み》たよりも口《くち》のひどく大《おほ》きな人《ひと》だと思《おも》つた。俳優《はいいう》はどつちも唐棧《たうざん》らしい小辨慶《こべんけい》のしやれた服裝《なり》をしてゐた。道子《みちこ》が思《おも》ひ出《だ》した點《てん》をいろいろ賞《ほ》めるたびに俳優《やくしや》たちは丁寧《ていねい》に頭《あたま》を下《さ》げては冗談《じやうだん》のやうに笑《わら》つた。Eはすきみのない顏《かほ》ではあるが、男《をとこ》の容貌《きりやう》として美《うつく》しい方《はう》であつた。道子《みちこ》はその二人《ふたり》の磨《みが》きのかゝつた光《ひか》つた顔《かほ》を時々《ときどき》見比《みくら》べてゐた。

「いつたい何《なん》の御用《ごよう》です。連中《れんちう》ですか。」

道子《みちこ》は文學士《ぶんがくし》の譯《やく》したものを上場《じやうぢやう》するに就《つ》いて、花々《はなばな》しい見連《けんれん》でも拵《こしら》へる爲《ため》に其《そ》の勸《すゝ》めに來《き》たのかとも解《かい》して見《み》た。それで斯《か》う聞《き》いて見《み》ると、文學士《ぶんがくし》はその眼《め》を一旦《たん》わきへ辷《すべ》らしてから、

「大抵《たいてい》分《わか》るでせう。」

と咽喉から聲《こゑ》を押出《おしだ》すやうな身體《からだ》の拍子《ひやうし》を取つて、道子《みちこ》の顏《かほ》をちらつと見《み》た。それと同時《どうじ》に俳優《はいいう》のKは身體《からだ》を二《ふた》つに折つて丁寧《ていねい》にお辭儀《じぎ》をした。Kの頭髮《かみ》のまんなかゝ薄《うす》く禿《は》げてゐるのが道子《みちこ》に見《み》えた。

「なんです。なんです。」

道子《みちこ》はほんとうに其《そ》れまで心《こゝろ》が附《つ》かなかつた。

道子《みちこ》は少時《しばらく》默《だま》つて並《なら》んでゐる三人《にん》の膝《ひざ》を一《ひと》つ〻順《じゆん》に見《み》て行《い》つて、さうしてこれらの人等《ひとたち》が自分《じぶん》に何《なに》を望《のぞ》んでゐるのだらうと底氣味《そこぎみ》わるい心持《こゝろもち》にもなつてゐた。

「舞臺《ぶたい》へ出《で》ていたゝき度《た》いんです。」

道子《みちこ》は驚《おどろ》いた眼《め》をして三人《にん》を見《み》た。

「いゝでせう。何《ど》うです。あなたを文《ぶん》壇《だん》へ引《ひ》き出《だ》したのは私《わたし》だと云《い》ふ噂《うはさ》があるから、今度《こんど》は是非《ぜひ》あなたを劇壇《げきだん》へ引《ひ》つ張《ぱ》り出《だ》さうと思《おも》ふんです。私《わたし》の爲《ため》に一《ひと》つ是《ぜ》非《ひ》やつていたゝき度《た》いんです。」

道子《みちこ》はこの文學士《ぶんがくし》の言葉《ことば》にすぐには返《へん》事《じ》が出《で》なかつた。俳優《はいいう》のEは、あなたにお目《め》にかゝる度《たび》にお願《ねが》ひしやう〱と思《おも》つてをりましたんですと、如才《じよさい》ない會釋《ゑしやく》を見《み》せて、隅《すみ》の方《はう》から口《くち》を挾《はさ》んでゐた。

「私《わたし》は出《で》られませんよ。駄目《だめ》ですよ。十一月の小説《せうせつ》に書《か》いた通《とほ》りなんですもの。」

道子《みちこ》は浮《う》は附《つ》かない聲《こゑ》を出《だ》して、寒氣《さむけ》のする身體《からだ》を堅《かた》くしながらしばらく默《だま》つてゐた。

「ではね、一《ひと》つ景氣《けいき》をつけやうと思《おも》ふの。あの劇場《げきぢやう》をいつぱいにして驚《おどろ》かしてやらうと思《おも》ふんです。△△會《くわい》の連中《れんぢゆう》もみんな來《き》て貰《もら》ふし、さうして一番《ばん》××劇場《げきぢやう》にうんと人氣《にんき》を立《た》たせてやらうと思《おも》ふんです。」

文學士《ぶんがくし》は兩手《りやうて》を擧《あ》げて、群《むら》り立《た》つ人氣《にんき》の花《はな》やかさを示《しめ》すやうな形《かたち》をして見《み》せた。傍《そば》に近《ちか》く坐《すわ》つてゐた道子《みちこ》は顏《かほ》を上《あ》げて、文學士《ぶんがくし》の熱《ねつ》をこめて云《い》つてる言葉《ことば》の調子《てうし》に相槌《あひづち》を打《う》つやうに一々うなづいてゐた。さうしてその一生懸命《しやうけんめい》な文學士《ぶんがくし》の態度《たいど》が道子《みちこ》は何《なん》となく氣《き》の毒《どく》に思《おも》はれた。

××劇場《げきぢやう》は入《い》りのないのでいつも一《ひと》つ話《はなし》になつてゐた。さうしてその一座《ざ》は××座《ざ》でのお荷物《にもつ》だと云《い》ふやうな噂《うはさ》もあつた。この次《つ》ぎはつぶれるかこの次《つ》ぎは解《かい》散《さん》して了《しま》ふかと云《い》ふやうな險呑《けんのん》な瀬戸際《せとぎは》を持《も》ち應《こた》へ〱して、漸《やう》くこゝまで續《つゞ》けて來《き》た新劇團《しんげきだん》であつた。さうして俳優《はいいう》たちの拙《まず》かつた技藝《ぎげい》も、この頃《ごろ》ではどうやら見《み》る物《もの》を驚《おどろ》かせるほどのところまで進《すゝ》んできてゐた。自分《じぶん》の譯《やく》したものをその劇場《げきぢやう》に上場《のぼ》せるに就《つ》いては一《ひ》と肌脱《はだぬ》ぎたいと云《い》ふやうな會澤文學士《あひさはぶんがくし》の心《こゝろ》いきが道《みち》子《こ》にもうなづかれた。

然《しか》し道子《みちこ》はもう舞臺《ぶたい》へは出《で》ない事《こと》にきめてしまつたのであつた。文學《ぶんがく》を捨《す》てゝもう一度《ど》舞臺《ぶたい》の人《ひと》にならうとして心《こゝろ》を騷《さわ》がしてゐた道子《みちこ》は、ある動機《どうき》からその熱《ねつ》がすつかり消《き》えてしまつた。さうして自分《じぶん》はやつぱりこつそりと机《つくゑ》に向《むか》つて、多《おほ》くの人《ひと》と伍《ご》すやうな事《こと》をしずにこつこつと自分《じぶん》だけの仕事《しごと》を續《つゞ》けてゆく人間《にんげん》だと云《い》ふ様《やう》な自覺《じかく》もできた。道子《みちこ》はまつたく、花々《はなばな》しいある壇上《だんじやう》に立《た》つて、多《おほ》くの女《をんな》と技《ぎ》を競《きそ》つたり名《な》を爭《あらそ》つたりして、自《じ》分《ぶん》の前《まへ》に立《た》ち塞《ふさ》がるものは突《つ》き退《の》け自分《じぶん》を突《つ》き退《の》けやうとするものは押《お》し返《かへ》しして、世間《せけん》に働《はたら》くと云《い》ふ様《やう》な事《こと》の出來《でき》ない女《をんな》であつた。誰《たれ》の前《まへ》にでもはしやいで、誰《たれ》の前《まへ》にでも我《わ》が儘で、誰《たれ》の前《まへ》にでも人《ひと》を馬鹿《ばか》にしてる様《やう》な顔《かほ》をしてる女《をんな》だけれ共《ども》、それは唯《たゞ》自分《じぶん》を知《し》つてくれる人《ひと》たちの前《まへ》ばかりであつた。道子《みちこ》は如何《いか》なる場《ば》合《あひ》でも、自分《じぶん》と脊丈《せたけ》を爭《あらそ》ふやうなものと並《なら》ぶやうな事《こと》があれば、直《す》ぐに負《ま》けてさうして直《す》ぐに疲《つか》れた。——

道子《みちこ》は舞臺《ぶたい》へ出《で》ると云《い》ふ事《こと》はふつゝり思《おも》ひ切《き》つてゐた。道子《みちこ》は再《ふたゝ》び文學《ぶんがく》に取《と》り縋《すが》つて、さうして好《す》きな演劇《えんげき》も文學《ぶんがく》の方《はう》から究《きは》めやうとしてゐた。「筆《ふで》よりも俳優《はいいう》の方《はう》が上《うへ》とはどうしても思《おも》はれない」と云《い》つたある老博士《らうはくし》の言葉《ことば》が、この頃《ころ》の道子《みちこ》に一《ひと》つの見識《けんしき》を與《あた》へてゐたのであつた。

「舞臺《ぶたい》へはもう出《で》ない事《こと》にきめたんですからねえ。」

けれど、道子《みちこ》はこの人《ひと》たちの前《まへ》で自分《じぶん》の考《かんが》へを露骨《ろこつ》に云《い》ふ事《こと》が何《ど》うしても出來《でき》なかつた。殊《こと》に俳優《はいいう》を連《つ》れて、わざ〳〵此處《ここ》まで車《くるま》を揃《そろ》へてやつてきた文學士《ぶんがくし》の體面《たいめん》を思《おも》ふと、平生《ふだん》の馴染《なじ》んだ感情《かんじやう》の上《うへ》から、道子《みちこ》はあらたまつた言葉《ことば》を文學士《ぶんがくし》に對《たい》して云《い》ひ出《だ》す事《こと》が何《ど》うしても出來《でき》なかつた。

「どうも、ぞく〳〵して。」

道子《みちこ》は寒氣《さむけ》のする身體《からだ》を堅《かた》くしては、もぐ〳〵と物《もの》を飮《の》み込《こ》むやうな口附《くちつ》きをして考《かんが》へてゐた。

「一昨日《をとつひ》の晩《ばん》の芝居《しばゐ》で風邪《かぜ》をひいたんですか。」

「ねゝ、その前《まへ》からひいてるんですけれど、それにお話《はなし》がお話《はなし》だから猶《なほ》寒氣《さむけ》がして。」

みんなは其《そ》れを聞《き》くと笑《わら》つてゐた。

「どうぞ。」

Kは幾度《いくたび》も頭《あたま》を下《さ》げた。

「困《こま》つてしまひましたね。——人氣《にんき》が立《た》つとか何《なん》とか云《い》ふやうな事《こと》なら案山子《かゞし》にだけならなりませう、道子《みちこ》が出《で》るとか云《い》つて人《ひと》が少《すこ》しでも何《なん》とか云《い》ふと云《い》ふやうなゝら出《で》る事《こと》だけにしておいて下《くだ》すつてもよござんすよ。」

「それぢや困《こま》る。」

文學士《ぶんがくし》は然《さ》う打消《うちけ》した。

「私《わたし》の爲《ため》にと思《おも》つて出《で》て下《くだ》さい。いゝでせう。」

然《さ》う云《い》つて眼鏡《めがね》の内《うち》から迫《せま》るやうな輝《かゞや》いた眼附をして道子《みちこ》をぢつと見《み》た。道子《みちこ》はまた下《した》を向《む》いてしまつた。まだ一《ひと》つ道子《みちこ》に困《こま》る事《こと》があつた。それはある演藝雜誌《えんげいざつし》から頼《たの》まれて、今《いま》の演劇《えんげき》に就《つ》いての所感《しよかん》を書《か》いた時《とき》に道子《みちこ》は、「今《いま》の飜譯芝居《ほんやくしばゐ》は猿芝居《さるしばゐ》のやうなものだ。」と書《か》いたのであつた。文壇《ぶんだん》へ自分《じぶん》を引《ひ》き出《だ》してくれた恩人《おんじん》の前《まへ》にこの場合《ばあひ》すべての主義《しゆぎ》も主張《しゆちやう》も撤《てつ》し去《さ》らなくてはならないとしても、自身《じしん》で稱したお猿《さる》になつて演技《えんぎ》をすると云《い》ふ事《こと》は何《ど》うしたつて出來《でき》るものではない。然《しか》しそれも三人《にん》の前《まへ》で打《う》つ衝《つ》けに云《い》ふ譯《わけ》には行《い》かなかつた。

道子《みちこ》の身體《からだ》にはだん〳〵熱《ねつ》が發《はつ》してき

て咽喉《のど》のまはりと鼻《はな》の髓《ずゐ》とが取《と》り分《わ》けて火《ひ》のやうな熱《ねつ》をもつてきた。手《て》の先《さき》きと足《あし》の先《さき》きはまるで氷《こほり》の齒《は》でしく〳〵と噛《か》まれるやうな痛《いた》い冷《つ》めたさであつた。道《みち》子《こ》は客《きやく》の前《まへ》に見得《みえ》も振《ふ》りも忘《わす》れて、出《で》來《き》るだけ身體《からだ》を丸《まる》く火鉢《ひばち》の傍《わき》にうづくまらして、物《もの》を云《い》ふ度《たび》に其《そ》の息《いき》を一々《いち〳〵》詰《つ》めるやうな寒氣《さむけ》のために切《せつ》ない言葉《ことば》づかひをした。輕《かる》い咳嗽《せき》が發《で》る度《たび》に、その息《いき》と一《いつ》所《しよ》に炎《ほのほ》のやうな熱《ねつ》が舌《した》から上腭《うはあご》に感《かん》じられた。

「演《や》れば何《なに》を演《や》るんです。」

「主人公《しゆじんこう》の女房《にようばう》。」

文學士《ぶんがくし》が然《さ》う云《い》つた。Eは直《す》ぐ臺本《だいほん》を取つて道子《みちこ》に渡《わた》した。さうして口《くち》を窄《すぼ》めた笑顔《ゑがほ》を作《つく》りながら、

「あゝ仰有《おつしや》ればもう。」

と云《い》つて手《て》を拍《う》つた。その言葉《ことば》に釣《つ》り込《こ》まれた道子《みちこ》はつい笑《わら》つてしまつた。

「この次《つ》ぎ僕《ぼく》が何《なに》か書《か》くと、あなたにヒロインをやつて貰《もら》ひますよ。」

道子《みちこ》はだまつて臺本《だいほん》をひろげて見《み》てゐたが、それを傍《わき》に置《お》くと、

「さうして私《わたし》にはもう出來《でき》ませんよ。これだけの臺詞《せりふ》を覺《おぼ》ゑるたつて大變《たいへん》な事《こと》です。それだけの力《ちから》もありませんもの。」

「いゝゑ。後《うしろ》をつけさせます。」

Eがまた肩《かた》から落《おと》したやうな會釋《ゑしやく》をして笑《わら》つた。

「僕《ぼく》も出《で》ますよ。近眼《ちかめ》の紳士《しんし》になつて。ね、あれがいゝだらう。」

文學士《ぶんがくし》はEの方《はう》を向《む》いて然《さ》う云《い》つた。さうして道子《みちこ》の方《はう》を見返《みかへ》つて、

「僕《ぼく》も來年《らいねん》は中々《なか〳〵》いそがしい。」

と云《い》ひながら微笑《びせう》した。それを聞《き》くと道子《みちこ》はこの文學士《ぶんがくし》に對《たい》してもういざこざを云《い》ふ勇氣《ゆうき》が出《で》なくなつた。演劇《えんげき》に對《たい》する新《あら》たな望《のぞ》みと云《い》ふやうなものがこの文學士《ぶんがくし》を子供《こども》らしく喜《よろこ》ばせてゐるのだと思《おも》ふと、道子《みちこ》はこれらの人《ひと》の賴《たの》みを却《しりぞ》けてゐる自分《じぶん》と云《い》ふものが、何《なん》となくこれらの人《ひと》を飜弄《かつが》つてゐるやうな酷《むご》い氣《き》がした。

「ぢや出《で》ませう。さうして面白《おもしろ》くやりませう。」斯《か》う一《ひ》と言云《い》つてしまへば、それで三人《にん》も喜《よろこ》ぶかと思《おも》ふと、然《さ》う云《い》つて退《い》けたい氣《き》もして、ぐづ〳〵としてゐた。

「新年《しんねん》の餘興《よきよう》と思《おも》つて。――」

「條件《でうけん》はつけますから――」

そんな言葉《ことば》が人々《ひと〴〵》の口《くち》から繰《く》り返《かへ》された。お正月《しやうぐわつ》に遊《あそ》ぶつもりで演《や》つて見《み》やうか、一度《ど》だけ――そんな氣《き》がふつと道子《みちこ》の胸《むね》に起《おこ》つた。

「一度《ど》だけと云《い》ふ條件《でうけん》なら。今度《こんど》だけ會澤《あひざは》さんの爲《ため》に出《で》ると云《い》ふ事《こと》なら。――」

道子《みちこ》はとう〳〵斯《か》う云《い》つてしまつた。

三人《にん》は

「ねゝ。ねゝ」と云《い》つて同《おな》じやうにうなづいた。さうして急《いそ》いで卷紙《まきがみ》に役割《やくわり》を書《か》いたものを出《だ》して、ある役《やく》の下《した》に道子《みちこ》の名《な》を書《か》き入《い》れてしまつた。道子《みちこ》は連判《れんぱん》状《じやう》のやうな氣《き》がしてはつとしながらそれをぢつと見《み》てゐた。然《しか》し直《す》ぐ、あとから文學士《ぶんがくし》に斷《ことわ》ればそれでも濟《す》むと云《い》ふやうな朧《おぼろ》な了簡《れうけん》が道子《みちこ》の心《こゝろ》の内《うち》に兆《きざ》してきた。いやだから止《よ》します。――さう云《い》つて了《しま》へばそれでも濟《す》む。今《いま》また四の五のと云《い》へば勸《すゝ》めやうとする口《くち》が三《みつ》つだから

兎ても叶《かな》はない。打《う》つ捨《ちや》つて措《お》けと云ふ様《やう》な事《こと》を道子《みちこ》は考《かんが》へてゐた。

「直《す》ぐ新聞社《しんぶんしや》へ廻《まは》して了《しま》ひます。廣告《くわうこく》しちまふんです。」

文學士《ぶんがくし》はこれだけ云つて直《す》ぐ歸《かへ》らうとした。それは道子《みちこ》が又異變《またいへん》を云《い》ひ出《だ》さない間に引《ひ》き上《あ》げてしまはうと云《い》ふ様《やう》に道子《みちこ》に受取《うけと》れた。道子《みちこ》はもう少《すこ》し何《なに》か云《い》つて見《み》たかつた。

「もうすこし。」

と引《ひ》き止《と》めたが

「あなたは風邪《かぜ》を引《ひ》いてるんだから。」

と云つて三人《にん》ながら座《ざ》を立《た》つた。

「風邪《かぜ》はなほして下《くだ》さい。成《な》る丈《だけ》はやく。」

文學士《ぶんがくし》は外套《ぐわいたう》を着《き》ながら道子《みちこ》に云《い》つた。車《くるま》が三臺《だい》、外《そと》に待《ま》つてゐた。

※　※　※　※　※

「斷《ことわ》つてしまはう。」

道子《みちこ》はみんなが歸《かへ》つてしまつてから臺《だい》本《ほん》を弄《いぢ》くりながら考《かんが》へてゐた。自分《じぶん》が舞《ぶ》臺《たい》へ再《ふたゝ》び出《で》るとして、それに集《あつ》まる多《おほ》くの女優《ぢよいう》の眼《め》の事《こと》を思《おも》ふと、道子《みちこ》はもう心《こゝろ》がちく／＼した。

何故《なぜ》もつと三人《にん》の前《まへ》に權威《けんゐ》を持《も》つて、はつきりと蹴つてやらなかつたかと思《おも》ふと、道子《みちこ》は自分《じぶん》の愚《ぐ》圖《づ》な事《こと》がしみ／″＼と唯《たゞ》なさけなかつた。

「文壇《ぶんだん》へあなたを引《ひ》き出《だ》したのは私《わたし》だと云《い》ふ事《こと》だから、今度《こんど》は劇壇《げきだん》へ引《ひ》き出《だ》すつもりだ。」

と云《い》つた文學士《ぶんがくし》の言葉《ことば》が、今《いま》の道子《みちこ》に妙《めう》に恩《おん》を持《も》つて壓《お》し付《つ》けた言葉《ことば》のやうに鋭《するど》く思《おも》ひ返《かへ》された。

「舞臺《ぶたい》なんぞへは再《ふたゝ》び出《で》ない、出《で》たくない。いやだ。いやだ。」

道子《みちこ》は傍《はた》で聞《き》いてゐる人《ひと》でもあるやうに、はつきりと斯《か》う云《い》つて臺本《だいほん》で火鉢《ひばち》のふちを叩《たゝ》いた。

道子《みちこ》は起《お》きてゐる事《こと》が出來《でき》なくなつて、又床《またとこ》に入《はい》つた。身體《からだ》の内部《ないぶ》からだん／＼に外側《そとがは》に押《お》し擴《ひろ》がつてゆく發熱《はつねつ》に身《み》を浮《う》かされるやうに思《おも》ひながら、何《なに》を考《かんが》へる氣力《きりよく》も無《な》くなつて道子《みちこ》は直《す》ぐうつうつと眠《ねむ》つてしまつた。

夜《よる》になつて道子《みちこ》の良人《をつと》が歸《かへ》つてくるまで、道子《みちこ》は何《なん》にも知《し》らずに眠《ねむ》つてゐた。下女《げぢよ》に起《おこ》されて熱《ねつ》にほてつた赤《あか》い顔《かほ》をして、皮膚《ひふ》のばら／＼になるやうな渴《かわ》きを感《かん》じながら道子《みちこ》が二階《にかい》から下《お》りてくると、道子《みちこ》の良人《をつと》は机《つくゑ》の前《まへ》で先刻《さつき》の臺本《だいほん》を見《み》てゐた。さうして

「誰《たれ》か來《き》たの。」

と道子《みちこ》を見《み》ると直《す》ぐ聞《き》いた。

「困《こま》つた事《こと》ができたの。」

斯《か》う云《い》つた時《とき》、道子《みちこ》はほんとうに自分《じぶん》の上《うへ》に困《こま》つた事《こと》が起《おこ》つてるのだと云《い》ふ切迫《せつぱ》な感《かん》じが其《そ》の胸《むね》をついと緊《し》めた。晝《ひる》の間《あひだ》に三人《にん》が來《き》て舞臺《ぶたい》へ出《で》てくれと云《い》つた事《こと》を良人《をつと》に道子《みちこ》は話《はな》した。

「困《こま》つたわね。」

「演《や》るさ。出《で》てやるさ。」

良人《をつと》は然《さ》う云《い》つた。さうして面白《おもしろ》さうな笑《わら》ひを作《つく》つてもう一度《いちど》、

「やつたらい丶さ。」

と云《い》つた。その途端《とたん》に道子《みちこ》は何《なに》も彼《か》も

いやになつて、むつと默《だま》つてしまつた。

しばらくして

「私《わたし》は出《で》ないんです。いやですもの。今《いま》さらそんな事《こと》は出來《でき》ませんよ。」

「ぢやあ何《なん》と云つてやつたんだ。」

「はつきり斷《ことわ》らなかつたけれども。」

道子《みちこ》は咳嗽《せき》をしながら火鉢《ひばち》の前《まへ》に坐《すわ》つた。さうして良人《をつと》の顏《かほ》を見《み》てゐるうちに、

「第《だい》一しばゐどころぢやない。」

と云《い》ひたくなつた。年末《ねんまつ》の凌《しの》ぎのむづかしい事《こと》が道子《みちこ》の頭腦《あたま》に閃《ひら》めいた。その上《うへ》に大晦日《おほみそか》までに書《か》かねばならぬものがまだ二《ふた》つあつた。着《き》のみ着《き》の儘《まゝ》のお正月《しやうぐわつ》を云《い》ふ覺悟《かくご》はあつたが、今《いま》、それを世《せ》帶染《たいじ》みた女《をんな》の愚痴《ぐち》らしく一寸《ちよつと》云《い》つて見《み》たい氣《き》が起《おこ》つてきて、良人《をつと》の顏《かほ》を穴《あな》のあくほど見詰《みつ》めてゐた。

「出《で》たつていゝぢやないか。」

良人《をつと》は然《さ》う云《い》ひながら臺本《だいほん》を持《も》つて火《ひ》鉢《ばち》の向《むか》ふにまはつて來《き》た。

「どんな役《やく》だい。」

「私《わたし》の性格《せいかく》とはまるで違《ちが》つた女《をんな》。柄《がら》にない役《やく》ですよ。」

「それぢや困《こま》るね。」

「お正月《しやうぐわつ》になつたつて何處《どこ》へも出《で》られやしませんもの。」

道子《みちこ》は別《べつ》の事《こと》を云《い》つて蜜柑《みかん》の箱《はこ》の中《なか》に手《て》を突《つ》つ込《こ》んだ。

「何《ど》う斷《ことわ》つていゝものか。」

道子《みちこ》は獨《ひと》り言《ごと》を云《い》ひながら蜜柑《みかん》を三つ四つ手《て》に持《も》つて再《ふたゝ》び二階《にかい》へ上《あ》がつて行《い》つて了《しま》つた。

さうして上着《うはぎ》を脱《ぬ》いで床《とこ》の中《なか》にはいると腹這《はらば》ひになつて蜜柑《みかん》を食《た》べてゐた。

「出《で》なきや出《で》ないで、何故《なぜ》はつきり斷《ことわ》らなかつたんだい。」

良人《をつと》は執拗《しつこ》く云《い》ひながら、又《また》臺本《だいほん》を持《も》つて上《あ》がつて來《き》た。

「はつきりは斷《ことわ》れないんですよ。」

「何故《なぜ》だい。」

良人《をつと》は息捲《いきま》いた聲《こゑ》をだした。今《いま》になつてから、自分《じぶん》が「出《で》たらいゝ」と云《い》つた時《とき》につんけんと「出《で》られませんよ。」と道子《みちこ》の云《い》つた言葉《ことば》がこの男《をとこ》の癪《しやく》にさわりだしたのであつた。その癖《くせ》、晝《ひる》の間《ま》に來《き》た連中《れんちう》に對《たい》してははつきり斷《ことわ》れなかつたと云《い》ふのが、例《れい》の道子《みちこ》の他人《たにん》に對《たい》しては媚《こび》を失《うしな》ふまいとする態度《たいど》を連想《れんさう》させて、この男《をとこ》の業《ごふ》を沸《に》やさせた。

「きまつてらい。」

「えゝ。私《わたし》は愚圖《ぐづ》ですもの。いゝか、ぐうたらはつきり人《ひと》に斷《ことわ》る事《こと》なんか出《で》來《き》ませんよ。」

二人《ふたり》はまた、道子《みちこ》が案山子《かゝし》にだけなら成《な》つてもいゝと云《い》つたと云《い》ふ話《はなし》に對《たい》してさん〴〵爭《あらそ》つた。

「第《だい》一、おれに相談《さうだん》しないで何《なん》でも定めるのか。」

と良人《をつと》は云《い》つた。仰《あほ》に寢《ね》て電燈《でんとう》の藍《いき》を見《み》てゐた道子《みちこ》はその言葉《ことば》を聞《き》くと、顏《かほ》を振《ふ》り向《む》けて良人《をつと》の方《はう》を見詰《みつ》めながら、

「相談《さうだん》するつてのは何《なん》です。自分《じぶん》の事《こと》をあなたに判斷《はんだん》してもらふ必要《ひつえう》がどこにあるんです。自分《じぶん》の事《こと》は自分《じぶん》で始末《しまつ》しますよ。あなたのお世話《せわ》にはなりませんよ。私《わたし》のところへ話《はなし》に來《き》たものをあなたに

何う御相談《ごさうだん》するんです。」

道子《みちこ》はしやん〳〵と言葉尻《ことばじり》に力《ちから》を入《い》れて然《さ》う云《い》つた。少時《しばらく》すると良人《をつと》は、一旦斷《いつたんことわ》りもしないで歸《かへ》したものを、又斷《またことわ》るやうな事《こと》をすれば先方《さき》はどんなに迷惑《めいわく》をするか知《し》れないと云ふ事《こと》を云《い》ひだして道子《みちこ》を責《せ》めた。

「突山子《とつざんし》になるくらゐなら演《や》つた方《はう》がいゝ。」

道子《みちこ》は知《し》らん顔《かほ》をしてゐた。さうして何《なに》も彼《か》も面倒《めんだう》になつて、「出《で》ないからいゝ。出《で》ないからいゝ。」と胸《むね》を裁《た》ち割《わ》るやうな決心《けつしん》をつけながら、仰《あふ》に寝《ね》た自分《じぶん》の胸《むね》をしつかりと押《おさ》へてゐるうちに、憂鬱《いううつ》からくるどんよりした睡眠《すゐみん》がまた道子《みちこ》をおそつて來《き》て、道子《みちこ》はいつの間《ま》にかうとうとした。

「どうしても君《きみ》とは氣《き》が合《あは》ないよ。」

然《さ》うした言葉《ことば》が道子《みちこ》の耳《みゝ》にはいつた時《とき》、道子《みちこ》ははつとして自分《じぶん》の耳《みゝ》の周圍《しうゐ》にさま〴〵な音響《おんきやう》が一時《じ》に群《むら》りたつたやうな氣《き》がしたが、すぐに眠《ねむ》つてしまつた。

翌《あく》る朝《あさ》になつて、道子《みちこ》の容體《ようだい》は少《すこ》し惡《わる》くなつてゐた。咳嗽《せき》が絶《た》えず出《で》て枕《まくら》から頭《あたま》を擡《もた》げやうとする時《とき》には腦《なう》のなかがゞおもう〳〵しんと響《ひゞ》いた。

道子《みちこ》は寝床《ねどこ》のなかで會澤文學士《あひざはぶんがくし》へあてゝ斷《ことわ》りの手紙《てがみ》を書《か》いた。昨日《きのふ》はつきりお斷《ことわ》りしやうと思《おも》つたが、俳優《はいいう》の前《まへ》の作者《さくしや》の權威《けんゐ》と云ふやうな事《こと》をあなたに對《たい》して考《かんが》へたゝめ、遂《つひ》はつきりお斷《ことわ》りしなかつたけれども、あの役《やく》は他《ほか》のかたに振《ふ》り代《か》へて頂《いたゞ》きたい。それにあの女《をんな》は私《わたし》の柄《がら》にない性格《せいかく》だから、やつたところで味噌《みそ》をつけておしまひになるくらゐなところです——と云ふやうな事《こと》であつた。

今日《けふ》も、昨日《きのふ》の空《そら》とおなじやうに雨《あめ》にもならず雪《ゆき》にもならず、冷《ひ》めたく濁《にご》つたまゝ凍《こほ》つてゐた。さうして二階《にかい》の窓《まど》に、時々《とき〴〵》、ぴゆぴゆうと云ふ笛《ふえ》を振《ふ》ふやうな細《ほそ》く鋭《するど》い風《かぜ》の鳴《な》りが聞《きこ》えてゐた。障子《しやうじ》の隙《すき》が[illegible]色を含《ふく》んで暗《くら》い部屋《へや》の内《うち》に輪廓《りんくわく》を作《つく》つてゐた。道子《みちこ》は寝床《ねどこ》のなかで昨日《きのふ》の臺本《だいほん》を讀《よ》んでゐた。自分《じぶん》の役《やく》に擬《ぎ》せられた女主人公《ぢよしゆじんこう》の出場《でば》に來《く》ると、言葉《ことば》の調子《てうし》から、感情《かんじやう》にふるはす筋肉《きんにく》の動《うご》きかたから、眼《め》の使《つか》ひかたから——それが悉《こと〴〵》く呑《の》み込《こ》めて、さうして自身《じしん》が其女《そのをんな》にでもなつたやうに、ある秘密《ひみつ》を忘《わす》れやう〳〵として良人《をつと》の前《まへ》には何氣《なにげ》なく暮《く》らして行《ゆ》ける——、沈《しづ》んだ常《つね》にある恐《おそ》れを抱《いだ》いて何物《なにもの》かと見詰《みつ》めてゐるやうな心持《こゝろもち》がしてきた。高調《かうてう》したところへくると道子《みちこ》の感情《かんじやう》も湧《わ》き立《た》つた。ある臺詞《せりふ》を聲《こゑ》にだしてやつて見《み》たりした。

「聲《こゑ》を撓《た》める事《こと》なんか、とても出來《でき》ない。」

道子《みちこ》はそんな事《こと》を思《おも》ひながら臺本《だいほん》を拋《はう》りだした。そうしてこれをEへ當《あ》てゝ送《おく》つてやらうと思《おも》つた。

午後《ごご》になると、熱《ねつ》が發《で》はじめて道子《みちこ》は又《また》うつ〳〵眠《ねむ》つた。書《か》かねばならないものの組《く》み立《た》てを考《かんが》へやうとして、眠《ねむ》るまいとしながらもいつか惰《だ》るい眠《ねむ》りにその身體《からだ》をそつくり捉《とら》はれていつた。速達《そくたつ》で會澤文學士《あひざはぶんがくし》から返書《へんしよ》の來《き》たのは夕暮《ゆふぐれ》であつた。

もうくれ／＼手續《てつゞき》もしてしまつて、何《なに》も彼《か》も濟《す》んだ後《あと》になつて斷《ことわ》ると云ふのは困《こま》るとあつた。それに一旦《たん》承諾《しようだく》したものを今《いま》になつて斷《ことわ》られると責任《せきにん》は自分《じぶん》にあるのだから劇場《げきぢやう》のものにも謝《しや》さなければならない。私《わたし》はオープン、ハーテッドな男《をとこ》で迚《とて》も表面《へうめん》だけつくつて糊塗《こと》する事《こと》の出來《でき》ない人間《にんげん》だから何《なに》も彼《か》も打明《うちあ》けてあやまる外《ほか》はない。今日《けふ》彼等《かれら》に謝《しや》する不面目《ふめんもく》に比《くら》べて昨日《きのふ》斷《ことわ》つて貰《もら》つた方《はう》がどの位《くらゐ》助《たす》かつたか知《し》れない。で善後策《ぜんごさく》として、新にい、女優《ぢよいう》を周旋《しうせん》してくれるか、上場《じやうぢやう》する劇《げき》をすべて撤回《てつくわい》して了《しま》ふか、それが出來《でき》なければ枉《ま》げて出演《しゆつえん》してくれと書《か》いてあつた。最後《さいご》に昨日《きのふ》喜《よろこ》んで歸《かへ》つた俳優《はいいう》にこの申《まを》し出《で》を傳《つた》へるのは餓《う》ゑた人間《にんげん》に一旦食を與《あた》へて口《くち》を持《も》つて行《い》かうとする瞬間《しゆんかん》に取上《とりあ》げるやうなものだと書《か》いてあつた。

それを讀《よ》んだ道子《みちこ》は、自分《じぶん》のうつかりしてゐた一《ひ》と言《こと》が、こゝまでいろ／＼な人《ひと》の感情《かんじやう》を手繰《たぐ》りよせて來《き》てしまつたのかと思《おも》つてびつくりした。そうして退《の》つ引《ぴ》きならないところに自分《じぶん》がうかと立《た》たせられて了《しま》つた事《こと》を後悔《こうくわい》した。もう冗談《じやうだん》でなく、自分《じぶん》の今《いま》の立場《たちば》を何方《どつち》にか明《あきら》かにしなければならない時《とき》になつたと思《おも》ふと、道子《みちこ》は泣《な》くにも泣《な》かれないぢり／＼した氣分《きぶん》になつた。

その晩《ばん》歸《かへ》つて來《き》た道子《みちこ》の良人《をつと》はその手《て》紙《がみ》を見《み》ると威丈高《ゐたけだか》になつて怒《おこ》つた。一旦《たん》快《こゝろよ》く引受《ひきう》けておきながら——と云《い》ふ手《て》紙《がみ》の中《なか》の文字《もんじ》に就《つ》いて、道子《みちこ》のはつきりしない處置《しよち》をおこつた。そうして何《ど》うでも自分《じぶん》の好《い》いやうに始末《しまつ》をするがいゝと云《い》つて投《な》げた。

翌《あく》る日《ひ》の新聞《しんぶん》に道子《みちこ》が再《ふたゝ》び舞臺《ぶたい》に出《で》ると云ふ事《こと》が揭てゐた。そうして會澤文學士《あひざはぶんがくし》も出《で》ると云《い》ふ事《こと》が附《つ》けてあつた。その晩《ばん》勸《つと》め先《さき》から歸《かへ》つて來《き》た道子《みちこ》の良人《をつと》は、今日《けふ》勸《つと》め先《さき》のルームで仲間《なかま》の人《ひと》たちに散々《さん／＼》に云《い》はれた事《こと》を話《はな》した。なかでも道《みち》子《こ》と親《した》しく知《し》り合《あ》ひのある若《わか》い文學者《ぶんがくしや》は、ひどく激昂《げきかう》して道子《みちこ》に對《たい》して談判《だんぱん》をしなければならないと憤慨《ふんがい》したさうであつた。

「自分《じぶん》の身體《からだ》を卑下《ひげ》するにも程《ほど》がある。何《なん》だと思《おも》つてゐるんです。彼《か》れ等《ら》を伍《ご》して何《ど》うしやうと云《い》ふんです。あなたが默《だま》つてゐると云ふ法《はふ》がない。」

と云《い》つて道子《みちこ》の良人《をつと》に迫《せま》つたとの事《こと》であつた。さうして××劇場《げきぢやう》の俳優《はいいう》たちに就《つ》いてもさま／″＼な批難《ひなん》があつたとの事《こと》だつた。それを話《はな》した道子《みちこ》の良人《をつと》は、不思《ふし》議《ぎ》に今夜《こんや》は落着《おちつ》いてゐた。自分《じぶん》の言葉《ことば》をして道子《みちこ》を責《せ》めるやうな事《こと》は一《ひ》と言《こと》も交じらなかつた。

道子《みちこ》はだまつて聞《き》いてゐた。この良人《をつと》ですらも、最初《さいしよ》は「出《で》たらいゝ。」と云つた人《ひと》であつた。外聞《よそぎ》きの言葉《ことば》ではあるけれども、舞臺《ぶたい》へ出《で》る事《こと》に就《つ》いて憤慨《ふんがい》した若《わか》い文學者《ぶんがくしや》の、その心《こゝろ》には何《なに》があつたのであらう。それは平日《ひごろ》の親《した》しい友人《いうじん》への眞實《しんじつ》の他《ほか》には何《なに》もなかつたに違《ちが》ひない。

と解釋するならば、自分《じぶん》を劇壇《げきだん》へ引《ひ》き出《だ》さうとして勸《すゝ》めにきたあの親《した》しい會澤文《あひざはぶん》學士《がくし》は、その眞實《しんじつ》を逆《さかさま》に見《み》た不眞實《ふしんじつ》と云はなければならないのだらうか。——

「自分《じぶん》の藝術《げいじゆつ》——自分《じぶん》の藝術《げいじゆつ》のために

――」

道子《みちこ》はぼんやりもそんな事《こと》を考《かんが》へてゐた。然《しか》し差《さ》し迫《せま》つたこの問題《もんだい》を、どう解《かい》決《けつ》していゝのか分《わか》らなかつた。

一昨日《をとゝひ》からの雪《ゆき》もよひが、夜《よる》になつてとう／＼雪《ゆき》になつた。雪《ゆき》は靜《しづ》かな夜《よる》の外《そと》にしん／＼と降《ふ》つてゐた。

（完）

斯《か》うして貰《もら》ひたい事《こと》

田村とし子

この頃《ころ》の芝居《しはゐ》はおもしろくないと誰《たれ》でも云《い》つてゐます。眞劍《しんけん》に芝居《しはゐ》を見《み》たり眞劍《しんけん》に芝居《しはゐ》を樂《たのし》んでゐるものは誰《たれ》でもこの頃《ころ》の芝居《しはゐ》のおもしろくない事《こと》をおこつてゐます。私《わたし》

もこの頃芝居《こうしはゐ》を見《み》て一度《ど》だつて面白《おもしろ》かつたと思《おも》つた事《こと》はありません。高《たか》い觀劇料《くわんげきれう》を拂《はら》つて歌舞伎《かぶき》や帝劇《ていげき》へ驅《か》けつけて見《み》ても、結局《けつきよく》は欠伸《あくび》と倦怠《けんたい》と疲勞《ひらう》とで生《なま》ふやけた樣《やう》な心持《こゝろもち》だけを味《あぢは》つて歸《かへ》つてくる方《はう》が多《おほ》いんだからほんとにつまりません。一般《はん》の見物客《けんぶつきやく》も芝居《しはゐ》がおもしろくないと見《み》えて何《ど》所《こ》の芝居《しはゐ》も大概《たいがい》は不入《ふい》りですね。かうして芝居慾《しはゐよく》つてものが次第々々《だん〳〵》に減《へ》つてくるのは、其《そ》れは思《おも》ひ切《き》つて面白《おもしろ》い芝《しは》居《ゐ》を見《み》せないからです。何《ど》うすればおもしろい芝居《しはゐ》が見《み》せられるかつて云《い》へば、それは誰《たれ》でも云《い》ふ通《とほ》りお極《きま》り文句《もんく》の好《よ》い脚本《きやくほん》を拵《こしら》へて、そうして俳優《はいいう》が——現在《げんざい》の一流《りう》二流《りう》の俳優《はいいう》たちがもつと活動的《くわつどうてき》にならなくつちや可《い》けません。生《なま》意氣《いき》を云《い》ふのぢやないが、何《なに》もお素人《しろうと》たちが西洋《せいやう》の飜譯芝《ほんやくしは》居《ゐ》をするのばかりが新《あた》らしい芝居《しはゐ》と云《い》ふものぢやないのでせう。新舊《しんきう》を通《つう》じて現在《げんざい》の一流《りう》二流《りう》の俳優《はいいう》たちがもつと根《こん》本的《ほんてき》に研究的《けんきうてき》な態度《たいど》をもつて、自分《じぶん》が今《いま》まで築《きづ》き上《あ》げてきた伎藝《ぎげい》の上《うへ》から更《さら》に新《あた》らしいものを見付《みつ》けだして、そうしてもう一度《ど》第二《だい》のものを更《さら》に築《きづ》き上《あ》げる位《くらゐ》の勇氣《ゆうき》を持《ま》つて演劇《えんげき》と云《い》ふものに臨《のぞ》んでくれゝば可《い》いと思《おも》ひます。然《さ》う云《いふ》俳優《はいいう》が一人《ひとり》でもあれば結構《けつかう》だと思《おも》いますね。然《さ》うすれば自《し》然《ぜん》おもしろい芝居《しはゐ》が見《み》られます。客《きやく》のこない爲《ため》に興行主側《こうぎやうぬしがは》

の方《はう》もずいぶんやきもきしてゐるやうですが茶屋《ちや》を廢《はい》したり、出方《でかた》を止《よ》したりしたつて、そんな事《こと》はたかでお客《きやく》の好《かう》奇心《きしん》をそゝる手段《しゆだん》にもなりやしません。要《えう》は舞臺《ぶだい》の上《うへ》の根《こん》本活動《ほんくわつどう》です。歌舞伎座《かぶきざ》で出方《でかた》を止《よ》したと聞《き》いたつて行《い》つて見《み》やうと云《い》ふ氣《き》も起《おこ》らないが、今度《こんど》の芝居《しばゐ》はおもしろいと評判《ひやうばん》が立《た》てば借金《しやくきん》を質《しつ》においても出掛《でか》ける氣《き》になるのは人《にん》情《じやう》ですからね。

　脚本《きやくほん》の好《よ》いのがないと云《い》ふ事《こと》を能《よ》く聞《き》きますが、私《わたし》の考《かんが》へるところでは隨分好《ずゐぶんよ》い脚本《きやくほん》が出《で》てゐると思《おも》ひます。そうして又好《またよ》い脚本《きやくほん》の書《か》けそうな人《ひと》が隨分隅《ずゐぶんすみ》の方《はう》に引《ひ》つ込《こ》んでゐると思ひます。亡《な》くなつた川上《かはかみ》と云《い》ふ人《ひと》はある興行的《こうぎやうてき》の策略《さくりやく》の上《うへ》からこう云《い》ふ人《ひと》を見付《みつ》け出《だ》す事《こと》が上手《じやうず》だつたやうです。今《いま》の岡本綺堂《をかもときだう》さんが今日《こんにち》のやうに脚本界《きやくほんかい》にある高《たか》い地歩《ちほ》を占《し》めておいでのも、たしか川上《かはかみ》の革新劇《かくしんげき》にこの人《ひと》の作《さく》を上場《じやうぢやう》した後《あと》にめき／＼と劇壇《げきだん》の方《はう》に勢《いきほひ》を占《し》められたやうに私《わたし》は記憶《きおく》してゐます。その前《まへ》は唯私《たゞわたし》どもの入《はい》つてゐた文士劇《ぶんしげき》に惜《お》しい筆《ふで》をいたづらに振《ふ》るつてゐたばかりだつたと覺《おぼ》えてゐます。斯《か》う云《い》ふ樣《やう》に俳優《はいいう》なり興行人側《こうぎやうにんがは》なりの方《はう》である傳手《つて》に由《よ》つて見解《けんかい》のある主張《しゆちやう》を持《も》つた作者《さくしや》の一人《にん》を見附《みつ》けだすと云《い》ふ事《こと》も必要《ひつえう》だと思《おも》ひます。──こんな事《こと》は私《わたし》のお饒舌《しやべり》を待《ま》たないだつても皆樣先刻御《みなさませんこくご》承知《しようち》の事《こと》でしたつけ。こんな事《こと》はこれで切《き》り上《あ》げて、出來《でき》ない相談《さうだん》でも宜《よ》いと云《い》ふお頼《たの》みの註文帳《ちうもんちやう》に取《と》りかゝりませう。

　さて、何《なに》から註文《ちうもん》をだしませうか。いろ／＼の方面《はうめん》へごつちやに註文《ちうもん》を出《だ》しますから少《すこ》し區別《くべつ》しにくいかも知《し》れませんが。

　まづ第一《だい》は帝劇《ていげき》の株主《かぶぬし》たちに由《よ》つて歐米《おうべい》の名優《めいいう》（とまでは行《い》かなくつても）を招《よ》んで興行《こうぎやう》して貰《もら》ひたいんです。横濱《よこはま》から素人《しろうと》に毛《け》の生《は》へた異人《いじん》を引《ひ》つ張《は》つて來《き》たり、旅役《たびやく》者《しや》が日本《にほん》へ寄《よ》つた序《ついで》を帝劇《ていげき》へ迎《むか》へたり、してゐる樣《やう》な姑息《こそく》な事《こと》でなく、大々的《たいくてき》にどんな高《たか》いお給金《きふきん》でもどんな高《たか》い旅《りよ》費《ひ》でも構《かま》いませんから時々《ときぐ》西洋《あちら》からある一座《ざ》を招《よ》んでは帝《てい》劇《げき》で演《や》らして貰《もら》い度《た》いと思《おも》ふのです。然《さ》うすると居《ゐ》ながら西洋《せいやう》の演劇《えんげき》を見馴《みな》れる事《こと》が出來《でき》るばかりでなく、不具者《ふぐしや》の芝居《しばゐ》のやうな猿芝居《さるしばゐ》のやうな飜譯芝居《ほんやくしばゐ》が自然消滅《しぜんせうめつ》して了《しま》ひます。そうして、西洋《せいやう》の役者《やくしや》に由《よ》つて演《えん》じられる西洋《せいやう》の演《えん》劇《げき》と云《い》ふものに人々《ひとぐ》の眼《め》が明《あき》らかになつて來《く》るに從《したが》つて、初《はじ》めてそこに、在來《ざいらい》の新派劇《しんぱげき》でもなく舊派劇《きうはげき》でもない所謂《いはゆる》現代《げんだい》の要求《えうきう》しつゝあるところの眞實《しんじつ》の日本《にほん》の新演劇《しんえんげき》と云《い》ふものに就《つ》いての發見《はつけん》もあるだらうし、又運動《またうんどう》も起《おこ》つてくるだらうと思《おも》ひます。きつと其所《そこ》から何《なに》かしら生《うま》れてくるに違《ちが》いないと思《おも》ふのです。兎《と》に角西洋《かくせいやう》の芝居《しばゐ》を西洋《せいやう》の役者《やくしや》によつて演《えん》じられるものを私《わたし》どもは頻繁《ひんぱん》に見《み》なけりやなりません。それにはお金《かね》のある帝劇《ていげき》の株主《かぶぬし》たちによつて招《よ》んで貰《もら》ふより外仕《ほかし》方《かた》がないでせう。けれども、そんなら獨逸《どいつ》の俳優《はいいう》を呼《よ》んでハウプトマンの芝居《しばゐ》を演《や》らせる事《こと》にするが、觀《み》て分《わか》るかね。聞《き》いて分《わか》るかね。と云《い》はれると私《わたし》は大變困《たいへんこま》りますがね。

次《つ》ぎは觀劇《くわんげき》の時間《じかん》をもつと短《みじか》くする事《こと》です。さらでもおもしろくない芝居《しばゐ》を一番目中幕大切《はんめなかまくおほぎり》と云《い》ふやうに、彼《あ》あ長《なが》い時間《じかん》の興行《こうぎやう》は、すべてにおいて不經濟《ふけいざい》だと思《おも》ひます。四時間乃至《じかんないし》五時間《じかん》ぐらゐのところで澤山《たくさん》だと思《おも》ひます。歌舞《かぶ》伎座《きざ》なぞも晝興行《ひるこうぎやう》なら十二時《じ》から五時《じ》かせい〴〵六時《じ》まで位《くらゐ》で切《き》り上《あ》げてしまふと可《い》いのです。この行詰《ゆきつ》まつてる世《よ》の中《なか》の人《ひと》たちに長《なが》い時間《じかん》の興行《こうぎやう》を強《し》ひるのは、觀劇《くわんげき》を臆劫《おくくう》に考《かんが》へさせる原因《もと》にもなりはしないかと思《おも》ひます。殊《こと》に私《わたし》どもは唯倦《たゞあ》きて疲勞《ひらう》するばかりでお終《しま》ひには電燈《でんとう》の光《ひか》りばかりが頭腦《あたま》のなかいつぱいに擴《ひろ》がつてしまふだけです。よく芝居《しばゐ》に行《ゆ》く人《ひと》は一日《にち》を樂《たの》しむつもりで行《ゆ》くのだから長時間《ちやうじかん》のほど觀客《くわんかく》が喜《よろこ》ぶとか云《い》ふやうな事《こと》を聞《き》きますがそれは

愚《ぐ》です、此節立見《このせつたちみ》の場所《ばしよ》に好《よ》い客《きやく》があつたり入《い》りが多《おほ》かつたりするのを見《み》ても、近頃《ちかごろ》の人《ひと》たちの頭《あたま》に時間《じかん》と云《い》ふ感念《かんねん》が鋭《するど》くなつてゐる事《こと》がわかります。時間《じかん》の短縮《たんしゆく》と云《い》ふ事《こと》から思《おも》ひ付《つ》きましたが、立見《たちみ》の場所《ばしよ》をもう少《すこ》し好《い》いところへ持《も》つて行《い》つてそうして木戸錢《きどせん》をもつと高《たか》く取《と》つたらいゝだらうと思《おも》ひます。今《いま》の棧敷《さじき》のところあたりを立見《たちみ》の場所《ばしよ》にして了《しま》ふのです。そうして立見《たちみ》の客《きやく》を好遇《かうぐう》するのです。椅《い》子《す》でも出《だ》しておけば猶宜《なほい》い。忙《せは》しい仕事《しごと》を持《も》つてゐる芝居《しばゐ》好《す》きな人《ひと》の爲《ため》に、又《また》ある一二幕《まく》たげを見《み》たい爲《ため》に他《た》の幾幕《いくまく》かを犧牲《ぎせい》にしなければならないやうな費《つひ》えを省《はぶ》く爲《ため》に、この一と幕見《まくみ》の場所《ばしよ》をもつと好《よ》いところへ持《も》つて行《い》つて、そうしてこゝの觀劇料《くわんげきれう》を高《たか》くした方《はう》がいゝ。そうして一日見《にちけん》物《ぶつ》の觀劇料《くわんげきれう》をもつと廉《やす》くして時間《じかん》を短縮《たんしゆく》する。これ等《ら》は又《また》現在《げんざい》の一般《はん》の觀客《くわんかく》の芝居《しばゐ》に對《たい》する要求《えうきう》なり註文《ちうもん》なりに適《は》まつてゐやしないかと思《おも》ふやうです。そうしてまだ宜《い》い事《こと》は芝居《しばゐ》へ行《い》つて物《もの》を食《た》べると云《い》ふ煩《わづら》はしい事《こと》がなくつて濟《す》みます。帝劇《ていげき》でも本興行《ほんこうぎやう》の三時《じ》か四時《じ》の開場《かいぢやう》の時《とき》などはどうしても劇場《げきぢやう》にゐてお夕飯《ゆふはん》を濟《す》まさなくてはならない。その爲《ため》に芝居《しばゐ》の方《はう》で何《なん》十分《ぶん》と云《い》ふ幕間《まくあひ》をこしらへると云《い》ふ樣《やう》な事《こと》になり、それでも食堂《しよくだう》へ行《い》つてまご〳〵してる間《うち》には幕《まく》

が開《あ》くと云《い》ふ騒《さは》ぎです。小楊枝《こやうじ》をつかひながら廊下《らうか》を歩《ある》いてるのはほんとに厭《いや》なものです。兎《と》に角《かく》これからの劇場《げきぢやう》は小綺麗《こぎれい》に、簡便《かんべん》に、秩序《ちつじよ》よく都合《つか》よく、自由《じいう》に、さらりとざつと見物《けんぶつ》の出來《でき》るやうな設置《せつち》なり方法《はうはふ》なりを取《と》つておいて貰《もら》ひ度《た》いものです。

次《つ》ぎは現在《げんざい》の女優《ぢよいう》たちにもつと勉强《べんきやう》と研究《けんきう》の餘地《よち》を與《あた》へてやり度《た》いのです。女優《ぢよいう》と云《い》つても確《たし》かな根據立脚地《こんきよりつきやくち》を持《も》つて居《ゐ》るのは帝劇付《ていげきづ》きの女優《ぢよいう》と文藝協會《ぶんげいけふくわい》の女優《ぢよいう》、それから在《あ》ると云《い》へば在《あ》る無《ない》と云《い》へば無《ない》ぐらゐな有樂座《いうらくざ》の女優《ぢよいう》ですが文藝協會《ぶんげいけふくわい》の女優《ぢよいう》たちは兎《と》に角先生《かくせんせい》がたが附《つ》いてゐて、敎導《けうだう》される上《うへ》には少《ち》つとも不充分《ふじうぶん》な事《こと》はないやうですが、帝劇《ていげき》の方《はう》の女優《ぢよいう》たちはもういつぱし稼《かせ》ぐ方《はう》に追《お》ひ使《つか》はれて他《た》を省《かへり》みてる隙《すき》が少《すこ》しもないやうに思《おも》はれます。毎興行《まいこうぎやう》に連中《れんぢう》を作《つく》れば作《つく》るほど會社《くわいしや》の受《う》けがいゝなぞは、あの若《わか》いまだ技藝《ぎげい》と云《い》ふ點《てん》において何《なん》の力《ちから》も認《みと》められない女優《ぢよいう》たちを唯《たゞ》徒《いたづ》らにいぢめてゐる樣《やう》なものです。もう一《ひ》と息座《いきざ》の方《はう》で女《ぢよ》優《いう》の面倒《めんだふ》を見《み》てやらなけりやなるまいと思《おも》います。連中《れんちう》の多《おほ》い少《すく》ないに由《よ》つて役割《やくわり》の上《うへ》に損德《そんとく》があると云《い》ふ樣《やう》な可《か》哀想《あいさう》な事《こと》はしずに、もう少《すこ》し他念《たねん》なく落著《おちつ》いた勉强《べんきやう》をさせてやつたらばと思《おも》はれます。演劇《えんげき》に就《つい》ての勉强《べんきやう》とか研究《けんきう》と

かに特《とく》に座《ざ》の方《はう》で女優《ぢよいう》の爲《ため》の便宜《べんぎ》や方法《はうはふ》を授《さづ》けてやる樣《やう》にしたらよくはないかと思《おも》はれます。頭腦《あたま》のできた技藝《ぎげい》の優《いう》秀《しう》な女優《ぢよいう》の現《あら》はれると云《い》ふ事《こと》は、これもやがて新演劇《しんえんげき》を興《おこ》すに就《つ》いての基礎《もとゐ》となるべき一番大切《ばんたいせつ》な箇條《かでう》の一《ひ》とつとなる事《こと》なのですから、せい〴〵現在《げんざい》の女優《ぢよいう》たちに同情《どうじやう》をし又《また》大事《だいじ》にかけてやらなければならないと思《おも》ひます。

次《つ》ぎには會員《くわいゐん》を文學者《ぶんがくしや》と俳優《はいいう》とだけに限《かぎ》つた俱樂部《くらぶ》を設《せつ》立《りつ》するといゝと思《おも》います。一般《はん》の文學者《ぶんがくしや》と一般《はん》の俳優《はいいう》との關係《くわんけい》をもつと親密《しんみつ》にする爲《やう》に、又交渉《またかうせふ》を近《ちか》くする爲《ため》に兩者《りやうしや》の打寄《うちよ》つて遊《あそ》べる俱樂部《くらぶ》をもう建《た》てゝも好《よ》い時分《じぶん》ぢやないかと思《おも》はれます。無論《むろん》こんな事《こと》は劇壇《げきだん》なり文壇《ぶんだん》なりの中心《ちうしん》に最《もつと》も勢力《せいりよく》を占《し》めてゐる有力《いうりよく》な人々《ひと〴〵》の手《て》によつてでなくつては出來《でき》ない事《こと》ですが、成《な》る丈規模《たけきも》を大《おほ》きくして、すべてを立派《りつぱ》にして、遊戲《いうぎ》の設備《せつび》を充方《じうぶん》にした俳優《はいいう》と文學者《ぶんがくしや》の俱《く》樂部《らぶ》を建《た》てる事《こと》を望《のぞ》みます。外國《ぐわいこく》にはかうした俱樂部《くらぶ》があるそうですね。

しばゐと云《い》ふ方《はう》に近付《ちかづ》いてゐる時《とき》は、いろ〳〵としばゐに對《たい》する苦情《くじやう》や不平《ふへい》が出《で》てきますが、斯《か》うして机《つくゑ》に向《むか》つて彼《あ》れ此《こ》れと思《おも》ひ出《だ》そうとすると、さてこれと云《い》つて尤《もつと》もらしい註文《ちうもん》も出《で》て來《き》ません。それに俳優《はいいう》や作者《さくしや》に對《たい》する註文《ちうもん》

と云《い》ふ樣《やう》な事《こと》になるか、それにはあらゆる方面《はうめん》の先生《せんせい》がたの御意見《ごいけん》などがあつて、私《わたし》などが口《くち》をだして見《み》たところで初《はじ》まる譯《わけ》でもなさそうですから、こんなところで御免《ごめん》を蒙《かふ》ります。

ある令嬢に

田村俊子

　しばらくお見《み》えにならないと思《おも》つてをりましたが、お手紙《てがみ》のおもむきでは大分《だいぶ》此《こ》の頃《ごろ》はお悩《なや》みの多《おほ》い御様子《ごやうす》とお察《さつ》し致《いた》します。然《しか》しよく御相談下《ごさうだんくだ》さいました。結婚《けつこん》に先立《さきだ》つては百度《ど》も千度《ど》も熟考《じゆくかう》に熟考《じゆくかう》をかさねて見《み》なければならないものですが、兎角若《とかくわか》い時《とき》には羞恥《しうち》の念《ねん》が先《さき》に立《た》つて、自身《じしん》の結婚《けつこん》と云《い》ふ上《うへ》に、深《ふか》く考《かんが》へをめぐらすと云《い》ふ事《こと》は出來《でき》にくいもので御座《ござ》います。殊《こと》にあなたの様《やう》な良《い》い家庭《かてい》にお育《そだ》ちになつた方《かた》は、親御様《おやごさま》のお勸《すゝ》めの儘《まゝ》に、婚禮衣裳《こんれいいしやう》の好《この》みにばかり心《こゝろ》がくれて、肝腎《かんじん》の良人《をつと》となるべき男性《だんせい》の性格《せいかく》も、又《また》御自身《ごじしん》との地位《ちゐ》の比較《ひかく》とか年齢《ねんれい》の差《さ》とか云《い》ふ事《こと》も考《かんが》へずに、他《た》から強《し》ひられるまゝに結婚《けつこん》して了《しま》ふ方《かた》が多《おほ》いやうですが、あなたは平生《ふだん》の謹《つゝし》み深《ぶか》い優《やさ》しいかたにも似合《にあ》はず、よく結婚《けつこん》と云《い》ふ事《こと》に就《つ》いて、其點《そこ》までお考《かんが》へになりました。失禮《しつれい》ですが私《わたくし》は感心《かんしん》いたしましたのです。あなたの頭腦《づなう》が智識的《ちしきてき》に發達《はつたつ》してゐらつしやるからなのだとは云《い》ひながら、これからの女子《をなご》は然《さ》うでなければなりません。

　仰有《おつしや》る通《とほ》り、結婚《けつこん》と云《い》ふ事《こと》は、御自身《ごじしん》の生活《せいくわつ》と、それから、今《いま》までは見《み》も知《し》りもしなかつた或《あ》る男性《だんせい》の生活《せいくわつ》とを連《れん》鎖《さ》する、その最初《さいしよ》と云《い》つていゝので御座《ござ》います。御自身《ごじしん》の生活《せいくわつ》が幸《さいはひ》に初《はじ》まるか、不幸《ふかう》に初《はじ》まるかのその第《だい》一歩《ぽ》なのです。そうしてその結婚《けつこん》の目的《もくてき》は、唯《たゞ》あなた御自身《ごじしん》と、そ

49　「ある令嬢に」『新婦人』大正2（1913）年2月1日

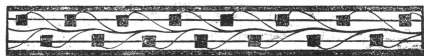

の良人《をつと》となるべき男性《だんせい》との強《つよ》い握手《あくしゆ》の他《ほか》には何《なに》もないので御座《ござ》います。即《すなは》ちあなた御自身《ごじしん》と、その良人《をつと》となるべき男性《だんせい》に伴《ともな》ふところの、金力《きんりよく》とか、又《また》は社會《しやくわい》における地位《ちゐ》とか、親《おや》から讓《ゆづ》られた或《あ》る一團《だん》に對《たい》する權《けん》力《りよく》とか云《い》ふものとの強《つよ》い握手《あくしゆ》ではないので御座《ござ》います。そこを考《かんが》へなければならない事《こと》に由《よ》つて、結《けつ》婚《こん》と云《い》ふ事《こと》は、殊《こと》に重大《ぢゆうだい》な――少《すくな》くとも若《わか》い女《をんな》の身《み》にとつて、大《おほ》きな問題《もんだい》にならなければならないので御座《ござ》います。

　良人《をつと》となるべき人《ひと》の家《いへ》に財産《さいさん》があるとか、又《また》は博士《はかせ》だとか、社會《しやくわい》的《てき》に權力《けんりよく》があるとか云《い》ふ様《やう》な事《こと》は、妻《つま》となつたその女性自身《によせうじしん》の生活《せいくわつ》に必《かなら》ず幸福《かうふく》をもたらすものとは云《い》へないのです。それは或《ある》ひは社交的《しやかうてき》な華美《くわび》な生活《せいくわつ》が送《おく》られる便《べん》宜《ぎ》にはなるかも知《し》れない。又《また》一令夫人《れいふじん》として社會《しやくわい》から多大《ただい》の尊敬《そんけい》を拂《はら》はれるやうな程度《ていど》の高《たか》い外形《ぐわいけい》だけの生活《せいくわつ》は送《おく》る事《こと》が出來《でき》るかも知《し》れないけれども、肝腎《かんじん》の配《はい》偶者《ぐうしや》の心《こころ》から發射《はつしや》される愛《あい》と云《い》ふものが缺《か》けて居《ゐ》たなら、その妻《つま》たる人《ひと》の内的生《ないてきせい》活《くわつ》には、少《すこ》しも幸福《かうふく》の影《かげ》は射《さ》さないに違《ちが》ひありません。

　然《しか》し愛《あい》と云《い》つても、その愛《あい》にも限《かぎ》りがあります。結婚《けつこん》したての物珍《ものめづ》らしさに、チヤホヤ云《い》つて、細君《さいくん》の頭《あたま》の飾《かざ》りにまで、心《こころ》を腐《くさ》らすやうな突發《とつぱつ》した惑情的《わくじやうてき》の愛《あい》では何《なん》にもな

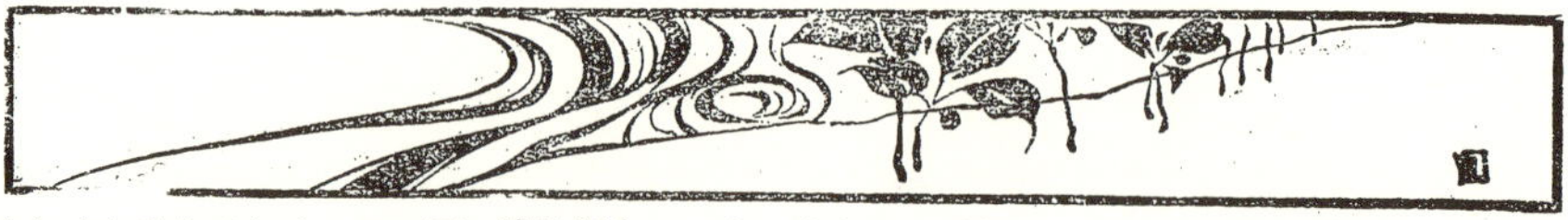

りません。然云《さうい》ふ一時的《じてき》の當座《たうざ》の愛《あい》は、細君《さいくん》に對《たい》する珍《めづ》らしさが消《き》えると共《とも》に失《うしな》はれてしまひます。斯《か》う云《い》ふ浮薄《ふはく》な愛《あい》を女《をんな》に向《むか》つて浴《あ》びせる様《やう》な男《をとこ》の性質《せいしつ》も、處女《しよぢよ》として、その前《まへ》に立《た》つて、洞察《どうさつ》しなければならない必要《ひつえう》があります。つまり男《をとこ》の人格《じんかく》が劣等《れつとう》であつたなら、決《けつ》して高尚《かうしやう》な、人道的《じんだうてき》な、宗教的《しゆうけうてき》な愛《あい》をその妻《つま》に對《たい》して持續《ぢぞく》する事《こと》は出來《でき》ないに違《ちが》ひありますまい。人道的《じんだうてき》の愛《あい》をもつてその妻《つま》をあたゝかに導《みちび》く事《こと》の出來得《できう》る男《をとこ》ならば、その人《ひと》のすべては善《ぜん》で、又《また》その社《しや》會《くわい》に對《たい》してなり、又《また》は自己《じこ》の本分《ほんぶん》に向《むか》つてなり、その人《ひと》の立《た》つところは強固《きやうこ》であるに違《ちが》ひない。この強固《きやうこ》と云《い》ふ事《こと》は、やがて又《また》その妻自身《つまじしん》の生《せい》活《くわつ》の上《うへ》に、或《あ》る頼母《たのも》しいなつかしい一種《しゆ》の力《ちから》を響《ひゞ》かしてくるものなのであります。配遇者《はいぐうしや》の強《きやう》固《こ》から感《かん》じるこの力《ちから》と云《い》ふものは、その妻自身《つまじしん》の心《こゝろ》の上《うへ》にも限《かぎ》りない安心《あんしん》を與《あた》へます。良人《をつと》から受《う》ける高尚《かうしやう》な人道的《じんだうてき》な愛情《あいじやう》、良人《をつと》の男性的人《だんせいてきじん》格的《かくてき》な或《あ》る力強《ちからづよ》さ、それらから感《かん》じるところの安心《あんしん》は、その妻自身《つまじしん》の生活《せいくわつ》の上《うへ》における最大《さいだい》な幸福《かうふく》と云《い》つて宜《よろ》しいでせう。かゝる愛《あい》をその良《そつ》人《と》たる配遇者《はいぐうしや》に向《むか》つて求《もと》め得《え》られた時《とき》にのみ、その結婚《けつこん》は理想的《りさうてき》に立派《りつぱ》に成立《せいりつ》されるのではなからうかと存《ぞん》じます。

然《しか》し、いかほどに愛《あい》が高尚《かうしやう》であつても、夫婦《ふうふ》の間《あひだ》に非常《ひじやう》な年齢《ねんれい》の差《さ》があつて、父親《ちゝおや》が娘《むすめ》を愛《あい》するやうな程度《ていど》の結婚《けつこん》も、私《わたくし》は絶對《ぜつたい》に避《さ》けなければならない事《こと》だと思《おも》ひます。かう云《い》ふ溺《おぼ》れた愛《あい》の結婚《けつこん》は、早晩《さうばん》不正當《ふせいたう》な生活《せいくわつ》を送《おく》らなければならない時《とき》が來《く》るに極《き》まつて居《ゐ》ます。殊《こと》に生理上《せいりじやう》から云《い》つても自分《じぶん》より十數年《すうねん》早《はや》く老衰《らうすゐ》した良人《をつと》を看護《かんご》しなければならないと云《い》ふ事《こと》もその妻《つま》にとつては不幸《ふかう》な極《きは》みだと存《ぞん》じます。夫婦《ふうふ》は二三才《さい》から五六才《さい》までの差《さ》を普通《ふつう》にして、そうしてお互《たがひ》の肉體《にくたい》の健康《けんかう》を保《たも》ち合《あ》つて行《ゆ》かなければならないと思《おも》ひます。然《さ》うしてかゝる愛《あい》を受《う》けた妻《つま》は、いかほどその人《ひと》が利發《りはつ》であつても甘《あま》え勝《がち》になるものであります。夫《ふう》婦《ふ》間《かん》と云《い》ふものはすべてが五分《ぶ》五分《ぶ》にいかなければ可《い》けない。健康《けんかう》と智能《ちのう》も欲求《よくきう》も同程度《どうていど》に保《たも》ち合《あ》はなければならない。この不平均《ふへいきん》と云《い》ふ事《こと》はやがて夫婦間《ふうふかん》の一致《ち》を缺《か》き、又《また》夫婦間《ふうふかん》の平和《へいわ》を傷《そこな》ふにきまつて居《ゐ》るのであります。夫婦《ふうふ》になつてからの平均《つりあひ》を保《たも》つとか又《また》は一致《ち》を心《こゝろ》がけると云《い》ふ様《やう》な事《こと》は、それは夫婦《ふうふ》となつてからのお話《はなし》で、こゝでは唯《たゞ》私《わたくし》の考《かんが》へた理想《りさう》の良人《をつと》に就《つ》いて申上《まうしあ》げる筈《はず》ですからこゝではお預《あづか》りにいたしておきます。

て、お手紙《てがみ》の中《なか》に大層《たいそう》地位《ちゐ》名望《めいばう》のあるかたでお年《とし》の多《おほ》い

のからお望《のぞ》のやうなお話《はなし》がありますが、これはよく〳〵お考《かんが》へになつた方《はう》がよいと存《ぞん》じます。若《わか》い血《ち》にはやつぱり若《わか》い血《ち》が觸《ふ》れなければ、新《あら》たな生活《せいくわつ》の上《うへ》に喜《よろこ》び溢《あふ》れた光明《くわうみやう》をみとめる事《こと》は出《で》來《き》ません。片々《かた〳〵》が老《おい》を感《かん》じ初《はじ》めた時《とき》に片々《かた〳〵》も老《おい》を感《かん》じる

ので、そこに夫婦《ふうふ》の親《しん》和《わ》と云《い》ふものが一層《そう》濃《こ》く深《ふか》くなつて生涯《しやうがい》を續《つゞ》けてゆくのであります。若《わか》い時《とき》にお互《たがひ》の力《ちから》で扶《たす》け合《あ》つた樂《たの》しみが、老年《らうねん》になつて、又《また》お互《たがひ》の老衰《らうすゐ》を慰合《なぐさめあ》ふと云《い》ふ同情《どうじやう》が得《え》られ合《あ》ふところに初《はじめ》て夫婦《ふうふ》と云《い》ふ別種《べつしゆ》な人《にん》間《げん》と人間《にんげん》と

との結婚《けっこん》の間《あひだ》の眞味《しんみ》が味《あぢ》はゝれるのです。

益《やく》にも立《た》たない長談義《ながだんぎ》でしたが、一と口《くち》に纒《まと》めれば、結婚《けっこん》と云ふ事《こと》に就《つ》いては人格《じんかく》の高《たか》い良人《をっと》を選《えら》ぶのが第一《だい》であると申上《まうしあ》げればよろしいのである。それは無論《むろん》教育《けういく》とか、その未來《みらい》の配偶者《はいぐうしや》の目下《もくか》の生活狀態《せいくわつじやうたい》もよく御注意《ごちゆうい》なさらなければならないが、唯《ただ》その人《ひと》の品性《ひんせい》です。

いくら才識《さいしき》が勝《すぐ》れてゐても處世《しよせい》が巧《たく》みでも品性《ひんせい》の低《ひく》い男性《だんせい》ではあくまでお避《さ》けにならなければならないと存《ぞん》じます。
然《しか》し良人《をつと》たるべき人《ひと》の職業《しよくげふ》に就《つ》いては、それはあなた御自身《ごじしん》にしてもお望《のぞ》みがあるかも知《し》れないし、私《わたくし》などが口《くち》を出《だ》しても仕方《しかた》のない事《こと》でせう。良人《をっと》の職業《しよくげふ》に對《たい》しての御志望《ごしばう》は、あくまでお遂《と》げになつた方《はう》がいゝと思《をも》ひます。自分《じぶん》の好《この》まぬ職業《しよくげふ》を配遇者《はいぐうしや》に持《も》たれると云《い》ふ事《こと》も、自分《じぶん》の新生活《しんせいくわつ》の上《うへ》に厭惡《えんを》の一點《てん》を滴《した》らすばかりで、その厭惡《えんを》一點《てん》がある禍《わざは》ひの根《ね》にならないとも限《かぎ》りません。
品性《ひんせい》の高《たか》い御良人《ごりやうじん》によつて、あなたの御一生《ごいつしやう》が唯《ただ》あたかく、樂《たの》しく、氣高《けだか》くお過《すご》しなされる事《こと》ばかりを祈《いの》つてやみません。それではこれで筆《ふで》を擱《お》きます。

かくあるべき男（上）

田村俊子

少女に對する男――現在の新しい女に對する男――中年の女に對する男――寡婦に對する男――無知の女に對する男――社會的卓越の技能を持てる女に對する男――老孃に對する男――自分と婚姻的關係のある女に對する男――放縱な女に對する男――人の妻に對する男――藝妓に對する男

○少女に對する男

男は少女に對して戀をしてはならないのです。たとへある一少女に對して戀愛を感じるとしても、その男は遂に少女の前てその感情を披瀝してはならないのです。男は責任をもつて少女と云ふものを重んじなければならないのです。少女に對して一種敬虔的の眞面目さを保《たゞ》つことが出來ず、又その心情を限りない溫潤の慈愛に浸らせて少女を慈しむ事が出來ないと自ら覺《さと》るものは決して少女の傍にも立寄る事を許されないのです。

女はいつの時代にあつても、この世界のある限り昔ナザレの聖者によつて讃美されたその愛と信仰の美しい性情を持ち傳へてゐるものだと思ひます。そうして其れはこの少女の時代において最も圓滿にもつとも美しい光りを持つてその胸の内に包まれてゐると思ひます。女の美しい情操、女のもつとも高き道德、それは凡べてこの少女の可憐な胸のうちに淸らかに芽ざゝれてゐるのです。女としての理想的の生涯――即ち一つの慈愛に取り縋つて犧牲的に情熱的に信仰的にその生を送り得べき用意は、神の手によつて永久にその少女の胸の内に蓄へられてゐるのであります。そうして其の美しい情操の萠芽を傷づくる罪惡は、いつも泥のやうな男の手によつて行はれるのです。

少女時代は何を見ても恐れおのゝいてゐます。少女の感情をもつとも强烈に色彩るその羞恥は、すべてに向つて著しい恐怖になつてその可憐な心を壓迫してゐます。その恐怖は又ある意味の拒絶になつてすべてに對して許さないと云ふ堅い信念を保たせてゐます。少女は誘惑の手に向つてもある程度までそれを却ける事の出來るだけのある强い力《ちから》を持つてゐます。然し可憐な少女は、父母の抱擁から放たれたばかりのその頼《たよ》りないうら淋しさの爲に、又いつともなく自分の心の前に空漠と開けてくる不思議な新らしい世界に對する異常な不安の爲に、その純な瞳子を凝らしながらも悲しい感激の底から常に限りない甘い慈愛をどこからともなく求めやうとしてあがきます。自分の心を溫く吸はれるやうなまことの慈愛——その慈愛に觸れやうとして少女の心は不安のうちに動揺しつゞけます。泥のやうな男は少女のその哀れな心の動揺に乘じて、ついに美しい情操の萌芽を傷づけて了ふのです。

少女の純潔を蹂躙した男の罪惡は永久に呪はれなければなりません。少女に對して男が慈愛を感じるやうな場合には、男は神の靈光を感じたやうな敬虔をもつて、その感情すらも少女の前に露骨にしてはならないのです。さうして女としての生涯をもつとも理想的に送らせる爲に、人道の爲に、男は少女に對して常に敎訓的の責任を感じながらそれを待遇しなくてはならないのです。少女は慈愛を求めやうとしてその周圍に甘へます。年の若い男性を恐れ嫌つて、比較的に中年の男になづく傾きのあるのは、その世間的に馴《な》らされた男性の寛容の心に甘へやうとするからなのです。少女は可愛いゝものです。又人から可愛がられやうとしてゐます。男は少女に對しては遂に可愛《かあい》がる以上に出てはならないのです。溫潤な慈愛をもつて少女の情操の萌芽を美しく庇護するほかには、男は少女に對して何事も考へてはならないのです。

○現在の新しい女に對する男

男は女を煽動する事が上手です、表面では女は女らしく柔順であれ溫和であれと云ひながら、猶やれそれと陰に廻つては女を煽てゝゐます。女は煽てには乗り易いものだと云つてはわあ〳〵と囃しながら煽てゝゐます。女が目覺ましい事をしてくれなければ我々の周圍が賑やかにならないと云つてはちく〳〵煽てゝゐます。感情の激烈な女はうか〳〵とこの煽てに乗つて遂突飛な事をやつて了ひます。然うすると男は得たり賢して手を拍つて、はやし、叫び、わめきます。一人がお前は新らしそうだと云つてある女を摘《つま》みだしてくると、多勢寄つて集つて、これは物になりそうだとか、これは眞似をしてゐるに過ぎないとか云つて品別をします。そうして物になりそうなのに對して、もつとやれ〳〵と煽てます。

現在の男たちは現在の女の口《くち》から大膽な告白を聞く事に興味を傾けてゐます。女が自分の心理の一端でも眞面目に漏らすやうな場合には、男はパンドラの箱を開けやうとする刹那のやうな不思議な興味を集注してそれに對します。そうしてその箱の中から、自己に對するある禍ひ――とまでゞなくとも男を損傷するやうなものが現はれたとしても、男は澁面を作りながら一時は兎に角その女を新しいと云つて推賞します。そうして一層煽てます。

然し、この煽動が兎に角現代女性の眼を幾分でも開かせたものであるかも知れません。覺束ないながらも自己を知ると云ふ覺醒に對する導きの火になつてゐるかも知れません。この煽動によつて一と度はしやぎ出した女性が先驅になつて、自己の力と云ふ事を思念する女が殖えて來たのかも知れません。所謂新らしい女は初めて自己を知り、そうして女としての新らしい自己の道を開く爲に、又女としての新らしい自己の世界を建設する爲に、孜々として努め初めました。新らしい女は凡てに對して奮闘する爲にある絶大な力を與へられん事を望んで、弱い肉體を張りながら空中に兩手を擧げて叫んでゐます。男の惡戯的の煽動が現在の女を不思議な道に引つ張つてゆきました。そうして男は其所で女たちを突き放しましたけれども、女たちは初めて其の迷路に立つて眞に覺醒し、自分の立場を考へ、自分の行くべき道を自《みづ》から權威的に指示してそうして兎に角獨自の力をもつて歩き初めました。

もはや男は、新しい女が何をしやうとも、又何を云はうとも決して笑つてはならないのです。新しい女が愚にも付かない事を云ふにしても、その叫びの聲が一向力《ちから》のないものにしても、兎に角これからの新しい女の唇から漏れる片言隻語にはある信念の影が潜んでゐるものとして男は大切にそれに耳を傾けなければならないのです。反抗してはならないのです。侮蔑してはならないのです。嘗て惡戲《いたづら》に煽動した男たちは、今は新しい女の唯一の伴侶になつて、然うしてその前途に輝いた一とつの明るい道を見付け出してやる事に共力をしなくてはいけないのです。けれども現在の新しい女は男と離れる事を好んでゐます。男と共に在る場合と云つても、それは女性としての自身が男性よりは權威において一段《いちだん》上にある時の場合より外には考へてゐないのです。男性よりは一歩先《さき》んじやうと云ふところにのみ新しい女の信念がつながれてゐるのです。ですから新しい女に對する男たちは、その前において自分のすべてを現出《あらは》にする事なしに、女の蔭に引き添つて注意深く監視してやる義務を考へなければいけないのです。まして新しい女と喧々と爭ふと云ふ樣な事はいけません。新しい女の行かうとする道に對して唯靜に默視して居さへすればいゝのです。新しい女に對して男はある義務を感じながら暫時口を噤んでゐなければいけません。

現在の新しい女に對して、遂に男の大々的に口を開くべき時期がくるまで、男はしばらくの間「長い目で見てやる」的の反感を持つた意味でなく、温い同情をその行動の上に注ぎながら當分沈默してゐなければいけないと思ひます。

○中年の女に對する男

女が中年になつて異性に對する時は、必らずその間に幾分の情味をもたらせて接しやうとする傾きが生じてきます。つまり若い時には異性との間に堅固な石のやうな墻壁をおいたものが、中年になつてくると薄絹の几帳を隔てにするぐらゐなところになつて來て、風の加減でその几帳の揺ぎたがるのを、その儘に任せておくと云ふやうなところがあります。

中年の女はあらゆるものへその智識が普遍して萬能になつてきます。感受性が鋭くなつて物の解釋、判斷力が強くなつてきます。技巧的の外貌の美はこの年頃になつて最もよく現はれてきます。然うして凡てに對して愛着が濃やかになつてきます。自分に從ふものは殊に愛し、自分に逆ふものは殊に憎むと云ふやうに、感情が荒つぽく摺れてきます。さうしてその感情を誰の前にも明らさまにしてゐる事に就いて得意になつてゐます。狹いながらも自分の周圍を征服する意氣の充實か見られるのは中年の女です。

中年の女は又男を好きます。女の生涯のうちでもつとも男性に對する理解があり、又男性に對していろいろな興味を感じるのはこの年輩です。單に話相手とするだけでも男性の世間的智識を一とつゞゝ自身に受け入れる事を欲望的に悦びますし、その發達しきつた體力からくる敏感は自分より智識の勝れたものゝ上からすべてを吸收しやうとして絶へず活動《うご》いてゐます。この中年の女に對して男が常に保たなければならないものは威嚴です。異性との間に婚姻的の關係があつてもなくても、いかなる場合においても、すべての意味から云つて男性は中年の女に對しては威嚴を保たなければいけません。

中年の女は男性に對するさま〴〵の興味を解すると同時に、所謂男性美にもつとも魅せられる時期なのです。男の體質から何《ど》う流れ出てくる力の壓迫かは分りませんが、中年の女は男に對していつも不思議な壓力を感じてゐます。その感覺は時として中年の女をついに淫奔的なものにさせて了ふことがあります。中年の女が異性との間に戀愛の感情を生じた時、その女の愛は放恣なものに違ひないのです。

斯う云ふ女の感情をもつとも精神的に抑壓するもの

はそれに對する男の威嚴だと思ひます。中年の女の前に在つてその威嚴が保たれた時に、初めて男性の男らしい價値も生じてくるのだと思ひます。そうして一種の奔放に傾いてきたその性情を持つ中年の女が、男らしい男性の威嚴に打たれた時に初めて、堅固な節操と云ふ調和力がその全身に漲つてくるのではないかと思ひます。然しその威嚴は極《きは》めて自然的なものでなくては駄目です。拔け殼のやうな男が威嚴だけを假面《めん》にして中年の女に對したなら、それは結局は中年の女のいふ玩《なぐさ》みものになるだけの事だと思はなくてはなりません。

斯くあるべき男（下）

田村俊子

○寡婦に對する男

私のこゝに云ふ寡婦は年の若い女にのみ限つてゐると思つて頂きたいのです。

私の友達に一人年の若い寡婦があります。非常に美しい女ですが自活の道を立てゝ間借《なが》りをしながら一人で暮らしてゐるのです。實家は相當な生活をしてゐるのですが實家へ歸れば夫の姓を嫁入つた先きへ復さなければならないと云ふのを悲しがつてそれて、唯一人で夫の姓を名乘つた儘淋しい生活をしてゐるのです。小供がなかつたものですからその儘夫の家に居る譯にも行かなかつたのです。友達とは云つてもさほど親しい間柄ではありませんから、この人のほんとうの心の内と云ふものを聞いた事はありません。けれども四年以前に別れた夫をいまだに追慕して毎日墓參をする事ばかりを何よりの樂しみにしてゐるらしいのです。別れた當座は毎日泣いてばかりゐたそうです。その當時私が逢ひました時も涙をこぼしながらいろ〳〵な話をしたのでした。それでこの頃逢ふとよくこの人は「もうあきらめた〳〵」と云ひます。「何《ど》うあきらめたのか」と聞きますと、「死亡《なく》なつたものは何う思ひ詰めたところで仕方がないから、この頃では自分の傍に夫が始終附き添つてゐるものだと斯う信じるやうに心がけてゐる」と云つたのです。身體は虚弱な人ですが近頃では以前のやうに憂欝なところがなくなりました。狹い座敷の内にはちやんと別れた人の寫眞を飾つて、いつもその前に美しい花などが供へてあります。
て、この人は非常に美しいのです。若いけれどもおしろいなぞは塗《つ》けてゐた事などもありませんが、途中なぞで出逢つてもふと人を振り返へさせる樣な美貌を持つてゐるのです。自活をしなければならないのでその仕事の爲によく出て歩いてゐます。それで周圍の人がこの人を一人でおくのを勿體ないと云つてゐるのです。そうして斯う云ふ美しい人を獨身でおくのは男へ對して罪だと云つてゐるのです。

この人の職業上からいろ〳〵な男性とも交渉があるに違ひありますまい。そうして現在の周圍の男に對してこの人がどんな考へを持つてゐるのかそれは聞いた事がないから私は知らないのです。然しこの人に逢ふ度に私はいつも世間の男と云ふものがこの人の傍に近寄らない事を眞から望んでゐるのです。何故か知りませんが私はこの人の傍に男性の近付かない事をいつも望んでゐるのです。

寡婦に對する男に向つて私は何《ど》うあれでせふと云のうか。それは極《ご》く何《なん》でもない事なんです。單純な事をのです。私がこの人に向つていつも不安を感じる事なもつて男に向つて一と言を云へばいゝのです。それは世間の若い寡婦に對しては男性は近付かない方がいゝと云ふ事だけなのです。

○無知な女に對する男

男の慾情の奴隷となり得るものは無知な女です。無知な女は男から愛されやうとするよりは、男から殘虐的な憎惡を受けまいとして男に向つてはその心が阿諛的に萎縮してゐます、そうして一面から云つて男をアドマイアするものは無知な女です。無知な女は男に對して屈從のほかには何も知らないのです。

男は無知な女を侮辱的に虐げる術に長じてゐます、無知な女の前では男は非常に意地が惡るくなります。そうして嫌厭します。けれども男の心のうちに、いつも影を窄めてはいつてくることの無知な女に對して、男は常に一種の印象を無知の女から强いられてゐるのです。男は無知な女を厭ひながらも、自分自身の感情をあやす事によつて男は矢つ張り無知な女を求めてゐるのです。

然うして男は無知な女の前にあつては自身の感情を制止しません。激した時には女の肉體を打擲する事が出來ます。放縦な感情の前に男は恥ぢを省みずに女を弄ぶ事が出來ます。無知な女の前では男特有の專横をもつて虐げる事が出來ますし、又無知な女の前では一とつの動物體になつて這ひ廻る事も出來ます。

男は自分の玩弄品を大切にしなくてはいけますまい。

自覺した女は男に玩弄物とされる事を拒絶します。然うしてある權利を主張したその結局は女の方から男に對して女の玩弄物となる事を望んでゆきます。ある非常に新しい女が「私が夫を持つなら何でも云ふことを聞くやうな男にする」と云ひましたが、現在の女が男より先んじやうと云ふその結論は、振り返つて男を玩弄すると云ふ事になるのかも知れません。現在の性の爭鬪は男を玩弄するか男に翫弄されるか、この二たつの權利を主張し合ふにとゞまるだけの事かも知れません。斯う云ふ場合に男が多くの女を翫弄すると云ふ一とつの事實を、自覺しつゝあると云ふ女の面前に執拗く見せ付けると云ふ事は好い皮肉です。男は自分の翫弄品をどこまでも大切に保護しなくてはいけますまい。

○社會的卓越の技能を持てる

女に對する男

ある卓越した技能を持つて社會から尊敬されてゐる女性は、自身の生活を中心にして四方へその心を活動かしてゐます。ですから男性化してゐると云ふよりは性そのものを解放してゐるやうな女が多い。同性に對して男性的の心持て過してゐる事もあれば、異性に對してもそれを殊更に異性として取扱つてゐないのです。

かう云ふ女は自分の技能に對するプライドの爲に、普通の女の嫉妬と云ふやうな性癖を失《な》くして、その性格が寛濶になつてゐます。男が小供のやうになつて女と云ふものに愛されやうと思ふなら、かう云ふ女を選ぶに限ります。自分の愛するものに對しては情熱があつて、又理智に富んでゐます。感情は燃えてゐながらその心は冷めたく澄んでゐるやうなところがあります。自分の獨特の技藝を一層研く事に心を集注してゐますから精神的の修養は少ないかも知れませんが、凡てに對して義侠的なところがあつて頼母しい。かう云ふ女に對する男はあくまで純で眞面目でなければいけません。可愛いらしくなくてはいけません。さうして斯う云ふ女の前ではいつも何かしら感激の涙を催うしてゐる樣な男でなくてはいけないのです、あながちこの女より若年でなくとも、弱い憐れつぽい、女の指の先きに突かれてもひよろ〳〵とする樣な、女の前で一と言を云ふにも顏を赤くする樣な、女に壓迫されてその瞳子をいつもおどつかしてゐる樣な男でなくてはいけません。それからもう一とつの資格は、男がお坊つちやん的に美しくなければいけない事です。

○老孃に對する男

私のこゝに云ふ老孃と云ふのは、一種の戀愛の絶望者ばかりを指します。

老孃は男に對して恐ろしく神經が弱くなつてゐます。さうして兎もすると男性と云ふものを呪咀と憎惡の方へ引きたぐつて來ます。老孃は男を忌み嫌つてるのではないので、唯憎んでゐるのです。男と云ふものが憎いのです。それと同時に又同性を嫌ひます。異性を憎んで同性を嫌ひます。そうしてその心のなかには輕石がつまつてるやうに偏執になつてゐます。

春を知らずに徒らに老いて行く女はある意味から云つて悲慘です。この老孃の偏執な感情を柔らかに解きほぐしてやるのは唯異性の親和があるばかりだと思ひます。老孃に對する時の男は、いつも謹嚴で、そうして親和に滿ちた忠實な友人でありたいと思ひます。

○自分と婚姻的關係のある女に對する男

夫は妻に對して決して小言と云ふものを云つてはいけません。事情が何であらうとも家庭において夫が妻を泣かせると云ふ事はたいへんな罪惡だと思はなくてはいけません。妻の爲に夫が泣くやうな場合があつてもその感情を妻の前で露出《あらは》にしてはいけません。まして妻を怒罵ると云ふやうな事は神佛の刑罰に逢つても仕方がないと思はなくてはいけません。自分の妻が氣の利かない痴愚なものであつたら、それは神から與へられた自己の運命だと觀じてあきらめなければいけませんし、又それが非常に怜悧で婦人としての天分を盡くせるやうな德の高い女《をんな》であつたら夫は神に向つてその事に就いて毎日感謝の辭をいたさなければいけません。

夫はまた自分の妻の器量萬端を出來るだけ世間に向つて吹聽する必要があります。家庭にある時の妻に對する態度と、世間へ出て自分の妻を批評する態度とは、いかなる場合にも一致させておかなければなりません。妻に對する不滿や不平を世間に發表する事は、つまり自身の愚鈍を露骨にするものだと思はなくてはいけません。自分の妻に對しては物質的の滿足をさせる事をもつて最要件としなくてはいけません。自分の妻に對して共稼ぎをする事を宣告するやうなものは男としての價値の零な事を示してゐるものだと思はなくてはいけません。

妻を除いて他の婚姻的關係のある女に對しては、男はたゞ姑労を下げない事を忘れさへしなければそれていゝのです。

○放縦な女に對する男

放縦な女はもつとも肉的の誘惑の氣分に富《と》んでゐます。

放縦な女には藝術味があります。男の肉體を溶ろかし蕩すだけの熱氣《ねつき》を含んでゐます。そうして眼には燃えるやうな情熱があつて、その肌ざわりが何所《どこ》と云はれず甘つたるいのです。放縦な女は浮氣です。男の要求をしりぞけるだけの力は、その體内を烈しく、、ぬるく流れてゐる血潮の爲に麻痺されてゐるのです。それから又、放縦な女は遊戯的の氣分に充ちてゐます。

男は放縦な女を決して馬鹿にしてはいけないのです。もつとも戀情的の色彩のある興味を女と共に持つ爲に、情趣的な遊びを女と共にする爲に、男は放縦な女を華やかな明るい芳烈の香りの充ちた歡樂の底に大切に圍つておかなければいけないのです。そうすれば放縦な女の身體からは絶へず耽溺の滴汁が蒸發してきます。男の爲にはその滴汁は人生のオヲシスかも知れません。

○人の妻に對する男

人の妻に對した時は、その妻の良人たる人よりも阿呆げな様子をしてゐる事をもつて最善といたします。

○藝妓に對する男

襯衣を着ないことをもつて最上といたします。

繡ひのどてら

田村俊子

ちよいとした機《はずみ》から茶簞笥《ちやだんす》の上《うへ》に乘《の》つてゐる鉢植《はちうゑ》の梅《うめ》の匂《にほ》ひがお浦《うら》の鼻《はな》に付《つ》きだしてきた。その室內《へや》の灯《ひ》に蒸《む》されてる幽《かすか》な香《かを》りが取《と》りとめもなく頭痛《づつう》に響《ひゞ》きを打《う》つて、鼻《はな》の髓《ずゐ》から腦天《なうてん》へ染《し》み通《とほ》るやうな心持《こゝろもち》がしてくると、お浦《うら》は少《すこ》し胸《むね》がむかついて來《き》た。それに、養女《むすめ》のおせんが二階《かい》で、さつき尋《たづ》ねて來《き》た母親《はゝおや》とまだ何《なに》か話《はなし》をしてゐるのが癪《しやく》にもさわつてゐるので、いきなり炬燵蒲團《こたつぶとん》に押《お》し付《つ》けてゐた顏《かほ》を上《あ》げて自棄《やけ》にぐら／＼と頭《あたま》を一《ひと》と振《ふ》り振《ふ》ると、

「おい。誰《だれ》か居《ゐ》ないかい。」

と大《おほ》きな聲《こゑ》でどなつた。その拍子《ひやうし》に櫛卷《くしまき》の毛《け》がほどけて黃楊《つげ》の荒齒《あらは》が肩《かた》を越《こ》してお浦《うら》の膝《ひざ》の上《うへ》に落《お》ちてきた。

茶《ちや》の間《ま》と臺所《だいどころ》の境《さかひ》の障子《しやうじ》を開《あ》けて、今《いま》までかたんとも音《おと》のしなかつた臺所《だいどころ》から女中《ぢよちう》が顏《かほ》を出《だ》したが、二階《かい》でもおせんが「はい。」とはつきりした返事《へんじ》をして、直《す》ぐにどた／＼と音《おと》をさせて階子段《はしごだん》を下《おり》て來《き》た。

「あの梅《うめ》をね、何所《どつ》かへ片付《かたづ》けちまつてお呉《く》れな。」

お浦《うら》は、昔《むかし》お祖母《ばあ》さんが御殿奉公《ごてんぼうこう》をしてゐた頃《ころ》着《き》てゐたと云《い》ふ衣裳《いしやう》の上《あが》りの、はげた鶸色縮緬《ひわいろちりめん》に朱《しゆ》や鴇色《ときいろ》で草花《くさばな》を繡《ぬ》ひ取《と》つたどてらを着《き》てゐる。その銀糸《ぎんいと》の繡《ぬ》ひのほつれに引《ひ》つかゝつた荒櫛《あらぐし》を拾《ひろ》ひながら、お浦《うら》はおせんの方《はう》を見《み》て斯《か》う云《い》ひ付《つ》けた。

おせんは茶簞笥《ちやだんす》の方《はう》へ行《い》つて青磁《せいじ》の梅《うめ》の鉢《はち》を持《も》ち上《あ》げると、それをわざ／＼お浦《うら》の眼《め》の前《まへ》へ持《も》つてきた。兩手《りやうて》で高《たか》く支《さゝ》へた鉢《はち》が電燈《でんとう》の眞下《ました》になつて、枝垂《しだ》れた枝《えだ》にぱつ／＼と糊《のり》でくツつけたやうな紅梅《こうばい》の花《はな》が、おせんの潰《つぶ》しにかけた鴇色《ときいろ》ちりめんの切《き》れと色《いろ》を似通《にかよ》はしてゐる。

「何《なん》だつて人《ひと》の前《まへ》に持《も》つてくるんだよ。その匂《にほ》ひがいやで堪《たま》らないんだから早《はや》く何所《どこ》かへ持《も》つてちまつておくれ。」

「椽側《えんがは》へ出《だ》しませうか。」

おせんは梅《うめ》の枝《えだ》へ自分《じぶん》の鼻《はな》の先《さき》を差《さ》し付《つ》けながらくるりと彼方《あちら》を向《む》いた。

「庭《には》へ出《だ》しておしまひな。」

女中《ぢよちう》がおせんの行手《ゆくて》の障子《しやうじ》や雨戶《あまど》を開《あ》けた。石《いし》の上《うへ》を庭下駄《にはげた》で踏《ふ》んでる音《おと》が少時《しばらく》聞《き》こえてゐたが、やがて隣《となり》の三味線《みせん》に唄《うた》を合《あ》はせながらおせんは戾《もど》つてきた。

「阿母《おつか》さんは何《なん》だつて云《い》ふんだ。」

「阿父《おとつ》さんが惡《わる》いから二三日助けに歸《かへ》つておくれつて云《い》ふんですけれどね。」

おせんは炬燵《こたつ》へ入《はい》りながら、天井《てんじやう》を仰向《あふむ》いて、「おつかさん。おつかさん。」と二階《かい》の人《ひと》を呼《よ》んだ。

「それだけの話《はなし》なら、何《なに》もお前《まへ》に限《かぎ》つて話《はな》さなくつたつて分《わか》る事《こと》ぢやないか。」

お浦《うら》の眼《め》を避《よ》ける爲《ため》に、おせんは蒲團《ふとん》の上《うへ》に腮《あご》をのせて伏目《ふしめ》になつてゐる。さうして何《なに》か合點《がてん》／＼するやうに腮《あご》と身體《からだ》で拍子《ひやうし》を取《と》つてゐたが、又《また》顏《かほ》を上《あ》げると眼《め》をくるりとさせて、

「何《なに》してんだねえ。」

と口小言《くちこごと》を云《い》つた。

「見《み》ておいでな。」

おせんは炬燵《こたつ》を出《で》るとさつきの唄《うた》のつゞきをやりながら友禪《いうぜん》の前垂《まへだれ》をひら／＼させて、二階《かい》へ上《あ》がらうとした。階子《はしご》へ片《かた》足《あし》かける時《とき》、おせんはお浦《うら》の方《はう》を一寸《ちよつと》見《み》返《かへ》つて微笑《びせう》を殘《のこ》して行《い》つた。

あの人《ひと》の好《い》い阿母《おふくろ》が自分《じぶん》からおせんを連《つ》

れ出《だ》しにくる譯《わけ》がない。おせんが此家《こゝ》がいやになつて阿母《おふくろ》をだしに使《つか》つてゐるんだ――お浦《うら》は後でそんな事《こと》を思《おも》ひながらこめかみに貼《は》りつけた頭痛膏《づつうかう》をぴり〱と指《ゆび》の先《さき》で引《ひ》きはがした。ほつと息《いき》をすると、お腹《なか》の底《そこ》の方《はう》から風邪《かぜ》の熱《ねつ》の臭《くさ》みが物《もの》に絡《から》まり〱して口《くち》の端《はた》へ上《のぼ》つてくるやうな不快《いや》な氣《き》がする。……………

「どうも飛んだお邪魔《じやま》さまで。」

こんどはおせんが二階《かい》に殘《のこ》つて阿母《おふくろ》だけが脊中《せなか》を丸《まる》くしながら下《お》りて來《き》た。

「阿母《おつか》さん、おせんが入《い》り用《よう》なんですつて？」

お浦《うら》がいきなり然《さ》う云《い》ふと、おせんの阿母《おふくろ》は炬燵《こたつ》のわきに中腰《ちうごし》になつた儘《まゝ》、

「ほんとに何《なん》ともお氣《き》の毒《どく》さまで。」

と云《い》つた。

お浦《うら》は云《い》ひたい事《こと》が一時《じ》に胸先《むなさき》に突《つ》つかけたと云《い》ふ樣《やう》な顔《かほ》をして、眼端《まぶち》の黒《くろ》ずんだ下《さが》り尻《じり》の眼《め》で阿母《おふくろ》の顔《かほ》をぢつと見《み》た。それから其所《そこ》にあつた煙管《きせる》の雁首《がんくび》で丁度《ちやうど》阿母《おふくろ》の膝《ひざ》のわきにある煙草《たばこ》の箱《はこ》を引《ひ》きよせたが、煙草《たばこ》が粉《こな》ばかりだつたと見《み》えて一度《ど》摘《つま》んだ指《ゆび》の先《さき》を膝《ひざ》の上《うへ》ではたいてから、また煙管《きせる》をすとんと抛《はう》り出《だ》して了《しま》つた。

「おせんが家《うち》へ來《き》てから幾日《どれだけ》になると思《おも》つてなさるんだね。」

「ほんとにね。私《わたし》もこんな事《こと》をね、然《さ》う幾度《いくど》も〱云《い》ひたかないんですよ。」

「まる一と月《つき》にもならないぢやないか。その間《あひだ》に幾度《いくど》あの子《こ》を迎《むか》ひに來《き》たらう。」

おせんの阿母《おふくろ》は皹《ひ》痕のきれた手《て》の甲《かふ》と手《て》の甲《かふ》をこす〱と擦《す》り合《あ》はせながら、默《だま》つてゐる。

「そんなに落着《おちつ》かないやうなら、もういつそ綺麗《きれい》にしておせんを引取《ひきと》つて貰《もら》ひませうぢやないか。」

お浦《うら》は二階《かい》へ聞《き》こえる樣《やう》な聲《こゑ》で云《い》つた。

自分《じぶん》たち夫婦《ふうふ》がおせんを可愛《かあい》がつて、まだそれ程《ほど》の日數《ひかず》にもならないのにおせんに拵へてやつた着物《きもの》の數《かず》の事《こと》を思《おも》つても、お浦《うら》は隨分《ずゐぶん》業《ごふ》が煮《に》えた。

「ない縁《えん》とあきらめるわね。」

お浦《うら》がしめつぽく斯《か》う云《い》つた時《とき》、何《なん》と思《おも》つたのかおせんの阿母《おふくろ》はいきなり前垂《まへだれ》で眼《め》を拭《ぬぐ》つた。

「藝者《げいしや》にしやうなんて惡《わる》い了簡《れうけん》だね。」

阿母《おふくろ》の樣子《やうす》を見《み》ながらから云《い》つたお浦《うら》は、しばらく何《なに》か考《かんが》へてゐたが少《すこ》し經《た》つと二階《かい》のおせんを呼《よ》んだ。

幾度《いくど》呼《よ》んでも、おせんは返事《へんじ》をしなかつた。

讀んだもの二種

田村俊子

『死の勝利』――生田長江譯

これは一昨年の夏《なつ》から秋時分《あきじぶん》ハーデングの英譯《えいやく》で讀《よ》んだ事があるんです。何《なに》しろ字引と首《くび》つ引《び》きで一頁の解釋《かいしやく》に一晩もかゝつたり、好《い》い加《か》減《げん》な意《い》譯《やく》で押《お》し通《とほ》したり、ちやちな讀み方をしたものですが、それでも極度《きよくど》の感激《かんげき》の爲に殆んど泣《な》き通《とほ》して讀んだところなぞがありました。發熱《はつねつ》の初期みたいにぞく／＼身體ぢうが震《ふる》へたり、絶息《ぜつそく》しさうになつたりしたところもありました。今度生田さんからお譯《やく》しになつたのを送つて戴《いたゞ》いてそれも殘らず讀みました。先《せん》ほどの印象《いんしやう》はありませんでしたけれども、でも面白《おもしろ》う御座いました。其れに分らなかつたところが初《はじ》めて了解《れうかい》の出來《でき》た一節《ふし》があつたりして大へんに有難く思ひました。その代《かは》り最初《さいしよ》英譯で讀んだ時に私の心に浸《し》み込《こ》んだ「死の勝利」全篇の氣分《きぶん》が今度この譯書で讀んだ時には少《すこ》しカサ／＼になつたやうなところもありました。それは忘《わす》れた時分になつて二度《ど》繰《く》り返《かへ》したせゐかも知れません。誰《たれ》でも「死の勝利」を讀んだら、當座《たうざ》はきつと馬鹿になりやしませんかしら。かうして目《め》に馴《な》れた日本字になつて書き現《あら》はされてゐるのでも、到《たう》底一氣《ていいつき》に讀みつゞける事は出來ませんね。作全體を彩つてゐる作者の執拗な技巧《ぎこう》と、讀む者の血管《けつくわん》を一とつ／＼ねぢり切らずには置《お》かない様《やう》な作者自身の鋭《するど》い感覺《かんかく》とで、讀んでゐるうちに直《ち》きに頭腦《あたま》がへと／＼になつてしまひます。

私は西洋の多くの大家の、多くの代表的傑作《だいへうてきけつさく》を何一《なにひ》とつ讀んでゐないから、（無論《むろん》ほんやくの事）文學的價値《かち》から云つてダンヌンチオの「死の勝利」が世界的にどれほど勝《すぐ》れた作かどうか知りませんが、この作から大《たい》した力《ちから》を受けた事だけはたしかな事實《じじつ》でした。森田さんが初めこれを讀んだ時は、人がこの世に生れて始めて經驗《けいけん》する天變地異《てんぺんちい》のやうなものだつたとか仰有《おつしや》つておいでゞすが、それは無論多くのものを澤山に讀んでゐらつしやる斯《か》う云《い》ふかたの驚《おどろ》きかたと私の驚き方《かた》とは少し驚きかたが違つてるでせうけれども、私も初めはほんとに驚きました。さうしてこんな事を感《かん》じましたよ。いくら自分は小《ちひ》つぽけな人間《にんげん》でも、筆を持つ以上は兎に角自分相當《さうたう》に、本當に薄《うす》つぺらな藁半紙《わらばんし》のやうなものは作りたくなく書きたくないと思ひました。それから又藁人形《わらにんぎやう》のやうな人間《にんげん》の出てくる小説は書きたくないと思ひました。今でも然《さ》う思つてゐます。

さうしてこれを讀んだ當座は伊太利へ無暗《むやみ》に行きたくなつて、伊太利語を勉強するなんと云ひ出して夢中《むちう》になつたり、もつと三味線を本式《ほんしき》に勉强して伊太利へ漂泊《へうはく》して女乞食《ジプシー》にならうかなんて思つたりしました。今考《いまかんが》へると少《すこ》し逆上《のぼ》せてゐたやうですね。

79

この中《なか》で一番おもしろいのは、新生活の中のキヤサルボルデイノのお祭りのところです。讀んでるうちに幾度息《いくどいき》が詰《つ》まりさうになつたか知れませんでした。全篇中でおもしろいのは此篇《これ》です。恐しい凄じい醜惡な狂熱の、不具者ばかりの群集《ぐんしふ》の中で、小《ちひ》さな柔《やはら》かい花片のやうな戀人同士が眞《ま》つ蒼《さを》になりながら、逆上し、興奮《こうふん》して揉《も》まれたり押《お》し返されたりしてるところを讀んでゆくと、頭腦《あたま》の底《そこ》から血が外部に吹《ふ》きてるやうな心持《こゝろもち》がしました。どうにもかうにも讀んでるのが苦しくなつてしまふんですが、それで讀むのを止《や》める譯《わけ》にはいかないで氣でも狂《くる》ひさうになります。あの後《あと》の群集をはなれた寂《さび》しいところも好《す》きです。彼所《あすこ》のキスはほんとに情趣があります。

もう一《ひ》とつ私のいゝと思ふところはテムプス、デストウルエンデイの中の岩の上です。

あすこは幾度《いくど》讀んでも私は涙がにじんできます。それは全く不思議《ふしぎ》な感覺《かんかく》から起る涙なんです。疲《つか》れ果《は》てた肉慾《にくよく》の終局を一番はつきりと曝《さら》けだされたその果敢《はか》なさの爲かも知れません。女があすこで馬鹿〳〵しくおい〳〵と泣き出します。それを男が腹立《はらだゝ》しい思ひで見詰《みつ》めるところは初めて人間と云ふものゝ底《そこ》を割《わ》られたやうな氣がして、何か情《なさけ》ないと云つて、あれほど人間に情《なさけ》ないと云ふ感覺《かんかく》を起させる瞬間《しゆんかん》はありませんでせうと思ひます。作の終りの男が女を無理《むりじ》強ひに引《ひ》つ抱《か》へてとう〳〵斷崖《だんがい》から墜落《つゐらく》して行くところは、私は却つて何《なん》だか二人の間に新らしい戀が復《かへ》つて來たやうな氣がして嬉《うれ》しくなりましたが、あの岩の上のところはいやで〳〵堪《たま》らなくつて、それで無暗《むやみ》と涙が出ました。

迚《と》ても斯う云ふ大作を私なぞが部分的に批評《ひひやう》したり鑑賞《かんしやう》したりなぞする事は出來ませんから、くだらない感想で濟《す》みませんけれどもこれでお免《ゆる》しを願ひます。

『繪の具箱』——岡田八千代著

八千代さんは私の大好《おほす》きな女の人のなかの一人《ひとり》です。八千代さんは柔らかい感じはしないけれども何所《どこ》となく好《す》いた賴母《たのも》しい感じのする人です。

八千代さんの兄《にい》さんに、まだ私が肩上げをして、緋《ひ》ちりめんの前垂の紐《ひも》を締《し》めてゐる時分に、たつた一度、發句のお師匠さんのかるた會の時にお目にかゝつた事があるのです。其時八千代さんの事を薰さんの口《くち》から聞いたのです。其の時薰さんが「私に妹があるけれども私は女は偉《えらい》ものだと思つてるから嫁になんぞはやらない。」つて云つてましたつけ。其頃私は自分が小説を書くやうな女になるとも思はず、八千代さんが小説を書くやうな女になるとも思はなかつたのです。それに薰さんとも其時限《ぎ》りで全《まる》で逢つた事もありませんからあの兄妹が何《ど》うなつたかすつかり忘れて了《しま》つてゐたのです。薰さんが何《なん》でも二本筋の制帽《せいばう》をかぶつてる頃でした。ところが私が向島の幸田先生の處へ出かける時分になると、八千代さんも其頃何とか云ふ婦人雜誌へお墓の前で女が何か云つてる小説を出したのを私が見たのです。——小山内八千代——と云ふ字を見ると、おやく〳〵あの人も小説を書く意《つもり》だつたんだと私は思ひましたつけ、この名は忘れやうつたつて忘れられない名前ですからね。普通の何子《なにこ》とか云ふのなら忘れてしまつてゐた人ですが苗字《みやうじ》からして一度聞くと忘られない苗字ですからね。

八千代さんがほんの一《ひ》と足《あし》私より早く作つたものを發表した事になるんです。ところが私は何か書いたところで例の技巧澤山な修飾文字で小説を作つては出してゐたもんですから、「今頃こんなものを書いてるやうでは氣の毒なものだ」とその頃のある作家に云はれたりして、まご〳〵してるうちに八千代さんの文章は新らしくつてめき〳〵とその名が盛《さか》んになつてきました。全く八千代さんはその頃でも上手でした。オリーブ色の巾着《きんちやく》の話だの、新俳優の女形の事を書いたものなぞは今でも私の記憶にあります。

私は巧《うま》いもんだと思つてゐました。それで私はその頃自分の作に對する嫌惡やら、周圍に對する疑惑やらで、大《たい》へん失望したりした當時でしたから、いつも八千代さんを羨しがりながら遂に自分の踏《ふ》み出《だ》して行くべき道を見付ける事が出來ないで、暫時《しばらく》筆を捨てゝしまつたのです。

まあこんな追憶がありますが、八千代さんと云ふ人にこの頃時々逢ふやうになつて、そうして芝居でいろ〳〵な冗談《ぜうだん》を云ひながら遊んでると、何《ど》うしても私には好《す》きにしきや思へないのです。八千代さんには女特有のある厭味《いやみ》がない。すつきりしてゐる。然うして淡泊《たんぱく》です。女には珍らしいやうな險《けん》のない男性的な可愛氣《かはいげ》のある人です。けれども自分では男らしい風を裝《よそは》つてなぞはゐません。そこが私の八千代さんを好《す》くところなんです。岡田さんに對してる時の八千代さんを觀《み》てゐると、ほんとに賴母《たのも》しい人だと思はせます。八千代さんは相人《あひて》の我が儘な勝手を默《もく》認《にん》して、何でも「よし〳〵」とうなづいてる樣なところがあります。女には珍らしく大《おほ》きなところのある人です。其の代り何か考へたり鬱《ふさ》いだりする事は大嫌ひらしい。何でも陽氣に單純にぱつとしてゐたい人です。

だから私のやうなものは八千代さんの傍《そば》にゐると、寄つかゝれる人がある樣で嬉しいのです。私は女の人でも八千代さんとならどんなわが儘でも云へますからね。私は八千代さんなんて云ふよりやつちよこさんて云ふ方が好《す》きなんです。

ところでやつちよこさんが自分の短篇集の本を呉れました。ほんとに奇麗な本でした。この人の書くものはこの人の氣分の通りです。いや味がなくつてさらつとして、無邪氣に自分の思つてる事や書きたい事を投げ出してゐます。中でも私が面白いと思ふのは「賊」です。八千代さんの書くものには輕ひユーモアがあります。女作家の中でユーモアに富んでるのは八千代さんばかりでせう。さうして女の書くものとしては眞似の出來ない快《こゝろよ》い淡《あは》い風味《ふうみ》があります。眞《しん》に心持のよい風味です。この人には生《なま》つ嚙《かぢ》りがないからです。すべてが懷しく出來てゐます。ふつくらと白い牡丹の花のやうなところがあるではありませんか。

笑《わら》ひ顔《がほ》

田村とし子

身體《からだ》の惡《わる》い時《とき》、氣分《きぶん》の勝《すぐ》れない時《とき》

はいくらニコ〳〵したくつても中々《なか〳〵》ニコ〳〵する譯《わけ》にはゆきません、折角《せつかく》仲《なか》の好《よ》いお友達《ともだち》が訪《たづ》ねてくれても、お芝居《しばゐ》へ誘《さそ》つてくれても、氣分《きぶん》が惡《わ》るければつひ嫌《いや》な顔《かほ》をしてニコ〳〵するどころの騒《さわ》ぎではありません。おまけに「こんなに身體《からだ》の工合《ぐあひ》のわるい時《とき》に芝居《しばゐ》へ誘《さそ》ひにくるなんて、隨分《ずゐぶん》面當《つらあ》てだわ」とか何《なん》とか云《い》つて、誘《さそ》ひに來《き》たものが怨《うら》めしくなつて猶更《なほさら》佛頂面《ぶつちやうづら》になつて了《しま》ひます。

▼凄《すご》い笑《わら》ひ。

（田村とし子女史）

ですから、いつも愛嬌《あいけう》よく

ニコ〳〵してゐやうと云《い》ふには、何《なに》よりも身體《からだ》の健康《けんかう》と云《い》ふ事《こと》が第《だい》一だといひます。よくヒステリカルな笑《わら》ひと申《まを》しますが神經質《しんけいしつ》な、ヒステリーになんぞかゝつて居《ゐ》らつしやる御婦人《ごふじん》が、稀《たま》にお笑《わら》ひになると顔面《かほ》の筋肉《きんにく》が緊張《きんちやう》してゐて、口尻《くちじり》が引《ひき》釣《つ》れたり眼《め》が釣《つ》り上《あが》つたりした笑《わら》ひ顔《がほ》になりますから唯《たゞ》もう凄《すご》いとでも云《い》ひ度《た》いやうな顔《かほ》になります。笑《わら》ひ顔《がほ》を見《み》て却《かへ》つてぞつとする様《やう》な始末《しまつ》です。勿論《もちろん》かう云《い》ふのはニコ〳〵ぢやありません。かう云《い》ふのはニ

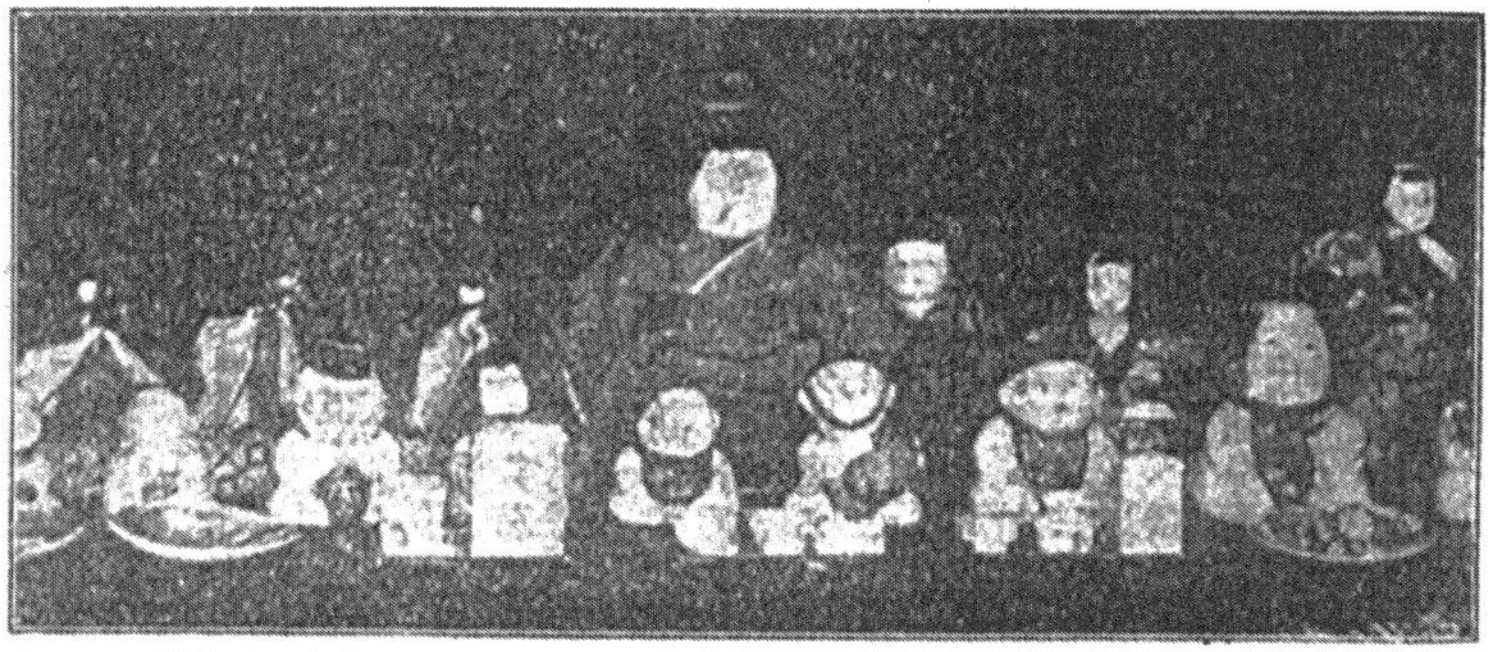

タ〱です。ニッタリ笑《わら》ふと云《い》ふ方《はう》の凄《すご》味《み》です。よく廻《まは》し部屋《べや》などにお客《きやく》が寢《ね》てゐて、二時《じ》過《す》ぎても相方《あひかた》がまはつてこない。お客《きやく》はつひ待《ま》ち倦《あぐ》みながらうと〱とやつて、不意《ふい》と眼《め》が覺《さ》めた。何《なん》の氣《き》なしにもう何時《いくじ》だらうとたつてひよいと顏《かほ》を上《あ》げると、屛風《べうぶ》の上《うへ》からこわれた島田《しまだ》の女《をんな》の顏《かほ》がぼうつと現《あらは》れて、

ニッタリ此方《こつち》を見《み》て笑《わら》つた

なんてお話《はなし》がありますが、この場合《ばあひ》にニ、、、ッコリ笑《わら》はれた日《ひ》には凄味《すごみ》がなくつて惡《わ》る落ちになります。幽靈《いうれい》の笑《わら》ひと同《おんな》じ笑《わら》ひがヒステリーの御婦人《ごふじん》などです。どうも氣味《きみ》がよくは御座《ござ》いません。ですから女《をんな》のかたは、いつも身體《からだ》の工合《ぐあひ》をよくして、血色《けつしよく》を美《うつく》しくして、頰《ほう》もふつくらと眼《め》も少《せう》々下《さが》り尻《じり》の加減《かげん》で、靨《ゑくぼ》の一とつや二たつはお持《も》ち合《あは》せになつて、ニッコリとチャームのあるやうな笑《わら》ひ顏《かほ》をしていたゞき度《た》いものです。

▼泣《な》き笑《わら》ひ。

「あの人《ひと》は笑《わら》ふと泣《な》き顏《かほ》になる」

なんて顏《かほ》がよくあります。相《さう》にとつて極《ご》くいけないんだそうですが、持《も》つて生《うま》れた顏立《かほだち》なら仕方《しかた》がありません。然《しか》しこれと云《い》つても、お腹《なか》のなかゞ始《し》終《じう》泣《な》いてゐると、こんな笑《わら》ひ顏《かほ》になるのだといひます。私《わたし》の知《し》つてゐる人《ひと》ですがこの人《ひと》は始《し》終泣言《じうなきごと》ばかり云《い》つてゐるのです。つまり家庭《かてい》の事《こと》や、又《また》は生活上《せいくわつじやう》の事《こと》や、その良人《をつと》の上《うへ》や又《また》は小供《こども》の上《うへ》なぞに就《つ》いて、人《ひと》さへ見《み》れば愚痴《ぐち》ばかり云《い》つてゐるのです。だから何時《いつ》も眉間《みけん》に八の字《じ》を寄《よ》せてゐます。これでは稀《たま》に笑《わら》ひ顏《かほ》をして御覽《ごらん》なさい。飯焚場《まゝたきば》の政岡《まさをか》で立派《りつぱ》な泣《な》き笑《わら》ひが出來上《できあが》るぢやありませんか。この女《をんな》の人《ひと》が笑《わら》ふと全《まつた》く泣《な》いてる樣《やう》な顏《かほ》なのです。八の字《じ》が猶深《なほふか》く刻《きざ》まれてくるのです。つ

まり平生《ふだん》の愚痴《ぐち》まんだら、、、で顔面《かほ》の筋肉《きんにく》が強張《こわば》つてしまつてゐるのです。誰《これ》だつてニコ〳〵しながら愚痴《ぐち》を云《い》ふ人《ひと》はありませんから、愚痴《ぐち》を云《い》ふ時《とき》の澁面《じうめん》が癖《くせ》になつてしまつて、顔面《がんめん》の筋《すぢ》なぞも澁面《じうめん》の時《とき》の筋《すぢ》の通《とほ》りにいつも顔《かほ》の上《うへ》へ刻《きざ》み付《つ》いてしまふと見《み》えるんですね。もつとも美人《びじん》の顰笑《ひんせう》と云《い》ふ事《こと》がありますね。

▼ひそ〳〵笑《わら》ひ

美人《びじん》が些《さ》もない事《こと》にわざつと一寸眉《ちよいとまゆ》を顰《ひそ》めて笑《わら》ふのです是《これ》は中々《なかなか》粋《いき》な訝《おつ》な笑《わら》ひです少々《せう〳〵》下《しも》がゝつた滑稽《こつけい》なお話《はなし》なぞの時《とき》に

「あらいやねえ」とか云《い》つて、ちよいと美《うつく》しい眉《まゆ》を

顰《ひそ》めて笑《わら》ふのです。こんな曲藝《きよくげい》は兎《と》てもヒステリー性《しやう》の御婦人《ふじん》や、澁面《じうめん》の八の字《じ》顔《かほ》なぞの御婦人《ごふじん》には出來《でき》つこはありません。これも矢《や》つ張《ぱ》り氣持《きもち》の爽《さはや》かな、圓滿《ゑんまん》な、如才のない氣《き》の利《き》いた、一寸《ちよつと》笑《わら》つても溢《あふ》れるやうなチヤームと愛嬌《あいけう》のちやんぽんになる女《をんな》のかたでなくつては出來《でき》ません。中々《なかなか》味《あぢ》のある笑《わら》ひです。

精神的《せいしんてき》のニコ〳〵

女《をんな》のかたは何《ど》うしても笑《わら》ひ顔《がほ》が美《うつく》しくないと一割《わり》の損《そん》のやうですね。前《まへ》にも申《まを》しました樣《やう》にニコ〳〵の笑《わら》ひ顔《がほ》の美《うつく》しいくらゐの方《かた》は、身體《からだ》も健康《けんかう》ですし、氣分《きぶん》が打開《うちひら》いて態度《たいど》がすべて活々《いき〳〵》してゐますから、自然《しぜん》人《ひと》とも親《した》しみ易《やす》いし、誰《だれ》からも彼《か》れからも可愛《かはい》がられて大層《たいさう》な德《とく》になります。「あの人《ひと》は美人《びじん》だが笑《わら》ふと道具《だうぐ》が崩《くづ》れて容貌《きりやう》が落《お》ちる」と云《い》はれるよりは、笑《わら》ひ顔《がほ》の美《うつく》しい方《はう》が宜《よろ》しいでせう。

笑《わら》ひ顔《がほ》の好《よ》いものは運《うん》が好《い》いなんて

よく申《まを》しますのも、すべて其所等《そこいら》の心理《しんり》狀態《じやうたい》から割《わ》り出《だ》した言葉《ことば》なのでせう。ですから先《ま》づ精神的《せいしんてき》にニコ〳〵主義《しゆぎ》になつて、それから形《かたち》の上《うへ》に現《あら》はしてくるやう

に心《こゝろ》かけるのが何《なに》よりの事《こと》だと思《おも》ひます。

▼仇氣《あどけ》ない笑《わら》ひ。帝劇《ていげき》の女優《ぢよいう》の中《なか》で、一番《ばん》笑《わら》ひ顏《がほ》の好《い》いのは（もつとも第《だい》二期《き》生《せい》の方《はう》はよく知《し》りませんが）鈴木《すゞき》德子《とくこ》です。喜《き》劇《げき》の「出來《でき》ない相談《さうだん》」の時《とき》のあの何《なん》とか云《い》ふ娘《むすめ》でも、友達《ともだち》に何《な》か耳許《みゝもと》で囁《さゝや》かれてゐる間《あひだ》たん〳〵に笑《わら》つてくる顏《かほ》は、今《いま》でも目《め》についてゐます。それから「野崎《のざき》」のお光《みつ》の時《とき》の、鏡《かゞみ》の前《まへ》でちよいと紙《かみ》で眉毛《まゆげ》をかくして見《み》てから、ぷつと一人《ひとり》で笑《わら》つた顏《かほ》なぞも眼《め》に殘《のこ》つてゐます。ほんとに仇氣《あどけ》ない笑《わら》ひ顏《がほ》でした。

▼きたない笑《わら》ひ。家《うち》の女中《ぢよちう》がよく笑《わら》ふ女《をんな》です。朝《あさ》から晩《ばん》までちよいと手《て》を口《くち》のところへあてゝはおほつほゝおほつほゝつて笑《わら》つてゐます。私《わたし》はその顏《かほ》を見《み》て、何《なん》てきたない笑《わら》ひ顏《がほ》だらうといつも感心《かんしん》して見《み》てゐるのです。土方《どかた》の握《にぎ》りこぶし見《み》たいな顏《か》が笑《わら》ふのですかね、よく眼《め》をなくして笑《わ》ふつて事《こと》がありますが、この人《ひと》のは鼻《はな》をなくして笑《わら》ふんですよ。どうもきたないが面白《おもしろ》い笑《わら》ひ顏《がほ》です。

のべつに饒舌《おしやべり》をしましたが實《じつ》は私《わたし》も

笑《わら》ひ顏《がほ》を映《うつ》されたんです大方《おほかた》これもきたない笑《わら》ひ顏《がほ》に違《ちが》ひないと、まだ見《み》ない自分《じぶん》の寫眞《しやしん》をおつかなびつくり想像《さうざう》しながら——（をはり）

＊　＊　＊　＊
＊　＊　＊

上場して見たき脚本三種

劇壇の新機運の方に動きつゝあるは吾、人共に認むる所ではあるが、上場せらるゝ、脚本の目ぼしきものゝ多くは外國物の飜譯である。我國には未だ、所謂試演でなしに、相當な舞臺で私演もしくは公演するに足りる脚本は出ないのか？　我々は日本人の書いた日本のシバ井を見たい。文壇の諸家に上場してみたき新脚本三種の選定を乞ひ、並びに脚本實演の際の注意等を聞き得てこゝに掲ぐる所以である——記者

○

田村とし子

私ごときへかゝるお尋ねにて恐縮いたし候。折々雜誌上へ發表さるゝ諸家の脚本も、又單行にて著はされをり候木下氏吉井氏の脚本も、全く讀んでをらず候故おたづねの義に就いては何とも申上げかね候。

しかしこんな事は常に考へ居り候。それは若い作家の脚本をドシ〳〵舞臺に上場させるのが一番好いと思ふ方のお説には私も賛成してゐるといふ事に御座候。今の若い作家の苦心の作をどれもこれも闇のうちにおさめつ切りは、これから發展しようといふ劇壇の爲何よりの災ひと存じ居り候。いつまでも机上で理窟を考へさせ、さうして机の上だけの反古を幾つも〳〵拵へさせてばかり置いていつまで經つても今の若い作家も物にならずと存じ候。一とつ作家をも養成するつもりで文藝協會でも試演の時などにどれのこれのといはずどし〳〵今の若い作家の物を上場してみたらばよろしからんと存じ居り候。

三、演劇的の興味

田村俊子

妾は新聞の上に現はれる政治問題の葛藤を演劇的の興味を以て、皮相的に傍觀して居ます。政治家の努力が緊張した場合には、慥かに文學となり詩となり得る興味があるに相違ない。

兎に角政治爭ひは男性的で、勝敗の明らかなきビ／＼とした眞劍らしい力が籠つて居ますので、丁度相撲か何かを見るやうに傍觀者の血を湧かします。この點は文學や外の藝術などには見られないことで、妾も男に生れたらば政治運動に與かッたであらうと考へます。今度の政變では桂さんは大變下手であつたやうに思ひます、しかし大體政治家は國民の生活に少しでも幸福を增さしめやうと云ふ、根本觀念から政策を行はねばならぬのですが、妾共は今の政治家の能力や智力はすべて政權の爭奪と云ふことにのみ關はつて居るやうに考へるので、まづ出發點から不愉快を禁じてなりません。

公平に國民としての立場から考へますと、桂さんが出やうと山本さんが出やうと、差して利害を感じない。即ち利害と沒交渉である政治は寧ろ國民の苦痛を感ずるところで、政治の圏内に在るもの丶外は、誰が内閣を組織しやうと政策として現はるゝ處は似たり寄つたりのものであつたならば、この政治の基礎は國民に置かれたものでありません。日本人は何處までも感情的で政策と云ふ問題で爭はねば以上は何年經つても國民の幸福と政治とが一致せぬ、であるから寧ろ演劇的の興味を以て見るより致方ありますまい

親指の刺

田村俊子

ある雨降《あめふ》りの朝《あさ》、糸江《いとゑ》は足《あし》の親指《おやゆび》の爪際《つめぎは》が痛《いた》いのに氣《き》が付《つ》いた。足袋《たび》を脱《ぬ》いで見《み》るとそこが膿《うみ》をもつて腫《はれ》てゐた。糸江《いとゑ》は急《きふ》に跛《びつこ》をひきながら椽側《えんがは》で連翹《れんげう》を挾《はさ》んでゐる祖父のところへその片足《かたあし》を見《み》せに行《い》つた。

「どれ、見《み》せなさい。」

綿屑《わたくづ》のついた手《て》で祖父《そふ》は糸江《いとゑ》の親指《おやゆび》を摘《つま》みながら、大《おほ》きな顔《かほ》を突《つ》き出《だ》して眺《なが》めてゐたが、

「これは何《なに》かの刺《とげ》だ。」

と云《い》つて椽《えん》の上《うへ》へそつと落《おと》すやうに置《お》いた。糸江《いとゑ》は二三日前《にさんちまへ》の朝洗濯《あさせんたく》をする時《とき》に盥《たらひ》の箍《たが》のそげを素足《すあし》の親指《おやゆび》に立《た》てた事《こと》を思《おも》ひだした。

「痛《いた》いか。」

糸江《いとゑ》はうなづきながら、ぶら下《さ》げて來《き》た片々《かた〱》の足袋《たび》をそつと穿《は》いた。自分《じぶん》の身体《からだ》のなかに先《さき》のとがつた刺《とげ》なぞの突《つ》き刺《さ》さつた事《こと》が糸江《いとゑ》の花片《はなびら》の纖維《せんゐ》のやうな神經《しんけい》をおのゝかせた。

糸江《いとゑ》は祖父《そふ》に云《い》はれて懇意《こんい》の醫者《いしや》の許《ところ》へ膏《かう》を貰《もら》ひに出《で》かけて行《い》つた。醫者《いしや》の家《うち》は今戸《いまど》の橋《はし》を渡《わた》つて聖天山《しやうてんやま》へ折《を》れやうとする角《かど》にあつた。朱蛇《しゆじや》の目《め》を翳《かざ》した糸江《いとゑ》が橋《はし》を渡《わた》らうとする時《とき》、丁度《ちやうど》舟《ふね》が渡《わた》し場《ば》を漕《こ》ぎ放《はな》れて行《ゆ》くのが川《かは》の上《うへ》に見《み》られた。堤《こて》を水平《すゐへい》にして雨《あめ》は其上《そのうへ》を一帶《たい》に烟《けむ》つてゐた。そうして反射《はんしや》のない川面《かはづら》は黒色《こくしよく》に見《み》える程鮮明《ほどせんめい》な流《なが》れを搖《ゆる》がしてゐた。醫者《いしや》の家《うち》には若《わか》い代診《だいしん》がゐた。玄關《げんくわん》に散《ち》つてゐる新聞紙《しんぶんし》が風《かぜ》を受《う》けてひるがへる度《たび》に、彼方此方《あちこち》の障子《しやうじ》が濕《しめ》り氣《け》を含《ふく》んでがた〱と鳴《な》つてゐた。糸江《いとゑ》の足袋《たび》の後《うしろ》が濡《ぬ》れて敷臺《しきだい》を踏《ふ》むとぎしついた。

代診《だいしん》は切《き》らなければいけないと云《い》つた。

「切《き》るのは痛《いた》いから。」

糸江《いとゑ》は代診《だいしん》の前《まへ》に出《だ》してゐた足《あし》を引《ひ》つ込《こ》めた。

「それぢや切《き》らないで癒《なほ》して上《あ》げませう。」

代診《だいしん》は糸江《いとゑ》を診察室《しんさつしつ》に連《つ》れて行《い》つて椅子《いす》の上《うへ》に腰《こし》をかけさせた。代診《だいしん》がいろ〱な道具《だうぐ》を揃《そろ》へて糸江《いとゑ》の足《あし》の下《した》に運《はこ》んでくるのを見《み》ると、糸江《いとゑ》の胸《むね》はどきりとした。

「切《き》るんでせう。」

糸江《いとゑ》が椅子《いす》から放《はな》れやうとすると代診《だいしん》は糸江《いとゑ》の胴《どう》を押《おさ》へて動《うご》かさなかつた。

「目《め》を瞑《つぶ》つて仰向《あふむ》いてゐるのです。下《した》を見《み》ちやいけませんよ。」

代診《だいしん》は糸江《いとゑ》の膝《ひざ》の下《した》にしやがみながら笑《わら》つた。

「直《ぢ》きです。少《すこ》しの間目《あひだめ》を瞑《つぶ》つて。」

ふとした機《はづみ》に、糸江《いとゑ》は代診《だいしん》の手《て》にメスの光《ひか》つたのを見《み》た。思《おも》はず足《あし》を引《ひ》つ込《こ》めやうとした時《とき》に、代診《だいしん》の手《て》に摑《つか》まれた片足《かたあし》の親指《おやゆび》には、もう紙《かみ》の切《き》れ端《はし》が皮膚《ひふ》に觸《ふ》れるやうな輕《かる》い刺戟《しげき》でメスの尖《さ》きが入《はい》つてゐた。直《す》ぐその傷口《きずぐち》を手荒《てあら》くガーゼで洗《あら》つてゐるのも糸江《いとゑ》は知《し》つた。皮《かは》を剝《む》いた肉《にく》の上《うへ》にさゝらの掛《か》かるやうな感《かん》じであつた。糸江《いとゑ》の心臟《しんざう》は釣瓶《つるべ》を落《おと》した井戸《ゐど》の底《そこ》のやうに異常《いじやう》に膨《ふく》まつたり引窄《ひきすぼ》まつたりした。糸江《いとゑ》はそつと下《した》を覗《のぞ》いて見《み》た。繃帶《ほうたい》をしてゐるのと見《み》えて白《しろ》い布《きれ》が代診《だいしん》の手《て》から草色《くさいろ》の絨緞《じうたん》の上《うへ》へ流《なが》れたり纏繞《まつは》

つたりしてゐた。糸江《いとえ》はそれを茫《ばう》と見詰《みつ》めてゐるうちに自分《じぶん》の身体《からだ》の底《そこ》から重壓《おもり》を拔《ぬ》き去《さ》られてゆく樣《やう》な心持《こゝろもち》がしたと思《おも》つた。

ふと、くら〳〵として椅子《いす》から落《お》ちた。

遠方《ゑんぱう》から多勢《たぜい》の人聲《ひとごゑ》が近付《ちかづ》いてくるやうに思《おも》つて糸江《いとえ》が氣《き》が付《つ》くと、自分《じぶん》の仆《たふ》れてゐる傍《そば》に代診《だいしん》は膝《ひざ》を突《つ》いて糸江《いとえ》の苗字《めうじ》を呼《よ》んでゐた。糸江《いとえ》の瞼毛《まつげ》と横鬢《よこびん》に水《みづ》の雫《しづく》が溜《たま》つてゐた。糸江《いとえ》が起上《おきあが》つた時《とき》、直《す》ぐ目《め》の前《まへ》に藥局《やくきよく》の書生《しよせい》が兩手《りやうて》を差出《さしだ》してゐるやうな恰好《かつかう》をして立《た》つてゐるのが見《み》えた。

「見《み》かけによらない貴女《あなた》は氣《き》が弱《よわ》い。」

代診《だいしん》は然《さ》う云《い》ひながら糸江《いとえ》を抱《かゝ》へて寢臺《ねだい》の上《うへ》に横《よこ》たはらせたけれ共《ども》、糸江《いとえ》は起《お》き返《かへ》つた、代診《だいしん》は水藥《すゐやく》を持《も》つて來《き》て糸江《いとえ》の口《くち》にあてがつた。

「氣分《きぶん》は何《ど》うです。」

糸江《いとえ》はそつて頭《あたま》を振《ふ》つた。眉《まゆ》を八字《じ》にして代診《だいしん》の顏《かほ》を見《み》た時《とき》に糸江《いとえ》の濡《ぬ》れた瞼毛《まつげ》がしほ〳〵とした。手術《しゆじゆつ》をする時《とき》に使《つか》つた金盥《かなだらひ》が何時《いつ》の間《ま》にか機械《きかい》戸棚《とだな》の隅《すみ》に片付《かたづ》けてあつた。血《ち》に染《そ》みたガーゼが石炭《せきたん》酸水《さんすゐ》の中《なか》に浮《う》いてゐるのを見《み》た時《とき》に、新《あら》たな痛《いた》みが腦《なう》から爪先《つまさき》までしいんと響《ひゞ》いた。それと同時《どうじ》に糸江《いとえ》の氣分《きぶん》ははつきりした。糸江《いとえ》は寢臺《ねだい》を下《お》りやうとした。

「一人《ひとり》で歩《ある》けますか。」

代診《だいしん》は寢臺《ねだい》の上《うへ》に落《お》ちてゐた糸江《いとえ》の大《おほ》きな薔薇《ばら》の簪《かんざし》を取《と》つて渡《わた》さうとした。糸江《いとえ》の皮膚《ひふ》のねばり濕《しめ》つた蒼白《あをしろ》い顏《かほ》が、その時硝子《ガラス》窓《まど》から入《はい》つてくる光線《くわうせん》を受《う》けて急《きふ》に光《ひかり》を持《も》つた。簪《かんざし》を渡《わた》す時《とき》代診《だいしん》は糸江《いとえ》の三本《ぼん》の指先《ゆびさき》を輕《かる》く握《にぎ》つた。口尻《くちじり》を微《かす》かにふるはした糸江《いとえ》はその顏《かほ》を上《あ》げずに、足《あし》を引摺《ひきず》りながら玄關《げんくわん》に出《で》て來《き》た。

「一人《ひとり》で歩《ある》けますか。」

代診《だいしん》が又《また》糸江《いとえ》の後《うしろ》から聲《こゑ》をかけたけれ共《ども》糸江《いとえ》は默《だま》つて其所《そこ》を出《で》て行《い》つた。

33

▼しよっぱい味のする泡鳴さんの小説　田村とし子

○

岩野泡鳴《いはのはうめい》さんの『正美先生《せいびせんせい》』を讀んで見ました。讀《よ》んだ時の心持がしよつぱいやうな氣持《もち》がして堪《た》らなく、當分《たうぶ》は御飯《ごはん》が食べられなくて困りました。何時《いつ》かの『得ちやん』と云ふのを讀んだ時にも、あの主人公《しゆじんこう》が何となく汚《きたな》らしくて摘み出して遣りたいやうな氣《き》のする男でしたれ。泡鳴《はうめい》さんの小説《せうせつ》を讀むと、何時でも後が厭な氣持《きもち》がして困ります。或は、それだけ力《ちから》があるのかも知れません。

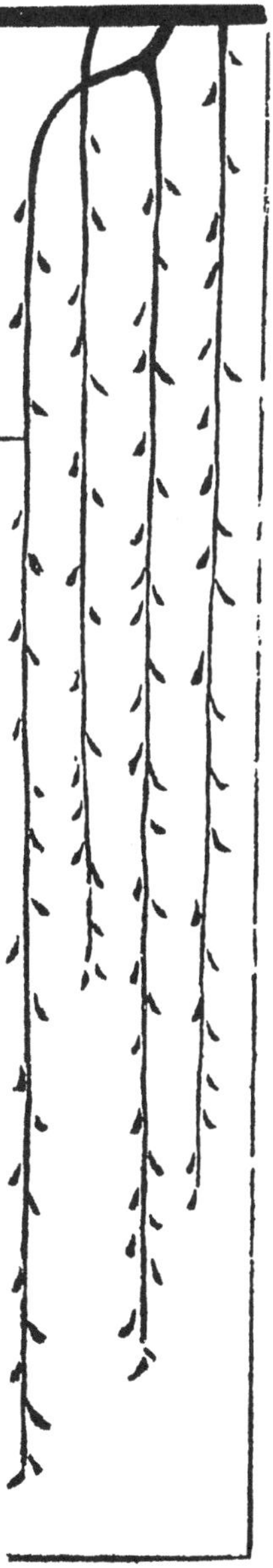

木乃伊の口紅

田村俊子

一

淋しい風が吹いて來て、一本圖《づぬ》抜けて背の高い冠のやうな棕葉の突《とつ》先《さき》がひよろ〳〵と風に搖られた。一月初めの夕暮れの空は薄黃色を含んだ濁つた色に曇つて、ペンで描いたやうな裸の梢の間から青磁色をした五重の塔の屋根が現はれてゐた。

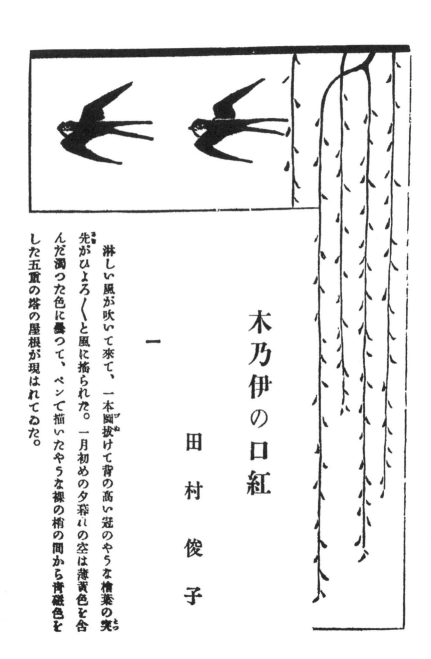

みのるは今朝早く何所と云ふ當てもなく仕事を探しに出た良人の行先を思ひながら、ふところ手をした儘、二階の窓に立つて空を眺めてゐた。横手の壁に汚點のやうな長方形の薄ひ夕日がぼうと射してゐたが、何時の間にかそれも失くなつて、外は薄暗の力が端から端へと物を消していつた。みのるは夕飯に豆腐を買ふ事を忘れまいと思ひながら下へおりて行くのが物憂くつて、豆腐屋の呼笛の音を聞きながら、二三人家の前を通つて行つた事に氣が付いてゐたけれども下りて行かなかつた。さうして夕暮の空を眺めてゐた。

晴れた日ならば上野の森には今頃は紫いろの靄が棚引くのであつた。一日《いちにち》森の梢に親しんでゐた其の日の空が別れる際にいたづらをして、紫いろの息を其所等一面に吹つかけるのであらうと、みのるは然う思つて眺めてゐた。今日の夕方は木も屋根も乾いた色に一とつ／＼凝結して、さうして靜に絡み付いてくる薄暗の影にかくれて行つた。みのるは其れを淋しい景色に思ひしみながら、目を下に向けると、丁度裏の琴の師匠の家の格子戸から外へ出て來た娘が、みのるの顏を見上げながら微笑をして頭を下げた。みのるはこの娘の顏を見る度に、去年の夏、夕立のした日の暮れ方に自分が良人の肩に手をかけて二人して森の方を眺めてゐたところを、この娘に見られた時の羞恥を思ひ出した。今もその追憶が娘の微笑の影と一所に自分の胸に閃《ひらめ》いたので、みのるは何所《どこ》となく小娘らしい所作で辭儀を返した。さうして直ぐばた／＼と雨戸を繰つて下へおりて來た。

豆腐屋の呼笛が何所か往來の方で聞こえてはゐたけれども、もう此邊までは來なくなつた。みのるは下の座敷の雨戸もすつかりと閉《し》めて、茶の間の電氣をひねつてから門のところへ出て見た。
眼の前の共同墓地に新らしい墓標が二三本殖えてゐた。墓地を片側にして角の銀杏の木まで一と筋の銀紙をはりふさげたやうな白々とした小路には人の影もなかつた。肋骨の見える痩せた飼犬が夕暮れのおぼろな影に石膏のやうな色を見せて、小枝《こえだ》を咬へながら驅け廻つて遊んでゐた。さうして良人の歸つて來る方をぢつと見詰めてゐるみのるの足の下に寄つてくると、犬はみのると同じやうな向きに座つて、地面の上に微に尻尾の先きを振りながら遠い銀杏の木の方を見守つた。

「メエイ。」

みのるは袖の下になつてゐる犬の頭《あたま》を見下《みお》ろしながら低い聲で呼んだ。呼ばれた犬は凝《ぢ》つとした儘でその顔だけを仰向かせてみのるを見詰めたが、直ぐその顔を斜にして、生きたるものゝ物音は一切立消えてゆく靜まり返つた周圍から何か神秘な物音に觸れやうとする樣にその小さい耳を動かした。無數の死を築く墓地の方からは、人間の毛髪の一本々々を根元から吹きほぢつて行くやうな冷めたい風が吹いて來た。自分の前に横たはつてゐる小路の右を眺め左を見返つてゐたみのるは、二三軒先きの下宿屋の軒燈が蒼白い世界にたつた一とつ光りを縮《すく》めてゐるやうな淋しい灯影ばかりを心に殘して内へ入つた。

義男が歸つて來た時はばら〳〵した小雨が降り初めてゐた。普通よりも小さい義男の頭と、釣合ひのとれない西洋て仕立てた肩幅の大きな洋服の肩をみのるの方に向けて、義男は濡れた靴を脱いだ。垂れた毛を撫て上げながら明るい茶の間へはいつて來た義男は、その儘奥の座敷まで通つてしまつて、其所て抱へてゐた風呂敷包みと一所に自分の身體も抛り出すやうに横になつた。

「駄目。駄目。何所へ行つても原稿も賣れなかつた。」

「いゝわ。仕方がないわ。」

　みのるは義男が風呂敷包みを持つて歸つて來たので、きつと駄目だつたのだと思つてゐた。何時までも歩きまわつてゐた事が、みのるには雨に迷つた小雀のやうに可愛想に思はれた。

「お腹《なか》は？」

「何も食べないんだ。何軒本屋を歩いたらう。」

　義男は腹這になつて疊に顏を押付けてゐるので、その聲が物に包まれてゐる樣にみのるに聞こえた。

　義男が居ない間に、みのるは一人して箸を取る氣になれないので、今日も外に出てゐた義男と同じやうに何も食べずにゐた。それて義男の言葉を聞くと急にみのるは食事と云ふ事にいつぱいの樂しみをつながれて臺所へ出て行つて働き初めた。膳の支度《したく》が出來るまて義男は今の樣子の儘て動かなかつた。

二

「僕は到底駄目な人間だね。僕にやとても君を養つてゆく力はないよ。」

默つて食事を濟ましてしまつた義男は、箸をおくと然う云つて又横になつた。其れに返事をしなかつたみのるは、膳を片付けてしまふと簞笥の前に行つて抽斗から考へ〳〵いろ〳〵なものを引出して其所に重ねた。

「おい。行つてくるの。」

「えゝ。だつて何うする事も出來ないもの。」

みのるは包みを拵へてから、平常着の上へコートを着て義男の枕許で膝の紐を結んだ。

「おや行つてきます。一人だつていゝでせう。淋しかないでせう。」

みのるは膝を突いて義男の額を撫でた。義男の狹い額は冷めたかつた。

「僕も一所に行く。」

「おや着物を着代へなくちや。洋服ぢやおかしいから。」

義男が洋服を脫いでゐる間、みのるは鏡の前へ行つて、頸卷をしてくると大きい包を抱へて立つてゐた。そうして自分一人なら車で行つて來てしまふのに、この人と一所だと雨の中を步かねばならないと思つたが、口に出しては何も云はなかつた。

みのるは重い包みを片手に抱へたまゝ戸締りをしたり、棚から傘を下したりした。包が邪魔になると其れを座敷の眞中に置き放しにして來て、在所を忘れて又彼方此方を探したりした。

二人は一本づゝ傘を手にして庭の木戸から表に廻つた。

「留守番をしてゐるんだよ。お土産を買つて來て上げるからね。」

雨のびしよ〳〵と雫を切らしてゐる暗い庭の隅に、犬の白い姿を見付けるとみのるは聲をかけた。犬は二人して外に出る時はいつも家の中に閉ぢ籠められておくことに馴らされてゐた。怜悧《りこう》な小犬は二人の出て行く物音に樣子を覺《さと》つて逐ひ籠められないうちに自分から縁の下にもぐり込まふとしてゐるのであつた。

門をしめて外に出てからも、みのるはひつそりとしてゐる犬の樣子がいつまでも氣に掛つて忘れなかつた。少し歩いてくると義男は氣が付いたやうにみのるの手から包みを取らうとした。

「持つてつてやるよ。」

雨の停車場は遲れた電車を待合せる人が多かつた。つい今しがた降り出した雨だけれども、土も木も人の着物も一樣に濕々《しめ〴〵》した濡れた匂ひを含んで、冷めたい空氣の底にひそかに響きを打つてゐた。みのるは包みを外套の下に抱へてゐる義男を遠くに放して、その傍に寄らずにゐた。電車に乘つてからも二人は落魄した境涯にあるやうな自分々々を絶へず心の中で眺め合ひながら、多くの他人の眼の集つた灯の明るい電車の中でこの夫婦といふ縁のある顏と顏を殊更合はせる事を避けてゐた。みのるは時々義男の外套の下から風呂敷包みの頭が食《は》み出てゐるのを見た。前の狹い外套の裾は膝の前で窮屈さうに割れてゐた。みのるは顏を背向けるとその見窄らしい義男の姿を心に描いて電車の外の雨に濡れてゐる灯を見詰めてゐた。

自分を憫れんでゐるやうな瞼毛の瞬きが、ふるえて落ちる傘の雫の陰にちら〳〵しながら、みのるは仲町のある横丁から出て來た。角の商店の明りの前に洋傘を眞つ直ぐにして立つて待つてゐた義男の傍に來た時、みのるの顏は何處《どこ》となく呼き笑ひをしてゐた。

「うまくいつた？」

「大丈夫よ。」

嵩張つた包みが二人の間から取れて、輕い紙幣が女のコートの衣嚢に殘つたと云ふ事が、二人を浮世の人間並みらしい感じに戻らせた。つい眼の前をのろ〳〵と横切つて行く雫を垂らした馬鹿氣て大きな電車を遣り過ごす間、今まで何所かへ押やられてゐた二人の間の親しみの義務を、この間にお互《たが》の中に取り戻しておかなくてはならないと云ふ樣な顏付きて、みのるは男の顏を見詰めてわざと笑つた。

「なんてもいゝや。」

義男も腮の先きを片手で擦りながら笑つて云つた。けれども義男の眼にはみのるの笑顏が底を含んでゐるやうな鋭い影を走らしてゐたと思つていやな氣がしたのであつた。

「寒くつて。何か飮まなくちや堪らないわ。」

みのるは義男の先きになつて歩いた。向側を見ると何の店先も雨に曇つて灯が濡れしほたれてゐた。番傘が通りの灯影を遮つてゆく――泥濘の路に人の下駄の跡や、車の轍の跡をぽち／＼と光りを帶んだはねが飛んでゐた。

二人は區役所の前の小さい洋食屋へ入つて行つた。

室には一人も客はなかつた。鏡の前に行つて顔を映して見たみのるは、義男に呼ばれて暖爐の前に肩を突き合せながら手をあぶつた。みのるはこんな時義男がいぢけきつて、自分の貧しさをどん底の零落において情なく眺める癖のある事を知つてゐた。義男がからつぽの樣な臉を皺つかして、頬の肉にだらりとした曲線を描きながらぼんやりと暖爐の火を見詰めてゐる義男の身體を、みのるは自分の肩でわざと押し轉がす樣に突いた。さうして義男の顔を横に見ながら、

「見つともない風をするもんぢやないわ。」

と云つて笑つた。義男は自分の見窄らしさをからかつてゐる樣な女の態度に反感を持つて默つてゐた。こんな場合にも自分だけは見窄らしい風はしまいと云ふ樣に白粉くさい張り氣を作つて、自分の情緒を臙脂のやうに彩らせやうとしてゐる女の心持がいやであつた。義男はふと、みのると一所になる前まで僅かの間同棲して暮らした商賣上りのある女の事を思ひだした。その女は毎晩男の爲めに酌の相手こそはしたけれども、貧しい時には同じ樣に二人の上を悲しんで、さうして仕事に疲れた義男を殆んど自分の涙で拭つてくれるやうな優しみを持つてゐた。浮いた稼業をしてゐた女だけども、みのるの樣に直き

と、

「何うにかなるわ。」

と云ふ樣な捨て鉢な事は云つた事がなかつた。

「どうしたの。默つて。」

みのるは自分の身體をゆら〳〵と搖らつかせながら、其の動搖のあほりを義男の肩に打つ突けては笑つた。

「僕は今日不愉快な事があるんだ。」

義男は暖爐の前に脊を屈めながら斯う云つた。

「なんなの。」

義男の言葉に鬱した調子を交ぜてゐたのに反對して、みのるの返事は何處までも紅の付いた色氣を持つて浮いてゐた。

「××にね。僕の作の評が出てゐたんだ。」

「なんだつて。」

「陳腐で今頃こんなものを持ち出す氣が知れないつて云ふのだ。」

みのるは聲を出して笑つた。

「仕方がないわね。」

「仕方がない？」

義男は場所も思はずに大きい聲を出してみのるの顏を睨んだ。みのるは默つて後を振返つたが、人のゐない室には斜に見渡したみのるの眼に食卓の白いきれが靡いて見えたばかりであつた。そうして、それ〴〵に食卓の上に位置を守つてゐる玻璃器にうつつた灯の光りが、みのるの今何か考へてゐる心の奥に潛かに意を寄せてゐる微笑の影のやうにみのるに見えた。みのるは顏を眞正面《まとも》に返すと一人で又笑つた。

「君も然う思つてるんだ。」

「然うだわ。」

義男の腫れぼつたい瞼を一層縮まらした眼と、みのるの薄い瞼をぴんと張つた眼とが長い間見合つてゐた。

みのるがその作を原稿で讀んだ時、

「おもしろいわ。結構だわ。」

と云つて義男の手に返したのであつた。義男が自分の仕事に自分だけの價値を感じてるだけ、みのるも相應に自分の仕事に心を寄せてゐるものと思つてゐた。それが急に冷淡な調子て、世間の侮蔑とその心の中を鳴り合せてゐる樣な餘所々々しい態度を、みのるが見せたと云ふ事が義男には思いがけなかつた。經濟の苦しみに對する義男への輕薄な女の侮蔑が、こんなところにもその迸しりを見せたものとしきや義男には解されなかつた。

「君は隨分同情のない事を云ふ人だね。」

しばらくして斯う云つた義男の眼は眞つ赤になつてゐた。給仕が持つて來た皿のものをみのるは身體を返して受取りながら何にも云はなかつた。

三

「君はそんなに僕を下らない人間だと思つてゐるんだね。」

二人は停車場から出ると、眞つ闇な坂を何か云ひ合ひながら歩いてゐた。硝子に雨の雫を傳はらしてゐる街燈の灯はまるで暗い人世の隅つこに泣きそべつてゐる二人の影のやうに見えてゐた。

二人が生活の爲の職業も見付からず、文學者としての自分の小さい權威も、何年か間の世間との約束からだん／＼紛《はぐ》れて了つた事が義男にはいくら考へても情けなかつた。そうして自分の多年の仕事に背向いてゆく世間が憎いと一所に、その背向いた中の一人がみのるだつたと云ふ事にも腹が立つた。一人が一人に向つて石を抛てば相手の女は抛つた方へその心を媚びさせて行くのだと思ふと、義男はあらゆる言葉で目の前の女を罵り盡しても足りない氣がした。義男はさつきのみのるの冷笑がその胸の眞中《まんなか》を鋭い齒と齒の間にしつかりと咬へ込んでる樣に離れなかつた。

「君はよくそんな下らない人間と一所にゐられるね。價値のない男をよく自分の良人だなんて云つてゐられるね。馬鹿にしてる男のまへでよく笑つた顔をして濟ましてゐられる。君は賣女より輕薄な女だ。」

義男は斯う云ひ續けてずん／＼歩いて行つた。みのるは默つて後から隨いて行つた。みのるの着物の裾はすつかり濡れて、足袋と下駄の臺のうしろにぴつたり密着《くつつ》いては歩行のあがきを惡るくしてゐた。早い足の義男には兎ても追ひ付く事が出來なかつた。

漸くみのるが家内《うち》にはいつて行つた時は、もう義男は小さい長火鉢の前に横になつてゐた。みのるは買つてきた小さいパンを袋から出して、土間の中まで追つて來たメエィに毟つて投げてやりながら、態といつまでも明りのついた義男の方を向かずにゐた。

「おい。」

義男は鋭い聲てみのるを呼んだ。

「なに。」

然う云つてからみのるは小犬を撫でたり、

「一人ぼつちで淋しかつたかい。」と話をしたりして其所から入つてこなかつた。義男はいきなり立つてくると足を上げてみのるの膝の上に頭を擡せてゐた犬の横腹を蹴つた。

「外へ出してしまへ。」

義男はさも命令の力を顔の筋肉にでも集めてるやうに、「出せ」と云ふ意味を示すやうな腮の突き出しかたをすると、その儘其所に突つ立つてゐた。小犬は蹴られた義男の足の下まで直ぐ這ひ寄つてきて、そうして足袋の先きに齒を當てながらじやれ付かうとした。

「あつちへお出で。」

みのるは小犬の頸輪を摑むと、自分の手許まで一度引寄せてから、雨の降つてる格子の外へ抛り付ける樣に引つ張りだした。そうして戸を締めて內へ入つてくると舊《もと》のやうに火鉢の前に寐轉んでゐた義男の前に坐つて、涙と一所に突き上つてくる呼吸を唇を堅く結んで押へてゐる樣な表情をしてその顏を仰向かしてゐた。

「別れてしまうぢやないか。」

義男は然う云つて仰になつた。

放縱な血を盛つた重いこの女の身體が、この先き何十年と云ふ長い間を自分の脆弱な腕の先きに纏繞つて暮らすのかと思ふと、義男はたまらなかつた。結婚してからの一年近くのたど〳〵しい生活の中を女の眞實をもつた優しい言葉に彩られた事は一度もなかつたと思つた。振返つて見ると、その貧しい生活の中心には、いつもみだらな血で印を刻した女のだらけた笑ひ顏ばかりが色を鮮明《あざやか》にしてゐた。そうして柔かい肉をもつた女の身體がいつも自分の眼の前にある匂ひを含んでのそ〳〵してゐた。

「僕見たいなものにくつゝいてゐたつて、君は何うする事も出來やしないよ。僕には女房を養つてゆくだけの力はない。自分だけを養ふ力もないんだから。」

「知つてるわ。」

みのるは、はつきりと斯う云つた。唇を開くとその眼から涙があふれた。

「ぢや別れやうぢやないか。今の内に別れてしまつた方がお互ひの爲だ。」

「私は私で働きます。その内に。」

二人は暫時だまつた。

この家の前の共同墓地の中から、夜るになると人の生を呪ひ初める怨念のさゝやきが、雨を通して傳はつてくる樣な神經的のおびえがふと默つた二人の間に通つた。

「働くつて何をするんだ。君はもう駄目ぢやないか。君こそ僕よりも脉がない。」

義男は斯う云つてから、みのると同じ時代に同じやうな文藝の仕事を初めた他の女たちを擧げて、そうして現在の藝術の世界を今も花やかに飾つてるその女たちを賞めた。

「君は出來ないのさ。僕が陳《ふる》ければ君だつて陳《ふる》いんだから。」

みのるは默つて泣いてゐた。不仕合せに藝術の世界に生れ合はせてきた天分のない一人の男と女が、それにも見捨てられて、さうして窮迫した生活の底に疲れた心と心を脊中合せに凭れあつてゐる樣な自分たちを思ふと泣かずにはゐられなかつた。

「君は何を泣いてるんだ。」

「だつて悲しくなるぢやありませんか。復讐をするわ。あなたの爲に私は世間に復讐するわ。きつとだから。」

みのるは泣きながら斯う云つた。

「そんな事が當てになんぞなるもんか。働くなら今から働きたまへ。こんな意氣地のない良人の手で遊んてるのは第一君の估劵が下る。君が出來ると云ふ自信があるなら、君の爲に働いた方がいゝ。」

「今は働けないわ。時機がこなけりや。そりや無理ぢやありませんか。」

みのるは涙に光つてる眼を上げて義男の顏を見た。義男の見定められない深い奥にいつかしら一人で突き入つて行く時があるのだと云ふ樣な氣勢が、その眼の底に現はれてゐるのを見て取ると、義男の胸には又反感が起つた。

「生意氣を云つたつて駄目だよ。何を云つたつて實際になつて現はれてこないぢやないか。これよりや別れてしまつた方がいゝ。」

義男は打《ぶ》ち切るやうに斯う云ふと奥の座敷へ自分で寐床をこしらへに立つて行つた。

みのるは男の動く樣子を此方《こつち》から默つて見てゐた。義男は片手で戸棚から夜着を引き下《おろ》すと、それを斜つかけに摺《ず》り延ばして、着た儘《なり》の服裝でその中にもぐり込んで了つた。その冷めたそうな夜着の裾を眺めてゐたみのるは、自分たちが火の氣もないところで長い間云ひ爭つてゐた事にふと氣が付いて急に寒くなつたけれども、やつぱり懷ろ手をした儘で冷えてきた足の先きを着物の裾にくるみながら、いつまでも唐紙のところに寄つかゝつてゐた。そうして兎もすると、男が自分一人の力だけでは到底持ちきれない生活の苦しさから、女をその手から彈きだそう彈きだそうと考へてゐる中を、かうして縋り付いてゐなければならない自分と云ふものを考へた時、みのるの眼には又新らしい涙が浮んだ。

義男の力《ちから》が、みのるの今まで考へてゐた男と云ふもの丶力《ちから》の、層《そう》にしたならその一《ひ》と層《かい》にも足りない事をみのるは知つてゐた。その頼りない男の力にいつまでも取り縋つてはゐたくなかつた。自分も何かしなければならないと云ふ取りつめた考へによく迫られた。けれどもみのるは何も働く事が出來なかつた。義男が今みのるに云つた樣に、義男の前にみのるは何《なん》も爲《し》て見せるだけの力量を持つてゐなかつた。自分の内臟を嚙《か》み挫《ひし》いてもやり度いほどの口惜しさばかりはあつても、みのるは何を爲る事も出來なかつた。みのるは矢つ張りこの力のない男の手で養つてもらはなければならなかつた。

みのるは溜息をしながら立上ると義男の寢床の方へづか〳〵と歩いて行つた。そうして其の夜着を右の手を出して刎《は》ね退《の》けた。

「私も寢るんですから。夜具を下さい。」

二人の仲には一と組の夜のものしきや無かつた。義男はその聲を聞くと直ぐに起きて枕許の眼鏡を探してゐたが、寢床を離れる時に、

「寢たまへ。」

と云つて又茶の間の方へ出て行つた。その男の後を少時見てゐたみのるは丸《まる》まつてゐる樣な蒲團を丁寧に引き直してから、自分の枕を持つて來てその中にはいつた。

みのるは床に入つてから、粘《ねば》りのない生一本の男の心と、細工に富んだねつちりした女の心とがいつ

もの食ひ違つて、さうして毎日お互を突つ突き合ふ樣な爭ひの絕へた事のない日を振返つて見た。そこには、自分の紅房《べにぶさ》のやうに亂れる時々の感情を、その上にも綾《あや》してくれるなつかしい男の心と云ふものを見付け出す事が出來なかつた。

四

義男がやつとある職業に就いたのは櫻の咲く頃であつた。自分たちの生活の資料を得る爲に瘦せた力のない身體を都會の眞中《まんなか》まで運んでゆく義男の姿を、みのるは小犬を連れて毎朝停車場まで送つて行つた。時にはその電車の窓へ向けて、戀人のやうに女の唇からキスを送る白い手先きが、溫い日光の影を遮る事もあつた。みのるは小犬に話をしかけながら墓地を拔けて歸つてくるのが常だつた。そうして二階の窓を開け放つて、小供の爪の先きが人の肉線をこそ／＼と搔きおろしてくる樣なきつい溫さを含んだ日光に額をさらしながら、みのるは一日本を讀んで暮らした。讀書からみのるの思想の上に流れ込んでくる新らしい文字も、みのるは自分一人して味はふ時が多かつた。そうして頁から頁への藝術の匂ひの滴《したゝ》つた種々な場景が、とりとめのない憧憬の爲に揉み絹のやうに萎えしぼんだみのるの心を靜に遠く幻影の世界に導いてゆく時、みのるは興奮して、その頰を一寸傷づけても血の流れさうな逆上した額をして、さうして墓地の中を步き廻つた。袖にさわつた茨の小枝の先きにも心を惹かれるほど、みのるの心は何も彼も懷しくなつて淚が溢れた。無暗と騷ぎ立つ感情の抑へやうがなくなつて、誰とも知らない墓場の石にその額を押し付けた事もあつた。ぬきんでた様な青い松と、むらがつてる様な咲き亂れた櫻と、夕暮れの空の濃い限をいろどつてゐる天王寺のあたりを、みのるは涙を溜めながら行つたり來たりした。

ある晩二人は上野の山をぶら〳〵と歩いてゐた。櫻の白い夜の空は淺黄色に晴れてゐた。森の中の灯は醉ひにかすんだ美しい女の眼のやうに、おぼろな花の間に華やかな光りと光りを目交ぜしてゐた。

「いゝ晩だわね。」

みのるは然う云つて、思ふさま身振りをして見せると云ふ樣な身體付きをしてはしやいで歩いてゐた。この山の森の中にそつくり秘められてゐた幾千人の戀のさゝやきが春になつて櫻が咲くと、靜な山の彼方此方《あちこち》から櫻の花片の一とつ〳〵にその優しい餘韻を傳はらせ初めるのだと思つた時に、みのるの胸は微かに鳴つた。みのるは天蓋のやうに枝を低く差し延べた櫻の木の下に、わざ〳〵兩袖をひろげて立つて見たりした。そうして花の匂ひに交ぢつたコートの古るい香水の匂ひを、みのるはなつかしいものゝ息に觸れるやうに思ひながら、兎もすると捉みどころもなく消えそうになる香りを一と足一と足と追つてゐた。

義男は義男で、堅い腕組みをして素つ氣のない顔をしながらみのると離れて、ぼつ〳〵と歩るいてゐた。義男の頭について廻つてゐる貧乏と云ふ觀念が、夜の花の蔭を逍遙しても何の興味も起らせなかつた。長い間の窮迫が外に出る着物の融通もつかなかつたみのるは、平生着の上にコートだけを引つかけて歩いてゐた。その貧しいみのるの姿を後から眺めた時の義男の眼には、かうした舞臺てすべてを忘れてはしやいてゐるみのるの樣子は、醜さを背景にした馬鹿々々しさてあつた。

「もう歸らうぢやないか。」

義男は斯う云つては足をとめた。

二人は環のやうに取りめぐつてゐる池の向ふの灯を、山の上から眺めながら少しの間立つてゐた。その灯がさゞめいてるのかと思はれる樣な遠い三味線の響きが、二人の胸をそはつかした。みのるは不圖、久し振りな柔らかい着物の裾の重みの事を思つて戀ひしかつた。みのるの東下駄の先きてさばいてゐた裾はさば〳〵として寒かつた。

「吉原で懇親會をやるんだそうだ。」

義男は斯う云つて歩きだした。明りの色が空を薄赤く染めてゐる廣小路の方を後《うしろ》にして、二人は谷中の奥へ足を向け直した。遠い町で奏てゝゐる樂隊の騷々しい音が山の冷えた空氣に統一されて、二人の耳許を觀世水のやうにゆるく襞つては櫻の中に流れて行つた。みのるの胸には春と云ふ陽氣さがいつぱいに溢れた。そうしてこの山の外《そと》に、春の晩に醉ひ浮かれた賑やかな人々のどよめきの世界があるのだと思つた。その中に踏み入つて行く事の出來ない自分の足許を見た時にみのるは何とも云へず寂しくなつた。

「どうかして一日人間らしくなつて遊びまわつて見たいもんだわね。」

みのるは斯う云はうとして義男の方を見た時に、丁度二人の傍を三保の松原を走らせた天の羽車のやうな靜さで、一臺の車が通つて行つた。薄暗い壁に貼りつけた錦繪を覗いて見るやうに、幌の横から紅の濃い友禪模樣の美しい色が二人の眼を遮つていつた。そうして春の驕りを包んだ車の幌は、唯ゆらゆらと何時までも二人の眼の前から消えなかつた。

みのるは其れ限り何も云はずにゐた。默つてゐる男が今どんな夢の中にその心のすべてを解《ほど》かしてゐるのだらうかと云ふ事を考へながら、みのるはいつまでも默つて歩いてゐた。

五

義男にもみのるにも恩の深い師匠の夫人が遂に亡くなつたと云ふ知らせが二人の許にとゞいたのは、四月の末のある朝だつた。

義男が一張羅の洋服で出てしまふと、仲町から自分たちの衣服を取り出してくるだけの豫算を立てゝゐたみのるは、何うにもその融通の出來ない見極めをつけると小石川の友達のところへでも行つてくるより外仕方がないと思つた。みのるは好い口實を作る事を考へながら出て行つた。

友達の家の塀際には咲き揃つた櫻が何本か並んで家の富裕を誇るやうに往來の方に枝を垂れてゐた。

みのるは其家の主人の應接室で久し振りな顏を友達と合はせた。みのるには自分が借りるのだと云ふ事が何うしても云へなかつた。一人身ならば自分が借りると云へるのだけれども、一家を持つてるものが主人の面目を考へてもそんな貧しい事は云はれるものではないと云ふ考へがみのるの頭の中を行つたり來たりしてゐた。

　利口な友達は人の惡るい臆測は女の嗜みではないと云ふ樣なおとなしい笑顏を作つて、みのるの手から他の知人へ貸すと云ふのを眞に受けたらしい樣子を示しながら、一と襲ねの紋付を出して來た。

「お葬式には黑でなくちやいけないけれど、生憎私には黑がないから。」

友達の出した紋付は薄い小豆色だつた。裾には小蝶の繡ひがあつた。

　その日は雨が降つてゐた。みのるは白木蓮の花を持つて、吾妻橋の渡船場から船に乘つた。船が岸を離れた時のゆるやかな心の辷りの感じと一所に、みのるの胸には六七年前の追懷の影が射してゐた。船の中からみのるは思ひ出の多い堤を見た。櫻時分の雨の土堤にはなくてならない背景の一とつの樣に、茶屋の葭簀が濡れしよぼれた淋しい姿を曝してゐた。そうして梳つたやうな細い雨の足が土堤から川水の上を平面にさつと掠つてゐた。みのるは又、船が迂曲《うね》りを打つてはひた〳〵と走つてゆく川水の上に眞つ直ぐに眼を落した。自分の靑春はこの川水のさゞなみに何時ともなくぢり〳〵と浸し消されてしまつた樣な悲しみがそこに映つてゐた。深い思ひを抱いてうつら〳〵と逍遙つた若いみのるの顏の上に雫を散らした堤の櫻の花は、今もあゝして咲いてゐた。それがみのるには又誰かの若い思ひを欺かうとする無殘な微笑の影のやうに思はれてそこにも恨みがあつた。

言問から上にあがると、昔の涙の名殘りのやうに、櫻の雫がみのるの傘の上に音を立てゝ振りこぼれた。十堤の中途でみのると同じ行先きへ落合はうとする舊い知人の二三人に出逢ひながら、師匠の門を潜つた時は、義男と約束した時間よりもおくれてゐた。

中に入ると人々の混雜が、雨の軒端に陰にしめつたどよみを響かしてゐた。表から差覗かれる障子は何所も彼所も開け放されて、人の着物の黑や縞が塊まり合つて椽の外にその端を垂らしてゐた。裏手の格子戸の內は泥のついた下駄がいつぱいに脫ぎ散らしてあつた。みのるは臺所て見付けた昔馴染の老婢に木蓮を渡してから上り《あが》端《はな》の座敷の隅にそつと入つて坐つた。そこては母親に殘された小さい小供たちが多勢の女の手に、悲しそうな言葉て可愛《いと》しまれながら抱かれてゐた。總領の娘も其所に交ぢつて、障子の外へ出たり入つたりする人々を眺めてゐた。昔みのるがお手玉を取つたり鞠を突いたりして遊び相手になつた總領の娘は、何年も親しく逢つた事のないみのるの顏を見ると、その眼を赤く腫らした蒼い顏に笑みを作つて挨拶した。みのるの眼はいつまでもこの娘の姿から離れなかつた。

「この子はあなたの眞似が上手。」

みのるに然う云つて師匠が笑つた時は、まだ四才ぐらゐの子であつた。みのるの例もするやうに風呂

敷包みを持つて、氣取つたお辭儀をしてから、

「これはみのるたんだよ。」

と云つてみんなを笑はせた。幼さい時から高い鼻の上の方の兩端へ幾つも筋か出る樣な笑ひかたをする子てあつた。みのるはこの娘のこゝまて成長して來たその背丈の陰に、自分の變つた短い月日を繰り返して見て果敢ない思ひをしずにはゐられなかつた。

「おい。」

みのるは斯う呼ばれて振返ると、椽側に立つた義男が腮てみのるを招いてゐた。傍へ行くと義男は、

「これから社へ行つて香奠を借りてくるからね。」

と小さい聲て云つた。

「いくらなの。」

「五圓。」

二人は笑ひながら斯う云ひ交はすと直ぐ別れた。みのるは其室《そこ》を出て彼方此方と師匠の姿を求めてゐるうちに、中途の薄暗い内廊下て初めて師匠に出逢つた。顏もはつきりとは見得ないその暗い中を通して、みのるは師匠の涙に漲つた聲を聞いたのてあつた。

「あなたの身體はこの頃丈夫てすか。」

師匠はみのるが別れて立たうとする時に斯う云つて尋ねた。みのるは昔の脆い師匠のおもかげを見た

様に思つてその返事が涙でふさがつてゐた。

六

その晩みのるは眠れなかつた。いつまでもその胸に思ひ出の綾が色を亂してこんがらかつてゐた。そうしてある春の日に師匠から送られた西洋すみれの花の匂ひが、みのるのその思ひ出に甘くまつはつて懐かしい思ひの血の鳴りを響かしてゐた。

あのなつかしい師匠に離れてからもう何年になるだらうかと思つてみのるは數へて見た。師匠の手をはなれてからもう五年になつた。そうして師匠の慈愛に甘へて一途にその人を慕ひ騒いだ時からはもう八年の月日が經つてゐた。その頃のみのるの生命は、あの師匠の世態に研ぎ濟まされたやうな鋭い光りを含んだ小さい眼のうちにすつかりと包まれてゐたのであつた。その師匠の手をはなれてはみのるの心は何方へも向けどころのないものと思ひ込んでゐた。そうして船で毎日の様に向島まで通つたみのるは行くにも歸るにも渡しの棧橋に立つて、滑かな川水の上に一と滴の思ひの血潮を落し〳〵した。

それほどに慕ひ仰いだ師匠の心に背向いて了はねばならない時がみのるの上にも來たのであつた。其れはみのるが實際に生きなければならないと云ふほんとうの生活の上に、その眼が知らず〳〵開けて來た時であつた。毎日師匠の書齋にはいつて書物の古るい樟腦の匂ひを嗅ぎながら、いゝ氣になつて遊んでばかりはゐられない時が來たからであつた。そうして師匠の慈愛が、自分のほんとうに生きやうとする心の活らきを一時でも痲痺らしてゐた事にあさましい呪ひを持つやうな時さへ來た。この師匠の手をはなれなければ自分の前には新らしい途が開けないもの丶様に思つて、みのるはこの慈愛の深い師匠の傍を長い間離れた。けれどもその後のみのるの手《て》に、目覺めたと云ふ證徴《しるし》を持つた様な新らしい仕事は一とつとして出來上つてはゐなかつた。みのるはその頃の自分を圍ふやうな師匠の慈愛を思ひ出して、いたづらな涙にその胸を潤ほす日が多かつた。さうして唯一人の人へ對する堅い信念に繋がれて傍目《わきめ》もふらなかつた幼ない昔を、世間と云ふものから常に打ち叩かれてゐる様なこの頃のみのるの心に、戀ひしく思ひ出さない日と云つてはないくらゐてあつた。

今夜は殊にその思ひが深かつた。みのるは今日の、夫人の棺前の讀經を聞きながら泣き崩れる様にして右の手てその顏を掩ふてゐた師匠の姿を、いつまでも思つてゐた。義男はその晩通夜に行つて歸つてこなかつた。

「その紋付は何うしたの。」

一と足先きに葬式から歸つてゐた義男は、みのるが歸つてくるのを待つてゐて直ぐ斯う聞いた。みのるは今日の式場て義男の縞の洋服がたつた一人目立つてゐた事を考へながら默つて笑つた。

「借りたの。」

うなづいたみのるも、うなづかれた義男も、同じ様に極りの惡るそうな顔をした。こんな時にお互に禮服の一とつも手許にないと云ふ事がれい〳〵とした多くの人の集まつた後では殊に强く感じられてゐた。

「あなたの服裝《なり》は困つたわね。」

「まあいゝさ、君さへちやんとしてゐれば。」

義男は然う云つてから、もう一度みのるの借着の姿を見守つた。義男はそれを何所から借りたのかと聞いたけれども、みのるは小石川から借りたとは云はなかつた。舊《もと》の學校の友達から然うした外見《みつとも》ない事を爲《し》たと云つたなら、義男は猶厭《いや》な思ひがするであらうと思つたからであつた。みのるは自分の許へ親類の様に出入りしてゐる商人の家の名を云つて、其所から都合して貰つたのだと云つた。そうして、何時も困つてゐると云ふ噂のある義男の友人の妻君が、ちやんとしてゐた事をみのるは思ひ出して感心した顔をして義男に話した。

「私たち見たいに困つてゐる人はお友達の中にもないと見えるわ。」

「然うだらう。」

義男は然う云つて着てゐた洋服を脱いだ。そうして少時ズボンの裾を引つくり返して見てから、

「これもこんなに成つてしまつた。」

と云ひながらその摺《す》り切れたところをみのるに見せた。秋か春に着ると云ふ洋服を義男は暑い時も雪

の降る時も着なければならなかつた。さうして何か事のある度にこの肩幅の廣い洋服を着てゆく義男の事を思つた時、今日のみのるは例の癖のやうに自分どもの貧しさを一種の冷嘲で打消して了ふ譯にはいかなかつた。さん／＼悲しみの光景に馴らされてきた其の心から、眞から哀れつぽく自分たちの貧しさを味はふやうな涙がみのるの眼にあふれてきた。

「可哀想に。」

　みのるは彼方を向いて、自分も着物を着代へながら然う云つた。世間を相手にして自分たちの窮乏を隠さなければならない様な羽目になると、二人は斯うしていつか知らず其の手と手を堅く握り合ふやうな親しさを見せ合ふのだとみのるは考へてゐた。

「何うかして君のものだけでも手許《てもと》へ置かなけりや。」

　義男は然う云ひながら入湯に出て行つた。一人になるとみのるは今日の葬列の模様などが其の眼の前に浮んで來た。花の土堤をその列が長く續いて行く途中で、面かづらを被つて泥濘の中を踊りながら歩いてゐる花見の群れに幾度か出つ會した。さうして醉漢の一人がその列を見送りながら、丁度みのるの乘つてゐた車の傍で

「皆さんお賑やかな事で。」

　と小聲で云つてゐた事などが思ひ出された。みのるは義男が歸つて來たらばこれを話して聞かさうと思つた。柩の前に集つた母親を失つた小さい人々を見て、みのるもさん／＼に泣かされた一人であつた

けれ共、その悲しみはもう何所かへ消えてゐた。

七

みのるの好きな白百合の花が、座敷の床の間や本箱の上などに絶へず挿されてゐる様な日になつた。義男の休み日には小犬を連れて二人は王子まで青い畑を眺めながら遠足する事もあつた。紅葉寺の裏手の流れへ犬を抛り入れて二人は石鹸の泡に汚れながらその身體を洗つてやつたりした。流れには山の岩楓の蒼さと日光とが交ぢつて寒天のやうな色をしてゐた。その濡れた小犬を山の上の掛茶屋の柱に鎖で繋いておいて、二人は踏んでも歩けそうな目の下一面の若楓を眺めて半日暮らしたりした。その往き道にある別宅らしい人の家の前に立つと、その檜葉の立木に包まれた薄鼠塗りの洋館の建物の二階が横向きに見えるのを見上げながら義男は「何《なんに》も要らないからせめて理想の家だけは建てたい。」といつも云つた。みのるが頻りに髪を弄り初めたのもその頃であつた。みのるは一日置きのやうに池の端の髪結のところまで髪を結ひにゆく癖がついた。みのるの用箪笥の小抽斗には油に染んだ緋絞りのてがらの切れが幾つも溜つてゐた。

こんな日の間にも粘りのない生一本な男の心の調子と、細工に富んだねつちりした女の心の調子とはいつも食ひ違つて、お互同士を突つ突き合ふやうな爭ひの絶えた事はなかつた。女の前にだけ負けまいとする男の見得と、男の前にだけ負けまいとする女の意地とは、僅の袖の擦り合ひにも縺れだして、お互を打擲し合ふまで罵り交はさなければ止まないやうな日はこの二人の間には珍らしくなかつた。みのるの讀んだ書物の上の理解がこの二人に異つた味ひを持たせる時などには、二人は表の通りにまで響ける樣な聲を出して、それが夜の二時であつても三時であつても構はず云ひ爭つた。そうして、終ひに口を閉ぢたみのるが、憫れむやうな冷嘲ける樣な光りをその眼に漲らして義男の狹い額をぢろ〳〵と見初めると、義男は直ぐにその眼を眞つ赤にして、

「生意氣云ふない。君なんぞに何が出來るもんか。」

斯う云つて土方人足が相手を惡口する時の樣な、人に唾でも吐きかけそうな表情をした。斯うした言葉が時によるとみのるの感情を亢ぶらせずにはおかない事があつた。智識の上でこの男が自分の前に負けてゐると云ふ事を誰の手によつて證明をして貰ふ事が出來やうかと思ふと、みのるは味方のない自分が唯情けなかつた。そうして、

「もう一度云つてごらんなさい。」

と云つてみのるは直ぐに手を出して義男の肩を突いた。

「幾度でも云ふさ。君なんぞは駄目だつて云ふんだ。君なんぞに何が分る。」

「何故。どうして。」

こゝまでくると、みのるは自分の身體の動けなくなるまで男に打擲されなければ默らなかつた。

「あなたが惡るいのに何故あやまらない。何故あやまらない。」

みのるは義男の頭に手を上げて、强ひてもその頭を下げさせやうとしては、男の手で酷い口に逆はされた。

「君はしまひに不具者《かたわ》になつてしまふよ。」

翌る日になると、義男はみのる身體に殘つた所々の傷を眺めて斯う云つた。女の軟弱な肉を振り扼斷《ちぎ》るやうに摑み占める時の無殘さが、後になると義男の心に夢の樣に繰り返された。

それは晝の間に輕い雨の落ちた日であつた。朝早く澤山の洗濯をしたみのるはその身體が疲れて、肉の上に板でも張つてある樣な心持でゐた。軒の近くを煙りの樣な優しい白い雲がみのるの心を覗く樣にしては幾度も通つて行つた。初夏の水分を含んだ空氣を透す日光は、椽に立つてるみのるの眼の前に色硝子の破片を降り落してゐる樣な美しさを漲らしてゐた。何となく蒸し暑い朝であつた。みのるのセルを着てゐたその肌觸りが汗の中をちく／＼してゐた。

それが午後になつて雨になつた。みのるは干し物を椽に取り入れてから、又椽に立つて雨の降る小さな庭を眺めた。この三坪ばかりの庭には、去年の夏義男が植えた紫陽花が眞中《まんなか》に位置を取つてゐるだけだつた。黄楊の木の二三本に霰のやうなこまかい白い花がいつぱいに咲いてゐるのが、隅の方に貧しくしほらしい裝ひを見せてゐたけれ共、一年の内に延びてひろがつた紫陽花の蔭がこの庭の土の上には一番に大きかつた。その外には何もなかつた。輕い雨の音はその紫陽花の葉に時々音を立てた。みのるはその音を聞き付けるとふと懐しくなつて其所に降る雨をいつまでも見詰めてゐた。

義男がいつもの時間に歸つて來た時はもうその雨は止んでゐた。みのるは義男の歸つてからの樣子を見て、その心の奥に何か底を持つてゐる事に氣が付いてゐた。

「おい。君は何《ど》うするんだ。」

みのるが夜るの膳を平氣で片付けやうとした時に義男は斯う聲をかけた。

「何故君は例の仕事をいつまでも初めないんだね。止すつもりなのか。」

其れを聞くとみのるは直ぐに忍ひ當つた。

一週間ばかり前に義男は勤め先きから歸つてくると「君の働く事が出來た。」と云つて新聞の切り拔きをみのるに見せた事があつた。それは地方のある新聞で其れに懸賞の募集の廣告があつた。みのるが其れ迄に少しづゝ書き溜めておいた作《もの》のある事を知つてゐた義男は、それにこの規程の分だけを書き足して送つた方が好いと云つてみのるに勸めたのであつた。

「もし當れば一《ぴ》と息《いき》つける。」

義男は斯う云つた。けれどもみのるは生返事《なまへんじ》をして今日まで手を付けなかつた。それに義男がその仕事を見出した時はもう締めきりの期日に迫つてしまつた時であつた。その僅の間にみのるには兎ても思ふ樣なものは書けないと思つたからであつた。

「何故書かないんだ。」

義男はその口を神經的に尖らかしてみるのに斯う云ひ詰めた。

「そんな賭け見たいな事を爲るのはいやだから、だから書かないんです。」

みのるの例の高慢な氣振りがその頬に射したのを義男は見たのであつた。

みのるはその萬一の僥倖によつて、義男が自分の經濟の苦しみを免れ樣と考へてゐる事に不快を持つてゐた。この男は女を藝術に遊ばせる事は知らないけれ共、女の藝術を賭博の樣な方へ導いて行つて働かせる事だけは知つてゐるのだと思ふと、みのるは腹が立つた。

「そんな事に使ふやうな荒れた筆は持つてゐませんから。」

みのるは又斯う云つた。

「生意氣云ふな。」

斯う義男は怒罵りつけた。女の高慢に對する時の義男の侮蔑は、いつもこの「生意氣云ふな。」であつた。みのるはこの言葉が嫌ひてあつた。義男を見詰めてゐたみのるの顏は眞つ蒼になつた。

「君は何と云つた。働くと云つたぢやないか。僕の爲に働くと云つたぢやないか。それは何うしたんだ。」

「働かないとは云ひませんよ。けれども私が今まで含蓄しておいた筆はこんなところに使はうと思つたんぢやないんですからね。あなたが何《なん》でも働けつて云ふなら電話の交換局へでも出ませうよ。けれどもそんな賭け見たいな事に私の筆を使ふのはいやですから。」

義男は突然、手の傍にあつた煙草盆をみのるに投げ付けた。

「少しも君は我々の生活を愛すつて事を知らないんだ。いやなら止《よ》せ。その云ひ草はなんだ。亭主に向つてその云ひ草はなんだ。」

義男は然う云ひながら立上つた。

「そんな生活なら何も彼も壞しちまへ。」

義男は自分の足に觸つた膳をその儘蹴返すと、みのるの傍へ寄つて來た。みのるは其の時ほど男の亂暴を恐しく豫覺した事はなかつた。「何をするんです。」と云つた金を張つたやうな細い透明なみのるの聲が、義男の慟悸の高い胸の中に食ひ込む樣に近くなつた時に、みのるは有りだけの力をその兩腕に入れて義男の胸を向ふへ突き返した。さうしてから、初めてこの男の恐しさから逃れると云ふ樣な心持て、みのるは勝手口の方から表へ駈けて出た。

外はまだ薄暮の光りが全く消えきらずに洋銀の色を流してゐた。殊更な闇がこれから墓場全體を取り繞らうとするその逢魔《あふま》の蔭にみのるは何時までも佇んでゐた、ぢいんとした淋しさが何所からともなくみのるの耳の傍に集つてくる中に、障子や襖を蹴破つてゐる樣な氣魂《けたたま》しい物の響きが神經的に傳つてゐた。然うして絹針のやうに細く鋭い女の叫喚の聲がその中に交ぢつゐる樣な氣もした。それが自分の聲のやうであつた。みのるの身體中の血は動いた儘にまだゆら〳〵としてゐた。何所かの血管の一部まだその血が時々どんと烈しい波を打つてゐた。けれどもみのるは自分の心の脈を一とつ〳〵調べて見る樣なはつきりした氣分で、自分の頭の上に乘しかゝつてくる闇の力の下に俯向いてしばらく考へてゐた。そうして、その清水に浸つてゐる樣な明らかな頭腦の中に、

「自分どもの生活を愛する事を知らない。」

と云つた義男の言葉がさま〴〵な意味を含んでいつまでも響いてゐた。

みのるは全く男の生活を愛さない女だつた。

その代り義男はちつとも女の藝術を愛する事を知らなかつた。

みのるはまだ〳〵、男と一所の窮乏な生活の爲に厭な思ひをして質店の軒さへ潜るけれども、義男は女の好む藝術の爲に新らしい書物一とつ供給《あてが》ふ事を知らなかつた。義男は小さな自分だけの尊大を女によつて傷づけられまい爲に、女が新らしい知識を得ようと勉める傍でわざとそれに辱ぢを與へる樣な事さへした。新らしい藝術にあこがれてゐる女の心の上へ、猶その上にも滴《したゝ》るやうな艶味を持たせてやる事を知らない義男は、たゞ自分の不足な力だけを女の手で物質的に補はせさへすればそれで滿足してゐられる樣な男なのだと云ふ事が、みのるの心に執念く繰り返された。

「私があなたの生活を愛さないと云ふなら、あなたは私の藝術を愛さないと云はなけりやならない。」

先刻《さつき》義男に斯う云つてやるのだつたと思つた時に、みのるの眼には血がにじんで來《く》るやうに思つた。

男の生活を愛する事を知らない女と、女の藝術を愛する事を知らない男と、其れは到底一所のもので

はなかつた。義男の身にしたら、自分の生活を愛してくれない女では張合のない事かも知れない。毎日出てゆく義男の蟇口の中に、小さい銀貨が二つ三つより以上にはいつてゐた事もなかつた。それを目の前に見て上の空な顏をしてゐる事の出來るみのるは、義男に取つては一生を手を繋いでゆく相手の女とは思ひやうも無い事かも知れなかつた。——

「二人は矢つ張り別れなければいけないのだ。」

みのるは然う思ひながら歩き出した。初めて、凝結してゐた瞳子の底から解けて流れてくる樣な涙がみのるの頰にしみ〴〵と傳はつてきた。

　みのるの歩いてゆく前後には、もう動きのとれない樣な暗闇がいつぱいに押寄せてゐた　その顏のまわりには蚊の群れが弱い聲を集めて取り卷いてゐた。振返ると、その闇の中に其方《そち》此方《こち》と突つ立てゐる石頭の頭が、うよ〳〵とみのるの方へ居膝り寄つてくる樣な幽な幻影を搖がしてゐた。みのるは自分一人この暗い寂しい中に取殘されてゐた氣がして早足に墓地を繞《めぐ》つてゐる茨垣の外に出て來た。其邊をうろついてゐたメエイが其所へ現はれたみのるの姿を見附けると飛んで來てみのるの前に其の顏を仰向かしながら、身體ぐるみに尾を振つて立つた。突然この小犬の姿を見たみのるは、この世界に自分を思つてくれるたつた一とつの物の影を捉へたやうに思つて、その犬の體を抱いてやらずにはゐられなかつた。

「有難うよ。」

小犬に向つてから云つて了ふとみのるの眼から又涙がみなぎつて落ちてきた。みのるは生れて初めて泣さ〳〵外を歩くと云ふ様な思ひを味ひながら、右の袂で顏を拭きながら家の方へ歩いて行つた。

八

みのるは外に立つて暫時家の中の様子を伺つてから入つて行つた。茶の間の電氣を點《つ》けて其邊を見まわすと、其處には先刻義男が投げ付けた烟草盆の灰のこぼれと、蹴散らされた膳の上のものとが、汚《きたな》らしく狼籍をしてゐるばかりで義男はゐなかつた。しばらくしてみのるが座敷の汚《よご》れを掃除してゐる時に、二階で人の寐返りを打つた様などしりとした響きが聞こえたので、義男は二階に寐てゐるのだとみのるは思つた。腮の骨の痩せこけた、頸筋の小供の様に細い顏と頭を、上の方で組んだ兩肱の中に埋め込んで直《ぢ》かな疊の上に寐轉んでゐる義男の姿がこの時のみのるの胸に浮んでゐた。

そうして、みのるの心は其の義男の前にもう脆く負けてゐた。自分が筆を付けると云ふ事が、義男の望む「働き」と云ふ意味になつて、そうして義男を喜ばせる一とつになるならそれは何の造作もない仕事だと云ふ様な、女らしい氣安さに其の心持が返つてゐた。

長い間世間の上に喘ぎながら今日まで何も摑み得なかつたみのるの心は、いつともなく憶病になつてゐて、然うしてその心の上にもう疲勞の影が射してゐた。みのるは如何程強い張りを持ち初めても、直ぐ曉の星の様にかうして消へていつた。そうして矢つ張り唯一人の義男の情に縋つて行かなければ生きられない様な自らの果敢ない悲しみを、みのる自身が傍から眺めてゐる様な心の態度で自分の身體を男の前に投げ出して了ふのが結局《つゞまり》だつた。

　みのるは其の翌る日から毎日机に向つて、半分草しかけてあつた或る物語の續きを書き初めた。兎もすると厭になつてみのるは幾度止さうとしたか知れなかつた。少しもそれに氣乘りがしてこなかつた。

　今日まで書きかけて机の中に仕舞つておいた作と云ふのは、みのるの氣に入つたものではなかつた。自分の藝が一度踏み入つた境から何うしても脱れる事の出來ない一とつの臭味を持つてゐる事をつく〴〵感じながら、とう〳〵筆を投げてしまつた其の書きかけなのであつた。だからみのるは後半を直ぐに續けて行かうとする前に、もつと其前半を直して見なければならなかつた。みのるの自分の藝に對する正直な心が、自から打捨つた作を其の儘明るい場所へ持ち出すと云ふ様な人を食つた考へに中々陷らせなかつた。みのるは何時までもその前半を弄《いぢ》つてゐた。

「君はいつまで何をしてゐるんだ。」

　それを見付けた義男は直ぐに斯う云つてみのるの傍に寄つて來た。

「到底駄目だから止すわ。」

「駄目でもいゝからやりたまへ。」

「私は矢つ張り駄目なんだ。」

みのるは然う云つて自分の前の原稿を滅茶苦茶にした。

「こんな事はね。作の好い惡るいには由らないんだよ。それは唯君の運一とつなんだ。作が駄目でも運さへ好ければうまく行くんだからやつて終ひ給へ。ぐづ〳〵してゐると間に會やしないよ。」

義男はみのるの手から弄り直してる前半を取り上げてしまつた。それを見たみのるは、

「書きさへすればいゝ？」

斯う云ふ意味をその眼にあり〳〵と含まして、義男の顏を眺めた。其の心の底には何となく自暴な氣分が浮いてゐた。唯義男の强ひるだけのものを書き上げて、さうして其れを義男の前に投げ付けてやりさへすれば好いんだと云ふ樣な自暴な氣分だつた。

「私が若し何うしても書かなければあなたは何うするの。」

「書けない事はないから書きたまへ。」

「書けないんです。氣に入らないんです。」

「そんな事はないからさら〳〵と書き流してしまひたまへ。」

「氣に入らないからいやなの。」

「惡るい癖だ。そんな事を云つてる暇に二枚でも三枚でも書けるぢやないか。」

義男は日數を數へて見た。規程の紙數までにはまだ二百餘枚もありながら日は僅に二十日にも足りなかつた。義男は何事も一氣《いつき》に遣つ付ける事の出來ない口ばかり巧者なこの女が、熬《い》り豆の豆が顏にぴん

と痛く彈きかゝつた樣に癪にさわつて小憎らしくなつた。

「成程君は駄目な女だ。よし給へ。よし給へ。」

義男は然う云ふと一旦取り上げた原稿を本箱から出してきて、みのるの前にはら〳〵と拋り出した。其の俯向いた眼にいつにもない冷めたい蔭が射してゐた。

「止せば何うするの。」

みのるは机に寄つかゝつて頭を右の手で押へながら男の顏を斜に見てゐた。義男の顏は、眼の瞬きと、蒼い顏の筋肉の動きと、唇のおのゝきと、其れがちやんぽんになつて電光をはしらしてゐた。

「別れてしまうばかりさ。」

義男はぽんと女を突き放す樣に斯う云つた。みのるが何も爲得ないと云ふ見極めを付けると一所に、義男には直ぐ明かな重荷を感じずにはゐられなかつた。義男にしては二人の間を繋いでるものは愛着ではなかつた。力であつた。自分に持てない力を相手の女が持ち得るものでなければ一所には居たくなかつた。女の重荷を、殊にみのるの樣な我が儘の多い女の重荷を引摺つてゐては、自分の身體がだん〳〵に人世の泥沼の中に沈み込んで行くばかりだと思つた。義男はもうこの女を切り放さなければならなかつた。――斯う云ふ時には例も手强い抵抗をみのるに對して見せ得る男であつた。直ぐにその場からでも何方《いづれ》かゞこの家を離れゆくと云ふ氣勢をはつきりと見せ得る男であつた。そこには男が特にみのる一人に對して考へてゐる樣な愛などは微塵も挾まれなかつた。

「書くわ。仕方がないもの。」

みのるの眼にはもう涙が浮いてゐた。そうして其邊に取り散らかつた原稿を纏めてゐた。

九

みのるは唯眞驀に物を書いて行つた。自分を鞭打つやうな男の眼が多くの時間みのるの机の前に光つてゐた。みのるは其れを恐れながら無暗と書いて行つた。蚊帳の中にランプと机とを持ち込んで暫時死んだ樣に仰向に仆れてゐてから、急に起き上つて書く事もあつた。朝から夕まで家の中に射し込んでゐる夏の日光を、みのるは彼方此方と逃げ廻りながら隅の壁のところに行つて其の頭をさん／＼打ち突けてから又書き出す事もあつた。

そうして出來上つたのが締切りの最後の日の午後であつた。義男はそれにみのるの名を書き入れてやつて、小包にしてから自分で郵便局へ持つて行つた。みのるは其の汗になつた薄藍地の浴衣の袂で顔を拭ひながらこの十餘日の間の自分を振返つて見た。男の姿に追ひ使はれた筆の先きには、自分の考へてゐる樣な美しい藝術の影などは少しも見られなかつた。唯男の處刑を恐れた暗雲《やみくも》の力ばかりであつた。そのやみくもな非藝術な力ばかりで自分の手には何が出來たらう。然う云ふとみのるは失望しずにはゐられなかつた。

それは八月の半ばを過ぎてからであつた。ある朝其の日の新聞の上に、ふとみのるの、心にとまつた記事があつた。

みのるは義男が勤めに出て行つてから。家の入り口の方へ錠を差しておいて自分も外に出た、そうして廣小路へ來《く》ると其所から江戸川行の電車に乘つた。

色の褪めた明石の單衣を着て、これも色の褪めた紫紺の洋傘を翳したみのるの姿が、しばらくすると、炎天の光りに射られて一帶に白茶けて見える牛込の或る狹い町を迷つてゐた。敷き詰めた小砂利の一とつ〳〵に兩抉りの下駄が挾まるのでみのるは歩き憎くて堪らなかつた。其の度に動悸が打つて汗が腋の下を傳はつた。地面から裾の中へ蒸し込んでくる熱氣と、上から照りつける日光の炎熱とが、みのるの薄い皮膚をぢり〳〵と刺戟した。みのるの顏は燃えるやうに眞つ赤になつてゐた。

みのるは橋の角の交番で「清月」と云ふ貸席をたづねると、其所から江戸川縁の方へ曲がつて行つた。清月はその通りの右側にあつた。舊は旗本の邸でもあつたかと思ふ樣な構造をした古るい家であつた。みのるはその敷臺のところに立つて、取次に出た女中に小山と云ふ人をたづねた。

みのるは直ぐに奥へ通された。がらんとした廣い座敷に、みのるは庭の方を後にしてこれから逢はうといふ人の出てくるのを待つてゐた。何所も開け放してありながら風が少しも通つてこなかつた。そうして日中の暑熱に何も彼もぢつと息を凝《こ》らしてゐる樣な暑苦しさと靜さが、その赤くなつた疊の隅々に影を潜めてゐた。みのるは半巾で顔を抑へながら、せつせと扇子を使つてゐた。

煙草盆を提げながら小作りな男が奥の方から出て來てみのるの前に座つた。瞳子の黒い睫毛の長い眼が晝寢でも爲てゐた樣にぼつとりと腫れてゐた。よく大坂人に見るやうに物を云ふ時其の口尻に唾を溜る癖があつた。笑ふと女の樣な愛嬌がその小さな顔いつぱいに溢れた。

小山はみのるの名前は知らなかつたけれども義男の名前は知つてゐた。手に持つてるのみのる名刺を弄りながら、小山はみのると話をした。

小山は自分たちの拵へてる劇團に就いて口を切つた。それからこの前の一回の興行はある興行師の手で組織された爲に世間から面白くない誤解を受けたりしたけれ共、今度の第二回は酒井や行田と云ふ人の助力のもとに極く藝術的に組織すると云ふ事を長く述べ立てた。そうして、女優は品行の正しい身性《みじやう》のあまり卑しくないものばかりを選むつもりだと云つた。滑かな大坂辯が暑い空氣の中に濁りを帶びて、眠たい調子をうね〱とひゞかしてゐた。

小山は話しをしてる間に、少しは分つた事を云ふ女だと云ふ樣な顔をして、時々みのるの言葉に調子を乘せて自分の話を進めて行つたりした。

「然う云ふ御熱心なら、一度よく酒井先生とも行田先生とも御相談をいたしまして、其の上で御返事を差上げると云ふことに。多方よろしからうとは思ひますが私一人の考へ通りにも參りませんによつて、あとから端書を差上げると云ふ事にいたしませう。」

みのるは其れて小山に別れを告げて外に出た。

誰もゐない家の軒に祭りの提燈がたつた一とつ暑い日蔭の外れに搖れてゐるのを見守りながら、みのるが漸つと家へはつた時は、もう庭の上にも半分ほど蔭ができてゐた。みのるは汗になつた着物も脱がずに開けひろげた座敷の眞中に坐つて何か考へてゐた。

夜るになつてみのるは義男と祭禮のある神社へ參詣に出かけた。墓場を片側にした裏町には赤い提燈の灯がところ〴〵に、表の賑やかさを少しちぎつて持つて來た様な色を浮べてぼんやりと滲染んでゐた。その明りの蔭に白い浴衣の女の姿が媚いた袖の靡きを見せて立つてゐた門《かど》もあつた。通りに出るといつも寂びれた場末の町は夜店の灯と人混《ひとご》みの裾の縺れの目眩しさとで新たな世界が動いてゐた。

二人は人に押返されながら神社の中へ入つて行つた。赤い椀を山に盛つた汁粉の出店の前から横に入ると四十位の色の黒い女が腕捲りをして大きな聲で人を呼んでる見世物小屋の前に出た。幕が垂れたり上つたりしてゐる前に立つて中を覗くと肩衣をつけた若い女が二人して淨瑠璃でも語つてゐる様な風をしてゐる半身が見えた。その片々の女は目の覺めるほど美しい女てあつた。薄暗い小屋の中から群集の方へ時々投げる眼に、瞳子の流れるやうなたつぷりした表情が動いてゐた。艶もなく胡粉のやうに眞つ白に塗《なす》りつけたおしろいが、派出な友禪の着物の胸元に惡毒《あくど》い色彩を調和させて、猶一層この女を奇麗に見せてゐた。鼻が眞つ直ぐに高くて口許がぽつつりと小さかつた。

「まあ美い女だわね。」

みのるは義男の袖を引つ張つた。

「あれが髑髏つ首だらう。」

義男も笑ひながら覗いて見た。上の看板に、肩衣をつけた女の身體からによろ〳〵と拔け出した島田の女の首が人の群集を見下してゐる様な繪がかいてあつた。義男はかうした下等な女藝人の白粉が好きてあつた。其の女の眼に義男は心を惹かれながら又歩きだした。

二人は三河島の方を見晴らした崖の掛茶屋の前に廻つて來た。葭簀を張りまわした軒並びに鬼灯提燈が下がつて、サイダーの瓶の硝子や掻きかけの氷の上に其の灯の色をうつしてゐた。そこて燒栗を買つた義男は其れを食べながら崖の下り口に立つて海のやうに闇い三河島の方を眺めてゐた。この祭禮の境内へ入つてくる人々が絶へず下の方から二人の立つてる前を過《よぎ》つて行つた。

「あなたに相談があるわ。」

みのるは云ひながら、境内の混雜を見捨てゝ崖から下へおりやうとした。

「何だい。」

「もう一度芝居をやらうと思ふの。」

「君が？　へえゝ。」

二人は崖をおりて踏切りを越すと日暮里の方へ歩いて出た。みのるは歩きながら酒井や行田のやうとしてゐる新劇團へ入るつもりの事を話した。行田は義男の知つてゐる人だつた。まだ外國から歸つて來たばかりの新らしい脚本家であつた。その人の手に作られた一と幕物の脚本を上場する事に定まつてゐるのだが、そのむづかしい女主人公を演る女優がなくつて困つてゐると、晝間小山の云つた事にみのるは望みを繫いてゐた。けれども其所までは話さずに舞臺に出ても好いか惡るいかを義男に聞いて見た。義男は默つて燒栗を食べながら歩いてゐた。

義男はまだ結婚しない前にみのるが女優になると云つて騷いだ事のあるのは知つてゐた。けれどもどんな技量がこの女にあるのかは知らなかつた。その頃みのるがある劇團に入つて何か演つた時に一向噂のなかつたところから考へても、舞臺の上の技巧はあんまり無ささうに思はれた。それにみのるの容貌では舞臺へ出ても引つ立つ筈がないと義男は思つてゐた。外國の美しい女優を見馴れた義男は、この平面な普通よりも顏立の惡るいみのるが舞臺に立つと云ふ事だけても恐しい無謀だとしきや思はれなかつた。

「今になつて何故そんな事を考へたんだね。」

義男は燒栗を嚙みながら斯う聞いた。

「先から考へてゐたわ。唯好い機會がないから我慢してゐたんだわ。」

義男は舞臺の上のみるを疑つて中々其れに承知を與へなかつた。

「何故いけないの。」

みのるはもう突つかゝり調子になつてゐた。

裸になつた義男は椽側に寐そべつて煙草を呑んでゐた。みのるは其の前にぶつつりと坐つて聳え切らない義男の容體を眺めてゐた。

「そんな悠長な生活ぢやないからな。」

義男は然う云つて考へてゐた。みのるが演劇に手腕を持つてゐて、それで澤山な報酬が得られる仕事とても云ふのなら宜いけれ共、海とも山とも付かない不安な界へ又踏み込んで行つて、結局は何方《どつち》へ何《ど》う向き變つて行くか分らないと云ふ始末を思ふと、義男には却つてお荷物てあつた。それに自分が毎日出てゆくある小社會の群れに對しても、それ等の人の惡るい仲間たちに舞臺の上の美しくない然かも技藝の拙い女房を見られる事は義男に取つては屈辱てあつた。そんな事をみのるが考へてる暇に常收入のある職業を見付けて自分に助力をしてくれる方が義男には滿足だつた。

生活の事も思はずに、斯うして藝術に遊ばう遊ばうとする女の心持が、又何日《いつか》のやうに憎まれだした。

「君はだまつて書いてゐればいゝぢないか。」

「何を書くの。」

「書く樣な仕事を見付けるさ。」

「文藝の方ぢやいくら私が考へても世間で認めてくれないぢやありませんか。今度はいゝ時機だからもう一度演藝の方から出て行くわ。私には自信があるんですもの。それに酒井さんや行田さんがステージマネヂヤならきつとやれるわ。」

みのるは眼を輝かして斯う云つた。みのるは實は筆の方に自分ながら愛想を盡かしてゐたのであつた。それはこの間の仕事によつて自分で分つたのであつた。ひそかに筆の上に新らしい生命を養ひつゝあるとばかり自負してゐたみのるは、この間の仕事に其れがちつとも現はれてこなかつた事を省みると、自分ながら厭になつてゐた。けれ共義男には然うは云はなかつた。何故ならあの時にみのるは義男に向つて自分の大切な筆をそんな賭け見たいな事に使はない」と云つて罵り返したのであつた。其の自分の言葉に對してもみのるには其樣《そんな》おめ〳〵した事は義男の前で云へなかつた。

自分ながら筆の上に思ひを斷つ以上、もう一度舞臺の方で苦勞がして見たかつた。新聞で見た新劇團の女優募集の記事はこの場合のみのるには渡りに船であつた。

「僕は君は書ける人だと思つてゐる。だからその方で生活を助けたらいゝぢやないか。第一そんな事をするとしても君の年齢はもうおそいぢやないか。」

「藝術に年齢がありますか。」

「そりや藝術の人の云ふ事だ。君はこれからやるんぢやないか。」

「それならよござんす。私は私でやりますから。あなたの爲の藝術でもなければあなたの爲の仕事でもないんてすから。私の藝術なんてすから。私のする仕事なんてすから。然う云ふ事てあなたが私を支《さゝ》へる權利がどこにあります。あなたがいけないと云つたつて私はやるばかりてすから。」

斯う云ひきるとみのるの胸には久し振な欲望の炎がむやみと燃え立つた。そうして自分を見縊るこの男を舞臺の上の技藝て、何ても屈服さしてやらなければならないと思つた。

「そんな準備の金は何所から算段するんだ。」

「自分て借金をします。」

十

みのるを加入《いれ》ると云ふ意味のはがきが小山の許から來てから、間もなく本讀みの日の通知があつた。

みのるの前に斯うして一日々々と新たな仕事の手順が捗つて行くのを見てゐると、義男は氣が氣てはなかつた。平氣な顔をして、何所か遠いところに引つ掛つてゐる望みの影を目をはつきりと開いて見据へてる樣なみのるの樣子を、義男は傍て見てゐるに堪へられない日があつた。

「舞臺の上が拙くつてみつともなければ、僕はもう決して社へは出ないからな、君の遣りかた一とつて何も彼も失つてしまうんだからそのつもりてゐたまへ。」

其れを聞くとみのるは義男の小さな世間への虚榮をはつきりと見せられた樣になつて不快《いや》な氣がした。何故この男は斯う信實がないのだらうと思つた。少しも自分の藝術に向つての熱を一所になつて汲んてくれる事を知らないのだと思つて腹が立つた。さうして其の小さな深みのない男の顔をわざと冷淡に眺めたりした。

「ぢや別れたらいゝぢやありませんか。然うすりやあなたが私の爲に恥ぢを掻かなくつても濟むでせう。」

こんな言葉が今度は女の方から出たけれども今の義男はそれ程の角《かど》を持つてゐなかつた。女が派出な舞臺へ出ると云ふ事に、女へ對するある淺薄《あさはか》な興味をつないで見る氣にもなつてゐた。

「君に其れだけの自信があればいゝさ。」

義男は然う云つて默つた。

清月てみのるは酒井にも行田にも逢つた。何方もみのるの見知り越しの人てあつた。酒井と云ふのは、一方ては、これから理想の演劇を起さうとして多くの生徒をごく内容的に養成してゐる或る博士のもとに働いてゐる人てあつた。みのるはこの酒井のハムレットを見て、その新らしい技藝に醉つた事があつた。

眼と鼻のあたりに西洋人らしい俤はあつたが丈の小さい人てあつた。行田は間拔けて背の高い人てあつた。いつも眼の中に思想を蓄へてると云ふ樣な顔付をしてゐた。笑つても頭の奥て笑つてる樣なぬつとした容態があつた。

鋭くしやんとした酒井と、重く屈み加減になつてる行田とはいつも兩人ながら膝前をきちりと合はせて稽古の座敷の片隅に並んで座つてゐた。

其の中を例の小山は睑毛の長い愛敬に富んだ眼を隅から隅へ動かしながら、その小さな身體をちよこ〳〵と彈ましてゐた。

みのるの外に女優が三四人ゐた。どれも若くて美しかつた。早子と云ふのは顔は痩せてゐたけれ共目を瞑つたりすると印象の強い暗い蔭が漂つた。そうして口豆《くちまめ》な女だつた。艶子と云ふのがゐた。顔の輪廓の貞奴に似た高貴《こうき》な美しさを持つてゐた。その中にゐて、みのるは矢つ張り行田の手で作られた戯曲の女主人公をやる事に定まつてゐた。

その女主人公は音樂家の老孃であつた。それが不圖戀を感じてから、今まで冷めたく自分を取卷いてゐた藝術境から脱けて出てその戀人と溫い家庭を持たうとした。その時に其の戀人の夫人であつた女から嫉妬半分の家庭觀を聞いて、又淋しく〳〵との藝術の世界に一人して住み終らうと決心する。と云ふのであつた。

他の俳優たちは誰も其の脚本を笑つてゐた。他の俳優と云ふのは壯士俳優の三流ぐらゐなところから、手腕のあるのをすぐつて來た群れであつた。其の中からこの脚本に現はれた人物に扮する樣に定められた男が二人ほどあつた。其の頭では解釋のしきれないむづかしい言葉が續々と出てくるので閉口して笑つてゐた。

みのるが詰めて稽古に通ふ樣になつた時はもう冷めたい雨の降りつゞく秋口《あきぐち》になつてゐた。雨の降り込む清月の椽に立つて、べろ／＼した單衣一枚の俳優たちが秋の薄寒さをかこつ樣な日もあつた。朝早く清月に行つてみのるが一人で臺詞をやつてる時などに、濡れた外套を着た酒井が頸元の寒そうな風をして入つてくる事もあつた。お互の挨拶の息が冷めたい空氣にかぢかんでる樣な朝が多くなつてゐた。

行田も酒井もいつも朝早く定めた時刻までには出て來てゐた。そうして怠けた俳優たちがそう／＼集つてくるまで、二人は無駄な時間を空に費してゐる事が毎日の樣であつた。藝術的の氣分に緊張してゐるこの二人と、旅藝人のやうに荒んだ、統一のない不貞《ふて》た俳優たちとの間にはいつもこぢれた紛雜《いきさつ》が流れてゐた。酒井は殊にぼん／＼と怒つて、藝人根性の主張をやめないその俳優たちを表面から責めたりした。酒井の譯したピネロの喜劇は全部この不統一な俳優たちの手で演じられる事になつてゐた。その稽古が少しもつまないと云つて、酒井は「ちつとも藝術品になつてゐない。然うてん／＼ばら／＼では仕方がない。」と云つて一人でぢり／＼してゐた。

けれども演劇で飯を食べてるこの連中は、酒井などから一々臺詞にまで口を入れられる事に就いて、明らかな惡感を持つてゐた。俳優たちは沈默の反抗をそのふところ手の袖に見せて、酒井の小言の前で氣まづい顏をしてゐる事が多かつた。

「初めからのお約束ですから、少々氣に入らない事があつても一致してやつて頂かなけりや困ります。どうでせう皆さん。もう日もない事ですから一とつ一生懸命になつて臺詞を覺えて頂く譯には行きませんか。」

酒井の傍に坐つた小山が、こんな事を云つて口に皺を寄せながら向ふに集まつた俳優たちを眺めてゐる事もあつた。

その中て女優ばかりは誰も彼も評判がよかつた。皆が舞臺監督の云ふ事をよく聞いて稽古を勵んでゐた。

「こんなに女優が重い役をやると云ふのは今度が初めだから、一とつ思ひ切つた立派な藝を見せていたゞき度い。女優の技藝によつてこの新劇團の運命が定まるやうなものだと思つて充分に演つて頂きたい。女優と云ふものも馬鹿に出來ないものだと云ふ事を今度の興行によつて世間へ見せて頂きたい。」酒井は斯う云つて女優たちを上手におだてた。

その中にゐて、みのるには例の惡るい癖がもう初まつてゐた。自分の氣分がこの俳優の群れに染まないと云ふ事がすつかりみのるを演劇の執着からはなしてしまつた事てあつた。みのるは芝居をする事がもう厭になつてゐた。さうして、何時もこの俳優たちの低級な趣味の中に自分を輕く落して突き交ぜやうとする努めの爲にだん〳〵疲れてきた。淸月にゐる間の自分を省みると、そこには蓮葉な無敎育な女が自分になつて現れてゐた。

もう一とつ厭な事があつた。

みのるの役のワキ役になる女優に錄子といふのがゐた。みのるよりも年嵩て舊俳優の中から出てきた人だつた。目の大きな鼻の高い役者顔の美くしい女であつた。みのるはこの錄子と一所にゐる間は始終この女の極く世間摺れした心から妙に自分と云ふものを壓し付けられる樣な自分の感情の沮喪の苦しみがつゞくのであつた。錄子は女役者にもなれば藝妓にもなると云ふ樣に世間を渡り歩いてきた氣の強い意地つ張りが、誰に向つても自分の心持に反《そ》りを打たして、相手をぐいと押退ける樣な態度を見せた。みのるはそれにちり〳〵して、この錄子を恐れた。そうしてワキの錄子がみのるの仕科の上につけ〳〵と注文をつけたりしても、みのるは自分の藝術の權威を感じながらこの錄子に向つては言葉を返す事が出來なかつた。

みのるは小供の頃小學校へ通ふ樣になつてから、何年生になつてもその全じ級のうちにきつと自分を苛める生徒か一人二人ゐた。みのるは毎朝何かしら持つて行つてその生徒に與へてはお世辭をつかつた事があつた。そうして學校へ行くのがいやて堪らない時代があつた。丁度今度の錄子に對するのがそれによく似た感じであつた。

錄子は女主人公の戀人の夫人をする事になつてゐた。行田も酒井も「あれては困る。」と云つて、その古い芝居に馴らされてしまつたそうして頭腦のない錄子に手古摺つてゐたけれ共、錄子はそんな事には平氣であつた。そうして演劇をするについては一生懸命だつた。みのるは遂々《とう〳〵》この錄子に負けてしまつた。そうして其役を捨てると云ふ事を行田に話した。みのるはその時泣いてゐた。

「然うセンチメンタルになつては困る。今あなたに廢められては困る。」

口重《くちおも》な行田は一とつことを繰返しながら酒井を連れて來た。酒井は柱のところに中腰になつて、

「今あなたがそんな事を云つては芝居がやれなくなりますから何卒我慢してやつて頂きたい。あなたの技藝は我々の始終賞めてゐるのですから、我々の爲にと思つて一とつ是非奮發して頂きたい。私の方の學校で今ヘッダを演つてる女生がありますが、それにもあなたの今度の技藝に就いて話をしてゐる位です。是非それは思ひ返してやつて頂き度い。」

酒井は如才なくみのるをなだめた。

けれどもみのるは何うしても厭になつてゐた。

この劇團の權威をみとめる事が出來なくなつたのと同時に、みのるは自分の最高の藝術の氣分をかうした境で揉み苦茶にされる事は、何うしても厭だといふ高慢さがあくまで募つてきて、誰の云ふ事にも從ふ氣などはなかつた。明日から稽古に出ないと云ふ決心でみのるは歸つて來てしまつた。

けれどもみのるの眼の前には直ぐ義男と云ふ突支棒《つつかいぼう》が現はれてゐた。この話をしたなら義男はきつと自分に向つて、口ばかり巧者で何も遣り得ない意氣地のない女と云ふ批判を一層強くして、自分を侮るに違ひないとみのるは思つた。けれ共矢つ張り義男にこの事を話すより他《ほか》なかつた。

「よした方がいゝだらう。」

義男は簡單にかう云つた。さうしてみのるが想像した通りを義男はみのるに對して考へてゐた。

「私はもう何所へもゆきどころがなくなつて終《しま》つた。」

みのるは然う云つて仰向《あふむ》きながら淋しさうな顔をした。

十一

みのるの爲《し》た事は、他から考へると唯安つぽい人困らせに過ぎなかつた。つまりは矢つ張り出なければならなかつた。

初め義男はみのるに斯う云つた。

「自分から加入を申込んでおいて、又勝手によすなんてそれは義理がわるい。何うしても君がいやだといふなら僕が君の出勤を拒んだ事にしておいてやらう。」

義男は然うして劇團の事務所へ斷りを出した。劇團の理事も行田もその爲めに義男を取り卷いてみのるの出勤をせがんで來た。

劇團の方ではみのるに代へる女優を見附ける事は造作のないことであつたかも知れないが、あれだけのむづかしい役の稽古を積み直させるだけの日數の餘裕がなかつた。開演の日はもう迫つてゐた。經營の上の損失を思ふと、小山は何うしてもみのるに出勤して貰はねばならなかつた。行田も義男にあて、長い手紙をよこした。

「みつともないから好い加減にして出た方がいゝね。僕も面倒臭いから。」

義男は斯う云つて、いつも生きものを半分弄り殺しにして其の儘拋つておく樣なこのみのるの、ねらぬらした感情を厭はしく思つた。然うしてこの女から離れやうとする心の定めがこの時もその眼の底に閃いてゐた。二三日してからみのるは再び清月へ通ひ出した。

演劇の上でみのるの評判　惡るくはなかつた。誰もこの新しい技藝を賞めた。けれども又、同時に誰が見てもみのるの容貌は舞臺の人となるだけの資格がないと云ふことも明らかに思はせた。藝術本位の劇評はみのるの技藝を、初めて女優の生命を開拓したものとまで賞めたものもあつたけれども、單に芝居と云ふ方から標準を取つて行つた劇評は、みのるを惡るく云つた。その態度が下品で矢場女のやうだと譏つたものもあつた。みのるの容貌はほんとうに醜いものであつた。無理に拾へば眼だけてあつた。外の點ては唯普通の女としても見られないやうな容貌てあつた。

みのるは自分の容貌の醜いのをよく知つてゐた。其れにも由らず舞臺へ上り度いと云ふのは唯藝術に對する熱のほかにはなかつた。そこから火のやうに燃えてくる力がみのるを大膽に導いて行くばかりであつた。けれども女優は——舞臺に立つ女はある程度まで美しくなければならなかつた。女は、そこに金剛のやうな藝術の力はあつても、花のやうな容貌がなければ魅力の均衡《つりあひ》は保たれる筈がなかつた。みのるの舞臺は、ある一面からは泥土を投げ付けられる樣な譏笑を受けたのであつた。

みのるはそこにも失望の淵が横つてゐるのを、はつきりと見出した。みのるはある日演劇が濟んでから、雨の降り止んだ池の端を雨傘を提げて歩いて來た。今夜も棧敷からみのるの舞臺を見てゐた義男が一所であつた。

みのるはこの時ほど義男に對して氣の毒な感じを持つた事はなかつた。義男はこの演劇が初まつてから毎晩芝居へ通つて來た。然うしてその小さな眼のうちは、他《はた》の批評を一句も聞き漏らすまいといつもおど／＼と慄へてゐた。義男の友達も多勢見に來た。これ等の人の前で舞臺の美しくない女を見ながら平氣な顏をしてゐなければならないと云ふのは、この男にしては非常な苦痛であつた。技藝は拙くとも舞臺の上で人々を驚かせるほどの美を持つた女を有してゐる事の方が、この男の理想であつた。義男は其の爲に毎日出て行くある群れの場所にゐても、絕へず苦笑を浮べてゐなければならない樣な、苦《にが》い刺戟に出《で》つ會《くわ》すのであつた。

義男も疲れてゐた。二人の神經はある悲しみの際に臨みながら、その悲しみを嘲笑の空《くう》の中にお互に突つ放そうとする樣な興奮を持つてゐた。

「今夜はどんなだつたかしら、少しはうまく行つて。」

「今夜は非常によかつた。」

二人はかう一と言づゝを言ひ合つたぎりで歩いて行つた。毎夜舞臺の上で一滴の生命を絞り／＼してゐる樣な技藝に對する執着の疲れが、かうして歩いて行くみのるを渦卷くやうに遠く悲しい境へ引き寄せていつた。その美しい憧憬の惱みを通して、譏笑の聲が錐のやうにみのるの燃える感情を突き刺してゐた。池の端の灯を眺めながら行くみのるの眼はいつの間にか涙含んでゐた。

「全く君は演劇の方ては技倆を持つてゐるね。僕も今度はほんとうに感心した。けれども顔の惡るいと云ふのは何割もの損だね。君は容貌に爲めに大變な損をするよ。」

義男はしみ〴〵と斯う云つた。義男は自分の女房を前において、その顔を批判するやうな機會に出逢つた事がいやてあつた。同時に、みのるがそのすべてを公衆に曝すやうな機會を作り出した事に不滿があつた。

「よせばいゝのに。」

義男は斯う云ふ言葉を繰り返さずにはゐられなかつた。

十二

僅な日數て芝居は濟んてしまつた。みのるが鏡臺を車に乘せて家へ歸つた最後の晩は雨が降つてゐた。一座した俳優たちが又長く別れやうとする終りの夜には、誰も彼も淡い悲しみをその心の上に浮べてゐた。男の俳優は樂屋で使つたいろ〳〵の道具を風呂敷に包んだり、鞄に入れたりして、これを片手に下げながら帽の庇に片手をかけて挨拶し合つてゐた。この劇團が解散すれば、又何所へ稼ぎに行くか分らないと云ふ放浪の悲しみが其のてんてんの蒼白い頰に漂つてゐた。しつかりした基のないこの新しい劇團は、最うこれて凡てが滅びてしまふ運命を持つてゐた。何か機運に乘じるつもりて、斯うして集まつた俳優たちは、又この手から放れて、然うして矢つ張り明日からの生活の糧をそれ〳〵に考へなければならなかつた。みのるは車の上からかうして別れて行つてしまつた俳優たちの後を見送つた。

芝居の間みのるが一番親しんだ女優は早子であつた。新派の下つ端の女形をしてゐると云ふ可愛らしい早子の亭主が、みのると合部屋の早子のところへ能く來てゐた。早子には病氣があつた。昨晩血を吐いたと云ふ樣な翌る日は、傍から見てゐても其の身體がほそ〳〵と消えていつて了うかと思ふ樣な、力のないぐつたりした樣子をしてゐた。毎日喧嘩ばかりしてゐるといひながら、矢張り亭主がくると鬢を直してやつたり、扮つた顏を見直してやつたりしてゐた。今度の給金の事でよく小山と紛《もつ》れあつてゐたのもこの早子だつた。みのるはこの早子が忘られなかつた。別れる時其の内に遊びに行くと云つた早子は何日になつてもみのるの許へ來なかつた。

また、小さな長火鉢の前に向ひ合つて、お互の腹の底から二人の姿を眺め合ふやうな日に戻つてきた。何時の間にか秋が深くなつて、椽の日射しの色が水つぽく褪めかけてきた。さうして秋の淋しさは人の前髪を吹く風にばかり籠めてゝもおく樣に谷中の森はいつも隱者のやうな靜な體を備へてぢつとしてゐた。その森のおもてから目に見えぬほどづゝ何所《とこ》からともなく青い色が次第に剝げていつた。

二人の生計は益々苦しくなつてゐた。寒くなつてからの着料なぞは兎ても算段の見込みが立たなかつた。家の持ちたてには二人の愛情が濃い色彩を塗つてゐた爲に貧弱な家財道具にもさして淋しさを感じなかつたものが、別々なところにその心を据へて自分々々をしつかりと見守つてゐる樣なこの頃になつては、寒さのとつつきのこの空虚《からつぽ》な座敷の中は唯お互の心を一層荒涼《すさま》しくさせるばかりだつた。それを厭がつてみのるは自分で本などを賣つて來てから、高價い西洋花を買つて來て彼方此方へ挿し散らしたりした。然うしたみのるの不經濟がこの頃の義男には決して默つてゐられる事でなかつた。

まるで情人と遊びながら暮らしてゐる樣な生活は、どうしても思ひ切つて了はねばならないと義男は思ひつゞけた。七十を過ぎながら小使ひ取りにまだ町長を勤めてゐる故郷の父親の事を思ふと義男はほんとに涙が出た。只の一度でも義男は父親の許へ菓子料一とつ送つた事はなかつた。義男だといつても自分の力相應なものだけは働いてゐるに違ひなかつた。それが何時も斯うして身慘めな窮迫な思ひをしなければならないと云ふのは、唯みのるの放縱がさせる業《わざ》であつた。

義男は又、昔の商賣人上りの女と同棲した頃の事が繰り返された。その頃は今程の收入がなくつてさへ、何うやら人並みな生活をしてゐた。――義男はつく／＼みのるの放縱を呪つた。

この女と離れさへすれば、一度失つた文界の仕事ももう一度得られるやうな氣もした。みのるが自分の腕に纒繞つてゐる爲に、大膽に世間を踏み躙れないと云ふ事が自分に禍ひをしてゐるのだと思ふと、義男はこの女を追ひ出すやうにしても別にならなければならないと思ひ詰める事があつた。

「何か仕事を見付けて僕を助けてくれる譯にはいかないかね。」

義男は毎日の樣にこれをくり返した。

遂に男の手から捨てられる時が來たとみのるは意識してゐた。

十何年の間、みのるは唯ある一とつを求める爲めに殆んど憧れ盡した。何か知らず自分の眼の前から遠い空との間に一とつの光るものがあつて、その光りがいつもみのるの心を手操り寄せやうとしては希望の色を棚引かして見せた。けれども其の光りはなか〳〵みのるの上に火の輝きとなつて落ちてこなかつた。みのるは義男の心の影を通して、自分にばかり意地の惡るい人生をしみ〴〵と眺めた。

「何も彼も思ひ切つてしまひたまへ。君には運がないんだから。そうして君はあんまり意氣地がなさ過ぎる。君は平凡な生活に甘んじて行かなけりやならない樣に生れ付いてるんだ。」

斯う云ふ義男の言葉をみのるは思ひ出した。けれども、みのるは矢つ張りその一縷の光りをいつまでも追つてゐたかつた。遂に自分の手には落ちないものと定まつてゐても、生涯その一縷の光りを追ひ詰めてゐたかつた。然うしてその追ひ詰めつゝゆく間に矢張り自分の生の意味を含ませて見たかつた。

二人はある晩酉の市から歸つて來てから、別れると云ふ事を眞面目に話し合つた。

「第一君にも氣の毒だ。僕の働きなんてものは、普通の男の以下なんだから。僕はたしかに君一人養ふ力もないんだから一時別になつてくれたまへ。其の代り君を贅澤に過ごさせる事が出來る樣になつたら又一所になつてもいゝ。」

これが別れると定まつた時の義男の言葉であつた。

「義男と離れたなら自分は何うしやう。何うして行かう。」

みのるは直ぐに斯う思つた。そうして自分の傍から急に道連《みちづ》れの影を失ふのが、心細くて堪らなかつた。今まで長く凭れてゐた自分の肌の温みを持つた柱から、辷り落されるやうな頼りなさが、みのるの心を容易に定まらせなかつた。

「メエイとも別れるんだわね。」

みのるは庭で遊んでゐた小犬を見ながら斯う云つた。この小犬は二人の長い月日を叙景的に繋ぎ合せる深い因縁をもつてゐた。二人をよく慰めたものはこの小犬であつた。みのるは思はず涙がこぼれた。

「あなたに別れるよりもメエイに別れる方が悲しい。妙だわね。」

みのるは戯談らしい口吻を見せてから、いつまでも泣いてゐた。

十三

みのるは一旦母親の手許へ歸る事になつた。義男はあるだけの物を賣り拂つて一時下宿屋生活をする事に定めてしまつた。

こゝまで引つ張つて來てから、ふとこの二人を揶揄ふやうな運命の手が思ひがけない幸福をすとんと二人の頭上に落してきた。それは、この夏の始めに義男が無理に書かしたみのるの原稿が、選の上で當つたのであつた。

それは、十一月の半ばてあつた。外は晴れてゐた。みのるが朝の臺所の用事を爲てゐる時に、この幸福の知らせをもたらした人が來た。

その人は二階てみのるに話をした。その人が歸つてしまつてから二人は奥の座敷で少時顏を見合せながら坐つてゐた。

「本當にあたつたのかしら。」

義男は力のない調子で斯う云つた。

みのるの手に百圓の紙幣が十枚載せられたのはそれから五日と經たないうちてあつた。二人の上に癌腫の腫物の樣に祟つてゐた經濟の苦しみが初めてこれて救はれた。

「誰の爲《し》た事てもない僕のお蔭だよ。僕があの時どんなに怒つたか覺えてゐるだらう。君がとう〱云ふ事を聞かなけりやこんな幸福は來やしないんだ。」

義男自身がみのるに幸福を與へたかのやうに義男は云ひ聞かせた。

「誰のお蔭でもない。」

みのるも全く然うだと思つた。みのるはある時義男が生活を愛する事を知らないと云つて怒つた時、みのる自身は自分の藝術の愛護の爲めにこれを泣き悲んだりした。そんな事に自分の筆《ぺん》を荒《すさ》ませるくらゐなら、もつと他の筆《ぺん》の仕事て金錢と云ふ事を考へて見る。とさへ思つた。

けれども義男に鞭打たれながらあゝして書き上げた仕事が、こんな好い結果を作つた事を思ふと、みのるは義男に感謝せずにはゐられなかつた。

「全くあなたのお蔭だわ。」

みのるは然う云つた。この結果が自分に一とつの新規の途を開いてくれる發端になるかも知れないと思ふと、みのるは生れ變つた樣な喜びを感じた。

「これて別れなくつても濟むんだわね。」

「それどころぢやない。これから君も僕も一生懸命に働くんだ。」

選をした內の一人に向島の師匠もゐた。その人の點の少なかつた爲に、みのるの仕事は危ふく崩れさうな形になつてゐた。義男は口を極めて向島の師匠を呪つたりした。さうして却つてこの人に捨てられた事を義男はみのるの爲めに祝福した。他に二人の選者がゐた。その人たちはみのるの作を高點にしておいた。義男はこの人たちを尋ねることをみのるに勸めた。一人は現代の小說の大家であつた。この人は病氣で自宅にはゐなかつた。一人は早稻田大學の講師をしてゐる人て、現代の文壇に權威をもつた評論家であつた。みのるは其の人を訪ねた。義男はみのるが出て行く時に、みのるが嘗て作して大事に仕舞つておいた短篇を其の人の手許へ持つて行く樣に云ひ付けた。その人の手から發行されてる今の文壇の勢力を持つた雜誌に、掲載して貰ふ樣に賴んて來た方がいゝと云ふのであつた。

みのるは義男の云ひ付けを守つてその短篇を持つて出て行つた。今までのみのるなら、こんな場合には小さくとも自分の權識と云ふ事を感じて、初對面の人の許へ突然に自作を突き付けると云ふやうな事は爲ないに違ひなかつた。けれどもみのるの心はふと痲痺してゐた。

みのるが訪ねた時、丁度その人は家にゐた。さうしてみのるに面會してくれた。「あれは確に藝術品になつてゐます。いゝ作です。」

其の人は瘦せた顏を俯向かしながら腕組みをして然う云つた。みのるの出した短篇の原稿もこの人は「拜見しておく。」と云つて受取つた。

その人は女の書くものは枝葉が多くていけないと云つた。根を堀る事を知らないと云つた。それが女の作の缺點だと云つた。みのるは然うした言葉を繰り返しながら歸つて來た。さうして逢つてる間に其の人の口から出た多くの學術的な言葉を一とつ〳〵何時までも嚙んでゐた。

十四

「あの仕事にはちつとも權威がない。」

みのるは直きに斯う云ふことを感じ初めた。片手に握つてしまへば切れ端《はし》も現はれない樣な百圓札の十枚ばかりは直ぐに消えてしまつた。けれどもそんな小さな金ばかりの問題ではない筈であつた。

義男に强ひられて出來た仕事の結果は、思ひがけない幸福をこの家庭に注ぎ入れたけれども、そのみのるの仕事には少しも權威はなかつた。社會的の權威がなかつた。仕事の上の權威から云つたらまだ一面から譏笑を受けた演劇の方に、熱い血が通つた樣な印象があるとみのるは思つた。

みのるの心は又だん〱に後退《あとずさ》りして行《い》つた。義男がさも幸運の手に二人が胴上げてもされてる樣な喜びを見せつけてゐる事にも不足があつた。二人の頭上に突然に落ちたものは幸運ではなくつて、唯二人の緣をもう一度繫がせる爲めの運命の神のいたづらばかりであつた。二人の生活はもう直ぐに今までの通りを繰り返さなければならないに定まつてゐた。

みのるははつきりと「何うかしなければならない。」と云ふ事を考へた。もう一度出直さなければならないと考へた。空間を突く自分の力をもつと強くしなければならないと考へた。みのるの權威のない仕事は何所にも響きを打たなかつたけれ共、その一端が風の吹きまわして世間に形を表しかけたと云ふ事が、みのるの心を初めて激しく世間的に搖ぶつた功果のあつたのはほんとうであつた。

その後みのるは神經的に勉強を初めた。今まで兎もすると眠りかけさうになつたその目がはつきりと開いてきた。それと同時に義男と云ふものは自分の心からまるで遠くなつていつた。義男を相手にしない時が多くなつた。義男が何を云つても自分は自分で彼方を向いてる時が多くなつた。みのるを支配するものは義男ではなくなつた。みのるを支配するものは初めてみのる自身の力になつてきた。よく義男の憎んだみのるの高慢は、この頃になつて義男からは見えないところに隱されてしまつた。そうして其の隱された場所でみのるの高慢は一層強く働いてゐた。

「僕のお蔭と云つてもいゝんだ。僕が無理にも勸めなければ。」

から云ふ義男の言葉を、みのるはこの頃になつて意地の惡るい微笑で受けるやうになつた。義男の鞭打つた女の仕事は義男の望む金と云ふものになつて報いられた。そこから受ける男の恩義はない筈だつた。又新しく自分は自分で途を開かねばならないと云ふみのるの新しい努力に就いては、男はもう何も與へるものを持つてゐなかつた。

少しづゝ義男の心に女の態度が染み込んでいつた。男を心から切り放して自分だけせつせとある階段を上つて行かうとする女の後姿を、義男は時々眺めた。あの弱い女がかうしてだん〳〵強くなつてゆく――その振ぢ切つた樣に強くなつた一とつの動機は矢つ張り發表された例の仕事の結果だとしきや思はれなかつた。然うした自覺の强みを與へたものは矢つ張り自分だと思つた。

けれども義男は何も云はなかつた。みのるの爲た仕事は何うしてもみのるの仕事であつた。みのるの藝術は何うしてもみのるの藝術であつた。みのるは自分の力を自分で見付けて動きだしたのだ。義男はそれに口を挿むことは出來なかつた。義男は然う思つた時、この女から一と足一と足に取り殘されてゆくやうな不安な感じを味はつた。

ある時この二人の許へ訪ねて來た男があつた。これは義男と同郷の男で帝國大學の文科生であつた。

この男の口からみのるは何日《いつか》の自分の作を選した眞實のもう一人を知つた。それは蓑村と云ふ新らしい作家であつた。新聞に發表されてゐた選者の一人は病氣であつた爲、その人の門下のやうになつてゐる蓑村文學士が代選したのだと云ふ事がこの男を通じて分つた。この大學生は蓑村文學士に私淑してゐる男であつた。

みのるはそれから間もなくこの大學生に連れられて蓑村文學士をたづねた。その人の家は神樂坂の上にあつた。

其の家へ入つた時、みのるは上り口の薄暗い座敷の中で簞笥の前に向ふむきに立つてゐる男を見た。初めて來た客を奥へ通すまで其所に隱れて待つてゐる樣な容態があつた。其の障子が開いてゐたのでみのるの方からすつかり見えた。

昔はどんなに美しかつたかと思はれるいゝ年頃の女に奥へ通されて待つてゐると、今向ふむきに立つつてゐた人が入つて來た。それが蓑村文學士だつた。言葉の調子も、身體も重さうな人であつた。

この文學士は作を選する時の苦心を話した。その原稿が文學士の手許にあつた時、夏の暴風雨と大水に出逢つてすつかり濡らして了ふところだつたのを、文學士の夫人が氣にかけて持ち出したと云ふ事だつた。その時崖くづれて家が破壞された爲この家へ移つたのだそうであつた。

「あれを讀んだ初めはそんなに好いとも思ひませんでしたが中頃から面白いと思ひだした。けれどもね、百點をつけると云ふ譯にはいかないと思つてゐると、家へ有野と云ふ男がくる。それに話をすると其れぢや折角の此方の主意が通らないといけないから百二十點もつけておけと云ふんでせう。有野は自分に責任がないからそんな無茶な事を云ふけれども私にはまさか然うもゆかない。それで思ひ切つてあなたの點と他の人の點を二三十も違はしておいた。他の選者の點の盛りかたを見るとあなたは危ない方でしたね。」

文學士は、この女の機運は全く自分の手にあつたのだと云ふ様な今更な顔をしてみのるを眺めた。さうしてその作の中からいゝと思つた所を拾ひ出して賞めた。

みのるにはこの文學士のどこか藝術趣味の多い言葉に醉はされながら聞いてゐた。そうしてこゝにも自分に運を與へたと云ふ様な顔をする人が一人居ると思つた。

今噂した有野といふ文學士が丁度來合せた。その人は痩せた膝を窄める様に小さく座つて、片手で顔を撫りながら物を云ひ〳〵した。

「けれどもね。けれどもね。」と云ふ口癖があつた。その「ね」と云ふ響きと、だん〳〵に顔の底から笑ひを染《し》み出させて來る様な表情とに、人を惹きつける可愛らしさがあつた。

みのるはこの中にゐて、久し振りに自分の感情が華やかに踊つてゐる様な氣がした。義村と有野は、各自《てんで》に頭の中で考へてゐる事を、とんちんかんに口先《くちさき》で話し合つては、又自分の勝手な話題の方へ相手を引き張つてゆかうとしてゐた。みのるは其の兩人が一人合點の話を打突け合つてゐるのを聞いてゐると面白かつた。

その内に養村の夫人が歸つて來た。昔の女形にあるやうな堅い感じの美しい人であつた。又其所へ若い露國人が來てこの夫人に踊りの稽古をして貰つたりした。

みのるは逆上《のぼせ》きつた顔をして、夜るおそくまで引き留められてゐた。そうして又大學生に連れられてこの家を出た。歸る時一所に出て來た有野文學士と、みのるは暗い路次の外れて挨拶して別れた。

家へ歸つた時義男は二階にゐた。其所に坐つたみのるを見た義男は、その逆上《のぼせ》の殘つた眼の端にこの女が亂れた感情をほのめかしてゐる事に氣が付いた。義男はこの頃にない女に對する嫉妬を感じながらみのるが何と云つても默つて居た。

「私が入つて行《い》つた時にね、養村と云ふ人は上《あが》り端《はな》の座敷の隅に向ふを向いて立つてゐたの。それがすつかり私の方から見えてしまつたの。」

みのるはこればかりをくり返して一人で笑つてゐた。

その晩みのるは不思議な夢を見た。それは木乃伊の夢であつた。

男の木乃伊と女の木乃伊が、お精靈樣の茄子の馬の樣な格好をして、上と下とに重なり合つてゐた。その色が鼠色だつた。そうして木偶見たいな、眼ばかりの女の顔が上に向いてゐた。その唇がまざ〳〵と眞つ紅な色をしてゐた。それが大きな硝子箱の中に入つてゐるのを傍に立つてみのるが眺めてゐた夢であつた。自分はそれが何なのか知らなかつたのだが、誰だか木乃伊だと敎へた樣な氣がした。

朝起きるとみのるはおもしろい夢だと思つた。自分が書を描く人ならあの色をすつかり描き現して見るのだがと思つた。そうしてあれは木乃伊だと云ふ意識がはつきりと殘つてゐたのが不思議であつた。

「私はこんな夢を見た。」

みのるは義男の傍に行つて話をした。そうして「これは何かの暗示にちがひない。」と云ひながら、その形だけを描かうとして机の前へ行つた。

「夢の話は大嫌ひだ。」

然う云つた義男は寒い日向で痩せた犬の身體を櫛で搔いてゐた。（終）

何處へ行く？

貴下にして若し洋行の機會を得ば、一、何處を目的地とするか。二、何を爲すことを其の目的或は中心興味とするか。三、何人と會見する乎。其の他の件に就き、貴下が有せらるゝ希望若しくは空想等をも併せ御記入の程願上候。此間ひに對して回答を賜はりしものを左に掲す。我等の我儘なる乞を容れて快くせられし諸家に深く謝す。

○

▼世界のはてからはてを遊んで歩きたい

田村俊子

無謀算に何十年世界をぶらついて居やうと差支のないほどの財產でもあつたら、ほんとうにこの世界のはてからはてを思ふさま遊んで歩くのに、と云ふ樣な空想を持つ事はよくありますが、まだ私の思想上のある意味から起る智識の要求の爲に、ふらんすならふらんす、ろしあならろしあへ是非も行つてこなければならないと云ふ樣な希望が起つてゐないから、只今のところ洋行の目的に就いての御返事などは出來ません。

常に無意味な洋行はほんとにつまらないと私もをもつてゐます。何をしに行くのか分らない位なら、その洋行の費用で內地にゐて遊んでゐた方がいゝと思います。世界を步いて、世界の智識を一とつ〳〵吸收してくるには、ある程度までそれを享受し得るだけの開拓した頭腦の準備が必要だらうと思います。盲目《めくら》だつて步くだけなら步きます。

兎に角、智識の上か金錢の上て、世界の何處を何うまごついて步いても平氣てゐられるほどの大きな力《ちから》を所有しないうちは、外國などへ行かうとも思いません。死ぬ苦しみをして二三千の金をこしらへ、さうしてそれを持つて彼方へ行つてからも一日の間も自分の生活の爲にやつぱりあくせく働いてゐなければならないと云ふ樣な慘めな思ひをしてまでも、外國へ勉强に行かうとは思つてゐないのです。

　こんな事を考へてゐる私に、斯うした望みに適應するやうな洋行の機會が來たとしたら、それは奇蹟でせう。私のやうに空想ばかりが大きくつて、凡てに渡つて貧弱なものは、自分の生れた土地の隅つこで一生屈まつてお終ひになるのが落ちだらうと考へてゐます。

○

青麥の戰ぎ

田村俊子

青い麥がもう四五寸延《の》びてゐた。靜子は久し振りな郊外《かうぐわい》の空氣に觸《ふ》れながら、まだほんとうに癒《なほ》り切らない病後の身體を駒下駄の先きで引き摺《す》るやうにぐづ〳〵と雜司ヶ谷へ通ふ路をあるいてゐた。

今日遊《あそ》びに行くと云ふ知らせを友達《ともだち》のところへは出してあつた。だから今朝はきつと自分の行《ゆ》くのを待つてゐてくれるだらうと思ふと靜子を迎《むか》へる友達の、くると豫期した笑顏《えがほ》が逢はない前からもう靜子《しづこ》には見えてゐた。その友達の笑顏を受けて自分も笑《わら》つた樣な靜子の笑ひがもう其の面に上つてゐた。靜子は少し急《いそ》いだ。

友達の家の前に立《た》つて、その開きを柔《やは》らかく押そうとした時に、家の中から男の大きな聲《こゑ》が聞えた。そうして直ぐ庭《には》の方の椽先《えんさき》に眼鏡をかけた若い男の半身が現《あら》はれた。門の開きを押そうとしてゐた靜子と顏《かほ》を見合せると其の男はあわてゝ再《ふた》び奧《おく》へ引つ込んでしまつた。靜子は約束《やくそく》した自分より先客のあると云ふ事に不快《ふくわい》な心持を味ひながら、氣の拔《ぬ》けた樣な面《おも》色《もち》でそろ〳〵と格子戸《かうしど》を開けて見た。

「お、いらつしやい。」

障子《しやうじ》の硝子戸から外を覗《のぞ》いた友達は、然う云ふと片手で障子を開《あ》けて靜子とはつきり顏を合《あ》はせた。そうして其所に立つた儘《まゝ》締めかけてゐた帶を羽織の下にもぐ〳〵と結《むす》んでゐた。

靜子は、その濃《こ》いおつくりをした、ちつとも笑つてゐない友達の顏をぢつと見ながら、自分も笑はうともしずに下駄《げた》を脫《ぬ》いで、上つた。

「まだ病氣がよくならないもんだから、歩《ある》くのに骨が折《を》れて困つたわ。」

靜子は息《いき》を切りながら其所にあつた椅子《いす》の上に腰《こし》を落して、いつまでも厭《いや》な顏をしてゐた。しばらくして、

「何か飲《の》むものを頂戴《ちやうだい》な。」

と云つて振返《ふりかへ》ると、友達は奧の座敷へ座蒲團を敷《し》きながら男と何か話《はなし》をしてゐた。

「お客樣《きやくさま》？」

然《さ》う云つて友達に聞いてるわざとらしひ男の聲《こゑ》が聞こえた。

「あなた。此方《こち》へいらつしやらなくつて。」

友達は然う云つて靜子の傍《わき》へ來《き》た。

「水を下《くだ》さいな。水を。」

　靜子は何所か小憎《こにく》らしく權柄に云つて友達の顏を見《み》つめてゐた。友達は葡萄酒《ぶだうしゆ》を上げると云つて戸棚《とだな》から瓶とコップを持つてくると卓子の上へ載《の》せて注《つ》いだ。そうして來てる男は日本畫を描《ゑが》く男だと云つて靜子の耳に囁《さゝや》いた。

「こつちへ入らつしやい。ね。」

友達は然《さ》う云ひ置いて又奥の座敷《ざしき》へ行つた。靜子はつまらなくて仕方《しかた》がなかつた。この友達一人を目當《めあ》てにして久し振《ぶ》りで遊《あそ》びに來たのに、この友達の心を半分分《わ》け取りにしやうとしてる男の客《きやく》のある事が、何う考へてもおもしろくなかつた。然し男の客は直《す》ぐに歸る樣子もなかつた。却《かへ》つて友達は靜子の傍《そば》に來《こ》やうともしないで、奥《おく》の座敷で其の男の客の相手《あひて》になつてゐた。靜子は仕方なしに奥の座敷へ入つていつた。友達は二人を引《ひ》き合せた。靜子は其の色の淺黑《あさぐろ》い目鼻立《めはなだち》の可愛らしい男を一と目見たぎりで、話の中に交《ま》ぢらなかつた、友達は藝術に對する憧憬《どうけい》の感情を、こんなにも高潮《かうてう》してると云ふ仕科《しぐさ》を手付でして見せる樣な事をして盛に男の客に話《はなし》をしてゐた。

「もう繪《ゑ》がかきたくつて頭の中いつぱいだわ」。そんな事も云つた。

「然うなると私は無暗《むやみ》と何かを食《た》べるの。食べたくなくつても無暗と食べるの、興奮《こうふん》してくると私はむやみと食べるのよ。」

「いゝなあ。僕《ぼく》なんかは食べたくつても食へない日があるのに。」

男は然う云つて笑《わら》つた。靜子はだまつてゐた。友達の物《もの》を云ふのが際立《きはだ》つて甘つたるい云ひかたを爲《す》るやうな反感が起つて靜子はいつまでもむつつりしてゐた。友達《ともだち》は男にもすゝめて、食卓《しよくたく》の上の蜜柑《みかん》や南京豆を食べてゐた。

「いゝ氣持《きもち》だわ」

靜子はやがて椽《えん》へ立つて郊外の景色を眺《なが》めてゐた。青い麥の戰ぎが晝の光《ひか》りにメツキされて、ちか〳〵と閃《ひらめ》きを走らせてゐた。櫻時に見るやうに、空《そら》は不透明《ふとうめい》に晴れてゐた。右手に見える雜司《ざうし》ケ谷《や》の眞つ黑な森を見入つてゐると、疲《つか》れた心がその黑い影《かげ》のうちにぢわ〳〵と吸《す》ひ込まれてゆく樣な氣がされた。

「今は駄目《だめ》。朝がいゝのよ。」

友達も立つて來て靜子と肩《かた》を並《なら》べながら、其方此方と一所に眺《なが》めてゐた。

「この櫻が咲《さ》くといゝわねえ。」

靜子は門の櫻《さくら》を見上げながら斯《か》う云つた時に、どうしたのか妙に悲《かな》しくなつて默つた。

「えゝ、これが咲くといゝわ。」

友達も然う云つて蕾《つほみ》の堅い櫻を見上げてゐたが、直《す》ぐに引つ込《こ》んで男の客と何か話を初《はじ》めた。靜子はいつまでも立つてゐたが又中へ入つて來た。床の壁《かべ》に、英《はなぶさ》何《なに》とかの浮世繪が貼《は》つてあつた。歌麿の美人畫を反對にしたやうに、丈《たけ》の詰《つま》つた、肩のいかつい藝妓風《げいしやふう》の女がかいてあつた。

「いやな恰好《かつかう》だわね。」

「えゝ。でも今の藝妓なんかよりは餘《よ》つ程《ほど》いゝわ。」

友達は笑《わら》ひながら云つた。靜子は友達を何所かへ誘《さそ》ひ出そうとして外へ出る事を勸《す》めたけれども、生返事《なまへんじ》ばかりしていつもの樣に直ぐ出やうと云ふ樣子も示《しめ》さなかつた。男の客も歸らうともしなかつた。そうして二人はお互《たがひ》に知り合つてる他の人々の噂《うはさ》などをおもしろそうに話し合つてゐた。靜子は急《きふ》に烈しひ風の出てきた外を、座《すは》つてるところからぼんやりと眺《なが》めたりしてゐたが、又立つて、上り口の椅子《いす》のところへ來て腰《こし》をかけた。そうして其所の壁際に吊《つ》るしてあつた小料理屋の提灯《ちやうちん》を手に取つて、引つ掛けのところを玩弄《おもちや》にしながら歸《かへ》らうか何うしやうかと考《かんが》へてゐた。來たばかりで直ぐ歸ると云ひ出す事が、然《さ》も當て付けるやうで其《そ》れもいやだつだけれども、自分を相手にしないで無頓着《むとんちやく》に男の客とばかり話し合《あ》つてる友達の事を思ふと、その中に交《ま》ぢつて賑やかな口などはとても利《き》く氣になれなかつた。

其所へ雑誌屋《ざつしや》が來た。

友達は机《つくえ》の上にあつた雑誌を返して、代《かは》りに二三冊の雑誌を借《か》りてから、其の中の「白樺」を靜子に渡《わた》した。美術と云ふ雑誌の中から、セザンヌの繪を繰《く》り出して其れを靜子に見せたりした。二人は其れに讃美《さんび》の評を下しながら一とつ〱顔を寄《よ》せて見たりしたゝけれども友達は直ぐ奥《おく》へ行つてしまつた。そうして直きに、椽側《えんがは》の棚《たな》から友達の研究所へ通《かよ》つてゐた時分のデッサンを下《おろ》して、男が見てゐるのを、友達が笑《わら》ひながら制《せい》してゐる樣な騒《さは》ぎが初まつてゐた。靜子は讀《よ》みかけた雑誌を手にしながら其方へ出ていつた。

「このモデルはお龍でせう。」

「然うぢやないわ。」

そんな會話《くわいわ》の中から、男の手でひろげられてる女や男の裸體《らたい》の素描を、靜子も興味《きようみ》らしく覗《のぞ》き込んだ。

「私初《はじ》めて見たわもつとお見せなさいよ。其の下を出してごらんなさい。」

靜子はこんな事を云つて、成る丈《たけ》見せまいとする友達の手を抑《おさ》へ付けて、男にもつと棚《たな》から下させやうとしたりした。

「見ちやいけないわ。こんなもの見ちやいけないわ。」

友達は氣狂ひのやうになつて、何も見せまいとして反抗《はんかう》した。其れで一旦《いつたん》、靜子も男も外《ほか》のを見るのを止《よ》したけれども、男は。

「これぎりでお終《しま》いにすると負けたやうで厭だな。」

と云つて隙を見て棚《たな》から一枚取り下してあわてゝ見《み》ながら笑つた。靜子は又《また》椅子《いす》の方へ歸つて來て、其所で雑誌の讀《よ》みかけを讀《よ》んでゐた。——

ふと氣が付くと、奥《おく》では二人してしんみりと話をしてゐた。男は生活の苦《くる》しみの爲に藝術も抛《なげう》ちたいと云ふ樣な自暴な事を云つてゐた。其れを友達はいろ〳〵と宥《なだ》めたり、諫《いさ》めたりしてる樣な口吻《こうふん》で何か云つてゐた。もつと眞面目にならなくちや駄目だわ。あなたはちつとも眞面目《まじめ》でないからいけないと思ふの。私の考《かんが》へなんかほんとに變《かは》つて來てよ。私はこの頃何《ころなん》でも眞面目でなくつちや駄目《だめ》だと思つてるの。——自分の生活が藝術《げいじゆつ》ぢやありませんか。ね、然うでせう。」

友達《ともだち》はそんな事を云つた。男は餘つ程生計《せいけい》の資料に苦しんでる人の樣に靜子に思《おも》はれた。その中で男は、

「何かおもしろい事はありませんか。あなたの事で聞《き》いた事がある。」

と云ふ樣《やう》な事を云ふと、

「どんな事？お聞《き》かせなさいよ。私そんな事を聞くと、こつちがおもしろくつて仕方《しかた》がないの。もうね、おもしろくつて〳〵仕方がないわ。」

友達はこんな返事《へんじ》をしたりした。靜子はそんな話《はなし》を聞きながら、雜誌を投《な》げだして稍〻しばらくぢつと腰《こし》をかけた儘、硝子障子を透《すか》して、外の景色《けしき》をぼんやりと見詰めてゐた。

「どれ、歸りませう。」

靜子は椅子《いす》から立上つた。友達は其《そ》れを聞くと直ぐ出てきた。

「歸るわ。又くるわ。」

靜子は男の居る方へは顔も出さずに、挨拶《あいさつ》もしずに直ぐ下におりた。

「何所《どこ》かへ行きませう。」

友達は後を追《お》ひながら靜子にかう云つた。奥で、

「下谷《したや》さん。僕もう歸りますから一所《しよ》に出かけていらつしやい。」

かう友達に聲《こゑ》をかけてる男の聲も聞《き》いたけれども、靜子は外に出《で》てしまつた。開きをあけて、風立《かぜだ》つた外を一と足二た足と歸《かへ》つてゆく靜子の後から、もう一度、仕樣《しやう》がないと云ふ樣に、

「何所かへ行《ゆ》きませんか。」

と友達は聲をかけた。靜子が振返《ふりかへ》ると開きから半身を出した友達が、眉《まゆ》をひそめて靜子の姿《すがた》を見送つてゐた。

「今日は風《かぜ》が出たから今度にしませう。」

靜子は然う云つて、又駒下駄《またこまげた》の先きで自分の身體を引摺《ひきず》るやうな歩《ある》きかたをしながらそろ〳〵と歩いて行《い》つた。もつと傍まで人なつこく追《お》ひかけて來てくれるかと思つたが、友達は其れぎり中《なか》へ入つてしまつたと見えて、其所《そこ》から聞えた聲も途絶《とだ》えてしまつた。靜子が角を曲《まが》つた時、上野へ歸る山の手線の電車《でんしや》が、青麥をそよがして眞《ま》つ直ぐに走《はし》つて來たのが見えた。

揺籃

田村俊子

　叔母《をば》の米子《よねこ》が出《で》て行《い》つてしまふと、房子《ふさこ》は急《きふ》にげつそりと淋《さび》しくなつた。さうして米子《よねこ》の脱《ぬ》ぎ散《ち》らして行《い》つた平常着《ふだんぎ》を女中《ぢよちう》に手傳《てつだ》つて片付《かたづ》けながら「叔母《をば》さんのきものは何《ど》れも〳〵好《い》い匂《にほ》ひがするのね。」と云つて、その着物《きもの》の彼方此方《あちこち》を弄《いぢ》つてゐるうちに何《なん》とも云《い》はれず懐《なつか》しい情《こゝろ》が籠《こも》つてきて、房子《ふさこ》は賑《にぎや》かに叔母《をば》の噂《うはさ》をしないではゐられない様《やう》な彈《はづ》んだ調子《てうし》になつてきた。それで、「叔母《をば》さんは憎《にく》らしいやうに色《いろ》が白《しろ》いよ。」とか「叔父《をぢ》さんよりはずつと叔母《をば》さんの方《はう》が好《す》きだわ。」とか云《い》つて、其《そ》れに女中《ぢよちう》に相槌《あひづち》を打《う》たせたり、いゝしやれ物《もの》の叔母《をば》さんが平常着《ふだんぎ》の裏《うら》に羽二重《はぶたへ》なぞを付《つ》けてゐるのを、わざと大仰《おほぎやう》に呆《あき》れて笑《わら》ひ合《あ》つたりした。叔母《をば》のいつも情《なさけ》らしく潤《うる》んだ眼《め》——幾歳《いくつ》になつても戀《こひ》の幻《まぼろし》のなかに其《そ》の心《こゝろ》を溶《とろ》け込《こ》ましてはしやぎ切《き》つてる様《やう》な熱《あつ》つぽく輝《かゞや》いてる眼《め》——それが叔母《をば》の着物《きもの》の移《うつ》り香《が》と一所《いつしよ》に、房子《ふさこ》の胸《むね》を恍《うつ》惚《とり》と柔《やは》らかく壓《お》し付《つ》けてゐた。

　房子《ふさこ》は緣《えん》の椅子《いす》に腰《こし》をかけて、隣家《りんか》の庭《には》から散《ち》りこんでくる櫻《さくら》の花片《はなびら》が、夕日《ゆふひ》を受《う》けて銀金具《ぎんかなぐ》のやうに冷《つ》めたくひら〳〵と光《ひか》つては散《ち》り光《ひか》つては散《ち》りするのを眺《なが》めてゐた。奥《おく》の座敷《さしき》で叔父《をぢ》の雄二《ゆうじ》が煙管《きせる》を灰吹《はひふき》にはたいてゐる音《おと》が聞《きこ》える、房子《ふさこ》は叔父《をぢ》の傍《そば》に行《い》つて見《み》ようかとも思《おも》ひながら、何《なん》となく米子《よねこ》の居《ゐ》ない間《あひだ》は不機嫌《ふきげん》てろくに物《もの》も云《い》はない叔父《をぢ》の傍《そば》には一寸行《ちよつとゆ》く氣《き》もしなかつた。いつでも叔母《をば》が居《ゐ》なくなると此家《こゝ》の中心《ちうしん》が直《す》ぐに取《と》れなくなつて、誰《たれ》も彼《かれ》も座敷《さしき》の隅々《すみ〴〵》に自分《じぶん》だけを守《まも》つてぽつねんとしてゐる其《そ》のはぐれはぐれの家内《かない》の空氣《くうき》に取《と》り卷《ま》かれてしいんとしてゐるのが房子《ふさこ》には堪《たま》らなく淋《さみ》しかつた。それに、叔母《をば》の米子《よねこ》が居《ゐ》る間《あひだ》は、あの華《はな》やかな氣分《きぶん》にすつかり打消《うちけ》されて、自分自分《じぶんじぶん》の問題《もんだい》に就《つ》いて考《かんが》へなければならない事《こと》が何時《いつ》も浮《うは》の空《そら》になつてゐるのに、叔母《をば》の顔《かほ》が見《み》えなくなると同時《どうじ》に夢《ゆめ》から覺《さ》めた樣《やう》に自分《じぶん》の胸《むね》に色《いろ》を濃《こ》くして犇《ひし》と迫《せま》つてくる。斯《か》うして相手《あひて》なしに一人《ひとり》で抛《はふ》つておかれるとさま〴〵な思《おも》ひが一時《いちじ》に湧《わ》き返《かへ》つてきて、いくら考《かんが》へまいとしても、恐《おそろ》しい悲《かな》しいある事實《じじつ》が自分《じぶん》の心《こゝろ》の周圍《しうゐ》に忌《いま》はしい毒虫《どくむし》のやうに吸《す》ひ付《つ》いて來《く》る苦《くる》しさの思《おも》ひから、房子《ふさこ》は何《ど》うしても免《のが》れることが出來《でき》なかつた。

房子《ふさこ》は氣《き》が滅入《めい》つてくるほど、わざと袂《たもと》で顔《かほ》を押《おさ》へて眼《め》の前《まへ》を眞《ま》つ闇《くら》にして一層《いつそう》沈《しづ》み込《こ》んでゐたが、それを紛《まぎ》らす爲《ため》に田舍《ゐなか》の家《いへ》へ手紙《てがみ》でも書《か》かうと思《おも》つて、二階《にかい》へ上《あが》つて行《い》つて叔母《をば》の常用《じやうよう》の机《つくゑ》の前《まへ》に坐《すわ》つて見《み》た。手紙《てがみ》にする紙《かみ》を其所等《そこら》から探《さが》し求《もと》めてゐるうちに、抽斗《ひきだし》の中《うち》から小蝶《こてふ》の飛《と》んでる色刷《いろずり》の卷《まき》紙《かみ》が出《で》てきた。房子《ふさこ》は其《そ》れを手《て》に取《と》ると、丁寧《ていねい》に机《つくゑ》の上《うへ》に繰《く》りひろげて見《み》たり、又《また》卷《ま》き返《かへ》して見《み》たりして、薄桃《うすもゝ》いろの霞《かすみ》にクリーム色《いろ》の小蝶《こてふ》がもつれてひら〳〵するのを面白《おもしろ》さうに長《なが》い間《あひだ》玩弄《おもちや》にしてゐた。自分《じぶん》も一度《いちど》は斯《か》うした綺麗《きれい》な卷紙《まきがみ》に字《じ》を書《か》いて誰《たれ》かに送《おく》り度《た》い氣《き》がして、美《うつく》しい文章《ぶんしやう》で戀《こひ》の思《おも》ひを語《かた》らうとするやうな憧《あこが》れ心《こゝろ》になつたりした。

――私《わたし》はこんなにあなたを思《おも》つてゐるのに私《わたし》はあなたの夢《ゆめ》をまだ一度《いちど》も見《み》ないわ。何《ど》うしてゞせう。人《ひと》を思《おも》へばその人《ひと》の夢《ゆめ》を見《み》るもんだわねえ。私《わたし》なんだか悲《かな》しいわ――

房子《ふさこ》はふつと斯《か》う云《い》ふ手紙《てがみ》の中《なか》の一節《いつせつ》を思《おも》ひ出《だ》した。それは此處《こゝ》の叔父《をぢ》夫婦《ふうふ》がまだ戀仲《こひなか》でゐる頃《ころ》に米子《よねこ》から叔父《をぢ》に送つたある手紙《てがみ》の中《なか》の文句《もんく》であつた。叔父《をぢ》はその手紙《てがみ》を衣嚢《かくし》に入《い》れた儘《まゝ》て田舎《ゐなか》の姉《あね》の家《いへ》へ來《き》た事《こと》があつた。其《そ》の時《とき》は房子《ふさこ》は酔《よ》つた叔父《をぢ》の口《くち》から米子《よねこ》の事《こと》を聞《き》かされて、然《さ》うしてこの手紙《てがみ》を誰《たれ》にも見《み》せずに大切《たいせつ》に藏《しま》つてお置《お》きと云《い》つて渡《わた》されたのであつた。房子《ふさこ》はまだ十三だつたけれども叔父《をぢ》の云《い》ふ通《とほ》りに其《そ》の手紙《てがみ》を大切《たいせつ》に藏《しま》つておいた。誰《たれ》にも見《み》せずに本箱《ほんばこ》の一番下《いちばんした》にかくして置《お》いた。其《そ》れから丁度《ちやうど》十年《ねん》經《た》つた。その手紙《てがみ》の中《なか》の文字《もじ》の意味《いみ》が、一《ひと》つ〳〵意《こゝろ》の底《そこ》から絢爛《けんらん》な彩《あや》のやうに解《と》かされてくる年頃《としごろ》になつてから、房子《ふさこ》はその一通《いつゝう》の手紙《てがみ》によつて、どんなに様々《さまざま》な空想《くうさう》を自分《じぶん》の情《こゝろ》の上《うへ》に人知《ひとし》れず描《えが》いたか知《し》れなかつた。戀《こひ》に甘《あま》えた感情《かんじやう》を露骨《ろこつ》にしたその手紙《てがみ》の中《なか》の文句《もんく》が、房子《ふさこ》の心《こゝろ》に脅《おびや》かすやうな戰慄《せんりつ》を與《あた》へる様《やう》になつてから、房子《ふさこ》はその手紙《てがみ》に強《きつ》い執着《しふちやく》を持つやうになつた。燃《も》えるやうな米子《よねこ》の呼吸《こきふ》が自分《じぶん》の胸先《むなさき》に觸《ふ》れる心地《こゝち》で一日《いちにち》その手紙《てがみ》を懐中《ふところ》に入《い》れてゐた事《こと》もあつた。一人《ひとり》して臥床《ねどこ》に入《はひ》れば房子《ふさこ》はその手紙《てがみ》を一度《いちど》づゝきつと讀《よ》まずにはゐなかつた。さうして其《そ》の手紙《てがみ》の文字《もじ》の裏《うら》に流《なが》れてゐる二人《ふたり》の握手《あくしゆ》や接吻《きつす》の生《い》きた影《かげ》を、根強《こんづよ》く抉《えぐ》り出《だ》すやうに自分《じぶん》の眼《め》の前《まへ》に描《えが》いて見《み》たりした。

「私《わたし》の叔父《をぢ》さんと叔母《をば》さんには斯《か》う云《い》ふローマンスがあるのよ。」

房子《ふさこ》はまだ女學校《ぢよがくかう》にゐる時分《じぶん》、自分《じぶん》の一番親《いちばんした》しい友達《ともだち》にたつた一度《いちど》斯《か》う云《い》つて其《そ》の手紙《てがみ》を見《み》せた事《こと》があつた。その友達《ともだち》は、詩《し》なぞを作《つく》るので少《すこ》し名《な》を知《し》られてる米子《よねこ》の事《こと》をいつも懷《なつか》しがつてゐた。さうして米子《よねこ》を叔母《をば》さんにしてる房子《ふさこ》の事《こと》を羨《うらやま》しがつて、今度《こんど》東京《とうきやう》へ一所《いつしよ》に連《つ》れてつて逢《あ》はせてね。と云《い》つては强請《せが》んだりした。二人《ふたり》はその手紙《てがみ》を一人《ひとり》づゝの手《て》に持《も》ち合《あ》つて、校舍《かうしや》の横手《よこて》で蹲踞《しやが》みながら讀《よ》んだのだつた。

「丁度今頃《ちやうどいまごろ》だつた。」

と房子《ふさこ》は其《そ》れも思《おも》ひ出《だ》した

靑《あを》いペンキ塗《ぬ》りの校舍《かうしや》の横手《よこて》から、二人《ふたり》の袴《はかま》の裾《すそ》の引摺《ひきず》つてる砂利《じやり》の上《うへ》まで踏《ふ》めば消《き》えさうな弱々しい日《ひ》が射《さ》してゐた。二人《ふたり》はわく〳〵して、砂利《じやり》に軋《きし》む自分《じぶん》たちの草履《ざうり》の音《おと》にも驚《おどろ》かされて其《そ》の胸《むね》を戰《ふる》はしたりした。課業《くわげふ》の時間《じかん》なので何所《どこ》の敎室《けうしつ》も森《しん》として、其所《そこ》の一隅から運動場《うんどうば》を見渡《みわた》すと、ひろ〳〵とたゞ砂原《すなはら》のやうに思《おも》はれた。さうして二人《ふたり》きりていつまでもこんな隅《すみ》に蹲踞《うづくま》つてゐるのが惡《わる》い事《こと》でもあるやうに心《こゝろ》が急《せ》かれて、友達《ともだち》がもつと見《み》たがるのを又《また》と云《い》つて其《そ》の手紙《てがみ》を藏《しま》ひながら、二人《ふたり》は何《なに》か氣《き》の重《おも》い憂鬱《いうゝつ》な蔭《かげ》を帶《お》びた心《こゝろ》の調子《てうし》で默《だま》つて自習《じしふ》の敎室《けふしつ》へ歸《かへ》つて行《い》つた。友達《ともだち》の顏《かほ》は耳朶《みゝたぶ》のところまで眞《ま》つ赤《か》になつてゐた。——

房子《ふさこ》はいろ〳〵に思《おも》ひ亂《みだ》れながら、自分《じぶん》なぞが一字《いちじ》でもそれに書《か》くのが勿體《もつたい》ない氣《き》がして、又大切《またたいせつ》さうに、綺麗《きれい》に卷紙《まきがみ》を抽斗《ひきだし》に入《い》れてしまつた。さうして机《つくゑ》の横《よこ》に落《お》ちてゐた半紙《はんし》を拾《ひろ》ひ取《と》つて其《そ》れを机《つくゑ》の上《うへ》に引展《ひきの》ばした。

「……遊《あそ》ぶに法《はふ》ありとかや、いゝ加減《かげん》に遊《あそ》ぶやうにせねば却《かへ》つて健康《けんかう》に害《がい》ありと知《し》るべし……」父《ちゝ》から來《き》たこの間《あひだ》の手紙《てがみ》の中《なか》のこゝだけが、房子《ふさこ》の口癖《くちぐせ》になつてゐた。房子《ふさこ》は直《ち》きにこの文句《もんく》を口吟《くちずさ》んでは父《ちゝ》の事《こと》を思《おも》つた、今《いま》も父《ちゝ》へ手紙《てがみ》を書《か》かうとして、この文句《もんく》を口《くち》に出《だ》して云《い》つて見《み》ながら、何《なん》と書《か》き出《だ》さうかと思《おも》つてペンで線《せん》なぞを描《えが》いてゐた。

誰《たれ》よりも彼《かれ》よりも一番《いちばん》なつかしいのは矢《や》つ張り父《ちゝ》であつた。房子《ふさこ》は父《ちゝ》のあたゝかい慈愛《じあい》を思《おも》ふと今斯《いまか》うしてゐても涙《なみだ》が迸《ほとばし》るやうに思《おも》つた。――あの時《とき》――母《はゝ》が三日《みつか》も物《もの》を食《た》べずに自分《じぶん》の不始末《ふしまつ》について怒《おこ》つてゐた時《とき》でも、父《ちゝ》は和《やわ》らかに自分《じぶん》の心《こゝろ》を眞《まこと》から聞《き》いてくれやうとした。

「お父《とう》さんはお前《まへ》を信《しん》じてゐる。お前《まへ》にそんな馬鹿《ばか》な事《こと》があらうとは決《けつ》して思《おも》つてはゐない。」

父《ちゝ》はあの時斯《ときか》う云《い》はれた。あの一事《いちじ》の爲《ため》に自分《じぶん》が病氣《びやうき》にまでなつてからも、父《ちゝ》は自分《じぶん》に唯長生《たゞながい》きをせよと云《い》ふ他《ほか》には何《なに》も云《い》はなかつた、轉地《てんち》先《さ》きへよこして呉《く》れた父《ちゝ》の手紙《てがみ》にも長壽《ちやうじゆ》の事《こと》ばかりを祈《いの》つてあつた、年《とし》を老《と》つた父《ちゝ》の事《こと》を思《おも》ふと自分《じぶん》には我《わ》が儘《まゝ》は出來《でき》ない、自分《じぶん》の樂《たの》しみは、父《ちゝ》が自分《じぶん》の顔《かほ》を喜《よろこ》ばしさうに見《み》てくれる時《とき》ばかりだと房子《ふさこ》はしみ〴〵した。

學校《がくかう》の就職《しゆしよく》の辭令《じれい》が下《さ》がるまでと云《い》つて、お父《とう》さんに送《おく》つて頂《いたゞ》いて叔父《をぢ》さんの家《うち》へ參《まゐ》りましてからもう何時《いつ》の間《ま》にか半月《はんつき》も經《た》つてしまひました……

房子《ふさこ》は改《あらた》まつた書《か》き出《だ》しで長々《ながなが》と叔父《をぢ》の家《うち》の生活《せいくわつ》の樣子《やうす》などを書《か》いて行《い》つた。小《ちひ》さい姉《あね》や小《ちひ》さい弟《おとうと》、六人《にん》もの弟《おとうと》や妹《いもうと》が毎日《まいにち》何《ど》うしてゐるかと思《おも》ふと、斯《か》うして離《はな》れてゐるほど氣《き》にかゝつた。一番《いちばん》の年長《ねんちやう》の姉《あね》として弟《おとうと》や妹《いもうと》にも馴染《なじ》まれ、母《はゝ》からもそれだけの信頼《しんらい》を受《う》けて、二十何年《なんねん》も親《おや》の家《いへ》を離《はな》れた事《こと》のなかつた自分《じぶん》が、唯一《たゞひ》とつのあの事實《じじつ》の爲《ため》に一生《いつしやう》取《と》り返《かへ》しの付《つ》かないほどに母親《はゝおや》の機嫌《きげん》を損《そん》じてしまつた事《こと》を思《おも》ふと、房子《ふさこ》は味氣《あぢき》なかつた、一年近《ねんちか》くも母《はゝ》の怒《いか》りはまだ解《と》けずにゐて、親《した》しみを含《ふく》んだ言葉《ことば》などはこの頃《ごろ》では夢《ゆめ》にもかけられた事《こと》がない。然《さ》うして母《はゝ》の機嫌《きげん》を取《と》らうとすれば其《そ》れが一とつ〳〵母《はゝ》の氣《き》に逆《さか》らつて行《い》つた。それが悲《かな》しくて泣《な》けば母親《はゝおや》には猶氣《なほき》に入《い》らなかつた。父親《ちゝおや》が執《と》り成《な》してもする時《とき》には母親《はゝおや》は狂亂《きやうらん》のやうになつて、父親《ちゝおや》にかゝつていつた。

弟妹《きやうだい》の中《なか》での温《あたゝ》かい光《ひか》りのやうに目下《めした》からは仰《あふ》がれ、母《はゝ》からは無二《むに》のものゝやうに信《しん》じられてゐた家庭《かてい》の中《なか》の房子《ふさこ》の誇《ほこ》りは、あれからこの方《かた》すつかりと壞《こわ》されてしまつて、母《はゝ》は多《おほ》くの子供《こども》の中《なか》から房子《ふさこ》一人《ひとり》を除《の》けものにした。さうして又母《またはゝ》は他《ほか》の弟妹《きやうだい》たちから、房子《ふさこ》の姉《あね》と云《い》ふ權威《けんゐ》もその手《て》で取《と》り上げてしまつた、房子《ふさこ》は中《なか》でも十八になる妹《いもうと》の信子《のぶこ》によく馬鹿《ばか》にされた。房子《ふさこ》は母《はゝ》から受《う》ける斯《か》うした皮肉《ひにく》な刑罰《けいばつ》の中《うち》で、肩身《かたみ》の狹《せま》い毎日《まいにち》を送《おく》りながら母《はゝ》を恨《うら》むことも出來《でき》ずに泣《な》き暮《くら》してゐた。どの日《ひ》にも姉《あね》の泣《な》いてる姿《すがた》を見付《みつ》けずにはゐなかつた弟《おとうと》や妹《いもうと》は母《はゝ》の小言《こごと》を恐《おそ》れて決《けつ》してその姉《あね》の傍《そば》に立寄《たちよ》らうともしなかつた。その小《ちひ》さな弟妹《きやうだい》にも、かうして離《はな》れてゐれば房子《ふさこ》は誰《たれ》よりもなつかしく思《おも》はずにはゐられなかつた。叔《を》父《ち》の家《うち》の近所《きんじよ》にゐる弟《おとうと》と同年《どうねん》ぐらゐな子供《こども》たちの聲《こゑ》を聞《き》けば、涙含《なみだぐ》むほど戀《こひ》しい、その弟《おとうと》や妹《いもうと》に手紙《てがみ》を書《か》かせて姉《あね》のところへ送《おく》つてくる樣《やう》にと、父《ちゝ》の手紙《てがみ》の中《なか》に房子《ふさこ》は書《か》いて頼《たの》んだ。

親《おや》のところへなつかしく音信《いんしん》をする事《こと》が、何《なん》となく父《ちゝ》や母《はゝ》を思《おも》ふ情《じやう》を明《あき》らかに紙《かみ》の上《うへ》に印《いん》したやうで房子《ふさこ》は心持《こゝろもち》がよかつた。それで封《ふう》をして了《しま》ふと丁寧《ていねい》に上書《うはが》きをして、それを持《も》つて下《した》へおりてきた。丁《ちやう》度《ど》叔父《をぢ》が錢湯《せんとう》に行《ゆ》くと云《い》つて手拭《てぬぐひ》を下《さ》げて茶《ちや》の間《ま》から出《で》てゆくところだつた。

「出《だ》してきてやらうか。」

叔父《をぢ》が云《い》ふと房子《ふさこ》は自分《じぶん》の字《じ》を見《み》られるのが厭《いや》だと云《い》ふ様子《やうす》に直《たゞ》ぐ袂《たもと》に入《い》れてしまつた。叔父《をぢ》は其《そ》の儘《まゝ》出《で》て行《い》つた。

房子《ふさこ》は羽織《はおり》を引《ひ》つ掛《か》けて外《そと》に出《で》た。直《ぢ》きに歸《かへ》ると云《い》つた叔母《をば》の米子《よねこ》に何所《どこ》か其《そ》の邊《へん》で出逢《であ》ふやうな樂《たの》しみを抱《いだ》きながら、雪駄《せつた》の音《おと》を忍《しの》ばせて歩《ある》いていつた。静《しづか》に晴《は》れきつた夕方《ゆふがた》の空《そら》を見上《みあ》げると、房子《ふさこ》の胸《むね》は際涯《さいがい》もなくひろ〳〵として氣《き》が晴《は》れた。今夜《こんや》にも何《なに》か自分《じぶん》の上《うへ》に思《おも》ひがけない幸福《かうふく》が落《お》ちてくるやうな嬉《うれ》しさに其《そ》の胸《むね》が躍《おど》つて浮々《うき〳〵》した。叔母《をば》さんが歸《かへ》つて來《き》たら晩《ばん》には何所《どこ》かへ又《また》連《つ》れて行つて貰《もら》はうと思《おも》つて、賑《にぎ》やかな町《まち》の方《はう》の様子《やうす》などを想像《さうざう》しながら、道傍《みちばた》の要垣《かなめがき》の若葉《わかば》を挘《むし》つて脣《くちびる》に當《あ》てたりした。

二

叔母《をば》の米子《よねこ》は夜《よる》になつて歸《かへ》つて來《き》た。米子《よねこ》の聲《こゑ》がすると、花《はな》の咲《さ》きこぼれたやうに家《うち》の中《なか》は一時《いちじ》に明《あか》るく華《はな》やかになつた。米子《よねこ》はふざけて房子《ふさこ》の脊《せい》の高《たか》い身體《からだ》を突然後方《いきなりうしろ》からしつかりと抱《だ》いたりした。柔《やは》らかな米子《よねこ》の腕《うで》の筋肉《きんにく》が細引縄《ほそびき》のやうに房子《ふさこ》の身體《からだ》を括《くゝ》り締《し》めてゆくと、房子《ふさこ》は聲《こゑ》を出《だ》して苦《くる》しがつた。

「叔母《をば》さんが在《ゐ》らつしやらないと寂《さみ》しくつて〳〵何《ど》うしやうもないわ。」

「其《そ》の代《かは》りいゝお土産《みやげ》があるわ。」

米子《よねこ》は袂《たもと》から襦袢《じゆばん》の半襟《はんえり》を出《だ》して房子《ふさこ》に渡《わた》した。

米子《よねこ》は時々《とき〴〵》戯談《じやうだん》のやうに房子《ふさこ》に女優《ぢよいう》になれと云《い》つて勸《すゝ》めた。房子《ふさこ》は芝居《しばゐ》が好《す》きだつた。東京《とうきやう》へ來《き》てから米子《よねこ》に連《つ》れて行《い》つて貰《もら》つた彼方此方《あちこち》の中《なか》で一番忘《いちばんわす》れられないのは芝居《しばゐ》のおもしろさであつた。帝劇《ていげき》の白《しろ》い花《はな》のやうに明《あか》るかつた廊下《らうか》の灯《ともしび》、明治座《めいぢざ》の歸途《かへり》の雨《あめ》にあつた詫《わ》びしい思《おも》ひや、芝居《しばゐ》の場内《ぢやうない》の誘惑的《いうわくてき》などよめきが今《いま》もその心《こゝろ》を搖《ゆす》ぶつてゐる嬉《うれ》しい印象《いんしやう》の中《なか》に薄淡《うすあは》い輪廓《りんくわく》をこしらへて、限《かぎ》りない感興《かんきよう》を波《なみ》打《う》たしてゐる。房子《ふさこ》は十四の時《とき》に田舎《ゐなか》で初《はじ》めて見《み》た菊《きく》五郎《らう》と梅幸《ばいかう》を今《いま》も雜誌《ざつし》の寫眞版《しやしんばん》などで見《み》ても、判《はつ》然《きり》と指《ゆび》させるほどに覺《おぼ》えてゐた。さうして叔母《をば》の米子《よねこ》に、

「菊五郎《きくごらう》の芝居《しばゐ》が一度《いちど》見《み》たいね。」

と云《い》つたりした。

「人《ひと》の芝居《しばゐ》をおもしろがつて見《み》てばかりゐないで、そんなに好《す》きなら自分《じぶん》でやつて見《み》ればいゝわ。」

房子《ふさこ》は色《いろ》は黒《くろ》いけれ共《ども》、鼻《はな》の高《たか》い、一度舞臺《いちどぶたい》にのせて見《み》たいやうな立派《りつぱ》な顔《かほ》を持《も》つてゐた。

米子《よねこ》は殊《こと》にその切《き》れの長《なが》い大《おほ》きな眼《め》が好《す》きだつた。それて自分《じぶん》が舞臺《ぶたい》で使《つか》つた事《こと》のある眉刷毛《まゆはけ》のあるたけを出《だ》して、その顔《かほ》に化粧《けしやう》をしてやつたりした。房子《ふさこ》はおとなしく叔母《をば》の前《まへ》に顔《かほ》を出《だ》してお粧《つく》りをして貰《もら》つては、見違《みちが》へるやうに美《うつく》しくなる自分《じぶん》の顔《かほ》に自分《じぶん》で驚《おどろ》いたりした。それでも女優《ぢよいう》になつて自分《じぶん》が舞臺《ぶたい》に出《で》るなどゝ云《い》ふ事《こと》は、恐《おそ》らく自分《じぶん》の一生《いつしやう》の夢《ゆめ》の中《なか》にさへ入《はひ》つてこないほどの恐《おそろ》しい空想《くうさう》だと思《おも》つて、房子《ふさこ》はなるたけ叔母《をば》の言葉《ことば》に引《ひ》き入《い》れられまいとした。

「私《わたし》は小學校《せうがつかう》の先生《せんせい》に生《うま》れ付《つ》いてきたんだと思《おも》つて、それが自分《じぶん》の運命《うんめい》だと思《おも》つてあきらめませうよ。」

房子《ふさこ》は味《あぢ》のない顔《かほ》をしては斯《か》う云《い》つた。その彈《はづ》みのない熱《ねつ》のない姪《めひ》の顔《かほ》を見《み》ると、米子《よねこ》は何《なん》となく癪《しやく》にさはつた。

「學校《がくかう》の先生《せんせい》から女優《ぢよいう》になつたと云《い》ふ樣《やう》な人《ひと》は西洋《せいやう》には隨分《ずゐぶん》あるわ。あなたの勉強《べんきやう》一つてなれない事《こと》もない。」

「私《わたし》が女優《ぢよいう》にてもなつたら母《はゝ》は何《ど》うするてせう。氣狂《きちが》ひにてもなつてしまふかも知《し》れないわ。」

房子《ふさこ》は斯《か》う云《い》つて淋《さみ》しい笑《わら》ひかたをした。

「父《ちゝ》は十のうち九つまて許《ゆる》すけれども、母《はゝ》はどうして。」

こんな話《はなし》をしてる間《ま》にも、去年《きよねん》の自分《じぶん》の上《うへ》に起《おこ》つた恐《おそろ》しい問題《もんだい》が房子《ふさこ》の心《こゝろ》に影《かげ》を射した。悪《わる》い事《こと》をした娘《むすめ》よりも親《おや》が先《さ》きに死《し》んで見《み》せると云《い》つて三日《みつか》も物《もの》を食《た》べずにゐた、あの母《はゝ》の恐《おそろ》しいほどの、怒《おこ》りかたを思《おも》ふと、房子《ふさこ》は今《いま》でも身慄《みぶる》ひが出《で》た、あの母《はゝ》の立腹《りつぷく》の解《と》けやうのない爲《ため》に氣《き》を疲《つか》らして自分《じぶん》は三月《つき》も身體《からだ》の動《うご》かせないほどの病ひをした。

「私《わたし》は弱《よわ》いから駄目《だめ》なのよ。叔母《をば》さん。それに母《はゝ》は女優《ぢよいう》なんて云《い》つたら不《ふ》品行《ひんかう》な墮落《だらく》したものばかりだと思《おも》つてるでせう。私《わたし》がそんなものになつたと云《い》つたら私《わたし》はどんな目《め》に逢《あ》ふか知《し》れやしない。」

米子《よねこ》は房子《ふさこ》の母親《はゝおや》の事《こと》をよく知《し》つてゐた。自分《じぶん》なども房子《ふさこ》の母親《はゝおや》からはよくは云はれない一人《ひとり》だつた。

「兄《にい》さんは好《す》きだけれども、ほんとに姉《ねえ》さんは私《わたし》も嫌《きら》ひだわ。一日《いちにち》でも私《わたし》にはあの姉《ねえ》さんと一所《いつしよ》にはゐられないわ。」

米子《よねこ》が云《い》ふと房子《ふさこ》は澄《す》んだ眼《め》でじつと叔母《をば》の顔《かほ》を見《み》てから笑《わら》つた。一度《いちど》は去年《きよねん》の話《はなし》を叔母《をば》に聞《き》いて貰《もら》はうと思《おも》つてゐるのだけれども、房子《ふさこ》にはそれが中々《なか〳〵》話《はな》せなかつた。

三

叔母《をば》と二人《ふたり》で町《まち》の錢湯《せんとう》へ行《ゆ》くのも房子《ふさこ》には樂《たの》しみの一つだつた。誰《たれ》も來《き》てない新《あた》らしい朝湯《あさゆ》の中《なか》に叔母《をば》と二人《ふたり》でゆつくりと浸《ひた》りながら、小《こ》桶《をけ》を伏《ふ》せた上《うへ》へおしろいの瓶《びん》や石鹼《せつけん》の白銀色《しろがねいろ》に光《ひか》つた入《い》れ物などが並《なら》んでゐるのを眺《なが》めてゐると、今日《けふ》一日《いちにち》がどんなにか浮々《うき〳〵》と過《す》ごされる豫示《よじ》でもあるやうに、懐《なつか》しまれた。叔母《をば》の身體《からだ》の白《しろ》い柔《やは》らかな肌《はだ》が湯氣《ゆげ》におぼろに包《つゝ》まれてゐるのを見《み》てゐると、何《なん》となく戀《こひ》しい樣《やう》な氣持《きもち》になつたりした。房子《ふさこ》の湯《ゆ》は長《なが》いので、綺麗《きれい》にお化粧《つくり》をしてしまつた叔母《をば》の米子《よねこ》はいつも先《さき》に上《あ》がつて庭《には》を眺《なが》めながら待《ま》つてゐたりした。

一度《いちど》此所《こゝ》の湯《ゆ》で日本畫《にほんぐわ》を描《か》くとか云《い》ふ米子《よねこ》の友達《ともだち》に逢《あ》つた事《こと》があつた。その時《とき》も米子《よねこ》は姪《めい》に女優《ぢよいう》になれと云《い》つて勸《すゝ》めてゐるのだと云《い》ふ事《こと》をその人《ひと》に話《はな》してゐた。

「斯《か》う云《い》ふ事《こと》は御當人《ごたうにん》のお考《かんが》へ一つですからね、勸《すゝ》めてももし成功しない時《とき》には却《かへ》つて御當人《ごたうにん》の爲《ため》にならず、御當人《ごたうにん》がお望《のぞ》みならそりや好《す》きな事《こと》で我々《われ〳〵》のやうに不仕合《ふしあは》せな境遇《きやうぐう》にならうとも諦《あきら》めがつきますけれど。」

何《なん》によらず斯《かう》した藝《げい》の道《みち》に入《はひ》つて來《き》たものは、あんまり人間並《にんげんな》みに滿足《まんぞく》の出來《でき》る境遇《きやうぐう》になつてゐないと云《い》ふやうな事《こと》も、四十に近《ちか》い世馴《よな》れた口《くち》のきゝかたで其《そ》の人《ひと》は話《はなし》をした。房子《ふさこ》は其《そ》れを感心《かんしん》しながら聞《き》いてゐた事《こと》があつた。歸途《かへり》にもその人《ひと》と三人《さんにん》して歸《かへ》つてきた。さうして店《みせ》に寄《よ》つて果物《くだもの》を買《か》つてその匂《にほ》ひを嗅《か》ぎながら靜《しづか》な墓地《はち》の中《なか》を拔《ぬ》けてきた。

「今日《けふ》は何所《どこ》へ行《ゆ》かうかね。房《ふさ》さん。」

湯《ゆ》の歸《かへ》りには、叔母《をば》はきつと空《そら》を仰《あふ》ぎながら房子《ふさこ》にかう云《い》つた。

學生時代《がくせいじだい》を忍《しの》ぶのだと云《い》つて、叔母《をば》は餅菓子《もちぐわし》を持《も》つて房子《ふさこ》を博物館《はくぶつくわん》へ連《つ》れて行《い》つた事《こと》もあつた。小學《せうがく》校《かう》の先生《せんせい》をすれば何《なに》よりも此所《こゝ》だけは見《み》てちかなければいけないと云《い》ふ叔母《をば》の注意《ちうい》で、房子《ふさこ》は氣《き》も進《すゝ》まなかつたけれども、其所《そこ》の庭《には》てお菓子《くわし》を食《た》へて遊《あそ》ぶと云《い》ふ子供《こども》らしい樂《たの》しみに繋《つな》がれて出《で》かけていつた。

館《くわん》の横手《よこて》に八重櫻《やへざくら》が綺麗《きれい》に咲《さ》き亂《みだ》れてゐるのを二人《ふたり》は見付《みつ》けて、いつまでも立《た》つて眺《なが》めたりした。表慶《へうけい》館《くわん》の建築《けんちく》も、内部《ないぶ》の陳列品《ちんれつぴん》も房子《ふさこ》には何《なん》の興味《きようみ》もなかつた。足《あし》を痛《いた》くして引《ひ》き摺《ず》りながら欠伸《あくび》ばかりして歩《ある》いた、それでも裏《うら》の庭《にわ》へ出《で》た時《とき》は快《い》い心持《こゝろもち》であつた。斯《か》う云《い》ふ事《こと》に無理《むり》にも趣味《しゆみ》を持《も》たせようとするやうに米子《よねこ》は木《き》の葉《は》の色《いろ》にも、周圍《しうゐ》の空氣《くうき》の感覺《かんかく》にゝ、一々《いち〳〵》注意《ちうい》を向《む》けて房子《ふさこ》を促《うたが》した。二人《ふたり》は築山《つきやま》へ上《あ》がつて洋傘《かふもり》で日《ひ》を遮《さへぎ》りながら、打《ぶ》ちくづして了《しま》つた餅菓子《もちぐわし》を摘《つま》んで疲《つか》れた足《あし》を休《やす》めなどした。

米子《よねこ》は時々《とき〴〵》、房子《ふさこ》の眠《ねむ》り遊《しよ》つてるやうな若《わか》い魂《たましひ》を指《ゆび》の先《さき》で彈《はぢ》き返《かへ》してやり度《た》い氣《き》のする事《こと》があつた。米子《よねこ》のところへ時々《とき〴〵》遊《あそ》びにくる女《をんな》たちは、どれも皆《みな》自分《じぶん》だけの主張《しゆちやう》をもつて新《あたら》しい時代《じだい》に活動《くわつどう》してる潑剌《はつらつ》とした人《ひと》ばかりであつた。相對《あひたい》してゐても一寸《ちよつと》した眼《め》と眼《め》の打《よ》つ衝《つ》かり加減《かげん》にもう直《す》ぐに色《いろ》を動《うご》かすやうな鋭《するど》い女《をんな》ばかりであつた。然《さ》うした女《をんな》を見《み》つけてる米子《よねこ》の眼《め》には、まるで魂《たましひ》のない人間《にんげん》を扱《あつか》つてるやうな埒《らち》くちのない氣《き》がして、あんまりぼんやりし過《す》ぎたその身體付《からだつ》きに意地《いぢ》わるく反感《はんかん》を持《も》つ事《こと》などもあつた。

「あなたはほんとに寶《たから》の持《も》ち腐《くさ》れだね、それでマントでも着《き》て堂々《だう〳〵》と歩《ある》いてごらんなさい。外形《ぐわいけい》だけは英國《えいこく》の第《だい》三性《せい》にも劣《おと》らないほどな立派《りつぱ》な新《あた》らしい女《をんな》が出來上《できあが》るわ。」

米子《よねこ》は斯《か》う云《い》つて其《そ》の圖拔《づぬ》けて背《せい》の高《たか》い房子《ふさこ》を見上《みあ》げたりした。けれども斯《か》うして仲好《なかよ》く暮《くら》して、叔《を》母《ば》さん叔母《をば》さんと慕《した》はれて見《み》ると、ふしぎなほど房子《ふさこ》に對《たい》する愛情《あいじやう》が起《おこ》らずにゐなかつた。二十二にもなつて香水《かうすゐ》などはつけた事《こと》もないと云《い》つて自分《じぶん》の香水瓶《かうすゐびん》などを弄《いぢ》つてゐられると、無暗《むやみ》に可憐《いぢ》らしい氣《き》がして、何《なん》でも欲《ほ》しいと云《い》ふものは與《あた》へてもやり度《た》いやうに張《は》りつ氣《き》が出《で》たりした。

「をばさんのやうな人《ひと》を私《わたし》の叔母《をば》さんにしてゐるのかと思《おも》ふと私《わたし》はほんとに仕合《しあは》せものだわ。」

斯《か》う云《い》ふ房子《ふさこ》の言葉《ことば》に飾《かざ》りはなかつた。

米子《よねこ》にはまだそんな事《こと》は云つてないのだけれ共《ども》、東京《とうきやう》へ來《く》る前《まへ》に、房子《ふさこ》の母親《はゝおや》は房子《ふさこ》を此處《こゝ》へ寄越《よこ》す事《こと》を拒《こば》んだのだつた。房子《ふさこ》の上《うへ》に起《おこ》つたある一つの事實《じじつ》の爲《ため》に、すつかりと機嫌《きげん》を損《そん》じてしまつた母親《はゝおや》と房子《ふさこ》との仲《なか》を、父親《ちゝおや》は少時遠《しばらくとほ》ざける爲《ため》に房子《ふさこ》を自分《じぶん》たちの住《す》む土地《とち》から當分《たうぶん》の内手《うちて》放《はな》す事《こと》にして、房子《ふさこ》を茅《ち》ケ崎《さき》のある學校《がつかう》へ奉職《ほうしよく》させる事《こと》にした。その辭令《じれい》が下《さ》がるまで房子《ふさこ》を東京《とうきやう》へ遊《あそ》びにやると云《い》ふ事《こと》も父親《ちゝおや》の計《はか》らひてあつたが、母親《はゝおや》は東京《とうきやう》へやるにしても本郷《ほんがう》に住《す》む弟夫婦《おとうとふうふ》の家《うち》へ遣《や》る事《こと》は堅《かた》く許《ゆる》さなかつた。然《さ》うして他《た》の親類《しんるゐ》へ行《ゆ》く様《やう》に云《い》ひ付《つ》けた。房子《ふさこ》は他《た》の親類《しんるゐ》へ行《ゆ》く氣《き》はしなかつた。行《ゆ》くのなら戀《こひ》の經歴《けいれき》を持《も》つてる叔父《をぢ》夫婦《ふうふ》の家《うち》へ泊《とま》りに行《い》つて、何《なに》かなし自分《じぶん》と同《おな》じ心《こゝろ》の苦《くる》しさを味《あぢ》はつた事《こと》のあるなつかしい叔母《をば》の米子《よねこ》の胸《むね》に、ひそかに自分《じぶん》の心《こゝろ》を觸《さは》らして見《み》たいのだつた。それで本郷《ほんがう》の叔父《をぢ》さんの家《うち》へやつて貰《もら》ひたいと賴《たの》んだ時《とき》に、母親《はゝおや》は、

「あすこもお前《まへ》と同《おな》じやうな連中《れんちう》だから行《い》つてゐたつて碌《ろく》な事《こと》を覺《おぼ》えはしない。」

と云《い》つてきかなかつた。然《さ》うして母親《はゝおや》は房子《ふさこ》の上《うへ》に起《おこ》つた去年《きよねん》の事《こと》を又《また》繰《く》り返《かへ》して、房子《ふさこ》を責《せ》めた。其《そ》

の晩《ばん》房子《ふさこ》はまんじりとも爲《し》ずに泣《な》き明《あ》かした。

それを見《み》た父親《ちゝおや》は房子《ふさこ》の身體《からだ》がまだほんとには健康《けんかう》になつてゐないのに又彷《またふさ》いで暮《くら》す樣《やう》な事《こと》があつてはと云《い》つて、強《し》ひて自分《じぶん》から弟《おとうと》夫婦《ふうふ》の家《うち》へ房子《ふさこ》を連《つ》れて來《き》たのであつた。別《わか》れてくる時房子《ときふさこ》は母親《はゝおや》の前《まへ》へ行《い》つたけれ共母親《どもはゝおや》は口《くち》をきかなかつた。房子《ふさこ》は其《そ》の前《まへ》で涙《なみだ》を落《おと》しながら出《で》てきた。

それほどに懷《なつか》しがつた叔父《をぢ》の家《いへ》へ來《き》て、房子《ふさこ》ははしやぎ切《き》つた叔母《をば》の調子《てうし》に浮々《うか〳〵》と乘《の》せられながら、面白《おもしろ》い日《ひ》を送《おく》る事《こと》が出來《でき》た。其《そ》のかはり、叔母《をば》にしんみりと話《はな》し度《た》いと思《おも》つた事《こと》は何《なに》一つ云《い》ふ機《しお》がなかつた。

四

「ねえ叔母《をば》さん。私大切《わたしたいせつ》に今《いま》でも藏《しま》つてゐるものがあるの。叔母《をば》さんのもので。」

「へえゝ。」

二人《ふたり》はある時縁側《ときえんがは》に佇《たゝず》んだ儘《まゝ》でこんな事《こと》を云《い》ひ交《かは》した。何時《いつ》になく米子《よねこ》は沈《しづ》んだ顏《かほ》をして小雨《こさめ》の降《ふ》る庭《には》を眺《なが》めてゐた。さうして房子《ふさこ》が例《れい》のおつとりした調子《てうし》でこんな事《こと》を云《い》ひ出《だ》すのを、格別《かくべつ》の興《きよう》もなしに空耳《そらみゝ》をかしてゐた。

「叔母《をば》さんの手紙《てがみ》。叔父《をぢ》さんに上《あ》げた——」房子《ふさこ》は斯《か》う云《い》つて恥《はづ》かしさうな、色《いろ》を厭《いと》ふさうな眼付《めつき》をして、ちらと叔母《をば》の顔《かほ》を見《み》た。

「え。」

米子《よねこ》の頰《ほゝ》には僅《わづか》な驚《おどろ》きの影《かげ》がふと動《うご》いてゐた。さうしてしばらく顔《かほ》を見合《みあ》つてるうちに、合點《がてん》の行《い》つたやうな笑《わら》ひを漏《も》らして米子《よねこ》はがつかりした樣《やう》な眼《め》を反《そ》らした。それぎり叔母《をば》は何《なん》とも云《い》はなかつた。房《ふさ》子《こ》は其《そ》れを緒《いとぐち》にして云《い》ひ出《だ》し度《た》いことがあつたのだけれども叔母《をば》のその冷《つめ》たい色《いろ》を浮《うか》べた顔付《かほつき》を見《み》てゐると何《なに》も云《い》ふことが出來《でき》なくなつた。

「房《ふさ》さんの辭令《じれい》は何《ど》うしたのだらうね。」

米子《よねこ》は斯《か》う云《い》ひながら座敷《ざしき》の内《うち》へ入《はひ》つた。

「ほんたうに何《ど》うしたんでせうね」

房子《ふさこ》も斯《か》う云《い》ひながら叔母《をば》の後《うしろ》へ、つゞいて入《はい》つて來《き》たが、叔母《をば》の坐《すわ》つた傍《そば》へ行《い》つて其《そ》の膝《ひざ》にくつつくやうに自分《じぶん》も坐《すわ》つた。

房子《ふさこ》が此處《こゝ》に來《き》てからもう二十日近《ちか》くにもなつてゐた。米子《よねこ》は其《そ》の性格《せいかく》に少《すこ》しもくつきりと輪郭《りんくわく》のないだらけた房子《ふさこ》の調子《てうし》に何時《いつ》となく倦《う》み果《は》てゝゐた。それに、房子《ふさこ》の爲《ため》に自分《じぶん》の心《こゝろ》を一とつところに凝《じ》つと落着《おちつ》けてゐる事《こと》のできないやうな、散漫《さんまん》な日《ひ》の續《つゞ》くのが米子《よねこ》には忌々《いま〱》しかつた。自分《じぶん》が外《そと》に連《つ》れて出《で》ない時《とき》などはいつも默《だま》り込《こ》んで一人《ひとり》で鬱《ふさ》ぎきつてる樣子《やうす》などを見《み》ると、この頃《ごろ》では憐《あは》れに思《おも》ふと云《い》ふよりは、ぢり〱して腹《はら》が立《た》つた。

「そんなに知《し》らない土地《とち》へ行《い》つて一人《ひとり》で生活《せいくわつ》するのが厭《いや》なら、矢《や》つ張《ぱ》りお父樣《とうさん》の傍《そば》にゐるか、然《さ》もなければ東京《とうきやう》へ來《き》て私《わたし》たちの家《うち》に居《ゐ》つきりにしたらいゝぢやありませんか。」

米子《よねこ》は今日《けふ》も斯《か》う云《い》ひだした。けれども房子《ふさこ》が鬱《ふさ》ぐ理由《わけ》は他《ほか》にあるので、それは米子《よねこ》は知《し》らなかつた。

「東京《とうきやう》の叔母《をば》さんのところへ來《き》つきりにして、かうして一所《いつしよ》に生活《せいくわつ》したらどんなに樂《たの》しみだらう。」

房子《ふさこ》は斯《か》う思《おも》ふほどその心《こゝろ》が鬱《ふさ》ぐのであつた。僅《わづ》か半月《はんつき》ほどの間《あひだ》に馴染《なじ》みきつた叔父《をぢ》の家《うち》の自墮落《じだらく》な生活《せいくわつ》は、房子《ふさこ》のその固《かた》まりきつた心《こゝろ》を蠟《ろふ》のやうに柔《やは》らかに解《ほど》していつた。誰《たれ》にも煩《わづら》はされずに氣隨《きずゐ》氣儘《きまゝ》な感情《かんじやう》がいつもゆるやかに流《なが》れてゐるやうなこの頃《ごろ》の自分《じぶん》の胸《むね》の内《うち》を思《おも》ふと、自分《じぶん》の身體《からだ》が薄絹《うすぎぬ》にでも包《つゝ》まれて、宙《ちう》にふわ〳〵と、飛《と》んでゐさうな限《かぎ》りもない快《こゝろよ》さに浸《ひた》ることがあつた。房子《ふさこ》はゐられるものなら何時《いつ》までも此處《こゝ》にゐて暮《くら》したかつた。けれども此家《こゝ》にゐて叔母《をば》たちと一所《いつしよ》に暮《くら》すとなれば自分《じぶん》はもう母親《はゝおや》のところへは二度《にど》と歸《かへ》らない覺悟《かくご》をしなければならなかつた。——

房子《ふさこ》は漸《やうや》く叔母《をば》に聞《き》いて貰《もら》ひ度《た》いと思《おも》つてゐた事《こと》を話《はな》す事《こと》ができた。

「こつちへ來《く》るに就《つ》いても、どんなに大騒《おほさわ》ぎをしたか知《し》れないのよ。」

房子《ふさこ》が母《はゝ》の機嫌《きげん》を損《そん》じてから、今《いま》になつても其《そ》の心《こゝろ》が解《と》けずにゐる理由《わけ》が、初《はじ》めて米子《よねこ》の腑《ふ》に落《お》ちた。けれども房子《ふさこ》の言葉《ことば》だけでは、其所《そこ》から別《べつ》して色《いろ》の濃《こ》い味《あぢ》の滴《したゝ》るやうな挿話《エピソード》を見付《みつ》ける事《こと》はできなかつた。

「なんでもない事《こと》ぢやありませんか。あなたが何《ど》うしたつて云《い》ふの。」

「私《わたし》はなんにも知《し》らないの。傍《はた》で然《さ》う云《い》つて騒《さわ》ぎだしたのだから私《わたし》ほんとにびつくりしちまつて。」

「だつて――私《わたし》にはいつから下《くだ》らない。」

米子《よねこ》の眼《め》は皮肉《ひにく》に輝《かゞや》いてゐた。何《なん》の仲《なか》でもない男《をとこ》と娘《むすめ》の間《あひだ》を何《なに》かあるやうに疑《うた》がつて、其《そ》れを両親《りやうしん》のところまで傍《はた》から注意《ちうい》したと云《い》ふ事《こと》だけて、房子《ふさこ》は一年近《いちねんちか》くも母親《はゝおや》からはげしい怒《いか》りに逢《あ》つてゐる――そんな馬鹿氣《ばかげ》た話《はなし》はないと米子《よねこ》は思《おも》つた。

「その男《をとこ》の人《ひと》とあなたは全《まつた》くなんでもなかつたの。親《した》しかつたんてせう。」

「親《した》しくはしてゐたけれ共《ども》、私《わたし》は別《べつ》になんでもなかつたの。」

房子《ふさこ》は叔母《をば》の前《まへ》でも其《そ》れだけは僞《いつは》つてゐた。さうして此處《こゝ》へ來《き》たいと望《のぞ》んでゐたのに母親《はゝおや》が何《ど》うしても許《ゆる》してくれないので、一と晩泣《ばんな》き明《あ》かした事《こと》を話《はな》した。米子《よねこ》はあの姉《あね》の云《い》ひさうな事《たと》だと思《おも》つて別《べつ》に氣《き》にもならなかつた。

唯《たゞ》いろ〳〵な話《はなし》を聞《き》いてるうちに、房子《ふさこ》と云《い》ふ娘《むすめ》のあんまり反抗心《はんかうしん》がないのにおどろかずにはゐられなかつた。

「自分《じぶん》を立《た》て通《とほ》したらいゝぢやありませんか。いくら親《おや》だつて、あなたのお母様《つかさん》のしてる事《こと》はそりや狂人《きちがひ》のする事《こと》だわ。」

「隨分《ずゐぶん》ひどいと思《おも》ふ事《こと》があるわ。自分《じぶん》の生活《せいくわつ》だけの事《こと》は親《おや》からして貰《もら》はないても濟《す》むやうな職業《しよくげふ》を見付《みつ》たから、かうして母《はゝ》の傍《そば》をはなれて當分一人《たうぶんひとり》て暮《くら》して見《み》やうと思《おも》ふの。」

「一人《ひとり》になるのはいゝ事《こと》かも知《し》れない。」

米子《よねこ》は斯《か》う云《い》つて默《だま》つた。

房子《ふさこ》は母《はゝ》の絶頂《ぜつちやう》の怒《いか》りに逢《あ》つた時《とき》、幾度死《いくたびし》なうと思《おも》つたか知《し》れないと云《い》つた。房子《ふさこ》の弟妹《きやうだい》たちが母親《はゝおや》一人《ひとり》の機嫌《きげん》の爲《ため》にびり〳〵して育《そだ》つて行《ゆ》く様子《やうす》が、米子《とねこ》の胸《むね》によゝ描《ゑが》かれた。

「大仰《おほげふ》に云《い》へば、あなたは親子《おやこ》の間《あひだ》の道徳問題《だうとくもんだい》の爲《ため》にほんとはお母《かあ》さんと闘《たゝか》はなくつちやならない人《ひと》だわ。あなたがほんとに戀《こひ》をしたんでも、又然《またさ》うでなくつてもそんな事《こと》は別《べつ》にしてさ。」

米子《よねこ》は勢《いきほ》ひ込《こ》んで斯《か》う云《い》つたが、云《い》つてしまふと何《なん》となく空虚《からつぽ》な響《ひゞ》きが殘《のこ》つた。

房子《ふさこ》はそれが分《わか》らなかつたと見《み》えて返事《へんじ》をしなかつた。さうして暫《しばら》くしてこんな事《こと》を云《い》つてゐた。

「だからね、一人《ひとり》で茅《ち》ケ崎《さき》へ行《い》つたらせつせと働《はたら》いて、せめて其《そ》の月給《げつきふ》の中《うち》から貯金《ちよきん》をして、家《うち》のなかの名譽《めいよ》の回復《くわいふく》をしやうと、思《おも》つてるの。それがせめてものお詫《わ》びだと思《おも》つて」

米子《よねこ》は別《べつ》に房子《ふさこ》に向《むか》つて云《い》ひ度《た》い事《こと》もなくなつた。それで唯相手《たゞあひて》にうなづくだけで兎《と》に角《かく》とも云《い》はなかつた。

それから二三日して、辭令《じれい》の沙汰《さた》があつたから一旦歸《いつたんかへ》つてくる様《やう》に傳《つた》へてくれと云《い》ふ兄《あに》からの手紙《てがみ》が米子《よねこ》のところへ届《とゞ》いた。朝早《あさはや》く寢床《ねどこ》の中《なか》で讀《よ》んだ米子《よねこ》はそれを持《も》つて房子《ふさこ》の寢《ね》てる室《へや》へ入《はひ》つて行《い》つた。

「いよ〳〵お別《わか》れの時《とき》が來《き》た。房《ふさ》さん。」

米子《よねこ》は房子《ふさこ》を起《おこ》して其《そ》の手紙《てがみ》を枕《まくら》の側《わき》へおいてやつた。

「とう〳〵來《き》てね。」

房子《ふさこ》は腹這《はらば》ひになつてその手紙《てがみ》を讀《よ》んでゐた。

今日《けふ》歸《かへ》るか、もう一と晩宿《ばんとま》るか、と云《い》ふやうな事《こと》が叔父《をぢ》の口《くち》からも出《で》た。房子《ふさこ》は何《ど》うしても今日《けふ》歸《かへ》り度《た》いと云《い》つた。

「あんまり呆氣《あつけ》ないわね。もう一日《いちにち》此處《こ》にゐることにして今日《けふ》は三人《にん》でお名殘《なごり》に遊《あそ》んでこやうぢやないか、何《なに》も直《す》ぐに歸《かへ》らなくつても構《かま》はないんでせう。」

「えゝ。」

房子《ふさこ》はぼんやりした顔《かほ》して中腰《ちうごし》になつてゐた。それに米子《よねこ》は今朝《けさ》の内《うち》に出《で》かけねばならないところがあつた。それから歸《かへ》つてきて又品川《またしながは》まで送《おく》つてゆくのは面倒《めんだう》だつたので、米子《よねこ》は、是非《ぜひ》もう一日宿《いちにちとま》つてゆく樣《やう》に勸《すゝ》めた。叔父《をぢ》が出勤《しゆつきん》して行《ゆ》く時《とき》にも、叔父《をぢ》に繰《く》り返《かへ》されて房子《ふさこ》はもう一日宿《いちにちとま》ることにして挨拶《あひさつ》してゐた。

叔父《をぢ》がゐなくなると房子《ふさこ》はひどく饒舌《おしやべり》になつた。田舍《ゐなか》の家《うち》へ何時頃《いつごろ》に辭令《じれい》が下《さ》がつたのだらうかと云《い》ふ事《こと》だの、それを受取《うけと》つた時《とき》の家族《かぞく》の人《ひと》たちの感《かん》じなどを、

「ねえ叔母《をば》さん。ねえ叔母《をば》さん。」

と云《い》ひながら、其《そ》れから其《そ》れへと想像《さうぞう》した事《こと》を一とつ殘《のこ》らず口《くち》に出《だ》してゐた。米子《よねこ》はそれが煩《わづら》はしくなつてくると、

「ぢや今日《けふ》歸《かへ》つた方《はう》がいゝわ。斯《か》うしてゐたつて氣《き》になるばかりだから。」

と突《つ》き放《はな》すやうに云《い》つた、房子《ふさこ》は直《す》ぐにそれに乘《の》つておとなしく合點《うなづ》いて歸《かへ》る事《こと》に決《き》めてしまつた。

話《はなし》がきまると米子《よねこ》は自分《じぶん》のゐない間《あひだ》にすつかり仕度《したく》をしておくやうに云《い》ひ付《つ》けて外《そと》に出《で》た。

一時間《いちじかん》ほど經《た》つて米子《よねこ》が歸《かへ》つてきた時《とき》には、房子《ふさこ》も湯《ゆ》から歸《かへ》つてきてお粧《つく》りをしてゐるところだつた。ひどい風《かぜ》に吹《ふ》かれて頭髮《かみ》をこはして來《き》た米子《よねこ》は又鏡臺《またきやうだい》に向《む》つて解《と》き直《なほ》してゐた。

お土産《みやげ》の中《なか》に、叔母《をば》に買《か》つてもらつた白粉刷毛《おしろいばけ》がすつかり揃《そろ》つてゐる箱《はこ》があつた。牡丹刷毛《ぼたんばけ》、鼻《はな》たゝき兎《うさぎ》の脚《あし》、塗《ぬ》り刷毛《ばけ》、――黑塗《くろぬ》りや朱塗《しゆぬ》りの刷毛《はけ》の柄《え》が艶々《つや〳〵》と光《ひか》つてゐるのを見《み》ると、房子《ふさこ》は何《ど》のお土《みや》産《げ》より嬉《うれ》しかつた。

「私《わたし》にはこれが何《なに》よりだわ。私《わたし》は一人《ひとり》になつたらお粧《つく》りの稽古《けいこ》をしますよ。叔母《をば》さん。」

房子《ふさこ》は荷物《にもつ》を作《つく》りながら斯《か》う云《い》つた。

二人《ふたり》が家《うち》を出《で》た時《とき》はもう一時《いちじ》を過《す》ぎてゐた、二人《ふたり》は巣鴨《すがも》から品川《しながは》まで山《やま》の手《て》線《せん》の電車《でんしや》に乘《の》つた。

「茅《ち》ヶ崎《さき》へはきつといらつしやいね。」

房子《ふさこ》は電車《でんしや》の中《なか》で幾度《いくたび》も繰《く》り返《かへ》して云《い》つた。叔母《をば》の米子《よねこ》の他《ほか》には聞《き》いて貰《もら》はうと思《おも》ふ様《やう》な人《ひと》は誰《たれ》もないとばかり思《おも》ひ込《こ》んでゐた自分《じぶん》の大切《たいせつ》な戀《こひ》も、とう〳〵その底《そこ》までを打明《うちあ》けて話《はな》さずにしまつた。自分《じぶん》の戀《こひ》によく味方《みかた》をしてくれたのは叔母《をば》の昔《むかし》の一通《いつつう》の手紙《てがみ》ばかりであつた。

「それは叔母《をば》さんは知《し》りはしない。」

房子《ふさこ》は叔母《をば》に別《わか》れて行《ゆ》く名殘《なご》り惜《を》しい心《こゝろ》の中《うち》でこんな事《こと》を考《かんが》へてゐた。

品川《しながは》の海《うみ》の上《うへ》には壓《お》し被《かぶ》さるやうに眞《ま》つ黒《くろ》な雲《くも》が垂《た》れてゐた。埋立地《うめたてち》の赤土《あかつち》の砂《すな》は炎《ほのほ》の海嘯《つなみ》のやうにはげしい風《かぜ》に捲《ま》き上《あが》つてゐた。

停車場《すてえしよん》へ入《はひ》ると、房子《ふさこ》の乘《の》らうとする汽車《きしや》はもう五分《ふん》で出《で》るところだつた。米子《よねこ》が切符《きつぷ》を買《か》つて渡《わた》した時《とき》、房子《ふさこ》の眼《め》に涙《なみだ》が出《で》てゐるのを見《み》た。

——完——

山吹の花

田村俊子

「何《なに》もどうしやうと云ふんぢや無《ね》え。行火《あんくわ》がはりだつてへ事《こと》」

お爺《ぢい》さんは柔《やは》らかい半纏《はんてん》を着《き》てゐる瘦《や》せた肩《かた》をちよいと搖《ゆす》ぶつて、指《ゆび》の先《さ》きで兩方《りやうはう》の口尻《くちじり》をこすりながら斯《か》う云《い》ひました。四角《しかく》な客火鉢《きやくひばち》に手《て》を翳《かざ》してゐた師匠《ししやう》は火箸《ひばし》を手《て》に取《と》つて火《ひ》を弄《いぢ》りながら默《だま》つてゐました。もう七十に近《ちか》い師匠《ししやう》は髮《かみ》も眞《ま》つ白《しろ》でしたが、それでもまだ舞臺《ぶたい》を踏《ふ》むのを渡世《とせい》にしてゐれば「しやうつかの婆《ばゞ》あ見《み》たいでいけない。」と云《い》つて、氣《き》にして其《そ》の白髮《しらが》を染《そ》めてゐるのです。其《そ》れを半下地《はんしたぢ》にして毛《け》の先《さ》きをばらに散《ち》らしてゐます。斯《か》うして座《すは》つてる間《あひだ》でも時々《とき〴〵》皺苦茶《しわくちや》になつた瞼《まぶた》をきゆつと釣《つ》つて大《おほ》きな目玉《めだま》をする事《こと》があります。この目《め》と少《すこ》しいものあるすんなりと高《たか》い鼻《はな》と下膨《しもぶく》れしの頰《ほゝ》とが、萎《しな》びてしまつた師匠《ししやう》の顏《かほ》に名人不二江《めいじんふじえ》と唄《うた》はれたその面影《おもかげ》を殘《のこ》して、くつきりした輪廓《りんくわく》を見《み》せてゐるのでした。師匠《ししやう》は火《ひ》を弄《いぢ》りながら、娘形《むすめがた》になつた時《とき》のやうなあどけない態《しな》を辷《すべ》り落《お》ちそうな撫《な》で肩《かた》のところに作《つく》つて、兎見《とみ》角《か》う見《み》すると云《い》ふ樣《やう》に首《くび》を左右《さいう》に動《うご》かしながら凝《ぢ》つと火鉢《ひばち》の中《なか》の火《ひ》を見守《みまも》つてる風《ふう》をして口《くち》を利《き》きませんでした。お爺《ぢい》さんもそれきり默《だま》りました。そうして靜《しづか》に煙草入《たばこい》れを取《と》り上《あ》げて、煙管《きせる》を二三度《ど》ぷつ〳〵と試《や》つて見《み》てから煙草《たばこ》を雁首《がんくび》に詰《つ》めました。お爺《ぢい》さんの指《ゆび》はいつもぬら付《つ》いてる樣《やう》に黄色《きいろ》な光《ひか》りを帶《お》びて、指先《ゆびさき》が細《ほつ》そりとしてゐるのでした。

お爺《ぢい》さんは小藤《こふぢ》の事《こと》を云《い》つてるのでした。名古屋《なごや》の興行先《こうぎやうさき》へ連《つ》れて來《き》てから、其《そ》の頰《ほゝ》を突《つ》つ突《つ》いてやる暇《ひま》さへない事《こと》を思《おも》ふと、其《そ》の身體《からだ》が熱《ねつ》つぱく慄《ふる》えるやうな氣持《きもち》がしました。此方《こちら》へ來《き》てから小藤《こふぢ》は毎日《まいにち》師匠《ししやう》と一所《しよ》に小屋《こや》へ行《ゆ》き、宿《やど》にゐれば師匠《ししやう》の傍《そば》に始終附添《しじふつきそ》つてゐるので・師匠《ししやう》の目《め》をぬすむ暇《ひま》を見付《みつ》ける事《こと》が出來《でき》ないのでした。それで遂々《とう〳〵》我慢《がまん》が出來《でき》なくなつて、今《いま》のやうな注文《ちうもん》をおほつぴらに出《だ》して見たのですが、師匠《ししやう》が好《い》いとも惡《わ》るいとも云《い》はないので、少《すこ》してれました。それで、（お爺《ぢい》さんは脫腸《だつちやう》を煩《わづら》つてるので、始終革帶《しじふかはおび》の先《さき》にピストルのやうな格好《かつかう》をした止《と》めの付《つ》いてるものを腰《こし》の廻《まは》りに卷《ま》いてゐました。）腰帶《こしおび》のところを押《おさ》へながら立上《たちあが》つて、着物《きもの》の前《まへ》を引摺《ひきず》りながら宿《やど》の帳場《ちやうば》の方《はう》へ出《で》て行《ゆ》きました。丁度上《ちやうどあが》り框《かまち》のところに小藤《こふぢ》が腰《こし》をかけてゐました。傍《そば》に弟子《でし》の華江《はなえ》が硯《すゞり》を引寄《ひきよ》せて端書《はがき》を書《か》いてるところなのでした。

「へえ。何時歸《いつかへ》つたんだえ。」

お爺《ぢい》さんは然《さ》う云《い》ひながら、宿《やど》のもの丶招《まね》く方《はう》へ通《とほ》り過《す》ぎて行《ゆ》きました。

「あたしはお前《まい》の事《こと》ばかり思《おも》つてゐるよ。お前《まい》もあたしの歸《かへ》るのを樂《たの》しみにして、せつせと內職《ないしよく》をして稼《かせ》いで待《ま》つてゐておくれよ。」

華江《はなえ》は大《おほ》きな聲《こゑ》で端書《はがき》に書《か》く文句《もんく》を云《い》ひながら書《か》いてゐるのでした。それは男衆《をとこしゆ》の銀公《ぎんこう》に賴《たの》まれて、銀公《ぎんこう》のおかみさんへ送《おく》る端書《はがき》なのでした。銀公《ぎんこう》は平《ひら》つたい顏《かほ》を華江《はなえ》の手許《てもと》へ突《つ》きだして、一々《いち〳〵》うなづいてゐました。

「心變《こゝろがは》りをしてはいけないよ――斯《か》う書《か》いておかうね。銀《ぎん》さん。」

華江《はなえ》がかう云ふと・小藤《こふぢ》は身體《からだ》を二《ふた》たつに折《を》るやうにしてあはゝと笑《わら》ひました。然《さ》うして後向《うしろむ》きに手《て》に持《も》つてゐる煙管《きせる》をお爺《ぢい》さんの方《はう》へ出《だ》して、

「つけて頂戴《ちやうだい》。」

と賴《たの》みました。口《くち》を窄《すぼ》めて小藤《こふぢ》はまだ可愛《かはひ》らしく笑《わら》つてゐるのでした。お爺《ぢい》さんは耳《みゝ》が遠《とほ》いので、此方《こつち》の面白《おもしろ》そうな話《はなし》は分《わか》りませんでした。宿《やど》のおかみさんが煙管《きせる》を受取《うけと》つて火《ひ》をつけてやりました。

「さあ。」

ことんと筆《ふで》を擱《お》いた華江《はなえ》は銀公《ぎんこう》に端書《はがき》を渡《わた》しました。銀公《ぎんこう》は端書《はがき》を懷中《ふところ》に入《い》れて華江《はなえ》にお禮《れい》を云《い》ひながら硯箱《すゞりばこ》を片付《かたづ》けに立《た》つてゆきました。

「ほんとにおかみさん孝行《かうかう》だねえ。」

華江《はなえ》が前《まへ》をはたいて立《た》つたので、小藤《こふぢ》もあわて丶吸殼《すひがら》を上《あが》り框《かまち》のところで叩《はた》いて立上《たちあが》りました。

そうして「御馳走《ごちそう》さま。」と宿《やど》のおかみさんに挨拶《あいさつ》して「おほきに」と云《い》ふ返事《へんじ》を聞《き》きながら、土間《どま》を出《で》て行《ゆ》かうとすると、お爺《ぢい》さんはそこから、

「おい。おい。」

と二人《ふたり》を呼《よ》びました。

「なあに、お父《とつ》さん。」

小藤《こふぢ》が振返《ふりかへ》ると、お爺《ぢい》さんは、

「ちよいと來《き》なよ。」

と云《い》つて手招《てまね》ぎしました。

「内密話《ないしよばなし》があるんだよ。」

お爺《ぢい》さんは口《くち》をうむと結《むす》びながら笑《わら》つてゐました。高《たか》い烏《からす》天狗《てんぐ》のやうな鼻《はな》の先《さき》が開《ひら》いて、庇《ひさし》から覗《のぞ》くやうに凹《くぼ》んだ瞼《まぶた》をわざと持《も》ち上《あ》げて二人《ふたり》に見《み》せました。

「好《い》い話《はなし》？。」

小藤《こふぢ》は、はない、しのしを馬鹿《ばか》に尻《しり》つ刎《は》ねさせて立《た》つてゐました。お爺《ぢい》さんは其《そ》れに答《こた》へるやうに一〃とつ合點《がつてん》をして見《み》せてから、わざと眼《め》を細《ほそ》くして、何所《どこ》となく黒《くろ》い隈《くま》を帶《を》びた淫蕩《いんたう》な影《かげ》の搖《ゆら》めいてる顏《かほ》付《つき》で又《また》笑《わら》つたのです。小藤《こふぢ》はそれを見《み》ると「へゝゝへえ」だと云《い》つて、右《みぎ》の眼《め》の下《した》にところを一寸《ちよつと》人差指《ひとさしゆび》で突《つ》いて見《み》せながら驅《か》け出《だ》して行《い》つてしまいました。

「仕樣《しやう》のねへ奴《やつ》だ。」

版本繁二郎筆

お爺《ぢい》さんは小藤《こふぢ》があの俠《きやん》な美《うつく》しい顏《かほ》を見得《みえ》もなく滑稽《ひどけ》させたのが可愛《かはい》くつて堪《たま》らないのでした。瞼《まぶた》の奥《おく》の方《はう》の小《ちひ》さな瞳《ひと》子《み》で（お爺《ぢい》さんのこの小《ちひ》さい瞳子《ひとみ》はほんとうに力《ちから》があつて何《い》時《つ》も流《なが》れるやうによく動《うご》くのでした。）宿《やど》のおかみさんの顏《かほ》を眺《なが》めて、何《なに》かその人《ひと》の口《くち》からも小藤《こふぢ》の初心《うぶ》を喜《よろこ》んだやうな言葉《ことば》を聞《き》きたそうにしたお爺《ぢい》さんの顏《かほ》は、乾《かは》いた唇《くちびる》が筋肉《きんにく》の緊張《きんちやう》で引絞《ひきしぼ》るやうに窄《すぼ》まり、脂肪《あぶら》つこい厚手《あつで》な其《そ》の頰《ほゝ》の肉《にく》が戰《よる》えるやうに撓《たる》んでゐるのでした。小柄《こがら》なひしやげたやうな身體《からだ》つきをしてゐる宿《やど》のおかみさんは、ぺたんこと膝《ひざ》を薄《うす》く座《す》はつた儘《まゝ》、あんまり唐突《とうとつ》な擧《そ》動《ぶり》に驚《おどろ》いてちよいとは何《なん》と云《い》つて好《い》いか分《わか》らないと云《い》ふ樣《やう》な顏《かほ》をして默《だま》つてゐました。それから不圖《ふと》思ひ付いたやうに、

「ほんまに美《え》え御《ご》容貌《きりやう》だなも。」

と云つて小藤の容貌《きりやう》を賞《ほ》めました。其れを聞くとお爺さんはお腹《なか》の中《なか》で「へん」と云つてやり度《た》いやうな癪《しやく》に障つた氣がしました。小藤の江戸前《えどまへ》の生粋《きつすい》な容貌《きりやう》が、この土地《とち》のずるりのつぺりした女の顔ばかり見付けてるこのおかみさんに分《わか》つて堪《たま》るものかと思つたからなのです。「なも」とお尻《しり》を括《くゝ》るこの土地《とち》の言葉で小藤の頸を賞《ほ》められたのがひどく侮辱《ぶじよく》された樣に思つて、お爺《ぢい》さんは好《い》い心持がしないのでした。天麩羅《てんぷら》を食べた後《あと》の口《くち》の端《はた》が、まだ油にぬら付《つ》いてるやうな氣味惡るさで、無暗《むやみ》とお爺《ぢい》さんは其邊《そこいら》が氣になりました。それでお爺《ぢい》さんは頻りと肩を搖《ゆす》つたり自分の頰を擦《こす》つたりして、

「どうも堪《たま》らない。」

と云《い》ふ樣《やう》なやき〳〵した樣子《やうす》をしてゐました。が、「身體《なり》ばかり大《おほ》きくつてまるで赤《あか》ん坊見《ばうみ》てへな了簡《りやうけん》でゐやがる。」と大《おほ》きな聲《こゑ》で獨《ひと》り言《ごと》を云《い》つてから少《すこ》し胸《むね》が透《す》きました。おかみさんは相變《あひかは》らずこの土地《とち》で師匠《ししやう》の人氣《にんき》の立《た》つてる事《こと》などを話《はなし》ました。舞臺《ぶたい》の上《うへ》のいつも奇麗《きれい》なこと、舞の上手《じやうづ》なこと、師匠《ししやう》がこゝにゐる間《あひだ》に手《て》を取《と》つて貰《もら》いたいと云《い》つてる土地《とち》の藝者《げいしや》が二三人《にん》ある事《こと》なぞを話《はなし》ました。

「あれも、あんまり皺苦茶《しはくちや》になづちまつてね。」お爺《ぢい》さんは斯《か》う云《い》つて笑《わら》ひました。豐麗《ほうれい》な肉《にく》の美《び》のすつかり脫《ぬ》け落《お》ちてしまつた舞臺《ぶたい》の上《うへ》の師匠《ししやう》の面影《おもかげ》を思《おも》ふと、お爺《ぢい》さんは何《なん》とも果《は》敢《か》ない氣《き》がして堪《たま》らないのでした。昔《むかし》、お爺《ぢい》さんは師匠《ししやう》の爲《ため》に鼈甲問屋《べつかうどいや》の身代《しんたい》も潰《つぶ》して了ひ、女房小供《にようはうこども》も師匠《ししやう》の爲《ため》に捨《す》てしまつて、それから四十年近《ねんちか》くかうして一所《しよ》に暮《く》らしてゐるのでした。自分《じぶん》が師匠《ししやう》に打《う》ち込《こ》んだ當時《たうじ》の師匠《ししやう》の花《はな》のやうな唇《くちびる》は、今《いま》でもお爺《ぢい》さんの夢《ゆめ》の中《なか》に濃《こ》い幻《まぼろし》を作《つく》つてゐるのですが、目《め》の前《まへ》の師匠《ししやう》はすつかりと老《お》い込《こ》んで了《しま》つて、撓みきつた皮膚《ひふ》の上《うへ》に唯鉛《たゞなまり》のおしろいの美《び》がかさ〳〵に塗沫《なす》られるばかりの舞臺顏《ぶたいがほ》を見《み》る事《こと》になつて了《しま》つたのでした。眼《め》も空《うつ》洞《ろ》になつて、生《い》きた藝術《げいじゆつ》の命《いのち》を直接見物《ちよくせつけんぶつ》の胸《むね》の中《なか》に吹《ふ》つ込《こ》むだけの用意《ようゐ》を持《も》つた肉《にく》の感覺《かんかく》も、眼《め》のはたらきも、それが何《ど》所《こ》かへ消《き》えてしまつて、唯舞臺《たゞぶたい》の上《うへ》に殘《のこ》つてゐるのは骨《ほね》ばかりで拵《こしら》へ上《あ》げた洗練《せんれん》されきつた型《かた》だけなのでした。

「若《わか》くなくつちや可《い》けねへ。若《わか》くなくつちや可《い》けねへ。」

お爺《ぢい》さんは頸《くび》を横《よこ》に振《ふ》りながら靜《しづか》に斯《か》う云つて煙草《たばこ》を吸《す》いました。干涸《ひか》らびきつた師匠《ししやう》のあの身體《からだ》と、豐滿《ほうまん》なゴム人形《にんぎやう》の樣《やう》に彈力《だんりよく》を持《も》つたあの小藤《こふぢ》の身體《からだ》と、お爺《ぢい》さんは例《いつも》のやうに心《こゝろ》の中《うち》で比《くら》べて考《かんが》へました。小藤《こふぢ》の若《わか》い命《いのち》に接觸《せつしよく》すればそれだけ自分《じぶん》の體內《たいない》にも若《わか》い血《ち》が漲《みなぎ》つてくるやうな張《は》り切《き》つた嬉《うれ》しさが、お爺《ぢい》さんの身體《からだ》、足《あし》の爪先《つまさき》まで惣毛《そうけ》立《だ》たせてゐました。舞臺《ぶたい》の上《うへ》に立《た》つても、美《うつく》しい衣裳《いしやう》を通《とほ》して摘《つま》みきれないやうな若《わか》やいだ女《をんな》の肌《はだ》を想像《さうざう》させる魅力《みりよく》を思《おも》ふと、お爺《ぢい》さんは、

「これでなくつちや女《をんな》の役者《やくしや》は駄目《だめ》だ。」

と思《おも》ひ〳〵するのでした。この頃《ごろ》の世《よ》の中《なか》になつてから、急《きう》に女優《ぢよいう》と云《い》ふものが流行《はやり》だして來《き》たその底意《そこい》に、お爺《ぢい》さんにはちやんと技藝《ぎげい》以外《いぐわい》の別種《べつしゆ》な解釋《かいしやく》がついてゐるのでした。で

すから、優《すぐ》れた技藝《ぎげい》と云《い》ふ事《こと》ばかりを理想《りさう》にして、今日《こんにち》まで芝居《しばゐ》の上《うへ》に闘《たゝか》ひつゞけて來《き》た師匠《ししやう》が、娘《むすめ》の小藤《こふぢ》にも其《そ》れを強《し》ひやうとしてるのを見《み》ても、お爺《ぢい》さんには一切《いつさい》其《そ》れが無意味《むいみ》な事《こと》にしきや思《おも》はれませんでした。二人《ふたり》はよく小藤《こふぢ》を中心《ちゆうしん》にしてこんな事《こと》で爭《あらそ》ふのでした。

「そないな事《こと》はありしまへん。年《とし》は若《わか》うても藝《げい》の下《さが》つたものは一向《いつかう》見《み》れしまへんでなも。」

おかみさんの斯《か》う云《い》つてる言葉《ことば》がお爺《ぢい》さんには氣《き》に入《い》りませんでした。それで好《い》い加減《かげん》に切《き》り上《あ》げて離《はな》れの方《はう》へ歸《かへ》らうとすると、おかみさんは男衆《をとこしゆ》の銀公《ぎんこう》の事《こと》をちよいと話《はな》しました。それは銀公《ぎんこう》が東京《とうきやう》へ殘《のこ》してきた貰《もら》ひ立《た》ての女房《にようばう》の事《こと》を、朝《あさ》から晩《ばん》まで云《い》ひ續《つゞ》けてると云《い》ふ事《こと》なのでした。傍目《わきめ》には正《しやう》氣《き》とは思《おも》はれない樣《やう》に、時々《ときどき》涙《なみだ》をこぼしながら話《はな》したりして宿《やど》の女中《ぢよちゆう》たちに調戯《からか》はれてると云《い》ふ事《こと》なのでした。年《とし》は若《わか》し、ひよつとして東京《とうきやう》へ逃《に》げてゞも歸《かへ》る樣《やう》な事《こと》があつてはいけないからとおかみさんは其《そ》れをお爺《ぢい》さんに注意《ちうゐ》しました。銀公《ぎんこう》は母家《おもや》の二階《かい》に一人《ひとり》で寢泊《ねどま》りをしてゐるのでした。

「へえ。然《そ》うかい。」

お爺《ぢい》さんは恐《おそろ》しく眞面目《まじめ》な顔《かほ》をして聞《き》いてました。そうして又《また》着物《きもの》の下前《したんまへ》を引摺《ひきず》りながら離《はな》れの方《はう》へ歸《かへ》つて來《き》ました。

師匠《ししやう》は懐手《ふところで》をして矢《や》つ張《ぱ》り火鉢《ひばち》の前《まへ》に座《すわ》つてゐました。師匠《ししやう》は地方《ちはう》の興行《こうぎやう》に出《で》ても、其《そ》の樂屋《がくや》と宿《やど》の住居《すまゐ》の外《ほか》は窓《まど》から往來《わうらい》を見《み》る事《こと》さへしない人《ひと》でした。そうして、唯《たゞ》ぢつとして物《もの》も云《い》はずに考《かんが》へ深《ふか》い顔付《かほつき》をしてゐるのでした。地方《ちはう》へ出《で》れば、師匠《ししやう》はその弟子《でし》たちにもぷつりと小言《こごと》を云《い》はなくなつて了《しま》ふので、弟子《でし》たちは其《そ》れを嬉《うれ》しがつてゐました。

「みんなは何所《どこ》へ行《い》つたい。」

お爺《ぢい》さんは彼方此方《あちこち》と見廻《みまは》しながら師匠《ししやう》に聞《き》きました。衣《い》桁《かう》の傍《そば》には小藤《こふぢ》の赤《あか》い帶上《おびあ》げが、いろ〳〵な衣類《いるゐ》の取《と》り散《ち》らしてある中《なか》で目《め》に付《つ》きました。

「お湯《ゆ》ですよ。」

それを聞《き》くとお爺《ぢい》さんは直《す》ぐに又下《またした》へ下《お》りました。庭《には》の青《あを》葉《ば》が夕暮《ゆふぐ》れのどす黑《ぐろ》い色《いろ》の中《なか》にちいんと沈《しづ》んでゐます。宿《やど》の女《ぢよ》中《ちう》がその青葉《あをば》の蔭《かげ》から出《で》て來《き》て、池《いけ》の向《むか》ふの燈籠《とうろう》に灯《ひ》を入《い》れてるのでした。

「お峯《みね》さん。水《みづ》を少《すこ》し。」

湯殿《ゆどの》の方《はう》から手《て》を叩《たゝ》きながら斯《か》う云《い》つてる華江《はなえ》の聲《こゑ》がしました。其《そ》れを聞《き》いた女中《ぢよちゆう》は其所《そこ》から小橋《こはし》を渡《わた》つて風呂場《ふろば》の方《はう》へ下《お》りてゆきました。お爺《ぢい》さんは其《そ》の後《あと》を見送《みおく》りながらそろ々々と自分《じぶん》も風呂場《ふろば》の方《はう》へ歩《ある》いてゆきました。

金輪《きんわ》を二《ふ》たつにしたやうな細《ほそ》い三日月《みかづき》が車井戸《くるまゐど》の家根《やね》の庇《ひさし》に引《ひ》つかゝつてゐます。蛙《かはづ》がけろゝゝけろゝゝと鳴《な》いてゐる邊《あた》りは、盛《さか》り過《す》ぎた山吹《やまぶき》が萎《な》えた右近《うこん》の布《き》れを見《み》るやうに白《しろ》つぽく褪《さ》めて枝垂《しだ》れてゐるのでした。風呂場《ふろば》へ近《ちか》づいて行《ゆ》くと、

「その臺詞《せりふ》を、一遍《いつぺん》お師匠《ししやう》さんの前《まへ》で云《い》つてお見《み》。」

と云《い》つてる華江《はなえ》の聲《こゑ》がしてゐました。湯《ゆ》をつかふぴしやりと云《い》ふ響《ひゞ》きや、湯《ゆ》を流《なが》すざああと云ふ音《おと》なとが硝子戸《がらすど》の仕切《しき》りの間《あひだ》から聞《き》こえてゐます。お爺《ぢい》さんはその硝子戸《がらすど》の外《そと》から何か戯談《じやうだん》を云《い》い合《あ》ひながら覗《のぞ》いてゐる銀公《ぎんこう》の姿《すがた》を見付《みつ》けました。


「そんな所《ところ》に立《た》つてるもんぢやねへ。おい。」

お爺《ぢい》さんは銀公《ぎんこう》の傍《そば》へ行くと、獸《けもの》でも追《お》ひ出《だ》すやうに片足《かたあし》をとんと音《おと》をさせて銀公《ぎんこう》を見《み》ました。銀公《ぎんこう》は其《そ》れを聞《き》くと此方《こつち》を向きましたが、狼狽《あわて》てお辭儀《じぎ》をして頭《あたま》を掻《か》きながら引《ひ》つ返《かへ》してゆきました。お爺《ぢい》さんは、湯殿《ゆどの》の中《なか》にゐる若《わか》いものたちを毆《なぐ》り付《つ》けてやり度《た》い樣《やう》な氣《き》がしながら硝子戸《がらすど》を開《あ》けると、湯上《ゆあが》りを着《き》て手拭《てぬぐひ》を下《さ》げた小藤《こふぢ》が丁度《ちやうど》外《そと》へ出《で》やうとするところでした。


「おい。お前《まへ》たち。あんなものを相手《あひて》にしちやいけないよ、圖《づ》に乘《の》つて何《なに》をするか知《し》れやしねえ。あれは馬鹿《ばか》なんだから。いゝかい。おい。」

「何《なに》を云《い》つてるの。銀《ぎん》さんは端書《はがき》をもう一枚《まい》書《か》いてくれつて華江《はなえ》さんのところに賴《たの》みに來《き》たんぢやありませんか。」

「それなら宜《い》いがね。今聞《いまき》いて來《き》たことがあるから然《そ》う云《い》んだ。小屋《こや》の歸《けへ》りなんぞも一所《いつしよ》に來《き》たりしちや可《い》けないよ。いゝかい。」

お爺《ぢい》さんは斯《か》う云《い》つてから、小藤《こふぢ》の頰《ほゝ》のところに急《いそ》いでちよいと唇《くちびる》を當《あ》てました。そうして何《なに》か云《い》はうとして其《そ》の肩《かた》を叩《たゝ》くと、

「まあ。いけない人《ひと》だよ。」

小藤《こふぢ》は斯《か》う云《い》つて又湯殿《またゆどの》の中《なか》へ入《はい》つて了《しま》ひました。「おい。」斯《か》う呼《よ》んでも小藤《こふぢ》は中々《なか〳〵》出《で》てこないので、お爺《ぢい》さんはその儘《まゝ》離《はな》れの方《はう》へ引《ひ》つ返《かへ》して來《き》ました。お爺《ぢい》さんはあたゝかい湯氣《ゆげ》の匂《にほ》ひが纏繞《まつは》つてゐる舌《した》の先《さき》を、味《あぢ》はふ樣《やう》に唇《くちびる》の上《うへ》へ出《だ》したり引《ひ》つ込《こ》めたりしながら、靑葉《あをば》の爽《さう》やかな夕暮《ゆうぐ》れの空氣《くうき》の中《なか》に、自分《じぶん》の熱《あつ》ひ思《おも》ひが快《こゝろよ》く徹《し》み込《こ》んでゆく樣《やう》な心持《こゝろもち》に若々《わか〳〵》しく醉《よ》ひながら、座敷《ざしき》へ上《あが》つて行《ゆ》きました。

座敷《ざしき》には電氣《でんき》が點《つ》いてゐました。師匠《ししやう》はぽつねんと火鉢《ひばち》の傍《そば》に座《すは》つたぎりで影《かげ》も動《うご》かさずにゐるのでした。お爺《ぢい》さんは少時《しばらく》その側《そば》に座《すは》つて何《なに》か考《かんが》へてゐましたが、ふと蒸々《むし〳〵》する部屋《へや》の中《なか》で、足袋《たび》の裏《うら》の匂《にほ》いがお爺《ぢい》さんの鼻《はな》について來《き》ました。

お爺《ぢい》さんは、

「もうこんな陽氣《やうき》になつたかな。」

と云《い》ひながら、自分《じぶん》の足袋《たび》をぐん〳〵と脫《ぬ》いで素足《すあし》になりました。そうして師匠《ししやう》の橫《よこ》へ手枕《てまくら》で寢轉《ねころ》びました。師匠《ししやう》は自分《じぶん》の膝《ひざ》の前《さき》へ投《な》げ出《だ》したお爺《ぢい》さんの兩足《りやうあし》を眺《なが》めてゐましたが、やがて不思議《ふしぎ》なものでも見付《みつ》けたやうに、珍《めづ》らしそうに其《そ》の親指《おやゆび》の先《さき》を摘《つま》んだり、振《ふ》り動《うご》かしたりして見《み》てゐました。


（をはり）

綠の朝

田村俊子

煙《けぶ》つてる林《はやし》の中《なか》に、朝日《あさひ》の光線《くわうせん》が布幅《ぬのはゞ》ほどの縞《しま》になつて斜《はす》に光《ひか》りを刷《は》いてゐます。何所《どこ》か林《はやし》の一角《かく》に強《つよ》く、突《つ》き當《あた》つてる日光《につくわう》がそこから林《はやし》の全體《ぜんたい》を斜《はす》にぼかしてゐるのです。林《はやし》の中《なか》の土《つち》の濕氣《しつけ》がその微《かすか》な光線《くわうせん》に干《ほ》されて、ゆるやかに息《いき》を吐《つ》くやうに乾《かわ》いてゆく蒸發《じようはつ》の生溫《なまぬる》い感《かん》じが、草履《ざうり》で歩《ある》いてる友子《いうこ》の足《あし》のまはりにほの〴〵と纏繞《まつは》つてゐるのです。つひこの間《あひだ》まで、まだ幹《みき》の中《なか》からお乳《ちゝ》を吸《す》つてゝもゐる樣《やう》にぴつたりと小枝《こえだ》に引《ひ》つ着《つ》いて、自分《じぶん》を可愛《かあい》がつてくれる日光《につくはう》の中《うち》に物《もの》なつかしくそよ〳〵と戰《おのゝ》えてゐたこまかい軟《やは》らかな綠色《りよくしよく》の若葉《わかば》が、いつの間《ま》にかすつかり大《おほ》きく黑《くろ》ずんでしまつてどれもどれも恐《おそろ》しく尖《と》げ〳〵した鬼葉《おには》になつてゐます。さうして重《かさ》なり合《あ》ひ茂《しげ》り合《あ》つてこんもりと外廓《ぐわいくわく》を形《かたち》づくつた其《そ》の繁《しげ》みの底《そこ》を、鬼葉《おには》はさも自分《じぶん》の魂《たましひ》のおきどころと云《い》ふ樣《やう》に暗《くら》い影《かげ》をいつぱいに繝蔓《はび》こらして、外氣《ぐわいき》の侵入《しんにふ》を狷介《けんかい》に防《ふせ》いでるやうな恰好《かつかう》をしてゐるのです。其《そ》の暗《くら》い鬼葉《おには》の魂《たましひ》の在《あ》り家《か》まで日光《につくわう》は葉《は》の繁《しげ》み〳〵をぢり〳〵と傳《つた》はつて柔《やは》らかく明《あか》るい光線《くわうせん》を射《さ》し込《こ》んでゐます。

友子《いうこ》のこはれかけてる頭髪《かみ》の上《うへ》にも、そこから辷《すべ》り落《お》ちたやうな薄《うす》い光線《くわうせん》が漂《たゞよ》つてゐました。友子《いうこ》は歩《ある》きながら時々《とき〴〵》、紫《むらさき》いろをした絹糸《きぬいと》のやうな靜脈《せいみやく》が指《ゆび》のふし〴〵にはつきりと枝形《えだがた》に現《あら》はれてゐる自分《じぶん》の掌《てのひら》を・その淡々《あは〳〵》しい日光《につくわう》に透《とほ》してはぢつと眺《なが》めました。柔《やは》らかな手《て》は氷《こほり》のやうに冷《つめ》たく、赤味《あかみ》のない爪際《つめぎは》のあたりから指先《ゆびさき》が微《かすか》にわな〳〵と戰《おのゝ》えてゐるのです。

斯《か》うして歩《ある》いてゐれば、自分《じぶん》の身體《からだ》に病氣《びやうき》のあると云《い》ふ樣《やう》な心持《こゝろもち》は少《すこ》しもしないのでした。時々《とき〴〵》烈《はげ》しく何《なに》かゞ打《ぶ》つ衝《つ》かつてくる樣《やう》にひどく息《いき》が彈《はつ》んで立竦《たちすく》む事《こと》もありますけれども、其《そ》の動悸《どうき》も直《ぢ》きに靜《しづ》まつて、水《みづ》の中《なか》に浸《ひた》つてる樣《やう》な冷々《ひや〳〵》した氣分《きぶん》に復《かへ》り、さうして日光《につくわう》を受《う》けてる身體《からだ》の一部分《ぶぶん》から健《けん》康《かう》な新《あたら》しい血《ち》がしみ〴〵と盛り上《あ》がつてくる樣《やう》な心丈夫《こゝろぢやうぶ》な氣分《きぶん》にもなるのでした。友子《いうこ》は冷氣《れいき》に痲《ま》痺《ひ》してるやうな白《しろ》い手先《てさき》をわざと高《たか》く上《あ》げて、注射《ちうしや》の藥《くすり》を受《う》ける樣《やう》にいつまでも溫《あたゝか》い光線《くわうせん》に曝《さら》したりしました。さうして自分《じぶん》の袖口《そでくち》からこぼれ落《お》ちる襦袢《じゆばん》の赤《あか》い色《いろ》を見《み》てゐると、久《ひさ》し振《ぶ》りで自分《じぶん》の媚《なまめ》いた情緒《じやうしよ》に甘《あま》へ度《た》いやうなしなだれた思《おも》ひが、この頃《ごろ》の鬱《うつ》しきつた友子《いうこ》の胸《むね》に花《はな》のやうに幽《かすか》に開《ひら》いてくるのでした。

水《みづ》を切《き》つてゆく水《みづ》すましの樣《やう》に、小鳥《ことり》が翼《つばさ》も動《うご》かさずにすい〳〵と林《はやし》の中《なか》を叉《しや》に組《く》んで飛《と》び違《ちが》つてゐます。ぢようい〳〵と鳴《な》いてる小鳥《ことり》もあれば、きりきりきいと鳴《な》く小鳥《ことり》もゐて、林《はやし》の中《なか》の和《やは》らいだ空氣《くうき》は滲《し》み徹《とほ》る小鳥《ことり》の聲《こゑ》にしばらくは靜《しづか》に戰《をのゝ》えてゐるのでした。

友子《いうこ》は林《はやし》の中《なか》の草《くさ》の匂《にほ》ひを嗅《か》ぐ快《こゝろよ》さに浸《した》りながら、とき〴〵眠《ねむ》りに落《お》ちて行《ゆ》くやうに恍惚《くわうこつ》となりました。さうしてこのひろい世界《せかい》のうちで、自分《じぶん》を戀《こ》ひ慕《し》つてくれるたつた一人《ひとり》のTの優《やさ》しい瞳子《ひとみ》が、この林《はやし》の中《なか》の何所《どこ》かに潛《ひそ》みかくれてゐる樣《やう》な空想《くうさう》が、友子《いうこ》の心《こゝろ》を甘《あま》く引《ひ》き緊《し》めたりしました。友子《いうこ》は今朝《けさ》の自分《じぶん》の情思《こゝろ》がまばゆい樣《やう》な憧《あこが》れの光《ひか》りの中《うち》にすつくりと漂《たゞよ》つてゐるのが嬉《うれ》しくてなりませんでした。病氣《びやうき》になつてから此方《こつち》、今日《けふ》の樣《やう》に友子《いうこ》の心《こゝろ》が限《かぎ》りない歡《よろこ》びに小波立《さゞなみだ》つてる事《こと》はないのでした。これならばTに病氣《びやうき》の事《こと》を知《し》らさない內《うち》に舊《もと》の健康《けんかう》な身體《からだ》に復《かへ》る事《こと》ができるかも知《し》れないと思《おも》ふと友子《いうこ》は、何《なん》となく霜げてゐた感情《かんじやう》が華《はな》やかに解《ほぐ》れてくる樣《やう》な心持《こゝろもち》になつて、自分《じぶん》の幸福《かうふく》を再《ふたゝ》び何所《どこ》からか取《と》り返《かへ》した樣《やう》な嬉《うれ》しさにその胸《むね》を躍《をど》らせました。

友子《いうこ》はもう十日《か》近《ぢか》くTに見出《みいだ》されない所《ところ》にその藥瓶《くすりびん》が隱《かく》してあるのでした。

『今《いま》の內《うち》に注射《ちうしや》をしさへすれば宜《い》いのです。』

友子《ともこ》はふと風邪《かぜ》を冒《ひ》いた時《とき》に診察《しんさつ》を受《う》けた醫師《いし》から、明《あか》らさまに斯《か》う云《い》ふ忠言《ちうげん》を聞《き》いたのでした。

『およそ萬人《まんにん》が萬人肺《まんにんはい》の氣《け》のない人《ひと》はないと云《い》つて宜《い》い位《くらゐ》でせう。我々でさへ其《そ》の病氣《びやうき》が無《な》いとは云《い》へないのですから。だから少《すこ》しも氣《き》にする事《こと》はない。今《いま》の内《うち》に注射《ちうしや》をなさい。然《さ》うすればあなたの身《から》體《だ》はもつと健康《けんかう》になりますよ。今打《いまう》つ捨《ちや》つておくと大變《たいへん》な事《こと》になりますよ。』

醫師《いし》は親切《しんせつ》に斯《か》う云《い》つて勸《すゝ》めたのでした。友子《いうこ》はそれを聞《き》いた時《とき》に　醫師《いし》は誰《だれ》の身體《からだ》の事《こと》に就《つ》いて云《い》つてるのだらうかと云《い》ふ樣《やう》なことを感《かん》じたのでした。さうして醫師《いし》の云《い》つた事《こと》を信《しん》じる氣《き》にはなれませんでした。けれども醫師《いし》の家《いへ》を出《で》てから、日《ひ》の照《て》る青葉《あをは》の岡《をか》を通《かよ》つてくる時《とき》に初《はじ》めて何《なん》とも云《い》へぬ戰慄《せんりつ》を友子《いうこ》は感《かん》じたのでした。さうして其《そ》の青《あを》い色《いろ》に射《い》られて昏倒《こんたう》しさうになつた友子《いうこ》は、ふときら〳〵した日光《につくわう》の中《なか》で眞《ま》つ蒼《さを》な自分《じぶん》の顔《かほ》がくる〳〵と廻轉《くわいてん》してる幻影《まぼろし》を見《み》たのでした。その日《ひ》から友《いう》子《こ》は殊《こと》に發熱《はつねつ》して二三日床《にちとこ》に就《つ》きました。けれども友子《いうこ》は醫師《いし》が注射《ちうしや》をせよと云《い》つた事《こと》はTに告《つ》げませんでした。

この二人《ふたり》が漸《やう》くの思《おも》ひで斯《か》うした夢《ゆめ》のやうな生活《せいくわつ》を營《いとな》むやうになつてから、まだ一《ひ》と月《つき》とは經《た》たないのでした。二人《ふたり》の胸《むね》には、二人《ふたり》の周圍《しうゐ》を破壞《はくわい》した當時《たうじ》の心《こゝろ》の魘《おび》えがまだ全《まつた》くは止《や》まずにゐるのでした。二人《ふたり》が此所《こゝ》に隱《かく》れてから却《かへ》つてお互《たがひ》の愛《あい》と愛《あい》を絡《から》み合《あ》はさせる事《こと》さへ忘《わす》れる事《こと》があるほどに、二《ふた》人《り》の心《こゝろ》はまだほんとうに着落《おちつ》かないでゐるのでした。殊《ここ》にTは自身《じしん》で打破《うちやぶ》つて來《き》た自身《じしん》の周圍《しうゐ》の人々《ひと〴〵》の覊絆《きづな》の爲《ため》に、物《もの》を思《おも》ひ勝《が》ちに暮《くら》してゐるのでした。こゝへ隱《かく》れてからTも友子《いうこ》もめつきりと窶《やつ》れたのでした。友子《いうこ》は其《そ》のTの淋《さび》しい顔《かほ》を見《み》る度《たび》に、自分《じぶん》の肉《にく》が痳痺《しび》れるまでも、もつと二人《ふたり》の氣分《きぶん》を健《すこや》かに華《はな》やかにして今《いま》の生活《せいくわつ》を色強《いろつよ》く塗《ね》り果《おほ》せなければならないと云《い》ふ氣《き》がするのでした。この花《はな》の散《ち》り際《ぎは》のやうな痛々《いたく》しい哀《あは》れな二人《ふたり》の生活《せいくわつ》の中《なか》にゐて、自分《じぶん》の身體《からだ》に思《おも》ひがけない病氣《びやうき》の兆《きざ》したと云《い》ふ事《こと》などはTに打明《うちあけ》られるものではありませんでした。

友子《いうこ》は隱《かく》せるだけこの病氣《びやうき》の兆候《てうこう》をTに知《し》られてはならないと思《おも》ひました。一日延《にちの》びにでも、二人《ふたり》のこの生活《せいくわつ》の上《うへ》には凶《まがつ》の影《かげ》などは射《さ》さうともしない幸福《かうふく》と云《い》ふ幸福《かうふく》をTに味《あぢは》はせてやらなければならないと思《おも》ひました。當分《たうぶん》は動《うご》いてはいけないと云《い》ふ醫師《いし》の言葉《ことば》も思《おも》はずに、友子《いうこ》は疲《つか》れて昏倒《こんたう》しさうな時《とき》になつても、自分自身《じぶんじしん》の肉《にく》の誘惑《いうわく》にそゝられてる樣《やう》な燃《も》えた眼《め》でTの顏《かほ》を見詰《みつ》める事《こと》を忘《わす》れないのでした。

友子《いうこ》の晴《は》れやかな氣分《きぶん》は、家《うち》へ歸《かへ》つてからTにいろ〳〵と甘《あま》えやうとする想像《さうぞう》を、技巧的《ぎかうてき》にその胸《むね》に繰《く》り返《かへ》させてゐました。自分《じぶん》の顏色《かほいろ》をTに見守《みまも》られて、この儘《まゝ》動悸《どうき》の爲《ため》に命《いのち》が果《は》てるのではないかと思《おも》ふほどに恐《おそろ》しい思《おも》ひをするやうな心配《しんぱい》も、身體《からだ》が健康《けんかう》にさへなれば消《き》える事《こと》なのでした。友子《いうこ》はこの頃《ごろ》になく、放恣《はうし》な血《ち》が身體《からだ》の何所《どこ》かの一部《ぶ》を中心《ちうしん》にして流《なが》れ徹《し》みてゆく樣《やう》な快《こゝろよ》さに、その全身《ぜんしん》の肉《にく》を揺《ゆす》ぶられてゐました。毒《どく》を含《ふく》んだ夢《ゆめ》の魔《ま》に其《そ》の熱《ねつ》ばんだ肌《はだへ》を嚙《か》み苛《さいな》まれてゆく樣《やう》な心地惡《こゝちわる》さ——然《さ》うした自分《じぶん》の感觸《かんしよく》の爲《ため》に男《をとこ》の機嫌《きげん》をわるくした事《こと》などを友子《いうこ》は繰《く》り返《かへ》して、今朝《けさ》ののび〳〵した元《げん》氣《き》さが殊《こと》に嬉《うれ》しくつてならないのでした。

『Tはもう起《お》きたに違《ちが》ひない。』——

友子《いうこ》は昨日《きのふ》の朝《あさ》の事《こと》を考《かんが》へながら歩《ある》いてゐました。

昨日《きのふ》の朝《あさ》も友子《いうこ》は早《はや》くこの林《はやし》の中《なか》に一人《ひとり》で散歩《さんぽ》に來《き》たのでした。今日《けふ》とは變《かは》つて頭《あたま》の重い心《こゝろ》の陰潤《いんじゆん》したいやうな氣分《きぶん》の朝《あさ》でした。さうして餘《あんま》りな心淋《こゝろさび》しさと急《きふ》に人《ひと》なつこくなつた自分《じぶん》の情緒《じやうちよ》とに友子《いうこ》は自分《じぶん》で涙含《なみだぐ》みながら、Tの傍《そば》に急《いそ》いで歸《かへ》つて行《い》つたのでした。庭《には》から入《はひ》つて行《ゆ》くと、Tは丁度《ちやうど》虞美人草《ぐびじんさう》の鉢《はち》の前《まへ》に蹲踞《しやが》んで頬杖《ほゝづゑ》を突《つ》いてゐました。今《いま》まで鍬《くは》でも弄《いぢ》つてゐたと見《み》えて其《そ》の手《て》の先《さき》が泥《どろ》に塗《ま》みれてゐるのでした。友子《いうこ》は傍《そば》へ行《い》くと其《そ》の肩《かた》に柔《やは》らかく手《て》をかけました。

『何時《いつ》お起《おき》になつたの。』

『さつき。』

Tは然《さ》う云《い》つた儘《まゝ》で顔《かほ》を上《あ》げませんでした。

『綺麗《きれい》な色《いろ》ね、今朝《けさ》はたいへんこの色《いろ》で綺麗《きれい》だわ。

友子《いうこ》は然《さ》う云《い》つてTの傍《そば》に自分《じぶん》も蹲踞《しやが》んで見《み》たのでした。虞美人草《ぐびじんさう》の赤《あか》い花《はな》の色《いろ》が不思議《ふしぎ》な魅力《みりよく》を持つて友子《いうこ》の眼《め》に染《し》みました。青葉《あをは》の色《いろ》が小《ちひ》さい庭《には》にいつぱいに反射《はんしや》してゐるので、虞美人草《ぐびじんさう》はまるで緑《みどり》のいろの中《なか》に赤《あか》い夢《ゆめ》の輪廓《りんくわく》をぼかし込《こ》んでるやうな、うつとりした靜《しづか》な姿《すがた》をしてゐるのでした。

友子《いうこ》は其《そ》れをぢつと見詰《みつ》めてゐるうちに急《きふ》に瞼《まぶた》の内《うち》が暗《くら》くなつてくら〳〵としました。友子《いうこ》は思《おも》はずTの肩《かた》のところに額《ひたひ》を押付《おしつ》けて片手《かたて》で眼《め》のところを掩《かほ》ひました。が、Tは其《そ》れに氣《き》が付かなかつたと見《み》えて、先刻《さつき》のまゝの恰好《かつかう》をして、美人草《びじんさう》の花《はな》を見詰《みつ》めながら何《なに》か考《かんが》へてゐるのでした。健康《けんかう》なTの身體《からだ》の生氣《せいき》が、友子《いうこ》の呼吸《こきふ》を壓迫《あつはく》するほどに近《ちか》くしみ〴〵と感《かん》じられました。磐石《はんじやく》のやうな其《そ》の身體《からだ》に寄《よ》りかゝつてゐる友子《いうこ》は云《い》ひ現《あら》はしやうのない心强《こゝろづよ》さに打《う》たれて、その儘《まゝ》Tの懷中《ふところ》のなかに自分《じぶん》の魂《たましひ》が溶《と》け込《こ》んでゝも行《ゆ》くやうな甘《あま》えた心持《こゝろもち》になりながら、友子《いうこ》はいつまでもTの横顏《よこがほ》を眺《なが》めてゐました。さうして、

『何《なに》を考《かんが》へてゐらつしやるの。』

と友子《いうこ》が聞《き》いた時《とき》に、Tは初《はじ》めて、友子《いうこ》の身體《からだ》を震《ふる》ひおとすやうにして立上《たちあが》りました。さうして右手《みぎて》の木戸口《きどぐち》の方《はう》まで歩《ある》いて行《ゆ》くと、其所《そこ》に一本《ほん》ひよろりと生《は》えてる檜葉《ひば》の木《き》の前《まへ》に立《た》つて、Tはぢつと一とつところを見詰《みつ》めてゐるのでした。

『來《き》てごらん。』

Tは斯《か》う云《い》つて友子《いうこ》を呼《よ》びました。友子《いうこ》が其《そ》の傍《そば》に並《なら》ぶと、Tは檜葉《ひは》の陰《かげ》に巣《す》を造《つく》り初《はじ》めてる蜂《はち》の方《はう》を指《ゆびさ》して友子《いうこ》に見《み》せました。さうして其《そ》の手《て》で友子《いうこ》の片手《かたて》を握《にぎ》りながら、Tは緣《えん》のところまで友子《いうこ》を連《つ》れてゆきました。Tは其所《そこ》に友子《いうこ》をかけさせてから友子《いうこ》の顏《かほ》をぢつと見詰《みつ》めました。

『何《ど》うしたんでせう。』

友子《いうこ》は斯《か》う云《い》つてわざと笑《わら》つて見《み》ましたが、胸《むね》の動悸《どうき》が自分《じぶん》の顔《かほ》の筋肉《きんにく》を痙攣《けいれん》させてるのが自分《じぶん》にも分《わか》るのでした。それは自分《じぶん》の病氣《びやうき》を悟《さと》られたのではないかと思《おも》つたからでした。Tの眼《め》は霑《うる》んで、薄手《うすで》な其《そ》の皮膚《ひふ》は逆上《ぎやくじやう》してるやうに血色《けつしよく》が漲《みなぎ》つてゐました。

『お前《まへ》に云《い》ひ度《た》いことがあるんだけれ共《ども》、なんだか當《あ》てゝごらん。』

しばらくして斯《か》う云《い》つたTの顔《かほ》には、何所《どこ》か物《もの》を撓《た》めてるやうな表情《へうじやう》が見《み》えました。

『北海道《ほくかいだう》のこと？』

Tは頭《つむり》を振《ふ》りました。北海道《ほくかいだう》にTの友達《ともだち》が行《い》つてるのでした。其《そ》の友達《ともだち》を頼《たよ》つて二人《ふたり》の生計《せいけい》の途《みち》を立《た》てやうと云《い》ふ相談《さうだん》があつたので、友子《いうこ》は其《そ》の事《こと》かとも思《おも》つたのでした。

Tはそれぎりて遂々《とう〳〵》其《そ》の事《こと》は云《い》ひ出《だ》しませんでした。——

友子《いうこ》は昨日《きのふ》の朝《あさ》の事《こと》を思《おも》ひながら、今朝《けさ》も庭《には》の方《はう》から靜《しづか》に入《はひ》つて行《ゆ》きました。風《かぜ》が出《で》て、彼方《むかう》の丘《をか》の林《はやし》はざわ〳〵と波《なみ》が砂《すな》を嚙《か》むやうな音《おと》を立《た》てゝゐました。虞美人草《ぐびじんさう》の花《はな》は昨日《きのふ》と同《おな》じ場所《ばしよ》に花瓣《くわべん》を垂《た》れて乾《かわ》いた色《いろ》をしてゐるのでした。Tは今朝《けさ》は庭《には》にはゐませんでした。友子《いうこ》は緣《えん》から上《あが》つて座敷《ざしき》の内《うち》を覗《のぞ》いて見《み》ました。座敷《ざしき》の内《うち》は綺麗《きれい》に片付《かたづ》いてゐて其所《そこ》にもTの姿《すがた》は見《み》えませんでした。今《いま》までTが吸《す》つてゐたと見《み》えて煙草《たはこ》の燻《けむ》りの匂《にほ》ひが、朝日《あさひ》の空寂《くうじやく》と射《さ》し込《こ》んでゐる低《ひく》い軒《のき》のあたりに懐《なつか》しく漂《たゞよ》つてゐました。友子《いうこ》は帽子《ばうし》も外套《ぐわいたう》も取《と》り去《さ》られた掛釘《かけくぎ》の上《うへ》を見《み》つめてゐるうちに、ひやりとした戰慄《せんりつ》がその全身《ぜんしん》を傳《つた》はつたのでした。友子《いうこ》は母屋《おもや》へ行《い》つて宿《やど》の女房《にようばう》にTの行先《ゆくさき》をたづねましたが、誰《だれ》も知《し》りませんでした。

友子《いうこ》はもう一度《ど》丘《をか》の林《はやし》の方《はう》へ行《い》つて見《み》やうと思《おも》ひました。朝早《あさはや》くTの床《とこ》を離《はな》れない内《うち》に林《はやし》の方《はう》へ友子《いうこ》が一人《ひとり》して遊《あそ》びに行《ゆ》く事《こと》を知《し》つてゐるTは、今朝《けさ》は林《はなし》の中《なか》へ自分《じぶん》を迎《むか》ひに行《ゆ》つたのかも知《し》れないと思《おも》つたからでした。友子《いうこ》は緣《えん》から庭《には》に下《お》りました。さうして草履《ざうり》を穿《は》いて宿《やど》の裏手《うらて》の坂《さか》を下《くだ》つてゆきました。

林《はやし》の中《なか》は、物《もの》の燃《も》え盡《つく》したあとのやうにからつとして、木《こ》の葉《は》の一《ひと》つ〳〵がこま〴〵と金色《きんいろ》に縮《ちゞ》れを作《つく》つてゐるのでした。さうして風《かぜ》の吹《ふ》く度《たび》に木《こ》の葉《は》は金箔《きんぱく》を散《ち》らすやうにざわ〳〵と搖《ゆ》れてはその色《いろ》を碎《くだ》いてゐました。Tの姿《すがた》は其所《そこ》にも見《み》えませんでした。力《ちから》の萎《な》えきつた動悸《どうき》ばかり高《たか》い自分《じぶん》の身體《からだ》を、友子《いうこ》は握《にぎ》りしめた兩方《りやうはう》の拳《こぶし》の先《さ》きで支《さゝ》へてゞもゐる樣《やう》な心持《こゝろもち》で、彼方此方《あちこち》とTの姿《すがた》を探《さが》し求《もと》めながら、再《ふたゝ》び宿《やど》の方《はう》へ引《ひ》つ返《かへ》して來《き》たのでした。

此所《こゝ》へ二人《ふたり》が隱《かく》れてから、Tは決《けつ》して晝《ひる》の間《ま》に外《そと》へ出《で》たことがないのでした。それが今朝《けさ》に限《かぎ》つて唯一人《たゞひとり》で何所《どこ》かへ出《で》たと云《い》ふことが、何《なに》か二人《ふたり》の間《あひだ》に恐《おそろ》しい事實《じじつ》をもたらす其《そ》の前兆《ぜんてう》でゞもあるやうに思《おも》はれて友子《いうこ》の心《こゝろ》は安《やす》まらないのでした。

「Tは歸《かへ》つたのかも知《し》れない。」

友子《いうこ》の惑亂《わくらん》してる心《こゝろ》の上《うへ》を一層色《そういろ》を濃《こ》くして隈取《くまど》つてゐるのはこの疑《うたが》ひでした。Tは一旦捨《たんす》てた妻《さい》子《し》のところへ歸《かへ》つたのかもしれない。――

友子《いうこ》の胸《むね》には烈《はげ》しい嫉妬《しつと》が燃《も》え立《た》つたのでした。

友子《いうこ》は手當《てあた》り次第《しだい》にTの持物《もちもの》を調《しら》べて見《み》ました。何一《なにひと》とつ失《うしな》はれたものもなく、又友子《またいうこ》の考《かんが》へたやうな東京《とうきやう》からの消息《せうそく》らしいものも見付《みつ》かりませんでした。けれ共友子《どもいうこ》の一途《づ》のこの疑《うたが》ひは時《とき》が經《た》つにつれてだん〳〵に深《ふか》くなつてゆくのでした。Tの行《い》つた先《さ》きが東京《とうきやう》だと云《い》ふ事《こと》が、確《たしか》に動《うご》かないと云《い》ふ解決《かいけつ》が自然何所《しぜんどこ》からか付《つ》いてくる様《やう》な氣《き》がして．友子《いうこ》は居《ゐ》ても立《た》つてもゐられないほどに苛々《いら〳〵》してきました。友子《いうこ》はこの二三日《にち》の間《あひだ》のTの自分《じぶん》に對《たい》したその刹那《せつな》〳〵の心《こゝろ》の態度《たいど》から、さま〴〵な意味《いみ》を見付《みつ》けやうとして考《かんが》へましたが、其所《そこ》にはたゞ、優《やさ》しいTの瞳子《ひとみ》の光《ひか》りばかりが影《かげ》を射《さ》してゐるばかりでした。――友子《いうこ》の胸《むね》には何《ど》うし様《やう》もない悲《かな》しみがだん〳〵にひろがつて行《ゆ》きました。

「Tさん。」

口《くち》へ出《だ》して斯《か》う呼《よ》んだ時《とき》に、友子《いうこ》の眼《め》から涙《なみだ》があふれました。唯《たゞ》Tが傍《そば》にゐてゝくればいゝ。一分《ぶん》でも一秒《べう》でもTの呼吸《こきふ》の戰《おのゝ》えるところに自分《じぶん》の魂《たましひ》を埋《うづ》めておきたい。――

友子《いうこ》はもう一度其所等《どそこいら》を探《さが》さうとして緣《えん》に出《で》ました。宿《やど》の女房《にようはう》が膳《ぜん》を拵《こしら》へて母家《おもや》から入《はひ》つてきたのを友子《いうこ》は断《ことわ》つて、ふと縁《えん》の上《うへ》から垣根《かきね》の外《そと》に目《め》をやりました。その時《とき》に、Tが帽子《はうし》を手《て》に持《も》つて裏《うら》の坂道《さかみち》を垣根《かきね》に沿《そ》ふて上《あが》つてくるのが見《み》えたのでした。友子《いうこ》ははつとして其《そ》の後姿《うしろすがた》を見詰《みつ》めました。さうしてTが振返《ふりかへ》つて垣根《かきね》の外《そと》から宿《やど》の方《はう》を覗《のぞ》いて見《み》た時《とき》に、友子《いうこ》はあわてゝ縁《えん》の内側《うちがは》にその身體《からだ》を潜《ひそ》めたのでした。

　この仕返《しかへ》しに、Tに自分《じぶん》の病氣《びやうき》の事《こと》を話《はな》してやらなければならないと思《おも》つて、友子《いうこ》は隠《かく》れた其所《そこ》にいつまでも立《た》つてゐました。

妻君の見たる良人

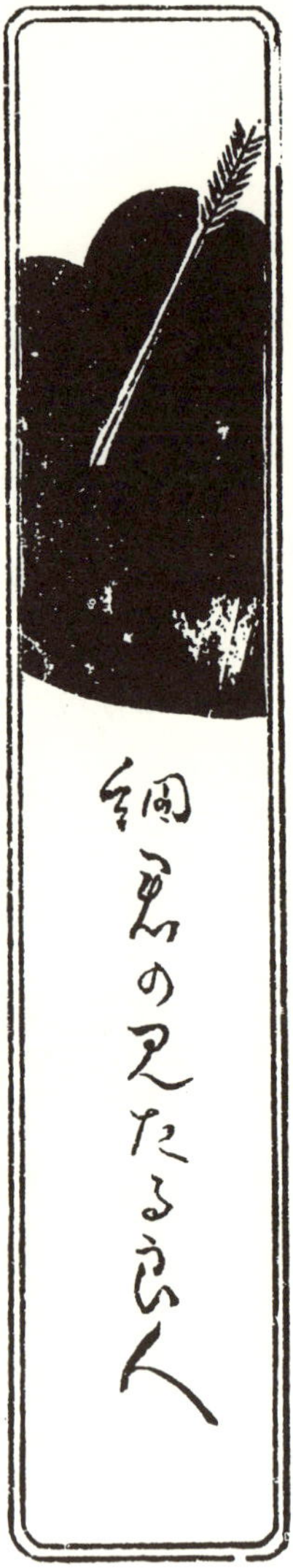

柔順な良人

松魚氏夫人　田村俊子

良人《をつと》の爲《ため》にすべてを犧牲《ぎせい》にしてかゝる女《をんな》——、何人《どんな》男《をとこ》でも恁《か》ういふ女《をんな》を妻《つま》にしたいと思《おも》ふに違《ちが》ひありません。

これが、良人《をつと》の望《のぞ》む理想《りさう》の細君《さいくん》です。細君《さいくん》の方《はう》でも、最初《さいしよ》は、この犧牲《ぎせい》になることを甘《あま》んじ、以《いつ》て良人《をつと》をして、理想《りさう》の細君《さいくん》だと歡喜《くわんき》せしめたく思《おも》ふは誰《たれ》もであらうと思《おも》ひます。

良人《をつと》の身《み》のまわりに就《つ》いては、頭《つむり》の上《さへ》から足《あし》の先《さ》きまでも始終注意《しじうちうい》を怠《おこた》らないやうにし、柔順《じうじゆん》で叮嚀《ていねい》に、それてゐて氣《き》が利《き》いて居《ゐ》、眞面目《まじめ》て居《ゐ》なければならないときには心《こゝろ》からの眞面目《まじめ》になり、良人《をつと》の笑《わら》ふときには一所《いつしよ》に笑《わら》ひ、良人《をつと》の機嫌《きげん》の惡《わる》い時《とき》には種々《いろ〳〵》骨《ほね》を折《を》つて執《と》りなして見《み》るやうにし良人《をつと》の望《のぞ》むものは、どんな困難《こんなん》なものでも調《しら》べてやるやうにし、しかも、親切《しんせつ》て、すべてに女《をんな》らしくやさしく、そして無抵抗《むていかう》で、良人《をつと》の顏色《かほいろ》を始終《しじう》よんで、良人《をつと》のわがまゝに對《たい》しては、何許《どこ》までもお坊《ぼつ》ちやん扱《あつか》ひにいたしまた權威《けんゐ》に對《たい》しては、どこまでも下手《したて》に手《て》を支《つ》いてしなやかに出《で》るやうに力《つと》める。又《また》、外《そと》で癪《しやく》に障《さは》つたり、腹《はら》の立《た》つたりする

妻君の見たる良人

ことがあつて、それが顔色《いろ》に出《い》てゝなんでもないことを、ぽん〳〵と八當《やつあたり》に當《あた》られる。さうした時《とき》には甘《あま》んじてこれを受《う》けるやうにする。一《ひと》つや二《ふ》たつ擲仆《けりたふ》されたとて、怒鳴《どな》られたとて、默《だま》つて笑《わら》つて居《ゐ》る。無理《むり》なことをいひ出《だ》されても、御無理《ごむり》御尤《ごもつと》もて承《うけたま》はつて居《ゐ》る。良人《をつと》が不眠症《ふみんしやう》で夜分《やぶん》寝《ね》られないことがあると、自分《じぶん》も、不眠症《ふみんしやう》になつて、寝《ね》られないやうな様子《やうす》をする。

これが、良人《をつと》から見《み》た理想《りさう》の細君《さいくん》でございませう。良人《をつと》としては、恁《か》ふいふ細君《さいくん》を持ちたいでありましやうし、女《をんな》としても、こんな美徳《びとく》を備《そな》へて天晴《あつぱれ》理想《りさう》の細君《さいくん》と讃《ほ》められたいのであります。が、世《よ》の中《なか》は、左様《さう》は行《ゆ》くものじやありません。

左様《さう》は行《ゆ》かないといふことを覺《さと》つたものは大悟《たいご》した者《もの》といひ得《う》るわけてす。これてこそ、世《よ》の中《なか》は圓《まる》く行《ゆ》けるものてあります。

私《わたし》の良人《をつと》は、恁《か》うした資格《しかく》の一《ひとつ》をも、私《わたし》の上《うへ》から得《う》ることが出來《でき》ません。それであつて、別《べつ》に不滿《ふまん》な顔《かほ》もいたしません。大悟《たいご》した人《ひと》でしやうか。

良人《をつと》の足袋《たび》が黑《くろ》くなつてゐ、襯衣《しやつ》が汚《よご》れても、良人《をつと》自身《じしん》からいはれるまて私《わたくし》は一向《いつかう》知《し》らずに居《ゐ》ます。上着《うはぎ》と下着《したぎ》と不揃《ふぞろひ》に着てゐても、私《わたし》はそれを目《め》に見《み》て居《ゐ》ても、知《し》らざるやうな心持《こゝろもち》になつて外《ほか》の事《こと》を考《かんが》へて居《を》ります。

それて居《ゐ》て良人《をつと》が出《で》て行《いつ》て了ひますと、「あゝ、あんな風《ふう》に着物《きもの》を着《き》て居らつしつたッけ」と今更《いまさら》のやうに氣《き》が付《つ》くのてあります。

良人《をつと》は、私《わたし》のこの我儘《わがまゝ》を能《よ》く買《か》つて呉《く》れて居《を》ります。それ故《ゆゑ》に、自然《しぜん》、私《わたし》が恁麽《こんな》ものになつたと思召《おぼしめ》しては困《こま》ります。これは、私《わたし》が持《も》つて生《うま》れた天禀《てんぴん》とやらてあらうと私《わたし》は信《しん》じて居《を》るのてございます。

良人《をつと》が細君《さいくん》を呼《よ》ぶには、細君《さいくん》の名《な》を呼《よ》ぶものて

妻君の見たる良人

す。それに、私《わたし》の良人《をつと》は、私《わたし》を傻子《たしこ》とも、お傻《とし》とも呼《よ》びません。

『オイ、君《きみ》。』

と呼《よ》んだものです。

　君《きみ》と呼《よ》ばれると、何《なん》だか變《へん》です。其《そ》の呼稱《こしやう》は親《しん》密《みつ》であるけれど、懷《なつか》しげを含《ふく》んでは響《ひゞ》いて來《き》ません、

『オイ、君《きみ》、今夜《こんや》上野《うへの》へ散歩《さんぽ》に行《ゆ》かないかね。どうだね、君《きみ》。』

　最初《さいしよ》の中《うち》は。他人扱《たにんあつかひ》をされるやうでもあるらしい感《かん》じがいたしましたが。今日《こんにち》では。それが聞《き》き慣《な》れて。さのみ何《なん》とも思《おも》はれないやうになりました。

　良人《をつと》の心持《こゝろもち》ては、夫婦間《ふうふかん》は、友達交際《ともだちづきあひ》かのやうに思《おも》つて居《ゐ》るらしいのです。尙《な》ほ深《ふか》く良人《をつと》の心《こゝろ》を忖度《そんたく》して見《み》ると、私《わたし》を恁《か》ふ忖度《そんたく》して居《ゐ》るやうであります。

——人《ひと》の妻《つま》とか、一家《いつか》の主婦《しゆふ》とか、さういふ方面《はうめん》の考《かんが》よりも自分《じぶん》の好《す》きな道《みち》に身《み》を沒頭《ぼつとう》して、其《そ》の道《みち》を切《き》り開《ひら》いて行《ゆ》きたい。若《も》しも、其《そ》の志《こゝろざし》が少《すこ》しても通《とほ》るやうな時節《じせつ》があれば、自《おのづ》からその人《ひと》の妻《つま》なり、其《そ》の家《いへ》の主婦《しゆふ》なりの責任《せきにん》も盡《つく》される。また女《をんな》の道《みち》、人間《にんげん》としての立場《たちば》といふやうなことも自然《しぜん》明《あきら》かになつて行《ゆ》く…と斯《か》う考《かんが》へて居《ゐ》るらしい——と。

　この良人《をつと》の忖度《そんたく》は、私《わたし》のやうなものにさへ見《み》え透《す》いてるやうてあります。まことにありがたい。痒《かゆ》い處《ところ》に手《て》が屆《とゞ》いて居《ゐ》るわけてあります。

　それて居《ゐ》て、喧嘩《けんくわ》をおッ始《はじ》めることがあります。

　私《わたし》は近頃《ちかごろ》の新《あたら》しい文藝書類《ぶんげいしよるゐ》は片《かた》つ端《ぱし》から讀《よ》んで居《ゐ》ます。とても買《か》つて讀《よ》んで居《ゐ》ては大變《たいへん》ですから貸本屋《かしほんや》から五日《いつか》目位《めぐらゐ》に引《ひ》きかへ〳〵新《あたら》しいものを置《お》かせて行《ゆ》くやうにして居《を》ります。

妻君の見たる良人

小説《せうせつ》もの、議論《ぎろん》もの、歴史《れきし》もの、飜譯《ほんやく》もの、いづれを撰《えら》ばず、極《きは》めて迅速《じんそく》に、なるだけ多《おほ》く讀《よ》むやうに心掛《こゝろが》けて居《を》ります。

恁《か》ういふわけて多少《たせう》、文學上《ぶんがくじやう》に就《つい》ての智識《ちしき》や所感《しよかん》が胸《むね》を徂徠《そらい》します。それて、夜分《やぶん》など、卓《たく》を圍《かこ》んて良人《をつと》と食事《しよくじ》をいたしますときに、不圖《ふと》した處《ところ》から文學上《ぶんがくじやう》に就《つい》て議論《ぎろん》をするやうなことになります。

私《わたし》は負《まけ》を取《と》ることが嫌《きら》いてす。誰《たれ》しも好《す》きな方《かた》はありますまいが、殊《こと》に私《わたし》は恁《か》ういふ議論《ぎろん》の上《うへ》からでも、良夫《をつと》を屈服《くつぷく》せしめねば已《や》まぬ根性《こんじやう》てす。激論《げきろん》になつて、良人《をつと》は腕力《わんりよく》に訴《うつた》へやうとした樣子《やうす》さえ微見《ほのみ》えたことがありました。

議論《ぎろん》や所感《しよかん》やは、夫婦合致《ふうふがつち》した點《てん》がありますが人生《じんせい》とか、社會《しやくわい》とかいふ問題《もんだい》になると、大抵《たいてい》見《み》やうが違《ちが》つて居《を》りますので、文章一《ぶんしやういつ》ッの見方《みかた》てもそこに大分《だいぶん》の相違《さうゐ》が出來《でき》て來《き》ます。いつも、良人《をつと》が屈服《くつぷく》して了《しま》ひます。しかしながら、これは情《じやう》から割出《わりだ》して餘儀《よぎ》なく屈服《くつぷく》してくれるのでありましやう。

良人《をつと》は始終《しじう》恁麼《こんな》ことをいひます。

——辯口《べんこう》では、いつも僕《ぼく》は君《きみ》に敗北《はいぼく》する。僕《ぼく》は土佐人《とさじん》だから、辯口《べんこう》の好《い》い系統《けいとう》だが、どうした天賦《うまれつき》か訥《とつ》だから困《こま》る。君《きみ》は江戸子《えどつこ》て、江戸辯《えどべん》て立板《たていた》に水《みづ》を流《なが》すから、僕《ぼく》いつも敗北《はいぼく》せざるを得《え》ない——

——と。

かくの如《ごと》く私《わたし》の良人《をつと》は、私《わたし》には優《やさ》しいのであります。それを、私《わたし》は、其《そ》の良人《をつと》の厚意《こうい》に酬《むく》ゆることをしないのてあります。

それから、私《わたし》は、餘程《よほど》の無性《ぶしやう》ものなんてす。私《わたし》がこれて獨身生活《どくしんせいくわつ》をやつて居《ゐ》れば、一週間位《いつしうかんぐらゐ》は御飯《ごはん》を食《た》べなくてもゐられるやうな心持《こゝろもち》がします。毎日《まいにち》〳〵のお肴《さかな》ごしらへさへ容易《ようい》な仕事《しごと》じやないと心得《こゝろえ》て居《ゐ》るんですもの。

妻君の見たる良人

『今日《こんにち》は。』
つて八百屋《やをや》が御用《ごよう》を聞《き》きに來《き》たり、
『魚屋《さかなや》ですが。』
つて魚屋《さかなや》が來《く》るたびにうんざりします。

女房十趣（其四）

さうして、良人《をつと》の機嫌《きげん》のわるい時《とき》には、私《わたし》もまた機嫌《きげん》のわるい顔《かほ》をします。且《か》つ、それに、一々《いち〳〵》文句《もんく》や、苦情《くじやう》や、不平《ふへい》を並《なら》べます。

無暗《むやみ》と反抗《はんかう》もしまするし、抵抗《ていかう》もします、自分《じぶん》の厭《いや》だと思《おも》つたことは、何《なん》としても應《おう》じません。自分《じぶん》が可《い》けないといふことを、良人《をつと》が非常《ひじやう》に賞《しやう》したり、自分《じぶん》が可《い》けないと思《お》つたことを良人《をつと》が可《い》いと云《い》つたりした時《とき》は、良人《をつと》を解《わか》らずやだと誹《そし》ります。古《ふる》い感《かんじ》だなぞと云《い》つて、自分《しぶん》を豪《えら》く新《あたら》しがるのであります。

良人《をつと》が權威《けんゐ》をふりまわせば、自分《じぶん》も權威《けんゐ》をふりまわします。何方《どこ》に理《り》があるかといふことに就《つ》い

妻君の見たる良人

ては、夜夜中《よるよなか》でも大《おほ》きな聲《こゑ》で論《ろん》じ合《あ》ふのです、良《をつ》人《と》には負《ま》けません、他人《たにん》には負《ま》けても良人《をつと》には負《ま》けたくないと思《おも》ふのであります。

私《わたし》は間食《かんしよく》が好《すき》です。

『私《わたし》は煙草《たばこ》やお酒《さけ》を飲《の》みませんから。』かういふ口《こう》實《じつ》をおいて、贅澤《ぜいたく》なお菓子《くわし》をならべます。しかも自分《じぶん》の欲《ほ》しいと思《おも》つたものはずん／＼と買《か》ひます。經濟《けいざい》の都合《つがふ》で買《か》へてもしなからうものなら、良人《をつと》の傍《そば》だけてふくれた顔《かほ》をいたします。そのくせ良《をつ》人《と》の無駄費《むだづかひ》には、中々《なか／＼》口賢《くちかしこ》く經濟論《けいざいろん》を仕掛《しか》けます。少《すこ》しでも良人《をつと》の被服費《ひふくひ》に高價《かうか》なものがあると、自《じ》分《ぶん》のもので、其《そ》れと匹敵《ひつてき》するものを買《か》はない中《うち》は、幾度《いくたび》も、其《そ》の高價《かうか》なことを皮肉《ひにく》るのであります。

少許《ちつと》でも無理《むり》なことを良人《をつと》がいはうものなら、聲《こゑ》の調子《てうし》をかへて顔色《かほいろ》を變《か》へて詰《つ》め寄《よ》つて行《ゆ》き、『私《わたし》は私《わたし》で仕事《しごと》があるんですよ。』と、この一言《いちごん》を楯《たて》にして眞方《まとも》に當《あた》つて行《ゆ》きます。良人《をつと》から見《み》たら始末《しまつ》に終《お》へないかも知《し》れません。

それでも、良人《をつと》は、いつも最終《おしまひ》には私《わたし》に屈服《くつぷく》して、私《わたし》を喜《よろこ》ばせて呉《く》れます。心《こゝろ》が平靜《へいぜい》になつた時《とき》は、私《わたし》は、いつも、良人《をつと》の胸《むね》の中《うち》へ這入《はい》つて行《い》つて、氣毒《きのどく》なと思《おも》つて、感謝《かんしや》するのであります。

一體《いちたい》良人《をつと》は、女《をんな》は男《をとこ》より豪《えら》いものだと思《おも》つて居《ゐ》るらしいです。

『女《をんな》なんて、決《けつ》して愚《ぐ》なものじやない。』といつたが白状《はくじやう》したことがあるやうに存《ぞん》じて居《を》ります。この同情《どうじやう》があるからして、最《もつと》も平和《へいわ》な、簡易生活《かんいせいくわつ》にも厭《あ》かずに日《ひ》を暮《く》らして行《ゆ》けるのであります。

良人《をつと》の趣味《しゆみ》と私《わたし》の趣味《しゆみ》とは合致《がつち》して居《を》ります。合致《がつち》して居《を》りますればこそ、夫婦《ふうふ》となつたのであります。けれども、巨細《こさい》に檢《しら》べて見《み》ると、また其《そ》許《こ》に面白《おもしろ》い反對《はんたい》を見《み》ることが出來《でき》ます。

私《わたし》は雨《あめ》が好《す》きです。靜《しづか》な雨《あめ》の日《ひ》に何《なに》か讀《よ》んだり、或《ある》はぼんやりと何《なに》か考《かんが》へて居《ゐ》るのが何《なに》より好《すき》であ

妻君の見たる良人

ります。良人《をつと》は雨《あめ》が嫌《きらひ》です。陰氣《いんき》で氣《き》が滅入《めい》るといひます。

一所《いつしよ》に散歩《さんぽ》しても、物《もの》を觀《み》る目《め》がお互《たがひ》に違《ちが》ひます。時々歩《ときどきある》きながら議論《ぎろん》します。お花見《はなみ》に出掛《でか》けても、私《わたし》は花《はな》やかな櫻《さくら》の色《いろ》を目《め》一杯《いつぱい》に見《み》た後《あと》に、ちら〳〵と散《ち》る一片《いつぺん》の淋《さび》しみを味《あぢは》つて居《ゐ》るといふ風《ふう》です。

殷賑《いんしん》を極《きは》めたところへ參《まゐ》つても、雜沓《ざつたう》にもまれて、靜《しづか》な露路《ろぢ》の薄暗《うすぐら》い燈《ともしび》の道《みち》にそれ際《ぎは》の心持《こゝろもち》を味《あぢは》つて居《ゐ》るといふ風《ふう》です。

三社《さんじや》の祭禮《さいれい》を見物《けんぶつ》に參《まゐ》つたときにも、この議論《ぎろん》が出《で》ました。良人《をつと》は、神輿《みこし》を擔《かつ》いで、ヤッショイ〳〵と男《をとこ》の聲《こゑ》が重《かさな》り合《あ》つた汗《あせ》ばんだ所《ところ》ばかりの氣《き》合《あひ》を面白《おもしろ》く感《かん》じて、其《そ》の中《なか》へ這入《はい》りたいやうな感《かん》がするといひます。

私《わたし》は、其《そ》の時《とき》でも、遠《とほ》くから傍觀《ばうくわん》して、靜《しづか》な態《たい》度《ど》で見《み》てゐるだけの心持《こゝろもち》、それも其《そ》のこゑが消《き》えて行《ゆ》き、かくて靜《しづ》まり返《かへ》つた後《あと》の空氣《くうき》が何《なん》ともいへず寂《さび》しくて心《こゝろ》がそゝられるやうだといひました。

兎《と》に角《かく》に、私《わたし》の良人《をつと》は、能《よ》く私《わたし》を了解《りやうかい》して、私《わたし》を喜《よろこ》ばせて呉《く》れるといふことだけは申《まを》されます。それに私《わたし》は、わがまゝをいつて、良人《をつと》を屈服《くつぷく》させやうなどゝ思《おも》ふのは、どうした横着《わうちやく》なんだらうかと後《あと》で能《よ》く考《かんが》へて見《み》るのであります。（談）

「新小說」編輯主任に

田村俊子

六月號《ぐわつがう》の新小說誌上《しんせうせつしじやう》に私《わたし》の署名《しよめい》で『細《さい》君《くん》より見《み》たる良人《りやうじん》』と云《い》ふ談話體《だんわたい》の記事《きじ》が出《で》てゐますが、私《わたし》は新小說記者《しんせうせつきしや》と稱《しよう》する人《ひさ》に嘗《かつ》て一回《くわい》も面會《めんくわい》した事《こと》がありません。それに何《ど》うして自分《じぶん》の談話《だんわ》として新《しん》小說誌上《せうせつしじやう》にかゝる一文《ぶん》が揭載《けいさい》されてゐるのですか。

多言《たげん》を費《つひ》す迄《まで》もない。私《わたし》は自分《じぶん》の思想《しさう》を尊重《そんちよう》する爲《ため》に、新小說編輯主任《しんせうせつへんしふしゆにん》たるあなたが、該記事《がいきじ》に對《たい》する責任《せきにん》を一部《ぶ》の公衆《こうしう》に向《むか》つて明《あきら》かにして頂《いたゞ》く事《ここ》を望《のぞ》みます。

再び新小説編輯主任に

田村俊子

私は新小説の訪問記者に向つて、「舊文を書き更めて掲載してもいゝ」と云ふ許諾を與へた事はない。曾て私が新小説記者の往訪に對して、それに面接しなかつた時 記者が態々名刺の裏に書いて出した用件は、一昨年七月號新婦人所載の「私共の夫婦間」を是非轉載する事を許して貰ひたいと云ふ事であつた。その時私が許したのはその記者の要求通りの轉載である。若し此の一文を盲斷的に濫用して記者が勝手に書き更めると云ふ事を知つたなら、私は決してそれを許しはしないのである。私はその時訪問の記者に向つて筆談ではあつたが、特に其の全文に「轉載」と云ふ文字を附記する事を念を押した。然うして記者も確にそれを誓つて歸つたけれ共新小説の誌上には舊文の轉載ではなくつて、記者が勝手に低級な文字を並べ立て鼻持ちのならない一とつの談話体に書き更めたものが載つてゐるのである。歌舞伎座で主任に逢つた時は、私の舊文が記者の手によつて亂暴に傷つけられてゐ様とは夢にも知らなかつた時である。

編輯主任の辯明を見ると、主任の無責任の罪は二重になつて現はれてゐるではないか。あなたは何によつて再びその責任を明らかにするつもりか

（六月五日朝）

203　「新富座」『演藝画報』大正2（1913）年7月1日

新《しん》富《とみ》座《ざ》

田村とし子

序幕《じよまく》は見《み》ない。

二た幕目《まくめ》は嬉《うれ》し野《の》と云《い》ふ待合《まちあひ》。村田《むらた》の女將《おかみ》が樂《らく》に饒舌《しやべ》る。秋月《あきづき》の龍郎臺《りうらうたう》は立《た》ち過《す》ぎて艶若《つやわか》が可愛《かあい》からうと云《い》ふのには骨《ほね》でもしやぶるより他《ほか》には詮術《せんすべ》のない樣《やう》な骨若樣《ほねわかさま》、（しやれではありません）始終口許《しじうくちもと》に痙攣《けいれん》があつて、神經質《しんけいしつ》らしいところはいゝでせう。喜多村《きたむら》の艶若《つやわか》はアクの拔《ぬ》けない藝者《げいしや》らしいところが初《はじ》めからよく現《あら》はれてゐたのは面白《おもしろ》い。さも、顔《かほ》は何《ど》うやら踏《ふ》めなくもないが、藝《げい》の方《はう》は一向不足《かうふそく》だらけで、それに何《ど》う云《い》ふものか客《きやく》が付《つ》かないと云《い》ふイハクのあるらしい藝者《げいしや》に見《み》える。不見轉藝者《みずてんげいしや》でゐながらその不見轉《ずてん》にも不向《ふむ》きらしいところが分《わか》る。野暮《やぼ》つたい喜多村《きたむら》が藝者《げいしや》をすれば、斯《か》うしきや見《み》えないと云《い》ふ樣《やう》な事《こと》は云《い》ひつこなしにして、この大切《たいせつ》なお客《きやく》に逃《に》げられては、猶《なほ》の事評《ことひやう》判《はん》が惡《わ》るくなつて一層《そう》賣れなくなつて了《しま》ふばかりだからと愚痴《ぐち》を云《い》つて若様《わかさま》に泣《な》き付《つ》くところの。生眞面目《きまじめ》な一生懸《しやうけん》命《めい》さ加減《かげん》は、この人《ひと》の厚《あつ》ぼつたい藝風《げいふう》のお蔭《かげ》だと思《おも》つて兎《と》に角嬉《かくうれ》しかつた。

これが廻《まは》ると西洋料《せいやうれう》理店《りてん》の一室見《しつみ》たいで、高田《たかた》の中尾《なかを》が始終首曲《しじうくびまが》りのやうに首《くび》を突《つ》き出《だ》し、身體《からだ》を少《すこ》し屈《かゞ》めつきりにしてゐるのは役《やく》柄《がら》によつて考《かんが》へたものだと思《おも》つた。眉毛《まゆげ》を折《を》れ釘《くぎ》のやうに下《さが》り尻《しり》にひいてゐる、この横顔《よこがほ》が正宗白鳥《まさむねはくてう》さんに似《に》てるので可笑《をか》しくつて仕《し》方《かた》がなかつた。徹頭徹《てつとうてつ》尾《び》小さな技巧《ぎこう》で持《も》ち切《き》つてはゐるが、厭味《いやみ》にさせずに巧《うま》く廣《ひろ》がつてゐたのはさすがだと思《おも》つた。酔《よ》つ拂《はら》つた喜多村《きたむら》のとろんけんの眼《め》はいゝ。次《つ》ぎが多摩川《たまがは》で、酒井《さかゐ》の小百合《さゆり》はねばく\ばかりしてゐて困《こま》つた。山田《やまだ》の母親《はゝおや》は一寸《ちよつと》よかつた。瀧澤《たきざは》に出《で》つ會《くは》して、一寸《ちよつと》ヒステリックな物《もの》の云《い》ひ方《かた》になつて男《をとこ》を極《き》め付《つ》けるところも、僅《ほん》の一とくさりの瞬間《しゆんかん》だが力《ちから》が入《はい》つた。こゝで村田《むらた》の女將《おかみ》が五《いつ》つ紋《もん》の羽織《はおり》を着《き》てゐたのは、質出《しちだ》しが間《ま》に合《あ》はなくつて誰《たれ》かのお古《ふ》るでも借《か》りて來《き》た人《ひと》だと見《み》える。雷《らい》が鳴《な》つてる中《なか》を、艶若《つやわか》がこわごわ龍郎《たつらう》と合《あ》ひ傘《がさ》で茶《ちや》やの方《はう》へ歩《ある》いて行《ゆ》く幕切《まくぎ》れは、月並《つきな》みだが一寸《ちよい》と情趣《じやうしゆ》があつた。

次《つ》ぎが伊香保《いかほ》で、山《やま》田《だ》の柏公爵《かしはぎこうしやく》の妾《めかけ》お雛《ひな》は、容貌《きりやう》は少《すこ》し劣《おと》るけれども、いかにも理智《りち》に富《と》んだ、物《もの》のよく分《わか》つた、賢《かしこ》さうな、上品《じやうひん》に皮《ひ》

肉《にく》な、言葉《ことは》の端々《はしぐ》に惡《わ》るじやれのない。高等《かうとう》な賣人上《はいにんあが》りの女《をんな》らしく出來《でき》てゐた。役者《やくしや》と媾曳《あひびき》をしてゐるところへ公爵《こうしやく》に突然《とつぜん》やつて來《こ》られて、その粹《いき》な捌《さば》きに恐《おそ》れ入《い》つた樣子《やうす》も、惡《わ》るく萎《め》げずに、その癖蓮葉《くせはすは》でなく落着《おちつ》いた擧動《ものごし》を見《み》せながらも矢《や》つ張《は》り何所《どこ》かに人《ひと》を食《く》つたやうな微笑《びせう》のちら／＼するところなど、氣《き》に入《い》つた。何《なん》とか云《い》ふ男《をとこ》の小傳次《こでんじ》は見《み》てゐると蟲唾《むしづ》が走《はし》る。藤澤《ふぢさは》の公爵《こうしやく》はおほまかでいゝ。此處《こゝ》へ出《で》る喜多村《きたむら》は丸髷《まるまげ》なので餘計《よけい》野暮臭《やぼくさ》くなつたが、檜葉《ひは》の葉《は》を挘《むし》つたまゝ默《だま》つて木《き》の幹《みき》に寄《よ》つかゝつて立《た》つてるところは宜《よ》かつた。燐寸《まつち》を袂《たもと》から出《だ》すのに、素人《しろうと》つぽく手《て》を袂《たもと》の外《そと》へかけて片手《かたて》で燐寸《まつち》の箱《はこ》を取《と》り出《だ》したのは注意《ちうい》が見《み》えた。何《なん》となくぐうたらな。張《は》りも意氣地《いきぢ》も知《し》らない、唯有《たゞあ》りのまゝの感情《かんじやう》ばかりで生《い》きてる樣《やう》な女《をんな》らしく、愚圖々々《ぐづぐ》した調子《てうし》が殊《こと》によかつた。次《つ》ぎが艶若《つやわか》の家《うち》だが、この一と幕《まく》は一番味《ばんあぢは》ひの勝《か》つたおもしろい幕《まく》だつた。龍郎《たつらう》と艶若《つやわか》の縁切《えんき》りと云《い》ふ月並《つきな》みないきさつを拔《ぬ》きにして、この一と幕《まく》は兎《と》に角濃《かくこまや》かな氣分《きぶん》の漂《たゞよ》つた、よく演劇《えんげき》の上《うへ》の用意《ようい》の整《とゝの》つた、おもしろい幕《まく》だと思《おも》つた。こゝで高田《たかた》の中尾《なかを》が餘《よ》つ程《ほど》研究《けんきう》をしたやうな泣《な》きかたをやる。一度《ど》泣《な》いてしまつてから、もう一遍感情《ぺんかんじやう》の洗《あら》ひ流《なが》しをするやうに聲《こゑ》を上《あ》げてしやつくり泣《な》きをするのだが、私《わたし》は高田《たかた》を見《み》る度《たび》に、これほどの藝《げい》をこんな下《くだ》らない芝居《しばゐ》でちよこ／＼と濟《な》し崩《くづ》しに使《つか》つてゐるのかと思《おも》ふと、ほんとうに惜《を》しくつて仕方《しかた》がない。——喜多村《きたむら》の艶若《つやわか》は色《いろ》の中《なか》で朝夕暮《あさゆふく》らしてゐながら、戀《こひ》に就《つ》いてのほんとうの解釋《かいしやく》すらない、唯無暗《たゞむやみ》と男《をとこ》を離《はな》すまいとする極《ご》く淺薄《あさはか》な無智《むち》な女《をんな》の氣質《きしつ》がいよ／＼發揮《はつき》してくる。だからこの女《をんな》が此《こ》場で「義理《ぎり》」と云《い》ふ樣《やう》な事《こと》を云《い》つて中《なか》尾《を》に突《つ》つかゝるところは、借《か》りものゝやうな生意氣《なまいき》さがあつて、却《かへ》つて哀《あは》れつぽく可愛《かあ》いらしい。だが幕切《まくぎ》れは羽織《はおり》を使《つか》つて馬鹿《はか》に古臭《ふるくさ》い技巧《ぎこう》をやる。秋月《あきづき》の龍郎《たつらう》は飛《と》んだり跳《は》ねたりの助《すけ》六見《み》たいに眼《め》を丸《まる》くばかりしてゐた。

　お終《しま》ひの幕《まく》になると、この芝居《しばゐ》に關係《くわんけい》のあつた人《ひと》はみんな一とつの農園《のうゑん》で出逢《であ》つて、知《し》らなかつた人《ひと》は知《し》り合《あ》ひになり、解《わか》らなかつた事情《じゞやう》がよく合點《がてん》が行《い》つたり、疑《うたぐ》つてゐた人格《じんかく》がわかつて謝罪《しやざい》したり、大將《たいしやう》と博士《はかせ》とで正成論《まさしげろん》をやつて、大將《たいしやう》が自殺《じさつ》をして了《しま》つたり、それでお終《しま》ひになります。折角賞《せつかくほ》めてきた艶若《つやわか》もこゝへ來《く》ると、實《じつ》は私《わたし》の方《はう》で逃《に》げ出《だ》したくなつて了《しま》ひましたから、評判《ひやうばん》もこれでお止《や》めといたします。

40

舞踊研究會評

番組を失くしてしまつたので、一寸曲も演者の名も思ひ當りませんから、極くざつと、思ふまんまを申上げます。斯う云ふとしぐれさんに怒られるに違ひなけれども、實は、勘十郎さんの踊を初めて見たのですが、あんまり感心しなかつたのです。

賤機に蝶を使ふと云ふ事は、あれは何か由るところがあつたんでせうが、ちよいと私などには不思議に思はれる。そうして私はあの人の踊が大變その氣持において不徹底な、どうも線の輪廓立たないやうな感じがしましたのです。（無論素人のめくら評ですから、だから私は書かないと云つたんですよ。）あれはきつと菊五郎さんとの調子を合はせるに就いての、意氣《いき》外《はつ》れ（妙な言葉ですが）でもあつたのかと思ひますが、何となくあの人は自分のまんまに踊ると云ふやうなところがなかつた。無論踊は名人に違ひないが、唯私がこんな事を感じたと云ふ事だけを

『空華』の奴婢

――市川翠扇――

41

申上げるのです。四つ手を持つて玩弄にするところでも、あの人は勘十郎が踊つてゐるのだと云ふ事を始終忘れないでゐたやうです。あれが私の氣に入りませんでした。

踊り手のうちでは、政彌の踊りが好きです。いかにもすつきりと、技巧的なところがなくつて、どこまでも藝の眞髓を捉《こら》へてるやうな力のこもつたところが現はれてゐました。あゝ云ふ男ものを、女が素で踊つてあれだけに見せるのは、この人の技藝に力のある事を思はせずにはゐません。ほんとの事は知りませんが、あれは勘右衛門さんのほかは滅多に踊らせないのだとか云ふ事ですね。

さて、空華はおもしろいものでした。さすがに猿之助はいゝ形を見せてゐました。何よりも一番一番よかつたのは、陰陽師が何か申上げてから、舞臺の上が長い間空寂としてゐたところです。其れにあの舘の道具はほんとによかつた。柱や建て物のあの塗り色が、いかにも天平時代を現はしてるようなクラシツクな色でした。翠扇の奴婢はさすがに踊つてゐないところに感心をしました。人は何とか惡る口を云いますが、私はやつぱり名人の子らしいところがあると思いました。もつとも他《はた》のせいかも知れませんが、顔なども舞臺の人として際立《きはだ》つてゐました。ほんとに面白い試みだつたが、侍女が花をかざして大臣の前で舞ふところで、あれは侍女に唄はしてはいけないものだつたでせうか。蔭の唄の聲は、どうもにぶくつて澱んでゐましたが、あれが惜しいと思いました。歌劇については更に智識がありませんら、唯美事なものだつたと云ふより外にはないのです。

玉はゝきもおもしろかつた。しんと云ふ子の小舎人はほんとに厭味がなく上手に踊つてゐました。それにあれは作としても大層情趣のある、そうして意味の取れる結構なものだと思ひました。

最後に私はこんな事を感じました。それは舞臺で踊をやるのは、どうしても素でない方がいゝと云ふ事なのです。せい〴〵扇子ぐらゐなところならいゝけれども、他の持道具などを素の着物の上につけたりするのは、何とも感じが惡るい。素踊と云ふ事に特種な技藝の誇りがあるのだとしても、舞臺の上では矢つ張り衣裳を附《つ》けてもらつた方が見物は嬉しいと思つた事なのです。

勝手な評をいたしました。おゆるし下さい。

田村とし

旅

―見た土地のローカル、カラー―見た風景の印象
―好きな山水―旅と季節―旅の思ひ出の一つ
―旅して見たいと思ふ所―（其一）

○

田村俊子

私は兎角自分の生れた土地にばかりこびりついて居たがる悪い癖がありまして、住んでるところからは容易に一里とはなれられないのです。それに稀に旅（と云ふほどの事もありませんが）に出たところで自然を觀る事を知らないので何にもなりませんでした。――けれども今では、旅に出て自然に接した時の自分の感覺は、まあどんなに、新らしく生き〳〵と、こまかに鋭くはたらく事だらうと思つてしみ〴〵遠い旅の空に空想的にあこがれたりする事があります。その内に一とつ思ひ切つて東京をはなれて、一人で長い旅をやつて見たいと思つてゐます。

處女時代の心持

田村俊子

　生理上《せいりじやう》の變化《へんくわ》の起《おこ》つてくる十五六歳《さい》になると、可笑《をか》しいほど其《そ》の感情《かんじやう》が執拗《しつよう》になつてくる。さうして凡《すべ》て自《じ》分《ぶん》に對《たい》する愛慕《あいぼ》の念《ねん》も強《つよ》くなつて、自《じ》分《ぶん》の通《かよ》ふ學校《がくかう》の教師《けうし》を氣狂《きちが》ひのやうに慕《しと》つて見たり、又《また》は何《なん》か家庭《かてい》と特《とく》殊《しゆ》の關係《くわんけい》のある年長者《ねんちやうしや》を、一種《しゆ》ローマンチックに懷《なつか》しんで見《み》たり、何《なん》でもない事《こと》に無暗《むやみ》に泣《な》いて見《み》たり笑《わら》つて見《み》たりする。さうして又誰《またたれ》にでも甘《あま》へて見《み》たがる。

　自分《じぶん》を至極《しごく》に可愛《かあい》がつてくれる人《ひと》が欲《ほ》しくなるのはこの年頃《としごろ》である。一と目《め》逢《あ》つてもその人《ひと》が自分《じぶん》を好《す》いてくれたか好《す》いてくれなかつたかと云《い》ふ事《こと》が直覺《ちよくかく》されるほど、自分《じぶん》に對《たい》する他人《たにん》の愛憎《あいぞう》ばかりを氣《き》にしてゐる。さうして自分《じぶん》を愛《あい》さないものは誰《た》れも彼《か》れも毛嫌《けぎら》ひする。あの叔母《をば》さんは好《す》きだとか、あの叔父《をぢ》さんは嫌《きら》ひだとか云《い》ふ好《す》き嫌《きら》ひの云《い》ひ草《ぐさ》はよく少女《せうぢよ》の口《くち》から聞《き》く言葉《ことば》である。

あざやかな美《うつく》しい血潮《ちしほ》がその體内《たいない》を快《こゝろよ》くめぐり初《はじ》めると同時《どうじ》に、少女《せうぢよ》は唯自分《たゞじぶん》に少《すこ》しでも多《おほ》くの愛情《あいじやう》を注《そゝ》がれたいと云《い》ふ欲求《よくきう》ばかりが盛《さか》んに起《おこ》つてくる。性《せい》の區別《くべつ》なしに、唯人《たゞひと》人《びと》から可愛《かあい》がつて貰《もら》ひたいと云《い》ふ欲《よく》求《きう》ばかりが燃《も》えてくる。少女《せうぢよ》の感情《かんじやう》ぐらゐ純潔《じゆんけつ》なものはなく、又少女《またせうぢよ》の感情《かんじやう》に接《せつ》してゐる時《とき》ぐらゐ愛《あい》らしさを感《かん》じる事《こと》はない。

　少女《せうぢよ》は又《また》、初《はじ》めて眞《ま》ッ赤《か》にうみわれてきたその感情《かんじやう》を、何《なに》がなし始終《しじう》刺激《しげき》してゐて貰《もら》ひたいやうな欲求《よくきう》が起《おこ》つてくる。好《この》んで悲《かな》しい話《はなし》を聞《き》きたがつたり、自分《じぶん》と同《おな》じ年頃《としごろ》の少女《せうぢよ》の可哀想《かあいさう》な話《はな》などを聞《き》きたがつて、泣《な》いたり笑《わら》つたりして自分《じぶん》の感情《かんじやう》を強烈《きやうれつ》に湧《わ》き立《た》たせる事《こと》を願《ねが》ふ。友達《ともだち》などに對《たい》しても、一種《しゆ》濃厚《のうこう》な友情《いうじやう》を感《かん》じ合《あ》つて、なんにつけても放縱《はうじう》な空想的《くうさうてき》な心持《こゝろもち》で話《はな》しあつたりして喜《よろこ》んでゐる。

　愛《あい》と信仰《しんかう》の美《うつく》しい性情《せいじやう》は、まづ斯《か》うして最《もつと》も圓滿《ゑんまん》に、その少女《せうぢよ》の胸《むね》において育《はぐゝ》まれつゝ行《ゆ》くのである。唯《ゆゐ》一の愛《あい》に取《と》り縋《すが》つて情熱的《じやうねつてき》に信仰的《しんかうてき》にその生《せい》を送《おく》り得《う》べき用意《ようい》が、かうして少女《せうぢよ》の胸《むね》において芽《め》ざゝれつゝ行《ゆ》くのである。少女《せうぢよ》はたゞ愛《あい》を求《もと》めるばかりにその純《じゆん》な瞳子《ひとみ》をてらしてゐるのである。

　自分《じぶん》の心《こゝろ》を溫《あたゝ》く吸《す》はれるやうなま

ことの愛《あい》に觸《ふ》れやうとして、少女《せうぢよ》の純《じゆん》な感情《かんじやう》は、唯不《たゞふ》安《あん》と恐怖《きようふ》と羞恥《しうち》のなかに動搖《どうえう》しつゞけるのである。

二百號記念催能

本誌二百號記念文藝家招待能は豫定の通り六月二十七日午後四時半より飯田町四丁目三十一番地喜多舞臺に於て開催。招待者は都下の文藝家に少數のホトトギス讀者を加へたり。受附にて芳名を書留め得たるもの左の如く、此他に記錄洩れのもの若干あるべく、約三百五十名。滿場一個の空席も無し。「八島」の次ぎに二十分の休憩時間を設けたる爲め八時半散會の見込なりしもの九時散會となる。

本誌讀者にして參觀希望の向き極めて多かりしも其の十分の一にも滿足を與ふる能はざりしは遺憾此上無し。唯だ今回の催たるやもと文藝家招待を目的としたるもの其點は讀者の諒恕を得たし。萬一第二回の催能をする事にもならば其時は十分諸君の希望に副ふやう適當の方法を講ずべし。

喜多氏が其二階二室を開け放して談話室に當てられたる等の好意は鳴謝の外無し。

當日諸種斡旋の勞を取られたる各位の好意も亦た感謝せざる可からず。

左記は今回の擧の遂行につき特に援助を與へられたる人々なり。（前號に記載せるものは重出せず）

池山　子鳳氏　　菅能　近一氏　　須藤傳次郎氏　　森田　草平氏　　和田眞四郎氏　　鈴木三重吉氏

新舞踊は能樂の演舞の手を參考とする必要がある。羽衣の序の舞を面白く見た。

田村俊子

私は初めてお能と云ふものを見たので御座います。能樂に就いては全く無智な私は、もとより批判を加へるだけの用意もございません。したがつて、この能樂と云ふものは必然滅ぶべき藝術かどうか、又は、これに時代相應の解釋を與へて見て、さうしてある點まで改良を加へて見るだけの餘地のあるものか――つまり現代の人々の手によつて現代の藝術にしおほせることが出來るものか何うか。すべて私には分らないのでございます。然しお能を見てこんな事を感じました。私だけの考でございますが、これから新らしくおこさうとする舞踊――私などが内々考へております新舞踊などは、この能樂の中のもつともプリミチブな演舞の手などを參考とする必要があると存じました。然ういふ點で、羽衣の天人の序の舞などは、非常におもしろく見ることが出來たので御座います。以上

△平塚さん

田村俊子

ある日、染井の墓地をある女二三人して歩いてゐると、其の中の一人の平塚さんが立ち止つて自分の咽喉を撫でながら、

「××さんがね。平塚さんの頸から上に男性的なところがあるつて云つたの。」

然う云つて仰向いて自分の咽喉佛をいぢつてゐる。成る程、女にしては大き過ぎるのどぼとけだと思ひながら、ひよいと見ると平塚さんの顎に鬚がある。

それから顔を突き出して仔細に點檢すると、中々長くつて濃い。普通の生毛《うぶげ》とは違つてゐる。

女に顎髭のあるものはない。鼻の下には髭の形狀らしく濃い毛が少しは密生《みつせい》する人もあるけれども、顎にこれだけの長い髭らしい一と塊りの毛を生えさせてる人はちよいと見ない。これて傍へよつて勘定を初めたら三十本を數へてもまだ數へ切れない。肝腎の當人はくすぐつたくつて我慢がしきれないと云つて、くすくす笑ふので、顎が動いて兎てもその先きを勘定が出來ないからやめてしまつた。

平塚さんに就いて私が發見したとはこれだけてす。

こんな事を書いてると赤城から葉書が來た。

夕ぐれの沼に面した山裾の水楢と白樺の林の奥てもうこれ以上の沈默に堪へないといつたやうにクワ、クワ、クワと鋭く叫んては一しきりポッケ、、ポッケーと「ポ」の音に異樣に强いアクセントをつけておどけ者のやうに鳴く閑古鳥は過去の日本のわる悟りした人を思はせます。とぼけたり、ふざけたりして自分の心の奥底の淋しさをまぎらしてゐる人のやうなのてす。

七月一日　赤城にて

らいてう

この葉書のおもてには、植物の皮が貼りつけてある。白樺の幹を剝いだのかも知れない。

日記

田村俊子

△月△日

巣鴨方面へ探しに出た途中でHに逢つた。Hは相變らずセルの袴を穿いて、齒の音のする下駄を穿いてゐた。天氣が好いから堀切へでも遊びに行かうと云つて勸《すゝ》める。その氣になつて、此處まで一所に連れ立つて來た主人と別れる。別れる時主人は少し小使をくれと云ふので、蟇口の底から小さい銀貨を二つ出して渡す。

『遊びに行くのはいゝけれども私は今日はお小使がない』。

『大丈夫。今日は私が大分《だいぶ》持つてるから。夕方まで堀切で遊んで、晩は有樂座へ行きませう。その位のお金はある』。

それて二人は巣鴨の停車場から上野まで電車に乘る。田は電車に乘ると腕組みをして何處か男性的の身體の構へをするが癖だが、今日も然うした構《かま》へて、嚴然とした眉付をして默《だま》り込んでゐる。自分はふと途中て別れた主人の事を思ふ。今日は自分と家を探す爲にわざ〳〵社を休んだのである。自分と別れてから急に無言になつて すゞ人して貸家を探し歩いてゐる主人の姿を思ふと、妙に淋しくなつて仕方がない。

「處決しなくちやならない」——自分は斯う云ふ考へに苦しみながらも、矢つ張り二人して二人の棲む家を探《さが》し廻《まは》らなければならないのぢやないか。思ひ切つて今までの自分の生活を引つ繰り返してしまつて、さうして變つた生活の中から再び自分と云ふものを新たに見付け出さなければならないと云ふ突《つ》き詰《つ》めた思ひに苛《さいな》まれてゐながら、矢つ張り自分は二人して棲む貸家を探し歩く爲に、磨《す》り減《へ》らされた惡《わ》るい方の下駄を穿いて出てくるやうな事もしてゐるのである。

嘗て自分の二十二三の時に起つた心の動搖と同じ動搖が、今の自分に再び起つてきてゐるのである。あの時は自分と云ふものが厭になると同時に、直ぐ自分と云ふものを抛り出す事が出來た。思ひ切つて筆を捨てゝしまつて、さうして自分の生活を引つ繰り返してしまふ事が出來た。それは昔の私の生活は今と比べてもつと單純だつたし、私の考へと云ふものが一切《いつさい》についてまだ生若《なまわか》く徹底してゐない時分だつたから、やりかけた事を捨てゝ了ふ事がちつとも臆劫でなかつたのかも知れないが今の私にはそれが出來ない。心の中に烈しい動搖が起つて來てゐながら、その心を安靜の生活の中に強ひて押し鎮めて浸らしておく苦しさは、まあ何《なん》と云つていゝだらう。それよりも、これほど烈しい動揺が私の心に起つてゐながら、私の心はふしぎに倦怠に傾いてゆくのである。何《なん》と云ふ恐しい事だらう。私は電車の中て、さつきまて考へてゐた事を繰り返して考へてゐた。電車の中ては二人はちつとも口をきかないてゐる。雷門て電車を下《お》りた時、舊《もと》の土曜劇場の俳優の二三人が行き違つて行《い》つた。二人は吾妻橋から船に乘る。切符の賣場て、Hは敷島を一とつ買つた。

Hと連れ立つてゐる時、Hはいつも優しく人に讓歩してるやうな心持を其の表情の上に現してゐる。二人の間に行はれてゆく一とつ〱の事柄に就いて、Hはちつとも自我《じが》を出さない。私はいつもHの人に對する態度の上からこの人の好《よ》いおほまかな溫味《あたゝかみ》を見付けだす度《たび》に、限りない愉快を感じる。船の中てHは禁止になつた自分の著書を其の筋の忌諱に觸れた一文だけを拔いて再發賣する事などを話する。

『もう一年ばかり何も書かないてゐるつもりなの。當分默《だま》つてゐやうと思ふの。餘炎《ほとぼり》の覺《さ》めるまては、まあ丁度一年間ぐらゐのものだわね』。

私はこの間Hに逢つた時、Hが文章を書くのにこの頃脫字をしたり假名を拔かしたりすると云つた事を思ひ出した。その時Hは山の奧へても行つて一人て勉强をしたいと云つてゐた。

Hは私等の後にゐる二人の娘をそつと指示して、『あれは姉妹てせう。よく似た横顏だ』。などゝ云つてゐる。私は船室《へや》の外の船首《せんしゆ》の方に立つてゐる。外國人の夫婦を眺めてゐた。リオンの服を着てる女は途中で麥藁の帽子を風に飛ばされた。女はそれを追ふやうに一寸《ちよつと》身體をくるりと交《か》はしたけれども、直ぐ男の方を向いて話しつゞけてゐた。この二人はほんとに能く喋舌りつゞけてゐる。私は感心して、時々四角に切り開いた入り口のところからわざ〳〵顔を出してこの二人を見たりした。白の半靴を穿いた女の足が私の眼の前に突き出される事が時々ある。女の足の皮膚が薄い靴下の編《あ》み目《め》から見え透いてゐるのを私はぢつと見たりしてる。

Ｈが横を向いて土堤の方を見てゐる。この人の鼻はほんとに好い恰好である。希臘の女神の彫刻に見る通りの理想の恰好をしてゐる。私はこの鼻が好きである。Ｈの眼は今日は霑《うる》みが少《すく》ない。外を歩くせゐかぱきつとしてゐる。皮膚の下から所々血の滲み出てるやうな恐《おそろ》しく赤い顔をしてゐる。矯飾のないその顔付《かほつき》には、戀情的のチャームはちつともないが、いつもの通り、直ぐにも物を掴み挫《ひし》ぎさうな熱《ねつ》つぽい感情の揺《ゆら》ぎが、迸るやうに其の眼の隈から頬へかけて表《あら》はれてゐる。見れば見るほど細《ほそ》い顔である。

二人は鐘ヶ淵で船を乗り換《か》へた。帽子を飛ばされた外國の女は、露出《むきだ》しになつた髪を骨つぽい白い手て時々抑《おさ》へてゐた。乗船してる人々の上に日光が薄赤く色を流してゐる。素《す》て着てる一枚のセルだけてはとても凌ぎきれさうもないほど薄《うす》ら寒《さむ》い。

『又顔を盗まれるかも知れない』。

Ｈは土堤を通る人々を眺めてこんな事を云つてゐる。私もＨと同じ方を眺めてゐたが、何《なん》となくあたりの景色が白《しら》けて見えて、私の心は遊びの上に少しも興の乘つてゐない事に氣が付いた。私はどうかして濃やかな情緒の滴《したゝ》りを身にしみる程味はひ度いと思つて、水の中に眼を落したり、兩岸の流れに垂れてる小枝のおもむきを見詰めたりしてゐる。Hとかうして一所にゐる間は、私の心はHの爲に石膏にされるやうな氣がする。これがNなら、もうちつと相手《あひて》を享樂する事が出來るのである。Nと私の感情が、もうちつとさま〴〵な幻影のうちに藝術の匂ひを帶びて溶け合ふ事が出來るのである。私がNに對するあの一種の親しみもなつかしみも其處からくるのである。私は自分の傍に垂れてゐるHの柔らかな手先を見詰めてゐながら、中々その手を取る氣になれない。あの手を取つても、Hの身體は容易く私の手の内にしなだれて來さうもない。

Hは船の中でゆるやかに煙草を吸つてゐる。さうして、茅ヶ崎で船で遊んだ時、友達のYが船から水に落ちた話などをおもしろさうに爲《し》てゐた。

堀切へくるまでの途中を船でくると云ふ事ばかりが少しの風情で、堀切の菖蒲園は何處も皆メリンスの蹴出《けだ》しのやうな厭味《いやみ》がある。田舍臭く氣取つてゐていやである。

『蒲田の方が餘つ程いゝ。それに雨の時に行つたから餘計よかつたの』。

Hは八つ橋の上から紫の菖蒲を見渡して云つてる。ぐる〳〵と方々を廻《まは》り廻《まは》つて休んだりしたが、最後に入《はひ》つた菖蒲園で私等は正宗の瓶を熱く燗をしてもらつた。それは餘り私が寒くつて仕方がなかつたからである。Hは自分の着てる單衣羽織を私に貸さうなど云つて心配をしてゐる。

其處《そこ》は泥田《どろた》の中に建てたやうな掘立小屋《ほつたてごや》の掛茶屋である。向ふの田圃て一人の男が彼方向きになつて水車を廻してゐる。其の向ふに松がある。空は平《ひら》つたく遠く、曇つた色て塗《ぬ》り潰《つよ》してゐる。私たちの後には低い障子が入つてゐた。

『燕がね、私のところへ又歸つて來たの』。

とHは云ひ出した。何《なん》の事かと思つたら、それは嘗て自分の可愛がつた若人が、又自分の手に歸つて來たと云ふ話なのである。私たちは少し醉つて其處《そこ》を出た。薄暗になつた土堤を歩いてゆくと、空に細い月がくつきりと出てゐる。立止つて、その月の弦《つる》のところあたりに見當を付けて唇を突き出せば、その月がするりと自分の口の中に辷《すべ》りこんてくる樣な氣がする。私は頻りと仰向いて歩く。自分の力《ちから》とは思はれないやうな不思議な力が私の身體全體に充滿してゐる。Hは一人て燕の話をしつゞけてゐる。最初燕が飛び込んて來た時、嫉妬て其れを邪魔したKの話や、自分がどれほど其の燕を可愛がつたかと云ふ事などを、

『覺えてゐなくちやいけないわ』。と一々念を押して話をしてゐる。

『あなたにいくら可愛いゝ燕ても、私にはちつとも可愛いくない燕だからおもしろくない』。

私は醉のなかから吹き出してくるやうなおもしろい笑ひが出てきて仕方がなかつた。Hが一生懸命になつて燕と知り合ひになつたその徑路を新聞小說の梗概ても話すやうに話して聞かせてるのが可笑しくつてたまらなかつた。さうして近代劇の會員たちてフアウストを演《や》つた時のあのゴム人形見たいな

顔をした一人の學生に扮した男の顔などを思ひ浮べて、一人で笑つてゐたが、Hはそんな事には構はずに、細い呷くやうな聲で其れから其れへといつまでも話をつゞけてゐる。

もう船がなくなると云ふ呼び聲におどろかされて私等は鐘ヶ淵まで息を切らして走つた。もう眞つ黒になつた河の水が私等の驅けてゆく棧橋際の岸にぴた〳〵と流れを嚙ましてゐた。船は最後の出船《でふね》だつた。Hは室内《へや》へ入《はひ》らずに船尾の外側に腰をかけて煙草をのんでゐる。これから太陽閣へでも行つてお湯へ入らうとHは誘つたけれども私は行きたくもなかつた。

例の通り私はすつかり疲れてしまつて、神經が癡呆のやうにぼんやりしてゐる。何も考へやうともしないで、支《つか》へさうな天井の下に身體を屈《かゞ》めて腰をかけたまゝ、私の前にゐる紺がすりの着物を着た男の子が背中に荷物を斜に背負《しよ》つてるのを氣にして眺めてゐる。船の中の灯りは目前にゐる人々の顔さへはつきりとは分らないほど薄《うす》つ暗《くら》い。

船から上ると廣小路は灯と人のさゞめきで織るやうである。遲くなつたので二人は公園をぬけて電氣館へ『詩聖ダンテ』を見に行く事にする。私は醉つてる間だけがほんとの自分のやうな氣がするのである。奔放で自由で無我で、それでゐて何方《どつち》を向いても自分の心と人の心とが共通してゐる。誰の心へでも自分の唇を直ぐに吸ひつけてやり度いやうな放恣な氣分と云つたらないのである。Hに云ふと、Hは頻りに私に燕の代りになれと云つてせがみ初めた。

今の私の感覺は醉ひの中にほんのりと色ざしてゐる戀の中にばかりいつぱいに動いてゐるのである。

私は浮《うか》れ心地《ごこち》にはなつてゐるけれども矢つ張りHの感情とは何の交渉もないやうてある。私は矢つ張りHの手を取る氣もしないて歩いてゆく。

電氣館の中はいつぱいの人て何所からも映畫を覗く隙《すき》もない。Hは眠いと云つて後ゝ腰かけに身體をもたせてゐる。壁の高いところにたつた一とつ灯《とも》つてる電氣を受けてHの顏には蔭がいつぱいにはびこつてゐる。眉毛が殊に濃い。袴の裾をひろげて寄りかゝつてるHの樣子は何う見ても男てある。それてもあの袂の中には打粉《うちこ》おしろいの『撫子』が入《はひ》つてゐるのてある。私は時々振返つてHを見た。Hはその度に微笑してゐる。二人は直きに其處《そこ》を出てしまつた。電車に乘つてその途中て私はHに別れた。私はNによく見るあのやぶられたる悲しみとても云ひ度いやうなNの情緒をなつかしく思ひ出しながら車に乘つて家に歸る。

△月△日

この頃頻りに慘死と云ふ事を考へる。がらくたな魂を保全してるこの身體を、粉微塵《こなみぢん》に叩《たゝ》きつけて了ふやうな死を考へる。Eへ一寸《ちよつと》手紙を書く。

今朝は飛行機が飛びましたね。あなたは何處かの原て御覽てしたか。私は宅の二階て見たのてすが、あれを見てゐるうちに泣きたくなりましたよ。私はあれこそ藝術だと思ひましたよ。あの瞬間の感情こそ藝術だと思ひましたよ。死滅を眼前におきながら――何千呎の高さから眞の逆樣に墜落してゆく自分の姿を眼前に豫想しながら、あらゆる生の緊張をあの瞬間に味ひながら、血を漲らして天空を驅けてゆくあの瞬間の感情こそ、もつとも優れた藝術だと思ひましたよ。死滅を眼前におくと云ふ樣な生活を、あゝ一瞬でもいゝから味ひたい。『戀を對象にした藝術はもう過ぎてしまつて、いくら何うしたつてこの美しい藝術はもう私の手には復《かへ》つてこない。あれこそ私の藝術だ』。私はこんな事を思つてゐると無暗と泣きたくなつたのです。――

私はいつたい何うすればいゝとお思ひです。私は今更、自分の生活を變へるとか新《あら》たにするとか云ふ樣な事などは考へてはゐないのです。何《なん》でもいゝからもう一度自分のこゝろを赤裸にしてさうして自身の手で其のこゝろを投げだして見たいのです。さうして赤裸になつた自分と云ふものを、もう一度自分の眼で見直さなければならないと思ふのです。

私はもう何も書きたくない。書くことが厭になりました。かうして毎日文字を讀んでゐれば、文字だけの小說は私の筆でも書き上げられる。私の書くものは簪の摘《つま》み細工と同じもので、唯小器用な細工品に過ぎない。何《なん》て生命のない仕事でせう。私はいやで〳〵仕方がないのです、こんな事を爲《し》てゐるのが。

小器用な細工品を机の上で拵へてるよりも、もちつと生命を中心にした生きかたがありさうなものぢやありませんか。私は何もかも捨てちまつて遠いところへ行き度い。この頃は唯それればかりを考へます。私の今の生活は昔と違つて二重にも三重にもなつてゐる。これをすつかり切《き》り外《はづ》してしまつて、さうして今までの知人たちと少しも交渉のないところへ遠く隱れて了ふことが出來たら。――

私はその内あなたに逢つて、しみ〴〵話さなければならないと思つてます。しばらく逢はないあなたは私の云ふ事を空想だなど丶考へるかも知れないが、今の私は空想を云つてる様な餘裕さへないのですよ。油蟬のやうに一とつところに取り付いて、いつまで出ない聲をぢい〳〵と振り立てる苦しさにはもう堪へられないのです。私は何《ど》うかしなくちやならない。何《ど》うかしなくちやならないのです。筆を取つて小説を作るばかりが私の藝術の全生命ぢやないでせう。私はもうこんな事は厭になつた。ほんたうにいやになつた。

手紙を書いてるうちにひどく心がからつとしてくる。今日はプランタンでOに逢ふ約束のある日である。

プランタンへ行くと定めた時間よりも二時間ほどおくれてゐた。Oは客のないカフエーのがらんとした室で私を待ちぼうけてゐた。

私は今日Oと一所に俳優のSを訪ねるつもりだつたが、いやになつてるのでOに斷つたけれども、先《さつ》刻《き》から電話がか丶つてきてるからと云つてOは無理に私を連《つ》れて出る。

Sの家は芝の新濱町にある。Oは其の道端に印しのついた馬の蹄の跡を見て、『Sさんはもう出勤したんだわ』と云つてゐる。本郷座の幕明きは三時だが今はもう二時を過ぎてゐる。『あの人の居るうちに連《つ》れて行かうと思つたのに』。Oはそんな事を呟いてゐた。

Sの家にOと兄妹のKの妻君が丁度來合はせてゐた。座敷から品川の海がすつかり見渡す事の出來る見晴らしの好い座敷てある。私はSの家と云ふ事に興味を感じて、いろ〳〵空想しながら一人して座敷々々を廻《まは》つて歩く。簞笥の並んてる上に、伯林てうつしたKの寫眞が乘つてゐる。毛がのびて恐《おそろ》しく辛辣な顏をしてゐる。私はKの妻君をその前に招いてからかつてやる。

揚《あ》げ餅《もち》だの今戸のお煎《せん》が出てゐる周圍《まはり》に皆並《みんななら》んで坐つてゐる。誰れもみな磨《みが》きのかゝつた美しい顏をしてゐる。Sの妻君は纎細な筆てかつきりと描いたやうな眼《め》鼻立《はなだち》をしてゐる、濃い眉毛はいつも一の字に剃《そ》りつけてある。みんなは、白粉の話や着物の柄《がら》の事などを品評し合つてゐる。

自己の問題に觸れる事なしに、かうして一日でも暮らせる人だちが、私には殊に今日はうらやましく思はれて仕方がない。私はみんなと一所に他愛もない冗談を云つたり笑つたりしてる間《あひだ》に、時々何《なん》とも云はれぬ淋しさにおそはれる。私はその度に海を見る。さうして又彼方此方と座敷の中を廻り歩いて見る、此《こ》家は役者の家らしくない構へだけれども、何處《どこ》となく役者と云ふものゝ起居の上に滿《み》ちてゐる一種のチャームが、室内《へや》々々《く》に漂つてゐるやうな氣がして鏡臺の陰にもなまめかしくなつかしい色が見えて好《す》きてある。私はその氣分をよろこびながら二階に上つたり緣に出たり、置物《おきもの》を弄《いぢ》つて見たりした。

Oと二人て四時過ぎに其家《そこ》を出て新富へ行く。途中の電車の中て二人とも見知り越しの女優に逢ふ。この女優は何處にも專屬《せんぞく》してない女優てある。一二度何か演《や》つてそれぎりになつてゐる人だが、服裝《なり》のけばけば〳〵しさにOも自分も聲を上げて驚いてしまふ。それが一と目見て女優と云ふ一とつの階級を直ぐに連想させるやうな服装《なり》である。

Oは途中いろ〳〵と經濟の苦しみなどを話してゐる。下女が歸るので明日からは自分が臺所をやらなければならないと云つてそれを苦勞にしてゐる。家庭の用務の難義な事面倒な事などは、殊に私に理解がゆく。乏しい家庭における下女の爲に、主婦の自分たちは云ひがたい屈辱を受けることが屢〻ある。Oもそれを味つてゐた。二人はそんな事を限りもなく話し合つた。二人とも一方に仕事を持つた妻君が、折々家庭の用向きが面倒になつて堪らなくなると云ふだけに就いての思慮深い話をしあふのである。Oはかうした間《ま》も縮緬の服紗に包んだ洋書を讀むでゐる。Oは一生懸命に勉强をするつもりなのである。かうして見てゐると、Oはまだ〳〵これから何か出來さうな人に見える。

『私はもう始終あとから〳〵何か追つかけられてるやうな氣がしてちつとも落着かない。何《なに》か考へるなんて事は兎ても出來やしないわ。始終そは〳〵してゐる』。

Oはいつかもこんな事を云つてゐた。Oは才智の勝つた凉しい眼付をしてゐる。Oは溫《ぬる》い玉露《ぎよくろ》のやうな味《あぢ》のある人である。私はこの味《あぢ》が好《す》きなのである。

今日もこんな事で一日過ぎてしまふ。

小説

嫁ぐまで

田村俊子

母《はゝ》の由香子《ゆかこ》は、この頃際立《ごろきはだ》つて沈默《ちんもく》になつた娘《むすめ》の姿《すがた》を――丁度秘藏《ちやうどひざう》な彫像《ちやうざう》についた瑕瑾《きず》でも見付《みつ》け出《だ》さうとする樣《やう》に――隙《すき》さへあればぢつと見詰《みつ》めてゐるのでした。そうしてこの注視《ちうし》の眼《め》が、一瞬《しゆん》でも娘《むすめ》の小枝子《さえこ》の姿《すがた》から離《はな》れる時《とき》は、それこそ其《そ》の瞬間《しゆんかん》に娘《むすめ》の心《こゝろ》の中《なか》に何《なに》かしら、忍《しの》び込《こ》んでゝもくる樣《やう》な氣《き》がして、由香《ゆか》子《こ》は自分《じぶん》の手許《てもと》から娘《むすめ》を風呂場《ふろば》へ一人《ひとり》してやる事《こと》さへも爲得《しえ》なくなつたのでした。

「小枝子《さえこ》。小枝子《さえこ》。」

母《はゝ》は小枝子《さえこ》の姿《すがた》が見《み》えない時《とき》は直《す》ぐにから云《い》つて呼《よ》びます。小枝子《さえこ》が自分《じぶん》の室内《へや》にでも一人《ひとり》して引《ひ》き籠《こも》つてるのを見付《みつ》ける時《とき》は、母《はゝ》は恐《おそろ》しく不機嫌《ふきげん》な皮肉《ひにく》な眼《め》で小枝子《さえこ》の姿《すがた》を見守《みまも》るのでした。

小枝子《さえこ》は今年《ことし》の春《はる》、高等女學校《かうとうぢよがくかう》を卒へたのでした。毎日靴《まいにちくつ》を穿《は》かなくなつてしまつた自分《じぶん》の足《あし》が妙《みやう》に輕《かる》く袴《はかま》のない裾《すそ》が妙《みやう》にそは〳〵と落着《おちつ》かないやうな自分《じぶん》の姿《すがた》といつしよに、學校《がくかう》が濟《す》むとその心《こゝろ》も妙《みやう》に重壓《おもり》を失《うしな》つて、空漠《くうばく》とした淋《さび》しさの中《うち》に小枝子《さえこ》は日《ひ》を暮《く》らしてゐるのでした。自分《じぶん》と同《おな》じやうな若《わか》い十八の感情《かんじやう》の中《なか》に馬鹿氣《ばかげ》て笑《わら》ひ合《あ》ふ事《こと》の出來《でき》る樂《たの》しみも、又《また》、自分同《じぶんどう》士《し》の他《ほか》には知《し》る事《こと》の出來《でき》ない樣《やう》な自分《じぶん》たちだけの生活《せいくわつ》の上《うへ》のある歡《よろこ》びや悲《かな》しみも、話《はな》し合《あ》ふ機會《きくわい》がなくなつて了《しま》ひました。友達《ともだち》のリボンの柄《がら》を羨《うらや》しがる事《こと》もなくなつた代《かは》りに、自分《じぶん》のせつせと拵《こしら》へ上《あ》げた細工《さいく》ものを友達《ともだち》に見《み》せて、少女同士《せうぢよどうし》の間《あひだ》だけでの意味《いみ》のある賞讃《しやうさん》も聞《き》く事《こと》が出來《でき》なくなりました。小枝子《さえこ》は何《なに》につけても張合《はりあひ》がないのでした。その月《つき》の婦人雜誌《ふじんざつし》を讀《よ》んでもその中《なか》の面白《おもしろ》い記事《きじ》を、はしやいだ聲《こゑ》で話《はな》し合《あ》ふ相手《あひて》もない小枝子《さえこ》は、唯《たゞ》その心《こゝろ》がつまらなく萎《しぼ》んでゐるのでした。

　その頃《ころ》は、學校《がくかう》の出來《でき》ごとを、又母親《またはゝおや》にもおもしろく聞《き》かす事《こと》もできましたが今《いま》では、小枝子《さえこ》は母親《はゝおや》に語《かた》るだけの毎日《まいにち》の材料《ざいりやう》さへなくなつてしまいました。斯《か》うして毎日家《まいにちいへ》にばかり居馴《ゐつ》けて見《み》ると、今《いま》までは無頓着《むとんちやく》な優《やさ》しい解放的《かいはうてき》な母親《はゝおや》だとばかり想《おも》つてゐた人《ひと》が、何《なに》彼《か》につけて干渉《かんしやう》が多《おほ》く、小言《こごと》が多《おほ》く、そうして僅《わづか》の時間《じかん》でも自分《じぶん》を引《ひ》き付《つ》けておかうとする執拗《しうね》さとて、小枝《さえ》子《こ》は家《いへ》にゐるのが蒼蠅《うるさ》くてたまらない樣《やう》な日《ひ》もあるのでした。小枝子《さえこ》は機《をり》さへあれば學校時代《がくかうじだい》の友達《ともだち》を訪問《はうもん》したがつたり、教師《けうし》の家《いへ》を訪《たづ》ねたがつたりするのでした、それも此頃《このごろ》では二度《ど》に一度《ど》も母《はゝ》の許《ゆる》しが出《で》ない事《こと》になりました。

「學校《がくかう》の方《はう》が濟《す》めば、今度《こんど》は家庭《かてい》の修業をしなくちやなりません、いつまで學校《がくかう》の時分《じぶん》のお友達《ともだち》と一所《しよ》に騒《さわ》いでゐたいんです、少《すこ》しは大人《おとな》らしくならなくちやいけませんよ。」

由香子《ゆかこ》は斯《か》う云《い》つて娘《むすめ》を制《せい》した。

『私《わたし》たちの黄金時代《わうごんじだい》よ。』

　小枝子《さえこ》はこの頃《ころ》では、時々《ときぐ》こんな述懐《じゆつくわい》を書《か》いては友《とも》達《だち》のところに送《おく》るのでした。

　然《しか》し利口《りこう》な小枝子《さえこ》は、よく自分《じぶん》の心《こゝろ》を一人前《いちにんまへ》の女《をんな》らしく形《かたち》づくる事《こと》に努《つと》めてゐるのでした。そうして大人《おとな》らしい心持《こゝろもち》になつて、眞面目《まじめ》に世《よ》の中《なか》を觀《み》なければならないと云《い》ふ考《かんが》へ深《ぶか》い心持《こゝろもち》になつて、初々《うひ／＼》しい瞳子《ひとみ》の底《そこ》に何所《どこ》か高慢《かうまん》な影《かげ》を漂《たゞよ》へながらぢつと想《おも》ひ濟《す》ましてゐる事《こと》などもあるのでした。自分《じぶん》の膝《ひざ》の前《まへ》に形《かたち》のない教科書《けうくわしよ》のやうに母《はゝ》の手《て》で展《ひろ》げられた、一家《か》の經濟法《けいざいはふ》、料理法《りやうりはふ》——殊《こと》に他人《たにん》の親《おや》に對《たい》して努《つと》めなければならない心《こゝろ》の作法《さはふ》など、母《はゝ》の完全《くわんぜん》した一家《か》の主婦《しゆふ》の知識《ちしき》によつて小枝子《さえこ》は殘《のこ》るくまもなく教《をし》へられるのでした。小枝子《さえこ》には其《そ》れ等《ら》の家庭《かてい》の中《なか》で自分《じぶん》が行《おこな》はなければならない一切《さい》の仕事《しごと》に就《つ》いて、かなり趣味《しゆみ》を感《かん》じるのでした。

　けれども、其《そ》れ等《ら》も唯《たゞ》見習《みなら》つてる事《こと》だけでは單純《たんじゆん》なものでした。眞劍《しんけん》に小枝子《さえこ》の手《て》で繰《く》り返《かへ》される仕事《しごと》は主《おも》に裁縫《さいほう》でした。小枝子《さえこ》は、小枝子《さえこ》には二人《ふたり》の兄《あに》があるのです、一人《ひとり》は仙臺《せんだい》の高等學校《かうとうがくかう》の寄宿《きしゆく》にゐるので、一人《ひとり》は遠《とほ》い英國《えいこく》に行《い》つてゐるのです。兄《あに》の着物《きもの》や、父《ちゝ》の着物《きもの》を母《はゝ》の傍《そば》で毎日《まいにち》〳〵縫《ぬ》つては暮《く》らし縫《ぬ》つては暮《く》らしてゐるのです。そうして夕方《ゆふがた》その仕事《しごと》が終《をは》つても小枝子《さえこ》は訪《たづ》ねてくれる人《ひと》を待《ま》つ樂《たの》しみもなく、又新《またあた》らしい知《し》り人《びと》と一所《しよ》になつて新《あた》らしい會話《くわいわ》を試《こゝろ》みる機會《きくわい》などはまるきり無《な》いのでした。自分《じぶん》の家《いへ》に稀《まれ》に灯《ともしび》が輝《かゞや》いて賑《にぎ》やかな話聲《はなしごゑ》の聞《きこ》える夜《よ》るは、それは父親《ちゝおや》の友《とも》達《だち》などが往訪《わうはう》した時《とき》で、小枝子《さえこ》は母《はゝ》と一所《しよ》になつてその饗應《きやうおう》に臺所《だいどころ》で働《はたら》かなければならない晩《ばん》でした。

　小枝子《さえこ》の小《ちい》さな世界《せかい》はだん〳〵に暗《くら》い影《かげ》が射《さ》してきました。自分《じぶん》たちの華《はな》やかな空想《くうさう》を漏《い》らし合《あ》つた友達《ともだち》に別《わか》れて母《はゝ》の手《て》一とつにしつかりと包《つゝ》まれてるこの頃《ごろ》は小枝子《さえこ》の好《この》む色合《いろあひ》の詮議《せんぎ》一《ひ》とつにも、其《そ》れを好《い》いとかわるいとか云《い》つて爭《あらそ》ふほどの彈《はず》んだ言葉《ことば》さへ出《だ》した事《こと》がない、殊《こと》に小枝子《さえこ》が不滿《ふまん》なのは、何所《どこ》へゆくにも母《はゝ》が必《かな》らず引《ひ》つ添《そ》つてゆく事《こと》でした。

　うら若《わか》い小枝子《さえこ》は、裝《よそほ》ひ飾《かざ》つて外出《ぐわいしゆつ》する時《とき》の自分《じぶん》と云《い》ふものに、どれほどの誇《ほこ》りと憧憬《どうけい》を持《も》つか知《し》れないのでした。その時《とき》の自分《じぶん》の微笑《ほゝゑみ》には、これから味《あぢは》ふとする美《うつく》しい戀《こひ》ごゝろの仄《ほの》めきが、初《はじ》めて大膽《だいたん》に溢《あふ》れるやうにも思《おも》はれるのでした。その時《とき》の小枝子《さえこ》の情思《おもひ》は自由《じゆう》で、その奥底《おくそこ》では若《わか》い戀《こひ》の歌《うた》が絶《た》へずふるえ勝《が》ちに奏《かな》されてゐるのでした。そうして小枝子《さえこ》の眼《め》は自《じ》分《ぶん》の情思《おもひ》が求《もと》めるさま〴〵な若《わか》い男《をとこ》の上《うへ》に、きつい魅《み》力《りよく》を含《ふく》んで注《そゝ》がれるのです。

　然《さ》うした花《はな》やかな、ほしいまゝな感情《かんじやう》を一所《しよ》にゐる鬱陶《うつたう》しい母《はゝ》の心《こゝろ》は黑雲《くろくも》のかたまりの樣《やう》になつて壓《お》しつけるのです、母《はゝ》の前《まへ》では、小枝子《さえこ》の眼《め》は戀《こひ》を含《ふく》んで開《ひら》かれる事《こと》さへないのです。小枝子《さえこ》の花々《はなばな》じい空想《くうさう》の歡《よろこ》びは、母《はゝ》の前《まへ》では黑絹《くろきぬ》を被《かぶ》せられた樣《やう》に何所《どこ》かに悲《かな》しく隱《かく》されてしまふのです。それ故《ゆゑ》小枝子《さえこ》は母《はゝ》と離《はな》れて一人《ひとり》して歩《ある》く事《こと》を好《この》むのですけれどもそれは母《はゝ》が許《ゆる》しませんでした。母《はゝ》は家《いへ》にゐる間《あひだ》さへ小枝子《さえこ》を自分《じぶん》の手《て》許《もと》から放《はな》すことは出來《でき》ないのですから。――

小枝子《さえこ》は何《なに》か知《し》らず、自分《じぶん》の毎日《まいにち》が鬱陶《うつたう》しくて堪《たま》らなくなつてきました。小枝子自身《さえこじしん》の心《こゝろ》が絶《た》へず何《なに》かの上《うへ》にその心《こゝろ》の眼《め》を見張《みは》らうとしてゐるのです。自分《じぶん》の心《こゝろ》は自分《じぶん》だけの心《こゝろ》になつて、さうして自分《じぶん》の眼《め》だけですべての事物《じぶつ》を見詰《みつ》めやうとしてゐるのです、けれどもそれが許《ゆる》されないから小枝子《さえこ》は鬱陶《うつたう》しくて堪《たま》らないのでした。

小枝子《さえこ》の思《おも》ひは、唯母《たゞはゝ》の心《こゝろ》の蔭《かげ》に小《ちい》さくなつてかくれてゐるのです、たま〳〵自分《じぶん》だけの思《おも》ひになつて、自分勝手《じぶんがつて》に其《そ》の心《こゝろ》を働《はたら》かさうとすれば、直《す》ぐに母《はゝ》は其《そ》の思《おも》ひに干渉《かんしやう》を加《くわ》へます。

『母《かあ》さんは私《わたし》に大人《おとな》になれと云《い》ひながら、矢《や》つ張《ば》り私《わたし》を小供扱《こどもあつか》ひにしていらつしやる。それはひどいわ。』

小枝子《さえこ》は時々《ときぐ》、かう考《かんが》へる事《こと》があるのでした。

全《まつた》く母《はゝ》の由香子《ゆかこ》は、自分《じぶん》でも分《わか》るほど娘《むすめ》のすべてに束縛《そくばく》を加《くわ》へてきたのでした。娘《むすめ》がまだ生《うま》れたての赤《あか》ん坊《ばう》であつた時《とき》、その肉體《にくたい》の上《うへ》に加《くわ》へたあらゆる注意力《ちういりよく》が妙齢《としごろ》の娘《むすめ》に對《たい》しては心《こゝろ》の上《うへ》の注意力《ちういりよく》になつて又一層《またいつそう》鋭《するど》く働《はたら》き初《はじ》めた事《こと》を自身《じしん》でも知《し》る事《こと》が出來《でき》るのでした。學校《がくかう》に通《かよ》つてる頃《ころ》は、その無邪氣《むじやき》な學校《がくかう》の事《こと》より外《ほか》には何事《なにごと》も考《かんが》へない娘《むすめ》のすべてを頼母《たのも》しく、又嬉《またうれ》しい事《こと》に思《おも》つて、由香子《ゆかこ》は自身《じしん》にも驚《おどろ》くほど娘《むすめ》の一切《さい》についで放任《はうにん》してゐたのでした。自分《じぶん》の生中《なまなか》な干渉《かんしやう》が、却《かへ》つて無心《むしん》な娘《むすめ》に思《おも》ひがけない智恵《ちゑ》を與《あた》へやしないかと云《い》ふ樣《やう》な懸念《けねん》から由香子《ゆかこ》は大概《たいがい》は、娘《むすめ》の思《おも》ひ通《どほ》りに任《まか》せてゐたものでした。さうして娘《むすめ》の心《こゝろ》がおほまかに自由《じゆう》にのび〳〵と育《そだ》つてゆくのを、母《はゝ》は自分《じぶん》の眼《め》を強《し》いて靜止《せいし》させてるやうな心持《こゝろもち》で眺《なが》めてゐたものでした。自分《じぶん》にはたつた一人《ひとり》の娘《むすめ》が、賢《かしこ》く、さうして少《すこ》しの邪念《じやねん》もなく、學生《がくせい》らしい態度《たいど》や心持《こゝろもち》で大《おほ》きな聲《こゑ》で唱《しやう》歌《か》を唄《うた》つたり、跳《は》ねたり騷《さわ》いだりするのを、母《はゝ》はいつまでも小供氣《こどもげ》の失《う》せないと云《い》ふ一點《てん》に其《そ》の娘自慢《むすめじまん》を注《ちう》集《しふ》してよろこんでゐたものでした。

それが娘《むすめ》の學校《がくかう》が卒《を》はると同時《どうじ》に、どうして斯《か》う責《せき》任《にん》を感《かん》じ初《はじ》めたのか、由香子《ゆかこ》は小枝子《さえこ》の言葉《ことば》の一とつにも、其《そ》の耳《み》をおろそかにしてはゐられなかつた。右《みぎ》へ行《ゆ》くべき筈《はず》のものがこの娘《むすめ》に限《かぎ》つて左《ひだり》へ行《ゆ》かうとするやうな心《こゝろ》の配置《はいち》を見付《みつ》けでもした時《とき》は、母《はゝ》は夜《よる》も滿足《まんぞく》に眠《ねむ》らずに、娘《むすめ》について考《かんが》へたりした。

「今日《けふ》は一日《いちにち》、あれはろくに物《もの》を云《い》はずにゐた。あれの心《こゝろ》に何《なに》か起《おこ》つたのではなからうか。」

由香子《ゆかこ》はかうして、其《そ》の日《ひ》の内《うち》に家内《かない》に起《おこ》つた出來事《できごと》や、又其《またそ》の日《ひ》の前後《ぜんご》の、小枝子《さえこ》の擧動《きよどう》の上《うへ》について考《かんが》へを廻《めぐ》らしたりするのでした。

母娘《ふたり》はどうかすると、お互《たがひ》に云《い》ひ度《た》い事《こと》も云《い》はずにゐると云《い》ふ樣《やう》な遠慮《えんりよ》勝《が》ちに日《ひ》を送《おく》る事《こと》もあるのでした。小枝子《さえこ》が母《はゝ》に對《たい》して自分《じぶん》の思《おも》ふ事《こと》を探《さぐ》られまいとして沈默《ちんもく》をつゞける時《とき》と、母《はゝ》が、あまり娘《むすめ》の心《こゝろ》に自身《じしん》の手《て》を突き入《い》れるやうな殘虐《ざんぎやく》な事《こと》はしまいとして默してゐる時《とき》の、その二人《ふたり》の間《あひだ》の隔《へだ》たりの時間《じかん》です。小枝子《さえこ》にしては斯《か》う云《い》ふ時間《じかん》、斯《か》う云《い》ふ時日《じじつ》を少《すこ》しでも多《おほ》く續《つゞ》く事《こと》を願《ねが》ふのですけれども、母《はゝ》はこれが一日《にち》と續《つゞ》く時《とき》は、もう娘《むすめ》と云《い》ふものが自分《じぶん》の手《て》には再《ふたゝ》び復《かへ》つてこないやうな遙《はる》かなところへ誰《たれ》かの手《て》によつて奪《うば》はれてゞもしまつた樣《やう》に焦躁《やきもき》されるのでした。で、こんなあとは、殊《こと》に母《はゝ》の由香子《ゆかこ》は娘《むすめ》に對《たい》して執拗《しつえう》に監視《かんし》の眼《め》を見張《みは》るのでした。

小枝子《さえこ》はせめて、仙臺《せんだい》の兄《あに》でも自分《じぶん》の傍《かたはら》にゐてくれゝばと思《おも》ふ日《ひ》もありました。兄《あに》ならば自分《じぶん》の今《いま》の考《かんが》へが分《わか》つてくれる樣《やう》な氣《き》がされるのでした。考《かんが》へと云《い》つて小枝子《さえこ》には其《そ》れをはつきりと自身《じしん》にも纏《まと》める事《こと》も出來《でき》ませんでしたけれども、何《なに》か斯《か》うして日《ひ》を暮《く》らしてゐる事《こと》の不安《ふあん》さに就《つ》いて、兄《あに》の口《くち》から敎《をし》へて貰《もら》はなければならない氣《き》がされるのでした。この頃《ごろ》になつて、急《きふ》に母親《はゝおや》が自分《じぶん》を束縛《そくばく》する事《こと》の不滿《ふまん》も、訴《うつた》へて見《み》るなら仙臺《せんだい》の兄《あに》よりほかにはないのでした。

「母《かあ》さんは私《わたし》を信《しん》じて下《くだ》さらないのでせうか。何《なん》の爲《ため》に母《かあ》さんは、あゝも私《わたし》の事《こと》を氣《き》になさるのでせう。私《わたし》が一寸《ちよつと》お庭《には》に出《で》て、何《なに》か考《かんが》へてゐましてもね、兄《にい》さん、母《かあ》さんは私《わたし》をおたづねなさるのですよ、さうして直《ぢ》きに母《かあ》さんは私《わたし》の事《こと》を「ぼんやり」だとか「もつとはき／＼をしなさい」とかつけ／＼仰有《おつしや》るの、私《わたし》ちつともぼんやりしてや為《い》ませんのよ。其《そ》れてね、先《せん》には何《なん》とも仰有《おつしや》らなかつた事《こと》も、この頃《ごろ》では直《す》ぐにお小言《こごと》なの、母《かあ》さんは私《わたし》を憎《にく》んでゐらつしやるのだわ、きつと私《わたし》が悪《わ》るい娘《むすめ》になつて行《ゆ》くので、母《かあ》さんは私《わたし》を憎《にく》んでいらつしやるのに違《ちが》ひないと思《おも》ふの、私《わたし》ちつとも悪《わ》るい事《こと》なんか考《かんが》へませんのよ、ですから、私《わたし》この頃《ごろ》母《かあ》さんが恐《おそろし》くつて仕方《しかた》がありませんの、一寸《ちよつと》してもお小言《こごと》ですから、私《わたし》ほんとに神経《しんけい》が起《おこ》つてしまふわ、私《わたし》この頃《ごろ》何処《どこ》へも出《で》られませんのよ、出《で》てはいけないのですつて、ですから私《わたし》なんにも見《み》もしなければ、そうして読《よ》みもしませんのよ、これでは馬鹿《ばか》になるばかりですわね、外《ほか》のかたは皆《みな》さん学校《がくかう》なんかへいらつしつたり、お稽古《けいこ》にいらつしつたりなさるのに私《わたし》は何《なに》もお稽《けい》古《こ》もしなければ、ほんとに馬鹿《ばか》になるばかりですね。兄《にい》さん、そうして家《いへ》にばかりゐて――」

小枝子《さえこ》は兄《あに》へこんな手紙《てがみ》を書《か》いたけれども、若《も》し、こんな事《こと》を云《い》つて兄《あに》が何《なに》か誤解《ごかい》でもしはしないかと不《ふ》圖《と》思《おも》つたので止《よ》してしまつた。

『母《はゝ》の監視《かんし》。』

まあ何《なん》ていやな言葉《ことば》だらう、監視《かんし》を受《う》けなければならない、自分《じぶん》と云《い》ふものは、まあ何《なん》ていやな娘《むすめ》だらう――小枝子《さえこ》はかう思《おも》うと自分《じぶん》を悲《かな》しまずにはゐられませんでした。

「もう少《すこ》し私《わたし》を打捨《うつちや》らかして下《くだ》さればいゝのに私《わたし》だつて自分《じぶん》だけの考《かんが》へは持《も》つてゐますわ。」

小枝子《さえこ》は時々《とき〴〵》母《はゝ》に向《むか》つて斯《か》う云《い》ふ事《こと》が云《い》い度《た》かつた。

小枝子《さえこ》は自分《じぶん》の友達《ともだち》のところへも行《い》つて、其《そ》の人《ひと》たちのこの頃《ごろ》両親《りやうしん》から受《う》ける感《かん》じを聞《き》いて見《み》たいのでした。外《ほか》の人々《ひと〴〵》も、自分《じぶん》と同《おな》じやうに監視《かんし》を受《う》けてゐるのか何《ど》うかそれが知《し》りたいのでした。若《も》し外《ほか》の人《ひと》には其《そ》れがなくつて、自分一人《じぶんひとり》が受《う》ける監視《かんし》としたら――

小枝子《さえこ》は淡《あは》い侮辱《ぶじよく》さへ感《かん》じるのでした。

小枝子《さえこ》は反抗的《はんかうてき》に、一人《ひとり》で出歩《である》くことを母《はゝ》に強請《せが》んだりしました。一人《ひとり》と云《い》つても其《そ》れは友達《ともだち》のところを訪問《はうもん》するので、友達《ともだち》と自由《じゆう》な感情《かんじやう》を露骨《ろこつ》にしあつて面白《しろ》く話《はなし》をしてさやうと思《おも》ふだけの事《こと》ですが、それも母《はゝ》は許《ゆる》さないのです、母《はゝ》の由香子《ゆかこ》は小枝子《さえこ》が友達同士《ともだちどうし》手《て》紙《がみ》を往復《わうふく》することさへ、この頃《ごろ》ではあまり好《い》い顔《かほ》で見《み》る事《こと》はしないのでした。

小枝子《さえこ》はぼんやりと縁側《えんがは》に佇《たゝず》んでゐました。上《うへ》からさがつてる切子燈籠《きりことうろう》の灯《ひ》がぼつりと、鼈甲色《べつこういろ》に吉野紙《よしのがみ》を透《す》いて見《み》えてゐます。風《かぜ》に連《つ》れて、燈籠《とうろう》の薄紅《うすべに》と白《しろ》を取《と》り交《ま》ぜた紙《かみ》の總《ふさ》が亂《みだ》れて、吹《ふ》き立《た》つて、又瓔珞《またようらく》のやうにさらさらと流《なが》れる時《とき》でも、この灯《ひ》の色《いろ》ばかりはちらとも動《うご》かないのでした。そうして燈籠《とうろう》がくる〳〵と廻《まは》つてる間《あひだ》は、灯《ひ》の色《いろ》が切子《きりこ》の中《うち》いつぱいに夏《なつ》の夢《ゆめ》のやうに擴《ひろ》がるやうに見《み》えますけれども、それがぢつと靜止《せいし》すると、灯《ひ》の色《いろ》は又小《またちい》さく縮《ちゞ》まつて、べつかう色《いろ》にぽつりとしてゐるのです。

小枝子《さえこ》はその灯《ひ》の色《いろ》を可愛《かあい》らしく思《おも》いながら、縁側《えんがは》に立《た》つて眺《なが》めてゐました、時々自分《ときどきじぶん》の持《も》つてる團扇《うちは》でその美《うつく》しい紙總《かみふさ》を傷《いた》めぬ樣《やう》に拂《はら》つて見《み》たりしました。

座敷《ざしき》の中《なか》では河鹿《かじか》が水《みづ》を切《き》るやうな涼《すゞ》しい聲《こゑ》でないてゐます。座敷《ざしき》の明《あか》るい電燈《でんとう》が、この庭先《にはさき》まで光《ひか》りをにおませてゐます、そのにおんだ光《ひか》りの中《なか》にたゆた氣《げ》な姿《すがた》を漂《たゞよ》はしてゐる小枝子《さえこ》は、夢《ゆめ》の中《なか》に閉《と》ざゝれてるやうな恍惚《うつとり》とした心持《こゝろもち》で立《た》つてゐるのでした。

小枝子《さえこ》の胸《むね》にはいろ〳〵な人《ひと》の面影《おもかげ》が浮《うか》びました。學校《がくかう》にゐた頃友達《ころともだち》の瀧野《たきの》さんと一所《しよ》に熱《ねつ》をした河原先生《かはらせんせい》の事《こと》もなつかしく思《おも》い出《だ》した。髪《かみ》の毛《け》の軟《やは》らかな、その軟《やは》らかな髪《かみ》の毛《け》が額《ひたひ》にいつも下《さ》がつてゐた、顔《かほ》の少《すこ》ししやくれた、眼鏡《めがね》をかけた――その人《ひと》は文學士《ぶんがくし》でした。話《はなし》をしてる間《あひだ》でも感情《かんじやう》が漲《みなぎ》つてくると直《す》ぐに涙聲《なみだごゑ》になるので、級中《きふちう》の人《ひと》たちは泣虫《なきむし》と仇名《あだな》をつけてゐたけれども、誰《たれ》も彼《か》もその先生《せんせい》が好《す》きでした。その人《ひと》の作《さく》した詩《し》を生徒《せいと》たちがよつてみんなで朗讀《らうどく》した時小枝子《ときさえこ》と瀧野《たきの》は聲《こゑ》を出《だ》して泣《な》いてしまつたので、それが友達《ともだち》の間《あひだ》に一《ひと》つ話《ばなし》になつて殘《のこ》つてゐる。小枝子《さえこ》はその先生《せんせい》を、今《いま》しみ〳〵と思《おも》ひだしたのでした、そうして其《そ》の先生《せんせい》の事《こと》を考《かんが》へてゐると胸《むね》の底《そこ》から涙《なみだ》が湧《わ》き上《あ》がつてくるやうな悲《かな》しい〳〵氣《き》分《ぶん》になるのでした。

『あなたは毎日《まいにち》何《なに》をしてゐる？そんな空《くう》な時間《じかん》を一時《じ》間《かん》でも送《おく》つてるやうな事《こと》では駄目《だめ》ぢやありませんか。若《わか》い心《こゝろ》は、若《わか》いものが考《かんが》へなければ分《わか》らない大切《たいせつ》な、一生《しやう》の間に一瞬《しゆん》の尊《たふと》い心《こゝろ》ですもの。あなたは其《そ》の瞬間《しゆんかん》を味《あぢ》はつたらいゝぢやありませんか。』

先生《せんせい》は斯《か》う云《い》つて、小枝子《さえこ》に文學《ぶんがく》を研究《けんきう》することを勧《すゝ》めた。小枝子《さえこ》には詩《し》の天分《てんぶん》があるのだとその先生《せんせい》は他《ほか》の生徒《せいと》にも云《い》つて聞《き》かせたものでした。

その為《ため》に小枝子《さえこ》は他《ほか》の生徒《せいと》たちからもその才分《さいぶん》を重《おも》んじられた。小枝子《さえこ》はその先生《せんせい》から別《べつ》に書物《しよもつ》を借《か》りて讀《よ》んだりしたけれども、其《そ》れ等《ら》の望《のぞ》みも今《いま》では夢《ゆめ》のやうに消《き》えてしまつたのでした。果敢《はか》なく推賞《すゐしやう》された小《さ》枝子《えこ》の才分《さいぶん》は、何《なん》の上《うへ》にも現《あら》はれる事《こと》なしにかうして、埋《うづ》もれ果《は》てゝゆくのでした。小枝子《さえこ》は、あの瀧野《たきの》が今《いま》でもある有名《いうめい》な文學者《ぶんがくしや》について、文學《ぶんがく》をおさめてゐる事《こと》を、この頃《ごろ》になつて初《はじ》めて聞《き》いたのでしたが、もう其《そ》れさへ羨《うらや》ましいと思《おも》ふほどの熱《ねつ》さへありませんでした。

そうして、淡雪《あはゆき》のやうな、どことなく消《き》へそうな静《しづか》な、細《ほそ》い、白《しろ》い顔《かほ》をしてる瀧野《たきの》を、小枝子《さえこ》はいつも懸《こ》ひしく思《おも》ひ出《だ》すのでしたが、文學《ぶんがく》をやつてゐると云《い》ふ事《こと》を聞《き》いてから、意地《いぢ》になつた様《やう》に小枝子《さえこ》は瀧野《たきの》をたづねもしないのでした、自分《じぶん》だけの輝《かゞや》かしい望《のぞ》みのある世界《せかい》を作《つく》りつゝある瀧野《たきの》は、彼方《あつち》からも滅多《めつた》に小枝《さえ》子《こ》の所《ところ》へ手紙《てがみ》をよこす事《こと》もありませんでした。——

『女《をんな》は女《をんな》で送《おく》るのが何《なに》よりなのだ、おとなしくしてお嫁《よめ》にゆきなるのだ。』

小枝子《さえこ》はふと、叔父《をぢ》の言葉《ことば》を思《おも》ひ出《だ》して、今《いま》それを自身《じしん》で繰《く》り返《かへ》して見《み》ました。小枝子《さえこ》の暗闇《くらやみ》の庭《にわ》を見詰《みつ》めてる眼《め》には涙《なみだ》があふれてきました。小枝子《さえこ》は眼《め》に涙《なみだ》を含《ふく》んだまゝて、其《そ》の儘母親《まゝはゝおや》のゐる方《はう》へ出《で》てゆきました。

丁度《ちやうど》由香子《ゆかこ》は湯《ゆ》から上《あが》つたばかりのところでした。髪《かみ》を洗《あら》つたと見《み》えて、荒《あら》い浴衣《ゆかた》の背中《せなか》に、まだ年《とし》のわりには淡い髪《かみ》を束《たば》ねて下《さ》げてゐるのてす。三十の息子《むすこ》を持《も》つた人《ひと》にしては、あんまり若《わか》く見《み》え過《す》ぎるほど、早《はや》く子《こ》をこの美しい面立《おもだち》は水々としてゐるのてした。持《も》つた由香子《ゆかこ》はまだ五十《いそぢ》にもならないのてした。

　小枝子《さえこ》はその母親《はゝおや》の姿《すがた》を縁《えん》に立《た》つて眺《なが》めてゐました。何《なん》となく平和《へいわ》な風は、そのしづかな團扇《うちは》使《づか》ひの陰からも、流《なが》れるやうに思《おも》はれるのてした。

「もうぢき新治《しんぢ》は歸《かへ》つてくるだらうよ。」

　由香子は娘《むすめ》を見《み》ると微笑《びせう》しながら聲《こゑ》をかけました。今湯に入《はい》つてる最中《さいちう》に由香子《ゆかこ》は仙臺《せんだい》に行《い》つてる新治《しんぢ》が暑中《しよちう》の休暇《きうか》を得《え》て歸《かへ》つてくるまでのその日《ひ》を數《かぞ》へてゐたからでした。小枝子《さえこ》はそれを聞《き》くと嬉《うれ》しさうにうなづいてゐました。この三月《みつき》四月《よつき》に味《あぢ》はつたり、考《かんが》へたりした新《あたら》しい事々《ことごと》について、いろ〳〵話《はな》して見《み》たい兄《あに》が歸《かへ》つてくると云《い》ふ事《こと》は小枝子《さえこ》にしては蘇生《よみがへ》るやうな嬉《うれ》しさでした。

「あれから何《なん》とか云《い》つて來《き》て？」

「いゝえ、例《れい》の通《とほ》りのつこり歸《かへ》つてくるつもりなんだらうよ。」

　小枝子《さえこ》は可愛《かあい》らしく、齒《は》をこぼしてふいと笑《わら》ひました、そうして誰《だれ》よりも彼《か》れよりも一番《ばん》になつかしい、又《また》、一番《ばん》に力頼《ちからだの》みになる兄《あに》の新治《しんぢ》を思《おも》ふと、こんな遠《とほ》くからでも甘《あま》へたいやうな思《おも》ひが迫《せま》つてくるのてした。

　母《はゝ》は又《また》、小枝子《さえこ》に、英國《えいこく》にゐる兄夫婦《あにふうふ》の初子《うひご》に送《おく》つてやりたい品《しな》などの相談《さうだん》をしてゐました。寫眞《しやしん》ばかりで見《み》た初孫《うひまご》の顏《かほ》は、あらゆる寶《たから》にも替《か》へがたい愛《いつ》くしみの的《まと》になつて、話《はなし》をしてる間《ま》も由香子《ゆかこ》の顏《かほ》は慈愛《じあい》に溶《と》けるやうな眼付《めつき》をしてゐるのてした。その母《はゝ》の顏《かほ》を見《み》てゐる小枝子《さえこ》は、自分《じぶん》にも限《かぎ》りない悦《よろこ》びが感《かん》じられました。そうして異境《いきやう》にある小《ちい》さな姪《めい》の爲《ため》に、母《はゝ》と一所《しよ》に三越《みつこし》へ行《い》つて何《なに》かを見付《みつ》けてこやうと云《い》ふ相談《さうだん》に晴《は》れ〳〵した顏《かほ》をして夜《よ》を更《ふ》かしてゆくのてした。叔《を》母《ば》と云《い》ふ特種《とくしゆ》な骨肉《こつにく》の間《あひだ》の替《か》へ名《な》のついた自分《じぶん》を思《おも》ふ時《とき》、小枝子《さえこ》は若《わか》い叔母《をば》らしい微《かす》かな、あどけない權威《けんゐ》がいつぱいになつて、何《なに》か笑《わら》ひくづれてゞも見《み》たいやうな氣《き》になつたりしました。そうしてこんな事《こと》を、唯二《たゞふた》人《り》てしんみりと話《はな》し合《あ》ふことのできる母《はゝ》に對《たい》して近頃《ちかごろ》にない親《した》しみを感《かん》じずにはいられませんてした。

　兄《あに》を持《も》ち、父《ちゝ》を持《も》ち、母《はゝ》を持《も》ち、又小《またちい》さな〳〵姪《めい》を持《も》つことが、自分《じぶん》の身《み》にとつてかけがへのない大《たい》した幸福《かうふく》のやうに、小枝子《さえこ》が感《かん》じたのはこの晩《ばん》が最初《さいしよ》の事《こと》てした。（完）

▼夏の海は辛辣

田村俊子

私は旅なしたことがないから、海《うみ》と山と何《どつ》ちが好いか、實際では言《い》へない。しかし、斯《か》うして考へ一見ると、若し旅行するなら、山《やま》の方にしたい。海は散漫て頭にも何の役《やく》にも立たないけれども、山《やま》へ行くゝ養はれるやうな氣がする。殊に夏の海と言ふものは、考《かんが》へたゞけても辛辣て厭だ。海て好いのは秋の海、夏は山、春《はる》は原、冬は室内て安火にても温《あたゝ》まつて居るのが好《たの》ましい。

名家の嗜好

1 草花《さうくわ》と樹木《じゆもく》
2 動物《どうぶつ》
3 色彩《しきさい》と香氣《かうき》
4 時《とき》と季《き》
5 詩歌《しいか》と小説《せうせつ》
6 繪畫《くわいぐわ》と彫刻《てうこく》
7 音樂《おんがく》と劇《げき》
8 遊戯《いうぎ》と娯樂《ごらく》
9 住《す》みたしと思《おも》ふ時代《じだい》
10 住《す》みたしと思《おも》ふ外國《ぐわいこく》の土地《とち》
11 夏《なつ》の食物《しよくもつ》

女流小説家　田村俊子

1 秋《あき》の草花《さうくわ》なら何《なん》でも好《す》きです。樹木《じゆもく》は柳《やなぎ》
2 犬《いぬ》。
3 色《いろ》は水淺黄《みづあさぎ》。香氣《かうき》は夏《なつ》の庭《には》に水《みづ》を撒《ま》いた時《とき》の土《つち》の匂《にほ》ひ。
4 時《とき》、黄昏《たそがれ》。季《き》は晩春《ばんしゆん》。
5 晶子《あきこ》女史《じよし》の顔《かほ》。徳田《とくだ》秋聲《しうせい》氏の小説《せうせつ》。
6 なし
7 音樂《おんがく》は鼓《つゞみ》の音色《ねいろ》が好《す》きです。劇《げき》は何《なん》でも好《す》きです、好《す》き嫌《きら》ひを言《い》つてる餘裕《よゆう》の無《な》い程《ほど》。
8 別《べつ》になし。但《たゞ》玩具《おもちや》は好《す》きです。
9 文化《ぶんくわ》文政《ぶんせい》。
10 なし

書《しよ》籍《しやく》と風《ふう》景《けい》と色《いろ》と？

〔一〕貴下《きか》の御著作中にて最も御會心のもの〔二〕本年六ケ月間の御讀書中《ごどくしよちう》にて最も面白きか或は最も利益《りゑき》ありと感ぜられしもの〔三〕最も風景優《ふうけいすぐ》れたりと思はれし地

田村とし子

〔一〕悲《かな》しいことには一つも御座《ござ》いません

〔二〕これもありませんでした至極《しごく》におもしろいものも又讀書《どくしよ》の内で利益《りゑき》を受けたものもありませんでした。

〔三〕これは私が旅行《りよかう》をいたしませんから何處と謂《い》つて好い景色《けしき》だといつたところはないのです。可愛《かあい》らしくつて好きなのは自分《じぶん》の家の猫の額《ひたい》ばかりの庭です。

241　「界を隔てたる人に」『演藝画報』大正 2（1913）年 9 月 1 日

界《さかい》を隔《へだ》てたる人《ひと》に

田村俊子

お師匠《しやう》さん。あなたもとう〳〵遠《とほ》い〳〵ところへ旅立《たびた》ちをしてしまひましたね。いろ〳〵とやりたい事《こと》が多《おほ》かつたのに、何《なに》一とつ實現《じつげん》する機《をり》もないうちに、あなたは、淺草《あさくさ》のみくに座《ざ》の小屋《こや》を最後《さいご》の舞臺《ぶたい》にして、もうこの世《よ》では逢《あ》ふことの出來《でき》ない遙《はるか》な世界《せかい》へ、ぷいと行《い》つておしまいなすつた。

丁度《ちやうど》五月《ぐわつ》の半頃《なかはころ》でしたね。あなたが大阪《おほさか》から歸《かへ》つてから二日目《ふつかめ》あたりに、偶然私《ぐうぜんわたし》が遊《あそ》びに行《ゆ》きましたつけ。覺《おぼ》えておいでゞすか。お師匠《しやう》さんは元氣《げんき》のいゝ顔《かほ》をしていつもの樣《やう》によく反《そ》る掌《てのひら》で口許《くちもと》を時々《とき〴〵》押《おさ》へるやうな態《しな》をしながら、大阪《おほさか》の話《はなし》なぞをして下《くだ》すつた。

あれが最後《さいご》の面會《めんくわい》だつたと思《おも》ふと、ふしぎにあの日《ひ》のあなたのお家《うち》の樣子《やうす》やら、また、お師匠《しやう》さんの話《はなし》しつ振《ぶ》りなぞが、どうもしんめりとしてゐた樣《やう》に思《おも》へてなつかしくつて仕方《しかた》がありません。あの日《ひ》のお師匠《しやう》さんは、ばかに淚《なみだ》つぽくて、昔《むかし》の私《わたし》の事《こと》を考《かんが》へたり、今《いま》の私《わたし》の事《こと》を話《はなし》し合《あ》つたりして、あなたは直《ぢ》きに淚《なみだ》を出《だ》しましたつけ。

「こちらにゐましても、柳盛座《りうせいざ》なぞへ出《で》たりするよりは、いつそ大阪《おほさか》へ行《い》つて、そんな事《こと》でもした方《はう》がいゝと思《おも》ひましてね、築地《つきぢ》へも相談《さうだん》しますと、その方《はう》がいゝだらう——つてね。その代《かは》り、こんどはお金《かね》の方《はう》は可成《かなり》こしらへて來《き》ました。」

お師匠《しやう》さんはそのお金《かね》で、又何《またなに》かやるつもりでゐたのですね。私《わたし》にもいろ〳〵相談《さうだん》があると云《い》つて、さも何《なに》か企圖《きと》してるやうな口吻《くちぶり》で、希望《きばう》の多《おほ》い話《はなし》をしておいでなすつたけれどもそのお金《かね》は思《おも》ひがけなくお師匠《しやう》さんの遠《とほ》い旅立《たびだ》ちの旅費《りよひ》になつてしまひました。お師匠《しやう》さんが、自分《じぶん》の名《な》と云《い》ふ事《こと》を考《かんが》へたり、地位《ちゐ》を考《かんが》へたり、いまになつて活動小《くわつどうこ》屋《や》なぞを稼《かせ》ぎたくないと思《おも》つたりして。逡巡《しゆん／＼》し、逡巡《しゆん／＼》し、して、とう／＼思《おも》ひ切《き》つて大阪《おほさか》に行《ゆ》き、そこの蘆部倶樂部《あしべくらぶ》とかで約半年《やくはんとし》も働《はたら》いてきたそのお金《かね》が、お師匠《しゝやう》さんの生涯《しやうがい》の結末《けつまつ》を付《つ》ける費用《ひよう》にならうとは、お師匠《しゝやう》さんも思《おも》ひも付《つ》かない事《こと》だつたでせう。

市川九女八《いちかはくめはち》と云《い》ふ名《な》をこの頃《ころ》になつてお師匠《しゝやう》さんはもつと確《かく》實《じつ》に殘《のこ》しておきたいと云《い》ふ事《こと》をいつも考《かんが》へてゐたやうですね。單《たん》に舞踊《まひをどり》の名人《めいじん》と云《い》ふばかりでなく。演劇《えんげき》の上《うへ》での才人《さいじん》と云《い》ふばかりでなく、云《い》はゞ女優《ぢよいう》の元《ぐわん》祖《そ》の九女八《めはち》として、何《なに》か最後《さいご》の紀念事業《きねんじげふ》を殘《のこ》して置《お》きたいと云《い》ふ事《こと》を始終考《しじうかんが》へてゐたやうですね。

然《しか》しあなたは、一度《ど》若柳燕嬢《わかやぎえんぢやう》にかつがれて失敗《しつぱい》したり、川上貞奴《かはかみさだやつこ》と一處《しよ》に新劇《しんげき》をやつて味噌《みそ》をつけたりした爲《ため》に、心《こゝろ》では新《あた》らしい活動《くわつどう》と云《い》ふことを常《つね》に欲《ほつ》してゐながら、事業對世間《じげふたいせけん》と云《い》ふものには恐氣《おぢけ》がついてゐた。下手《へた》なことをして笑《わら》はれたくないと云《い》ふ樣《やう》なことがいつも頭腦《あたま》にあつたそうして考《かんが》へきれないあたまで、あなたはいろ／＼な事《こと》を思《おも》つてゐたのです。——

お師匠《しゝやう》さんは自身《じしん》の藝《げい》については實《じつ》に強《つよ》い信仰《しんかう》があつた自己《じこ》の藝《げい》の前《まへ》にはほとんど何者《なにもの》もなかつた。いつかお師匠《しゝやう》さんは、梅幸《ばいかう》の諸役《しよやく》に扮装《ふんさう》した寫眞版《しやしんはん》を見《み》て、曾我《そが》の十郎《らう》の事《こと》を「これは女《をんな》になつてる」と笑《わら》ひ、妹脊山《いもせやま》の後室定高《こうしつさだか》の事《こと》を「これは男《をとこ》になつてる」と笑《わら》つたことがありましたね。お師匠《しゝやう》さんは、現在《げんざい》の一流《りう》の男優《だんいう》たちなどはその眼中《がんちう》になかつた」。いつも歌右衛門《うたゑもん》の役《やく》の上《うへ》の批難《ひなん》などをして笑《わら》つてゐた。この人《ひと》が現在《げんざい》の男優中唯一《だんいうちうゆゐ》の女形《をんながた》であると云《い》ふことに、少《すく》からぬ憤懣《ふんまん》があつたのですね。つひに歌舞伎《かぶき》の舞臺《たい》を踏《ふ》まなかつたお師匠《しゝやう》さんに、これだけの氣慨《きがい》があつたと云《い》ふ事《こと》は、いかにお師匠《しゝやう》さんが自身《じしん》の藝《げい》について信仰《しんかう》

が厚《あつ》かつたかを思《おも》はせるぢやありませんか。お師匠《しやう》さんは徹頭徹尾《てつとうてつび》、自己《じこ》の藝道《げいだう》の信仰《しんかう》によつて生《い》きてゐた人《ひと》なのです。おそらくお師匠《しやう》さんは、藝道《げいだう》の上《うへ》に立《た》つては男優《だんいう》の誰《たれ》にも其《そ》の頭《あたま》を低《ひく》くしなかつた。自分《じぶん》と云《い》ふ獨自《どくじ》の立場《たちば》の上《うへ》に、お師匠《しやう》さんは決《けつ》して仲間《なかま》のものたちにその心《こゝろ》を曲《ま》げると云《い》ふ樣《やう》な事《こと》はしなかつた。私《わたし》がいつもあなたを偉《えら》いと思《おも》ふのはこの一點《いつてん》です。

そうして、あなたには七十年《ねん》の生涯《しやうがい》を一貫《くわん》した一とつのモツトーがある。それは藝《げい》を賣《う》つて生活《せいくわつ》する。と云《い》ふ事《こと》でした。

これにも私《わたし》は敬服《けいふく》してゐたのです。あなたはいつも其《そ》れを云《い》つてゐた。自分《じぶん》の藝《げい》を賣《う》つて金《かね》に代《か》へたものでなければ、自分《じぶん》の身《み》につけないと云《い》ふ事《こと》を眞率《しんそつ》に考《かんが》へてゐた。斯《か》う云《い》ふ職業《しよくげふ》に有《あ》り勝《が》ちの、身《み》を賣《う》り、顔《かほ》を賣《う》り、心《こゝろ》を賣《うつ》て金《かね》に代《か》へると云《い》ふことは、絶對《ぜつたい》にお師匠《しやう》さんの若《わか》い時《とき》からないことだつた。自分《じぶん》の藝《げい》を賣《う》る爲《ため》には莫大《ばくだい》の報酬《はうしう》を望《のぞ》みこそすれ、其《そ》の他《た》には、お師匠《しやう》さんは愛嬌《あいけう》を賣《う》ることさへ爲《し》なかつた。お師匠《しやう》さんは自己《じこ》の藝道《げいだう》の權威《けんゐ》の爲《ため》に、若《わか》い時《とき》から自《みづか》らを高《たか》く保持《ほぢ》することに努《つと》めてゐた。お師匠《しやう》さんの人格《じんかく》は、また、自己《じこ》の藝《げい》における信仰《しんかう》から一層高《そうたか》く作《つく》られていつたのでした。

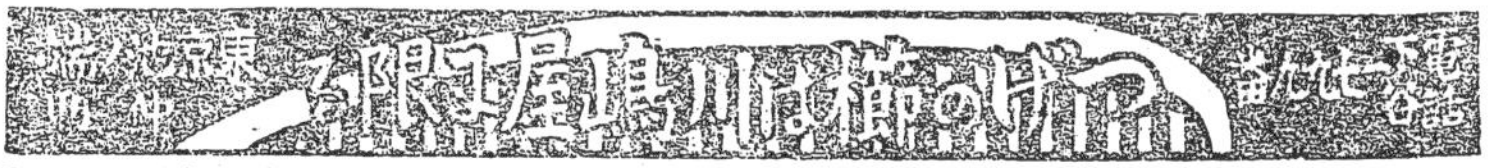

お師匠《しやう》さん。あなたはほんとうに偉《えら》い女《ひと》だつたのですよあなたが生《い》きておいでの時分《じぶん》、新聞《じんぶん》や何《なに》かでちよい〳〵この頃《ころ》の女《をんな》たちのことなどを讀《よ》んだり、また聞《き》かせられたりしたでせう。この頃《ころ》はいろ〳〵な新《あたら》しい女《をんな》が出《で》て、そうしてみんな偉《えら》がつた顔《かほ》をしてはゐますが、事實《じじつ》お師匠《しやう》さんのやうに偉《えら》い女《をんな》は出《で》てはゐないのですよ。お師匠《しやう》さんのやうにたゞ自己《じこ》の力《ちから》で七十年《ねん》の生涯《しやうがい》を闘《たゝか》ひ通《とほ》したやうな女《をんな》が、これからの凡《すべ》ての婦人界《ふじんかい》に現《あら》はれたなら、特《とく》に婦人問題《ふじんもんだい》を絶叫《ぜつきやう》しなければならない必要《ひつえう》もなくなることでせう。お師匠《しやう》さんにはお師匠《しやう》さん獨自《どくじ》の貞操觀《ていさうくわん》があつた。お師匠《しやう》さんにはお師匠《しやう》さん獨自《どくじ》の藝術觀《げいじゆつくわん》があつた。そうしてまた人世觀《じんせいくわん》があつた。

けれどもあなただつて、自分《じぶん》の藝道《げいだう》に對《たい》する信仰《しんかう》が強《つよ》ければ強《つよ》いほど、その技藝《ぎげい》をもつともいゝ舞臺《ぶたい》で飾《かざ》らしてやり度《た》いとは思《おも》ふこともあつたに違《ちが》ひない。藝《げい》と云《い》ふことに少《すこ》しも根底《こんてい》のない帝劇《ていげき》あたりの女優《ぢよいう》たちが、唯《たゞ》その若《わか》さと美《うつく》しさとで劇界《げきかい》の人氣《にんき》をあつめてゐる最中《さいちう》に、七十の老軀《らうく》を提《ひつさ》げて、淺草公園《あさくさこうえん》の活動小屋《くわつどうこや》に出演《しゆつえん》すると云《い》ふ事《こと》にあつて幾分《いくぶん》の感慨《かんがい》が起《をこ》らずにはいられなかつたに違《ちが》ひない。それですら、自分《じぶん》の藝《げい》の爲《ため》に踏《ふ》むとなれば、みくに座《ざ》も有樂座《いうらくざ》もどこの舞臺《ぶたい》も皆《みな》おんなじであつた。上流《じやうりう》の觀客《くわんきやく》も淺草《あさくさ》の下流《かりう》の觀客《くわんきやく》も、お師匠《しゝやう》さんの藝《げい》を見《み》やうとする人《ひと》たちには、お師匠《しゝやう》さんの主觀《しゆくわん》から云《い》つて何《なん》の差別《さべつ》もなかつた。どれも唯一樣《たゞいちやう》に有難《ありがた》い人《ひと》たちであつた。そこに、藝《げい》の人《ひと》としてのお師匠《しゝやう》さんに、もつとも尊重《そんちやう》しなくてはならない性格上《せいかくじやう》の眞實《しんじつ》な光《ひか》りが見《み》えるのです。

或《あるひ》は、お師匠《しゝやう》さんの事《こと》を昔《むかし》からよくある藝《げい》に頑固《ぐわんこ》な名人《めいじん》氣質《かたぎ》の、一種《しゆ》の典型《タイプ》に墮《だ》してゐるところがあると云《い》ふ人《ひと》もあるかも知《し》れないけれども、それにしても、自分《じぶん》の藝《げい》に對《たい》するお師匠《しゝやう》さんの強《つよ》い信念《しんねん》が、あくまで自己《じこ》の運命《うんめい》の外《そと》に自己《じこ》を超越《てうゑつ》させてゐたと云《い》ふ事《こと》は、藝《げい》の人《ひと》としての一女性《によせい》のあなたをどこまでも、尊敬《そんけい》すべき偉《えら》い人《ひと》だとして考《かんが》へなくてはならない。

お師匠《しゝやう》さんの生涯《しやうがい》は不遇《ふぐう》でしたね。寶玉《はうぎよく》のやうな技藝《ぎげい》を特有《とくいう》しながら、つひに一代《だい》の花《はな》を飾《かざ》つたあなたの舞臺《ぶたい》のなかつた事《こと》を思《おも》ふと、ほんとうに悲《かな》しまずにはゐられないぢやありませんか。七十年《ねん》の長《なが》い間《あひだ》、どの時代《じだい》にもお師匠《しゝやう》さんは適應《てきおう》する事《こと》ができなかつた。ある時代《じだい》にはお師匠《しゝやう》さんの藝《げい》はみとめられながらも、女役者《をんなやくしや》と云《い》ふ名目《めいもく》を卑《いや》められて男優《だんいう》と伍《ご》することが出來《でき》ない時《とき》もあつた。又《また》ある時代《じだい》には女優《ぢよいう》と云《い》ふものを重《おも》んじてきながらも、お師匠《しゝやう》さん一個《いつこ》によつて完成《くわんせい》されたお師匠《しゝやう》さんの藝術《げいじゆつ》は、その時代《じだい》に應《おう》ずべき藝術《げいじゆつ》でなくなつてゐた。かうしてお師匠《しゝやう》さんは、寶玉《はうぎよく》のやうな技藝《ぎげい》を抱《いだ》きながら、どの時代《じだい》にも乘《じよう》ずる隙《ひま》を見出《みいだ》す機《をり》がなくつて、不遇《ふぐう》なうちに七十年《ねん》の生涯《しやうがい》を終《をは》つたのです。しかも、その最終《さいしう》の舞臺《ぶたい》が、淺草《あさくさ》の活動小屋《くわつどうごや》であつたと云《い》ふ事《こと》は、美《うつく》しい慘《いた》ましさをもつて一代《だい》の名優《めいいう》市川《いちかは》九女《め》八の生涯《しやうがい》の背景《はいけい》に、もつとも意味《いみ》の深《ふか》い陰影《いんえい》を投《な》げてゐるではありませんか。

あなたの亡《な》くなつたと云《い》ふ事《こと》は、今《いま》の劇壇《げきだん》になんの響《ひゞ》きもありませんでした。老優《らういう》市川《いちかは》九女《め》八の死《し》なぞは、今《いま》の劇界《げきかい》には時《とき》ならない頃《ころ》に木《き》の葉《は》が落《お》ちて來《き》たよりも意味《いみ》のない事《こと》でした。必然消失《ひつぜんせうしつ》すべきものが、極《きは》めて自然《しぜん》にその形《かたち》を葬《はうむ》つて行《い》つたやうに、誰《た》れもあなたの死《し》を考《かんが》へて見《み》るものなどはありませんでした。まして、あなたにもつと餘命《よめい》があつて、何《なに》か企圖《きと》してる事業《じげふ》を起《おこ》すにしても、今《いま》の新劇壇《しんげきだん》に何《なん》の響《ひゞ》きがありませう。それは到底無用《たうていむよう》なことでした。私《わたし》はあなたの大阪《おほさか》から得《え》てきた金《かね》が、あなたの生涯《しやうがい》の結末《けつまつ》をつける費用《ひよう》になつたことを、もつとも合理的《がふりてき》なあなたの

245　「界を隔てたる人に」『演藝画報』大正2（1913）年9月1日

終局《しうきよく》を見《み》せる事《こと》の出來《でき》た幸《さいは》ひとして、せめてはよろこんでゐるのです。解《わか》りましたか、お師匠《しゝやう》さん。

あなたの死《し》に顔《がほ》は、ほんとに美《うつく》しいものでした。皮膚《ひふ》が石膏《せきかう》のやうな色《いろ》をして、鼻《はな》が高《たか》く眼《め》が黒《くろ》く落《お》ち込《こ》んで。まるで古代《こだい》の希臘《ぎりしや》美人《びじん》の彫刻《てうこく》のやうでした。そうして若々《わか〳〵》しい顔《かほ》でした。お師匠《しゝやう》さんの魂《たましひ》は、きつと新《あた》らしい藝術《げいじゆつ》の勃興《ぼつこう》しやうとしてゐるある國《くに》へ、これから生《うま》れ代《かは》つてゆかうとしてゐるのかも知《し》れませんでしたね。その自分《じぶん》の魂《たましひ》の行方《ゆくへ》を見詰《みつ》めて、お師匠《しゝやう》さんは微笑《びせう》してゐたのでせう。お師匠《ししやう》さん。それでは永久《えいきう》に――。

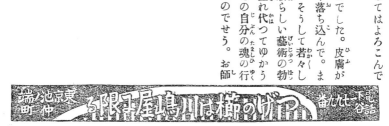

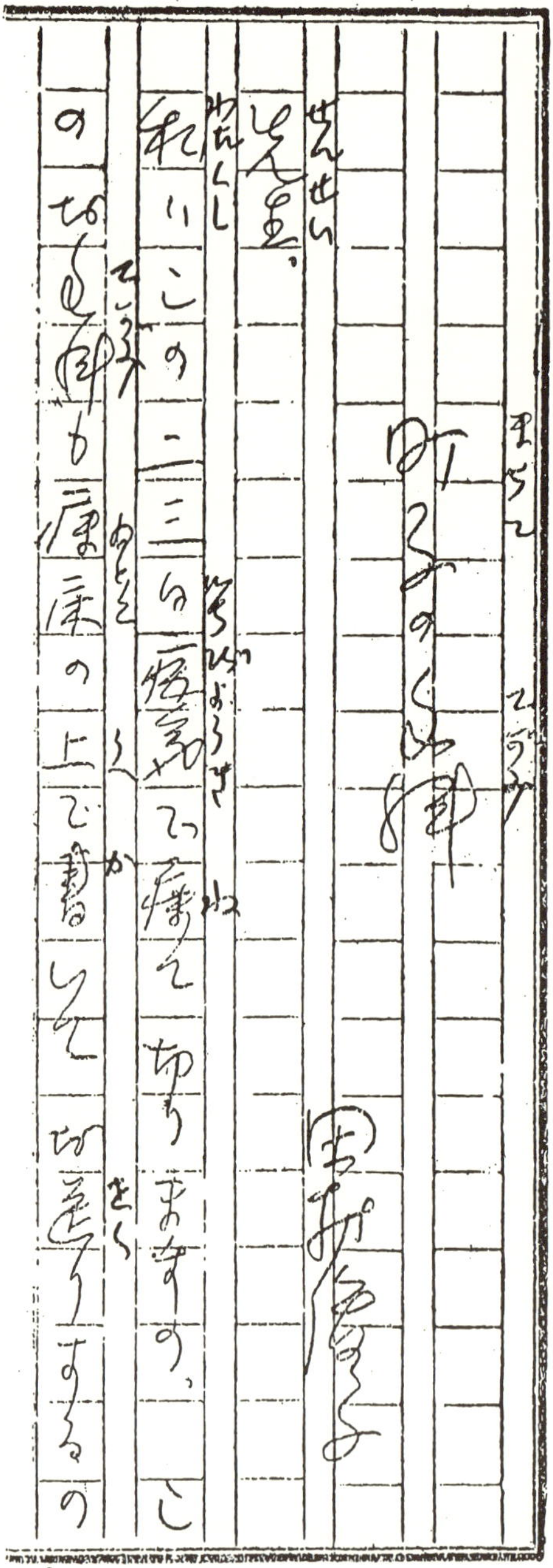
町子《まちこ》でございます

田村俊子

先生《せんせい》。
私《わたくし》この二三日病気《びようき》で寝《ね》て居りますの、こ
のお部屋も座床の上で寝してお祈りするの

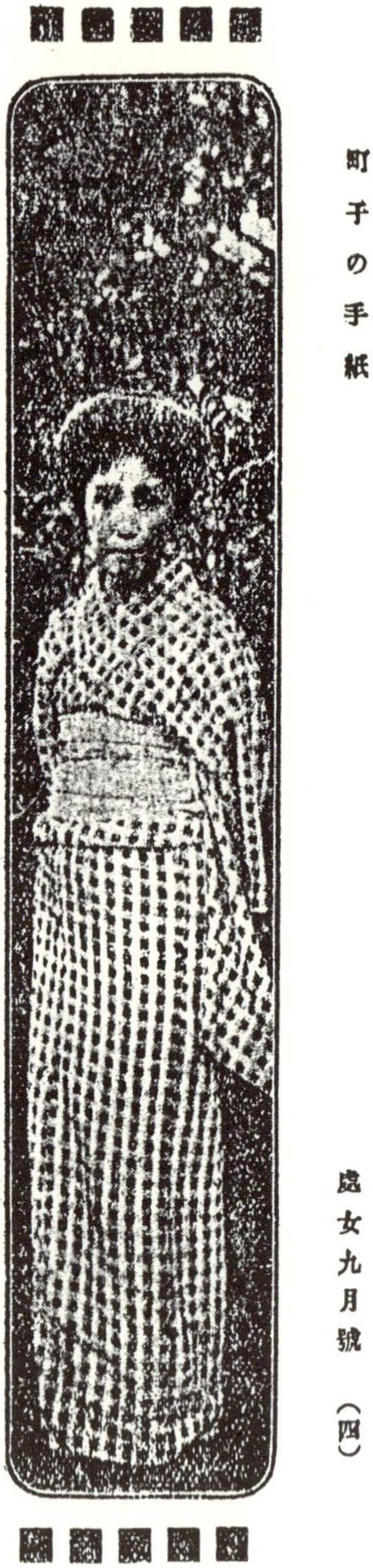

でございますの。

　どこが惡《わ》るいと云《い》ふのではないのですけれども、唯氣《たゞき》分《ぶん》がおもたくつて、何《なに》を見《み》ても悲《かな》しくつて悲《かな》しくつて、花《はな》を見《み》ても悲《かな》しいのでございます。私《わたくし》の魂《たましひ》が病氣《びやうき》をしてゐるんだと思《おも》ひますの。私《わたくし》はこの二三日《にち》誰《たれ》とだつて口《くち》をきゝませんの。

　さうして、夜《よ》る寢《ね》られないで、晝眠《ひるねむ》つたり、夜《よ》るも晝《ひる》も寢《ね》られなかつたり――いつも〳〵私《わたくし》の生《い》きてる周圍《しうゐ》が眞《ま》つ闇《くら》でゐたり、夜《よる》だの晝《ひる》だの、識別《しきべつ》もなかつたり、なんだか自分《じぶん》が他《よそ》の人《ひと》みたいになつたり、頭腦《あたま》のなかゞ眞《ま》つ赤《か》に腫《は》れふさがつてるやうな氣《き》がしたり、それは〳〵厭《いや》な〳〵氣分《きぶん》でをりますのよ。

　さうして、いかな時間《じかん》だつて、私《わたくし》は自分《じぶん》の眼《め》に涙《なみだ》の來《き》てゐない時間《じかん》てありませんわ。もう悲《かな》しみと云《い》ふ悲《かな》しみが私《わたくし》の心《こゝろ》いつぱいに押《お》しひろがつてゐて、さうして其《そ》れが悲《かな》しみのまゝにだん〴〵固《かた》まつてゆく樣《やう》な氣《き》がいたしますの。悲《かな》しくつて泣《な》いてゐながら、自分《じぶん》ではそれが悲《かな》しくつて泣《な》いてるんだと云《い》ふ解釋《かいしやく》がつかなくなつてしまつてるんですの。だつて、私《わたくし》はさん〴〵泣《な》きながら、泣《な》いてるくせに、きれいな〳〵色《いろ》が見《み》たくなつたりするんですもの。さうして、赤《あか》だの、桃色《もゝいろ》だの、草《くさ》色《いろ》だの、それがいつしよになつて模樣《もやう》になつて、美《うつく》しく流《なが》れてるやうなきれいな幻《まぼろし》を描《ゑが》いたりしてると、私《わたくし》はだん〳〵嬉《うれ》しくなつてまゐりますの。赤《あか》や桃色《もゝいろ》の色《いろ》たち、が私《わたくし》の泣《な》き悲《かな》しんでる小《ちひ》さな心《こゝろ》を可愛《かあゆ》く慰《なぐさ》めてくれますの。でも、それは僅《わづか》の瞬間《しゆんかん》きーりですわ。その赤《あか》や桃色《もゝいろ》が、今《いま》の私《わたくし》には又《また》すぐ悲《かな》しい色《いろ》になつてしまふんですわ。先生《せんせい》。

　私《わたくし》はかうして毎日泣《まいにちな》きながら、頻《しき》りに幸福《かうふく》だの不幸《ふかう》だのと云《い》ふことを考《かんが》へてをりますの。まあ私《わたくし》は、最初《さいしよ》はこんな字《じ》が私《わたくし》の習《なら》つた字《じ》のうちにあつたのかと云《い》ふやうな氣《き》さへ致《いた》しましたが、今《いま》では

町子の手紙

なんでもこの二《ふ》たつの文字《もじ》を、ほんとうに、生《せい》の意味《いみ》から考《かんが》へなくちやならないんだと云《い》ふことを思《おも》ふやうになりましたの。

私《わたくし》はなんでも幸福《かうふく》にならなくちやいけないんださうでございます。

私《わたくし》はかう云《い》ふ言葉《ことば》を、四五日前《にちぜん》から家《うち》の人《ひと》たちに教《をそ》はつたのでございます。さうして私《わたくし》が幸福《かうふく》になる爲《ため》には——家《うち》の人《ひと》たちが私《わたくし》にすゝめる一《ひと》つの事業《しごと》を、私《わたくし》の手《て》で、私《わたくし》が目《め》を瞑《つむ》つてやらなければいけないのでございます。——私《わたくし》にも、こんな問題《もんだい》がおこるんでございますねえ。先生《せんせい》。

幸福《かうふく》と云《い》ふものは、誰《だれ》が授《さづ》けてくれるものなのかしら。私《わたくし》はこんな事《こと》も考《かんが》へるやう　なりました

結婚《けつこん》をすれば、それがきつと私《わたくし》にとつて幸福《かうふく》なことになるのでございませうか。——私《わたくし》はむやみと家《うち》の人《ひと》たちに當《あた》つてるんでございますの。まあ何《なん》と云《い》ふ冷《つ》めたい顔《かほ》を、私《わたくし》の母《はゝ》は持《も》つてるんでございませう。母《はゝ》の眼《め》は、この頃《ごろ》白眼《しろめ》ばかり多《おほ》くなつたやうな氣《き》がするのです。誰《だれ》も〱、家《うち》のものは誰《だれ》も私《わたくし》の心《こゝろ》を大切《たいせつ》に扱《あつか》つてはくれませんのですわ。私《わたくし》は然《さ》う思《おも》ふと、ほんとに一途《づ》に悲《かな》しくなります。私《わたくし》を可愛《かあい》がつてくれる人《ひと》はあつても、私《わたくし》の心《こゝろ》を可愛《かあい》がつてくれる人《ひと》はないんでございますもの。私《わたくし》はもうほんとうに、自分《じぶん》の心《こゝろ》を可愛《かあい》がつてくれる人《ひと》が欲《ほ》しくなりました。自分《じぶん》の心《こゝろ》を可愛《かあい》がつてくれる人《ひと》、自分《じぶん》の心《こゝろ》を可愛《かあい》がつてくれる人《ひと》。——私《わたくし》は今《いま》まで、どうして自分《じぶん》の心《こゝろ》を可愛《かあい》がつてくれる人《ひと》を探《さめ》し求《もと》めなかつたんだらうと思《おも》ひます。私《わたくし》はなんにも要《い》らないのでございました。唯《たゞ》自分《ぶん》の心《こゝろ》を可愛《かあい》がつてくれる人《ひと》さへあるならば——。

でも、それは先生《せんせい》のやうな氣《き》が致《いた》します。私《わたくし》にはたつた一人《ひとり》の先生《せんせい》があつて、さうしてその先生《せんせい》が私《わたくし》の心《こゝろ》を可愛《かあい》がつてゐて下《くだ》さるんだと云《い》ふやうな氣《き》が致《いた》します。さうして何時《いつ》もの倍《ばい》も〱先生《せんせい》がなつかしいんで御座《ござ》います。私《わたくし》はなんにも思《おも》はずに、先生《せんせい》の事《こと》ばかりを思《おも》はうとしたり致《いた》します先生《せんせい》の事《こと》ばかりで私《わたくし》の心《こゝろ》のなかをいつぱいにして、さうして何《なに》も彼《か》も忘《わす》れてしまひ度《た》いと思《おも》つたり

致《じた》します。さうして又不思議《またふしぎ》に、私《わたくし》が先生《せんせい》の事《こと》をじつと斯《か》う思《おも》ひ詰《つ》めますと、誰《だれ》にでも氣強《きづよ》く反抗《はんかう》が出來《でき》るんで御座《ござ》いますもの。私《わたくし》は今《いま》まで、先生《せんせい》が私《わたくし》の心《こころ》を可愛《かあい》がつてゐて下《くだ》すつたのに、きつと氣《き》が付《つ》かずにゐたのぢやないかと思《おも》つたりします。さうして先生《せんせい》は、きつと今《いま》の私《わたくし》を可愛想《かあいさう》だと思《おも》つて下《くだ》さるでせうと思《おも》ひます。

私《わたくし》はほんとうに何《ど》うなつてゆくんで御座《ござ》いませうか。けれどもね先生《せんせい》、私《わたくし》はかう云《い》ふ事《こと》を考《かんが》へます。それは、私自身《わたくしじしん》を人《ひと》の手《て》によつて何《ど》うかされてはならないと思《おも》ふ事《こと》なんで御座《ござ》います。私自身《わたくしじしん》を何《ど》うかするものは自分《じぶん》の手《て》だと斯《か》う思《おも》ふことなので御座《ござ》います。でも然《さ》う思《おも》ふ傍《そば》から、私《わたくし》は私《わたくし》と云《い》ふものを他《ほか》の人々《ひとびと》の手《て》で手取《てど》り足取《あしど》りされやしないかと云《い》ふ樣《やう》な不安《ふあん》が起《おこ》つたりして、結局《けつきよく》は自分《じぶん》は何《ど》うなつてゆくんだらうと思《おも》つて了《しま》ふのでございますわ。

私《わたくし》は先生《せんせい》の事《こと》ばかりを思《おも》つて居りますの。赤《あか》や桃色《ももいろ》や草色《くさいろ》の、きれいな〱色《いろ》のなかに、先生《せんせい》のおなつかしいお顔《かほ》が、輪《わ》になつて、渦《うづ》になつて、見《み》えますわ。私《わたくし》はもう、先生《せんせい》が何時《いつ》も仰有《おつしや》るやうに可愛《かあ》いゝ「甘《あま》つたれつ子《こ》」にはなれなくなつて了《しま》ふかも知《し》れないと思《おも》つて、ほんとに其《そ》れが悲《かな》しいんで御座《ござ》います。私《わたくし》がこんなに苦《くる》しんで、悲《かな》しんで、泣《な》いて、寢《ね》てをりますのに、誰《だれ》も慰《なぐさ》めてはくれないのですわ。今日《けふ》は牛込《うしごめ》へお嫁《よめ》に行《い》つてをります姉《あね》が參《まゐ》るんださうですの。其《そ》れもやつぱり私《わたし》に幸福《かうふく》のお話《はな》しを爲《し》にくるんださうでございます。――

あゝ私《わたくし》、こんなことを今突然《いまとつぜん》思《おも》ひ付《つ》きましたわ。私《わたくし》の幸福《かうふく》の日《ひ》は、それは先生《せんせい》を離《はな》れないで過《す》ごす日《ひ》の事《こと》でございます。私《わたくし》は先生《せんせい》からさへ離《はな》れなければ、それが私《わたくし》の幸福《かうふく》なんで御座《ござ》います。姉《あね》が來《き》ましたから私《わたくし》はきつと、きつと、この事《こと》を云《い》つてやらうと思《おも》ひます。私《わたくし》はなんだか、少《すこ》し滅茶《めちや》になつてきたやうで御座《ござ》います。繪《ゑ》に對《たい》する執着《しゆうちやく》よりも先生《せんせい》を離《はな》れまいとする事《こと》の方《はう》が、今《いま》のところ

町子の手紙

私《わたくし》の心《こゝろ》に力《ちから》を與《あた》へるやうな感《かん》じがするんで御座《ござ》いますもの。

私《わたくし》はこの頃《ごろ》ほど、先生《せんせい》にお目《め》にかゝり度《た》いと思《おも》ふ日《ひ》はございませんわ。行《ゆ》けるものなら、先生《せんせい》の御旅行先《ごりよかうさ》きへ飛《と》んでゆき度《た》いやうに思《おも》ひます。先生《せんせい》とお別《わか》れした日《ひ》は雨《あゆ》が降《ふ》つて、お庭《には》の夾竹桃《けふちくたう》が褪《さ》めた色《いろ》にぬれて、悲《かな》しい日《ひ》でございましたわね。

私《わたくし》は何《なに》をするのもいやでいやで御座《ござ》いますわ。唯先生《たゞせんせい》を思《おも》ふほかは――なんと云《い》ふ悲《かな》しい涙《なみだ》がこぼれるのでございませう。こんなに悲《かな》しい涙《なみだ》がこぼれてくるのですもの。

八月《ぐわつ》二日《か》　　町《まち》子《こ》

第《だい》二の手紙《てがみ》

おなつかしいお手紙《てがみ》――私《わたくし》は拜見《はいけん》してゐる間《うち》に息《いき》が詰《つ》まるやうに存《ぞん》じました。なんでもいゝから書《か》さへかいてゐればいゝと先生《せんせい》は仰有《おつしや》つて下《くだ》さいました。傍目《わきめ》もふらずに、何《なに》も考《かんが》へずに唯繪《たゞゑ》をかけと仰有《おつしや》つて下《くだ》さいました。泣《な》いて寢《ね》てゐるひまに、起《お》きて力《ちから》をいつぱいにして書《か》をかけつて――然《さ》うする事《こと》が、今《いま》の自分《じぶん》の周圍《しうゐ》に對《たい》して最《もつと》も強《つよ》い自分《じぶん》の生《せい》の權威《けんゐ》を示《しめ》す事《こと》になるのだと、先生《せんせい》は仰有《おつしや》つて下《くだ》さつた。えゝ、私《わたくし》は然《さ》うします。それが出來《でき》ないやうな私《わたくし》なら、もう仕方《しかた》のない人間《にんげん》なので御座《ござ》いますもの。ほんとうに然《さ》うします。私《わたくし》は泣《な》いたり病氣《びやうき》になつたりしてこれでは駄目《だめ》で御座《ござ》いますわね。

でも、私《わたくし》はやつぱり悲《かな》しいのでございます。私《わたくし》は駄目《だめ》なんで御座《ござ》いますわ。きつと、何故《なぜ》と云《い》つて、私《わたくし》はこの頃《ごろ》書《ゑ》がかきたくないんでございますもの。

なんと云《い》ふ悲《かな》しい事《こと》で御座《ござ》いませう。書《か》をかゝうとする力《ちから》がないんでございます。書《か》をかくよりは——私《わたくし》は先生《せんせい》の事《こと》を思《おも》つてゐたいのでございます。私《わたくし》は家《うち》の人《ひと》たちへ對《たい》する反抗《はんかう》の爲《ため》に隨分《ずゐぶん》疲《つか》れてゐるので御座《ござ》います。私《わたくし》は一生懸命《しやうけんめい》になつて、結婚問題《けつこんもんだい》を斥《しりぞ》けてゐるので御座《ござ》います。家《うち》の人《ひと》たちが手古摺《てこず》るほど私《わたくし》は一生懸命《しやうけんめい》になつて自分《じぶん》を押《お》し通《とほ》してゐるのです。さうして、其《そ》のあとは、畫《ゑ》をかくことを忘《わす》れて先生《せんせい》の事《こと》ばかりを思《おも》つてゐるので御座《ござ》います。

先生《せんせい》は私《わたくし》の事《こと》を悲《かな》しんで下《くだ》さいますつて！、さうして先生《せんせい》もあの手紙《てがみ》でたいへんにお心《こゝろ》を亂《みだ》していらつしやるのですつて！。

私《わたくし》が病氣《びやうき》でゐると云《い》ふ事《こと》が、そんなにも先生《せんせい》をお困《こま》らせするなら、私《わたくし》は病氣《びやうき》でゐないやうにしやうと思《おも》ひますわ。さうして、一生懸命《しやうけんめい》に畫《ゑ》をかゝうと思《おも》ひますわ。けれども、それは一度《と》先生《せんせい》にお目《め》にかゝらなければ到底《たうてい》出來《でき》ないやうに思《おも》へるので御座《ござ》いますわ。何故《なぜ》なのでせう。私《わたくし》は先生《せんせい》に今《いま》直《す》ぐお目《め》にかゝれさへすれば、きつと〳〵力《ちから》が出《で》て、病氣《びやうき》などは忘《わす》れて、さうして畫《ゑ》がゝきたくなるだらうと思《おも》ひますの。それが出來《でき》ないうちは、私《わたくし》はやつぱり駄目《だめ》ですわ。けれども、何故《なぜ》なのだかそれは私《わたくし》には分《わか》らないんですの。先生《せんせい》のゐらつしやる其《そ》の山《やま》へ、私《わたくし》は今《いま》でも先生《せんせい》さへお許《ゆる》し下《くだ》さいますなら、直《す》ぐにも行《ゆ》きたいので御座《ござ》います。

私《わたくし》は畫《ゑ》をかくよりは——先生《せんせい》のことを思《おも》つてゐたいので御座《ござ》います。それがどんなに間違《まちが》つたことであつても。

四日《か》

××先生《せんせい》

町《まち》子《こ》

夏の晩の戀

田村俊子

靜三《せいざう》は縞絽《しまろ》の單衣《ひとへ》をやはらかい夏襯衣《なつしやつ》の上《うへ》に着《き》てゐた。そうして消炭色《けしずみいろ》の兵子帯《へこおび》を、わざと重《おも》たそうにちよつきりと結《むす》んでゐた。眞《ま》つ白《しろ》なパナマの帽子《ぼうし》をかぶつた五分刈《ぶがり》りの襟足《えりあし》が、くつきりと剃刀《かみそり》の通《とほ》つたあとを見《み》せて、際《きは》やかに色《いろ》が白《しろ》い。どことなく、氣取《きど》りのある服装《なり》でゐながら、靜三《せいざう》は、わざと無頓着《むとんちやく》な樣子《やうす》で、お坊《ぼつ》ちやんらしくきよろ〳〵した容體《ようだい》を見《み》せて先《さ》きに立《た》つて行《ゆ》く。

お町《まち》とお金《きん》は、そのうしろから、こそ〳〵と囁《さゝや》き話《ばなし》をしては歩《ある》いてゆく。姉《あね》のお町《まち》は靜三《せいざう》に對《たい》する戀《こひ》しい感情《かんじやう》が、後《うしろ》から從《つ》いてゆくうちにおさへ切《き》れないほど高《たか》まつてくると、夢中《むちう》になつてお金《きん》の手《て》を握《にぎ》りしめたりした。

「どうしたの姉《ねえ》さん。」

お金《きん》はびつくりして、足《あし》をとめて、我《わ》れ知《し》らず姉《あね》の顔《かほ》を見詰《みつ》めたりした。その度《たび》にお町《まち》は、美《うつく》しく笑《わら》つて、

「いゝのよ。何《なん》でもないわ。」

と云《い》つて、又《また》妹《いもうと》の手《て》を引《ひ》つ張《ぱ》たりした。

お金《きん》はまだ十六だけれども、姉《あね》と靜三《せいざう》の仲《なか》をまんざら氣《き》が付《つ》かないでもなかつた。いつも、靜三《せいざう》が誘《さそ》ひに來《き》て何處《どこ》かへ行《ゆ》く時《とき》は、お町《まち》はきつと親《おや》の手前《てまへ》、妹《いもうと》を連《つ》れ出《だ》してゆく。お金《きん》はその度《たび》にお町《まち》に引《ひ》つ張《ぱ》り廻《まは》されながら、二人《ふたり》の爲《ため》にお前立《まいだ》ちにされてゐた。でも靜三《せいざう》と一所《しよ》なら、きつといろ〳〵なものが買《か》つてもらへるので、お金《きん》は其《それ》が嬉《うれ》しかつた。

縁日《えんにち》の植木《うゑき》やの前《まへ》を、二人《ふたり》は押《お》されながら、靜三《せいざう》の後姿《うしろすがた》を見失《みうしな》はないやうにして隨《つ》いてゆく。靜三《せいざう》は人混《ひとご》みのなかを時々《ときどき》振返《ふりかへ》つた。人《ひと》と人《ひと》との間《あひだ》から、おしろいの濃《こ》いお町《まち》の顔《かほ》を求《もと》めて、然《さ》うして眼《め》と眼《め》を見合《みあ》はせると笑《わら》つて見《み》せて又先《さ》きに立《た》つて行《い》つた。

「いま、靜ちやんが振返《ふりかへ》つたわ。」

お金《きん》はあわてた樣《やう》に云《い》つた。

行《ゆ》き交《か》ふ人《ひと》たちは、誰《だ》れも彼《か》れもこの姉妹《きやうだい》の美《うつく》しさを眺《なが》めてゆく。二人《ふたり》の後《うしろ》から來《く》れば、誰《た》れも其《そ》の美《うつく》しい頭髪《かみ》の樣子《やうす》を見上《みあ》げてゆく。そうして振返《ふりかへ》つてゆく。二人《ふたり》はその度《たび》に、

「いやだわねえ。」

と云《い》ふ樣《やう》な顔《かほ》を見合《みあ》はせて、ちよいと侮蔑《ぶべつ》したやうな笑《わら》ひを漏《も》らし合《あ》つては過《す》ぎて行《い》つた。

植木屋《うゑきや》の前《まへ》を出外《ではづ》れると、金魚屋《きんぎよや》の前《まへ》に子供達《こどもたち》がいつぱい屈《かゞ》んでゐた。二錢《せん》の植木鉢《うゑきばち》ばかりを幷《なら》べた店先《みせさき》にも、子《こ》供《ども》を連《つ》れた大人《おとな》などが前垂《まへだれ》を引《ひ》き摺《ず》つてしやがみ込《こ》みながら、彼《あ》れだのこれだのと選《え》り好《この》みをしてゐる。靜三《せいざう》は其《そ》の横《よこ》のところで二人《ふたり》を待《ま》つてゐた。

「ずいぶん暑《あつ》いねえ。」

靜三《せいざう》は傍《そば》へ寄《よ》つてきたお町《まち》に直《す》ぐ斯《か》う云《い》つた。そうして待《ま》ち兼《か》ねたやうにお金《きん》に見《み》えない方《はう》のお町《まち》の手《て》を輕《かる》く握《にぎ》つた。

「暑《あつ》いのねえ。」

253　「夏の晩の恋」『サンデー』大正2（1913）年9月7日

お町《まち》も斯《か》う云《い》つたが浮《うは》の空《そら》のやうな眼《め》をして、その手《て》の先《さ》きにいつぱいに力《ちから》を入《い》れてゐた。前髪《まへがみ》を少《すこ》し大《おほ》きくとつた富士額《ふじびたひ》のところに、毛《け》が二三本亂《ぼんみだ》れてゐる。お金《きん》とお揃《そろ》ひの摘《つま》みの櫛《くし》が、お町《まち》のは右《みぎ》の方《はう》が外《はづ》れかけて落《お》ちさうになつてゐた。お金《きん》がそれを見付《みつ》けて手《て》を延《の》ばして挿《さ》し直《なほ》してやつた。お町《まち》は少《すこ》し俯向《うつむ》き加減《かげん》になつて、お金《きん》の長《なが》い袂《たもと》の蔭《かげ》に、きれいな眼《め》をちよいとの間《ま》瞑《つぶ》つてゐた。

「有《あり》がたう。」

それまでも、靜三《せいざう》はお町《まち》の片手《かたて》を握《にぎ》つてゐたのであつた。お町《まち》が又《また》、首《くび》を上《あ》げて靜三《せいざう》の顏《かほ》を見《み》ると、靜三《せいざう》はその手《て》をはなして、

「いつまで此處《こゝ》に立《た》つてゐたつて仕樣《しやう》がないやねえ。」

と云《い》つた。

お金《きん》のお蔭《かげ》で、二人《ふたり》はかうして一所《しよ》に歩《ある》けもするのだけれども、途中《とちう》までくると、二人《ふたり》にはお金《きん》が邪魔《じやま》だつた。これは例《いつ》も然《さ》うなのであつた。そうして折角《せつかく》出《で》は出《で》たものゝ、二人《ふたり》はお金《きん》の氣《き》の付《つ》かない間《ま》に、ちよいと手《て》を握《にぎ》り合《あ》ふぐらゐで本意《ほい》なく別《わか》れて歸《かへ》るのがおきまりだつた。二人《ふたり》には途中《とちう》でお金《きん》をいゝまくやうな事《こと》は出來《でき》なかつた。

今《いま》も、お互《たがひ》にそんな事《こと》を胸《むね》に浮《うか》べてゐた。妹《いもうと》さへ居《ゐ》なければ、二人《ふたり》はこの儘《まゝ》行《ゆ》くところがあるのであつた。

「アイスクリームでもたべやうか。」

靜三《せいざう》はかう云《い》つて、何《なん》となく物足《ものた》りない心持《こゝろもち》を自分《じぶん》で押《お》しつけるやうにして又《あと》歩《ある》きだした。

「涼《すゞ》しいとこへ行《い》きたいわねえ。」

お金《きん》はそんな事《こと》を云《い》つて、長《なが》い袂《たもと》を振《ふ》りながら、お町《まち》の手《て》を引《ひ》つ張《ぱ》つて、はしやぎながら歩《ある》いた。お町《まち》とおなじやうに結《ゆ》つた島田《しまだ》が、おもすぎて少《すこ》し根《ね》がゆるんでゐる。何《ど》うかすると前髷《まへまげ》が斜《はす》にかしいで、大人《をとな》らしく媚《なまめ》かしい。靜三《せいざう》はその横顏《よこがほ》を見《み》ながら端《はし》に弃《なら》んであるいてゆく。そうして二人《ふたり》の戀《こひ》の邪《じや》魔《ま》になるお金《きん》を思《おも》ひつきりからかつて羞《はづか》しがらせて腹癒《はらい》せをしてやらうと思《おも》つたりして、自棄《やけ》な浮氣《うはき》とでも云《い》ひ度《た》いやうな氣分《きぶん》になつてゐた。

「お金《きん》ちやん。」

靜三《せいざう》は然《か》う云《い》ひながら態《わざ》とお金《きん》の横手《よこて》へ廻《まは》つて歩《ある》いた。電車道《でんしやみち》へ出《で》ると、其所《そこ》でまた三人《にん》は足《あし》をとめた。靜三《せいざう》は天神《てんじん》の西洋料理店《せいやうれうりてん》へ行《い》かうかとも思《おも》ひながら、暫《しば》らく、目《め》を彼方此方《あつちこつち》と走《はし》らせて立《た》つてゐた。お町《まち》は、さも何《なに》かぢれつたい樣《やう》に袂《たもと》の先《さ》きを噛《か》みながら、わざとずつと離《はな》れたところに立《た》つてゐた。そうして妹《いもうと》や靜三《せいざう》の方《はう》をいつまでも振返《ふりかへ》らずにゐた。

夏《なつ》の灯《ひ》が巷《ちまた》に入《い》り亂《みだ》れて、店頭《てんとう》の玻璃器《はりき》や硝子戸《がらすど》が、灯《ひ》に反射《はんしや》しながらちか〳〵と、密度《みつど》の空氣《くうき》のなかに流《なが》れてゐる。みんなの立《た》ち止《どま》つた角《かど》のところから、緣日《えんにち》の方《はう》へ曲《まが》つてゆく人《ひと》が多《おほ》い。

「どこへ行《ゆ》かう。」

靜三《せいざう》は直《す》ぐ傍《そば》にゐるお金《きん》に聞《き》いて見《み》た。お金《きん》は、あれが好《い》いとか、これが好《い》いとか云《い》つて、甘《あま》えるやうに靜三《せいざう》にねだり顏《がほ》をした。

「いやなお金《きん》ちやんよ。あんな言葉使《ことばづか》ひなんかして。」

お町《まち》は彼方《むかふ》を向《む》いたまゝで、然《さ》う考《かんが》へてゐた。靜三《せいざう》が、自分《じぶん》をおいてお金《きん》と口《くち》をきいてゐるのがなんだかお町《まち》には味氣《あぢき》ない氣《き》がした。そうしてお金《きん》が、どうしたのか今夜《こんや》に限《かぎ》つて、靜三《せいざう》を自分《じぶん》の兄《あに》かなんぞのやうに睦《むつま》じくその心《こゝろ》を寄《よ》せやうとしてゐるのがお町《まち》にはおもしろくなかつた。

「あの人《ひと》もだん〳〵いゝ氣《き》になつてくる。」

お町《まち》はお金《きん》のことを斯《か》う考《かんが》へた。兎《と》もすると、十八の自分《じぶん》よりは、才《さい》はぢけて、高慢《かうまん》で、自分《じぶん》の先《さ》きへ出《で》やうとする妹《いもうと》のことを、小憎《こにく》らしく思《おも》つたりしてゐた。

「ねえお町《まち》ちやん。」

靜三《せいざう》の呼《よ》んだ聲《こゑ》が聞《きこ》えたけれども、お町《まち》は拗《す》ねたやうに知《し》らん顏《かほ》をして、三《み》橋《はし》の欄干《らんかん》の上《うへ》を袂《たもと》の先《さ》きで拂《はら》つてゐる。

「おいでなさいな。きまつたのよ。」

お金《きん》は大《おほ》きな聲《こゑ》で斯《か》う云《い》つて呼《よ》んだ。それに連《つ》れてお町《まち》がうかゝと振向《ふりむ》くと、靜三《せいざう》はお金《きん》の手《て》をひきながら歩《ある》き初《はじ》めてるところだつた。お町《まち》は、急《きふ》にかつとして其《そ》の儘《まゝ》かたくなつた樣《やう》に動《うご》かずにゐた。そうしてづん〳〵驅《か》けだして行《い》つてしまひ度《た》いやうな氣《き》がしながら、胸《むね》ばかりどき〳〵と波《なみ》を打《う》つてゐて足《あし》はちつとも上《あが》らないでゐる。お町《まち》は、僅《ほん》のしばらくの間《あひだ》、どうしていゝのか分《わか》らないやうな眞《ま》つ暗《くら》な氣持《きもち》になつた。

「お町《まち》ちやん。」

又《また》お金《きん》がよんだ。お町《まち》は泣《な》きたくなつて、方角違《はうがくちが》ひの方《はう》へ。知《し》らず〳〵自分《じぶん》の身體《からだ》が動《うご》いて行《ゆ》くやうな氣《き》もしてゐた。

「どうしたの。急《きふ》に。」

靜三《せいざう》がお金《きん》からはなれて一人《ひとり》で傍《そば》によつて來《き》た。お町《まち》は靜三《せいざう》の聲《こゑ》を耳近《みゝぢか》く聞《き》きつけると、腸《はらわた》でも絞《しぼ》られるやうに一時《じ》に悲《かな》しくなつて、そうして夢中《むちう》に驅《か》け出《だ》さうとしたのを、靜三《せいざう》にしつかりと抱《だ》きとめられてゐた。

「なにを怒《おこ》つちやつたの。」

お町《まち》は、靜三《せいざう》の手《て》の熱《ねつ》つぽい肌《はだ》さわりの中《なか》へ、だん〳〵に自分《じぶん》の身體《からだ》が溶《と》け

てゞも行《ゆ》くやうに思《おも》ひながら、それでも強情《がうじやう》にその手《て》から摺《ず》りぬけやうとして身體《からだ》をもがいてゐる。そうして、

「歯《は》が痛《いた》くなつたの。」

と嘘《うそ》を云つて下《した》を向きながら、

「ほんとにお町《まち》ちやんはお天氣《てんき》よ。」

お金《きん》も傍《そば》へよつて來《き》ながら、これは何《なん》の曇《くも》りもない風《ふう》で、又靜三《またせいざう》の後《うしろ》に寄《よ》り添《そ》ふやうにして立《た》つた。お町《まち》はそのお金《きん》の顔《かほ》をちよつと見《み》たゞけでお金《きん》には何《なんに》も云《い》はなかつた。

「私《わたし》歸《かへ》していたゞくわ。ね。」

お町《まち》は漸《やうや》く靜三《せいざう》にこれだけ云《い》つてその手《て》を引《ひ》きちぎるやうにはなすと、もう出來《でき》るだけ足《あし》を早《はや》くして歩《ある》き出《だ》した。二三歩《ほ》行くと、身體《からだ》に彈《はず》みがついて宙《ちう》へ浮《う》き上《あが》つてゆくやうに自分《じぶん》の足《あし》が早《はや》くなつてゆく。まるで自分《じぶん》のお腹《なか》のなかで怒《おこ》つた蟲《むし》が、自分《じぶん》の身體《からだ》を引《ひ》き摺《ず》つてゆくやうにお町《まち》は無暗《むやみ》と急《いそ》いで行《い》つた。

お町《まち》の後《あと》から誰《だれ》も隨《つ》いてこなかつた。廣小路《ひろこうぢ》の四つ角《かど》へ出《で》てお町《まち》は自分《じぶん》にも分《わか》らずに左《ひだり》へ曲《まが》つた。大波《おほなみ》の中《なか》を押《お》し分《わ》けてゞも行《ゆ》くやうな疲《つか》れが歩《ある》いてゆく中《なか》に起《おこ》つてゐる。お町《まち》は早《はや》く家《うち》へ歸《かへ》つて、自分《じぶん》の部屋《へや》へ入《はひ》つてさん〴〵泣《な》きたいやうに思《おも》ひながら、其所《そこ》から又《また》小《ちひ》さい路次《ろぢ》へ入《はひ》ると見得《みえ》もなく驅《か》けて行《い》つた。

稻荷町《いなりちやう》のお町《ま》の家《うち》の店《みせ》には客《きやく》が二三人《にん》混《こ》んでゐた。母親《はゝおや》と小僧《こぞう》が忙《せわ》しそうに動《うご》いてるのを遠目《とほめ》に見《み》ると、お町《まち》は自分《じぶん》の姿《すがた》を見《み》られないやうにして路次《ろぢ》から格子戸《かうしど》の方《はう》へ入《は》つていつた。母親《はゝおや》に見付《みつ》かれば直《す》ぐ店《みせ》を手傳《てつだ》はせられなくてはならないと思《おも》つたからなので、お町《まち》は上《うへ》へあがると臺所《だいどころ》の傍《わき》の三疊《でふ》へはいつて、暖簾《のれん》を引《ひ》きおろしてしまつた。さうして用簞笥《ようだんす》の上《うへ》へ突《つ》つ伏《ぷ》すと、だん〴〵に悲《かな》しい涙《なみだ》が催《もよほ》してくるのを靜《しづか》に待つてるやうな心持《こゝろもち》で、その身體《からだ》を投《な》げかけてゐた。

けれども、其《そ》れほどに悲《かな》しくはなかつた。靜三《せいざう》の事《こと》を思《おも》つても恨《うら》みたいやうな事《こと》もなかつた。お金《きん》の事《こと》を思《おも》つても腹《はら》の立《た》つやうな事《こと》もなかつた。自分《じぶん》が別《わか》れてから、あの二人《ふたり》もきつと別《わか》れて、お金《きん》はお金《きん》で、何《なに》がな土産《みやげ》でも持《も》つてもう直《ぢ》ぎ歸《かへ》つてゞもくるやうにお町《まち》には思《おも》はれた。さつき、何《ど》うしてあんなに腹《はら》が立《た》つたのか、それさへ今思《いまおも》ふとお町《まち》はあどけなく失笑《ふきだ》したくなるやうな氣《き》がした。

「靜《せい》ちやんがお金《きん》ちやんの手《て》をひいたつて、ちつとも嫉《や》くことなんかありやしないの。」

お町《まち》は然《さ》う思《おも》ふと、がつかりして其所《そこ》にばつたりと坐《すは》り込《こ》んだ。さうして緣《えん》日《にち》の明《あか》るい中《なか》を二人《ふたり》が、つまらないから歸《かへ》りませうと云《い》ひ合《あ》つて、靜《せい》ちやんが何《なに》か自分《じぶん》に言傳《ことづけ》をしてお金《きん》を歸《かへ》してよこさうとしてゐる——その靜三《せいざう》のすつきりした樣子《やうす》などを幻《まぼろし》に描《えが》いてゐたりした。

「誰《だ》れも私《わたし》のことで怒《おこ》つてなんかゐないさ。」

お町《まち》はわざと斯《か》う定《き》めて、お金《きん》が歸《かへ》つてきたら仲《なか》の好《よ》い顔《かほ》をして、優《やさ》しく話《はな》は合《あ》はうと思《おも》つたりした。さうして、鏡臺《きやうだい》の前《まへ》へ行《い》つて、自分《じぶん》の顔《かほ》を映《うつ》して見《み》た。目《め》が殊《こと》に大《おほ》きくなつてゐた。おしろいに斑點《むら》もなくきれいな顔《かほ》をしてゐるのであつた。

お町《まち》は容子《ようす》を粧《つく》つて、店《みせ》へでも出《で》てやらうと思《おも》つてふいと立《た》つと、丁度格子《ちやうどかうし》戸《ど》の方《はう》から誰《だれ》かゞそつと入《はひ》つて來《き》た。

「あら居《ゐ》たわ。見《み》たらね下駄《げた》が脱《ぬ》いであつたから入《はひ》つて來《き》たんだわ。」

それはお金《きん》だつた。お金《きん》は長《なが》い袂《たもと》の先《さ》きで自分《じぶん》の身體《からだ》を煽《あふ》りながら、

「靜《せい》ちやんがね、ちよいと來《き》て下《くだ》さいつて、待《ま》つてるのよ。其所《そこ》に。」

お金《きん》は小《ちひ》さな聲《こゑ》で云《い》つてお町《まち》の肩《かた》に手《て》をおいた。お町《まち》はそれを聞《き》くと、又妙《またみやう》に拗《す》ねたくなつて直《す》ぐには返事《へんじ》をしないでゐる。さうして態《わざ》と濟《す》まない顔《かほ》でお金《きん》の顔《かほ》を見《み》てゐた。

「まだ怒《おこ》つてるの。——靜《せい》ちやんがそりや心配《しんぱい》して、私氣《わたしき》の毒《どく》になつたんぢやありませんか。よう、直《す》ぐ來《き》て下《くだ》さいつて。ちよいとでいゝからつて、行《い》つてお上《あ》げなさいよ。お町《まち》ちやん。」

「いゝのよ。打《う》つ捨《ちや》つておけば。」

お町《まち》はかう云《い》ひ切《き》ると、ずん〴〵店《みせ》へ出《で》て行《い》つた。お客《きやく》が一人《ひとり》、髢櫛《たぼぐし》を前《まへ》にならべて選《よ》つてゐるところで、母親《はゝおや》は棚飾《たなかざ》りのものを直《なほ》してゐたが、お町《まち》の姿《すがた》を見《み》ただけで別《べつ》に何《なん》とも云《い》はなかつた。お町《まち》はそつと表通《おもてどほ》りを眺《なが》めた。廣《ひろ》い通《とほ》りの向《むか》ふ側《がは》は薄暗《うすぐら》くて此所《こゝ》からはよく見《み》えなかつた。氣《き》が付《つ》くと電車《でんしや》が途切《とぎ》れてゐた。

「何所《どこ》に立《た》つてゐるんだらう。」

お町《まち》は彼方此方《あちこち》と見廻《みまは》した。

「お町《まち》ちやん。」

お金《きん》が裏《うら》から力《ちから》を入《い》れた聲《こゑ》で呼《よ》び立《た》てた。

「いつ歸《かへ》つてきたの二人《ふたり》ながら。——歸《かへ》つたとも云《い》はないで。」

母親《はゝおや》はお金《きん》の聲《こゑ》を聞《き》くと口小言《くちこごと》を云《い》つた。お町《まち》はやつぱり動《うご》かずにゐる。

「お町《まち》ちやん用《よう》があるのよ。」

傍《そば》にきたお金《かね》がお町《まち》の袖《そで》を曳《ひ》いたので、お町《まち》は急《きう》にをかしくなつて笑《わら》つてしまつた。さうしてお金《かね》の手《て》を掌《てのひら》で打《ぶ》つておいてから、急《いそ》いでお金《かね》の横《よこ》を摺《す》りぬけて土間《どま》の方《はう》へ出《で》て行《い》つた。

「路次《ろぢ》の外《はづ》れにゐてよ。」

お金《かね》が袂《たもと》で口《くち》をかくしながら小《ちい》さな聲《こゑ》で云《い》つてゐた。お町《まち》は聞《きこ》えない振《ふ》りをして路次《ろぢ》の外《そと》に出《で》た。お金《かね》が云《い》つたやうに、路次《ろぢ》の外《はづ》れに男《をとこ》の影《かげ》がちらと動《うご》いてゐる。お町《まち》は默《だま》つてその傍《そば》を通《とほ》り抜《ぬ》けてから、ずん〳〵表《おもて》通《どほ》りを驅《か》け出《いだ》していつた。

「お町《まち》ちやん。」

男《をとこ》が後《うしろ》から斯《か》う云《い》つて呼《よ》んでるのを知《し》つてゐながら、お町《まち》は足《あし》も止《と》めずに、直《す》ぐ傍《わき》の横町《よこちやう》へ曲《まが》つてからも、まだずん〳〵と歩《ある》いてゆく。さうして、八つ手《で》が葉《は》を擴《ひろ》げてゐる小窓《こまど》の中《なか》から、うつすり灯《ともしび》の影《かげ》のさしてゐるある家《うち》の前《まへ》までくるとお町《まち》はそつと足《あし》をとめて振返《ふりかへ》つて見《み》た。

男《をとこ》は五六間《けん》おくれたところに、立《た》つた儘《まゝ》でお町《まち》を手招《てまね》きしてゐた。男の樣子《やうす》は舞臺《ぶたい》の上《うへ》の役者《やくしや》の姿《すがた》のやうに、美《うつく》しい態《しな》を見《み》せてゐた。何方《どつち》からも傍《そば》へ寄《よ》らうともしずにいつまでも其《そ》の儘《まゝ》で二人《にん》は立《た》つてゐたが、お町《まち》は男《をとこ》の手《て》に抱《だ》かれてゞもゐる時《とき》のやうなそつと甘《あま》へた息《いき》づかいをしながら、男《をとこ》の方《はう》に後向《うしろむ》きになつて浴衣《ゆかた》の袂《たもと》で片頰《かたほ》をかくしてゐた。

丁度《ちやうど》、男《をとこ》が走《はし》り寄《よ》つて自分《じぶん》の肩《かた》に手《て》をかけてくれるのを待《ま》つてゐるやうに——さうしておなかの中《なか》では擽《くすぐ》つたいやうな可笑《をか》しさがいつぱいになつてゐた。

處女十月號　（四八）

宗之助の靜緒と松蔦の玉の井と

田村俊子

靜緒《しづを》と云《い》ふのは「三七信孝」へ出《で》てくる女主人公《をんなしゆじんこう》。玉《たま》の井《ゐ》と云ふのは「明智光秀《あけちみつひで》」へ出《で》てくる女性《ぢよせい》で、どつちも山崎紫紅《やまざきしこう》さんの書《か》かれた脚本《きやくほん》です。古《ふ》るい史實《しじつ》を作者《さくしや》が現代《げんだい》の頭腦《あたま》で解釋《かいしやく》して、さうして新《あたら》しい性格《せいかく》を賦與《ふよ》して現《あら》はしたところの例《れい》の史劇《しげき》中の女性《ぢよせい》たちですその役《やく》の性格《せいかく》を云《い》ふと、どつちの女性《ぢよせい》も戀《こひ》の情熱《じやうねつ》の爲《ため》に命《いのち》を捨《す》てるのですが、玉《たま》の井《ゐ》の方《はう》は優《やさ》しく戀《こひ》に狂《くる》つて父《ちゝ》の爲《ため》に殺《ころ》されるので、靜緒《しづを》の方《はう》は、自分《じぶん》の戀《こひ》に自分《ぶん》だけの見解《けんかい》を與《あた》へてさうして自殺《じさつ》します。靜緒《しづを》の方《はう》が強《つよ》いのです。

玉《たま》の井《ゐ》は、父光秀《ちゝみつひで》の眉間《みけん》を割《わつ》た父《ちゝ》の爲《ため》には怨《うら》みのある蘭丸《らんまる》に戀《こひ》をして、その戀《こひ》の遂《と》げられない苦《くる》しさと、主君《しゆくん》へ對《たい》する恐《おそろ》しい父《ちゝ》の叛逆《むほん》との爲《ため》に氣狂《きちが》ひになつて父光秀《ちゝみつひで》が本能寺《ほんのうじ》を燒討《やきうち》すると云《い》ふその夜《よ》、父《ちゝ》の手《て》にかかつて斬《き》り殺《ころ》されるのです。

靜緒《しづを》は、主君信孝《しゆくんのぶたか》に戀《こひ》をされ、自分《じぶん》も又男《またをとこ》を慕《した》ふやうになつて二人《ふたり》は相思《さうし》の仲《なか》になつてゐます。ところが信孝《のぶたか》の運《うん》が末《すゑ》になつて秀吉《ひでよし》の爲《ため》に滅《ほろ》ぼされる時《とき》が來《き》た靜緒《しづを》は、せめて主君《しゆくん》なり又戀人《またこひびと》なりの信孝《のぶたか》の命《いのち》だけを乞《こ》ふ爲《ため》に、敵《てき》の陣地《ぢんち》へ行《ゆ》くことになる。然《しか》しそれは母《はゝ》や兄《あに》に迫《せま》られてゆくので、靜緒《しづを》自身《じしん》では敵《てき》の陣地《ぢんち》へなぞは行《ゆ》きたくない。どうせ信孝《のぶたか》とも〴〵滅《ほろ》びるそのならば、信孝《のぶたか》といつしよに死《し》にたい。戀人《こひびと》の信孝《のぶたか》も無論《むろん》然《さ》う思《おも》つてくれるに違《ちが》ひないと思《おも》つた。自分《じぶん》を敵《てき》に渡《わた》すよりは自分《じぶん》といつしよに戀《こひ》を徹底《てつてい》する唯一《ゆいいつ》の手段《しゆだん》を取《と》つてくれるに違《ちが》ひないと靜緒《しづを》は思《おも》つた。けれども母《はゝ》や兄《あに》から忠義《ちうぎ》と云《い》ふことを說《と》かれて、敵陣《てきぢん》へ行《ゆ》くことに決心《けつしん》する。ところが其《そ》の別《わか》れの時《とき》に、信孝《のぶたか》はちつとも靜緒《しづを》の上《うへ》を考《かんが》へてくれなかつた。男《をとこ》の悲《かな》しみは戀《こひ》の上《うへ》にはなかつた。男《をとこ》は唯自分《たゞじぶん》の運命《うんめい》ばかりを悲《かな》しんでゐた。さうして靜緒《しづを》に自分《じぶん》の命乞《いのちご》ひの爲《ため》の使《つか》ひを賴《たの》んで信孝《のぶたか》は城《しろ》を落《お》ちて行《い》つてしまつた。靜緒《しづを》は男《をとこ》の愛《あい》が絕對《ぜつたい》でなかつたのを知《し》つて、男《をとこ》の爲《ため》に犧牲《ぎせい》になることが馬鹿《ばか》々々しくなつてしまつた。それで敵陣《てきぢん》へ行《ゆ》くのがいやだと云《い》ひ出《だ》したので、兄《あに》が卑怯《ひけふ》な奴《やつ》だ、命《いのち》が惜《を》しくなつたんだらう。」と妹《いもうと》を嘲罵《てうば》すると、靜緒《しづを》はそれが癪《しやく》にさはつて、敵陣《てきぢん》へ送《おく》られるその途中《とちゆう》で海《うみ》へ投《な》じて死《し》んでしまふ。絕對《ぜつたい》でない愛《あい》の爲《ため》に、何《なに》を報《むく》いる必要《ひつえう》があるだらう――靜緒《しづを》は執拗《しつえう》な自我《じが》の強《つよ》さを、兄《あに》や戀人《こひびと》の前《まへ》に投《な》げ付《つ》けてさうして意趣晴《いしゆば》らしの痛快《つうくわい》な叫《さけ》びを上《あ》げながら海《うみ》へ入《はひ》つてしまつた。――これが宗《そう》之助《のすけ》の役《やく》なのです。

作《さく》の上《うへ》から云《い》へば、此方《このはう》が冗漫《ぜうまん》で、それに女《をんな》の性格《せいかく》が玉《たま》の井《ゐ》よりは複雜《ふくざつ》に出來《でき》てゐるので、その表現《へうげん》の上に無理《むり》が多《おほ》い。玉の井の方《はう》が纏《まと》まつてゐる。それだけに見好《みよ》いところがある。然《しか》し、役者《やくしや》としての技藝《ぎげい》から云ふと、宗之助《そうのすけ》の方《はう》がよかつたのです。いゝ惡《わる》いと云ふよりはこの人《ひと》の技藝《ぎげい》の方にいろ〳〵な發見《はつけん》があつたどつちも、よく其《そ》の熱烈《ねつれつ》さを現《あらは》してゐました。松蔦《しようつた》の方はその熱烈《ねつれつ》さが刃《やいば》の切先《きつさき》のやうに鋭《するど》く、宗之助《そうのすけ》の方《はう》は、その熱烈《ねつれつ》さがまるで焰《ほのほ》のやうに燃《も》えてゐました新《あたら》しい女性《ぢよせい》の性格《せいかく》を、とにかくある程度《ていど》まで理解《りかい》して、さうして其《そ》れを新《あたら》しい技藝《ぎげい》によつて表現《へうげん》することの巧《たく》みな、又充分《またじゆうぶん》な役者《やくしや》は、今《いま》のところこの二人《ふたり》の女形《をんながた》より外《ほか》にはないと思《おも》ひます。偶然《ぐうぜん》この二人《ふたり》が、情《じやう》の經路《けいろ》の同《おな》じやうな、近代的《きんだいてき》に解釋《かいしやく》された役柄《やくがら》を同時に別々の劇場《げきぢやう》で演出《えんしゆつ》してゐると云《い》ふ事《こと》が面白《おもしろ》い

我が創作の自己批評

（一）其長所　（二）短所　（三）態度　（四）新舊作の比較、今後向はんとする道等

○

田村俊子

却々これだけの事を一枚の葉書には書き盡されません「自分のものは駄目だ」これだけの事をいつも考へてると云ふ事だけ申上ます。

海坊主

田村俊子

阿母《おつか》さんと云《い》ふ人《ひと》は、昔《むかし》、あれぽど零落《れいらく》してる時《とき》でも、指環《ゆびわ》がなくつてはゐられない人《ひと》であつた。二十五錢《せん》の眞鍮《しんちう》の色《いろ》のやうな鍍金《めつき》の指環《ゆびわ》なぞを篏《は》めてる時《とき》があつた。私《わたし》が漸《やうや》くある小學校《せうがくかう》の教師《けうし》の口《くち》を見《み》付けて、九月《がつ》の月給《げつきふ》を貰《もら》ひ初《はじ》めた時《とき》だつた。私《わたし》はいつまでも、其《そ》の指環《ゆびわ》を眞物《ほんもの》だと思《おも》つて暮《くら》してゐた。さうして一と粒《つぶ》の米《こめ》もないやうな日《ひ》には、其《そ》れを金《かね》に代《か》へてくるやうに母《はゝ》に強請《せび》つたりした。「あたしだつて、この位《くらゐ》のものは篏《は》めてゐられるさ。」

斯《か》う云《い》つてはその指環《ゆびわ》を火鉢《ひばち》の抽斗《ひきだし》にしまつてゐた母《はゝ》は、然《さ》う云《い》ふ話《はなし》が出《で》ると、「二十五錢《せん》なんだよ。」と云《い》つて、二つの指先《ゆびさき》に摘《つま》んで見《み》せながら馬鹿《ばか》にした顏《かほ》をして私《わたし》を見《み》い／＼した。母《はゝ》はそんな指環《ゆびわ》を篏《は》めて、私《わたし》の知《し》らない人《ひと》たちのところへ出掛《でか》けて行《い》つて少《すこ》しの金《かね》を借《か》りて來《き》たりしてゐたのである。然《さ》う云《い》ふ安物《やすもの》だと知《し》つてから、

「卑《いや》しくつてみつともないからおよしなさいよ。」と私《わたし》がとめても、

「私《わたし》の指《ゆび》に篏《は》めるのに大《おほ》きなお世話《せわ》だよ。」

と云《い》つて聞《き》かなかつた。三度《さんど》〳〵食麺麭《しよくぱん》に赤《あか》い砂糖《さとう》で食事《しよくじ》を濟《すま》してゐるやうな日《ひ》が續《つゞ》くと、母《はゝ》は親娘《おやこ》が間借《まが》りをしてゐる家主《いへぬし》の座敷《さしき》の方《はう》へ行《い》つて、其家《そこ》の女房《にようばう》たちと花札《はな》をひいては幾何《いくら》か勝《か》つてきて鰻《うなぎ》なぞを奢《おご》つてくれたりした。勝《か》つてきた銀貨《ぎんくわ》や紙幣《さつ》を帶《おび》の間《あひだ》から摑《つか》み出《だ》す母《はゝ》の手《て》にはその二十五錢《せん》の指環《ゆびわ》がいつも篏《は》まつてゐた。

富裕《ふゆう》に生《うま》れて、一人娘《ひとりむすめ》で榮耀《ええう》に育《そだ》つた私《わたし》の母《はゝ》はとしごろになると、養子《やうし》を嫌《きら》つて、繼母《はゝ》といつしよになつて役者狂《やくしやぐる》ひをした。さうして有《あ》る財產《ざいさん》をみんな蕩盡《つか》つてしまつたのは母《はゝ》であつた。母《はゝ》は自分《じぶん》の放埓《はうらつ》が一人子《ひとりこ》の私《わたし》を貧乏《びんぼふ》な中《なか》に育《そだ》てなければならなくなつた事《こと》を、いつも悔《くや》んでゐた。母《はゝ》は私《わたし》が大《おほ》きくなつてから、自分《じぶん》の若《わか》い時《とき》の放埓《はうらつ》を正直《しやうぢき》によく私《わたし》に話《はな》して聞《き》かせてゐた。さうして學問嫌《がくもんぎら》ひな私《わたし》に、母《はゝ》は何《なん》と思《おも》つたのか頻《しき》りに學問《がくもん》をすゝめて、私《わたし》の嗜好《しかう》のまゝに私《わたし》を音樂學校《おんがくがくかう》の專科《せんくわ》に入《い》れてくれたりした。母《はゝ》は長唄《ながうた》を人《ひと》に敎《おし》へたが、としごろになつてから道樂《だうらく》にやつた義太夫《ぎだいふ》を、又人《またひと》に敎《おし》へたりして親娘《ふたり》の生計《くらし》を立《た》てゝゐたけれども、母《はゝ》には自分《じぶん》の所得《しよとく》だけの經濟《けいざい》をこまかく保《たも》つて行《ゆ》くと云《い》ふ樣《やう》な、上手《じやうづ》な暮《くら》し方《かた》は出來《でき》なかつた。私《わたし》たちは直《ぢ》きに困《こま》つて、私《わたし》が每日學校《まいにちがくかう》に着《き》て行《ゆ》く羽織《はおり》まで、何《ど》うかすると手許《てもと》にない朝《あさ》もあつた。

右《みぎ》の袂《たもと》に五錢《せん》だけの切《き》り炭《ずみ》を包《つゝ》んだ新聞紙《しんぶんし》を入《い》れて、左《ひだり》の袂《たもと》に十錢《せん》だけの米《こめ》の包《つゝ》みを忍《しの》ばせて、其《そ》れを巧《たく》みに操《あや》つりながら間借《まが》りをしてゐる家主《やぬし》の臺處口《だいどころぐち》をそつと入《はひ》つてくるやうな晩《ばん》はちよい〳〵あつた。

その度《たび》に母《はゝ》は、「右《みぎ》と左《ひだり》の袂《たもと》で黑《くろ》と白《しろ》の使《つか》ひ分《わ》けなんぞは、まつたくいやになる。」

と冗談《じやうだん》を云《い》ひながら考《かんが》へ込《こ》んでゐた。私《わたし》が覺《おぼ》えてから、斯《か》う云《い》ふ窮迫《きゆうはく》した生活《せいくわつ》が五六年《ねん》もつゞいた。親類《しんるゐ》があつても、誰《だれ》も昔《むかし》の母《はゝ》の放埒《はうらつ》を譏《そし》つて助《たす》けてくれるものもなかつた。然《さ》うして相變《あひかは》らず出入《でい》りしてるものは、祖父《そふ》の妾《めかけ》であつた老婆《としより》とか、小芝居《こしばゐ》の下座《げざ》の唄歌《うたうた》ひに出《で》てゐる昔《むかし》から馴染《なじみ》のお爺《ぢい》さんなどであつた、母《はゝ》は斯《か》う云《い》ふ人《ひと》たちの來《く》るのを樂《たの》しみにして、酒《さけ》を飲《の》んだり、唄《うた》を歌《うた》はしたりして、騒《さわ》いだりした。私《わたし》たちの食《た》べる料《しろ》がないやうな日でも、この人《ひと》たちが來《く》ればてんや物《もの》を取《と》つて御馳走《ごちそう》した。然《さ》う云《い》ふ勘定《かんぢやう》を、母《はゝ》はどうして拂《はら》ふつもりなのかと思《おも》つて私《わたし》は一人《ひとり》ではら〳〵した事《こと》などがあつた。

さうして母《はゝ》は何時《いつ》も金儲《かねまう》けと云《い》ふ事《こと》ばかりを考《かんが》へてゐた。ぽつ〳〵と子供《こども》たちに三味線《しやみせん》を教《をし》へたりする事《こと》を面倒《めんだう》がつて、少《すこ》しの資本《しほん》でも纏《まと》まると、直《す》ぐに花札《はな》をひきにでかけた。資本《しほん》が薄《うす》いから、思《おも》ひ切《き》つて大《おほ》きひ花札《はな》をひくことが出來《でき》ないと云《い》つてはこぼしてゐた。母《はゝ》は花札《はな》が上手《じやうづ》だつた。何時《いつ》のときも負《ま》けて歸《かへ》つてくるやうな事《こと》はなかつた。

「今夜《こんや》はばかに起《お》きたね。」

私《わたし》は母《はゝ》が斯《か》う云《い》つて元氣《げんき》のいゝ顔《かほ》をして入《はひ》つてくると、思《おも》はず胸《むね》が高鳴《たかな》りするやうに嬉《うれ》しかつた。

學校《がくかう》の方《はう》も好《い》い加減《かげん》にして、私《わたし》が唱歌《しやうか》の教師《けうし》の口《くち》を見付《みつ》けたのは十八才《さい》の時《とき》だつた。母《はゝ》はその頃《ころ》からある熱帶《ねつたい》の殖民地《しよくみんち》へ出稼《でかせ》ぎに行《ゆ》かうと云《い》ふ事《こと》を考《かんが》へてゐた。丁度《ちやうど》然《さ》う云《い》ふ仕事《しごと》が懇意《こんい》の家《いへ》から傳《つた》へられたからであつた。其《そ》の殖民地《しよくみんち》の大《おほ》きな酒樓《しゆろう》へ招《まね》かれて行《い》つて、其家《そのいへ》の抱妓《かゝへ》たちに三味線《しやみせん》の稽古《けいこ》をつけてやると云《い》ふ仕事《しごと》であつた。母《はゝ》はその月給《げつきふ》の百圓《ゑん》と云《い》ふ事《こと》に目《め》を付《つ》けてゐた。さうして其所《そこ》まで踏《ふ》み出《だ》して行《い》つてしまへば、その外《ほか》にも自分《じぶん》の才《さい》だけで何《なに》かふんだんに金《かね》をむさぼる仕事《しごと》が見付《みつ》かるに違《ちが》ひないと考《かんが》へてゐた。母《はゝ》は毎日酒《まいにちさけ》を飲《の》んでは考《かんが》へてゐた。

「何所《どこ》へ行《い》つても親子《おやこ》二人《ふたり》ぎりの世界《せかい》ぢやないか。」

　母《はゝ》は斯《か》う云《い》つては、私《わたし》をも伴《つ》れて行《ゆ》かうとした。母《はゝ》の心《こゝろ》に彈《はづ》みはついてゐたけれども、母《はゝ》は私《わたし》を殘《のこ》して行《ゆ》く事《こと》が我慢《がまん》できない悲《かな》しみであつた。私《わたし》を其所《そこ》へ伴《つ》れて行《い》つて。私《わたし》を氣樂《きらく》に養《やしな》つてやらうと云《い》つて母《はゝ》は勸《すゝ》めたが、私《わたし》はいやてあつた。どれほどに、零落《れいらく》しても、一生貧乏《いつしやうびんばふ》のどん底《そこ》に沈《しづ》み果《は》てるにしても、私《わたし》は然《さ》う云《い》ふ汚《きたな》い生活《せいくわつ》の營《いとな》みの中《なか》へ、私《わたし》たち親子《おやこ》が庇護《かくま》はれると云《い》ふ事《こと》がいやであつた。私《わたし》は頑固《ぐわんこ》にそれを斥《しりぞ》けて聞《き》かなかつた。母《はゝ》は、生《うま》れ落《お》ちるから間《ま》もなく、貧乏《びんばふ》に馴《な》れて少《すこ》しも贅澤《ぜいたく》の味《あぢ》を知《し》らないで育《そだ》つた私《わたし》を、憫《あは》れむやうな顏《かほ》をして見《み》た。

「一生《いつしやう》九圓《えん》の月給《げつきふ》で果《は》てたつて仕方《しかた》がないぢやないか。」

　母《はゝ》は私《わたし》の生涯《しやうがい》を見通《みとほ》してるやうな事《こと》を云《い》つた。虚弱《きよじやく》な身體《からだ》を持《も》つた私《わたし》が月末《げつまつ》になると、五圓《えん》の紙幣《さつ》に一圓紙幣《えんさつ》を四枚《まい》かさねて母《はゝ》の前《まへ》に持《も》つて行《ゆ》くのが、母《はゝ》にはいた〳〵しくて厭《いや》でたまらないのであつた。母《はゝ》は自分《じぶん》の仕度《した》い三昧《さんまい》をした妙齡《としごろ》と私《わたし》の年頃《としごろ》とを比《くら》べて見《み》て、やはらかいもの一《ひと》つ纏《まと》つたことのない私《わたし》がいぢらしくつて仕方《しかた》がなかつた。母《はゝ》は唯《たゞ》それればかりを思《おも》つてゐた。私《わたし》と云《い》ふものにせめては一度《いちど》は娘《むすめ》らしい裝《よそほ》ひが凝《こ》らさせて見《み》たかつた。殊《こと》に十八と云《い》へば、配遇《つれあひ》も持《も》たせなければならなかつた。母《はゝ》は安官吏《やすくわんり》などに娘《むすめ》の一生《いつしやう》を托《たく》してしまふ事《こと》は惜《を》しいのであつた。

母《はゝ》は然《さ》う云《い》ふ事《こと》を一々《いち〳〵》私《わたし》に云《い》つて聞《き》かせた。

「やつぱし、おつ母《か》さんが働《はたら》いてお金儲《かねまう》けをして、二人《ふたり》で氣樂《きらく》に暮《くら》す事《こと》を考《かんが》へるより外《ほか》仕方《しかた》がない。私《わたし》も今《いま》の内《うち》だから、これより年《とし》を老《と》つてしまつちや何《ど》うする事《こと》も出來《でき》ないからね。」

母《はゝ》は一人《ひとり》して行《ゆ》くことにきめて、いくらか金《かね》を貯《た》めて歸《かへ》つてくるまで、唱歌《しやうか》の教師《けうし》をつとめながら、待《ま》つてゐる事《こと》を私《わたし》に誓《ちか》はせた。母《はゝ》は二年《ねん》經《た》てば歸《かへ》つてくる筈《はず》であつた。母《はゝ》は自分《じぶん》の思《おも》ひ立《た》つた事《こと》を私《わたし》の一言《ひとこと》ぐらゐでやめる様《やう》な人《ひと》ではなかつた。母《はゝ》は私《わたし》を可愛《かあい》がつてゐたけれども、また私《わたし》を馬鹿《ばか》にしてゐた。

母《はゝ》が行《い》つてしまつてから私《わたし》は毎日《まいにち》母《はゝ》を思《おも》つては泣《な》いてゐた。手拭《てぬぐひ》かけにその儘《まゝ》かゝつてる母《はゝ》の使《つか》ひ古《ふる》した手拭《てぬぐひ》を見《み》て、その手拭《てぬぐひ》で瞼《まぶた》の腫《は》れふさがるほど泣《な》いたりした。夕方《ゆふがた》になると、二疊《でふ》の縁側《えんがは》のところで、赤《あか》い土釜《どがま》を七輪《しちりん》にかけて彼方向《むかうむ》きになつて、團扇《うちは》を煽《あふ》がしてゐた母《はゝ》の姿《すがた》を思《おも》ひ出《だ》しては泣《な》いた。居《ゐ》なくなつた母《はゝ》の姿《すがた》を殊《こと》に可哀想《かあいさう》らしく思《おも》ひ出《だ》させるのは、あの可愛《かあい》らしい母《はゝ》の頸窩《ぼんのくぼ》であつた。母《はゝ》は私《わたし》と違《ちが》つて小柄《こがら》な美《うつく》しい人《ひと》であつた。さうして少《すこ》しも貧《ひん》にやつれたやうな面影《おもかげ》を殘《のこ》してゐなかつた。母《はゝ》の顏《かほ》はいつも豐《ゆた》かで繻絆《じゆばん》の襟《えり》一《ひ》とつ平常着《ふだんぎ》の下《した》に掛《か》け替《か》へても、全體《ぜんたい》の調子《てうし》に鮮《あざや》かな色氣《いろけ》を見《み》せるやうな仇《あだ》な様子《やうす》があつた。私《わたし》はその母《はゝ》の様子《やうす》がなつかしかつた、さうして、あの可愛《かあい》らしい頸窩《ぼんのくぼ》を持《も》つた母《はゝ》が、怒濤《どたう》のやうに荒《あ》れすさんだ生活《せいくわつ》をしてゐる殖民地《しよくみんち》の人《ひと》たちの中《なか》へ、たゞ獨《ひと》りで行《い》つたのかと、思《おも》ふと、あちらからもてちらからも、私《わたし》の見知《みし》らない人達《ひとたち》が母《はゝ》の身體《からだ》をいぢめ突《つ》つ突《つ》いてるやうな哀《あは》れさが湧《わ》いて來《き》て、ぢつとしては、居《ゐ》られない様《やう》に胸《むね》をどきつかせて焦慮《あせ》り泣《な》きをしたりした、暮《く》れてゆく縁側《えんがは》に坐《すわ》つて母《はゝ》を思《おも》ひながら私《わたし》は思《おも》はず聲《こゑ》を出《だ》して泣《な》いてゐたこともあつた。私《わたし》は自分《じぶん》が母《はゝ》に隨《つ》いて行《ゆ》かなかつた事《こと》をどんなに後悔《こうくわい》したか知《し》れなかつた。

さうして半月程經《はんつきほどた》つて母《はゝ》からこまかい手紙《てがみ》が來《き》た時《とき》に、私《わたし》は自分《じぶん》も行《ゆ》くから直《す》ぐに旅費《りよひ》を送《おく》つてもらひ度《た》いと云《い》つてやつた。その時《とき》の私《わたし》は唯戀《たゞこひ》しい母《はゝ》の傍《そば》に行《ゆ》きたいばかりであつたけれども、一度《いちど》彼方《あつち》へ行《い》つてしまつた母《はゝ》はなか／＼私《わたし》に來《こ》いとは云《い》つてよこさなかつた。母《はゝ》が云《い》ひ置《お》いて行《い》つたほどの金《かね》も送《おく》つてこなかつた。私《わたし》は唱歌《しやうか》の教師《けうし》をつとめながら、母《はゝ》の行《い》つてしまつた後《あと》の一人《ひとり》ぼつちの淋《さみ》しい生活《せいくわつ》をつづけてゐた。

母《はゝ》は二年經《ねんた》つても歸《かへ》つてこなかつた。三年經《ねんた》つても歸《かへ》つてこなかつた。四年經《ねんた》つても——手紙《てがみ》も滅多《めつた》に來《こ》なかつた。其《そ》の頃《ころ》になつてから「良《よ》き緣《えん》あらば身《み》も固《かた》められたく………」と云《い》ふ文句《もんく》の出《で》てゐる手《て》紙《がみ》の來《く》ることがあつたが私《わたし》は矢《や》つ張《ぱ》り一人《ひとり》てゐた。

良人《をつと》を持《も》つと云《い》ふ樣《やう》なことを私《わたし》は考《かんが》へてもゐなかつた。私《わたし》の月給《げつきふ》は十二圓《えん》になつてゐた。私《わたし》はその中《うち》から僅《わづか》づゝ貯金《ちよきん》することを樂《たの》しみにして、無駄《むだ》な費用《ひよう》は、ピン一とつにもかけることを惜《を》しみ／＼した。十二圓《えん》のうちから僅《わづか》なものでも貯《たくわ》へると云《い》ふ事《こと》を母《はゝ》が聞《き》いたらあの母《はゝ》は身震《みぶる》ひするかも知《し》れなかつた。私《わたし》はそれを知《し》つてなんにも云《い》つてやらずにゐたけれども、何時《いつ》か母《はゝ》に逢《あ》ふときに、私《わたし》は自分《じぶん》でひそかに作《つく》つたその財產《ざいさん》を、何《なに》よりの手柄《てがら》にして母《はゝ》に見《み》せようと思《おも》つてよろこんでゐた。日蔭《ひかげ》の方《はう》をぢつと見向《みむ》いてゐるやうな私《わたし》の心《こゝろ》はいつまでも、其《そ》の儘《まゝ》でゐて、强《し》ひても自分《じぶん》の心《こゝろ》を明《あか》るい日向《ひなた》へ向《む》け直《なほ》さなければならないとはしやぐほどの、自分《じぶん》の生《せい》の撥溂《はつらつ》を眞實《しんじつ》覺《おぼ》えるやうな機會《きくわい》はめぐつてこなかつた。また私《わたし》の周圍《しうゐ》にも、色《いろ》ある事件《じけん》などは起《おこ》りもしなかつた。平靜《へいせい》な水《みづ》の中《なか》に、唯一人《たゞひとり》ぼつんと沈《しづ》み込《こ》んでるやうな生活《せいくわつ》が、ゆるみもせずに一日《いちにち》々々《〱》とつゞいてゐた。宿《やど》から一町程離《いつちやうほどはな》れてる在職《ざいしよく》の學校《がくかう》まで大《おほ》きな溝際《どぶぎは》を通《かよ》つて行《ゆ》く道傍《みちばた》と、青桐《あをぎり》の植《う》わつてゐる學校《がくかう》の運動場《うんどうば》の他《ほか》には、私《わたし》の下駄《げた》の跡《あと》をつけた地上《ちじやう》が、何所其所《どこそこ》と何年《なんねん》を通《つう》じて數《かぞ》へて見《み》られるほど僅《わづ》かしさやなかつた。私《わたし》はそれほど外《そと》に出《で》ることさへなかつた。私《わたし》の六年《ねん》は、かうして素直《すなほ》に經《た》つていつた。さうして私《わたし》は二十三になつた。

母《はゝ》は六年振《ねんぶ》りで歸《かへ》つて來《き》た。六年《ねん》の年月《としつき》は母《はゝ》に長《なが》かつたか？　私《わたし》に長《なが》かつたか？　なんの變化《へんくわ》もなかつた私《わたし》の六年《ねん》は、振返《ふりかへ》つて見《み》ると昨日《きのふ》の一日《にち》も六年《ねん》の長《なが》さも、同《おな》じ一色《いろ》で塗《ぬ》りこめられた壁《かべ》の上《うへ》でも見《み》詰《つ》めてるやうに、空漠《くうばく》としてゐて限《き》りがない。其《そ》の代《かは》り私《わたし》は六年前《ねんまへ》と同《おな》じな、なんの混《ま》ぢり氣《け》も含《ふく》まれてゐない純《じゆん》な心持《こゝろもち》で母《はゝ》に對《たい》する事《こと》が出來《でき》た。私《わたし》と母《はゝ》との愛《あい》の交渉《かうせふ》を蹂躙《じゆうりん》するやうな何物《なにもの》も私《わたし》の心《こゝろ》の上《うへ》に起《おこ》つてゐなかつた事《こと》を、私《わたし》は久《ひさ》し振《ぶ》りで逢《あ》つた母《はゝ》に對《たい》して自分《じぶん》ながら嬉《うれ》しく思《おも》つた。六年前《ねんまへ》に母《はゝ》と見合《みあ》はせた私《わたし》の眼《め》は、今《いま》もおなじ心《こゝろ》の調子《てうし》を包《つゝ》む眼《め》であつた。母《はゝ》もなんの氣《け》もない顏《かほ》で私《わたし》を見《み》てゐた。——とその時私《ときわたし》は思《おも》つてゐた。——母《はゝ》の顏《かほ》もさして變《かは》つてゐなかつたが白髮《しらが》が殖《ふ》えてゐた。よく見《み》ると、摺《す》り切《き》れた菅絲《すがいと》のやうな白髮《しらが》が生際《はえぎは》のところに彈《はぢ》けてゐた。母《はゝ》の身體《からだ》は痩《や》せて小《ちひ》さくなつてゐたけれども、皮膚《ひふ》は少《すこ》しも熱帶《ねつたい》の恐《おそろ》しい日光《につくわう》に犯《をか》されてゐなかつた。六年前《ねんまへ》に母《はゝ》に別《わか》れてから、母《はゝ》を思《おも》ひ出《だ》すたびに、眞中《まんなか》に窪《くぼ》みのある子供《こども》々々したその人《ひと》の頸窩《ぼんのくぼ》のところがよく私《わたし》の眼《め》にあつたが今《いま》も其《そ》の頸窩《ぼんのくぼ》は可愛《かあい》らしくて白《しろ》くつて細《ほそ》かつた。

ふしぎに、久《ひさ》し振《ぶり》で逢《あ》つた私《わたし》と母《はゝ》との眼《め》と眼《め》の間《あひだ》には、別《わか》れてゐた六年間《ねんかん》と云《い》ふ長《なが》い歳月《としつき》がそれだけの距離《きより》を保《たも》たせて浮《うか》んでゐなかつた。かうして顔《かほ》と顔《かほ》を突《つ》き合《あ》はした現在《げんざい》の瞬間《しゆんかん》に、六年《ねん》の過去《くわこ》はてんでんの膝《ひざ》の影《かげ》にちゞんでしまつたやうな氣《き》がした。私《わたし》は毎日《まいにち》逢《あ》つてゐる人《ひと》に、昨日《きのふ》の話《はなし》のつゞきをしようとして考《かんが》へてるやうな心持《こゝろもち》で、母《はゝ》に向《むか》ひ合《あ》つてゐた。今《いま》、母《はゝ》に向《むか》つて言《い》ひ出《だ》す言葉《ことば》は、どれもどれも昨日《きのふ》まで話《はな》しておいたその續《つゞ》きを聞《き》かせるのだと云《い》ふ樣《やう》な氣《き》がしてゐた。

歸《かへ》つて來《き》た日《ひ》は、長《なが》い旅行《りよかう》に疲《つか》れたと見《み》えて、下脣《したくちびる》から窶《やつ》れた腮《あご》の先《さ》きまでが糊付《のりづ》けされたやうに強張《こはば》つてゐて、何《なに》を云《い》はうとしてもその筋肉《きんにく》が少《すこ》しも自由《じいう》に言葉《ことば》に連《つ》れて動《うご》かなかつた。一々《いち〳〵》咽喉《のど》から壓《お》し出《だ》すやうに首《くび》をしやくつて物《もの》を云《い》つてゐるけれども、語尾《ごび》がいつも何所《どこ》かへ辷《すべ》りこけてしまつて聞《き》き取《と》れなかつた。私《わたし》は母《はゝ》の行李《かうり》の傍《そば》へ行《い》つて、バナヽのやうな淸新《せいしん》な果樹《くわじゆ》の匂《にほ》ひの絡《から》んでゐる其《そ》れ等《ら》の持ちものを、なつかしく弄《いぢ》つたりしてた。

母《はゝ》の行李《かうり》の中《なか》には二三枚《まい》の着替《き》へしきやなかつた。遠《とほ》いところから歸《かへ》つて來《き》た母《はゝ》は、停車場《ていしやば》からの車《くるま》賃《ちん》にも足《た》りないほどの僅《わづ》かな端《はし》た錢《ぜに》を紙入《かみい》れの底《そこ》に落《おと》してあるぎりであつた。私《わたし》にはそれが思《おも》ひがけなかつたけれども、母《はゝ》は然《さ》う云《い》ふ事《こと》などに就《つ》いては私《わたし》になんにも語《かた》らなかつた。母《はゝ》は歸《かへ》つた日《ひ》から一日《いちにち》二

[illegible]あんまり物《もの》も言《い》はずによく詰《なじ》つてゐたが、それからは朝《あさ》も晩《ばん》も酒《さけ》がなくつては濟《す》まされなかつた。さうして、食卓《しよくたく》の傍《そば》に坐《すわ》つて溫順《おとな》しく母《はゝ》の話《はなし》を聞《き》かうとしてゐる私《わたし》を、醉《よ》つてる母《はゝ》はなんの思《おも》ひ誤《あやま》りか、恐《おそろ》しく狂暴《きやうばう》な眼《め》で睨《にら》んでゐることがあつた。この娘《むすめ》がどんな事《こと》を考《かんが》へてゐるかそれを見破《みやぶ》つてやらうと云《い》ふ樣《やう》な不快《ふくわい》な皮肉《ひにく》な輝《かゞや》きがその眼《め》にあつた。さうかと思《おも》ふと、氣狂《きちが》ひのやうに妙《めう》に瞳子《ひとみ》に上釣《うはづ》つた力《ちから》をあつめた眼付《めつき》をしたりした。さうして、酒氣《しゆけ》に粘《ねば》ついた大聲《おほごゑ》に誰《だれ》を相手《あひて》にしてゐるのか分《わか》らないやうな話《はなし》をした。話《はなし》の最中《さいちう》には、おどろくほど下卑《げび》た荒《あら》い言葉《ことば》を使《つか》つて、熱帶《ねつたい》の土人《どじん》の笑《わら》ひ顏《かほ》のやうに毒々《どく〳〵》しくその野卑《やひ》に落《お》ちた性情《せいじやう》をすつかりと暴露《ばくろ》することがあつた。母《はゝ》の饒舌《ねうぜつ》な發音《はつおん》の中《なか》に、聯想《れんさう》の卑《いや》しいペタつと云《い》ふ脣《くちびる》の音《おと》が交《まじ》つて、其《そ》れが殊《こと》に聞《き》き辛《づら》かつた。私《わたし》は母《はゝ》が醉《よ》ひしれて大聲《おほごゑ》で何《なに》か云《い》ひ初《はじ》める度《たび》にたゞ身體《からだ》をすくめて顏《かほ》を垂《た》れてゐた。

「こつちの人間《にんげん》たちはまるで南京蟲《なんきんむし》だ。」

母《はゝ》は何《なに》を標準《へうじゆん》にしてるのか、二《ふ》た言目《ことめ》には斯《か》う云《い》ふ事《こと》を云《い》つて罵《のゝし》つた。

「貝殼見《かいがらみ》たいな狹《せま》いところに屈《かゞ》み込《こ》んでゝ、卑小《けち》な自分《じぶん》にばかりこびり付《つ》いて、まるで南京蟲《なんきんむし》のやうな人間《にんげん》ばかりさ。」

母《はゝ》はまた、多勢《おほぜい》の人《ひと》を連《つ》れて濠洲《がうしう》の方《はう》へ出掛《でか》けるのだと云《い》つたり、今《いま》までゐたところに自分《じぶん》の手《て》で株《かぶ》式《しき》にした劇場《げきぢやう》を建築《けんちく》するのだとか云《い》つたりした。今《いま》の實業界《じつげふかい》に有名《いうめい》な人《ひと》たちの名《な》を並《なら》べて、その人《ひと》たちに自分《じぶん》が話《はな》し込《こ》めば誰《だれ》でも一萬《まん》や二萬《まん》の金《かね》は出《だ》してくれるのだと云《い》つて、母《はゝ》は自分《じぶん》の事業《じげふ》を起《おこ》すに就《つ》いて大《たい》した手腕《しゆわん》を持《も》つてゐるやうな自信《じしん》のある調子《てうし》を見《み》せた。

よく聞《き》いてゐると、母《はゝ》は自分《じぶん》の子《こ》にこま〳〵と何《なに》か語《かた》り合《あ》はうとするのではなかつた。私《わたし》をも、その殖民地《しよくみんち》でうろ〳〵してる人間《にんげん》の一人《ひとり》に扱《あつか》つて、さうして愚圖々々《ぐづ〳〵》してゐちや駄目《だめ》だ、と云《い》ふ樣《やう》な熱《ねつ》を私《わたし》に吹《ふ》きかけてゐるのであつた。一とつの魔物《まもの》が母《はゝ》の身體《からだ》を假《か》りてゐて、その魔物《まもの》の眼《め》を閃《ひら》めかして物《もの》を言《い》つてるのではないかと私《わたし》は思《おも》つて恐《おそろ》しかつた。酒《さけ》に醉《よ》つてきた母《はゝ》の眼《め》には。私《わたし》の戀《こひ》しく思《おも》つてる私《わたし》の母《はゝ》の靈魂《れいこん》を持《も》つた優《やさ》しい輝《かゞや》きを含《ふく》んではゐない。あの眼《め》の輝《かゞや》きは修羅場《しゆらぢやう》を見詰《みつ》めてる鬼《おに》のやうであつた。母《はゝ》の身體《からだ》を假《か》りてる魔物《まもの》は、私《わたし》と云《い》ふ娘《むすめ》を知《し》る筈《はづ》がなかつた。私《わたし》は然《さ》う思《おも》ふと唯《たゞ》ではかつた。

けれども、其《そ》れは酒《さけ》の爲《せゐ》かも知《し》れなかつたが、然《しか》し、醉《よ》つてゐない時《とき》の母《はゝ》はまるで呆然《ぼう》けてゐる。私《わたし》が十言《とこと》云《い》ふうちに一と言《こと》の返事《へんじ》を返《かへ》すぐらゐであつた。母《はゝ》は何《なに》を考《かんが》へてゐるのか酒《さけ》を飲《の》まない間《あひだ》は唯《たゞ》ぢつとして默《だま》つてゐた。

私《わたし》はせめて其《そ》の間《あひだ》だけでも、昔《むかし》のやうな母《はゝ》を見《み》ようとして親切《しんせつ》に話《はなし》を初《はじ》めるけれども、母《はゝ》はてんで聞《き》いて呉《く》れやうともしなかつた。娘《むすめ》に對《たい》するこま〳〵した注意《ちゆうい》を母《はゝ》の口《くち》からきく事《こと》などは出來《でき》なかつた。私《わたし》が日記《につき》にして母《はゝ》に送《おく》つてゐたものなども、母《はゝ》は讀《よ》んではゐないらしかつた。さうして氣味《きみ》の惡《わる》いほど母《はゝ》はむつつりとして默《だま》つてゐた。

「阿母《おつか》さんはお酒《さけ》を飲《の》むとたいへん可《い》けなくなりましたね。お酒《さけ》を飲《の》んで醉《よ》ふと氣《き》ばかり荒《あら》くなつて、こはいやうですよ。お酒《さけ》は當分《たうぶん》よした方《はう》がいゝでせう。」

私《わたし》は母《はゝ》の身體《からだ》を掻《か》い撫《な》でるやうな優《やさ》しい心持《こゝろもち》で斯《か》う云《い》つた事《こと》があつたが、母《はゝ》は默《だま》つてゐた。私《わたし》がすゝめても母《はゝ》は髪《かみ》も結《むす》ばなければ、着《き》て來《き》た浴衣《ゆかた》のまゝで着物《きもの》を脱《ぬ》ぎかへると云《い》ふ事《こと》も為《し》なかつた。然《さ》う云《い》ふ事《こと》を私《わたし》が強《し》ひてすゝめると、母《はゝ》は、片方《かたく》の眼《め》をつぶつて、片頰《かたほゝ》の筋肉《きんにく》を吊《つ》つた。

「いゝ、いゝ。」

と聞《き》き取《と》れない小《ちひ》さな聲《こゑ》で云《い》つた。丁度《ちやうど》、うつかり云《い》つてはならない事《こと》に口《くち》を辷《すべ》らせやうとするのを、此方《こつち》から遮《さへぎ》る時《とき》の合圖《あひづ》のやうな表情《へうじやう》だつた。さうして、其《そ》の後《あと》は、自分《じぶん》の見知《みし》らない人《ひと》を見《み》るやうな眼《め》で私《わたし》の方《はう》をちよいと見《み》たりした。さもなければ、妙《めう》に自分《じぶん》の膝《ひざ》を窄《すく》めて、自分《じぶん》の身體《からだ》に手《て》をかけられる事《こと》を豫覺《よかく》でもしてゐるやうに、身《み》を小《ちひ》さくして其邊《そこいら》を見廻《みまは》したりした。

母《はゝ》の動作《どうさ》には、酒氣《しゆき》のない時《とき》に限《かぎ》つて、却《かへ》つて斯《か》うした調子《てうし》外《はづ》れのところがあつて私《わたし》をおどろかした。それを見付《みつ》け出《だ》した私《わたし》は、泣《な》く事《こと》も笑《わら》ふことも出來《でき》ない凝固《ぎようこ》した胸《むね》を冷《つ》めたく戰《ふる》はせながら、母《はゝ》を見詰《みつ》めてゐることがあつた。昔《むかし》と同《おな》じやうな、さうして人並《ひとな》みらしい身體付《からだつ》きを為《し》てゐながら、その内部《ないぶ》が何《ど》う間違《まちが》つてゐるのかと思《おも》ふと、私《わたし》は母《はゝ》の身體《からだ》を力《ちから》いつぱい搖動《ゆすぶ》つてやらずにはゐられない氣《き》がした。

「あなたは頭腦《あたま》が惡《わる》くなつてゐるんでせう。あんまりお酒《さけ》を飲《の》んだからですよ。あつちでお酒《さけ》ばかり飲《の》んでゐたんぢやありませんか。え？　阿母《おつか》さん。」

私《わたし》は眠《ねむ》つてゐる人《ひと》を呼《よ》び起《おこ》すやうに、母《はゝ》が靜《しづか》に默《だま》つてゐる時《とき》に少《すこ》し慳貪《けんどん》な調子《てうし》で云《い》つて見《み》た。

「私《わたし》も然《さ》う思《おも》つてゐる。」

私《わたくし》はかう云《い》ふ母《はゝ》の返事《へんじ》を望《のぞ》んでゐた。自分《じぶん》の心《こゝろ》で自分《じぶん》の身體《からだ》を判斷《はんだん》してくれるやうな母《はゝ》の言葉《ことば》が欲《ほ》しいと思《おも》つて母《はゝ》を見《み》てゐたが、母《はゝ》は、

「ふん何《なに》を云《い》つてるんだ。」

と小《ちひ》さな聲《こゑ》で云《い》つて、私《わたし》の方《はう》は振《ふ》り返《かへ》りもしなかつた。

母《はゝ》が歸《かへ》つて來《き》てから四五日《にち》つづいて寒《さむ》い雨《あめ》が降《ふ》つてゐた。うつとりと雨《あめ》が一とやみしては、又《また》ざあざあと降《ふ》りつゞいて、足《あし》や手先《てさき》が濡《ぬ》れた布片《きれ》でも纏《まと》ひつけてるやうに齒切《はぎ》れわるく濕《しめ》つて冷《ひ》え〳〵した。秋《あき》にはいり際《ぎは》の薄《うす》ら寒《さむ》い、覆《おほ》ひかゝるやうな暗《くら》い雨《あめ》の日《ひ》は誰《たれ》も、これて世《よ》の中《なか》がお終《しま》ひになるのではないかと感《かん》じるやうに陰鬱《いんうつ》であつた。知《し》らない間《ま》に、自分《じぶん》は生《せい》の最後《さいご》の歩《あゆ》みをつゞけてゐるのではないかと思《おも》ふやうな不安《ふあん》の交《まじ》つた陰氣《いんき》さを誰《たれ》も味《あぢ》はつた。それほど人間《にんげん》の心《こゝろ》を哀《あは》れつぽく縮《すく》めるほど寒《さむ》い雨《あめ》がざあ〳〵降《ふ》りつゞいてゐた。

今日《けふ》もまだ晴《は》れさうもなかつた、私《わたし》の部屋《へや》は木口《きぐち》が古《ふる》い爲《ため》によけい暗《くら》かつた。雨《あめ》の降《ふ》り込《こ》む小窓《こまど》をどこも閉《し》めてあるので、明《あか》りの射《さ》し込《こ》むところは三尺《じやく》の縁《えん》だけてあつた。坐敷《ざしき》の片隅《かたすみ》あたりに坐《すわ》つてゐては、外《そと》からはいつた途端《とたん》には人《ひと》が居《ゐ》るのか居《ゐ》ないのかの見分《みわ》けもつかなかつた。學校《がつかう》の勤《つと》めを終《をは》つて急《いそ》いで歸つて來《き》た私《わたし》は、いつもの樣《やう》に家主《いへぬし》の人《ひと》たちにも挨拶《あいさつ》もしずに裏《うら》から廻《まは》つて縁側《えんがは》から上《あが》つてはいつた。さうしてこの暗《くら》い一と間《ま》を見《み》遁すと母《はゝ》は直《す》ぐ押《お》し入《い》れの前《まへ》のところに肱枕《ひぢまくら》をして寢《ね》てゐた。何《なに》かつ

よやいてゐるので私《わたし》が傍《そば》に行《い》つてその顔《かほ》を覗《のぞ》く、と母《はゝ》は上目《うはめ》を使《つか》つて私《わたし》の足先《あしさき》を眺《なが》めながら、默《だま》つた。

學校《がくかう》にゐても、今《いま》にも宿《やど》から何《なに》か惡《わる》いしらせを受《う》けるやうに思《おも》つて、母《はゝ》が歸《かへ》つて來《き》てからは私《わたし》が外《そと》にゐる間《あひだ》は唯《たゞ》落着《おちつ》かなかつた。歸《かへ》つて來《き》て、母《はゝ》の姿《すがた》を見《み》るまでは、安心《あんしん》がされなかつた。ふつと、往來中《わうらいなか》で母《はゝ》の狂《くる》つて行《ゆ》く姿《すがた》を見付《みつ》けはしないかと云《い》ふ恐《おそろ》しさが繋《つなが》つてゐて、私《わたし》は何所《どこ》にゐてもたゞおろ／＼してゐた公衆《こうしゆう》の前《まへ》で思《おも》ひがけない恥辱《ちぢよく》が私《わたし》の上《うへ》に起《おこ》るやうな機會《きくわい》が作《つく》られはしないかと云《い》ふ不安《ふあん》が、誰《だれ》の前《まへ》にゐても私《わたし》をいぢけさせてゐた。母《はゝ》が何《なに》を云《い》つても醉《よ》い狂《くる》つても、それを注視《ちうし》してゐる事《こと》の出來《でき》る時間《じかん》だけが私《わたし》には何《なん》にも代《かへ》がたい安心《あんしん》であつた。私《わたし》の頭腦《あたま》の中《なか》には、母《はゝ》に逢《あ》つてから凝固《ぎようこ》した悲《かな》しみの塊《かたま》りができてゐた。其《そ》の塊《かたま》りをちよつとでも、突《つ》つ突《つ》けば私《わたし》は直《す》ぐに涙《なみだ》が出《で》たに違《ちが》ひないけれども、私《わたし》は其《そ》れを我慢《がまん》してゐた。其《そ》の悲《かな》しみの塊《かたま》りへはなるたけ心《こゝろ》を觸《よ》れさせないようにしてゐた。さうしてその悲《かな》しみの感情《かんじやう》だけがだん／＼冷《ひ》めたく、だん／＼凝固《ぎようこ》してゆくのが私《わたし》にはわかつてゐた。さうして、母《はゝ》が何《ど》うして斯《か》うなつたのか、六年《ねん》の間《あひだ》に母《はゝ》と云《い》ふ人《ひと》は何《ど》うなつたのか、あつちにゐて母《はゝ》は何《なに》をしたのか、どんな生活《せいくわつ》をしたのか、まつたく多量《たりやう》の酒飲《さけのみ》のために精神《せいしん》が狂《くる》つてゐるのか、——斯《か》う云《い》ふことを母《はゝ》の姿《すがた》を見守《みまも》りながら私《わたし》は考《かんが》へてゐた。母《はゝ》も何《ど》うしたのか私《わたし》には分《わか》らなかつた。殊《こと》に殖民地《しよくみんち》に生活《せいくわつ》してゐた間《あひだ》のことを尋《たづ》ねようとする時《とき》は、きまつて母《はゝ》の機嫌《きげん》に逆《さか》らつた。

「お前《まへ》なんぞが聞《き》いたつて分《わか》らないんだよ。」

母《はゝ》の昔《むかし》のやうな態度《たいど》を出《だ》して、靜《しづか》にかう云《い》つたこともあるけれども、さもない時《とき》は、恐《おそろ》しい眼《め》をして私《わたし》を睨《にら》みつけた。白眼《しろめ》ばかりが、生々《なま〳〵》と充《み》ちひろがつて行《ゆ》くやうなこはい眼《め》をした。さうしてむつりと默《だま》つてゐた。——私《わたし》は母《はゝ》の寢《ね》てゐる姿《すがた》を見《み》て安心《あんしん》しながら合羽《かつぱ》を脱《ぬ》いでそこに引《ひ》つかけたりした。

「寒《さむ》くはないんですか。」

歸《かへ》つた日《ひ》から着《き》たまゝの浴衣《ゆかた》でそこに轉《ころ》がつてゐる母《はゝ》の身體《からだ》は、さも寒《さむ》さうに竦《すく》んでゐるので、私《わたし》は斯《か》う云《い》つて尋《たづ》ねたけれども、母《はゝ》は首《くび》を振《ふ》つてゐた。母《はゝ》は歸《かへ》つて來《き》た時《とき》に、邪魔《じやま》だと云《い》つて帶《おび》を取《と》つてしまつたぎり細《ほそ》い紐《ひも》を其《そ》の胴《どう》にくゝりつけたぎりで打《う》つちやつてゐた。浴衣《ゆかた》に羽織《はおり》を着《き》てもまだ寒《さむ》いのに母《はゝ》は浴衣《ゆかた》一枚《まい》で何《なに》も着《き》ようとしなかつた。

私《わたし》は母《はゝ》の落着《おちつ》いた樣子《やうす》を見《み》て、眼《め》が覺《さ》めたやうに其《そ》の精神《せいしん》が元《もと》に復《かへ》つたのぢやないかと思《おも》つた。自分《じぶん》の一人《ひとり》の娘《むすめ》のところへ歸《かへ》つて來《き》たと云《い》ふ意識《いしき》がついて、魔《ま》がはなれた後《あと》のやうに母《はゝ》はうつとりしてゐるのぢやないかと思《おも》つた。然《さ》う思《おも》つて見《み》れば母《はゝ》の顏色《かほいろ》にはどこか、親《した》しみの深《ふか》いなつかしい色《いろ》が動《うご》いてゐるやうであつた。

「寢《ね》てゐたんですか。」

「あゝ、横《よこ》になつてね。」

母《はゝ》は昔《むかし》のやうな錆《さび》を含《ふく》んだ餘韻《よゐん》のなつかしい聲《こゑ》で斯《か》う云《い》つてくれた。私《わたし》はその一《ひ》と言《こと》で思《おも》ひがけなく親子《おやこ》が明《あか》るい幸福《かうふく》の光《ひか》りの下《もと》へ浮《う》き出《で》たやうに嬉《うれ》しかつた。私《わたし》はこの瞬間《しゆんかん》にいちどきに阿母《おつか》さんに種々《さま〴〵》な事《こと》を云《い》はなければならない樣《やう》に感情《かんじやう》が込《こ》み上《あ》げた。今《いま》、私《わたし》が母《はゝ》に何《なに》か愛《あい》の力《ちから》の溢《あふ》れたことを云《い》へば、母《はゝ》はそれですつかり、眞《ほんと》の母《はゝ》になるのだと云《い》ふやうな氣《き》がした。私《わたし》は何《なに》も彼《か》も云《い》ひたくて、母《はゝ》の傍《そば》に引《ひ》つ着《つ》くやうに坐《すわ》つたけれども、胸《むね》がふるへて直《す》ぐには言葉《ことば》が出《で》なかつた。母《はゝ》はやつぱり眼瞑て寢《ね》てゐた。私《わたし》は母《はゝ》が何《なに》か云《い》ひ出《だ》すかと思《おも》つて待《ま》つてゐたけれども、母《はゝ》はそれぎり默《だま》つてゐた。それで私《わたし》はゆつくりした心持《こゝろもち》で私《わたし》が六年《ねん》ばかりの間《あひだ》、同《おな》じやうな日《ひ》を暮《くら》してゐた事《こと》などを話《はな》して聞《き》かせた。

「こんどこそ、阿母《おつか》さんと二人《ふたり》で家《うち》を持《も》ちませうよ。儉約《けんやく》すれば樂《らく》に暮《くら》していけるんですからね、遠《とほ》いところへ行《い》つてあくせくしなくつたつて、東京《とうきやう》にゐる方《はう》が阿母《おつか》さんも安心《あんしん》でせう。」

母《はゝ》の身體《からだ》を投《な》げ出《だ》しておいた六年《ねん》の殖民地生活《しよくみんちせいくわつ》はほんたうに、恐《おそろ》しいものであつた。その殖民地生活《しよくみんちせいくわつ》は母《はゝ》の身體《からだ》を蹂躙《じうりん》して精神《せいしん》を狂《くる》はせた。

母《はゝ》はなんとも云《い》はなかつた。さうして時々《ときどき》私《わたし》の顔《かほ》を見《み》てゐたが、ふいと、

「彼所《あすこ》には海坊主《うみばうず》がゐるからね。」

と云《い》つた、私《わたし》がその言葉《ことば》の意味《いみ》がわからなくつて母《はゝ》の顔《かほ》を見《み》てゐるうちに、母《はゝ》はかさねて、

「私《わたし》の荷物《にもつ》のなかに海岸《かいがん》の寫眞《しやしん》が入《はひ》つてゐた、出《だ》してごらんよ。」

と云《い》つた。私《わたし》はなんだか嬉《うれ》しくつてたまらなかつた。何《なに》かお伽噺《とぎばなし》のやうな、海岸《かいがん》での出來《でき》ごとを母《はゝ》が私《わたし》に話《はな》してくれるのだと思《おも》つて、私《わたし》はその寫眞《しやしん》を取《と》りに行《い》つた。

手拭《てぬぐひ》の古《ふる》いのだの、髱《たぼ》どめの小《ちい》さな箱《はこ》だのが潮《しほ》たれて突《つ》つ込《こ》んである底《そこ》の方《はう》に、その海岸《かいがん》を映寫《えいしや》した四枚《まい》つゞきの寫眞版《しやしんばん》がはいつてゐた。日本風《にほんふう》の家屋《かおく》が將棋《しやうぎ》の駒《こま》のやうに家根《やね》をつゞかせてゐた。熱帶《ねつたい》の

海《うみ》が、手《て》で押《お》し均《なら》したやうに綺麗《きれい》にすべてく寫《うつ》されてあつた。私《わたし》は其《そ》れを持つて母《はゝ》の前《まへ》に坐《すは》つた。

「阿母《おつか》さんは海坊主《うみばうず》を見《み》たんですか。」

「あゝ見《み》たよ。私《わたし》は初《はじ》めのうちは土人《どじん》の船頭《せんどう》かと思《おも》つて見《み》てゐたがね。お月夜《つきよ》の晩《ばん》さ。」

然《さ》う云《い》つて母《はゝ》は起《お》き上《あが》つたが、それだけで口《くち》をきつてしまつた。

「どんなもの？　何《ど》うして海坊主《うみばうず》つて分《わか》りました。」

母《はゝ》は默《だま》つて俯向《うつむ》いてゐたが、その顏《かほ》にはなんの表情《へうじやう》もなかつた。

「だがね、彼奴《あいつ》は始終《しじう》私《わたし》の後《あと》を隨《つ》いてくるんで困《こま》つちまうのさ。」

母《はゝ》は、い、い、げんなりと坐《すわ》つた恰好《かつかう》をして、いきなりぐい、ひと仰向《あふむ》くと斯《か》う獨《ひと》り言《ごと》を云《い》つた。その手《て》がちやんと膝《ひざ》の上《うへ》においてあつた。その時鬢《ときびん》の白髪《しらが》が眼《め》に見《み》えぬほど戰《ふる》へたのを見守《みまも》つてゐた私《わたし》は、母《はゝ》の云《い》ふその幻《まぼろし》に私《わたし》までがおかされたやうな身震《みぶる》ひを感《かん》じながら「馬鹿《ばか》なことを云《い》つてるわね。どうしたつて云《い》ふんです。」

と慳貪《けんどん》に母《はゝ》に向《むか》つて云《い》つた。然《さ》う云《い》へばこの恐《おそろ》しさが、打消《うちけ》されてもする樣《やう》な心持《こゝろもち》だつた。其《そ》れを聞《き》くと母《はゝ》は身體《からだ》の構《かま》へを直《なほ》して、私《わたし》の顏《かほ》を睨《にら》んだ。

「なにが馬鹿《ばか》だ。お前《まへ》なんぞには分《わか》らないんだよ。彼奴《あいつ》が私《わたし》に隨《つ》いて歩《ある》くもんだから、私《わたし》のすることはなんでも失敗《しつぱい》しちまうんだ。然《さ》うなんだよ、始終《しじう》くつついて歩《ある》いてるんだから全《まつた》く閉口《へいこう》しちまふ。私《わたし》は彼奴《やつ》に魅入《みい》られたんだ。」

其《そ》の聲《こゑ》のなかに、少《すこ》し甘《あま》えるやうな戰《ふる》へを帶《お》びてゐるのを、私《わたし》ははつきりと聞《き》いてゐた。私《わたし》は何《ど》うしたのか自分《じぶん》にも分《わか》らないほど無暗《むやみ》と腹《はら》が立《た》つた。母《はゝ》を魅入《みい》つたと云《い》ふものが、私《わか》にまで魅入《みい》るのではないかと云《い》ふ事《こと》をふと感《かん》じて、私《わたし》は全身《ぜんしん》の力《ちから》を絞《しぼ》つてその魔性《ましやう》のものに對抗《たいかう》するやうな威丈高《ゐだけだか》な強《つよ》さを私《わたし》の心《こゝろ》の中《うち》に貯《たくは》へようとして、きつとした顔付《かほつき》をした。「しつかりおしなさい。何《ど》うしたつて云《い》ふんです。阿《お》母《か》さん。阿母《おつか》さん。」

私《わたし》は母《はゝ》の手《て》を摑《つか》んで、力《ちから》いつぱいの聲《こゑ》で云《い》つた。

「なんだよ。お前《まへ》がそんな事《こと》を云《い》つたつて彼奴《あいつ》は中々《なか／＼》退《ど》きやしないよ。」

「阿母《おつか》さんは氣《き》が變《へん》になつてるんですよ。あなたはそれが分《わか》らないの、氣《き》が變《へん》になつてるんですよ。しつかりしなくちやいけませんよ。私《わたし》はこの間《あひだ》から然《さ》う思《おも》つてゐた。」

母《はゝ》はいきなり立上《たちあが》つた、私《わたし》の頰《ほゝ》を平手《ひらて》で打《ぶ》つた。

「馬鹿《ばか》。何《なに》を云《い》ふんだい。」

母《はゝ》の脣《くちびる》は眞《ま》つ靑《さを》になつてゐた。私《わたし》は其《そ》の顔《かほ》を見詰《みつ》めながら何《ど》うしてもこの母《はゝ》と爭《あらそ》はなくつちやならないと思《おも》つた。私《わたし》が母《はゝ》の身體《からだ》を打《う》ち据《す》ゑてもいゝと思《おも》つた。然《さ》うしなければ、あの魔性《ましやう》は私《わたし》をも魅入《みい》るかもしれないと思《おも》つた。私《わたし》は息《いき》をはづませながら「あなたは、氣《き》が變《へん》になつてるんです。氣《き》が變《へん》になつてるんです。」とそれを確《たし》かめるやうに云《い》ひ／＼母《はゝ》の身體《からだ》の方《はう》へ、迫《せま》つて行《い》つた。

——（完）——

現劇壇の新女優

田村俊子

瀧田さんが、今の新劇壇の女優の評をしてもらひ度いと云つてお出てなすつた。但し原稿紙十五六枚のところで、女優はたつぷり人數を並べてもらひ度いと云ふ御注文なので、それでは一と口評でもしておきませうと云つてお頼みに應じはしたが、考へて見ればこんな輕卒な事で此所へ引き合ひに出される女優がたはちつと御迷惑な次第かも知れない。それに近頃は女が同性の評をする時は、惡るく云へばそれが忽ち嫉妬の意味にとられるとか云つて、しんねりした論議がある一方にもある事だし、愛敬よくいゝところばかりを見付けて、中ぐらゐのお世辭にしておかうかとも思つたりしましたが、それもあんまり自分で自分をくだらなく扱ふやうな氣がしますし、第一社に對しても無責任な事だし、――まあ私がこゝへ拜借しやうと云ふ女優がたはみんな私より年下《としした》の方《かた》ばかりらしいから、そこは勘忍していたゞいて、先づ姉さん顔をしたところのざつとした憎まれ口にして置かうと思つて、ちよいと五六人の女優を並べて見ます。

松井須磨子と村田嘉久子

二人ながら立場こそ違へ、今の新らしい女優中での腕達者と目《もく》されてゐる女優です。この二人はいろ〳〵な點において似たところがあります。あの目が、同じやうにこましやくれてゐて、同じやうに利口そうに光つてるところが第一によく似てゐます。二人の技藝と性格もこの利口と云ふ一起點から出發してることは二人の舞臺振りを見ると直ぐにうなづかれます。二人ながら始末に終へないほどその舞臺の上が落着き拂つてゐる。もう演劇と云ふもの丶奥底までも知悉してゐると云つた様な高慢らしい容體を備へてゐるところもよく似てゐます。それから其の聲の豊潤でないところも似通《にかよ》つた點です。響きに餘情と云ふものがない。思ひを籠《こ》めると云ふ婉曲なひゞきがない。すべてに云ひつ放しと云ふ感がある。まだ〳〵嘉久子の方は洗練されてるところがあるだけに音にスムーズな、透明なところがあつて、緊張した聲調になつてくると快感を持たせるところがありますが、須磨子の方は唯かさ〳〵して無味乾燥で聞いてゐるとだん〳〵に惡感を起させてくる。今度のヴンナなどは、あの乾いたあくまで現實的な聲を、夢幻的に柔らかくうつとりと響かせやうとしたりするものですから、臺詞に抑揚だけが甘つたるくなつて、淫賣婦が客の機嫌でも取る時のやうな調子になつたりしてゐました。

ヴンナと云へば、今度のあの役で須磨子の技藝の奥底が見え透いたと云ふことは氣の毒なことでした。須磨子は藝も頭腦も、分量が薄い。あの人の技藝がマグダ以上に伸《の》びないと云ふのは、少《すこ》しなさけないと思ひます。ヴンナの三幕目が、すつかりマグダで行つてるなぞは何《ど》うしたものでせう。重味《おもみ》もなければ精神的のところもなければ、まるで小供が兩袖を捲《まく》つてポチャ〳〵でもしてるやうな恰好をして、顔までがいたづらつ子のやうになつて、飛んだり跳ねたりしてゐたぢやありませんか。然うかと思ふと腮を突き出して、物を云ふ度に頸筋の周圍に波など打たして——あれが何う云ふ情緒の表現だと云ふのでせう？「眞實が‥‥眞實が　　」と云ふそのヴンナの臺詞の眞實と云ふ言葉の意味一とつにだつて、あの人は何所までその意味の强さを感じて云つてるのか——すべてが内に考へて、そうして外に發すると云ふ内容的な複雜な、藝術的な味ひもなく、上《うは》つ面《つら》な見眞似《みまね》な技巧でアートの全面を塗つてゐると云ふのは、あの人の立脚してる地位から考へても、殆んど、何《なん》とも云ひ樣のないほどなさけなく思ひます。演劇の生命——それが何であるか恐らくあの人は考へた事《こと》もないのでせう。創造の意味——それが何《なん》であるか、恐らくあの人は考へたこともないのでせう。斯うなつてくると氣の毒のやうに思ひます。あの人の藝術における格がもうきまつてしまひました。あの人はこの後、芝居が上手になるかもしれない。ます〳〵上手になるかもしれない。あの人の利口が、他人の演劇と云ふものゝ上からいろ〳〵なものを吸收して來て、ます〳〵上手に演活《しい》かす事が出來るやうになるかもしれない。けれどもあの人自身の藝術格はあれぎりです。

それで、先づ一面から云つて須磨子よりは嘉久子の方にいさゝか强味がある。それは、この人には藝と云ふものに就いての基礎がある。根底がある。歌舞伎劇における舞臺上の技術を準備するだけの下地がとゝのつてゐる。だからこの人は、兎に角一とつのある力を底の方に强く把握してゐて、そこから自分の技藝を造り出して行《い》つてると云ふやうなところがあります。

嘉久子自身が考へてるところは、所謂藝道です。そうして自身が進みつゝあるところの其の行先はこの藝道の極致です。須磨子自身が考へてるところは藝術境です。そして自身が進まうとしてるところは藝術境の深奥です。私の云ふ藝道は演劇そのものゝ外廓で、藝術と云ふのはその内面を指すのです。だが、須磨子はまだ藝術を知らない。藝術の生命は何所《どこ》にあるかと云ふ事を知らない。其れを解釋するだけの力《ちから》さへない。然し嘉久子の方は、もつとも完全した、しつかりした基礎の上に立つて藝道を辿つてゆく事が出來る。まだ藝術の生命に觸れることは出來ないけれども、藝道と云ふものが何かと云ふ事を知つてゐる。知つて其れを勵んで行くことが出來る。だから少《すくな》くとも、この人の演劇の上には純一されたところがある。それだけがこの人の價値で、また須磨子よりはその立場が明確なところにあると思ひます。

さて、この二人がこれからさき何《ど》うなるか。私は斯う言ふ事を考へます。嘉久子は或る意味において立派な役者となる事が出來るでせう。自分の堅い藝の基礎に立つて、時代以外にある一派の俳優としての自身を立派に作り上げて行く事が出來なくてせうけれども須磨子は何《ど》うか？ ある時代がくれば――又、よりよく藝術を知る女がこの人以外に現はれたならこの人の立場は失はれる事と思ひます。藝術の雰圍氣に取り卷かれる團體の中にありながら、女主人公自から藝術の眞髓を解さないとは、何と云ふ皮肉な事實でせう。

森律子と初瀨浪子

律子が洋行から歸つて來ました。まことに華々しく、それでゐて可憐で、又自分自身が咲き亂れる熱帶の花のやうな心持でゐるところが面白いと思ひます。この人は純粋の女優氣質《かたぎ》だと思ひます。唯もう萬事派出つぽく、所謂女優と云ふ强烈な色彩のうちに生きやうとしてゐるところが、この人の生命なので、それが觀客へ對しては愛敬になり、同じ仲間へ對しては憎まれものになつて物議を惹き起す種になるのだと思はれます

半年の洋行がこの人に何を與へたか。そんな事は問ふだけが野暮、女優の洋行と云へば先づ貞奴一人だが、あれは稼ぎに行つたので、律子のやうに勉强に行つたのではない。律子は澤山な洋行費を持つて、令孃らしい裝ひで、潑剌とした才氣を漲らせて、日本娘の極隨《ごくずい》の愛嬌を漂はして、誠に小《ちい》さく可愛らしく氣を吐きに行つた。然う云ふ洋行は我國演劇が初まつて以來、唯女優律子一人だけと云ふところに面白味があります。

口が大きい口が大きいと云ひはやされる其の事一とつにもう愛敬があつて、律子と云へば唯はなやかで、氣さくで、快濶で、陽氣で、劇界に大輪の花が咲いてるやうな感じがする。然し、女優としての技藝の上に、どんな光りを備へてゐるかと云へば、なんにもない。太郎冠者の喜劇がお手に入つたぐらゐのところで、何の因緣《いんねん》でこの人が舞臺の人として存在してゐるかとさへ思はせるくらゐです。

この人は藝で立つ女優ではありますまい。永久に。然し女優中でのある一種の辣腕家にはなります。何か目先の變《かは》つたことをして、人氣《にんき》を取るとか、見物を驚がせるとかして、自身で自身の立場を作つて自分一人

を流行《はや》らせると云ふ事にはかり努力して果てさうに思はれます。あの華美な性情が作り上げるところのあの人獨特の女優生活は、唯素晴《す》らしいものだと云ふ他《ほか》には、技藝の上での女優森律子と云ふ名は、まあ遠く見出されさうにもありません。だが賑やかていゝてせう。女優界には斯う云ふ人もなくてはならないかも知れない。

浪子も、何時まで經つても漠然としてゐます。女優中ての美人と云ふほかには、なんにも取得《とりえ》がない。然し、美しい女優――今のところこれがあの人の獨占の名目だと思へば、あの人の藝能になんにもないだけ其れだけふしぎな悲しさを感じさせます。

上山浦路と林千歳

二人ながら良人があつて子供があると云ふところから一寸並べて見たのです。

千歳の方は舞臺に上つた數がまだ二度ぐらゐなので何うと云ふ事も出來ませんが、二人ながら、あの整つた立派な顔を何《ど》うすることも出來ないてゐるやうなところがあります。顔が立派なだけに、あの人たちの拙劣さ加減がよけいに目に立つてるやうなところがあります。浦路は殊に、日本の婦人としては珍らしいくらゐ容貌も姿も立派に過ぎるくらゐ揃つてゐるので、まことに惜しいやうな氣がします。

先づ、當分、劇壇の上では須磨子ほどの手腕を振ふことは出來なからうと思ひます。第一この人たちの演劇における思想と云ふものからして、どの位の程度にあるものかしらと疑はせます。然し其れは、この人たちの舞臺をあまり多く私が見ないせいかも知れませんだが、見る度に、下手《へた》だと思つて見たことは事實です。

酒井よね子と衣川孔雀

二人ながら、其の劇界への出端《ではな》の無垢なところからして嬉しいやうに思はせます。よね子は大分場數を踏んてゐますが、孔雀はまだ、たつた一度てす。けれども、あのたつた一度の舞臺だけて、この人のたつぷりした才分を思はせたと云ふのは、この人の未來の藝術に光明があるやうな氣がします。いつたいに調子が豐滿で、柔かくて、そうして、如何にも靜かな、大まかな、クインの態度のあつたことが私に强い印象を殘してゐます。それにこの人の聲がたいへんに潤ひがあつて、語尾にいつも露のやうな滴《したゝ》りのあつたことが、臺詞の上に澤山な效果を與へたことも頭に殘つてゐますそうしてアクトの上に、頗る自然な純粹な藝術の匂ひを漂はしてゐたことも、孔雀と云ふ人のこれから先きの舞臺に就いて多くの期待を持たせます。

それに身體の線が婉曲で、ふつくりとして、一と目見て、この人の全體が如何にも勝れた質《たち》のいゝ素材だと思はせた。だがまだ一度の舞臺ですから、あの純粹なあるものが、どこ迄此の儘で渾成されてゆくか。それは問題だと思ひます。それは唯、その人の自覺にあることでせう。

よね子は、柔か味《やはらみ》には乏しいけれども、可憐な、いぢらしい、つゝましやかな藝風を持つてるところに、この人だけの色彩をこしらへてゐます。年もまだ極く若いし、この人はよく數へる人さへあれば、あるところまでは進んで行ける人だと思ひます。今のところ、自分の所有以外にその藝をひけらかさないところは、この人の可愛らしいところだと思ひます。

さて、たいへんに憎まれ口をきゝました。

僅の期間に隨分女優も現はれましたが、兎に角この八人は、ある意味でそれ〳〵の代表的女優だと思ひます。この後、これらの女優がたが我が國劇壇にどんな革命をもたらすか、私たちは大なる期待をもつて見てをりませう。

憂鬱な匂ひ

田村俊子

一

――それでも、まだ蟬が上の空な聲で鳴《な》いてゐた。欄干にかけた簾に、薄い秋の日が軒端に立枠をうねらせた瓦の影をうつして、水のやうにちろ〳〵と搖いてゐる。力のない日影も淡々した秋の花も、玻璃のやうな空氣の中に冷めたく戰えてゐて、そこから起る物の音の反響の高さ。何處《どこ》かで金屬製の道具を石の上に落してもしたやうな音が、そこいらの紫や紅《あか》い花に觸れてきて、そうしてこの部屋の内にしばらくの間響きひろがつて聞こえてゐる。――部屋のなかは、紙魚《しみ》臭《くさ》い錦繪の赤い色がちつと褪めたのを眺めた時のやうな初秋の薄ら淋しさが漂つてゐた。

滿子《みつこ》は簾にうつる秋の日の色を、惡るい夢を見た後の疲れたやうな心持て眺めてゐた。咽っぽく乾いた秋の香氣が寬《くつろ》いだ襟元からその肌に感じられると、滿子《みつこ》は男の呼吸のやうな其のかさ〳〵した溫《あたゝか》みに思はず身體を壓迫される心持がした。三月《みつき》ほど前男に別れた滿子は、肉の上に起るある感覺がこの頃になつて時々彼《か》の女《をんな》の心を忍ひがけなく突然に脅かす事があつたが、今もその感覺が、倦《だ》るく、地の底に遠く突き落されて行くやうな物憂い眩暈のうちに感じられてゐた。滿子《みつこ》はだらりとした締《しま》りのない身《み》の內《うち》が人知れず少《すこ》し羞かしくなつて、それを紛《まぎ》らすためについと立つた。そうして本の箱上の花の傍に行つて、顏を押付けて見た。花は、冷やかな指先て女の頰に輕るく戯むれるやうな感觸を滿子《みつこ》に與へたけれども、花の傍をはなれて花を見直した時に、

「なんて刺戟のない無駄《むだ》な花だらう。」

と彼《か》の女《をんな》は思つた。牡丹色と白の蝦夷菊の花は、安つぽい女の扮裝のやうに趣味もなく香りもなく、唯こつてりとしてゐた。滿子《みつこ》の今の感覺に伴ふやうな、それを一層興奮させてくれるやうな强烈な色も匂ひもない。滿子《みつこ》はそれが氣に入《い》らなくつて花を瓶から摑み出すと、花の莖から濁つた水をぽた〳〵滴《た》らしながら、欄干の上から下に投げ捨てた。下は人の往來する細い小路になつてゐて、花は丁度その塀際の塵芥箱の傍に莖を亂して落ちた。花片の一とつづゝに鮮やかな力《ちから》を保《たも》つたまだ切《き》り立ての新らしい花の生氣《せいき》の光りが、明るい空の色を吸ひ込んて捨てられたまゝしほらしく艶々してゐた。それが此所からもはつきりと見られる。滿子《みつこ》は、ふと其の花に執着した物哀れな心持になつて、欄干から首を延ばして見た。見てゐるうちに、時のはづみて花の美しい生涯を拐り捨てゝしまつたことが不快《いや》てたまらなくな

つた。彼の女は悔ひのきざした心のまゝて、牡丹色と白い色とが塊《かたま》つたり別々になつたりしてゐる自分に投げ落された花の姿を眺めてゐたが、こうしてゐる間にぢれつたくなつてきた。誰か、小供でも來て拾つて行つてくれゝばいゝと思つてるけれども、花は人の足に踏みにぢられるもいやそうな風《ふう》で蔭に其の姿を寄《よ》せてゐる。それが然《さ》も、憫れみを催しかけてゐる滿子《みつこ》の心につけ入《い》つてる樣で滿子《みつこ》は憎らしくなつた。そうして、もつと心持の快《い》い花を自分て買つてこやうと思つた。お前よりはもつと美しいもつと醉ひのあるもつと媚びのあるもつと香りのある奇麗な花を見付《みつ》けてくるのだよ、と捨てた花に云つてゐる樣な心持て滿子《みつこ》は直ぐに外に出て行《い》つた。部屋を出る時、花の影の消えた部屋のなかの狹い淋しさが滿子《みつこ》のおもてを遮《さへ》ぎつたことを心に殘しながら、滿子《みつこ》は歩いた。

外《そと》は晴れて空氣が澄《す》んでゐた。息《いき》を吹けば空のはてに其の息が映《うつ》るやうに思はれた。夏の惱みの晴れた後《あと》のやうに、樹々《きぎ》が其の健全な心を露骨《むきだし》にして滿子《みつこ》におもてを向けてゐた。どの樹《き》もどの樹《き》も、小枝を低く延ばして滿子《みつこ》に親しみを寄《よ》せ合ふ振りをしてゐた。夏と云ふ苦しみの經驗が樹《き》たちを優しく人なつこひものにさせて吳れたと云ふ嬉しさが滿子《みつこ》の心に溢れて、滿子はどの樹《き》にもちつとづゝ觸《さは》つてやりは濃いがした。そこから漏れる初秋の風は、樹々《きぎ》の情緒のおのゝきのやうに身に染《し》みて考へられた。空度い氣藍色の深みのうちに、一切《いつさい》の濟んてしまつた後《あと》のやうな靜かな瞑想的な冷めたい味を含んてゐた。其所から落ちる日光は先刻《さつき》家屋《うち》のなかて感じた日の影とはまるて違つたおもむきをしてゐた。何か暴露《ばくろ》の恥を忍ぶやうな不安らしいいぢけた其の癖强い捨鉢《すてばち》な薄黃色い光りを帶びて流れてゐた。

滿子《みつこ》は其方《そつち》此方《こつち》と眺め廻しながら歩いて行《い》つた。男に別れてから長らく閉ぢ籠つてばかりゐた滿子《みつこ》は、今日《けふ》思ひがけない機《はつみ》で外に出たことを宜《い》いことをしたと思つた。久しく自分の心の奥に錆びついてゐた何《なに》かが、この一と時てその心の上に薄《う》つすらと磨き出されたらしく、すべてに向ける意識が素質《すばし》こくはつきりとしてゐる。何を見てもそれになつかしい理解がこもる。その輕快な心の調子が、これから後の自分の心をほんとうに自由に動かすことの出來る其の柔《やは》らかな緒開《くちひら》きのやうに思はれて氣が彈《はづ》んだ。何時までも疲勞《くたび》れ果てるまで歩るいて見やう。久し振りて郊外の停車場から汽車に乘つて、都の町へ行《い》つて見やう。都には自分の好きな男や女が大勢ゐる。あの人たちは私が男と別れたことを知つてゐる。そうしてあの人たちは、男に別れてから其《そ》れ限《ぎ》りみんなの居る派手な世界へ顏を出さなくなつたのを不思議がつてゐる。今夜はあの人達《ひとたち》のところへ行《い》つて見やう。然《そ》うして――。

ふと滿子《みつこ》の心に品の好い憂愁を帶びた若い友達の顏が浮んだ。その男は二た重瞼の才氣を張らせた凛とした眼を持つてゐる。それに鐵緣《てつぶち》の眼鏡をかけてゐる。眉毛が濃くつて額が狹《せま》い。短かく刈り込んだ額の生際が顏の尺《しやく》を詰めて一の字に平《ひら》つたくなつてゐる。これがこの男の顏をせゝこましく薄命らしく思はせるけれども、眉目秀麗と一《ひ》と言《こと》云へばそれでもう云ふ事のない樣な顏をしてゐた。その顏には何《い》時《つ》も雪に輝く月の光りのやうな淸げな色を持つてゐた。まだ滿子《みつこ》が男と一所に住《す》んでるこの春の頃にある劇場てこの若い友達に逢つたことがあつた。その人は丁度滿子《みつこ》の三側前《みかはまへ》の斜の位置にゐた。幕の開いてるその最中《さなか》に、鼻のかつきりと高い口許の小さな男の横顏を見詰めてゐた滿子《みつこ》は「ろ、ろ、ろ、」と舌の先きを上腮にそつと打突《よつ》けながら、心の中で男の可愛らしい口許《くちもと》をあやしてゐた。其の内に自分の上腮がむづ痒《がゆ》く搡つたくなつた拍子《はづみ》に、つい舌が鳴《な》つて滿子《みつこ》の口から「ら」と云ふ高い發音が思はず出てしまつたが、それに氣付いて振向いた友達は初めて滿子《みつこ》を見付けて含み笑ひをした。

其の時ほど男の美しい容貌に打ち込んだ瞬間を味はつたことがないと滿子《みつこ》は思つた。其れから後四五日と云ふものは、薄暗い場内の光線の中に人の黒い頭《あたま》と頭《あたま》の間から、半面の線を纎細に區劃《くぎ》つてゐた鮮やかな男の顏の幻に惱まされてゐた。——

滿子《みつこ》はその友達を思ひ出した。劇場で逢つたその夜更けに、「幻の中の奇麗な、美しい、可愛らしいあなたのさつきの横顏！」とだけ書いた端書をやつた限《ぎ》り、二人は顏を逢はせたこともないし手紙を遣り取りしたこともなくつて過ぎた。其れが今思ふと滿子《みつこ》には不思議であつた。何故と云つてこの二人は、表面は滿子《みつこ》と一所《いつしよ》にゐる男の友達《ともだち》と云ふだけの交際《つきあひ》だつたけれども、二人が逢ふときの眼と眼の間には優しい約束を含んだ味《あぢ》な輝きが、ふとした時に力強く交はされたりした。友達は滿子《みつこ》を人知れず甘えさせた。さうして、二人だけ話するやうな時は、當《あた》り前《まへ》の口《くち》をききながらその間々《あひだ〳〵》に甘えた感情を捲《ま》き込《こ》んだ、言葉の外の意味が戰え合ひながらその心と心を抱きしめてる樣な事もあつた。然う云ふ時滿子《みつこ》は嬉しかつた。自分の身體の皮膚を切《き》つてそこからこぼれる血の一《ひ》と滴《しづく》を男の口許へ持つて行《い》つてやりたい氣がしたりした。

その友達は滿子《みつこ》が男と別れたことを知つてる筈であつた。友達は滿子《みつこ》から手紙の行くのを待つてゐるのかも知れなかつた。都會の劇場か何所《どこ》かで偶然二人が逢ふ機會を待つてゐるのかも知れなかつた。以前《ぜん》、滿子《みつこ》が思ふよりも其の友達の方に熱の高いある期間のつゞいた事を滿子《みつこ》は知つてゐる――滿子《みつこ》はこの頃その友達のことをすつかりと忘れてゐた。

　滿子《みつこ》は友達を懷《なつ》かしく思ひ詰めながら歩《ある》いた。劇場で「ろ、ろ、」と男の可愛らしい口許《くちもと》を遠くからあやしたあの時の迫《せま》つた戀心《こひごゝろ》が、今新らしく自分の血潮《ちしほ》のなかから込《こ》み上げてくるやうに思はれる。滿子《みつこ》は今夜にも友達に逢いたいと思つた。

　坂を下《お》りきると直ぐ角《かど》に植木屋があつた。名ばかりは何々《なに〳〵》花壇と云ふかけふだが下がつてゐるけれども、門から覗くと花壇の全部が目に入《はい》つて、花壇の闘ひの垣根の向ふまでも見通される。花壇の中は薄寒くところ〲金箔の剝げたやうに日光が花の上に陰をこしらへてゐた。花と花の小徑がどこも荒れて背《せい》の高い孔雀草が縺れてこがらかりながら仆れてゐるところもあつた。ベコニアの薄赤い花やヘリオトロープのこまかな紫紺色の花が、ぽち〲と花壇の隅々に貧しげな群れを作つて咲いてゐた。滿子《みつこ》はそこいらを歩き廻つてゐるうちに今までのなんの味もない淋しさに復《かへ》つてきた。男と別れてからのあの的《あて》度《ど》のない――色を失つたものばかりがその心の中に殘つてゐるやうな寂しさが、癖づいた其の胸の中に又ひろがり初めた。滿子《みつこ》は何も彼もいやであつた。滿子《みつこ》の眼にはどの花も無感覺な裝ひをしてゐるとしきや思はれなかつた。第一、こんな事をしてゐる自分自身がつまらなかつた。

それどころではない。自分は何か疲れた重《おも》たい考へを引《ひ》き摺《ず》つて日を送つてゐるのだつた。其の疲れた重《おも》たい考へを何《ど》うにかしなければならないのであつた。男と別れて自由に世間《せけん》に向つて開かうとした心が、男と別れてから急に重々《おも〱》した疲れた萎《な》えた一つの考へに捉はれてしまつて、女は嘗て感じたこともない物憂い倦怠な生活の中にその心を腐らせ初めた。

「矢つ張りあの男が戀いしいのかしら。あの人か自分から離れては生きられないと云ふのかしら。」

滿子《みつこ》は斯う思ひ染《し》むほど別れた男が忘れられなかつた。はつきりと男と別れたその瞬間から、滿子のその男に對する新らしい戀がもう初まつてゐた。それは三年越しの肉の馴染みから逃《のが》れられないほどに男によつて蝕《むしば》まれ盡した血液の中から、生れ代つてきたやうな戀であつた。滿子《みつこ》はその戀の爲に別れてからの物憂《ものう》い日を送つて、何事も手に付かずにゐた。男と別れて、滿子《みつこ》にはやるべき仕事がある筈であつたが其れも何時《いつ》の場合《とき》にも投げられてゐた。自分と別れた男は、別れる時に自分に云つたやうにあれからの毎日を以前よりはきつと豐潤に生活してゐるに違ひないと思ふと妬ましかつた。それともあの男も自分と同じやうに思ひ出に惱まされてゐるかも知れない——然う思ふ時は、自分の心がまだ男に啣《く》んだ儘でゐられることを見出して滿子《みつこ》は嬉しかつた。そうして別れた男に何か相圖《あいづ》でも打ちたい氣がしたりした。けれどもそんな戀を繰り返すやうな言葉をもう一度別れた男のところへ送つてやらうとは思ひもしなかつた。斯うして心淋しく、底の知れない呼吸のなかに迷《まよ》つてゐる儘に、滿子《みつこ》は自分をそつとしておくより仕方がなかつた。

満子《みつこ》は少《すこ》し反抗するやうな氣分になつて、彼方此方《あちこち》と花をあさつた。今、思ひ出した友達のところへ、今夜初めての消息をしやう。さうしてヘリオトロープの花を摘んで入れてやらうと思つて満子《みつこ》は其の花の傍にかゞんで匂ひを嗅いて見た。花の稀薄な刺戟の匂ひの中にメランコリーな味《あぢ》が含まれてゐた。其れがなんとなく今夜花を入れてやらうとする華美な情調に添《そ》はない氣がしておもしろくなかつた。けれどもこの花の匂ひはいやと思ふほどでもなかつた。ただ匂ひに硬《かた》い感じがあつた。

他《ほか》には情緒をそゝつてくれるやうな色を持つた花もなかつた。淺黄色のブランバボーを見付けたけれども其れも陰氣に淋しかつた。急に空氣が冷えて單衣一枚でゐる満子《みつこ》は寒くなつた。花壇の垣の向ふの方から色のない雲が浮んだ。満子《みつこ》の手にある白い洋傘から、秋の夕暮れが白々《しろ〳〵》と擴《ひろ》がつて行く――。満《みつ》子《こ》の胸には思はず悲しさがいつぱいに溢れて、ただ人戀ひしさの中に其の心が埒《らち》もなく埋もれていつた。

二

歸つてくると満子《みつこ》は直ぐに友達のところへ手紙を書かうと思つて机に向つて見たが、今はその興も空しかつた。空々しい思ひをしながらあの友達にあてゝ一字でも書くことが、僞りの罪を二重にするやうて満子《みつこ》はいやになつた。それて窓にぴつたりと寄せた机の上のらんぷの灯が、そこだけ窓の障子を濃く染めてゐるのを暫らく見詰めてゐたが、ふと坂の下を汽車が通つて、明《あか》りの色の中に沈み込んでゐる机の上のヘリオトロープのこまかい花が、しほらしく震動を受けて搖いだのを見ると、満子《みつこ》の心は其れにそばえてふと浮《う》いた。

「いちど、いらしつてもいゝてせう。」

と假名ばかりて書いて、其のこまかい紫の花を一《ひ》と莖《くき》折つて封じ込んだ。紫のこまかな花をあつめたこの姿は、姿《なり》の小柄《こがら》な顔の笑しいすぐれた才能をもつたあの友達に能く似てゐると思ひながら、男の宿所が度々變つたことを考へて、滿子《みつこ》は男の妹宛《あ》てにして封書の上書《うはが》きをかいた。若い音樂家て、兄によく似た顔立だけれ共其色の少し淺黒いその妹にも、滿子《みつこ》は淡いなつかしみを寄せながら、

「津波倉子様方　津波由雄様」

とこゝろを籠めて書き流した。さうして其の封書を机の上においた儘てしばらく茫然《ぼんやり》してゐた。封筒の中に花を入れたところだけが、薄い皺を作つてこんもりと高くなつてゐる。この手紙一とつが、自分のこれからの生活の上にどんな色を着《つ》けてくれると云ふのだらう——滿子《みつこ》はふしぎに嚴肅《まじめ》な氣持がした。ぢつとりとした重《おも》い陰氣な惱ましさが滿子《みつこ》の眉を壓《お》しつけてゐた。

　滿子《みつこ》はその手紙を袂に入れて外に出た。久し振りて都の町に出て、誰れか知つた人に逢つて見たいと思つた。然し今までの友達たちはもう自分を振り返つてくれないかも知れない。何故と云へば滿子《みつこ》が一《ひと》人《り》郊外に住むやうになつてから、親しかつた友達の誰れも彼れもまだ一度も彼の女を訪ねなかつた。滿《みつ》子《こ》はそれが心にかゝつてゐた。男と別れると同時に、自分の今までの友達たちとも自分の生活の上て別れてしまつたやうな淋しい氣がしてゐた。けれども其れは此方《こつち》から久しく離れてゐたせいかも知れなか

つた。逢つて、陽氣な顏をして二十分も物を云へば、又舊《もと》のやうに誰れも彼れも自分を好《す》きになつてくれるに違ひないと思つて、滿子《みつこ》は心を安ませた。

誰れのところへ行かうかと思ひながら、由雄へ送る手紙をそこいらの郵便函に投げ入れておいて、滿子《みつこ》は停車場にはいつた。晝間《ひるま》外《そと》へ出たときのやうに心に彈みがついて自分の唇からは昔のやうに匂はしい息《いき》が漏れるやうな氣がした。構內の誰れを見ても滿子《みつこ》は眼に力をあつめてその人たちを能く見た。見られた人は滿子《みつこ》の顏から快《こゝろよ》い印象を受けたと云ふやうな色を浮べて柔らかに滿子《みつこ》を見返してゐた。滿子《みつこ》の心は處女のやうに優しくなつた。しとやかな女らしい會釋がおのづと其の面に溢れるやうであつた。

外《そと》には十七日の月光が流れてゐた。虫が鳴《な》いてゐた。膨らみをもつた月のまはりに、クリーム色の雲が鱗形にぽつ／＼と散つてゐた。滿子《みつこ》は袂のわきに垂れた自分の掌が唯徒らに冷めたい氣がして立つてゐた。

三

滿子《みつこ》は的《あて》もなく須田町の乘り換へ場所で下《お》りてぶら／＼と歩いた。道傍《みちばた》の柳の下に繋がれた荷車の馬が、顏の上に垂れかゝる柳の葉を仰向《あほむ》いて食《は》んでゐた。街燈の瓦斯の光りを含んだ柳の葉は、もぐ／＼と動かす馬の口《くち》の傍《はた》に、靜に縺《もつ》れたり搖《ゆ》れたりしてゐた。

大きな商店の男たちは、場所を守るそれ／＼の姿勢のうちに、溢れるほどな營みの力をその身體に漲らしてゐた。自分々々の務めを片時も怠るまいとするやうないそ／＼した勤勉な裝ひを誰れも見せてゐた。明《あか》りが仕合せらしく輝いてゐた。そうして底に力を含んでるやうな静かな落着いた町の宵の賑ひが滿子《みつこ》の情味を乾燥させてゐた。

　滿子《みつこ》はこんな事を考へながら歩いてゐた。――あの男に別れてからまだ一度も其の別れに就いてしみずみ悲しんだことがなかつた。男を悲しく思ひ出すこともなかつた。そうして、別離のあとの自分と云ふものを、最も高く、眞面目なところに置かなくてはならないと思つたりした。輕率《かるはづみ》であつてはならないと思つた。そうして又、この別れと云ふ自分の一とつの經歴に、もつとも眞實な意義を殘しておかなければこれからの自分の生活が墮落的なものになるのだと考へたりした。

　それてゐて、何《ど》うして自分にはあの男が忘れられないのであらう。いかなる晩も別れた男の夢にそゝのかされずには過ごした事がない――女から女を追ひ歩いたあの放埒な男の手て、すつかり踏み躙られた殘虐な自分の肉體のくずれた痕《あと》が、いつまて經《た》つても別れた男へのみれんな戀を強ひつゞけてやまないてゐる。

「なんと云ふ汚《きたな》らしさだらう。」

　自分で斯う罵つて見ることはあつても、直ぐに暗い過去の夢に捉はれて、重苦《おもくる》しい倦怠の中に沈み込んてしまふのであつた。

「あんな夢は捨てゝしまはなければ。」

　滿子《みつこ》は往來の明るい灯を眺めた。

早く眞實な生活に入《はい》らなければならない。男と別れた後の、自分の生の道を自分は平氣で辿つて行かなければならない。今までの友達たちのサークルに入《はい》つて、又新らしい仕事を求めて滿子《みつこ》は瞬《またゝ》くやうに氣忙しくかう思ひつゞけた。ふと、通りすがりのカフエーの窓から白い皿や赤い果物の色彩が目に入ると、滿子《みつこ》の心は少《すこ》しほぐれた。飾窓の硝子に自分の白い横顔が映《うつ》つたりすると、滿子《みつこ》はづい硝子の中を覗いて見た。さうして二十五と云ふ自分の年が急にひどく氣に入《い》つた。二十四でもいけなかつた。二十《はたち》才でもいけなかつた。さうして二十六、七でもいけなかつた。二十五と云ふ響きには紅と淺黄とを絢ひ交ぜたやうな、放逸《はういつ》な、粹《いき》な、何か充滿した、その癖生眞面目《きまじめ》な物が含まれてゐると思つて滿子《みつこ》は其の年齢《とし》を大切《だいじ》にしたくなつた。

「滿子《みつこ》さんぢやありませんか。滿子《みつこ》さんでせう。」

往來の眞中《まんなか》で大きな女の聲がした。呼《よ》んだ人は明《あか》りの屆かない廣い電車路のところで立止つた儘滿子《みつこ》の方を見てゐた。

「お品《しな》さんだよ。」

滿子《みつこ》は斯う思ひながら、自分も柳の樹の傍《わき》に立つた儘で其方《そつち》を見てゐた。

「どうも然うだと思つたわ。」

女は云ひながらゆる〱と滿子《みつこ》の方へ歩いて來た。さうして、

「今晩は。」

と云つて丁寧なお辭儀をした。

この女はもう二十八だけれどもいつも若々しい扮《つく》りをしてゐる。今夜も紫紺色の薄羽織を着て、白い地《ぢ》に少し赤の混《ま》ぢつた花の模樣に金糸の繡《ぬ》ひのある襦袢の襟をかけてゐた。帶上げの布片《きれ》か下締《したじ》めか、何所《どこ》か身服裝《みなり》の一部分に赤いものをちらつかしてゐるのがこの女の癖だつた。削つても削つても生地《きぢ》の白さが層をかさねてるやうに皮膚が厚ぼつたくて柔らかに白い。唇が薄赤く小さくて、笑ふと其の口が恰好よく小判形になつて、然うして稍《やゝ》長い間《あひだ》開きつぱなしになる。この女の皮膚はどこも奇麗であつた。そうしていつもべた〳〵としてゐるやうな感觸《かんしよく》の味がその肌にあつた。滿子《みつこ》はこの女の咽喉首《のどくび》あたりの肌を見てゐて、ふと其の同性の肉に動かされたことがあつたので自分ながらびつくりした事があつた。

だが今夜この女《ひと》に逢つたと云ふのは思ひがけなかつた。滿子《みつこ》は品子とはさして親しみもある仲ではなかつたけれ共、女の顔を見ると直ぐ、思ひ出したある話があつた。

品子は今夜も小さな男の子を連《つ》れてゐた。弱々《なよ〳〵》した髮の毛の薄い他愛《たあい》のない小さな小供の身體付《からだつき》を見ると、いかにもこの母親の軟弱な肉から生《う》れたやうな感じがして、滿子《みつこ》はいつも變《へん》な氣がするのであつた。其れて今も別に可愛いゝと思ふのでもなかつたが、一寸觸《さは》つて見たくなつて其の小供の頰を突《つ》いた。小供は女の子のやうに態《しな》をしてはにかんでゐた。

「御無沙汰ばかりして。やつぱり以前のところにゐらつしやいますの。」

品子はなんにも知らなかつたと見えて斯う云つた。満子《みつこ》はこの女に委しい話をするのが一寸不快《いや》に思はれたので、唯、

「えゝ。」

と返事して默つてゐた。しばらくして、

「この頃は何所《どこ》へ出てゐらつしやるの。」

と満子《みつこ》は聞いて見た。この女優はあんまり藝能のある方ではなかつた。唯新らしい女優の中ではあんまり醜《みにく》くないと云ふのが取柄《とりえ》であつた。彼《あ》方《ち》此《こ》方《ち》と新らしく出來る劇團の中を渉り歩くのでもこの女は評判になつてゐた。

「今は何所《どこ》へも出てゐないんですよ。洋畫をやる方のところへね、モデルに通つてるんですの。文展にお出しになるんだそうよ。」

品子は得意らしく云つた。そうして目と眉の間にこの女の癖でちよいと凹みをつけて笑つた。それが淫《みだ》らな人相《さう》になつていやな感じがした。

「やつぱり彼《あ》の人《ひと》と一所にゐらつしやるの。」

「え。この頃はね、幸福だわ。」

四

丁度去年の師《し》走《はす》頃だつた。満子《みつこ》がまだ男といつしよに居る時分のことで、其の日も朝から、二人は思

想の上の衝突でおもしろくない云ひ合ひをしてゐたときだつた。二時頃から降り初めた雪がだん／＼にかさんで來て、何《なん》となくそこいらの風物《もの》が雪のなかにしつとりと居座《ゐずま》つてしまつたやうな夕暮れに、あんまり行き交ひもしてゐなかつたこの品子が突然に訪ねて來た。眞つ黒な濃い髮の毛をぐづ／＼に庇髮に結つてる頭髮の上に、白い雪がちら／＼と附着《くつつ》いてゐて、狹い額に雪のとけた雫がながれてゐた。品子はそれを拭きもしずに、火鉢に兩手をかけた袖口から垢で薄黒くなつた絣縮緬の襦袢のそでを出した儘、ふわッとした顏をして座つてゐた。

この女は、空氣が天象の模樣を直ぐ色の上に現はすやうに、心臟の中で動搖する血の通りが直ぐ其の儘そつくりと全體の筋肉の表面に映つてくるやうな女だつた。今日の品子は見る影もないやうに見窄《みすぼ》らしかつた。その顏もいつもとは全《まる》で違つた女のやうに滑《すべ》こくどす青くなつて、眼がどんよりして、眉毛の際《すき》にまで貧しさを漂はしてゐた。そうして滿子《みつこ》を見ると小鼻《こばな》のあたりを引釣らしたやうな笑ひを浮べながら、「私、とう／＼やつちまつたのよ。」と濁《にご》りのない奇麗な聲でかう云つた。

「何《ど》うしたの。」

「家を出ちやつたの。一昨日《をとゝひ》よ。」

二人は知り合ひだとは云つても、友達から友達への引つかゝりで、品子《しなこ》を滿子《みつこ》の手である劇團へ周旋してやつたと云ふことが緣の初めて、滿子《みつこ》はそれほど品子に親しみを感じてはゐなかつた。其れが今日いきなりに古るい友達かなんぞの樣に、ぞんざいな風で獅嚙みつくやうな言葉をこの女から聞いたので満子《みつこ》は少《すこ》しおもしろくなかつた。品子の良人と云ふのは油繪をかく男であつた。それでも品子が寒さうに見えるので、満子《みつこ》は暖い飲料を作つて出してやつた。

「私ね。」

満子《みつこ》が坐《すわ》るのを待ち兼ねたやうに、顔を上げて斯う云つてぢつと満子《みつこ》を見詰めた品子の眼のなかには、見る／＼涙がたまつてきた。

「小供がうるさいんだそうよ。それで三枝《さへぐさ》も弱つてるんですつて。」

「小供をおいてゐらしつたの。」

「小供が可愛想だと思つて歸つてくれつて、實は今朝私のところへ三枝《さへぐさ》がやつて來たのよ。だから私然う云つたの。小供の爲なんぞには歸らないつて。私は何うしたつて小供の爲なんぞには歸らないつて云つてやつたの。三枝といつしよになつてからもう六年にもなりますけれどね、三枝は始終《しよつちう》私に嘘ばつかり吐《つ》いてるんです。直ぐ傍《そば》から嘘が現はれるのに其れを知れきつてゐながら私を欺《だま》すんぢやありませんか。いくら私が云つても彼の男には分らないの。何《なん》でも私に隱すのよ。もう一とつ／＼隱すのよ。だから三枝の女の事で私は幾度恥をかくか知れやしないわ。私は三枝に何をしてもいゝつて云ふのよ。隱すつて事だけを止して下さいつて頼むんだけれども其れが分らないんですからね。もうおもしろくなくつて、おもしろくなくつて、何年我慢しつゝけたか知れないわ。」

「其の爲に家を出たの。」

「えゝ。だけど私、たゞぢや出なかつた。」品子の眼が吊り上がるやうに光つた。品子は男をこしらへて家を出たのだつた。

「良人《うち》の弟子なのよ。」

そうして品子は其の男に戀をしたのでもなんでもなかつた。唯他人に自分の肉を任せたと云ふ皮肉な事實だけを良人の前に投げ付けてやる爲に、品子は其の男を一時の相手にしたのであつた。そうして品子は良人の家を出て行つた。

「つまらない事をしたと思ふわ。あなたの一方《いつぽう》の男の方は熱烈な戀から出來たとてはないんですもの。」

「だからそんな事が出來たのよ。私は三枝に復讐をしたんですもの。私はどんなに三枝《さへぐさ》を思つてるか分りやしないわ。けれども三枝はちつとも私を思つては呉れないんですもの。だから私は三枝の目を覺まさしてやらうと思つたのよ。こんな事は嫉妬らしく口だけで云つてばかりゐたつて、又素振《そぶ》りて見せたつて駄目だと思つたわ。ほんとに事實にして現はさなくつちや私は矢つ張り嘘つきになるぢやありませんか。私は六年も我慢して務めてゐたのに三枝の心はいつまで經つても私のものにならないんですもの。」

品子は赤い顏になつてゐた。どう云ふ譯か始終仰向いて話をつゞけてゐた。

「だからね今朝も三枝が來て小供の爲に歸つてくれつて云ふから、小供の爲になら歸らないつて云つてやつたの。私はこれから何《ど》うなつて行《い》つたつて好《い》いと思つてるの。だけど隨分《ずいぶん》苦しくつてよ。」

品子の眼から又涙が落ちて來た。

「其の人といつしよに居るの。」

「いゝえ。一所になんぞゐるもんですか。もう彼《あ》れつきりよ。」

「だけどね。其れなら三枝さんよりもつと何かの上で勝《すぐ》れた人を相手にすればよかつたと思ふわ。私は。」

「然うね、だけど私にはそんな事は出來ないの。又、私には三枝《さへぐさ》より上だと思ふ男なんかないんですもの。私は三枝《さへぐさ》が一番好きなんですもの。だからね、其れさへ三枝《さへぐさ》に分つてくれゝばいゝと思ふの。」

そんな事が全く出來るものかしら。男への復讐の爲に自分の肉を戀てもない他人にしどけなく許してやる。——そんな事が出來るものかしら。滿子には何《ど》うしても分らなかつた。そうして、この二三日の間《あひだ》に地獄の情焔のどん底まで落ち込んでしまつたと云ふ様に、沈鬱に光る品子の眼が滿子《みつこ》には見てゐられなかつた。滿子《みつこ》は何《なん》とも云ひやうのない憫れさが起つて女の爲の涙が湧いてきたが、默つてゐた。

「この次ぎの女に對しても三枝《さへぐさ》の眼は少《すこ》しは開《あ》くに違ひないわ。女の情熱つてものをあの人は知らないのよ。今朝も然う云つたの。三枝は泣いてゐたのよ。」

三枝と云ふ男はどんな男か滿子《みつこ》は知らなかつた。

「どうして此の人のところへ、こんな話がしたくなつて飛んで來たのだらう。」

と云ふ様な意味を持つた眼をしながら、品子は直《ぢ》きに力のない風で歸つて行つた。

品子にはこんなはなしがあつた。あれから後、品子は又舊《もと》の三枝《さへぐさ》といつしよになつて暮《く》らしてゐる事だけは知つてゐたが、其れ限《き》り逢はなかつた。

「私たちは愛の出直しをしたやうなものです。三枝《さへぐさ》がどんなに私を可愛がつてくれるでせう。あんな事のあつた後、又私といつしよになるに就いてなんぼ三枝だつて考へましたからね。——とう〳〵彼の人に、高い犠牲を拂はせたことを、あなたも考へて下さい。あれから後、私の爲に三枝《さへぐさ》は世間へ出られない人になりました。其れてもあの人にはもう私を捨てることが出來ませんからね。出直した愛はほんとに強いものだと思ひますわ。」

斯う云ふ手紙が品子から來たことがあつた。

滿子《みつこ》は冷《つ》めたい澄ました顏をした儘て、ろくに口も交《き》かずに品子に別れてしまつた。けれども心の中ては、今夜の品子がたいへんに氣に入つてゐた。品子の樣子がよかつたばかりでなく、何か滿子《みつこ》の心の上に明《あか》るい力《ちから》を投げてくれたものがあつたやうな氣がして、いつもの樣にこの女《ひと》を侮る氣にはなれなかつた。人に對して笑ひさへすれば、いつも歡樂の境にゐる時と同じやうな淫縱な皺がその唇のまはりに刻まれる——あの品子の笑ひ顏にも、今夜の滿子《みつこ》はばか〳〵しくひきつけられた。

私の爲《し》たことゝ、あなたの爲《し》たことゝ、私は比べてみました。あなたの爲《し》たことの方が、遙に高尚だつたと云ふことを考へました。私の爲《し》たことはどこまでも汚《きたな》く、あなたの爲《し》たことはどこまでも美しかつたと思ひます。あゝした時のあなたの感情は、ほんとうに奇麗なものだつたと思ひます。——滿《みつ》子《こ》は品子へ送る手紙の文句をつゞるやうな調子で、心の中でこんな言葉を作りながら、歩《ある》いて行つた。

あの人の爲《し》たことは、絶對だつた。あの人の爲《し》た事は初めからおしまひまで唯一人の男に對する情熱で貫いてゐた。他人に肉を許したと云ふあの一とつの事件も、考へて見れば唯一人の男に對して烈しく燃え立つたその情熱の變形見たいなものだつた。唯一人の男に對する戀のまじめな情熱が、あんな不思議な畸形なものになつて女の血の上に現れたと云ふ事は、まあなんと云ふ奇體《きたい》な色を持つた美しさだらう——けれども、直《ぢ》きに滿子《みつこ》の心は冷《さ》めた。あゝ云ふ事が品子と云ふ女の爲《し》たことだと思ふと、やつぱり汚らしい荒《すさ》んだ肉の感じばかりが殘つていやになつた。女の肉のしどけなさと云ふことに、云ふに云はれない反感が起つた。肉にばかり生きる女——自分で自分の肉の歡びに狂喜してゐる女——と云ふことが、今の滿子《みつこ》には鋭い皮肉な、徴罰的な意味に聞《き》こえて、滿子《みつこ》の魂はその瞬間にふるへてゐた。

滿子《みつこ》の氣分は、また重苦《おもくる》しく欝陶しくなつて來た。何所《どこ》へ何《ど》う行《い》つたら、誰れに逢つたら、美しい情緒によみがへらして貰ふことが出來るだらうと、滿子《みつこ》は足をとめて、明《あか》りの中を往來する人々をぼんやりと眺めて見た。暫く逢はないでゐる好《す》きな友達達を考へて見た。けれども、どの友達達も、小賢《こざか》しい眼ばかりが自分の上に光《ひか》るやうで、滿子《みつこ》はその人達に逢ふことだけを考へても、重《おも》たく憶劫《おつくう》な氣がした。

あの人たちは誰れも誰れも今の自分に冷淡なやうな氣がした。幾月かつゞいた自分の或る情念の經過の間を、あの人たちはなんにも知らずに過ごしてゐる。

「あの人たちは唯、事件を知つてるばかりだから——」滿子《みつこ》は斯うはつきりと自分で自分に云つて見た。

何《ど》うしたら、この重苦《おもくる》しく乾《かは》いた氣分をほつと破つて、内から絢爛な花のやうな情緒を染《し》み出させることが出來るだらう——

逢へば直ぐ、自分のこの胸にひつたりと觸れる人が一人あるやうな氣がした。——それがあの別れた男のやうな氣がした。——けれども滿子《みつこ》は自分で自分の心に怒つたやうにして直ぐこの考へを打ち消してしまつた。

もし、別れた男のところへもう一度歸るとすれば、それは決して美しい奇麗な戀心に曳《ひ》かされて行くのではない。唯、おさへ切れないある感覺に引き摺られて、訓染んだ肉のなかへ自分の魂を埋《うづ》めに行くだけのことだと思つて、滿子《みつこ》は其れがきたなくて堪らなかつた。

軒つゞきの商店の灯が街の樹の茂みに遮られて、薄暗く沈み込んでゐる往來を電車は右往左往に走つてゐた。其の角《かど》に立つた儘でぢつと往來を眺めてゐた滿子《みつこ》は、自分の身體が何所《どこ》まで落ち込んで行《ゆ》つてしまふやうな氣がしてずる／＼と髮の毛が重《おも》くなつてきた。走つてゆく電車の形が見てる間《ま》に小《ちい》さくなつて、暗い地面《ぢめん》に眞《ま》つ黑《くろ》な大きな一とつの車輪が金屬の光りを漂《たゞよ》はしながらぎり／＼と廻り初めた。その金屬の射るやうな青い光りの中に、自分の眼の神經がごし／＼と揉みこまれてゆくと思つた。そうして、だん／＼に自分の身體が裾の方からその車輪の中へ捲き込まれて行《い》つた。車輪がひろがつて、ひろがつて、ぎりつと云ふ軋《きし》んだ音を立てながら自分の體《からだ》を覆した——と思つたはずみに滿子《みつこ》は我れに返つた。目が暈つて、直ぐには頭を持ち上げることが出來ないほどに重《おも》くなつてゐた。握つてゐた掌を開くと、脂肪の浮いてる皮膚が溶けるやうに柔らかになつてゐた。

滿子《みつこ》は頸筋に力を入れて、ぐいと道傍《みちばた》を振り返つて見た。別になんてもない顏をして青白い光りを浴びた柳の枝が滿子《みつて》の肩のところに觸《さは》つてゐた。滿子《みつて》はそれがどんなに嬉しかつたか知れなかつた。重《おも》たい頭を上げて其の柳を見上げてゐるうちに、柳の樹の眞向《まむか》ひに、一間《いつけん》ばかりの小さな狹苦《せまくる》しいカフエーのあるのを見付けて、其所《そこ》へ入《はい》つて行つた。

木の生地《きぢ》を洗ひざらしたやうな卓子の傍に三つばかりの椅子がある外は、別には室《へや》もなかつた。後も前も押し付くやうに狹い壁があつた。その壁のつゞきの三尺ほどの入り口から、料理の匂ひのこぼれる湯氣《ゆげ》がこつちの方に漂つてゐた。そうして時々地面を倦《だ》るく草履で擦《こす》る料理人の足音がそこから響いてゐた。

滿子《みつこ》はこんもりと溫い人氣《ひとけ》のない部屋の内に落着くことができた。突き當りの壁の上に赤い襟を返《かへ》してヴエールを髮の半《なか》ごろから後へ退《ず》らして、タテゴトを鳴《な》らしてゐる半身の西洋の女の繪が額になつてかゝつてゐる。タテゴトに押し付けてる女の仰向いた横顏が、大變に遠い空の方を眺めてゐるやうな氣がした。滿子《みつこ》はやつぱり重《おも》たい頭を上げて、女の眼の行《い》つてる先きを考へたりして氣を紛らそうとした。

滿子《みつて》はまた、だん〳〵に欝陶しくなつてきた。あの品子の肌が、いつの間《ま》にか滿子《みつこ》の血を波立《なみだ》たせてゐた。そうして、薄赤くにぢんだたつた一とつのこの明《あか》りの下て、滿子《みつこ》は何時《いつ》と云ふこともなくうつうつと重苦《おもくる》しく放悠《ほしいまゝ》な空想に捉《とら》はれてゐた。濃紫のこまかい花のあの憂欝な匂ひを、滿子《みつこ》は頻りとしみ〴〵嗅《か》ぎたいと云ふことを思ひながら、その儘卓子の上に昏睡して行つた。

（完）

午前

田村俊子

やつと昨日《きのふ》から産褥《さんぢよく》をはなれるやうになつた初江《はつゑ》は、まだ身《み》も肉《にく》も餒《す》えてゐるやうな、身体《からだ》のなかの血《ち》がすつかり絞《しぼ》りつくされてゐるやうな疲勞した氣分《きぶん》が、ほんとうには取《と》りきれないでゐた。ひざく眼《め》のまはりに小皺《こじわ》のできた下《さが》り尻《じり》の眼《め》をうつとりさせて、自分《じぶん》の身体《からだ》が何處《どこ》にあるのか分《わか》らないやうなふら／＼した物腰《ものごし》をしながら、長《なが》らく下女任《げぢよまか》せにしてあつた彼方此方《こちら》の部屋《へや》々《〴〵》を見廻《みまは》つて歩《ある》いてゐたが、其隙《そのひま》にも大勢《おほぜい》の小供《こども》たちは母親《はゝおや》の袖《そで》や裾《すそ》に吸《す》ひつくやうにくつついてゐた。そうして母《はゝ》の手《て》を腮《あご》の下《した》にかいつて甘《あま》え笑《わら》ひをしたり、母親《はゝおや》の寢《ね》てゐる間《ま》に新規《しんき》に買《か》つた玩具《おもちや》や、他《よそ》から貰《もら》つた繪草紙《ゑざうし》などを、爭《あらそ》つて見《み》てもらはうとしたりして、小供等《こどもら》はがや／＼してゐた。初江《はつゑ》は一《ひと》つ／＼息切《いきぎ》れのする呼吸《こきふ》に交《ま》じへて優《やさ》しい返事《へんじ》をしてやりながらも、その膝《ひざ》や袂《たもと》に取《と》り縋《すが》る子供《こども》たちの力《ちから》にさへ叶《かな》はない鬱陶《うつたう》しさを感《かん》じてゐるのだつた。

「お母《かあ》さんは疲れましたのよ。」

初江《はつゑ》は年老《としよ》りのやうに、脊《せ》を屈《かゞ》めて、良人《をつと》の書齋《しよさい》へはいつた時《とき》に、其所《そこ》の椅子《いす》の上《うへ》に眼《め》を瞑《つぶ》りながら腰《こし》をかけた。そうして、眩《まぶ》しさうにその眼《め》を再《ふたゝ》び開《あ》けたとき、周圍《まはり》に並《なら》んだ四人《にん》の子供《こども》の顔《かほ》を一《ひと》つ／＼覗《のぞ》きこみながら、

「ばあ。」

と云《い》つて笑《わら》つた。それと同時《どうじ》に、どの子供《こども》も、

「母《かあ》さん。」

「母《かあ》さん。」

とわざ／＼母《はゝ》を呼《よ》びながら、その手《て》を搖《ゆす》ぶつたり、膝《ひざ》の上《うへ》に冠切《かぶきり》の髮《かみ》を摺付《すりつ》けたりして、甘《あま》えさわいだ。

佛國《ふつこく》のある田舍《ゐなか》の午後《ごゝ》を描《えが》いた水彩畫《すゐさいぐわ》の額《がく》が、正面《しやうめん》にかゝつてゐる。これをかいた若《わか》い畫家《ぐわか》のことを初江《はつゑ》は思《おも》つた。此男《このをとこ》が郷里《きやうり》へ歸《かへ》つてから初江《はつゑ》は産《さん》をした。それぎりまだ逢《あ》はずにゐるが、生《うま》れ立《た》ての赤《あか》ん坊《ばう》を描《か》いて見《み》たいと云《い》つて、其畫家《そのぐわか》は初江《はつゑ》の産《さん》をするのを樂《たのし》みにしてゐた。妹《いもうと》に書《か》かして、その畫家《ぐわか》のところへ消息《せうそく》をしてやらうと初江《はつゑ》は考《かんが》へながら、庭《には》の方《はう》をしづかな心持《こゝろもち》で眺《なが》めた。松《まつ》の樹《き》の傍《かたはら》の薔薇《ばら》がよく咲《さ》いてゐる。その薄《うす》クリームの花《はな》の色《いろ》の上《うへ》に、眞晝《まひる》の日光《につくわう》が夢《ゆめ》のやうに流《なが》れてゐる。眞つ靑《さを》な空《そら》が、少《すこ》し暗《くら》く、向《むか》ふ側《がは》の二階家の周圍《しうゐ》から食《は》み出《だ》してゐるのを見詰《みつ》めてゐると、初江《はつゑ》はなんとなく又浮世《またうきよ》の人《ひと》になつたやうな氣《き》がした。

總領《そうりやう》の娘《こ》はいつの間《ま》にかもう庭《には》に出《で》てゐた。油氣《あぶらけ》のない赤《あか》い髮《かみ》の毛《け》に日光《につくわう》がさも小供《こども》を可愛しむやうに柔《やはら》かく射《さ》してゐる。赤《あか》いリボンが解《ほど》けて、小《ちひ》さな襟元《えりもと》にほどけかゝつてゐるのを、初江《はつゑ》は何《なん》の注意《ちうい》もなくつてなくぢつと見守《みまも》つたりした。女《をんな》の子《こ》は自分《じぶん》の手《て》と手《て》の指《ゆび》を組《く》み合《あ》はす樣にもて、しばらく斜《はす》を向《む》いた儘立《まゝた》つてゐた。

「あの子《こ》は何《なに》を見《み》てゐるのだらう。」

初江《はつゑ》はぼんやりと然《さ》う思《おも》ひながら、小供《こども》

の上《うへ》に眼《め》を向《む》けてゐるのが、この上《うへ》もなく心持《こゝろもち》よく感《かん》じながら、いつまでも女《をんな》の子《こ》が動《うご》くまで見詰《みつ》めてゐやうとした。だん／＼に健《すこ》やかに育《そだ》つてゆく小供《こども》の細《ほそ》やかな小《ちひ》さい肩《かた》にも、その時《とき》母《はゝ》の思《おも》ひが一ぱいにあふれてゐた。

幼少《ちひさ》い子《こ》は部屋《へや》の中《うち》をうろ／＼して歩《ある》いてゐた。エプロンの衣嚢《かくし》のなかゝら海苔《のり》のついた小《ちひ》さい鹽煎餅《しほせんべい》を摘み出《だ》しては、それを母《はゝ》の膝《ひざ》の上《うへ》に一《ひと》つ／＼載《の》せて、食《た》べてゐる子《こ》もゐた。右方《みぎて》の艶消《つやけ》しの硝子《ガラス》障子《しやうじ》に外《そと》から日《ひ》が當《あた》つて、緣は白《しろ》つぽく明《あか》るくなつてゐる。鏡《かゞみ》の前《まへ》の花瓶《くわびん》に、いつぱいに挿《さ》したダリヤの花《はな》が、水《みづ》の流《なが》れてゐるやうな鏡《かゞみ》のなかに其《そ》の赤《あか》い影《かげ》を浸《ひた》してゐた。

初江《はつゑ》は半年《はんとし》振《ぶ》りの輕快《けいくわい》な氣分《きぶん》を、椅子《いす》に寄《よ》つたまゝ、しばらく保《たも》つてゐた。視覺《しかく》が爽《さは》やかで、すべての色《いろ》がすこし冷氣《れいき》を含《ふく》んで染《し》み込《こ》んでくる。何《なに》を見《み》ても、心《こゝろ》なつかしい愛《あい》の調子《てうし》が張つてゐる。子供《こども》が自分《じぶん》を慕《した》ひまつはるやうに、そこいらの物象《ぶつしやう》が何《なに》もかも、健康《けんかう》な主婦の容子《ようす》を祝《いは》つてくれてゐるやうに、豐《ゆた》かにしつとりとしてゐる。初江《はつゑ》は滿足《まんぞく》らしい眼《め》の輝《かゞやき》で、又《また》そこいらを見廻《みまは》したりした。右《みぎ》の手《て》では、椅子《いす》のクッションをすべ／＼と擦《さす》りながら。――

「ねえ。お母《かあ》さん。」

どの子供《こども》か、あざやかな聲《こゑ》で母《はゝ》の耳元《みゝもと》でから呼《よ》んでゐる。それが少《すこ》し風邪聲《かざごゑ》だと初江《はつゑ》は思《おも》ひながら、別《べつ》にその子《こ》の方《はう》を振《ふ》り返《かへ》らうともしなかつた。そうして其《そ》れがどの子《こ》だつたと云《い》ふことを、分《わか》らないまゝに考《かんが》へやうともしないでゐた。だが、柔《やは》らかな慈《いつく》しみ深《ふか》い微笑が、その時《とき》おのづと小鼻《こばな》のわきの皺《しわ》あたりに浮《うか》んできた。

「ねえ。お母《かあ》さん。」

いま、小供《こども》が然《さ》う云《い》つて呼《よ》んだぎり、急《きふ》に小供《こども》たちのがや／＼した氣勢《けはい》がひつそりと靜《しづ》まつた。初江《はつゑ》の周圍《しうゐ》から小供《こども》が影《かげ》を消《け》したやうに、何《なん》の音《おと》もなくなつた。其《そ》れはほんの一瞬《いつしゆん》の間《ま》だつたが、初江《はつゑ》は何《なん》と云《い》ふ事《こと》もなくびつくりして自分《じぶん》の四《まは》周《り》を氣《き》を付《つ》けて振返《ふりかへ》つた。小供《こども》たちはみんな其處《そこ》にゐた。海苔《のり》のついた鹽煎餅《しほせんべい》を弄《いぢ》つてる子《こ》は、絨緞《じうたん》の上《うへ》に片手《かたて》を支《つ》いて、なにか一人言《ひとりごと》を云《い》つてゐた。その上《うへ》の子《こ》たちは、父親《ちゝおや》の書棚《しよだな》の前《まへ》にしがみ付《つ》くやうにして、二人《ふたり》が重《かさ》なり合《あ》つて頸《くび》をのばしてゐた。庭《には》へ出《で》た女《をんな》の子《こ》はやつぱり先《さ》きの姿勢《しせい》のまゝで、何處《どこ》かを見詰《みつ》めながら立《た》つてゐた。――

「まつ子《こ》や。何《なに》を見《み》てゐるの。」

初江《はつゑ》は、女《をんな》の子《こ》が薄《うす》い日向《ひなた》の中《なか》に立《た》つて、いつまでもぢつとしてゐるのが、女《をんな》の子《こ》の身体《からだ》のために何《なに》か凶《わる》い前兆《ぜんてう》のやうな氣《き》がして、一時《じ》に胸《むね》がどきりとした。女《をんな》の子《こ》は母親《はゝおや》の聲《こゑ》で振向《ふりむ》いたが、その途端に急《きふ》に大《おほ》きな聲《こゑ》で唱歌《しやうか》を唄《うた》ひだした。そうして、小《ちひ》さな手《て》と手《て》を打《ぶ》つ突《つ》けあつて、拍子《ひやうし》でも取《と》るやうな事《こと》をしながら、ぴよん／＼跳《は》ねた。初江《はつゑ》は緣端《えんはな》まで、裾《すそ》を引《ひ》き摺《ず》りながら出《で》てきた。

「母《かあ》ちやま。おんぶ。」

いちばん幼少《ちひさ》いのが直《す》ぐに母《はゝ》の後《うしろ》から縋《すが》

りつくと、初江《はつえ》はそれを脊負《おぶ》つて庭《には》へ出《で》た。その儘冬《まゝふゆ》の中《うち》に眠《ねむ》り入《い》らうとしてるやうな庭《には》の奥深《おくふか》い木立《こだち》の暗闇《くらやみ》を、晩秋《ばんしう》の日《ひ》はわざと避《さ》けてるやうに其處《そこ》からは遙《はる》なところの地面《ぢめん》に日《ひ》の影《かげ》が落《お》ちてゐる。紅葉《もみぢ》の葉《は》も匂《にほ》やかに秋《あき》の日《ひ》に乾《かは》いてゐる。初江《はつえ》は小供《こども》がたいへんに重《おも》い〳〵と思《おも》ひながら、ちよつとは下《おろ》す氣《き》にもなれずに、その儘庭《まゝには》のうちをぶら〳〵と歩《ある》いてゐた。小供《こども》たちは、母《はゝ》の動《うご》く方《はう》へと、がや〳〵しながら隨《つ》いて行《い》つた。

「赤《あか》ちやんおつぱいおつぱいよ。」

脊中《せなか》の小供《こども》はそんなことを云《い》つてゐた。

明治座合評《めいざざがつぴやう》

（この頃《ごろ》の流行《りうかう》に就《つ》いて）

田村俊子
岡田八千代

（八千代《やちよ》）　この芝居《しばゐ》へ來《く》るといつも面白《おもしろ》いのね。

（俊子《としこ》）ほんとうね。

（八千代《やちよ》）同《おな》し人《ひと》の作《さく》でも、新富座《しんとみざ》の『生《な》さぬ仲《なか》』よりも此方《こつち》の方《はう》がありさうな事《こと》だと思《おも》はれるわ。

（俊子《としこ》）全體《ぜんたい》に引《ひ》き緊《し》まつてゐるし、實《み》があるし、兎《と》に角《かく》心持《こゝろもち》よく見《み》られましたわね。それに、ところぐ觀《み》てる方《はう》の氣《き》が乘《の》つて、役者《やくしや》のしぐさに釣《つ》り込《こ》まれてしまつたやうな處《ところ》があつたのも、役者《やくしや》が一生懸命《しやうけんめい》だつたと云《い》ふ事《こと》を思《おも》はせる一とつです。ほんとにおもしろい事《こと》でした。一番《ばん》よかつたのは井上《ゐのうへ》の………

（八千代《やちよ》）忠夫《たゞを》でせう？ほんとに好《よ》かつたのねえ、久《ひさ》しぶりに見《み》たからといふばかしではないが、やつぱり此優《このひと》と喜多村《きたむら》とは幾《いく》ら見《み》ずに居《ゐ》ても何處《どこ》かに上手《うま》い處《ところ》がある。

曲《ゆが》み根生《こんじやう》の意地《いぢ》くね惡《わる》さうな、夫《それ》で居《ゐ》て下品《げひん》でも無《な》かつたわねえ。

(俊子《としこ》)江《え》の島《しま》の海岸《かいがん》の幕切《まくぎ》れが一番印象《ばんいんしやう》が强《つよ》かつたでせう。到底《たうてい》自分《じぶん》は何處《どこ》へ行《ゆく》とても自分《じぶん》だけにしきや取扱《とりあつか》はれないんだなあとか云《い》つたやうなお終《しま》ひの臺詞《せりふ》が、この人《ひと》が云《い》ふと馬鹿《ばか》に重《おも》みがついて、脚本以上《きやくほんいじやう》の忠夫《たゞを》その人《ひと》が出《で》たやうな氣《き》がしました。――斯《か》う云《い》つたのは、脚本《きやくほん》の忠夫《たゞを》よりももつと人物《じんぶつ》らしい忠夫《たゞを》が現《あら》はされたと云《い》ふのではありませんよ。

(八千代《やちよ》)なんだか少《すこ》し分《わか》らない。おやまアさうですかでも言《い》つて置《お》きませう。伊、井、の道夫《みちを》はどう思《おも》つて？

(俊子《としこ》)例《れい》によつて例《れい》の通《とほ》り。

(八千代《やちよ》)でも、今度《こんど》は例《れい》の中《う》の例《れい》の學生服《がくせいふく》でないから、そんなにとうが立《た》つては見《み》えなかつたでせう、そして、例《れい》の足《あし》をねぢ合《あは》して丈《たけ》を高《たか》くするやうな事《こと》や、目《め》を變《へん》にする事《こと》もしないので大變《たいへん》に見好《みよ》かつたぢやありませんか。

(俊子《としこ》)初心《うぶ》らしく見《み》えたことね。

(八千代《やちよ》)お墓場《はかば》の處《ところ》がその中《うち》にもすつきりと出來《でき》ましたね。

(俊子《としこ》)あすこで、たいへん、まつかな、朝日《あさひ》見《み》たいなものが射《さ》しこましたね。あれはなんでせう。

(八千代《やちよ》)やつぱり朝日《あさひ》でせう。

(俊子《としこ》)烏《からす》がないたわね。おやまあ然《さ》うですか。チヤンリン。

(八千代《やちよ》)おや、變《へん》な音《ね》ね、幕間《まくま》をしらせる鈴《すゞ》の音《ね》かしら。兎《と》に角《かく》あすこは少《すこ》し妙《めう》ね、眞暗《まつくら》な中《なか》に兵隊《へいたい》さんがお墓參《はかまゐ》りに來《き》て、荷車《にぐるま》が提灯《ちやうちん》つけて通《とほ》つて、夫《それ》からまつかになるのねえ。さう言《い》へば江の島《しま》の月夜《つきよ》も俄《にわ》かの出來事《できごと》でしたえね。

(俊子《としこ》)急《きふ》にお月夜《つきよ》になつたと云《い》ふことなの。何事《なにごと》も突發《とつぱつ》が皮肉《ひにく》でよろしい。

(八千代《やちよ》)金《きん》六の家《うち》の場《ば》の月光《げつくわう》も凄《すご》いもんだつたのねえ。森といふ人《ひと》のお孃《ぢやう》さんはおつとりしてゝ好《よ》かつた。江《え》の島《しま》の場《ば》がしをらしかつたわねえ。

(俊子《としこ》)口《くち》をきかせると、すこしばかりお座《ざ》がさめます。

(八千代《やちよ》)でも石川新水《いしかはしんすゐ》よりは宜《よろ》しい。

(俊子《としこ》)そう〳〵。あれと比《くら》べればひろいものよ。

(八千代《やちよ》)ひろひものぢやない。見《み》つけもんでせう？

(俊子《としこ》)然《さ》うでえすか。私《わたし》は劇評語《げきひやうご》を知《し》らないんですからね。おやまあ然《さ》うですか。

(八千代《やちよ》)チヤンリン。

(俊子《としこ》)アダジゴトハサテオキ、木下《きのした》のお母《かア》さんは上《じやう》出來《でき》――だと思《おも》ひます。私《わたし》は主人《しゆじん》の老け役《やく》を初《はじ》めて見《み》ましたが、やつぱり綺麗《きれい》ごとに行《ゆ》くところが氣《き》に入《い》りました。

(八千代《やちよ》)でも聲丈《こゑだけ》はおそろしく若《わか》かつたわねえ。あれも綺麗事《きれいごと》の内《うち》ですかしら。

(俊子《としこ》)お婆《ばあ》さんだから、汚《きた》ない聲《こゑ》を出《だ》すとはきまらないでせう。

(八千代《やちよ》)さうです、御尤《ごもつと》です。令孃《れいぢやう》であつても藤井《ふぢゐ》がやれば物凄《ものすご》い聲《こゑ》ですからねえ。

(俊子《としこ》)兎《と》に角《かく》、泣《な》かせましたね。お互《たが》ひに泣《な》きましたね。これは木下《きのした》の聲《こゑ》のたまものだとお思《おも》ひなさい。

(八千代《やちよ》)かしこまりました。死《じ》ぬ處《ところ》は凄《すご》かつてね、これも賜物《たまもの》だわね。

(俊子《としこ》)あすこは少《すこ》し、乘《の》り移《うつ》りものがしてゐたところなんですよ。分《わか》つたでせう。

(八千代《やちよ》)よく分《わか》りました。して見《み》るとあの馬鹿《ばか》は神《かみ》樣《さま》の化身《けしん》ですね。

(俊子《としこ》)すこし混亂《こんらん》してきましたね。もうこのくらゐで木下《きのした》はよしにして、さてこの次《つ》ぎは誰《た》れにしませう。

中村《なかむら》のお父《と》つさんですか。

(八千代《やちよ》)おそろしく顏《かほ》が赤《あか》くて、勞働者《らうどうしや》の日《ひ》に燒《や》け色《いろ》のやうでしたね。

(俊子《としこ》)そんな惡《わ》る口《くち》はおよしなさいよ。三千圓《ゑん》の小《こ》切手《ぎつて》を書《か》いた時《とき》はうらやましかつたくせに。

(八千代《やちよ》)それとこれとは事《こと》が違《ちが》ふわ。しかし兎《と》に角《かく》いふ人《ひと》だつた。

(俊子《としこ》)なにがいふんです。?、分《わか》らなくなつてきましたね。家《うち》のところで、道夫《みちを》を呼《よ》んだところが、ちよいと父子《おやこ》の情愛《じやうあい》があつたわね。江《え》の島《しま》のところで、お初《はつ》を引《ひ》つ張《ぱ》つてゆくところは、この間《あひだ》の南洋歸《なんやうがへ》りの惡《あく》黨見《たうみ》たいでしたね。この評終《ひやうをは》り。

(八千代《やちよ》)五味のお婆《ばア》さんは好《よ》く演《や》つてたが、この前《まへ》の惡紳士《あくしんし》の方《はう》が愛嬌《あいけう》があつて好《よ》かつた。


(俊子《としこ》)第二笑劇《だいにせうげき》の井上《ゐのうへ》の紳士《しんし》は、うすつぺらね。あたまが！

(八千代《やちよ》)幕切《まくぎり》にそのうすつぺらな頭《あたま》を撫《な》でる處《ところ》が好《よ》かつたわ。

(俊子《としこ》)赤《あか》いネクタイが氣《き》に入《い》つたでせう。

(八千代《やちよ》)伊井の清吉《せいきち》は、こんなものはお茶《ちや》の子《こ》さいさいね。

(俊子《としこ》)それで、何《なに》かしやれが出《で》ないかな。——出《で》ない。

(八千代《やちよ》)木下の夫人《ふじん》がまじめにしてるのが嬉《うれ》しかつた。深澤のあざ床《どこ》は御氣《おき》にめしましたか。

(俊子《としこ》)深澤《ふかざは》つてば初《はじ》めの『母《はゝ》の心《こゝろ》』の方《はう》で役評《やくひやう》をぬかしましたね。あれは何《ど》うなんです？

(八千代《やちよ》)少《すこ》し下品《げひん》でありました。

(俊子《としこ》)第《だい》二課《くわ》、深澤《ふかざは》と云《い》ふ俳優《はいいう》は、………ふとつた男《をとこ》でありまして、藝《げい》は中々《なか〱》まじめな男《をとこ》であります。

そこに愛嬌《あいけう》があつて、人々《ひとぐ》が多《おほ》く喜《よろこ》んで需要《じゆえう》に供《きよう》します。――

（八千代《やちよ》）先生《せんせい》、あざ床《どこ》の説明《せつめい》をして下《くだ》さい。

（俊子《としこ》）あざ床《どこ》は、そこいらの横丁《よこちやう》の床屋《とこや》のあるじであります。今日《けふ》しも赤井《あかゐ》と云《い》ふ銀行家《ぎんかうか》のうちに、何《なに》かしに來《き》てゐましたところ――江《え》の島《しま》の場《ば》の活動寫眞《くわつどうしやしん》の役者《やくしや》の臺詞《せりふ》ではないが、何《なに》が何《なに》して何《なん》とやら、あゝ、何《なに》が何《なに》してなあんとやあら。

（八千代《やちよ》）チヨン、チヨン、チヨン、チヨン、（幕《まく》）。

（十月《ぐわつ》十八日《にち》百花園《くわゑん》にて）

歌舞伎座へ行く日＝田村俊子

ひどい風《かぜ》が吹《ふ》いてゐる。迚《と》ても歩《あ》るいては行《ゆ》かれないので、前幌《まへほう》をかけさせて車《くるま》で行《ゆ》く。仙女香《せんぢよかう》の向《むか》ふ横丁《よこちやう》で、玉突場《たまつきば》とだけ聞《き》いたので、ちよいと探《さが》すのに困《こま》る。然《しか》しそこいらへ出《で》て、秀調《しうてう》の紋と云《い》つたら直《す》ぐに分《わか》つた。

東京亭《とうきやうてい》と云《い》ふあんまり見付《つ》きの立派《りつぱ》でない球戯場《きうぎぢやう》だつたが、扉《とびら》を押《お》して中《なか》へ入《はひ》ると、丁度《ちやうど》かつみが入《い》り口《くち》の椅子《いす》のところに凭《もた》れて、此方《こつち》を振《ふ》り返《かへ》つたので、やまとやの家《うち》だと分《わか》り安心《あんしん》をする。かつみは何時《いつ》の間《ま》にか背《せい》が延《の》びて大《おほ》きくなつた。よくも斯《か》う真《ま》つ白《しろ》なと思《おも》ふほど、顔《かほ》などは白蠟《はくろふ》のやうである。眼《め》が切《き》れ長《なが》で大《おほ》きく張つてゐて、中々美しい事である。

「のしほさんは？」

と聞《き》くと、女中《ぢよちう》たちが少《すこ》しまご〳〵してゐたが、

「えゝ？」

と云《い》つて秀調《しうてう》の女房《にようばう》ののしほさんが顔《かほ》を出《だ》した。腫《は》れぼつたい眼《め》をして、顔《かほ》などもあぶらぎつてゐる。まだ起《お》きたばかりで顔《かほ》も洗《あら》はないと云《い》ふので、私《わたし》の早《はや》く行《い》つたことを驚《おどろ》いてゐる。

「だつて一時《じ》にはじまるんですよ。」

「いゝえ。五時《じ》でせう。」

のしほさんは長《なが》い顔《かほ》の口《くち》を窄《すぼ》ませて、腮《あご》を突《つ》き出《だ》すやうにして、間違《まちが》つたことを云《い》つてる。はじまりは一時《じ》だのに。

それで漸《やうや》く分《わか》つて、時計《とけい》を見《み》るともう十二時《じ》十分《ぶん》過《す》ぎなので、急《きふ》にあわて出《だ》して、お湯《ゆ》もつかはずに、

直《す》ぐお化粧《けしやう》をして行《ゆ》からうと云《い》つて騒《さわ》ぎはじめた。

私《わたし》はかつみさんを相手《あいて》に、玉《たま》を突《つ》く。

初《はじ》めてやるのだから、中々《なか〳〵》むづかしい。キユーを持《も》ち添《そ》へてくれたり、見當《けんたう》の付《つ》けかたを敎《をし》へてくれたりする。かつみさんが百で私《わたし》が十でやつたら、やつぱり私《わたし》か負《ま》けたので、かつみさんの脊中《せなか》をキユーでちよいと突《つ》いてやる。

のしほさんが鏡臺《きやうだい》に向《むか》つてお化粧《けしやう》をしてゐるのが窓《まど》からよく見《み》える。一人客《ひとりきやく》が來《き》て、玉《たま》を突いてゐる。玉《たま》の當《あた》る音《おと》が、輕く彈力《たんりよく》をもつてそこいらに靜《しづか》にひゞいてゐる。さうして五つ。——七つ——十一——」と云《い》ふ點《てん》を數《かぞ》へるボーイの聲《こゑ》がだるく、ゆるく室内《しつない》に流《なが》れる。

手《て》を洗《あら》つて上《うへ》へあがると、のしほさんは帶《おび》をしめて貰つてゐるところだつた。墨繻子《くろじゆす》の丸帶《まるおび》に、出《で》るところだけ油繪《あぶらゑ》の具《ぐ》で薔薇《ばら》の花《はな》がゝいてある。私《わたし》は其《そ》れを綺麗《きれい》だと思《おも》つて見《み》てゐる。それからのしほさんの引つかけた羽織が紫紺だつたので、

「この間《あひだ》の黒《くろ》におしなさい。」

と勸《すゝ》めると、

「然《さ》う。ぢや、黒《くろ》を出《だ》しておくれ。」

と女中《ぢよちう》に云《い》つて、黒《くろ》いのと着代《きか》へる。私《わたし》はその紫紺のを着《き》て見《み》ると、よく似合《にあ》ふので着《き》て出《で》ることにしてしまふ。

「おい。行《ゆ》くのかい。行《ゆ》かなくつてもいゝんだらう。」

とのしほさんは先刻《さつき》からかつみさんに幾度《いくど》も云《い》つてる。かつみさんは少《すこ》し脹《ふく》れて、それには返事《へんじ》をしないで、腰上《こしあ》げの着物《きもの》をきた背《せい》のひよろ〳〵した身體《からだ》を向《むか》ふへ持《も》つてゆく。

其所へ秀調《しうてう》の新富《しんとみ》の稽古《けいこ》に從《つ》いて行《い》つた弟子《でし》が歸《かへ》つて來《き》て、かつみさんに行《い》つてもいゝと云《い》つたと云《い》ふので、のしほさんは連《つ》れてゆく事《こと》にする。荒《あら》い結城《ゆふき》の着物《きもの》に絽縮緬《ろちりめん》の羽織《はおり》を着《き》て、時計《とけい》をつけたりしてゐる

かつみさんは十三である。

それから車《くるま》で歌舞伎《かぶき》まで走《はし》らせる。武田屋《たけだや》へ着《つ》くと、小山内《をさない》さんの連中《れんちう》は、もう大概《たいがい》來てゐる。八千代《やちよ》さんや小山内《をさない》さんの夫人《ふじん》や、左團次《さだんじ》の女房《にようばう》などが坐《すわ》つてゐて、私《わたし》が行《ゆ》くと、少《すこ》しふざけたりする。其所《そこ》へ森博士《もりはかせ》のお母様《かあさま》がいらしつて、私《わたし》がお母様《かあさま》を御案内《ごあんない》して、場内《ぢやうない》へ行《ゆ》く。いつの間《ま》にかのしほさんとはぐれて、私《わたし》たちは土間《どま》へはひる。

いつぱいの入《い》りである。三《み》つばかり先《さ》きの桝《ます》に河合夫婦《かあひふうふ》がゐる。私《わたし》のまはりには誰《だれ》も知《し》つてる人《ひと》がゐない。客《きやく》を場所《ばしよ》へ案内《あんない》する茶屋《ちやや》の若《わか》い者《もの》や、出方《でかた》などで、唯場内《ぢやうない》はでう〳〵としてゐる。まるで喧騒《けんさう》の世界《せかい》へぽつんと抛《はふ》り込《こ》まれたやうなもので、私《わたし》は穴《あな》のなかゝら、それ等《ら》の光景《くわうけい》をぼんやりと見《み》てゐる。薄《う》つすりと煙《けむ》り立《た》つた中《なか》に、棧敷《さじき》には美《うつく》しい人《ひと》が、衣紋《えもん》や、鬢《ひん》の恰好《かつかう》を際立《きはだ》たせて場内《ぢやうない》の彼方此方《あちこち》を眺《なが》めたりしてゐる。振返《ふりかへ》つて二階《かい》を見上《みあ》げると、のしほさんは其所《そこ》にゐて手招《てまね》ぎしてゐる。其《そ》の隣《とな》りの桝《ます》には松蔦《しようてう》、壽美藏《すみぞう》や福之助《ふくのすけ》などが並《なら》んでゐる。此方側《こつちがは》には、阿部《あべ》（次郎《じらう》）さんの顔《かほ》と久保田《くぼた》さんの顔《かほ》とが並《なら》んでゐる。ずつと離《はな》れたところに森律子《もりりつこ》さんがゐる。紫《むらさき》の地《ぢ》の荒《あら》い模様《もやう》の袷《あはせ》を着《き》てゐる。顔《かほ》を合《あ》はせると、例《れい》の愛嬌深《あいけうぶか》い笑《わら》ひを漲《みなぎ》らして挨拶《あいさつ》をする。

そこへ時子《ときこ》さんが來《き》て、場所《ばしよ》がないとか云《い》つて後《うしろ》の桝《ます》へ入《はひ》つたが、直《す》ぐに出《で》て行《い》つて、二階《かい》の連中《れんちう》の方《はう》と一所《しよ》になつた。

私《わたし》も後《あと》で二階《かい》の方《はう》へ行《ゆ》かうと思《おも》ひながら、先《ま》づ腰《こし》を落付《おちつ》けて幕《まく》の開《あ》くのを待《ま》つてゐると、やがて純張《どんちやう》がするする〳〵と上《あが》つた。正面《しやうめん》には御簾《みす》が下《さ》りてゐて、いた付《つ》きの腰元《こしもと》が何《なに》かしやべつてゐる。——然《しか》し私《わたし》の頭腦《あたま》のなかには、劇場内《げきぢやうない》にぎつしりと集《あつ》まつた人々《ひとびと》の、一種《しゆ》の光《ひか》りを帶《お》びて、歡《よろこ》びに興奮《こうふん》してゐるやうな上《うは》の空《そら》な眼付《めつき》が、いつまでも殘《のこ》つてゐて、芝居《しばゐ》の上《うへ》に心《こゝろ》を染《し》みこませることがどうしても出來《でき》なかつた。御簾《み》があがつて、青隈《あをくま》をとつた左團次《さだんじ》の褐磨《かつま》を見《み》ても、私《わたし》はやつぱりそは〳〵して後《うしろ》の二階《かい》の方《はう》などを振返《ふりかへ》つたりしてゐた。

小説

秋の一日

田村俊子

嬌子《けうこ》は學校《がくかう》の門《もん》を出《で》ると、いつも一所《いつしよ》に歸《かへ》る友達《ともだち》の三《み》谷《たに》の出《で》てくるのも待《ま》たないで、小砂利《こゝじやり》を草履《ざうり》の先《さ》きで蹴《け》りながら急《いそ》いで歩《ある》いて行《い》つた。

今日《けふ》はいちにち、學校《がくかう》にゐる間《あひだ》も嬌子《けうこ》は、初《はじ》めて昨日《きのふ》から嬌子《けうこ》の家《うち》の人《ひと》になつた嫂《あね》の春子《はるこ》の事《こと》を考《かんが》へてばかりゐた。美《うつく》しい匂《にほ》やかな眉《まゆ》、瞼毛《まつげ》も重《おも》たげなうつとりとした眼色《まなざし》、微笑《びせう》を含《ふく》んだまゝに柔《やは》らかに結《むす》んだ小《ちひ》さな口許《くちもと》、狹《せま》い生際《はへぎは》、上氣《じやうき》して薄紅色《うすべにいろ》になつた豐《ゆた》かな頰《ほゝ》、——高髷《たかまげ》の白丈長《しろたけなが》の高々《たか〴〵》しさ、簪《かうがひ》のはなやかさ、うちかけの繡《ぬ》ひのきらびやかさ。——長《なが》い耳前髪《もみあげ》におしろいが奇麗《きれい》に刷《は》けてあつたあとなどまで、嬌子《けうこ》の眼《め》にはつきりと嫂《あね》の花嫁姿《はなよめすがた》が殘《のこ》つてゐた。嬌子《けうこ》はその嫂《あね》とはまだ一度《ど》しきや物《もの》を云《い》つてゐなかつた。昨日《きのふ》母《はゝ》から引《ひ》き合《あ》はされた時《とき》に、

「どうぞ何分《なにぶん》——幾久《いくひさ》しく。」

と云《い》はれて嬌子《けうこ》は、

「え。」

と云《い》つてお辭儀《じぎ》をした。それぎり嫂《あね》の春子《はるこ》とは顏《かほ》を合《あ》はさないで終《しま》つたし、今朝《けさ》も早《はや》く家《うち》を出《で》たので嫂《あね》の姿《すがた》を見《み》ることが出《で》來なかつた。

嬌子《けうこ》はどうしたのか昨日《きのふ》から嫂《あね》になつたその美《うつく》しい人《ひと》がなつかしくつて仕方《しかた》がなかつた。自分《じぶん》の今《いま》までのあの家《うち》の中《なか》に、少《すこ》しも見知《みし》らなかつた一人《ひとり》の人《ひと》が突然《とつぜん》に立《た》ち交《ま》ぢるやうになつたことが、何《なに》かおもしろい夢《ゆめ》でも見《み》てゐるやうな氣《き》がして、今日《けふ》は學校《がくかう》にゐる間《あひだ》も家《うち》の事《こと》ばかりが氣《き》になつてゐた。自分《じぶん》の居《ゐ》ない間《あひだ》に、兄《にい》

さんやお母様《かあさま》は、あの奇《き》麗《れい》な嫂《ねえ》さんとどんな話《はなし》をしてゐるだらう。奇《き》麗《れい》な嫂《ねえ》さんはどんな様子《やうす》をして何《なに》をしてゐるだらう。美《うつく》しく飾《かざ》られた兄《にい》さんの室《へや》の方《はう》に嫂《ねえ》さんはしなやかに坐《すわ》つて、何《なに》か用事《ようじ》をしてゐるかも知《し》れない。さもなければ最《も》うお風呂《ふろ》もすまして、あの六疉《でふ》の室《へや》に据《す》えた嫂《ねえ》さんの鏡臺《きやうだい》の前《まへ》に坐《すわ》つてお粧《しな》ひをしてゐるかも知《し》れない。——私《わたし》はあの鏡臺《きやうだい》の傍《わき》に庭《には》のダリヤを盛つたベースをおいといて上《あ》げて好《い》い事《こと》をした。嫂《ねえ》さんはきつと奇《き》麗《れい》だと思《おも》つて下《くだ》すつたに違《ちが》ひない。あの嫂《ねえ》さんはなんても美《うつく》しいことばかりが好《す》きな人《ひと》に違《ちが》ひないから——。　嬌子《けうこ》は今日《けふ》の自分《じぶん》の家《うち》の中《なか》に、嘗《かつ》て味《あぢ》はつた事《こと》のないいろ〳〵珍《めづ》らしいことや、奇《き》麗《れい》なことや、優《やさ》しいことなどが起《おこ》つてゐたに違《ちが》ひないと思《おも》ふと、嬉《うれ》しかつた。嫂《あね》の春子《はるこ》が一人《ひとり》交《ま》ぢつた家《うち》の中《なか》は、急《きふ》に賑《にぎ》やかで艶麗《えんれい》て、なんとなく物柔《ものやは》らかに笑《わら》ひが流《なが》れてゐるやうな氣《き》がして、嬌子《けうこ》は早《はや》く歸《かへ》りたくつてたまらなかつた。早《はや》く歸《かへ》つて、嫂《ねえ》さんとお話《はなし》をしたり、嫂《ねえ》さんの親密《しんみつ》らしい様子《やうす》を嬉《うれ》しく受《う》けて、自分《じぶん》も人《ひと》なつこく嫂《ねえ》さんに接《せつ》して見《み》たりしたかつた。

嬌子《けうこ》は急《いそ》いで歩《ある》いた。身體《からだ》の動《うご》きにつれて長《なが》い袖《そで》が恰《かつ》好《かう》よく靡《なび》いてゐた。髱《たぼ》てくゝつた青磁《せいじ》色《いろ》の巾廣《はゞびろ》なリボンの色《いろ》が、冷《つ》めたい秋《あき》の午後《ごゞ》の情調《じやうてう》を含《ふく》んで、薄濁《うすにご》りした日射《ひざ》しの中《なか》に淋《さび》しい影《かげ》を殘《のこ》してゆく。空《そら》は艶消《つやけ》し硝子《ガラス》のやうにどんよりと曇《くも》つてゐて、もう日《ひ》の暮《く》れ際《ぎは》のやうな光《ひか》りの倦《だ》るい明《あか》るさを支《さゝ》へてゐた。道幅《みちはゞ》の廣《ひろ》い通《とほ》りは、うら枯《が》れた白々《しらぐ》しさが土《つち》に染《し》みついてるやうて、往來《わうらい》する人々《ひとぐ》の姿《すがた》が誰《た》れも彼《か》れも頼《たよ》りなくしほ〳〵としてゐる様《やう》に見《み》えた。

嬌子《けうこ》は其所《そこ》から右《みぎ》に曲《まが》らうとしてふと振《ふ》り向《む》いた。其《そ》れはなんだか友達《ともだち》の三谷《みたた》が追《お》つかけて來《き》たやうな氣《き》がしたからだつた。けれども三谷《みたに》の姿《すがた》は見《み》えなかつた。少《すこ》し遠《とほ》くなつた校門《かうもん》からまだばら〳〵と生徒《せいと》が出《で》てくるのが見《み》えた。嬌子《けうこ》は三谷《みたに》が自分《じぶん》を探《さが》してゐるのかも知《し》れないと思《おも》ふと、斷《ことわ》らずに先《さき》へ來《き》てしまつたことがたいへんな罪《つみ》でも犯《をか》したやうて心《こゝろ》が濟《す》まなかつたが、引《ひ》つ返《かへ》す氣《き》にもなれないで又足《またあし》を返《かへ》して電車《でんしや》の道《みち》を向《むか》ふへ突《つ》つ切《き》らうとすると、丁度《ちやうど》、直《す》ぐ自分《じぶん》の傍《そば》を車《くるま》が走《はし》つていつた。

「グッド、バイ……シヤヨウナラ。ミス、ミムラ！」

幌《ほろ》の横《よこ》から顔《かほ》を出《だ》して車《くるま》に乗《の》つてゐたミス、グリーンが嬌子《けうこ》に然《さ》う云《い》つた。嬌子《けうこ》が顔《かほ》を振《ふ》り上《あ》げた時《とき》には、ミス、グリーンの笑《わら》つた顔《かほ》はもう幌《ほろ》の棧《さん》で隠《かく》れてゐた。嬌子《けうこ》はそれを見《み》ると、つい肩《かた》を窄《すぼ》めて極《きま》り惡《わ》るさうに微笑《ほゝゑ》んだ。そうして、

「先生《せんせい》が私《わたし》に別《わか》れをして下《くだ》すつたのだわ。私《わたし》が氣《き》が付《つ》かないでゐる間《うち》に！」

と思《おも》ふと、嬌子《けうこ》は先生《せんせい》がふと戀《こ》ひしくなつて、胸《むね》がふるえた。

さつきの晝《ひる》の休《やす》みにも、つい食堂《しよくだう》の窓《まど》の下《した》を通《とほ》つてゆくと、室内《しつない》にゐたミス、グリーンが嬌子《けうこ》の方《はう》を見《み》てゐてスマイルした。いつもなら嬌子《けうこ》は夢中《むちう》になつて、三《み》谷《たに》のところへ驅《か》けて行《い》つてその手《て》にしがみ付《つ》くのだつたけれども、今日《けふ》はそれほどでもなかつた。落着《おちつ》いて會釋《えしやく》をしながら通《とほ》り過《す》ぎて行《い》つたぎりで、三谷《みたに》に逢《あ》つてもその嬉《うれ》しい話《はなし》をしても見《み》なかつた。然《さ》うして、たゞ嫂《あね》の春子《はるこ》のことばかりをなつかしがつてゐた。

「どこかお惡《わ》るくつて？　あなたは今日《けふ》はぼんやりしてゐらしてよ。」

少《すこ》しお出額《でこ》な可愛《かあ》いゝ顔《かほ》をしてる三谷《みたに》は、然《さ》う云《い》つて心配《しんぱい》をしたほど、嬌子《けうこ》は友達《ともだち》が何《なに》か云《い》つても默《だま》つてゐたりした。それでも、仲《なか》の好《い》い三谷《みたに》にも、昨日《きのふ》兄《あに》のところへ嫁入《よめい》りして來《き》た人《ひと》のことを考《かんが》へてるなどとは話《はな》さなかつたが、

「今日《けふ》はね早《はや》く家《うち》へ歸《かへ》りたいの。」

と嬌子《けうこ》は時々《とき〴〵》然《さ》う云《い》つた。

「家《うち》に嬉《うれ》しいことがあるから？」

「然《さ》うぢやないわ。」

「ぢや何故《なぜ》。」

嬌子《けうこ》はあとは云《い》はなかつた。其《そ》の内《うち》に三谷《みたに》さんを家《うち》へ招《よ》んで、嫂《ねえ》さんに引《ひ》き合《あ》はして上《あ》げるまで、嫂《ねえ》さんのことは云《い》はずにおくのだと嬌子《けうこ》は考《かんが》へてゐたから……

「嫂《ねえ》さんは綺麗《きれい》な人《ひと》よ。」

斯《か》う云《い》つたら、友達《ともだち》に笑《わら》はれるかも知《し》れないと思《おも》つて嬌子《けうこ》は我慢《がまん》をしてゐた。

先生《せんせい》の車《くるま》は直《ぢ》きに見《み》えなくなつた。嬌子《けうこ》は其所《そこ》の交叉《かうさ》點《てん》から電車《でんしや》に乘《の》つて、白山《はくさん》まで歸《かへ》るのであつた。丁度《ちやうど》電車《でんしや》の中《なか》に上級《じやうきふ》の人《ひと》が二人《ふたり》ゐて、嬌子《けうこ》を見《み》ると笑《わら》ひながら此方《こつち》を見《み》た。嬌子《けうこ》は赤《あか》い顏《かほ》をして挨拶《あいさつ》した。三年《ねん》の三村嬌子《みむらけうこ》と云《い》へば、學校《がくかう》の人《ひと》たちは大概《たいがい》は知《し》つてゐた。それは美《うつく》しいので目《め》に立《た》つてゐるばかりでなく、嬌子《けうこ》の兄《あに》が名高《なだか》い洋畫家《やうぐわか》だからであつた。そうして嬌子《けうこ》の兄《あに》に近付《ちかづ》きたくて嬌子《けうこ》に親《した》しくしやうとした上級《じやうきふ》の人《ひと》などもあつた。

家《うち》の前《まへ》までくると、嬌子《けうこ》は胸《むね》がどき／＼した。けれども、塀《へい》の外《そと》をぐるりと折《を》れ曲《まが》つてきて、兄《あに》の畫室《ぐわしつ》の側《そく》面《めん》を梧桐《あをぎり》の木の隙《すき》から見上《みあ》げた時《とき》は、我《わ》が儘《まゝ》らしく甘《あま》えた心持《こゝろもち》になつて、其所《そこ》から家《うち》のなかへ駈《か》け込《こ》んでゆきたくなつた。兄《あに》も母《はゝ》も父《ちゝ》も、下女《げぢよ》のおあきも、自分《じぶん》を可愛《かあい》がつてくれる人《ひと》たちだと思《おも》ふと嬉《うれ》しくなつて、小供《こども》らしく門《もん》のそとからぱた／＼と彈《はず》みのついた歩《ある》きかたをしながら中《なか》へはいつて行《い》つた。格子《かうし》を開《あ》けるとおあきが出《で》て來《き》て、

「お歸《かへ》りなさいまし。」

と云《い》つてお辭儀《じぎ》をしたので、嬌子《けうこ》はいつもよりもこの人《ひと》がなつかしくなつて、

「唯今《たゞいま》。」

と云《い》ひながら上《あが》つてゆくと、いきなりその袂《たもと》に絡《から》みついた。

「ねえ。あき。」

嬌子《けうこ》は云《い》ふこともないのにおあきに甘《あま》えながらこんな事《こと》を云《い》つて、茶《ちや》の間《ま》へ行《い》かうとすると、思《おも》ひがけなく春子《はるこ》が出《で》てきて、中腰《ちうごし》になりながら嬌子《けうこ》の顏《かほ》を見《み》て、

「お歸《かへ》りあそばせ。」

と頭《あたま》を下げた。嬌子《けうこ》は眞《ま》つ赤になつて自分《じぶん》もそこに坐《すわ》つて手《て》を支《つ》いたが、なんと云《い》つてゐゝか一寸《ちよつと》言葉《ことば》が出《で》てこないので、

「たゞいま。」

と小《ちひ》さな聲《こゑ》で云《い》つてしまふと、おあきの後《うしろ》に小《ちひ》さくなつて附着《くつゝき》ながら、はにかんだ眼《め》をして身體《からだ》を屈《かゞ》めながら奥《おく》へはいつて行《い》つた。自分《じぶん》の室《へや》へ行《ゆ》く前《まへ》に母《はゝ》に逢《あ》つてゆかうと思《おも》つて、そこいらの坐敷《ざしき》を覗《のぞ》いて見《み》たけれども母《はゝ》の姿《すがた》は見《み》えなかつた。

「お母様《かあさま》はゐらつしやらないの。」

あきに聞《き》くつもりで斯《か》う云《い》つて振返《ふりかへ》ると、春子が愼《つゝし》み深《ぶか》そうな口許《くちもと》に笑《ゑ》みを浮《うか》べて後《うしろ》から尾《つ》いてきた。そうして、

二等

栃木縣　石川定子

「お母様《かあさま》は遠藤《ゑんどう》さんへ、お禮《れい》がてら行《い》つてゐらつしやると仰有《おつしや》つて。」

と云《い》つて嬌子《けうこ》の肩《かた》のあたりを見詰《みつ》めてゐた。遠藤《ゑんどう》と云《い》ふのは兄夫婦《あにふうふ》の媒介《なかうど》をした縁《えん》者《じや》であつた。

「お兄《にい》さんは。」

嬌子《けうこ》は直《す》ぐ斯《か》う聞《き》くつもりで口《くち》の端《はた》まで出《で》たけれども、急《きふ》に羞《はづか》しくなつてよしてしまつた。それが何故《なぜ》だか自《じ》分《ぶん》にも分《わか》らなかつた。それで、たゞ改《あらた》まつた會釋《ゑしやく》をして、又小《またちひ》さな聲《こゑ》を出《だ》して、

「おはかまを脱《と》つてまゐりますから。」

と春子《はるこ》に云《い》つて、椽側《えんがは》の方《はう》へ出《で》た。椽側《えんがは》へ出《で》るとなんとなくぢつとして居《ゐ》られなくなつて、嬌子《けうこ》は小供《こども》のやうにばた〳〵驅《か》けだした。自分《じぶん》の室《へや》のなかは丸窓《まるまど》が開《あ》いてゐたので明《あか》るかつた。袴《はかま》を脱《ぬ》いで、鏡《かゞみ》の前《まへ》へ行《い》つて髪《かみ》など搔《か》き上《あ》げると、しばらくの間机《あひだつくゑ》の前《まへ》に坐《すわ》つてゐた。窓《まど》の向《むか》ふの生垣《いけがき》のところに咲《さ》いてゐる木犀《もくせい》が、時々《とき〴〵》ほんのりと嬌子《けうこ》の眉《まゆ》のあたりに匂《にほ》つてきて、いつも遠《とほ》く隔《へだ》つたところで稽古《けいこ》をしてゐる琴《こと》の音《ね》が、今日《けふ》はたいへんに近《ちか》く聞《き》こえてゐた。

兄《あに》も不在《るす》のやうな氣《き》がして嬌子《けうこ》は淋《さび》しかつた。あんなに懐《なつか》しんでゐた嫂《あね》の春子《はるこ》も、歸《かへ》つて來《き》て見《み》ると妙《めう》に氣《き》詰《づま》りで、一《ひ》と言《こと》の話《はなし》をするのも自分《じぶん》の言葉《ことば》づかひが心《しん》配《ぱい》になるやうな氣《き》がして、はら〳〵した。此室《こゝ》を出《で》れば嫂《あね》に逢《あ》はなければならない——嬌子《けうこ》は其《そ》れが窮屈《きうくつ》になつて室《へや》を出《で》る氣《き》がしなかつた。

嬌子《けうこ》は母《はゝ》か兄《あに》が見《み》えるまで自分《じぶん》の室《へや》を出《で》ないことにきめて、ノートを出《だ》したりしながら勉強《べんきやう》をしやうとしたが、やつぱり何《なに》か氣《き》にかゝる事《こと》があつて心《こゝろ》が纏《まとま》らなかつた。それで洋罫紙《やうけいし》を出《だ》して、三谷《みたに》のところへ手紙《てがみ》を書《か》くつもりでペンを取《と》つて見《み》たりした。書《か》けば、今日《けふ》の歸途《かへりみち》に、戀《こひ》しいミス、グリーンが車《くるま》で過《す》ぎて行《ゆ》く時《とき》に優《やさ》しい聲《こゑ》をかけて下《くだ》すつたことを書《か》くのであつた。其《そ》れを讀《よ》めば、三谷《みたに》は今夜《こんや》は眠《ねむ》られないほど羨《うらやま》しがるかも知《し》れなかつた。三谷《みたに》と二人《ふたり》して毎《まい》日《にち》々〳〵何《なに》かしら奇麗《きれい》な花《はな》を上《あ》げることにきめて、

「スヰート。」

と云《い》つて花《はな》の香《かほり》をよろこぶミス、グリーンの姿《すがた》を見《み》て二人《ふたり》は手《て》を握《にぎ》り合《あ》つて嬉《うれ》しがつた。その花《はな》もこの二三日《にち》嬌子《けうこ》は上《あ》げることを忘《わす》れてしまつてゐた。

「あなたは熱《ねつ》がさめたのよ。きつと。なんて變《かは》り易《やす》いかたでせう。」

三谷《みたに》がそんな事《こと》を云《い》つて今日《けふ》も恨《うら》めしさうな顏《かほ》をしたので、嬌子《けうこ》は急《きふ》に手紙《てがみ》を三谷《みたに》に送《おく》る氣《き》になつた。何《なに》か三谷《みたに》ともう一度《ど》約束《やくそく》をしなければ、緑《みどり》の君《きみ》にも濟《す》まない氣《き》がした。

「なんと云《い》つても、やつぱり戀《こひ》しいのよ。緑《みどり》の君《きみ》は！

ほんとにさつきは嬉《うれ》しかつたわ……」

嬌子《けうこ》が書《か》きかけてゐると、椽側《えんがは》を輕《かる》く辷《すべ》つてくるやうな足音《あしおと》がした。嬌子《けうこ》が顏《かほ》を上《あ》げると、嫂《あね》の春子《はるこ》が盆《ぼん》の上《うへ》に何《なに》か白《しろ》い皿《さら》をのせて持《も》つて來《き》た。

「はい。おやつ。」

春子《はるこ》は笑顏《ゑがほ》で云《い》つて銀匙《ぎんさじ》を直《なほ》しながら嬌子《けうこ》の前《まへ》においた。嫂《あね》の緋縮緬《ひぢりめん》の帶上《おびあ》げが嬌子《けうこ》にはめづらしかつた。睫毛《まつげ》のあたりに白粉《おしろい》が殘《のこ》つてゐるやうな、艶《えん》な、可愛《かあい》らしい顏《かほ》をして春子《はるこ》はそこに坐《すわ》りながら、まともに嬌子《けうこ》の顏《かほ》を見《み》た。

「あなたがお歸《かへ》りになるのを、お待《ま》ちしてをりましたのよ。」

春子《はるこ》は愛相《あいさう》よく云《い》つて微笑《びせう》した。嬌子《けうこ》も少《すこ》し笑《わら》ひかけながら、ペンでぎざ〳〵を描《か》いてゐた。

「あなたにいろ〳〵お伺《うかゞ》ひしたいと思《おも》ひましてね。」

嬌子《けうこ》が聞《き》いてゐると嫂《あね》の聲《こゑ》は割合《わりあひ》にはつきりしてゐた。嬌子《けうこ》がだまつてゐるので、春子《はるこ》は淋《さび》しそうな眼《め》をして下《した》を向《む》いた。膝《ひざ》の上《うへ》に兩手《りやうて》を重《かさ》ねて自分《じぶん》の指環《ゆびわ》のあたりを見詰《みつ》めてゐる。

「あなたにね、いろ〳〵お話《はなし》がしたいのですわ。」

嬌子《けうこ》は嫂《あね》が改《あらた》まつて斯《か》う云《い》つたのが、何《ど》うしたのかおかしくておかしくて仕方《しかた》がなかつた。それで笑《わら》ひたいのを我慢《がまん》して袂《たもと》で口《くち》をおさへながら、やつぱりぎざぎざを描《か》いてゐた。けれども、直《ぢ》きに、こんな事《こと》を嫂《あね》の前《まへ》でしてゐては失禮《しつれい》だと思《おも》つて、嬌子《けうこ》はペンをおいて自分《じぶん》も膝《ひざ》の上《うへ》に手《て》をおきながら下《した》を向《む》いてゐた。嬌子《けうこ》は嫂《あね》に對《たい》して何《ど》うしていゝのか分《わか》らないで困《こま》るばかりだつた。

「あなたのお室《へや》はよく片付《かたづ》いてゐますこと。丁度《ちやうど》こゝから畫室《ぐわしつ》の窓《まど》が見《み》えますのね。」

春子《はるこ》は丸窓《まるまど》のところから彼方《むかう》を見《み》てゐたが、

「兄樣《にいさま》の方《はう》へいらつしやいましな。」

と云《い》つて出《で》て行《い》つた。派出《はで》な模樣《もやう》の帶《おび》を高《たか》く結《むす》んだ恰好《かつかう》のいゝ嫂《あね》の後姿《うしろすがた》を、嬌子《けうこ》は見送《みおく》つてゐた。嫂《あね》の言葉《ことば》で兄《あに》のゐることが分《わか》ると、嬌子《けうこ》は急《きふ》に兄《あに》に逢《あ》ひたくなつた。いつもなら兄《あに》が居《ゐ》ても居《ゐ》なくても、歸《かへ》つてくれば直《す》ぐに書室《くわしつ》の扉《ドア》を叩《たゝ》くことにきまつてゐるのに、何《ど》うしてこんな遠慮《えんりよ》が出《で》るのかしらと思《おも》ふと、嬌子《けうこ》は頼《たよ》りないやうな氣《き》がして悲《かな》しくなつた。書室《くわしつ》も兄《あに》も今日《けふ》からは自分《じぶん》のものでないやうな、薄《うす》ら淋《さび》しい氣《き》がした。嬌子《けうこ》は嫂《あね》のおいて行《い》つたバナヽを見《み》てゐたが、それを兄《あに》の傍《そば》で食《た》べたくなつたので、今嫂《いまあね》の云《い》ひ置《お》いて行《い》つた言葉《ことば》をたよりに、わざ／＼それを持《も》つて嬌子《けうこ》は室《へや》を出《で》た。廊下《らうか》を曲《まが》ると其所《そこ》から下《した》におりて庭下駄《にはげた》を突《つ》かけながら、書室《くわしつ》の前《まへ》の石《いし》の階段《かいだん》を上《あ》がつて行《い》つた。牛乳《ちゝ》の上《うへ》に白《しろ》い空《そら》の色《いろ》がうつつて銀色《ぎんいろ》にゆらぐのが美《うつく》しかつた。

「兄《にい》さんはゐらしつて？」

嬌子《けうこ》は然《さ》う云《い》ひながら扉《ドア》を押《お》してはいつた。奥《おく》の方《はう》に立《た》てかけてある一《ひと》つの畫板《カンバス》の蔭《かげ》になつて、嫂《あね》の着物《きもの》の袖《そで》がちらりとしてゐた。

「おいてなさい。」

其《そ》れは兄《あに》の聲《こゑ》であつた。嬌子《けうこ》は其《そ》れを手《て》に持《も》つたまゝで兄《あに》の前《まへ》までくると、可愛《かあい》らしく笑《わら》ひながら、

「兄《にい》さんの傍《そば》でいたゞいてもいゝでせう。」と云《い》つた。

「わざ／＼此室《こゝ》へ食《た》べに來《き》たのかい。」

「えゝ。」

兄《あに》は其《そ》れぎり默《だま》つてゐた。そうして其《そ》の傍《わき》に立《た》つてゐる春子《はるこ》の顏《かほ》をちらと見《み》て、仕樣《しやう》がないと云《い》ふやうな表情《へうじやう》をして笑《わら》つた。嬌子《けうこ》は兄《あに》の顏《かほ》を見《み》たので其《そ》れが分《わか》つた。

嬌子《けうこ》は其《そ》れを卓子《テーブル》の上《うへ》において、椅子《いす》を引《ひ》きよせた。

「こんなにこぼしたわ。兄《にい》さん。」

「然《さ》うかい。」

嬌子《けうこ》が嫂《あね》の顏《かほ》を見《み》ると、春子《はるこ》も柔《やわ》らかに微笑《びせう》して嬌子《けうこ》を見《み》た。そうして手持不沙汰《てもちぶさた》のやうな樣子《やうす》で壁《かべ》につかまりながら立《た》つてゐた。背後《うしろ》の鏡《かゞみ》に、髱《たぼ》の毛《け》も亂《みだ》さずに奇麗《きれい》に撫《な》で付《つ》いてる昨日《きのふ》の高髷《たかまげ》が後向《うしろむ》きに映《うつ》つてゐる。兄《あに》はその鏡《かゞみ》のなかの白《しろ》い丈長《たけなが》のあざやかな春子《はるこ》の頭髪《かみ》を眺《なが》めてゐたが、その眼《め》を春子《はるこ》の方《はう》に移《うつ》すと、丁《ちやう》度《ど》自分《じぶん》の方《はう》を見《み》てゐた春子《はるこ》の眼《め》と合《あ》つた。春子《はるこ》は赤《あか》い顏《かほ》をして俯向《うつむ》きながら、自分《じぶん》の足《あし》の先《さき》に眼《め》を落《おと》して

ゐた。

「嬌子《けうこ》は幾歳《いくつ》だい。」

「十七よ。」

「まだ少《ちひ》さいんだなあ。」

兄《あに》は然《さ》う云《い》ひながら、畫室《ぐわしつ》の隅《すみ》の寢椅子《ソオファー》の上《うへ》に行《い》つて仰向《あふむ》きになつた。組《く》んだ兩手《りやうて》で額《ひたひ》を抑《おさ》へながら、向《むか》ふの壁《かべ》にかけてある自分《じぶん》の製作《せいさく》の畫《ゑ》を眺《なが》めてゐた。そうして、十七の少女《せうぢよ》の裸體《らたい》を心《こゝろ》に描《ゑが》いてゐた。自分《じぶん》はこの五六年嬌子《ねんけうこ》の身體《からだ》を見《み》たことがないなどゝ考《かんが》へたりしてゐた。

「お嫂《ねえ》さんと四歳《よつ》違《ちが》ふんですわね。お嫂《ねえ》さんはお若《わか》いわねえ。兄《にい》さん。」

「年齢《とし》よりは若《わか》いなんてことがお前《まへ》にも分《わか》るのかい。」

「そりや分《わか》つてよ。ねえお嫂《ねえ》さん。」

春子《はるこ》は默《だま》つて笑《わら》つてゐた。

「嬌子《けうこ》は何時《いつ》お嫁《よめ》に行《ゆ》くの。」

「そんな事《こと》は知《し》らないわ。」

「來年《らいねん》かい。再來年《さらいねん》かい。」

「知《し》らないわ。」

「お嫁《よめ》に行《ゆ》くつもりでゐるのかい。」

「お嫁《よめ》になんぞ行《ゆ》かないわ。」

「何故《なぜ》？」

「なぜでもよ。」

嬌子《けうこ》は匙《さじ》をかち〳〵云《い》はせながら、つい蓮葉《はすは》に云《い》つてしまつた。云《い》つてしまつてから嫂《ねえ》さんの前《まへ》で惡《わる》い事《こと》を云《い》つたと思《おも》つて、取《と》り返《かへ》しのつかないやうな氣《き》がした。

「うそよ。私《わたし》もお嫁《よめ》に行《ゆ》きます。それが女《をんな》の務《つと》めなんですもの。」

嬌子《けうこ》は小《ちひ》さく云《い》つてから、娘々《むすめ〳〵》した笑《わら》ひ聲《ごゑ》を上《あ》げた。

「どこで教《をそ》はつたんだい。其樣《そんな》ことを。」

「學校《がくかう》でよ。」

「いゝ學校《がくかう》だね。」

其《そ》れぎりで兄《あに》は物《もの》を云《い》はなかつた。嬌子《けうこ》が立《た》つていつて覗《のぞ》くと兄《あに》は眼《め》を瞑《つぶ》つてゐた。それでモデル臺《だい》のところに嬌子《けうこ》はやんちやに腰《こし》をかけて、指《ゆび》の先《さ》きで唇《くちびる》のところを抑《おさ》へながら、何《なに》か歌《うた》ひたくなつて顏《かほ》を傾《かし》げてゐると、春子《はるこ》が傍《そば》に來《き》て、後《うしろ》から嬌子《けうこ》の髮《かみ》にさわつた。

「澤山《たくさん》な毛《け》ですことねえ。」

春子《はるこ》は然《さ》う云《い》つて嬌子《けうこ》の下《さ》げた髮《かみ》を手《て》で支《さゝ》へて見《み》たりした。春子《はるこ》の着物《きもの》からいゝ薫《かほ》りがしてゐた。

「お嫂《ねえ》さんもいゝお髮《ぐし》ですわねえ。」

「駄目《だめ》ですわ。それにかう云《い》ふ髮《かみ》に結《ゆ》ひつけなかつたから。」

春子《はるこ》は初々《うひ〳〵》しい眼《め》で、良人《をつと》の方《はう》をちよいと見《み》たが、直《す》ぐにその眼《め》を反《そ》らした。嬌子《けうこ》は嫂《あね》のゐない時《とき》、兄《あに》に自分《じぶん》が嫂《あね》をなつかしんでゐることを話《はな》さうなどゝ思《おも》ひながら、下《した》を向《む》ひて、自分《じぶん》の髮《かみ》を嫂《あね》の手《て》で弄《いぢ》るまゝに任《まか》せてゐた。

「その内《うち》私《わたくし》に上《あ》げさせて下《くだ》さいな。嬌子《けうこ》さん。」

「え。どうぞ。」

春子《はるこ》は嬌子《けうこ》の髮《かみ》からはなれて、同《おな》じやうにモデル臺《だい》に腰《こし》をおろして、畫室《ぐわしつ》のなかを彼方此方《あちこち》と眺《なが》めた。嬌子《けうこ》は兄《あに》の製作品《せいさくひん》の一《ひ》とつ一《ひ》とつに對《たい》して、いろ〳〵な事《こと》を嫂《あね》に說明《せつめい》したりなどした。

「お嫂《ねえ》さんは畫《ゑ》はお好《す》きでゐらつしやるの。」

「分《わか》りませんけれどもね。」

春子《はるこ》は然《さ》う云《い》つて、うつとりと、窓《まど》から半身《はんしん》を出《だ》してゐる良人《をつと》の製作畫《せいさくぐわ》の女《をんな》の顏《かほ》を見《み》つめてゐた。その笑《わら》つてる口許《くちもと》が、なんだか自分《じぶん》の口《くち》に似《に》てるやうな氣《き》がした。

「晩《ばん》のお仕度《したく》をしなければなりませんわね。お母樣《かあさま》はお遲《おそ》いやうで御座《ござ》いますね。」

春子《はるこ》は然《さ》う云《い》つて、卓子《テーブル》の上《うへ》のよごれた盆《ぼん》を取《と》つて、出《で》て行《い》つた。窓《まど》から水《みづ》のやうな光線《くわうせん》が流《なが》れこんで、硝子《ガラス》に映《うつ》つて見《み》える木《こ》の葉《は》が冷《つ》めたく戰《ふる》えるやうに動《うご》いてゐた。

「お嫂《ねえ》さんはいゝかたね。兄《にい》さん。私《わたし》大好《だいす》きだわ。」

嬌子《けうこ》は振向《ふりむ》いて斯《か》う云《い》つたけれども、兄《あに》はだまつてゐた。


（をはり）

大正二年の藝術界

過去一年間に亘つて、我が藝術界は果して何事を成し、何物を遺し來れるや。大正二年を將に送らんとするに際し、回顧して其の產物を闡明するも亦意義なしとせず。乃ち茲に大方諸先輩の意見を乞ひて左に蒐錄する所以也。繁務の際、我等の唐突なる乞ひを快く容れて回答を賜りし諸先輩に深く感謝す。

▼頭に殘つたもの

田村俊子

頭腦《あたま》がこんがらかつてゐるので、中々思ひ出せません。演劇《しばゐ》も隨分見たし、本も讀んだし、繪も見ましたが、氣に入つたものがあり過ぎるやうな氣もしますし、又、なんにもなかつたやうな氣もします。ゆつくり考へれば、きつと何かあるだらうと思ひます。さうして皆さんのお擧げになつたものを拜見するとあゝ然《さ》うだつたと思ひ出すやうなものもある　かもしれませんが、さし當つて考へ付きません。今年の藝術界について私の見たもの、讀んだもの、味つたものが、どれも何かしら、好いところがあつて私の心に殘つたやうな氣もしてゐます。どれどれと云つて指摘《してき》する譯には行きませんが、何かしら、見たもの讀んだものから、好《い》い處だけを吸收したやうな氣がしてゐます。

一とつ演劇《しばゐ》で、今思ひ出したのがあります。それはこの間の公衆劇團でやつた喜劇「女がた」です。これはしばゐ其の物がおもしろかつたと云ふ意味でなく、あの舞臺面の新らしい様式や、幕切れに男の首ばかりが三角に積み上つて、「あはゝゝゝ」と笑つたのが、私の頭に殘つてゐます。これは森博士のお作です。もう一度見たいなぞとは思はないけれど、頭に殘つたものゝ中で一番はつきりとして、頭の中だけで味《あぢは》つてゐて、それでおもしろいやうな氣がしてゐます。以上

○

大正《たいしやう》二年《ねん》、藝術界《げいじゆつかい》の收獲《しうくわく》

一、創作及評論。 二、演劇。 三、繪畫

□ 田村 俊子

一、讀みました時は、みんなおもしろう御座《ござい》いました、其内自分《じぶん》の頭の方がいそがしくなつてくると、みんな忘《わす》れてしまいます

二、見たしばゐのうちで、まだ新《あた》らしいので頭に殘つてるのは、歌右衛門《うたうゑもん》の淀君「本郷座興行孤城落月」

三、なんにもありませんでした。

異同

〈凡例〉

一、初出と単行本との異同を調査し、一覧を作成した。

一、異同の対象とした書目は以下の通りである。

『誓言』（新潮社、大正二〈一九一三〉年五月一八日）

『恋むすめ』（牧民社、大正三〈一九一四〉年四月二〇日）

『木乃伊の口紅』（牧民社、大正三〈一九一四〉年六月一五日）

『山吹の花』（植竹書院、大正三〈一九一四〉年一〇月二三日）

一、同じ作品に頻発する異同（例・そうして↓さうして）は一度のみ採用し、あとは省略した。

一、異同の箇所の表記に関しては、原文のままを原則とし、旧字は新字に改めた。一段組の作品は「頁・行」二段組、三段組の作品は「頁・段・行」として記した。頁数は、本全集の頁数である。

（ゆまに書房編集部＝編）

遊女（初出↓『誓言』所収「女作者」）

7頁・1　覗きこんでゐつる　↓　覗きこんでゐる

7頁・1　眠ぽい日　↓　眠つぽい日

7頁・5　好きな男　↓　好きな人

7頁・10　その感じは丁度、　↓　其の感じは丁度

7頁・11　すつきりした、　↓　すつきりした

7頁・13　好いた男　↓　好きな人

7頁・14　好《す》いた男のおもかげ　↓　おもかげ

8頁・7　ぎざ〳〵して　↓　きざ〳〵して

8頁・9　そうして　↓　さうして（以下省略）

8頁・11　何か彼にかに　↓　何か彼にか

8頁・14　座つて　↓　坐つて

8頁・15　冷《つ》めたく　↓　冷《つめ》たく

9頁・8　絶へさうに　↓　絶えさうに

9頁・9　たう〳〵　↓　とう〳〵

10頁・11　交《ま》じつて、　↓　交じつて

10頁・12　泣くどころではなくつて　↓　泣くどころではなくて

11頁・1　褄先《つまさき》の赤い乱れ　↓　褄先《つまさき》の色の乱れ

12頁・6　黙つてゐる。　↓　黙つてゐる。（改行）

12頁・8　隙《ひま》　↓　隙《すき》

13頁・2　自分の親さへ親と思ふ心はないのに、他人の親まで、私の親にするなんて、そんな事は兎ても私には出来ないわ。↓（削除）

13頁・14　左へも　↓　左にも

14頁・1　この女はまた、結婚をしても絶対に子供を生《う》まないと云ふ事を云つた。　↓　この女は然う云つて蜜柑の一と房を口に含んだ。

14頁・3　事だわね。　↓　事だわ。

14頁・4　苦しいんです。　↓　苦しんでるの。

14頁・8　他《ほか》ない　↓　他《ほか》はない

14頁・12　人を捨てる　↓　一人の生活に復る

15頁・7　違ひない。　↓　違ひない、

15頁・10　女の友達　↓　女友達

15頁・15　意気地《いくぢ》　↓　意久地《いくぢ》

15頁・15　見せようと　↓　見せやうと

16頁・7　「私にはたいへん好きな人があるんですがね、よござんすか。」　↓　「駄目な女なら何うなの。」

16頁・9　あの男　↓　もつとあの男

17頁・6　玩弄にする　↓　相手にする

17頁・9　約束をした　↓　約束した

17頁・9　あつたが。　↓　あつたが、

17頁・10　消へて　↓　消えて

おしの（初出↓『恋むすめ』所収）

22頁・上・4　踝《くるぶし》　↓　くるぶし

22頁・上・4　いつたいに　↓　いつたいに、

22頁・上・6　娘《こ》　↓　娘《むすめ》（以下省略）

22頁・上・8　と云《い》ふ　↓　といふ（以下省略）

22頁・下・1　両方《りやうはう》の乳《ち》が、　↓　両方《りやうはう》の乳《ち》が

22頁・下・3　積襞《ひだ》　↓　ひだ

22頁・下・3　それは頸《くび》の周囲《まはり》　↓　頸《くび》の周囲《まはり》

22頁・下・4　太過《ふとす》ぎて　↓　太過《ふとす》ぎるので

22頁・下・4　為《せい》なのでした。　↓　為《せい》なのです。

22頁・下・7　濃《こ》いばかりで　↓　濃《こ》い計《ばか》りで

22頁・下・8　ついてゐない。　↓　ついてゐません。

22頁・下・8　ゐることも　↓　ゐることが

22頁・下・11　腫《は》れふさがつた　↓　腫《は》れふさがつた、

22頁・下・14　踝《くるぶし》　↓　くるぶし

22頁・下・15　口先《くちもと》　↓　口元《くちもと》

23頁・上・2　輪廓《りんくわく》は　↓　輪廓《りんくわく》は、

23頁・上・2　抱《か》へても　↓　抱《か》へても、

23頁・上・5　細《ほそ》ひ縮《ちゞ》れた　↓　細《ほそ》い縮《ちゞ》れた

23頁・上・17　事《こと》など　↓　事《こと》なぞ

23頁・上・18　お附合《つきあ》い　↓　お附合《つきあ》ひ

23頁・下・2　母親《おふくろ》　↓　母親《はゝおや》

23頁・下・3　望《のぞ》むやうに　↓　望《のぞ》むやうに、

23頁・下・8　楽《たの》しみもなく　↓　楽《たの》しみもなく、

23頁・下・10　覚《おぼ》えたつて　↓　覚《おぼ》えたつて、

23頁・下・11　何《どう》か　↓　何《ど》うか

23頁・下・11　知《し》れたもんぢやない　↓　知《し》れたものぢやない

23頁・下・15　道具《だうぐ》も　↓　道具《だうぐ》を

23頁・下・15　かゝつてゐるので、　↓　掛《か》ゝつてゐるので

23頁・下・16　おしの兄《あに》　↓　おしのゝ兄《あに》（以下省略）

24頁・上・1　かけたぎりで、　↓　かけたぎりで

24頁・上・1　真《ま》つ黒《くろ》　↓　真黒《まつくろ》

24頁・上・3　遅《おそ》くなつても　↓　遅《おそ》くなつても、

24頁・上・5　友達《ともだち》だち　↓　友達たち

24頁・上・17　と云《い》ふ事《こと》と　↓　といふ事《こと》と、

24頁・上・18　と云《い》ふ事《こと》　↓　といふと

24頁・下・5　曲《ま》がつた　↓　曲《まが》つた

24頁・下・17　短気《たんき》なのには　↓　短気《たんき》なのには、

25頁・上・2　言葉一《ことばひ》とつ　↓　言葉一《ことばひと》つ

25頁・上・2　事《こと》もない　↓　事《こと》のない

25頁・上・4　見《み》れば　↓　見《み》れば、

25頁・上・17　考《かんが》へちやうわ。　↓　考《かんが》へちまうわ。

25頁・下・1　云《い》つてる事《こと》　↓　云《い》つてること

25頁・下・4　足《あし》が重《おも》くつて、　↓　足《あし》が重《おも》くつて

25頁・下・7　慟悸《どうき》がしてゐて、　↓　慟悸《どうき》がしてゐて

25頁・下・7　のにも一と通《とほ》り　↓　のにも、一通《ひととほ》り

25頁・下・8　医師《いし》　↓　医者《いしや》

25頁・下・9　と云《い》ふ事《こと》　↓　と云ふと

26頁・上・1　倦怠《けんたい》に　↓　倦怠《けんたい》に、

26頁・上・2　おしのゝ頬《ほゝ》も　↓　おしのゝ頬《ほゝ》も、

26頁・上・10　顔《かほ》はどれも　↓　顔《かほ》は、どれも

26頁・上・11　事《こと》に　↓　事《こと》に、

26頁・上・14　痩《や》せ度《た》い、　↓　痩《や》せたい。

26頁・上・16　断食《だんじき》しても好《い》い、　↓　断食《だんじき》しても好《い》い。

26頁・上・18　落《お》ちてく　↓　落《お》ちていく

26頁・下・2　顔《かほ》が痩《やせ》るを　↓　顔《かほ》の痩《やせ》るのを

26頁・下・6　顔面《がんめん》の蔭《かげ》に　↓　顔面《がんめん》の蔭《かげ》に、

26頁・下・7　気色《けしき》も　↓　気色《けしき》は

26頁・下・11　かう云《い》つて　↓　斯《か》う云《い》つて
26頁・下・16　さする　↓　させる
27頁・上・1　貰《もら》つて一と月《つき》　↓　貰《もら》つて、一月《つき》
27頁・上・4　摘《つま》されました。　↓　詰《つま》されました。
27頁・上・6　考《かん》へても　↓　考《かん》へても、
27頁・上・9　其《そ》れを　↓　それを
27頁・上・12　恰好《かつかう》をして　↓　恰好《かつかう》をして、
27頁・上・14　思《おも》ひ出《だ》して　↓　思《おも》ひ出《だ》して、
27頁・上・17　一所《しよ》に　↓　一緒《しよ》に（以下省略）
27頁・上・17　散《ち》らかしてゐる間《うち》に　↓　散《ち》らかしてゐる間《うち》に、
27頁・下・3　してゐただけで　↓　してゐるだけで、
27頁・下・13　思《おも》ふ様《やう》な　↓　思《おも》ふ様《やう》な、
27頁・下・13　真《ま》つ青《さを》　↓　真青《まつさを》
28頁・上・4　前《まへ》に坐《すは》ると　↓　前《まへ》へ坐《すわ》ると
28頁・上・8　向《む》いたなりで　↓　向《む》いたなりで、
28頁・下・1　奇麗《きれい》にして　↓　奇麗《きれい》にして、
28頁・下・8　もので　↓　もので、
28頁・下・9　噛《かぢ》りながら　↓　噛《かぢ》りながら、
28頁・下・13　逢《あ》はねへつたつて、　↓　逢《あ》はねへたつて、
28頁・下・13　もんだべえ。」　↓　もんだんべえ。」
28頁・下・15　容貌《きりやう》だと　↓　容貌《きりやう》だと、
29頁・上・2　かうして　↓　斯《か》うして
29頁・上・3　ぶら付《つ》いてゐる　↓　ぶらついてゐる
29頁・上・7　除《よ》けながら　↓　除《よ》けながら、
29頁・上・11　ふんわりと　↓　ふうわりと
29頁・上・12　おしの眼《め》　↓　おしの、眼《め》
29頁・上・18　腰《こし》をかけて　↓　腰《こし》をかけて、
29頁・下・1　冠《かぶ》つたまゝで　↓　冠《かぶ》つたまゝで、
29頁・下・2　襟《えり》のことろから　↓　襟《えり》のところから
29頁・下・5　飯《めし》を済《す》ましてしまつた　↓　ご飯《はん》を済《す》まして了《しま》つた
29頁・下・7　逐《つひ》一と月《つき》　↓　遂《つひ》一月《つき》
29頁・下・7　出《で》て来《き》て　↓　出《で》て来《き》て、
29頁・下・8　一と晩《ばん》　↓　一晩《ばん》
29頁・下・10　母親《はゝおや》らしい女《をんな》に　↓　母親《はゝおや》らしい女《をんな》に、
29頁・下・11　咀《さゝや》きました　↓　囁《さゝや》きました
29頁・下・11　聞《き》こえません　↓　聞《きこ》えません
29頁・下・13　した附《き》り　↓　した限《き》り

29頁・下・16　ゐたのです。　→　ゐました。
30頁・上・2　誰《だ》れに云《い》ふ　→　誰《だれ》に云《い》ふ
30頁・上・4　思《おも》つた。　→　思《おも》ひました。
30頁・上・5　行《い》つちやつて。」　→　行《い》つちやつて?。」
30頁・上・12　丁《しま》ひました。　→　了《しま》ひました。
30頁・上・15　脚絆《きやはん》　→　脚絆《きやはん》
30頁・上・15　紺《こん》の前垂《まへだ》れで　→　紺《こん》の前垂《まへだれ》で、
30頁・下・1　然《さ》う　→　斯《か》う
30頁・下・2　真《ま》つ赤《か》　→　真赤《まつか》
30頁・下・2　前垂《まへだ》れ　→　前垂《まへだれ》
30頁・下・4　ぺえ〳〵言葉《ことば》　→　べえ〳〵言葉《ことば》
30頁・下・6　ゐたのです。　→　ゐました。
30頁・下・9　頻《しき》りと　→　頻《しき》りに

初雪（初出→『恋むすめ』所収）

31頁・上・2　吉衛《よしゑ》　→　芳衛《よしゑ》（以下省略）
31頁・上・3　ふところ手《で》をした儘《まゝ》　→　ふところ手《で》したまゝ
31頁・上・4　着《き》てこなかつたと見えて　→　着《き》て来《こ》なかつたと見《み》えて、
31頁・上・5　入《はい》つてきた　→　入《はい》つて来《き》た
31頁・上・6　むつゝりした顔《かほ》　→　むつつりとした顔《かほ》
31頁・上・6　お条《くめ》の方《はう》へ　→　お条《くめ》の方《はう》へは
31頁・上・7　側《わき》へ彼方向《むかふむ》き　→　傍《そば》へ、彼方《むかう》むき
31頁・上・9　はいつて落着《おちつ》く　→　入《はい》つて落付《おちつ》く
31頁・上・10　そんな事《こと》　→　そんなこと
31頁・上・11　入《はいつ》てくると　→　入《はい》つて来《く》ると、
31頁・上・12　前垂《まへだ》れ　→　前垂《まへだれ》
31頁・上・13　髪《かみ》なんぞ　→　髪《かみ》なぞ
31頁・上・14　髪結《かみゆひ》さんが片手《かたて》を突《つ》いて　→　髪結《かみゆひ》のおきんさんが、片手《かたて》を突《つ》いて、
31頁・上・15　お辞儀《じぎ》をした姿《すがた》を鏡《かゞみ》のなかで見守《みまも》り　→　お辞儀《じぎ》した姿《すがた》を、鏡《かゞみ》の中《なか》で見戍《みまも》り
31頁・上・16　今朝《けさ》　→　今朝《けさ》、
31頁・上・17　時分《じぶん》にはまだお条《くめ》は　→　時分《じぶん》には、お条《くめ》はまだ
31頁・上・18　お条《くめ》は吉衛《よしゑ》がゐるので　→　お条《くめ》は、芳《よし》衛《え》が居《い》るので、
31頁・上・19　父親《ちゝおや》に口《くち》をきかないでゐる。」　→　口《くち》をきかないでゐる。

31頁・上・21　吉《よつ》ちやんも家《うち》へ連《つ》れてこられて　↓　芳《よつ》
ちやんも、家《うち》へ連《つ》れて来《こ》られて
31頁・中・2　お粂《くめ》は　↓　お粂《くめ》は、
31頁・中・3　お金《きん》さんの　↓　おきんさんの、
31頁・中・4　ぢつと見《み》てゐる　↓　見《み》てゐる
31頁・中・4　今日《けふ》は　↓　今日《けふ》は、
31頁・中・6　だと好《い》い　↓　だとい丶
31頁・中・8　結《ゆ》ふのだから――　↓　結《ゆ》ふんだから。
――
31頁・中・9　お金《きん》さん　↓　おきんさん
31頁・中・9　次《つ》ぎも斷《か》う云《い》ふ　↓　次《つぎ》も斷《か》ういふ
31頁・中・12　お金《きん》さんは　↓　おきんさんは、
31頁・中・12　顔《かほ》を、ちよいと突出《つきだ》して鏡《かゞみ》のなかを覗《のぞ》く
様《やう》な　↓　顔《かほ》をちよいと突《つ》き出《だ》して、鏡《かゞみ》の中《なか》を覗《のぞ》くやう
な
31頁・中・14　誰《だれ》かゞ　↓　誰《だれ》か
31頁・中・14　吉《よつ》ちやんかしらと　↓　芳《よつ》ちやんかしら、
――と
31頁・中・15　とんと火鉢《ひばち》の端《ふち》　↓　とんと、火鉢《ひばち》の端《はた》
31頁・中・16　叩《はた》いた音《おと》　↓　叩《たゝ》く音《おと》

31頁・中・16　何《なん》だか自分《じぶん》の背中《せなか》に　↓　自分《じぶん》の背中《せなか》に
31頁・中・17　当《あた》つた様《やう》な気《き》になる心持《こゝろもち》　↓　当《あた》つたや
うな心持《こゝろもち》
31頁・中・18　それから　↓　それから、
31頁・中・18　足袋《たび》の先《さ》きが　↓　足袋《たび》の先《さき》が、
31頁・中・19　冷《つ》めたくなつたり、　↓　冷《つめ》たくなつた
り
31頁・中・20　結《むす》び目《め》が　↓　結《むす》び目《め》が、
31頁・中・20　つかへる様《やう》な工合《ぐあひ》　↓　つかへるやうな、
工合《ぐあひ》
31頁・中・21　感《かん》じがしたりして、　↓　感《かん》じがしたり、
31頁・中・21　お粂《くめ》はぢつと斷《か》うして坐《すわ》つてゐるのが
↓　お粂《くめ》は、ぢつと斷《か》う坐《すわ》つてゐるのが、
31頁・中・22　何所《どこ》と云《い》はれず擽《くすぐ》つたくて　↓　何所《どこ》と
いはず、くすぐつたくて
31頁・中・23　堪《たま》らない気《き》がしてきた　↓　堪《たま》らないや
うな気《き》がして来《き》た
31頁・中・24　それに今日《けふ》はお金《きん》さん　↓　それに、
今日《けふ》は、おきんさん
31頁・中・24　拵《こしら》へるのが　↓　拵《こし》らへるのが、

31頁・下・2　おや。 ↓ おや、
31頁・下・3　と云《い》ふ母親《はゝおや》 ↓ と言《い》ふ母親《はゝおや》
31頁・下・6　優《やさ》しく返事《へんじ》を ↓ やさしく返辞《へんじ》を
31頁・下・6　すると ↓ すると、
31頁・下・8　をぢさんと一所《しよ》に入《はい》つたら。」 ↓ 叔父《をぢ》
さんと一緒《しよ》に入《はい》つたら。――」
31頁・下・10　云《い》ふので ↓ 云《い》ふので、
31頁・下・11　ゐるやうにお粂《くめ》に ↓ ゐるやうに、お
粂《くめ》には
31頁・下・12　鏡《かゞみ》のなかからは ↓ 鏡《かゞみ》の中《なか》には、
31頁・下・13　後付《うしろつき》ばかりが ↓ 後付《うしろつ》きばかりが、
31頁・下・16　お金《きん》さんが鬢掻《びんか》きを ↓ おきんさんが
鬢掻《びんか》きを、
31頁・下・17　付《つ》けると、 ↓ 付《つ》けると
31頁・下・18　漸《や》つとお終《しま》ひに ↓ やつとお了《しま》ひに
31頁・下・20　わきに行《い》つて ↓ 傍《そば》に行《い》つて、
31頁・下・22　ちやんと ↓ ちやあんと、
31頁・下・22　縮緬《ちりめん》 ↓ ちりめん
31頁・下・23　先刻《さつき》 ↓ さつき、
31頁・下・23　吸《す》つたのは ↓ 吸《す》つたのは、

32頁・上・2　廻《まは》りには ↓ まわりには、
32頁・上・2　そうして吉衛《よしゑ》はやつぱり懐《ふとこ》ろ手《で》をした儘《まゝ》
下《した》を向《む》いて坐《すわ》つてゐる ↓ 芳衛《よしゑ》は、やつぱり、ふとこ
ろ手《で》をしたまゝ、黙《だま》つて下《した》を向《む》いてゐる
32頁・上・5　母親《はゝおや》がお金《きん》さんに ↓ 母親《はゝおや》が、おきん
さんに
32頁・上・5　やつてゐる間《あひだ》 ↓ やつてる間《あひだ》
32頁・上・6　評《ひやう》をしてゐる ↓ 評《ひやう》してゐる
32頁・上・7　吉衛《よしゑ》の前《まへ》で ↓ 芳衛《よしゑ》の前《まへ》で、
32頁・上・8　いやで ↓ いやで、
32頁・上・9　内《うち》に ↓ 中《うち》に
32頁・上・10　吉衛《よしゑ》はだまつて ↓ 芳衛《よしゑ》は、ふいと
32頁・上・10　上《あ》がつて ↓ 上《あが》つて
32頁・上・12　「まあ、 ↓ 「まあ
32頁・上・13　わたくしや ↓ わたしは
32頁・上・14　お金《きん》さんが ↓ おきんさんが
32頁・上・16　見《み》て少《すこ》し笑《わら》つた。 ↓ 見《み》ながら、少《すこ》し
笑《わら》つて云《い》つた。
32頁・上・16　お粂《くめ》はまじめな顔《かほ》をして、 ↓ お粂《くめ》は、
まじめな顔《かほ》をして

32頁・上・17　下《した》に落《お》したものをふいと見付《みつ》けた　↓
下《した》に落《お》ちてゐたものを、ふと見付《みつ》けた
32頁・上・18　眼色《まなざし》　↓　眼色《めいろ》
32頁・上・19　火鉢《ひばち》のわきへ　↓　火鉢《ひばち》の側《わき》へ
32頁・上・21　あれの為《ため》に姉《ねえ》さんはしよつちう煩《わづら》つてゐ
るやうなもんだもの。　↓　あれのために、姉《ねえ》さんは、
しよつちう煩《わづら》つてるやうなものなんだもの。
32頁・上・22　又親父《またおやぢ》さん　↓　それにまた、親父《おやぢ》さん
32頁・上・22　一《ひ》と通《とほ》り厳《きび》しいんぢやない　↓　一通《とほ》り
厳《きび》しいぢやない
32頁・中・1　聞《き》いてゐる内《うち》に　↓　聞《き》いてゐる中《うち》に、
32頁・中・1　だん〱　↓　だん〲と
32頁・中・2　心持《こゝろもち》になつてきた　↓　心持《こゝろも》ちになつて
来《き》た
32頁・中・2　吉《よ》つちやん　↓　芳《よつ》ちやん
32頁・中・3　何《なに》をしてゐるんだらうと思《おも》ひながら　↓
何《なに》をしてるんだらう。――と思《おも》ひながら、
32頁・中・4　極《きま》りが悪《わる》いので黙つてゐる。　↓　きま
りが悪《わる》いので、黙つていた。
32頁・中・6　お金《きん》さんは　↓　おきんさんは、

32頁・中・6　吉衛《よしゑ》の事《こと》　↓　芳衛《よしゑ》のこと
32頁・中・7　してゐるけれ共《ども》、　↓　してゐたけれど、
32頁・中・7　母親《はゝおや》はそれぎり　↓　母親《はゝおや》がそれつきり
32頁・中・8　噤《つぐ》んでしまつたので、お金《きん》さん　↓　噤《つぐ》
んだので、おきんさん
32頁・中・9　付《つ》いたやうに　↓　付《つ》いたやうに、
32頁・中・10　母親《はゝおや》はお条《くめ》に、二階《かい》へ行《い》つて　↓　母親《はゝおや》
は、お条《くめ》に二階《かい》へ上《あが》つて
32頁・中・11　云付《いひつ》けた　↓　云《い》ひ付《つ》けた
32頁・中・11　お条《くめ》は袖《そで》をかさね合《あ》はせて　↓　お条《くめ》は、
袖《そで》をかさねあはせて
32頁・中・12　延《の》ばしながら階子段《はしごだん》を　↓　延《の》ばしなが
ら、梯子段《はしごだん》を
32頁・中・14　ところに吉衛《よしゑ》はやつぱり懐《ふとこ》ろ手《で》をした
まゝ　↓　ところに、芳衛《よしゑ》はやつぱり、ふところ手《て》をし
たまゝ、
32頁・中・15　窓《まど》の硝子《がらす》　↓　硝子《がらす》の窓《まど》
32頁・中・16　おいたやうに　↓　置《お》いたやうに、
32頁・中・17　二階《かい》には　↓　二階《かい》には、
32頁・中・18　点《つ》いてゐて、　↓　点《つ》いてゐた。

32頁・中・18　眼《め》張《は》りをいれた　↓　眼《め》張《ば》りを入れた
32頁・中・20　部屋《へや》のうちに　↓　部屋《へや》の中《なか》に
32頁・中・21　お粂《くめ》は　↓　お粂《くめ》は、
32頁・中・22　見上《みあ》げた儘《まゝ》、　↓　見上《みあ》げたまゝ、
32頁・中・22　また下《した》へおりてきた　↓　又下《またした》へおりて来《き》た
32頁・下・1　降《ふ》つてきました　↓　降《ふ》つて来《き》ました
32頁・下・2　女中《ぢよちう》が然《さ》う云《い》ひながら台所《だいどころ》からはいつて来《き》た。母親《はゝおや》はそこに居《い》なかつた。　↓　お粂《くめ》が然《さ》う云《い》つて茶《ちや》の間《ま》を覗《のぞ》くと、母親《はゝおや》は其所《そこ》に居《ゐ》なかつた。

雪ぞら（初出→『誓言』所収）

34頁・上・12　重《かさ》ね合《あ》はせて　↓　重ね合せて
34頁・上・13　悪《わ》るざむひ　↓　悪るざむい
34頁・上・16　のぞく様《やう》にして　↓　のぞく様に
34頁・中・9　初《はじ》めて　↓　始めて
34頁・下・6　どつちも　↓　どちらも
34頁・下・8　道子《みちこ》が　↓　道子は
35頁・上・10　一つづゝ　↓　一人づゝ
35頁・上・19　私《わたし》の為《ため》に　↓　私の為めに
35頁・中・2　如才《じよさい》ない　↓　如才《じよさい》のない
35頁・中・22　道子《みちこ》は　↓　道子には
35頁・下・2　入《い》りのないので　↓　入りのないのでも
35頁・下・21　事《こと》をしずに　↓　事をせずに
36頁・上・5　押《お》し返《かへ》しして、　↓　押し返して、
36頁・中・5　此処まで　↓　此所まで
36頁・中・19　みんなは　↓　みんな
36頁・下・7　思《おも》つて出《で》て下《くだ》さい。　↓　思つて下さい、
37頁・中・5　Eがまた　↓　がまた
37頁・中・18　自分《じぶん》と云《い》ふものが　↓　自分が
37頁・中・18　これらの人《ひと》を　↓　みんなを
37頁・中・19　翻弄《からか》つてゞも　↓　翻弄《からか》つてでも
37頁・中・22　云《い》つてしまへば、　↓　云つてしまへば
38頁・上・7　しまはう　↓　しまはふ
39頁・上・4　出来《でき》ませんよ。　↓　出来ないわ。
39頁・上・11　閃《ひら》めいた。　↓　閃めいた
39頁・中・21　道子《みちこ》の云《い》つた　↓　道子が云つた
39頁・中・22　癪《しやく》にさわり　↓　癪さはり
39頁・下・4　連想《れんさう》　↓　聯想
40頁・上・1　御相談《ごさうだん》　↓　相談

40頁・上・16　うとうとした。　→　うとうととした。
40頁・下・4　そうして　→　さうして（以下省略）
40頁・下・8　何物《なにもの》かと　→　何物かを
41頁・上・11　善後策《ぜんごさく》として、　→　善後策《ぜんごさく》として
41頁・上・16　餓《う》ゑた　→　餓《う》えた
41頁・上・18　瞬間《しゆんかん》に　→　瞬間に、
41頁・下・12　この良人《をつと》ですらも、最初《さいしよ》は「出《で》たらい、。」と云《い》つた人《ひと》であつた。外聞《よそぎ》きの言葉《ことば》ではあるけれども、舞台《ぶたい》へ出《で》る事《こと》に就《つ》いて憤慨《ふんがい》した若《わか》い文学者《ぶんがくしや》の、その心《こころ》には何《なに》があつたのであらう。それは平日《ひごろ》の親《した》しい友人《いうじん》への真実《しんじつ》の他《ほか》には何《なに》もなかつたに違《ちが》ひない。と解《かい》釈《しやく》するならば、自分《じぶん》を劇壇《げきだん》へ引《ひ》き出《だ》さうとして勧《す》めにきたあの親《した》しい会沢文学士《あひざはぶんがくし》は、その真実《しんじつ》を逆《ぎやく》に見《み》た不真実《ふしんじつ》と云《い》はなければならないのだらうか。――　→（削除）

親指の刺（初出→『恋むすめ』所収「拇指の刺」）

76頁・上・1　雨降《あめふ》りの朝《あさ》　→　雨《あめ》のふる朝《あさ》
76頁・上・1　親指《おやゆび》の爪際《つめぎわ》が痛《いた》い　→　拇指《おやゆび》の爪際《つめぎは》の痛《いた》い
76頁・上・2　気《き》が付《つ》いた　→　気《き》がついた
76頁・上・3　膿《うみ》をもつて腫《はれ》て　→　膿《うみ》を持《も》つて腫《は》れて
76頁・上・4　跛《びつこ》をひきながら　→　跛《びつこ》をひきながら、
76頁・上・8　ついた手で　→　付《つ》いた手で、
76頁・上・8　親指《おやゆび》　→　拇指《おやゆび》（以下省略）
76頁・上・9　眺《なが》めてゐたが、　→　眺《なが》めてゐたが。
76頁・上・12　と云《い》つて　→　と言《い》つて、
76頁・上・13　する時《とき》に　→　する時《とき》に、
76頁・上・15　思《おも》ひだした。　→　思《おも》ひ出《だ》した。
76頁・上・16　痛《いた》いか。　→　痛《いた》いかい。
76頁・上・17　ぶら下《さ》げて　→　ぶらさげて
76頁・上・18　身体《からだ》のなかに先《さ》きのとがつた　→　身體《からだ》の中《うち》に、先《さき》の尖《とが》つた
76頁・上・19　刺《さ》さつた事《こと》が　→　刺《さ》さつた事《こと》が、
76頁・中・1　云《い》はれて　→　言《い》はれて、
76頁・中・1　許《ところ》へ　→　所《ところ》へ
76頁・中・2　医者《いしや》の家《うち》は　→　医者《いしや》の家《いへ》は、
76頁・中・3　聖天山《しやうてんやま》　→　聖天山《せうでんやま》
76頁・中・4　糸江《いとゑ》が　→　糸江《いとえ》が、
76頁・中・6　見《み》られた。　→　見《み》えた。
76頁・中・8　川面《かはがら》は　→　川面《かはづら》は、

76頁・中・9　見《み》える程《ほど》　↓　見《み》えるほど
76頁・中・10　家《うち》　↓　家《いへ》
76頁・中・12　彼方此方《あちこち》　↓　彼方此方《あちらこちら》
76頁・中・13　と鳴《な》つてゐた。　↓　と鳴《な》つた。
76頁・中・13　後《うしろ》が濡《ぬ》れて　↓　後《うしろ》が濡《ぬ》れて、
76頁・中・15　と云《い》つた。　↓　と言《い》つた。
76頁・中・16　痛《いた》いから。」　↓　痛《いた》いから。――」
76頁・中・21　診察室《しんさつしつ》　↓　手術室《しゆじゆつしつ》
76頁・中・21　連《つ》れて行《い》つて　↓　連《つ》れて行《い》つて、
76頁・下・1　下《した》に運《はこ》んでくる　↓　前《まへ》へ運《はこ》んで来る
76頁・下・1　糸江《いとゑ》の胸はどきり　↓　糸江《いとえ》はどきり
76頁・下・3　「切《き》るんでせう。」　↓　「切《き》るんですか。」
76頁・下・4　とすると　↓　とすると、
76頁・下・8　笑《わら》つた。　↓　笑《わら》つた。」
76頁・下・10　少《すこ》しの間目《あひだめ》を瞑《つぶ》つて。」　↓　少《すこ》しの間目《まめ》を瞑《つぶ》つて。――」
76頁・下・13　とした時《とき》に、　↓　とした時《とき》、
76頁・下・15　刺戟《しげき》でメスの尖《さ》き　↓　刺戟《しげき》で、メスの尖《さき》
76頁・下・18　肉《にく》の上《うへ》に　↓　肉《にく》の上《うへ》に、
76頁・下・18　掛《か》かるやうな　↓　懸《か》かるやらな
76頁・下・19　井戸《ゐど》の底《そこ》のやうに　↓　井戸《ゐど》のやうに、
76頁・下・22　ゐるのと見《み》えて　↓　ゐると見《み》えて、
76頁・下・23　絨纏《じうたん》の上《うへ》へ　↓　絨氈《じうたん》の上《うへ》へ、
77頁・上・1　見詰《みつ》めてゐるうちに　↓　見《み》つめてゐる中《うち》に、
77頁・上・2　身体《からだ》　↓　身體《からだ》
77頁・上・3　ゆく様《やう》な　↓　行《ゆ》くやうな
77頁・上・7　代診《だいしん》は　↓　代診《だいしん》が
77頁・上・6　自分《じぶん》の仆《たふ》れて　↓　自分《じぶん》の倒《たふ》れて
77頁・上・9　起上《おきあが》つた　↓　起《お》き上《あが》つた
77頁・上・11　恰好《かつかう》をして　↓　恰好《かくかう》をして、
77頁・上・14　云《い》ひながら　↓　言《い》ひながら、
77頁・上・15　けれ共《ども》　↓　けれども
77頁・上・15　起《お》き返《かへ》つた、　↓　起《お》き返《かへ》つた。
77頁・上・17　あてがつた　↓　当《あ》てがつた
77頁・上・19　頭《かしら》を振《ふ》つた　↓　頭《つむり》をふつた
77頁・上・20　見《み》た時《とき》に　↓　見《み》た時《とき》に、
77頁・中・1　染《そ》みた　↓　泌《し》みた
77頁・中・1　見《み》た　↓　みた

77頁・中・4　下《お》りやうとした　↓　降《お》りやうとした
77頁・中・7　薔薇《ばら》の簪《かんざし》　↓　簪《かんざし》
77頁・中・9　入《はい》つてくる　↓　はいつてくる
77頁・中・10　渡《わた》す時《とき》　↓　渡《わた》す時《とき》に、
77頁・中・11　指先《ゆびさ》き　↓　指先《ゆびさき》
77頁・中・11　微《かすか》にふるはした糸江《いとゑ》は　↓　微《かす》かにふる
　はした糸江《いとえ》は、
77頁・中・12　顔《かほ》を上《あ》げずに、　↓　顔《かほ》を上《あ》げずに
77頁・中・14　歩《ある》けますか。　↓　歩《ある》かれますか。
77頁・中・15　又糸江《またいとゑ》の後《うしろ》　↓　また糸江《いとえ》のうしろ
77頁・中・15　かけたけれ共《ども》　↓　かけたけれども、

木乃伊の口紅（初出→『木乃伊の口紅』所収）

80頁・2　薄ひ夕日　↓　薄《うす》い夕日《ゆふひ》
80頁・7　其の　↓　その（以下省略）
80頁・10　其れ　↓　それ（以下省略）
81頁・3　見える　↓　見《み》えた
81頁・4　咬へながら　↓　噛《くは》へながら
81頁・5　座つて　↓　坐《すわ》つて
81頁・13　縮《すく》めてゐる　↓　縮《ちゞ》めてゐる
82頁・3　一所　↓　一緒《しよ》（以下省略）
82頁・7　可愛想　↓　可哀想《かあいそう》
82頁・12　と云ふ　↓　といふ（以下省略）
82頁・12　つながれて　↓　つながれて、
83頁・2　又　↓　また
83頁・5　行つてくるの。　↓　行《い》つてくるの？
83頁・13　来てしまふのに、　↓　来《き》てしまふのに
84頁・5　覚《さと》つて　↓　覚《さと》つて、
84頁・7　忘れなかつた。　↓　忘《わす》られれなかつた。
84頁・14　電車の中で　↓　電車《でんしや》の中《なか》で、
84頁・16　背向けると　↓　背向《そむ》けると、
85頁・2　瞼毛　↓　睫毛《まつげ》
85頁・4　何処《どこ》となく　↓　何所《どこ》となく
85頁・4　哂き笑ひ　↓　囁《さゝや》き笑《わら》ひ
85頁・7　衣嚢　↓　衣兜《かくし》
86頁・2　下駄の跡や、　↓　下駄《げた》の跡《あと》や
86頁・2　帯んだ　↓　帯《おび》た
87頁・5　肩に打つ突けて　↓　肩《かた》に打《ぶ》つ衝《つ》けて
87頁・7　不愉快　↓　不快《ふくわい》
87頁・10　反対して　↓　反《はん》して

88頁・7　思つてるんだ。　↓　思《おも》つてるんだね。
88頁・11　みのるが　↓　みのるは
88頁・14　寄せてゐる　↓　寄《よせ》てゐる
88頁・15　思いがけなかつた　↓　思《おも》ひがけなかつた
88頁・7　思つてるんだ。　↓　思《おも》
89頁・7　暗い人世　↓　暗《くら》い人間《にんげん》
89頁・9　だん〳〵　↓　だん〴〵
89頁・13　咬へ込んでる　↓　噛《くは》へ込《こ》んでる
90頁・4　兎ても　↓　迚《と》ても
90頁・6　毟つて　↓　捩《ちぎ》つて
90頁・12　淋しかつたかい。」　↓　淋《さび》しかつたかい。」
（改行）
91頁・7　別れてしまう　↓　別《わか》れてしまはう
92頁・7　何をするんだ。　↓　何をするんだい。
93頁・4　働けないわ。　↓　働《はたら》けないわ、
93頁・8　これより　↓　それより
94頁・8　歩いて行つた。　↓　歩《ある》いて行《い》つた
95頁・12　逆上した額　↓　逆上《ぎやくじやう》した頬《ほゝ》
96頁・14　離れて、　↓　離《はな》れて
98頁・12　見極めをつけると　↓　見極《みきは》めをつけると、
98頁・13　と思つた。　↓　と思《おも》つた
99頁・2　持つてる　↓　持《も》つてゐる
99頁・3　考へても　↓　考《かんが》へても、
99頁・7　お葬式には　↓　お葬式《さうしき》は
99頁・7　いけないけれど、　↓　いけないけれども、
99頁・10　一所に、　↓　一所《とこ》に
99頁・12　葭簀が濡れ　↓　葭簀《よしず》が湿《ぬ》れ
99頁・14　川水のさゞなみに　↓　川水《かはみづ》のさゞなみに、
100頁・9　格子戸の内は　↓　格子戸《かうしど》の内《うち》に
102頁・7　研ぎ済まされた　↓　研《と》ぎ澄《す》まされた
102頁・13　古るい　↓　古《ふる》い
102頁・14　ばかりはゐられない　↓　ばかりゐられない
103頁・3　離れた。けれども　↓　離《はな》れたけれども、
103頁・4　自分を囲ふ　↓　自分《じぶん》を団《かこ》ふ
103頁・6　みのるの心に、　↓　みのるの心《こゝろ》に
104頁・2　殊に　↓　特《こと》に
105頁・11　面かづら　↓　目《め》かづら
105頁・15　来たらばこれを　↓　来《き》たならばそれを
105頁・16　母親を失つた　↓　母親《はゝおや》を失《うしな》つた
106頁・5　濡れた小犬　↓　湿《ぬ》れた小犬《こいぬ》

106頁・6　目の下一面　↓　目《め》な下《した》一面《めん》
106頁・10　結ひにゆく　↓　結《ゆひ》にゆく
108頁・4　みのる身體　↓　みのるの身體《からだ》
108頁・12　去年の夏　↓　去年《きよねん》つ夏《なつ》
110頁・4　けれ共、　↓　けれども、
110頁・13　私が今まで　↓　私《わたし》か今《いま》まで
111頁・11　佇んでゐた、　↓　佇《たゝず》んでゐた。
111頁・12　伝つてゐた。　↓　伝《つた》はつてゐた。
111頁・13　交ぢつゐる　↓　交《ま》ぢつてゐる
112頁・2　俯向いて　↓　俯向《うつむ》いて、
112頁・2　そうして　↓　さうして（以下省略）
112頁・6　全く男の生活　↓　全《また》男《をとこ》くの生活《せいくわつ》
113頁・3　事の出来る　↓　事《こと》が出来《でき》る
113頁・10　石頭の頭　↓　石塔《せきとう》の頭《あたま》
113頁・10　みのるの方へ　↓　みのるの方《はう》に
113頁・16　向つてかう云つて　↓　向《むか》つてから云《い》つて
114頁・4　狼藉をしてゐる　↓　狼藉《らうぜき》としてゐる
115頁・1　結局《つゞまり》　↓　結局《おち》
115頁・7　其前半　↓　その前半《ぜんはん》
116頁・2　運一とつ　↓　運《うん》一つ
116頁・7　浮いてゐた。　↓　浮《う》いてきた。
116頁・16　遣つ付ける　↓　遣《やつ》付《つ》ける
117頁・10　明かな重荷　↓　明《あき》らかな重荷《おもに》
118頁・5　仆れてゐて　↓　倒《たほ》れてゐて
118頁・6　打ち突けて　↓　打《ぶ》つ突《つ》けて
118頁・10　拭ひながら　↓　拭《ぬぐ》ひながら、
119頁・5　色の褪めた　↓　いろの褪《さ》めた
119頁・6　一とつ〳〵に　↓　一とつ〴〵に
119頁・7　歩き憎くて　↓　歩き難《に》くて
119頁・7　動悸　↓　慟悸《どうき》
119頁・12　敷台　↓　式台《しきだい》
119頁・13　奥へ　↓　奥《おく》に
120頁・5　持つてるのみのる名刺　↓　持《も》つてるみのるの名刺《めいし》
121頁・9　横に入ると　↓　横《よこ》に入《はい》ると、
121頁・10　見世物小屋　↓　見ゐ物《みせもの》小屋《ごや》
121頁・11　覗くと　↓　覗《のぞ》くと、
121頁・11　浄瑠璃　↓　浄瑠理《じやうるり》
121頁・11　語つてゐる　↓　語《かた》つて世る
122頁・6　葭簀　↓　葭簀《よしず》

122頁・9　絶へず　↓　絶えず
123頁・6　技量　↓　技倆《ぎりやう》
123頁・14　みる　↓　みのる
124頁・1　いけないの。」　↓　いけないの？」
124頁・3　呑んでゐた　↓　のんでゐた
124頁・3　其の前　↓　その前《まへ》
124頁・9　然かも　↓　而《し》かも
124頁・9　技芸の拙い　↓　技芸《ぎげい》に拙《つたな》い
124頁・10　屈辱であつた。　↓　屈辱《くつじよく》だつた。
124頁・14　いゝぢないか　↓　いゝぢやないか
125頁・2　行田さんが　↓　行田《ゆきだ》さんが、
125頁・2　ステージマネヂヤ　↓　ステージマネジヤ
125頁・8　使はない」　↓　使《つか》はない
125頁・11　船であつた。　↓　船《ふね》であつた。」
126頁・4　屈服　↓　屈服《くつじよく》
126頁・9　見据へてる　↓　見据《みす》えてる
126頁・11　出ないからな、　↓　出《で》ないからな
128頁・2　瞼毛の長い　↓　睫毛《まつげ》の長《なが》い
128頁・2　愛敬に富んだ　↓　愛嬌《あいけう》に富《と》んだ
128頁・4　三四人　↓　二三人《にん》

128頁・4　けれ共　↓　けれども
129頁・10　てん〳〵ばら〳〵　↓　てん〴〵ばら〳〵
130頁・14　現れてゐた。　↓　現《あら》はれてゐた。
131頁・5　ちり〳〵して　↓　ぢり〳〵して
133頁・5　といふなら　↓　といふなら、
133頁・9　あれだけ　↓　これだけ
133頁・11　あて、　↓　あて、
134頁・5　あつたけれども、　↓　あつた。けれども
134頁・7　譏つた　↓　誹《そし》つた
134頁・13　譏笑　↓　誹笑《そしり》
135頁・1　歩いて来た。　↓　歩《あ》るいて来《き》た。
135頁・3　この時ほど　↓　此時程《このときほど》
135頁・3　この演劇　↓　此演劇《このえんげき》
135頁・8　場所にゐても、　↓　場所《ばしよ》にゐても
135頁・11　突つ放そうと　↓　突《つ》つ放《ぱな》さうと
135頁・11　興奮　↓　昂奮《こうふん》
135頁・14　生命を絞り〳〵してる　↓　生命《いのち》の血《ち》を絞《しぼ》り〳〵してる
135頁・15　遠く悲しい　↓　遠《とほ》い悲《かな》しい
135頁・16　譏笑　↓　誹笑《ひせう》

135頁・16　燃える　→　燃《もえ》る
136頁・2　持つてゐる　→　持《もつ》てゐる
136頁・11　これを　→　それを
136頁・13　てんでんの　→　てん〴〵の
136頁・13　しつかりした基　→　しつかりした基礎《もとゐ》
137頁・1　手から放れて、　→　手《て》から放《はな》れて
138頁・1　持ちたて　→　持《もち》たて
138頁・2　心を据へて　→　心《こゝろ》を据《す》えて
138頁・3　荒涼《すさま》しく　→　荒《すさま》しく
138頁・12　人並みな生活　→　人並《ひとなみ》な生　活《せいくわつ》
138頁・14　禍ひをしてゐる　→　禍《わざは》ひをしてやる
139頁・5　光りは　→　光《ひか》りは、
139頁・10　追つてゐたかつた。　→　追《お》つてゐなかつた。
139頁・10　自分の手には　→　自分《じぶん》の手《て》に
139頁・12　別れると云ふ事　→　別《わか》れるといふこと
141頁・5　あたつたのかしら。」　→　あつたのかしら。」
141頁・7　癌腫の腫物の様に　→　癌腫《がんしゆ》の様《やう》に
141頁・13　みのるも　→「みのるも
142頁・10　小説の大家　→　小説《せうせつ》のある大家《たいか》
142頁・11　講師をしてゐる人　→　講師《かうし》をしのゐる人《ひと》

143頁・4　その人は　→　其人《そのひと》は
143頁・4　さうして　→　然《さう》して
143頁・4　してくれた。　→　してくれた。た。
144頁・2　譏笑　→　誹笑《ひせう》
144頁・6　繰り返さなければ　→　くり返《かへ》さなければ
144頁・8　空間を突く　→　空間《くうかん》を衝《つ》く
144頁・9　けれ共、　→　けれども、
144頁・9　と云ふ事が、　→　と云《い》ふ事《こと》が
144頁・14　力になつてきた。　→　力《ちから》によつてきた。
145頁・9　然うした自覚　→　然《さ》うして自覚《じかく》
146頁・3　蓑村文学士に　→　蓑村文学士《みのぢらぶんがくし》の
146頁・12　文学士は　→　文学士《ぶんがくし》に
146頁・14　だそうであつた。　→　ださうであつた。
147頁・9　小さく座つて　→　小《ちい》さく坐《すわ》つて
147頁・15　引き張つて　→　引《ひ》つ張《ぱ》つて
148頁・3　夜る　→　夜《よる》

揺籃（初出→『恋むすめ』所収）

156頁・2　平常着《ふだんぎ》を　→　平常着《ふだんぎ》を、
156頁・3　弄《いぢ》つてゐるうちに　→　弄《いぢ》つてゐるうちに、

156頁・4　ゐられない様《やう》な　↓　ゐられない様《やう》な、
156頁・5　其《そ》れに　↓　それへ
156頁・7　潤《うる》んだ眼《め》　↓　潤《うる》んだ眼《め》、
156頁・7　其《そ》の　↓　その（以下省略）
156頁・7　溶《とろ》け込《こ》まして　↓　溶《とろ》け込《こ》まして、
156頁・8　輝《かゞや》いてる眼《め》　↓　輝《かゞや》いてる眼《め》、
156頁・10　縁《えん》の椅子《いす》　↓　椽《えん》の椅子《いす》
156頁・10　隣家《りんか》　↓　隣家《となり》
157頁・1　冷《つ》めたく　↓　冷《つ》めたく、
157頁・1　光《ひか》つては散《ち》り　↓　光《ひか》つては散《ち》り、
157頁・2　聞《きこ》える、　↓　聞《きこ》える。
157頁・2　行《い》つて見《み》よう　↓　行《い》つてみよう
157頁・2　居《ゐ》ない間《あひだ》は　↓　居《ゐ》ない間《あひだ》は、
157頁・3　叔父《をぢ》の傍《そば》には　↓　叔父《をぢ》の傍《そば》へは、
157頁・3　いつでも　↓　いつも
157頁・3　居《い》なくなると　↓　居《い》なくなると、
157頁・4　としてゐる　↓　としてゐる。
157頁・5　取《と》り巻《ま》かれて　↓　取《と》り巻《ま》かれて、
157頁・6　自分自分《じぶんじゝん》　↓　自分自身《じぶんじしん》
157頁・8　おかれると　↓　おかれると、

157頁・9　ある事実《じじつ》が　↓　ある事実《じじつ》が、
157頁・11　真《ま》つ闇《くら》に　↓　真闇《まつくら》に
157頁・12　書《か》かうと思《おも》つて　↓　書《か》かうかと思《おも》つて
157頁・14　其《そ》れ　↓　それ（以下省略）
157頁・15　薄桃《うすもゝ》いろ　↓　薄桃色《うすもゝいろ》
157頁・15　小蝶《こてふ》がもつれて　↓　小蝶《こてふ》がもつれて、
157頁・15　ひら〳〵する　↓　ひら〳〵とする
157頁・16　送《おく》り度《た》い　↓　送《おく》つて見《み》たい
157頁・16　語《かた》らうと　↓　語《かた》らはうと
158頁・2　思《おも》つてゐるのに　↓　思《おも》つてゐるのに、
158頁・2　何《ど》うして　↓　どうして
158頁・4　ふつと　↓　ふと、
158頁・4　恋仲《こひなか》でゐる頃《ころ》に　↓　恋仲《こひなか》でゐた頃《ころ》に、
158頁・5　衣嚢《かくし》　↓　衣兜《かくし》
158頁・5　姉《あね》　↓　姉《あね》
158頁・7　だつたけれども　↓　だつたけれども、
158頁・13　触《ふ》れる心地《こゝち》で　↓　触《ふ》れる心地《こゝち》で、
158頁・13　臥床《ねどこ》に入《はひ》れば　↓　臥床《ねどこ》に入《はひ》れば、
159頁・1　まだ　↓　未《ま》だ
159頁・1　一番親《いちばんした》しい友達《ともだち》に　↓　一番親《ばんした》しい友達《ともだち》に、

159頁・2　米子《よねこ》の事《こと》を　→　米子《よねこ》の事《こと》を、
159頁・2　さうして　→　さうして、
159頁・3　今度《こんど》… 逢《あ》はせてね。→「今度《こんど》… 逢《あ》はせてね。」
159頁・8　引摺《ひきず》つてる　→　引摺《ひきずつ》てる
159頁・8　砂利《じやり》の上《うへ》まで　→　砂利《じやり》の上《うへ》まで、
159頁・9　驚《おどろ》かされて　→　驚《おどろ》かされて、
159頁・10　運動場《うんどうば》　→　運動場《うんどうば》
159頁・11　蹲踞《うづくま》つてゐるのが　→　蹲踞《うづくま》つてゐるのが、
159頁・11　あるやうに　→　あるかのやうに
159頁・13　心《こゝろ》の調子《てうし》で　→　心《こころ》の調子《てうし》で、
159頁・13　真《ま》つ赤《か》に　→　真赤《まつか》に
159頁・16　綺麗《きれい》に巻紙《まきがみ》を　→　綺麗《きれい》な巻紙《まきがみ》を
159頁・16　拾《ひろ》ひ取《と》つて　→　拾《ひろ》ひ取《と》つて、
160頁・2　「……　→　「――
160頁・2　……」　→　――」
160頁・3　手紙《てがみ》の中《なか》の　→　手紙《てがみ》の中《なか》の、
160頁・3　こゝだけが、　→　こゝだけが
160頁・4　事《こと》を思《おも》つた、　→　事《こと》を思《おも》つた。
160頁・4　書《か》かうとして、　→　書《か》かうとして
160頁・4　書《か》き出《だ》さうかと思《おも》つて　→　書《か》き出《だ》そうかと思《おも》つて、
160頁・6　あたゝかい慈愛《じあい》を思《おも》ふと　→　あたたかい慈《じ》愛《あい》を思《おも》ふと、
160頁・8　心《こゝろ》を真《まこと》から　→　心《こゝろ》を真《しん》から
160頁・10　せよと云《い》ふ他《ほか》　→　せよとの他《ほか》
160頁・11　云《い》はなかつた、　→　云《い》はなかつた。
160頁・11　よこして呉《く》れた　→　よこしてくれた
160頁・11　父《ちゝ》の手紙《てがみ》にも長寿《ちやうじゆ》の事《こと》　→　手紙《てがみ》の中《なか》にも、只長寿《たゞちやうじゆ》の事《こと》
160頁・11　祈《いの》つてあつた、　→　祈《いの》つてあつた。
160頁・12　我《わ》が儘《まゝ》は出来《でき》ない、　→　我儘《わがまゝ》は出来《でき》ない。
160頁・12　喜《よろこ》ばしさうに　→　喜《よろこ》ばしそうに
160頁・14　参《まゐ》りましてから　→　参《まゐ》りましてから、
160頁・16　書《か》き出《だ》して　→　書《か》き出《だ》して、
160頁・16　小《ちひ》さい姉《あね》　→　小《ちひ》さい妹《いもうと》
161頁・1　かと思《おも》ふと、　→　かと思《おも》ふと
161頁・3　あの事実《じゞつ》の為《ため》に　→　ある事実《じじつ》のために、
161頁・4　まだ解《と》けずに　→　解《と》けずに
161頁・4　言葉《ことば》なぞは　→　言葉《ことば》なぞは、

161頁・5　取《と》らうとすれば　↓　取《と》らうとすれば、
161頁・6　悲《かな》しくて泣《な》けば　↓　悲《かな》しくて泣《な》けば、
161頁・6　執《と》り成《な》しでもする時《とき》には　↓　取《と》り成《な》しでもしようとすれば、
161頁・8　もの丶やうに　↓　ものやうに
161頁・10　と云《い》ふ　↓　といふ（以下省略）
161頁・10　上《あ》けてしまつた、　↓　上《あ》げてしまつた。
161頁・11　刑罰《けいばつ》の中《うち》で、　↓　刑罰《けいばつ》の中《うち》に、
161頁・12　送《おく》りながら　↓　送《おく》りながら、
161頁・12　どの日《ひ》にも　↓　どの日《ひ》にも、
161頁・13　弟《おとうと》や妹《いもうと》は　↓　弟《おとうと》や妹《いもうと》は、
161頁・13　立寄《たちよ》らうとも　↓　立寄《たちよ》らうとは
161頁・15　恋《こひ》しい、　↓　恋《こひ》しい。
161頁・15　書《か》かせて　↓　書《か》かせて、
161頁・16　送《おく》つてくる　↓　送《おく》つてくれる
162頁・1　印《いん》したやうで　↓　印《いん》したやうで、
162頁・2　丁度叔父《ちやうどをぢ》が　↓　丁度《ちやうど》、叔父《をぢ》が
162頁・3　行《ゆ》くと云《い》つて　↓　行《ゆ》くと云《い》つて、
162頁・5　叔父《をぢ》が云《い》ふと　↓　叔父《をぢ》が云《い》ふと、
162頁・5　と云《い》ふ様《やう》に　↓　と云《い》ふ様《やう》に、
162頁・11　若葉《わかば》を挘《むし》つて　↓　若葉《わかば》をむしつて
162頁・13　咲《さ》きこぼれた　↓　咲《さ》き零《こぼ》れた
163頁・1　米子《よねこ》はふざけて　↓　米子《よねこ》はふざけて、
163頁・1　抱《だ》いたりした　↓　抱《だ》きしめたりした
163頁・1　柔《やは》らかな米子《よねこ》　↓　柔《やは》らかい米子《よねこ》
163頁・2　苦《くる》しがつた。　↓　くるしがつた。
163頁・3　寂《さみ》しくつて〱　↓　寂《さみ》しくつて〱、
163頁・7　彼方此方《あちこち》の中《なか》で　↓　彼方彼方《あちこち》の中《うち》で、
163頁・9　どよめきが　↓　どよめきが、
163頁・9　印象《いんしやう》の中《なか》に　↓　印象《いんしやう》の中《なか》に、
163頁・9　輪郭《りんくわく》をこしらへて、　↓　輪廓《りんくわく》をこしらへて
163頁・10　梅幸《ばいかう》を　↓　梅幸《ばいかう》を、
163頁・10　見《み》ても、　↓　見《み》ても
164頁・2　あるたけを　↓　あるだけを
164頁・7　運命《うんめい》だと思《おも》つて　↓　運命《うんめい》だと思《おも》つて、
164頁・8　弾《はつ》みのない　↓　弾《はつ》みのない、
164頁・10　事《こと》もない　↓　事《こと》はない
164頁・15　話《はなし》をしてる間《ま》にも　↓　話《はなし》をしてゐる間《ま》に、
164頁・15　悪《わる》い…見《み》せる↓「悪《わる》い…見《み》せる。」
164頁・16　恐《おそろ》しいほどの、　↓　恐《おそろ》しいほどの

165頁・1　身悌《みぶる》ひが出《で》た、　→　身悌《みぶる》ひが出《で》た。
165頁・1　ない為《ため》に　→　ない為《ため》に、
165頁・3　駄目《だめ》なのよ。叔母《をば》さん。　→　駄目《だめ》なのよ叔母《をば》さん。
165頁・3　なんて云《い》つたら　→　なんて云《い》つたら、
165頁・4　なつたと云《い》つたら　→　なつたと云《い》つたら、
165頁・8　米子《よねこ》が云《い》ふと　→　米子《よねこ》が云《い》ふと、
165頁・11　おしろいの瓶《びん》や　→　おしろいの瓶《びん》や、
165頁・12　あるやうに、懐《なつか》しまれた　→　あるやうに懐《なつ》かしまれた
166頁・1　米子《よねこ》は　→　米子《よねこ》は、
166頁・5　ですからね、　→　ですからね。
166頁・5　もし　→　若《も》し
166頁・9　話《はなし》をした　→　話《はな》した
166頁・13　湯の帰《かへ》り　→　湯の帰途《ゆかへり》
166頁・14　だと云《い》つて、　→　だといつて
166頁・14　行《い》つた事《こと》もあつた　→　行《い》つたりした
167頁・3　歩《ある》いた、　→　歩《ある》いた。
167頁・3　持《も》たせようとするやうに　→　持《も》たせやうとするやうに、
167頁・4　木《き》の葉《は》の色《いろ》　→　木《き》の葉《は》の色彩《いろ》
167頁・5　遮《さへぎ》りながら、　→　遮《よ》けながら、
167頁・6　若《わか》い魂《たましひ》を　→　若《わか》い魂《たましひ》を、
167頁・8　相対《あひたい》してゐても　→　相対《あひたい》してゐても、
167頁・8　打《ぶ》つ衝《つ》かり　→　打衝《ぶつ》かり
167頁・8　直《す》ぐに　→　直《す》ぐ
167頁・12　持《も》ち腐《くさ》れだね、　→　持《も》ち腐《ぐさ》れだわ。
167頁・12　ごらんなさい。　→　ごらんなさい、
167頁・13　出来上《できあが》るわ。　→　出来上《できあが》る。
167頁・14　斯《か》う云《い》つて　→　斯《か》う云《い》つて、
167頁・14　仲好《なかよ》く暮《くら》して、　→　仲好《なかよ》く暮《くら》して
168頁・3　気《き》がして、　→　気《き》がして
168頁・3　与《あた》へてもやり度《た》いやうに　→　与《あた》へてやり度《た》いやうな
168頁・4　人《ひと》を　→　人《ひと》を、
168頁・4　かと思《おも》ふと　→　かと思《おも》ふと、
168頁・6　だけれ共《ども》　→　だけれども
168頁・8　遠《とほ》ざける為《ため》に　→　遠《とほ》ざける為《ため》に、
168頁・14　頼《たの》んだ時《とき》に、　→　頼《たの》んだ時《とき》に
168頁・15　連中《れんぢう》だから　→　連中《れんぢう》だから、

168頁・15　碌《ろく》な事《こと》を　↓　碌《ろく》な事《こと》は
169頁・2　父親《ちゝおや》は　↓　父親《ちゝおや》は、
169頁・2　なつてゐないのに　↓　なつてゐないのに、
169頁・3　強《し》ひて自分《じぶん》から弟夫婦《おとうとふうふ》　↓　強《しひ》て自分《じぶん》から
義弟夫婦《おとうとふうふ》
169頁・3　別《わか》れてくる時《とき》　↓　別《わか》れてくる時《とき》、
169頁・4　行《い》つたけれ共《ども》　↓　行《い》つたけれども
169頁・5　家《いへ》へ来《き》て、　↓　家《いへ》へ来《き》たのだ。
169頁・5　房子《ふさこ》は　↓　お蔭《かげ》で房子《ふさこ》は
169頁・10　縁側《えんがは》　↓　椽側《えんがは》
169頁・13　上《あ》げた――」　↓　上《あ》げた。――」（改行）
169頁・13　斯《か》う云《い》つて　↓　斯《か》う云《い》つて、
169頁・13　厭《いと》ふさうな　↓　厭《いと》ふやうな
170頁・3　僅《わづか》な驚《おどろ》き　↓　僅《わづ》かな驚《おどろ》き
170頁・3　動《うご》いてゐた　↓　動《うご》いた
170頁・3　見合《みあ》つてる　↓　見合《みあせ》せてる
170頁・4　笑《わら》ひを漏《もら》して　↓　笑《わら》ひを漏《もら》して、
170頁・4　それぎり　↓　それきり
170頁・5　だけれども　↓　だけれども、
170頁・9　ほんたうに　↓　ほんとうに
170頁・10　叔母《をば》の後《うしろ》へ、　↓　叔母《をば》の後《うしろ》へ
170頁・12　輪郭《りんくわく》　↓　輪廓《りんくわく》
171頁・6　煩《わづら》はされずに　↓　煩《わづら》はされずに、
171頁・7　流《なが》れてゐる　↓　流《なが》れてる
171頁・8　飛《と》んでゐさうな　↓　飛《と》んでゐさうな、
171頁・9　此処《こゝ》にゐて　↓　此処《こゝ》に居《い》て
171頁・9　此家《こゝ》にゐて　↓　此家《こゝ》に居《い》て
171頁・9　暮《くら》すとなれば　↓　暮《くら》すとなれば、
172頁・1　だしたのだから　↓　だしたのだから、
172頁・1　しちまつて。」　↓　しちまつて。――」
172頁・2　「だつて――」　↓　「だつて、――
172頁・3　娘《むすめ》の間《あひだ》を　↓　娘《むすめ》の間《あひだ》を、
172頁・4　逢《あ》つてゐる――　↓　逢《あ》つてゐる、――
172頁・6　男《をとこ》の人《ひと》と　↓　男《をとこ》の人《ひと》と、
172頁・6　なんでもなかつたの。　↓　何《なん》でもなかつた
の？。
172頁・7　けれ共《ども》　↓　けれども
172頁・7　私《わたし》は別《べつ》に　↓　私《わたし》は別《べつ》に、
172頁・9　姉《あね》　↓　義姉《あね》
172頁・13　してる事《こと》は　↓　してる事《こと》は、

172頁・15　自分《じぶん》の生活《せいくわつ》だけの事《こと》は　↓　けれども自分《じぶん》の生活《せいくわつ》だけの事《こと》は、
173頁・3　弟妹《きやうだい》たちが　↓　弟妹《きやうだい》たちが、
173頁・5　道徳問題《だうとくもんだい》の為《ため》に　↓　道徳問題《だうとくもんだい》の為《ため》に、
173頁・6　でなくつても　↓　でなくつても、
173頁・8　房子《ふさこ》は　↓　房子《ふさこ》には
173頁・10　回復《くわいふく》をしやうと、　↓　回復《くわいふく》をしやうと
173頁・11　うなづくだけで　↓　うなづくだけで、
173頁・14　読《よ》んだ米子《よねこ》は　↓　読《よ》んだ米子《よねこ》は、
174頁・1　時《とき》が来《き》た。　↓　時《とき》が来《き》た、
174頁・2　房子《ふさこ》を起《おこ》して　↓　房子《ふさこ》を起《おこ》して、
174頁・4　腹這《はらば》ひになつて　↓　腹這《はらば》ひになつて、
174頁・7　ゐることにして　↓　ゐることにして、
174頁・7　ぢやないか、　↓　ぢやないか。
174頁・11　米子《よねこ》は、　↓　米子《よねこ》は
174頁・11　宿《とま》つてゆく様《やう》に　↓　宿《とま》つてゆくやうに
175頁・1　想像《さう〴〵》した事《こと》を　↓　想像《さう〴〵》した事《こと》を、
175頁・4　突《つ》き放《はな》す　↓　突放《つきはな》す
175頁・4　直《す》ぐに　↓　又直《またす》ぐに
175頁・4　それに乗《の》つて　↓　それに乗《の》つて、
175頁・5　云《い》ひ付《つ》けて　↓　いひ付《つ》けて
175頁・8　鼻《はな》たゝき　↓　鼻《はな》たゝき、
175頁・11　誓古《けいこ》をしますよ。　↓　稽古《けいこ》をしますよ、
176頁・3　してくれたのは　↓　してくれたのは、
176頁・5　心《こゝろ》の中《うち》で　↓　心《こゝろ》の中《うち》で、
176頁・6　真《ま》つ黒《くろ》な雲《くも》　↓　真黒《まつくろ》な雲《くも》

山吹の花（初出↓『山吹の花』所収）

177頁・上・10　座《すは》つてる　↓　坐つてる（以下省略）
177頁・下・4　辷《すべ》り落《お》ちそうな　↓　辷り落ちさうな
（以下省略）
177頁・下・4　兎《と》見《み》角《か》う見《み》する　↓　兎角う見する
177頁・下・7　そうして　↓　さうして（以下省略）
177頁・下・9　黄色《きいろ》な光《ひか》り　↓　黒色な光り
179頁・上・22　しまいました。　↓　しまひました。
180頁・上・18　取《と》つて貰《もら》いたい　↓　取つて貰ひたい
180頁・下・12　吸《す》いました　↓　吸ひました
182頁・上・3　ざああと云ふ音《おと》　↓　ざあと云ふ音
182頁・上・5　云《い》い合《あ》ひながら　↓　云ひ合ひながら
182頁・下・6　あたこかい湯気《ゆげ》　↓　あつたかい湯気

182頁・下・9　熱《あつ》ひ　↓　熱い

緑の朝（初出↓『木乃伊の口紅』所収）

183頁・3　光線《くわうせん》に干《ほ》されて、↓　光線《くわうせん》に干《ほ》されて
183頁・3　乾《かわ》いてゆく　↓　乾《かを》いてゆく
183頁・6　黒《くろ》ずんでしまつて　↓　黒《くろ》ずんでしまつて、
183頁・7　重《かさ》なり合《あ》ひ　↓　重《かさ》なり合《あ》び
183頁・7　こんもりと　↓　こんもり
184頁・1　其《そ》の　↓　その（以下省略）
184頁・1　と云《い》ふ　↓　といふ（以下省略）
184頁・3　射《さ》し込《こ》んでゐます。　↓　射《さ》し込《こ》ませてゐます。
184頁・7　あたりから　↓　あたりから、
184頁・9　動悸《どうき》　↓　慟悸《どうき》
185頁・4　浸《した》りながら　↓　浸《ひた》りながら
185頁・6　友子《いうこ》は今朝《けさ》　↓　友子《いうこ》の今朝《けさ》
185頁・9　病気《びやうき》の事《こと》　↓　病気《びやうき》のこと
185頁・9　知《し》らさない内《うち》に　↓　知《し》らさない中《うち》に
185頁・9　と思《おも》ふと友子《いうこ》は、↓　と思《おも》ふと、友子《いうこ》は
185頁・14　忠言《ちうげん》　↓　忠告《ちうこく》
186頁・8　医師《いし》が　↓　医師《いし》は
186頁・11　心《こゝろ》の魘《おび》え　↓　心《こゝろ》の慄《おび》え
118頁・7　事《こと》を忘《わす》れない　↓　事《こと》は忘《わす》れない
187頁・12　この頃《ごろ》になく、↓　この頃《ごろ》になく
187頁・2　『Tは　↓　「Tは（以下省略）
188頁・12　色《いろ》で綺麗《きれい》だわ。↓　色《いろ》が綺麗《きれい》だわ。」
188頁・13　自分《じぶん》も蹲踞《しやが》んで　↓　自分《じぶん》が蹲踞《しやが》んで
189頁・3　美人草《びじんさう》　↓　虞美人草《ごびじんさう》
189頁・5　懐中《ふところ》のなかに　↓　懐《ふところ》のなかに
190頁・2　胸《むね》の動悸《どうき》　↓　胸《むね》の慟悸《どうき》
190頁・11　思《おも》ひながら、↓　思《おも》ひながら
190頁・12　場所《ばしよ》　↓　場所《ばしよ》
191頁・5　行《ゆ》く事《こと》を　↓　行《ゆ》くことを
191頁・6　さうして　↓　さうして、
191頁・8　金色《きんいろ》　↓　金色《こんじき》
191頁・13　出《で》たこと　↓　出たと
192頁・6　けれ共《ども》　↓　けれども
192頁・14　呼吸《こきふ》の戦《おのゝ》える　↓　呼吸《こきふ》の戦《ふる》える
193頁・2　垣根《かきね》に沿《そ》ふて　↓　垣根《かきね》に沿《そ》つて

嫁ぐまで（初出→『恋むすめ』所収）

229頁・上・1　娘《むすめ》の姿《すがた》を　→　娘《むすめ》の姿《すがた》を、
229頁・上・2　秘蔵《ひぞう》な影像《ちやうぞう》に　→　秘蔵《ひぞう》の影像《ちやうぞう》に
229頁・上・3　とする様《やう》に　→　とする様《やう》に、
229頁・上・5　離《はな》れる時《とき》は、　→　離《はな》れる時《とき》は
229頁・上・5　心《こころ》の中《なか》に　→　心《こころ》の中《うち》に（以下省略）
229頁・上・6　忍《しの》び込《こ》んでゝも　→　忍《しの》び込《こ》んでゞも
229頁・下・5　軽《かる》く袴《はかま》のない　→　軽《かる》く、袴《はかま》のない
229頁・下・10　事《こと》　→　と（以下省略）
229頁・下・11　出来《でき》ない様《やう》な　→　出来《でき》ないやうな、
229頁・下・18　はしやいだ　→　はしやいだ
230頁・上・5　しまいました。　→　しまひました。
230頁・上・6　家《いへ》に　→　家《うち》に（以下省略）
230頁・上・12　するのでした、　→　するのでした。
230頁・上・16　一所《しよ》　→　一緒《しよ》（以下省略）
230頁・上・17　ゐたいんです、　→　ゐたいんです。
230頁・下・9　済《す》ましてゐる　→　澄《す》ましてゐる
230頁・下・11　展《ひろ》げられた、　→　展《ひろ》げられた
230頁・下・12　料理法　→　料理法、
230頁・下・15　其《そ》れ　→　それ（以下省略）
231頁・上・2　あるのです、　→　あるのです。
231頁・上・4　ゐるのです。　→　ゐるのです）
231頁・上・5　縫《ぬ》つては暮《く》らし縫《ぬ》つては暮《く》らしてゐる　→　縫《ぬ》つては暮《くら》し、縫《ぬ》つては暮《くら》しゝてゐる
231頁・上・9　無《な》いのでした。　→　ないのでした。
231頁・上・10　夜《よ》るは　→　夜《よ》は
231頁・上・12　ならない晩《ばん》でした。　→　ならないのでした。
231頁・上・14　友達《ともだち》に別《わか》れて　→　友達《ともだち》に別《わか》れて、
231頁・上・15　一とつ　→　一つ（以下省略）
231頁・上・15　包《つゝ》まれてるこの頃《ごろ》は　→　抱《だ》かれてゐるこの頃《ごろ》は、
231頁・上・17　出《だ》した事《こと》がない、　→　出《だ》し得《え》ないのでした。
231頁・下・7　歌《うた》が絶《た》へず　→　歌《うた》が絶《た》えず
231頁・下・8　奏《さう》されてゐる　→　奏《うた》はれてゐる
231頁・下・10　注《そゝ》がれるのです。　→　注《そゝ》がれるのでした。
231頁・下・11　然《さ》うした　→　然《さ》うして
231頁・下・12　圧しつけるのです、　→　圧しつけるの

です。
231頁・下・15　被《かぶ》せられた様《やう》に　↓　被《かぶ》せられたやうに
231頁・下・17　ですけれども　↓　ですけれども、
232頁・上・3　心《こゝろ》が絶《た》へず　↓　心《こゝろ》が絶《た》えず
232頁・上・5　眼《め》だけて　↓　眼《め》だけで
232頁・上・10　ゐるのです、　↓　ゐるのです。
232頁・上・11　働《はたら》かそうと　↓　働《はたら》かさうと
232頁・上・18　注意力《ちういりよく》が　↓　注意力《ちういりよく》が、
232頁・下・1　注意力《ちういりよく》になつて　↓　注意力《ちういりよく》になつて、
232頁・下・4　すべてを頼母《たのも》しく、　↓　すべてを、頼《たの》
母《も》しく
232頁・下・8　と云《い》ふ様《やう》な懸念《けねん》から　↓　と云《い》ふやうな
懸念《けねん》から、
232頁・下・8　大概《たいがい》は、　↓　大概《たいがい》は
232頁・下・10　母《はは》は自分《じぶん》の　↓　母《はは》は自身《じぶん》の
232頁・下・15　一点《てん》に其《そ》の娘《むすめ》　↓　一点《てん》に、その娘《むすめ》
233頁・上・1　其《そ》の　↓　その（以下省略）
233頁・上・2　行《ゆ》くべき筈《はず》のものが　↓　行《ゆ》くべき筈《はず》の
ものが、
233頁・上・8　前後《ぜんご》の、　↓　前後《ぜんご》の
233頁・上・10　云《い》ひ度《た》い　↓　云《い》ひたい
233頁・上・11　と云《い》ふ　↓　といふ（以下省略）
233頁・上・11　遠慮勝《えんりよが》ちに　↓　遠慮勝《えんりよが》ちな
233頁・上・16　時日《じじつ》を　↓　時日《じじつ》が
233頁・下・1　こないやうな　↓　こないやうな、
233頁・下・3　殊《こと》に　↓　特《こと》に
233頁・下・7　云《い》つて小枝子《さえこ》には　↓　云《い》つても小枝子《さえこ》
には、
233頁・下・8　自身《じしん》にも　↓　自身《じしん》に
233頁・下・9　暮《く》らして　↓　暮《くら》して
233頁・下・17　なさるのですよ、　↓　なさるのですよ。
234頁・上・1　仰有《おつしや》るの、　↓　仰有《おつしや》るの。
234頁・上・3　仰有《おつしや》らなかつた　↓　仰有《おつしや》らなつた
234頁・上・3　お小言《こごと》なの、　↓　お小言《こごと》なの。
234頁・上・4　きつと　↓　きつと。
234頁・上・5　悪《わ》るい　↓　悪《わる》い（以下省略）
234頁・上・5　行《ゆ》くので、　↓　行《ゆ》くので
234頁・上・6　と思《おも》ふの、　↓　と思《おも》ふわ。けれども
234頁・上・7　考《かんが》へませんのよ、ですから、　↓　考《かんが》へ
ませんのよ。——

234頁・上・8　ありませんの、↓ありませんの。
234頁・上・9　ですから、↓ですから。
234頁・上・9　起《おこ》つてしまふわ、↓起《おこ》つてしまふわ。
234頁・上・10　出《で》られませんのよ、↓出《で》られませんのよ。
234頁・上・10　ですつて、↓ですつて。
234頁・上・10　しませんのよ、↓しませんのよ。
234頁・上・12　ですわね、↓ですわね。
234頁・上・14　いらつしつたりなさるのに↓いらしつたりなさるのに、
234頁・上・15　ですね。兄《にい》さん、↓ですわね、兄《にい》さん。
234頁・上・16　家《いへ》にばかりゐて——』↓家《うち》にばかりゐては。——」
234頁・上・18　しはしないかと↓しはしないかと、
234頁・下・3　言葉《ことば》だらう、↓言葉《ことば》だらう。
234頁・下・3　受《う》けなければならない、↓受《う》けなければならない
234頁・下・4　と云《い》ふものは、↓と云《い》ふものは
234頁・下・5　かう思《おも》うと↓かう思《おも》ふと
234頁・下・7　いゝのに私《わたし》↓いゝのに。私《わたし》
234頁・下・9　云《い》い度《た》かつた。↓云《い》ひたかつた。
234頁・下・14　としたら——↓としたら。——
235頁・上・2　許《ゆる》さないのです、↓許《ゆる》さないのです。
235頁・上・2　同士手紙《どうしてがみ》を↓同士《どうし》で手紙《てがみ》を
235頁・上・3　見《み》る事《こと》はしない↓見《み》る事《こと》はない
235頁・上・6　ぽつりと、↓ぽつゝりと、（以下省略）
235頁・上・7　風《かぜ》に連《つ》れて、↓風《かぜ》に連《つ》れて
235頁・上・11　中《うち》いつぱいに↓中《なか》いつぱいに、
235頁・上・15　可愛《かあい》らしく思《おも》いながら、縁側《えんがは》に↓可《か》愛《あい》く思《おも》ひながら、椽側《えんがは》に
235頁・上・16　眺《なが》めてゐました、↓眺《なが》めてゐました。
235頁・上・16　団扇《うちは》でその↓団扇《うちわ》で、その
235頁・上・17　傷《いた》めぬ様《やう》に↓傷《いた》めぬやうに
235頁・下・3　ゐます、↓ゐます。
235頁・下・4　閉《と》ざゝれてる↓閉《とざ》されてる
235頁・下・8　思《おも》い出《だ》した。↓思《おも》ひ出《だ》されました。
235頁・下・9　毛《け》の軟《やは》らかな、↓毛《け》の軟《やは》らかい、
235頁・下・9　額《ひたひ》にいつも↓いつも額《ひたひ》に

235頁・下・10　かけた――　→　かけた、――
235頁・下・11　してる間《あひだ》でも　→　してる間《ま》も
235頁・下・13　ゐたけれども、　→　ゐましたれど、
235頁・下・14　生徒《せいと》たち　→　生徒達《せいとたち》
235頁・下・15　朗読《らうどく》した時《とき》　→　朗読《らうどく》した時《とき》、
235頁・下・17　今《いま》　→　今《いま》、
235頁・下・18　のでした、　→　のでした。
235頁・下・18　考《かんが》へてゐると　→　考《かんが》へてゐると、
236頁・上・3　何《なに》をしてゐる?　→　何《なに》をしてゐます。
236頁・上・9　勧《すゝ》めた。　→　勧《すゝ》めました。
236頁・上・14　推賞《すゐしやう》された　→　推奨《すゐしやう》された
236頁・上・15　事《こと》なしに　→　事《こと》なしに、
236頁・上・17　ある有名《いうめい》な　→　或《あ》る有名《いうめい》な
236頁・上・17　おさめてゐる　→　修《をさ》めてゐる
236頁・下・4　してる　→　してゐる
236頁・下・5　やつてゐる　→　やつてる
236頁・下・7　しないのでした、　→　しないのでした。
236頁・下・9　でした。――　→　でした。
236頁・下・10　何《なに》よりなのだ、　→　何《なに》よりなのだ。
236頁・下・11　ゆきなるのだ。　→　ゆきなさるのだ。

236頁・下・12　小枝子《さえこ》はふと、　→　小枝子《さえこ》は、ふと
236頁・下・13　自身《じしん》で　→　自身《じしん》に
236頁・下・15　含《ふく》んだまゝで、　→　含《ふく》んだまゝ、
237頁・上・1　ゐるのです。　→　をりました。
237頁・上・4　由香子《ゆかこ》は　→　由香子《ゆかこ》は、
237頁・上・6　風《かぜ》は、　→　風《かぜ》が、
237頁・上・6　蔭《なが》からも、　→　蔭《かげ》からも
237頁・上・10　新治《しんぢ》が暑中《しよちう》の休暇《きうか》を　→　新治《しんぢ》が、暑中《しよちう》
休暇《きうか》を
237頁・上・11　くるまでの　→　くるまでの、
237頁・上・12　からでした。　→　のでした。
237頁・上・20　笑《わら》ひました、　→　笑《わら》ひました。
237頁・上・21　彼《か》れよりも　→　彼《かれ》よりも
237頁・下・6　話《はなし》をしてる間《ま》も　→　話《はなし》をしてる間《ま》も、
237頁・下・8　見《み》てゐる小枝子《さえこ》は、自分《じぶん》にも　→　見《み》て
ゐると、小枝子《さえこ》自身《じしん》にも
237頁・下・10　相談《さうだん》に晴《は》れ〳〵　→　相談《さうだん》に、晴《は》れ〴〵
237頁・下・16　母《はゝ》に対《たい》して　→　母《はゝ》に対《たい》して、
237頁・下・17　感《かん》じずにはいられません　→　感《かん》ぜずに
はゐられません

237頁・下・20　幸福《かうふく》のやうに、　→　幸福《かうふく》のやうに
237頁・下・20　最初《さいしよ》の事《こと》でした。　→　初《はじ》めてでした。

町子の手紙（初出→『恋むすめ』所収）

247頁・2　けれども、　→　けれど、
247頁・2　悲《かな》しくつて悲《かな》しくつて、　→　悲《かな》しくつて、悲《かな》しくつて、
247頁・5　さうして　→　そうして（以下省略）
247頁・5　寝《ね》られなかつたり――　→　寝《ね》られなかつたり、――
247頁・7　真《ま》つ赤《か》に　→　真赤《まつか》に
247頁・9　悲《かな》しみと云《い》ふ　→　悲《かな》しみと言《い》ふ
247頁・10　其れ　→　それ（以下省略）
247頁・12　と云《い》ふ　→　といふ（以下省略）
247頁・12　だつて、私《わたくし》は　→　だつて私《わたくし》は
247頁・16　僅《わづか》の瞬間《しゆんかん》　→　僅《わづ》かの瞬間《しゆんかん》
247頁・20　今《いま》では　→　今《いま》では、
248頁・5　なる為《ため》には――　→　なる為《ため》には、――
248頁・5　一とつの事業《しごと》を、　→　一《ひと》つの事業《じげふ》を
248頁・5　私《わたくし》が目《め》を　→　私《わたくし》の目《め》を
248頁・6　でございます。　→　ださうでございます。
248頁・6　私《わたくし》にも、　→　私《わたくし》にも
248頁・6　ございますねえ。　→　ございますわねえ。
248頁・7　なのかしら。　→　なのかしら。――
248頁・7　こんな事《こと》も　→　こんな事《こと》を
248頁・7　やう　なりました　→　やうになりました。
248頁・9　人《ひと》たち　→　人達《ひとたち》
248頁・16　あるならば――。　→　あるならば。――
248頁・17　あつて、さうして　→　あつてそうして、
248頁・19　御座《ござ》います　→　ございます（以下省略）
248頁・19　致《いた》します　→　致《いた》します。
249頁・6　事《こと》なんで　→　事《こと》なので
249頁・8　手《て》で手取《てど》り　→　手《て》で、手取《てど》り
249頁・8　結局《けつきよく》は　→　結局《けつきよく》は、
249頁・15　ございます。――　→　ございます。
249頁・18　来《き》ましたから　→　来《き》ましたなら
250頁・5　思《おも》ふほかは――　→　思《おも》ふほかは。――
250頁・9　お手紙《てがみ》――　→　お手紙《てがみ》、
250頁・12　画《ゑ》をかけつて――　→　画《ゑ》をかけつて。
――

250頁・13　下《くだ》さつた。　↓　下《くだ》さいました。
250頁・14　なつたりして　↓　なつたりして、
250頁・16　きつと、　↓　きつと。
250頁・18　画《ゑ》をかゝう　↓　画《ゑ》をかこう
251頁・3　其《そ》の　↓　その（以下省略）
251頁・5　下さいますつて！、　↓　下さいますつて？。
251頁・6　ですつて！。　↓　ですつて？。
251頁・8　画《ゑ》をかゝうと　↓　画《ゑ》をかこうと
251頁・10　きつと〳〵　↓　きつときつと
251頁・10　画《ゑ》がゝきたくなる　↓　画《ゑ》がかきたくなる
251頁・14　かくよりは――　↓　かくよりは、――

夏の晩の恋（初出↓『恋むすめ』所収）

252頁・1　兵子帯《へこおび》　↓　兵児帯《へこおび》
252頁・1　重《おも》たそうに　↓　重《おも》たそうに、
252頁・2　真《ま》つ白《しろ》な　↓　真白《まつしろ》な
252頁・3　お坊《ぼつ》ちやんらしく　↓　お坊《ぼつ》ちやんらしく、
252頁・4　容體《ようだい》を見《み》せて　↓　容體《ようだい》を見《み》せて、
252頁・5　お町《まち》とお金《きん》は　↓　お葉《えう》とお梅《うめ》は（以下省略）
252頁・5　姉《あね》のお町《まち》は　↓　姉《あね》のお葉《えう》は、
252頁・6　従《つ》いてゆくうちに　↓　従《つ》いてゆく中《うち》に
252頁・9　いゝのよ。　↓　いゝのよ、
252頁・10　引《ひ》つ張《ぱ》たり　↓　引《ひ》つ張《ぱ》つたり
252頁・11　だけれども　↓　だけれど
252頁・11　静三《せいざう》の仲《なか》を　↓　静三《せいざう》との仲《なか》を
252頁・11　気《き》が付《つ》がない　↓　気《き》が付《つ》かない
252頁・13　其《それ》が　↓　それが
252頁・20　美《うつく》しさ　↓　美《うつく》しい姿
252頁・20　誰《だ》れも　↓　誰《だれ》も
252頁・21　振返《ふりかへ》つて　↓　振返《ふりかへ》つては
253頁・上・1　手《て》の先《さ》きに　↓　手先《てさ》きに
253頁・上・12　一所《しよ》に　↓　一緒《しよ》に
253頁・上・17　妹《いもうと》さへ　↓　お梅《うめ》さへ
253頁・上・18　のであつた。　↓　のだつた。
253頁・上・23　そんな事《こと》を　↓　こんな事《こと》を
253頁・上・27　してやらうと　↓　してやらうかと
253頁・上・30　云《い》ひながら　↓　云《い》ひながら、
253頁・下・8　然《さ》う考《かんが》へてゐた　↓　かう考《かんが》へてゐた

253頁・下・9　なんだか　↓　なんだが
253頁・下・12　あの人も　↓　あの子《こ》も
253頁・下・21　お町《まち》は、急《きふ》にかつとして　↓　お葉《えう》は急《きふ》にかつとして、
253頁・下・23　どき〱と　↓　どき〲と
253頁・下・27　方角違《はうがくちが》いの方《はう》へ。　↓　方角違《はうがくちが》いの方《はう》へ、
253頁・下・28　気《き》もしてゐた　↓　気《き》がしてゐた
253頁・下・29　どうしたの。　↓　どうしたの？。
253頁・下・34　肌《はだ》さわり　↓　肌《はだ》ざわり
254頁・上・4　向《む》きながら、　↓　向《む》いてゐた。
254頁・上・13　急《いそ》いで行《い》つた　↓　急《いそ》いで歩《ある》いた
254頁・上・16　歩《ある》いてゆく中《なか》に起《おこ》つてゐる　↓　歩《ある》いてゆく中《うち》に起《おこ》つてきた
254頁・上・18　其所《そこ》から又《また》　↓　其所《そこ》からまた
254頁・上・25　涙《なみだ》が催《もよふ》してくるのを静《しづか》に待《ま》つてる　↓　涙《なみだ》の湧《わ》いてくるのを待《ま》つてる
254頁・上・29　お金《きん》はお金《きん》で、　↓　お梅《うめ》はお梅《うめ》で
254頁・上・29　土産《みやげ》でも持《も》つて　↓　土産《みやげ》でも持《も》つて、
254頁・下・4　としてゐる　↓　としてゐる、
254頁・下・7　話《はな》は合《あ》はうと　↓　話《はな》し合《あ》はうと

254頁・下・12　誰《だれ》かゞ　↓　誰《だれ》がゞ
254頁・下・13　見《み》たらね　↓　見《み》たらね、
254頁・下・15　下《くだ》さいつて、待《ま》つてゐるのよ。　↓　下《くだ》さいつて。待《ま》つてるのよ、
254頁・下・19　怒《おこ》つてるの。――　↓　怒《おこ》つてるの？。
254頁・下・20　い、からつて、　↓　い、からつて。
254頁・下・21　お上《あ》げなさいよ。　↓　お上《あ》げなさいよ、
254頁・下・31　声《こゑ》で　↓　小《ちひ》さな声《こゑ》で
254頁・下・32　帰《かへ》つてきたの二人《ふたり》ながら。　↓　帰《かへ》つてきたの？、二人《ふたり》ながら。
254頁・下・34　お町《まち》ちゃん　↓　お葉《えう》ちゃん、
255頁・上・22　前《まへ》までくると　↓　前《まへ》までくると、
255頁・上・25　手招《てまね》き　↓　手招《てまね》ぎ
255頁・上・28　寄《よ》らうともしずに　↓　寄《よ》らうとしずに、
255頁・上・30　時《とき》のやうな　↓　時《とき》のやうな、
255頁・上・33　かくしてゐた。（改行）　↓　かくしてゐた。
255頁・下・1　待《ま》つてゐるやうに――　↓　待《ま》つてるかのやうに。――
255頁・下・2　おなかの中《なか》では擽《くすぐ》つたい　↓　おなかの

中《なか》にはくすぐつたい

憂欝な匂ひ（初出→『木乃伊の口紅』所収）

282頁・5　そうして　→　さうして（以下省略）
283頁・1　其の　→　その（以下省略）
283頁・3　彼《か》の女《をんな》　→　彼《か》の女《ぢよ》（以下省略）
283頁・5　本の箱上　→　本箱《ほんばこ》の上《うへ》
283頁・9　白の蝦夷菊　→　白《しろ》い蝦夷菊《えぞぎく》
283頁・10　満子《みつこ》の今の感覚　→　満子《みつこ》は今《いま》の感覚《かんかく》
283頁・11　満子《みつこ》はそれが　→　満子《みつこ》のそれが
283頁・16　挘り捨てゝ　→　捩《ちぎ》り捨《す》てゝ
284頁・1　悔ひのきざした　→　悔《く》ゐのきざした
284頁・3　いやそうな　→　いやさうな（以下省略）
284頁・7　直ぐに　→　直《すぐ》に
284頁・11　と云ふ　→　といふ（以下省略）
284頁・11　人なつこひ　→　人《ひと》なつこい
284頁・12　触つてやりは濃いがした。　→　触《さは》つてやりたい気《こ》がした。
284頁・13　考へられた。　→　感《かん》じられた。
284頁・13　空度い気藍色　→　空気《くうき》は濃《こ》い藍色《あひいろ》
284頁・14　深みのうちに　→　深《ふか》みの中《うち》に
285頁・3　何かが　→　何《なに》かゞ
285頁・8　其《そ》れ　→　それ（以下省略）
285頁・9　行《い》つて見やう。然《そ》うして——。　→　行《い》つて見《み》やう然《そ》うして。——
286頁・2　擽つたくなつた拍子《はづみ》に、　→　くすぐつたくなつた拍子《はづみ》に
286頁・7　奇麗な、美しい　→　奇麗《きれい》な美《うつく》しい
286頁・7　可愛らしいあなた　→　可愛《かあい》らしい、あなた
286頁・10　一所《いつしよ》にゐる　→　一所《しよ》にゐた
286頁・10　眼と眼の間　→　眼《め》と眼《め》との間《あひだ》
286頁・12　捲《ま》き込《こ》んだ、　→　捲《ま》き込《こ》んだ
286頁・13　様な事　→　様《やう》なこと
287頁・6　逢いたい　→　逢《あ》ひたい
287頁・10　仆れてゐる　→　倒《たほ》れてゐる
287頁・12　復《かへ》つてきた。　→　復《かへ》へつてきた
289頁・5　この花　→　此花《このはな》
289頁・7　其れも　→　それを
289頁・9　ただ人恋ひしさ　→　たゞ人恋《ひとこ》ひしさ
290頁・5　だけれ共其色　→　だけれどもその色《いろ》

291頁・4　出たとき　→　出《で》た時《とき》
291頁・11　道傍《みちばた》　→　道側《みちばた》
291頁・11　荷車の馬が　→　荷馬車《にばしや》の馬《うま》が
291頁・15　とするやうな　→　とする様《やう》な
291頁・15　誰れも　→　誰《だれ》も
292頁・3　しみずみ　→　しみじみ
293頁・1　自分の生　→　自分《じぶん》の生活《せいくわつ》
293頁・6　絢ひ交ぜた　→　繍《ぬ》ひ交《ま》ぜた
294頁・11　けれ共　→　けれども
296頁・6　座つてゐた。　→　坐《すわ》つてゐた。
296頁・10　浮べながら、　→　浮《うか》べながら、（改行）
297頁・10　けれどね、　→　けれどね。
297頁・15　我慢しつゝけた　→　我慢《がまん》しつゞけた
298頁・7　出来たと　→　出来《でき》たこと
299頁・3　と思ふわ。　→　と悪《おも》ふわ。
299頁・4　然うね、　→　然《さ》うね。
299頁・8　情焔　→　焔《ほのふ》
300頁・3　彼の人に、　→　彼《あ》の人《ひと》に
300頁・4　払はせたことを、　→　払《はら》はせたことを
301頁・2　為《し》たことは、　→　為《し》したことは
301頁・5　現れた　→　現《あら》はれた
301頁・8　と云ふことが　→　といふことを
301頁・9　意味に聞《き》こえて　→　意味《いみ》に聞《きこ》えて
301頁・9　ふるへてゐた。　→　ふるえてゐた。
301頁・12　暫く　→　暫《しば》らく
301頁・12　友達達　→　友達《ともだち》たち
301頁・12　どの友達達　→　どの友達《ともだち》たち
301頁・13　その人達　→　その人《ひと》たち
302頁・4　けれども　→　けれども、
302頁・9　薄暗く　→　薄晴《うすぐら》く
303頁・8　こつちの方に　→　こつちの方《はう》へ
303頁・10　西洋の女　→　西洋女《せいやうをんな》
303頁・15　放悠《ほしいまゝ》な空想　→　放恣《ほしいまゝ》な空想《くうさう》

午前（初出→『恋むすめ』所収「姉」）（304頁）

＊大幅に改稿されるため、以下「姉」の全文を掲載する。

やつと昨日《きのふ》から産褥《さんじよく》をはなれる様《やう》になつた初江《はつえ》は、身《み》も肉《にく》も崩《くづ》れてゐるやうな、身體《からだ》のなかの血《ち》がすつかり絞《しぼ》りつくされてるやうな疲労《つかれ》た気分《きぶん》が、まだほんとには取《と》れ

きれないでゐた。ひどく眼《め》のまはりに小皺《こじわ》のできた下《さが》り尻《じり》の眼《め》をうつとりとさせて、自分《じぶん》の身體《からだ》が其所《そこ》にあるのかないのか分《わか》らないやうなふら〳〵した物腰《ものごし》をしながら、下女任《げぢよまか》せにしてあつた其方此方《そちこち》の部屋々々《へや〳〵》を見廻《みまは》つて歩《ある》いたりしてゐたが、その隙《ひま》にも、母親《はゝおや》の寝《ね》てゐた間《ま》に新《しん》奇《き》に買《か》つた玩具《おもちや》や他家《よそ》からいたゞいた絵草紙《ゑざうし》などを、争《あらそ》ひながら母親《はゝおや》に見《み》て貰《もら》はうとする小供《こども》たちの様子《やうす》に、いろ〳〵と息切《いきぎ》れの多《おほ》い返事《へんじ》をしてやつてゐる。さうして、その膝《ひざ》や袂《たもと》に取《と》り付《つ》かれる小供《こども》たちの力《ちから》にさへ叶《かな》はないやうな欝陶《うつたう》しさにほと〳〵した。

「母《かあ》さんはまあ疲《つか》れて。」

初江《はつえ》は年老《としよ》りのやうに背《せ》を屈《かゞ》めて、良人《をつと》の書斎《しよさい》へ入《はい》るとそこの椅子《いす》の上《うへ》に眼《め》を閉《つぶ》りながら腰《こし》をかけた。さうして眩《まぶ》しさうにその眼《め》を再《ふた》び開《あ》けたとき、廻《まは》りに並《なら》んだ三人《にん》の女《をんな》の子《こ》の顔《かほ》をひとつ〳〵覗《のぞ》き込《こ》みながら「ばあ」と云《い》つて笑《わら》つた。それと同時《どうじ》にどの小供《こども》もどの小供《こども》もおんなじやうに、

「母《かあ》さん。」

「母《かあ》さん。」

とわざ〳〵母《はゝ》を呼《よ》びながら、その手《て》を揺《ゆす》ぶつたり、膝《ひざ》の上《うへ》に冠《かぶき》切りの髪《かみ》を摺《す》り付《つ》けたりして甘《あま》えさわいだ。

「起《お》きたの。?」

義兄《あに》の机《つくゑ》の前《まへ》にゐた妹《いもうと》の勝子《かつこ》は、その騒《さわ》ぎを聞《き》くと、ちよいと姉《あね》の方《はう》を振返《ふりかへ》つて見《み》て微笑《びせう》したが、直《す》ぐ又彼方《またむかう》を向《む》いて何《なに》か書《か》いてゐる。

初江《はつえ》の眼《め》に、机《つくゑ》の上《うへ》の花挿《はなさ》しに造花《ざうくわ》のやうな肉色《にくいろ》の薔薇《ばら》のさしてあるのが見《み》えた。

「どうしたの。?」

初江《はつえ》は然《さ》う云《い》つて、妹《いもうと》がもう一度《ど》此方《こちら》を振《ふ》り向《む》くまで、花《はな》の方《はう》へ顔《かほ》を差出《さしだ》すやうにして、ぢつとその花《はな》を見詰《みつ》めてゐたが、

「えゝ。?」

と云《い》つた切《き》りで、勝子《かつこ》は中々《なか〳〵》振向《ふりむ》かうとしない。

「薔薇《ばら》さ。いゝ花《はな》ね。」

「これ?。これはお庭《には》の薔薇《ばら》ですよ。」

「へえゝ。そんな好《い》いのが咲《さ》いて?。」

小供《こども》たちは、その間《ま》に小《ちい》さい叔母《をば》を取《と》り巻《ま》いて、叔母《をば》の髪《かみ》のリボンに手《て》に触《ふ》れたりした。

「いやですよ。いやですよ。」

鼻声《はなごゑ》をだした勝子《かつこ》は、直《ぢ》きとペンをおいて、洋封《やうふう》の封書《ふうしよ》

を両《りやう》の掌《て》で持《も》ち捧《さゝ》げるやうな手付《てつ》きをしながら、椅子《いす》を立《た》つて来《き》た。

「ちよいと出《だ》してくるわ。」

然《さ》ういつたなり、姉《あね》が何《なに》かいはうとしてゐる間《ま》に、勝子《かつこ》はもう玄関《げんくわん》の方《はう》へ出《で》て行《い》つて了《しま》つた。

「勝《かつ》ちやん。お勝《かつ》ちやん。」

初江《はつえ》は疲《つか》れてゐる身體《からだ》を捩《よ》ぢ向《む》けて、玄関《げんくわん》の方《はう》に声《こゑ》をかけたけれども、勝子《かつこ》は例《れい》の、

「え、？。」

を残《のこ》したまゝ、敷石《しきいし》の上《うへ》を草履《ざうり》で摺《す》りながら、表《おもて》へ出《で》てしまつた。

女中《ぢよちう》にも頼《たの》まずに、自分《じぶん》で出《だ》しに行《い》つた手紙《てがみ》は、きつと男《をとこ》のところへ送《おく》るのに違《ちが》ひない。――初江《はつえ》は然《さ》う思《おも》つた瞬間《しゆんかん》に、自分《じぶん》の前《まへ》で書《か》きかけてゐた手紙《てがみ》を、隠《かく》しもしずに、その儘《まゝ》書《か》きつゞけて、さうして自分《じぶん》の前《まへ》を、その手紙《てがみ》を持《も》つて通《とほ》つて行《い》つた妹《いもうと》の挙動《ふるまひ》が、自分《じぶん》を馬鹿《ばか》にしきつてるやうで腹《はら》が立《た》つた。

あんな事《こと》から此家《こゝ》へ預《あづ》けられるやうになつてからも、妹《いもうと》は一日《いちにち》でも温和《をとな》しく姉《あね》の傍《そば》に身《み》を謹《つゝし》んでゐるやうな可憐《しほ》らしい風《ふう》を見《み》せた事《こと》がなかつた。義兄《あに》が穏《をだ》やかな人《ひと》で、妹《いもうと》にも優《やさ》しく、さうして妹《いもうと》の不始末《ふしまつ》に対《たい》しても、それを譴責《けんせき》するだけ　兄《あに》らしい権力《けんりよく》も示《しめ》し得《え》られない様《やう》な人《ひと》の好《い》い男《をとこ》だし、姉《あね》の初江《はつえ》も、放埒《はうらつ》の妹《いもうと》を取《と》り押《お》さへるだけの厳《きび》しさを、その凡《すべ》てのうちに含《ふく》んでゐる事《こと》の出来《でき》ないやうな、柔《やは》らかな、括《くゝ》りのない女《をんな》であつた。

勝子《かつこ》は、此家《こゝ》へ預《あづ》けられて、却《かへ》つて両親《りやうしん》の傍《そば》にあつた時《とき》よりも、その男《をとこ》といふのにちよい／＼出逢《であ》ふ機会《きくわい》が作《つく》られるくらゐであつた。

「あなたが少《すこ》し厳重《げんぢゆう》にやつて下《くだ》さらなけりやほんとに困《こま》りますよ。すこしひどい目《め》に逢《あ》はしてやつて下《くだ》さらなければ。――」

初江《はつえ》はよく良人《をつと》に然《さ》ういつた。けれども良人《をつと》は、恋《こひ》に浮《うき》身《み》を窶《やつ》してゐる若《わか》い義妹《ぎまい》の前《まへ》に、真面目《まじめ》な顔《かほ》を突《つ》き出《だ》す事《こと》はいやなのであつた。両親《りやうしん》たちが骨《ほね》を折《を》つてる義妹《ぎまい》の結婚沙汰《けつこんざた》さへ纏《まとま》れば、自然《しぜん》その方《はう》も手《て》が切《き》れて消《き》えて了《しま》ふだらうぐらゐな事《こと》で、義妹《ぎまい》に膝《ひざ》を合《あ》はせる事《こと》さへいやがつてゐた。

「お前《まへ》の妹《いもうと》だからお前《まへ》が監督《かんとく》をするのが当《あり》り前《まへ》ぢやないか。云《い》つたつて聞《き》くもんぢやないからね。」

云《い》つたつて聞《き》かない。――初江《はつえ》は妹《いもうと》に対《たい》していつも然《さ》う

感《かん》じてゐる。ほんとうに云《い》つても聞《き》かない。誰《だれ》のいふ事《こと》でも馬鹿《ばか》にしきつてゐる。当人《たうにん》の将来《しやうらい》といふ事《こと》を考《かんが》へるとき、それでも初江《はつえ》はしみ〴〵と妹《いもうと》に云《い》つて聞《き》かせもするのだけれど、勝子《かつこ》は、

「私《わたし》は私《わたし》よ。どうせ碌《ろく》な人間《にんげん》になれなければそれでもいゝわ。」

と云《い》つて、姉《あね》の話《はなし》なぞ、ぢつと聞《き》いてるやうな落着《おちつ》きも見《み》せた事《こと》がなかつた。

「構《かま》つてくれなければいゝぢやありませんか。私《わたし》を抛《はふ》りだしておいてくれゝばいゝぢやありませんか。どんなにしたつて私《わたし》は勝手《かつて》な事《こと》をするにきまつてるんだから。姉《ねい》さんは私《わたし》の事《こと》を愛想《あいそ》が尽《つ》きるとお云《い》ひなさるけれど、ほんとに愛想《あいそ》をつかして頂戴《てうだい》。うるさくなくつて好《い》いわ。私《わたし》は一人《ひとり》でやつて見《み》せます。一人《ひとり》でやつて見《み》せます。一人《ひとり》でやれるくらゐの力《ちから》がなくつちや、これからの女《をんな》は何《ど》うする事《こと》もできないわ。私《わたし》は姉《ねい》さんの様《やう》に沢山《たくさん》の小供《こども》を拵《こさ》へて、朝《あさ》から晩《ばん》まで小供《こども》の着物《きもの》ばつかり縫《ぬ》つてる事《こと》なんか出来《でき》ないわ。」

勝子《かつこ》が斯《か》う云《い》つた時《とき》、初江《はつえ》はもう決《けつ》して妹《いもうと》の前《まへ》で口《くち》は聞《き》くまいと、思《おも》ひ決《けつ》したのであつた。さうして妹《いもうと》を両親《りやうしん》の方《はう》へ帰《かへ》さうとしたのだけれ共《ども》、今《いま》調《とゝの》ひかけてる縁談《えんだん》の片《かた》が付《つ》くまで、姉《あね》の手許《てもと》へ置《お》くやうにと母《はゝ》からの頼《たの》みなので、仕方《しかた》なく初江《はつえ》は、自分《じぶん》の傍《そば》で妹《いもうと》のしたい儘《まゝ》をさせて黙《だま》つてゐた。

「何母《おつか》さんがあんまり可愛《かあい》がり過《す》ぎるから、こんなものが出来《でき》てしまつた。」

初江《はつえ》はいつも然《さ》う思《おも》つた。母《はゝ》に対《たい》する姉妹《しまい》の愛《あい》の不平均《ふへいきん》の恨《うら》みが、兎《と》もすると初江《はつえ》の胸《むね》に起《おこ》つた。

さうして、母《はゝ》が、勝子《かつこ》の為《ため》に苦労《くらう》すると云《い》ふ愚痴《ぐち》の出《で》る度《たび》に、初江《はつえ》はいつもそれを云《い》つた。

「いつそその男《をとこ》のところへ、勝《かつ》を遣《や》つて了《しま》つたらいゝでせう。」

こんな相談《さうだん》もあつたが、それは父親《ちゝおや》が不賛成《ふさんせい》であつた。さうして不思議《ふしぎ》な事《こと》には、勝子《かつこ》にもその男《をとこ》と結婚《けつこん》したいといふやうな望《のぞ》みのない事《こと》であつた。誰《だ》れもそれを分《わか》らない事《こと》の一《ひと》つにして話《はな》し合《あ》つた。それを聞《き》いた義兄《あに》は、

「だからなにも阿母《おつか》さんの騒《さわ》ぐほど深《ふか》い関係《くわんけい》がある訳《わけ》でもないんだらう。手紙《てがみ》ぐらゐ往復《わうふく》したつて。――」

と云《い》つてゐた。他《はた》からその事《こと》に就《つ》いて、当人《たうにん》に何《なに》か聞《き》かうとしても、勝子《かつこ》は堅《かた》く口《くち》を閉《と》ぢてその男《をとこ》の事《こと》を云《い》はう

としなかつた。
勝子《かつこ》は駆《か》けだして帰《かへ》つて来《き》た。白粉《おしろひ》の濃《こ》くついた頰《ほゝ》が、若《わか》い娘《むすめ》らしく赤《あか》くほてつて、庇髪《ひさしがみ》のもつれたのが媚《なま》めかしい趣《おもむ》きを添《そ》へてゐる。初江《はつえ》は妹《いもうと》の顔《かほ》を見《み》る度《たび》に美《い》い容貌《きりやう》だと思《おも》はない事《こと》はなかつた。勝子《かつこ》は全《まつた》く美《うつく》しい娘《むすめ》であつた。

勝子《かつこ》は小供達《こどもたち》を椽側《えんがは》へ連《つ》れて行《い》つた。鞠《まり》の音《おと》をさせたり、きやつ／＼と笑《わら》ひながら庭《には》に駆《か》け下《お》りて行《い》つたりして騒《さわ》いでゐた。疲《つか》れた初江《はつえ》は、其方《そつち》を覗《のぞ》くのも大儀《たいぎ》で、茶《ちや》の間《ま》の炬燵《こたつ》の方《はう》へ戻《もど》つてきた。さうして炬燵蒲団《こたつぶとん》のなかへ入《はひ》ると、側《わき》に寝《ね》かせてある嬰児《あかんぼ》の寝顔《ねがほ》をそつと透《す》かして見《み》た。

今度生《こんどうま》れたのも女《をんな》の子《こ》だといふ様《やう》な考《かんが》へが、ふとその頭《あたま》の中《うち》に閃《ひら》めいた。五人《にん》ながら女《をんな》の子《こ》だといふ事《こと》が、今《いま》の初江《はつえ》には非常《ひじやう》に恐《おそろ》しい事実《じじつ》の様《やう》に、その胸《むね》を圧《お》しふさげた。さうして小供《こども》の一人一人《ひとりひとり》の教育《けういく》に就《つ》いて、自分《じぶん》はあるだけの力《ちから》を注《そゝ》がなくてはならないといふ様《やう》な、責任《せきにん》のある緊張《きんてう》した感《かん》じが、初江《はつえ》のなだらかな、柔《やわ》らかな、内《うち》気《き》な心《こゝろ》をのゝかせゐてた。

「おゝ寒《さむ》い。」

勝子《かつこ》が然《か》う云《い》ひながら、此室《こゝ》へ入《はひ》つてくると、小供《こども》たちもみんな、その後《あと》に随《つ》いて集《あつま》つてきた。さうして、押《お》し合《あ》ふやうにしてみんな炬燵《こたつ》の中《なか》に入《はひ》つた。初江《はつえ》は、どこか欝陶《うつたう》しさうな顔付《かほつき》で、炬燵《こたつ》の上《うへ》に突伏《つつぶ》してしまつたが、勝子《かつこ》は小供達《こどもたち》を相手《あひて》に巫山戯《ふざけ》てゐた。

「あかんぼが目《め》を覚《さ》ますよ。」

初江《はつえ》は小《ちい》さな声《こゑ》で叱《しか》りながら眼《め》を上《あ》げた時《とき》、妹《いもうと》の顔《かほ》をぢつと見《み》た。勝子《かつこ》の大《おほ》きな瞼毛《まつげ》の長《なが》い眼《め》は、どこか笑《わら》ひを含《ふく》んで小供《こども》たちを優《やさ》しく睨《にら》んでゐた。

「よく／＼結婚《けつこん》といふ事《こと》を妹《いもうと》に聞《き》かせる時《とき》には、又一《またひ》と騒《さわ》ぎが持《も》ち上《あ》がる事《こと》だらう。」

初江《はつえ》はそんな事《こと》を考《かんが》へてゐた。

秋の一日（初出→『恋むすめ』所収）

315頁・上・3　歩《ある》いて行《い》つた　→　歩《ある》き出《だ》した
315頁・上・5　春子《はるこ》の事《こと》　→　春子《はるこ》のこと
315頁・上・6　瞼毛《まつげ》も重《おも》たげな　→　睫《まつげ》も重《おも》たさうに
315頁・上・7　眼色《まなざし》　→　眼色《まなざし》
315頁・上・7　含《ふく》んだまゝに　→　含《ふく》んだまゝ
315頁・上・7　柔《やは》らかに結《むす》んだ　→　柔《やは》らかにむすんだ

315頁・上・8　豊《ゆた》かな　↓　豊《ゆたか》な
315頁・下・2　きらびやかさ。　↓　きらびやかさ、
315頁・下・3　刷《は》けてあつた　↓　刷《は》いてあつた
315頁・下・7　何分《なにぶん》　↓　何分《なにぶん》。
316頁・上・11　ないから――。　↓　ないから。――
316頁・下・11　其《そ》れ　↓　それ（以下省略）
317頁・上・3　グツド、バイ…　↓　グツド、バイ、

――

317頁・上・10　間《うち》に！」　↓　間《うち》に！。」
317頁・上・14　室内《しつない》にゐた　↓　室内《しつない》にゐた、
317頁・下・3　お悪《わ》るくつて？　↓　お悪《わ》るくつて？
317頁・下・8　などとは　↓　などゝは
317頁・下・10　今日《けふ》はね　↓　今日《けふ》はね、
317頁・下・15　其《そ》の　↓　その（以下省略）
317頁・下・17　考《かんが》へてゐたから…　↓　考《かんが》へてゐたから。

――

318頁・上・1　と思《おも》つて　↓　と思《おも》つて、
318頁・下・6　この人《ひと》が　↓　この女《をんな》が
318頁・下・14　なりながら　↓　なりがなら
318頁・下・16　真《ま》つ赤《か》に　↓　真赤《まつか》に

319頁・上・3　眼《め》をして　↓　眼《め》をして、
319頁・上・5　行《い》つた。　↓　行《い》つた。（改行）
319頁・上・13　ゐらつしやらないの。」　↓　ゐらつしやらないの？。」
319頁・上・17　笑《ゑ》みを浮《うか》べて　↓　笑《ゑみ》を浮《うか》べて
319頁・下・2　と仰有《おつしや》つて。」　↓　と仰有《おつしや》つて。――」
319頁・下・7　「お兄《にい》さんは。」　↓　「お兄《にい》さんは？。」
320頁・上・3　駆《か》けだした。　↓　駆《か》けだした。（改行）
320頁・上・14　逢はなければならない――　↓　逢はなければならない、――
320頁・下・7　花《はな》を上《あ》げる　↓　花《はな》を呈《あ》げる
320頁・下・11　上《あ》げること　↓　呈《あ》げること
320頁・下・11　忘《わす》れてしまつてゐた　↓　忘《わす》れてしまてゐた
320頁・下・12　さめたのよ。　↓　さめたのよ、
320頁・下・18　恋《こひ》しいのよ。緑《みどり》の君《きみ》は！　↓　恋《こひ》しいのよ、緑《みどり》の君《きみ》は！。
321頁・上・1　嬉《うれ》しかつたわ…　↓　嬉《うれ》しかつたわ。

――

321頁・下・16　見送《みおく》つてゐた。　→　見送《みおく》つてゐた。

（改行）

321頁・下・17　兄《あに》のゐること　→　兄《あに》のゐると

321頁・下・18　居《ゐ》なくても、　→　居《ゐ》なくても

322頁・下・1　いゝでせう。」　→　いゝでせう?。」

322頁・下・9　こぼしたわ。　→　こぼしたわ、

323頁・上・3　十七よ。　→　十六よ。

323頁・上・11　四歳違《よっつちが》ふ　→　六歳違《むっつちが》ふ

323頁・上・11　お若《わか》いわねえ。　→　お若《わか》いわねえ、

324頁・上・4　支《さゝ》へて見《み》たり　→　支《さゝ》へてみたり

324頁・上・9　ちよいと見《み》た　→　ちよいとみた

324頁・下・2　ゐらつしやるの。」　→　ゐらつしやるの?。」

324頁・下・11　映《うつ》つて見《み》える　→　映《うつ》つてみえる

324頁・下・13　いゝかたね。　→　いゝかたね、

324頁・下・14　斯《か》う云《い》つた　→　かういつた

解題

黒澤亜里子

第三巻には、大正二（一九一三）年一月から同年一二月までに発表された計五二編（小説一八、劇評・感想・その他三四）を収録した。

この時期から、田村俊子の流行作家時代が始まる。大正二年から五年にかけては、年に一八～三四編のペースで小説を発表、俊子の代表作のほとんどはこの時期に書かれている。大正四年頃から筆力に翳りが見え始めるが、それでも大正五年までは、雑文等を含め何らかのかたちで年平均六〇編以上の文章を発表している。

すでに前年には、「急に頭角を現はし」（「小説界」『早稲田文学』明治四五年五月）た新進作家の一人として、長田幹彦、谷崎潤一郎、水上瀧太郎、久保田万太郎、鈴木悦、田中介二、秋庭俊彦、加能作次郎、江馬修らとともに注目されていたが、大正二年に入り、「女流作家中の第一人者」と誰もが認める文壇的地位を確立、「其の作の傾向と言ひ、力量と言ひ、価値と言ひ、潤一郎氏、幹彦氏等の芸術と対して優るとも決して劣る事はない」（山田檳榔「大正二年文壇の記憶」『帝国文学』大正三年一月）という高い評価を得ている。

こうした急速な評価の高まりは、俊子一個の才能のみならず、時代の要請という側面があったと思われる。すでに明治末には文学運動としての自然主義は退潮し、『スバル』、『新思潮』（第二次）、『白樺』、『三田文学』等の創刊に見られるような「鬱勃たる新興精神」、すなわち「ヌウボオ・エスプリ」の気運が文壇の内外に湧き起りつつあった（高村光太郎「ヒウザン会とパンの会」『邦画』昭和一一年三月）。とりわけ、明治四一年（一九〇八）年の暮れに、スバル系の詩人（北原白秋、木下杢太郎、長田秀雄、吉井勇ら）と美術同人誌『方寸』の画家たち（石井拍亭、山本鼎、倉田白羊ら）が興した「パンの会」の時代的意義は大きい。ヨーロッパのジャポニスムを逆輸入し、エキゾチックな「江戸」を再発見した芸術青年たちは、パリのカフェにたむろする詩人、画家らの芸術運動を真似て隅田川（大川）を「セーヌ河」に見立て、河畔の西洋料理店に集まって酒を飲んでは「虹のやうな気焔」（高村光太郎、前出）を上げた。左団次、段四郎、猿之助、小山内薫らの演劇関係者や、阿部次郎らの漱石一門、上田敏、永井荷風らの年長者も顔を見せ、多いときには四、五〇人にも達したという。パンの会は明治末年頃まで続き、ここに「耽美主義文芸運動」と「江戸趣味」「異国情調」的な憧憬が結びついた、一つの「芸術的青春《アドレッセンス》」の時代が現出した。

本巻所収の「遊女」（後に「女作者」と改題）、「木乃伊の口紅」、「憂鬱な匂ひ」などにも、そうした時代傾向がよく見てとれる。文壇ジャーナリズムは、俊子を「歌麿の線を有つてゐる女だ。富麗とか、豊満とかいふよりも、頽廃と云ひ靡爛といふに近い、幾つの世紀を重ねた大都会の疲労は、東京に生れた彼女の青白い肌にいきづいて居るのである。彼女はデカダンの、すぐれたる産物の一つである」（小林愛川「田村俊子論」『処女』大正四年八月）、「青鞜社の人々が新らしい女の国を来らす可き預言者の群であるならば、俊子氏は実にその新らしい女である。西洋の理屈によつて生れた新らしい女ではなくして、新しい東京の街が産んだ新らしい女なのである」（生方敏郎「女流作家の群」『文章世界』大正三年一月）等々ともてはやした。

かつて「田村俊子の時代」というものがあったとすれば、まさにこの数年間がそれである。「遊女」は大正二年の『新潮』新年号の巻頭を飾り、二大誌がそれぞれ俊子の特集を組んだ（「田村とし子論」『新潮』大正二年三月／「田村俊子論」『中央公論』大正三年八月）。翌三年に至っては、主要な文壇誌の新年号のほとんどが、俊子の小説を掲載（雑誌九編、新聞一編）している。また、この時期には、先輩格の長谷川時雨が劇界から去り、同世代の岡田八千代、野上弥生子らには俊子ほどの華やかな存在感はない。女性作家としては、いわば俊子の独壇場ともいえる時代だった。

タンタジールや

大正二（一九一三）年一月一日発行『演藝倶楽部』第二巻第一号に掲載。署名は田村俊子。アンケート（「過去一年間の芸壇印象記」）の回答。他に、高島米峰、笹川臨風、田村松魚ら七二名が回答。趣旨および項目は以下の通り。

粛啓歳末何かと御多用中甚だ推し附けがましきお願ひには候へども「演藝倶楽部」の歳春紙上の花と致し度候まゝ枉げて御聴許被下候上左記の三問題御答へ被下度懇願致候匆々頓首／一　本年中にて貴下の最も深き印象を残されし演芸の種類／二　其の演芸の題目／三　其の演芸の演者／右に就き御感想をも御附記下され候はゞ尚々幸ひに候／大正元年十二月五日／博文館／演芸編集部。

文中で俊子が言及している「タンタヂールや」は、前年四月二七・八日の自由劇場第六回公演（帝国劇場）、「タンタヂイルの死」（メーテルリンク作、小山内薫訳）の劇中でイグレエヌを演じた松蔦の科白。阪東かつみ、市川松蔦、初瀬浪子、市川寿美蔵、市川左団次らが出演。背景主任は岡田三郎助が担当した。

鈴木徳子

大正二（一九一三）年一月一日発行『趣味』第七年第一号に掲載。署名は田村俊子（目次は田村とし子）。「女優号」と銘打ち、国内外の女優を取り上げた特集号。サラ・ベルナール、エレオノラ・デューゼ、河村菊枝、森律子、鈴木徳子、松本錦絲、川上貞奴ほか多数。俊子は、帝劇の女優の中で「一番好きな女優《ひと》」として鈴木徳子をあげ、よい意味での「お嬢さん芸らしい上品と素直さ」、「技術に熱と曲」があり、「男優で行けば羽左衛門だちの役者になるかも知れない」と期待を寄せている。

遊女

大正二（一九一三）年一月一日発行『新潮』第一八巻第一号に掲載。署名は田村とし子。女作者の創作の苦しみや夫婦相克の様相を描いた、この時期の代表作の一つ。後に「女作者」と改め、『誓言』（新潮社、大正二〈一九一三〉年五月一八日）に収録。新年号は女性作家特集で、他に尾島菊子、嵯峨秋子、水野仙子らが寄稿している。

同時代評には、「田村とし子氏の「遊女」はほんとうに面白かつた。感覚が文芸の上に重要な地位を占めるやうになつた今、此種の女流作家がどし〳〵と出なければならぬ」（ABC「新年の小説を読みて」『新潮』大正二年二月）、「都会人の生んだ純粋の都会芸術である。人間の感覚がどの程度まで洗練され発達して行くものかと云ふことを、俊子女史の芸術は示して居る」（六白星「俊子女史の近作集『誓言』」『読売新聞』大正二年七月二〇日）、千葉亀雄「一月文壇の概評」（『文章世界』大正二年二月）等がある。

同性の恋

大正二（一九一三）年一月一日発行『中央公論』第二八年第一号に掲載。署名は田村とし子。「閨秀十五名家一人一題」中の一編。十五六歳の娘たちの「同性の恋」は人形に対する愛慕欲と似たもので、「肉的の誘惑のない危険のない結構なおもちや」とする。他に、下田歌子、与謝野晶子、長谷川時雨、平塚らいてう、花月女将（新橋の料亭）、豊竹呂昇（女義太夫）などが寄稿。

おしの

大正二（一九一三）年一月一日発行『婦人評論』第二巻第一号に掲載。署名は田村とし子。二十歳になる湯屋の娘おしのをユーモア、ペーソスを交えて描く。外見はいわゆるおたふくで色黒、「でく〳〵と太」っている縮れ毛のおしのは、それでも化粧をし、芝居見物に行ったり、ひいき役者の手ぬぐいを大切にする「都会派」のプライドをもつ。田舎者を見下す尊大さもあるが、父親が早く死に、母親や脊髄病を患う短気で陰険な兄のために黙々と働く健気な一面もある。『恋むすめ』（牧民社、大正三〈一九一四〉年四月二〇日）に収録。

初雪

大正二（一九一三）年一月一日発行『読売新聞』第一二八〇九号に掲載。署名は田村俊子。年頃の娘お粂の従兄への淡い思慕を、初雪の情趣と絡めて描く。懐手して柱に寄りかかる「好い男」とその肩越しに見える初雪の背景が、竹久夢二の絵を思わせる。『恋むすめ』（牧民社、大正三〈一九一四〉年四月二〇日）に収録。

〔昨年の藝術界に於いて〕

大正二（一九一三）年一月三日発行『読売新聞』第一二八一一号に掲載。アンケート回答。署名は田村俊子。項目は以下の通り。「一、文学――最も興味を惹いた創作又は評論。二、演劇――もう一度観たい程のもの。三、絵画――金があり置く所があれば買ひたき日本画又は洋画。四、建築――最も気持よく感じたる公共建築又は住宅。／右は成るべく無名の人又は新進の人を奨励する意味にて作者（演者）と題目（狂言）とをお記し被下度候」。俊子の回答には、「与里さん」（斎藤与里）の絵を買ったとある。同号には他に、阿部次郎、秋田雨雀、昇曙夢、岡本綺堂、長谷川時雨らが回答。

雪ぞら

大正二（一九一三）年一月一九日発行『大阪朝日新聞』第一一一一二号（日曜附録）に掲載。署名は田村俊子。「×

×劇場」（土曜劇場）で上演する予定のイプセンの戯曲（森田草平訳『鴨』新潮社、大正二年二月）の出演依頼のため、自宅まで訪ねて来た「会沢文学士」（森田草平）と劇場付きの俳優とのやりとり、夫婦間の齟齬、一度は引き受けながら途中で投げ出した優柔不断の顛末などを描く。文中の「老博士」は坪内逍遥、「十一月の小説」は「嘲弄」（『中央公論』大正元年一一月）。結局、「鴨」の上演は実現せず、顧問の小山内薫の外遊もあって土曜劇場は解散、薫の送別番組として上演された前年年十一月二十九日、三十日の有楽座、第七回公演「僧房夢」（ハウプトマン作、森鷗外訳）が最後の公演となった。『誓言』（新潮社、大正二〈一九一三〉年五月一八日）に収録。

斯うして貰ひたい事

大正二（一九一三）年二月一日発行『演藝画報』第七年第二号に掲載（目次の表記は「斯うしてもらひ度い事」）。アンケート（「劇場に対する註文」）の回答。署名は田村とし子。他に、菊池幽芳、森田草平、久保田万太郎、岡田八千代、中山白峰、戸川秋骨が回答。

ある令嬢に

大正二（一九一三）年二月一日発行『新婦人』第三年第二月之巻に掲載（目次の表記は「或る令嬢に」）。署名は田村俊子（目次は田村とし子）。未婚の令嬢に、理想の夫婦関係や良人について述べたもの。「夫婦間と云ふものはすべてが五分五分にいかなければ可けない」という徹底した夫婦平等論。

かくあるべき男

大正二（一九一三）年二月一日発行『中央公論』第二八年第三号、同年三月一日発行第二八年第四号に（上）（下）

として掲載。目次および（下）の表題は、「斯くあるべき男」。署名は田村俊子。「少女に対する男」「現在の新しい女に対する男」「中年の女に対する男」など俊子一流のユーモアとパンチの利いた男性論一二項。

繍ひのどてら

大正二（一九一三）年二月二三日発行『読売新聞』第一二八六二号（日曜附録）に掲載。署名は田村俊子。芸者置屋の女将と養女《むすめ》おせん、実母をめぐる人情の機微を描く。御殿奉公をしていた祖母の衣装を縫い直したという「繍ひのどてら」が、女主人の閲歴を暗示している。おせんが電灯の下で紅梅の青磁の鉢を掲げる一瞬が、芝居の一場面を切り取ったように鮮やかで美しい。

読んだもの二種

大正二（一九一三）年三月一日発行『新潮』第一八巻第三号に掲載。署名は田村俊子。イタリアの作家ガブリエーレ・ダンヌンツィオの『死の勝利』および岡田八千代の『絵の具箱』（籾山書店、大正元年一二月）についての感想。邦訳は、生田長江訳『死の勝利』（近代名作文庫第一編、新潮社刊、大正二年一月）。俊子は、これ以前にジョルジナ・ハーディングの英訳（"The Triumph of Death" Trans. by G.Harding, W.Heinemann, London, 1898）を読んでいたらしい。同号の「田村とし子論」特集には、森田草平、相馬御風ほか四名が寄稿。

岡田八千代は小山内薫の妹で小説家、劇作家。明治三九年に洋画家岡田三郎助と結婚して岡田姓となる。一つ違いの俊子とはいわば「馬合い」の友人で、観劇仲間でもある。明治三〇年代半ばから小説、エッセイ、戯曲、劇評などを発表、早くから文壇的に評価されていた。すでに処女作品集『門の草』（如山堂書店、明治三九年四月）以来、四冊の小説集があり、『絵の具箱』は五冊目の短篇集。俊子は、露英を名乗っていた頃の自分について、「いつも八千代さんを羨しがりながら遂に自分の踏み出して行くべき道を見付ける事が出来ないで、暫時筆を捨て、しまつた」と述べている。

笑ひ顔

大正二（一九一三）年三月一日発行『ニコニコ』第二五号に掲載。署名は田村とし子。本文中に俊子の笑顔の写真一葉を掲載。『ニコニコ』は会員制の「ニコニコ倶楽部」発行の月刊誌。同倶楽部は、不動貯金銀行（協和、りそな銀行の前身）の創業者牧野元次郎が会頭となって始めた運動体である。大黒天信仰を基にした「ニコニコ主義」をモットーに政財界はもとより各界に広く会員を募り、会員は全国に「無慮三万人」（大正元年八月一日改正趣旨）とされた。同倶楽部発行の『ニコニコ写真貼』（松永敏太発行兼編集人、大正元年九月）には、森鷗外、与謝野晶子、吉井勇らの文壇人や、オペラ歌手三浦環、森律子ら帝劇女優の顔も見える。

〔上場して見たき脚本三種〕

大正二（一九一三）年三月一日『早稲田文学』第八八号に掲載。署名は田村とし子。アンケート（「上場して見たき脚本三種」）の回答。趣旨は以下の通り。「劇壇の新機運の方に動きつゝあるは吾、人共に認むる所ではあるが、上場せらるゝ、脚本の目ぼしきもの、多くは外国物の翻訳である。我国には未だ、所謂試演でなしに、相当な舞台で私演もしくは公演するに足りる脚本は出ないのか？　我々は日本人の書いた日本のシバヰを見たい。文壇の諸家に上場してみたき新脚本三種の選定を乞ひ、並びに脚本実演の際の注意等を聞き得てこゝに掲ぐる所以である――記者」。アンケートには他に、島崎藤村、中村吉蔵、木下杢太郎、上司小剣、吉井勇、秋田雨雀ら九名が回答。

演劇的の興味
大正二（一九一三）年三月二〇日発行『時事評論』第八巻第五号に掲載。署名は田村俊子。「文学者の観たる時局」三編中の一編。第三次桂内閣が六二日間の短命で倒れた、いわゆる「大正政変」に対する感想。他の二編は塚原渋柿園「生活法改良論」、幸田露伴「足利尊氏と非立憲」。

親指の刺
大正二（一九一三）年三月二三日発行『読売新聞』第一二八九〇号（日曜附録）に掲載。署名は田村俊子。若い娘が親指に刺さった刺の治療に行き、若い代診にメスで切られて気絶する。「花片《はなびら》の繊維のやうな神経」のおののき云々の表現や、寝台の上に落ちた「薔薇の簮」を代診が手渡すくだりなど、「処女」の過剰なイメージが技巧的であざとい印象がある。後に「拇指の刺」と表記を改め、『恋むすめ』（牧民社、大正三〈一九一四〉年四月二〇日）に収録。

しよっぱい味のする泡鳴さんの小説
大正二（一九一三）年四月一日発行『新潮』第一八巻第四号に掲載。署名は田村とし子（目次は田村俊子）。「一人一話録」七編中の一編。他に内田魯庵、水野葉舟、徳田秋声、蒲原有明、小川未明、瀬沼夏葉らが寄稿。

木乃伊の口紅
大正二（一九一三）年四月一日発行『中央公論』（春期大附録号）第二八年第五号に掲載。署名は田村俊子。巻頭七〇頁の力作で、この時期の代表作の一つ。主人公みのるが創作に行き詰まり、貧しさと夫婦の葛藤の中で書き上げた小説が新聞の懸賞小説に当選するまでを描く。同時代評では、山田檳榔の「嘲罵と圧迫とを事とする夫と、凌辱と反情とに満ちた妻との不幸な新家庭の二人の性行や人物やを窺はせる」（「四月の文壇」『帝国文学』大正二年五月）に見るように、作自体というより、生々しい夫婦間の争闘を暴露した私小説として読んだものが多い。「みのると云ふ女主人公と、作者とが余り即き過ぎ」（「前月文壇史」『新潮』大正二年五月）ているという批判もあるが、その鋭敏な感覚や鋭い観察、自由自在な技巧等々、女性作家の第一人者としての筆力は誰しも認めるところだった。かつて露英時代の俊子を「旧派に近い」と評した田山花袋は、「当年の露英女史があゝいふ境まで出て行つたところが非常に面白いと思ふ。あれまで出て行くのには、余程思ひ切つたところがなければならない。余程苦しい心の閲歴を経て来なければならない」（「現代の文芸と新しい女」『太陽』大正二年六月）と俊子の進境に賛辞を寄せている。同号には他に、森田草平、正宗白鳥、長田幹彦、田山花袋、森鷗外、徳田秋声が寄稿。『木乃伊の口紅』（牧民社、大正三〈一九一四〉年六月一五日）に収録。

世界のはてからはてを遊んで歩きたい

大正二（一九一三）年五月一日発行『新潮』第一八巻第五号に掲載。「何処へ行く？」（アンケート）の回答。署名は田村俊子。趣旨、項目は以下の通り。「貴下にして若し洋行の機会を得ば、一、何処を目的地とするか。二、何を為すことを其の目的或は中心興味とするか。三、何人と会見する乎。其の他の件に就き、貴下が有せらる、希望若しくは空想等をも併せ御記入の程願上候。此問ひに対して回答を賜はりしものを左に録す。我等の我儘なる乞を容れて快くせられし諸家に深く謝す」。他に、正宗白鳥、鈴木三重吉、佐藤紅緑、（平塚）らいてうなど三十五名が回答。

青麦の戦ぎ

大正二（一九一三）年六月一日発行『現代』（横山健堂主筆）第四巻第六号に掲載。署名は田村俊子。青い麦が伸びる季節に、静子は病後の体で郊外の女友達の家を訪ねるが、友人には男の先客がいる。風に波打つ青麦が、友達と心が噛み合わない寂しさや空虚感を際立たせている。

揺籃

大正二（一九一三）年六月一日発行『新潮』第一八巻第六号に掲載。署名は田村俊子。「新しい女」の一人である叔母や、叔母夫婦のかつての「ローマンス」に憧れる十代の娘の不安定な心理を描く。『恋むすめ』（牧民社、大正三〈一九一四〉年四月二〇日）に収録。

山吹の花

大正二（一九一三）年六月一日発行『新日本』第三巻第六号に掲載。署名は田村俊子。かつては「名人不二江」と謳われたこともあるが、今では盛りを過ぎた山吹のように萎え、「白つぽく褪めて枝垂れ」た女役者の旅回り日々を描く。晩年の市川九米八と重なる設定である。『山吹の花』（植竹書院、大正三〈一九一四〉年一〇月二八日）に収録。

緑の朝

大正二（一九一三）年六月一日発行『文章世界』第八巻第七号に掲載。署名は田村俊子。駆け落ちしたらしい二人の男女が、旅先の宿で迎えたある朝を描く。冒頭の緑の林の光と闇の細密な描写が、女主人公の不安な心象と重なる。『木乃伊の口紅』（牧民社、大正三〈一九一四〉年六月一五日）に収録。

同時代評では、『新潮』の批評子が「俊子女史の技巧には、磨き上げた宝玉のやうな、又細かい白金《プラチナ》の線のやうな光りと、練絹のやうな沢と、柔らかさと、熟した果物のいろ〳〵を砕いたやうな複雑な香ひと、新緑の時期に日に〳〵

極まりなく複雑に変化して行く若芽のやうな豊富な生きた色とがある。其のデリケイトの筆と、自在に言葉を活用して独特の感覚を表現するオリヂナルな物の言ひ方とは、真に何人の追従をも許さゞるものだ」(「初夏四題」〈朝の若葉の林〉、『新潮』大正二年七月)と高く評価している。

柔順な良人

大正二(一九一三)年六月一日発行『新小説』第一八年第六巻に掲載。署名は田村俊子。特設欄「細君の見たる良人」七編中の一編。他に徳田濱(秋声夫人)、柳川さつ(春葉夫人)、澤村千賀子(宗十郎夫人)、鏑木照(清方夫人)、岩野清子(泡声夫人)らが寄稿。訪問記者による談話筆記の形式だが、俊子自身は、記者とは一度も会ったことがないとして『読売新聞』紙上に抗議文を発表。『新小説』編集主任本多直次郎との間で、以下の四回にわたる応酬がなされた。

「『新小説』編輯主任に」(田村俊子『読売新聞』大正二年六月一日)
「田村俊子君に」(本多直『読売新聞』同年六月四日)
「再び新小説編輯主任に」(田村俊子『読売新聞』同年六月六日)
「再び田村俊子君に」(本多亘『読売新聞』同年六月八日)

以上の経過の詳細は、「『新小説』編輯主任に」「再び新小説編輯主任に」の各項を参照されたい。

『新小説』編輯主任に

大正二(一九一三)年六月一日発行『読売新聞』第一二九六〇号に掲載。署名は田村俊子。前項の「柔順な良人」についての公開状。これに対して『新小説』の本多直次郎は、同月四日に『読売新聞』紙上に「田村俊子君に」を発表し、次のように弁明した。以下に全文を引用する。

粛復『新小説』六月号特設欄に掲載せし君が談話に付いて、六月一日発行の当読売新聞紙上に於る公開状に接す。

〈田村俊子君に〉

茲に該談話を掲載せしに付いての成り行きを一言する事は、君と而して新小説に対して世間の誤解を氷釈するに付て必要なるべしと信ず。該談話は本誌訪問記者佐藤紫仙が、客月初旬君を訪問して面接を得ず、其際に於て君と該記者と筆談の結果、君が嘗て某誌にものせし一文を書き更めて掲載するの承諾を得たりといふ。尤も僕は該記者が携へ来りし該原稿がかゝる理由のあるものとしての報告に接せず全く君の談話筆記として該記者より採用したり。然るに去月二十五日夜歌舞伎座で催ほされたる舞踊研究会席上に於て君と邂逅の際、君が該談話に対して転載云々の事を附記すべき要求あり、茲に始めて僕は該原稿が如是性質のものなることを知了し、僕は君に更めて該稿を君の談話として記載するの承認を其席上に於て受領したり。

事実は如是なり。乍然、該記事が君の思想と相違するの点ありとすれば、該記事を書き更めたる訪問記者が、君の思想を伝ふるに於て、其筆に君の思想を読む能はざりし遺憾なるべく、また其原稿に対して君が一閲を乞はざりし注意を欠きし過失なるべし。縦し発行時日に関する時間の問題に捉はれたりとするも、其注意を怠りしは当該監督者たる僕の手落ちとして、該談話掲載に関する成行を新小説読者に告げ、併せて君が為に該談話に関する世間の誤解を釈く。　（六月三日新小説編輯部にて）

再び新小説編輯主任に

大正二（一九一三）年六月六日発行『読売新聞』第一二九六五号に掲載。本多直次郎の「田村俊子君に」を受けた再反論。これに対して本多は更に「再び田村俊子君に」を六月八日発行『読売新聞』(第一二九六七号)に発表した。以下にその全文を引用する。

〈再び田村俊子君に〉

新小説六月号所載の貴女の談話について、私の本紙上をかりてしたお返事が、料らず貴女に対して其罪を重ねたといふ責問である。あのお返事は私が訪問記者から更めての報告に基いて、其訪問の際の事情を告げて、そして私が監督の注意が足らなかつた事を貴女と読者とに告白したのである。乍然、其訪問記者の報告が全然間違つて居ると貴女からいはれゝば、私は其当時の事情を直接に知らないのであるから、言訳がましく陳述して貴女と対抗ふ意志はない。処詮はあの談話は貴女の思想を誤り伝へたものだと　貴女からいはれゝば、貴女の思想を尊重して、私は訪問記者の軽忽なる付度に由て成つたといふ　該談話を茲に取消して、貴女及読者に私の責任として監督が不注意であつた事を謹謝するより外仕方がない。多言を費すまでもない、私のお返事はこれだけである。

(六月六日記)

*以上の四回にわたる俊子と本多直次郎のやりとりを整理すれば、およそ次のような経過だったと思われる。すなわち、五月初旬、俊子宅を訪問した記者佐藤紫仙は、何らかの事情で直接俊子と面会することができなかった。手ぶらで帰れない佐藤は、直接の面談に代わる原稿をもらうべく俊子の「嘗て某誌にものせし一文」、すなわち「私どもの夫婦間」(『新婦人』明治四四年七月一日発行、本全集第二巻所収)を『新小説』に再掲載する了解を求めた。面倒なのは、これらがすべて「筆談」という間接的なやりとりによってなされたことである。具体的には、佐藤が名刺の裏に訪問の意図と「私どもの夫婦間」の掲載許可を求める旨を書いて取次ぎの者に手渡し、俊子はその文面を読んで返書した、ということらしい。この時期の俊子の多忙な生活ぶりがうかがえる。

ただし、両者の言い分が分かれるのはこの点からである。新小説側は俊子の原稿を「書き更めて掲載するの承諾」を得たとするが、俊子は「転載」の承諾のみだという。俊子によれば、「柔順な夫」はこの一文を「盲断的に濫用」し、訪問記者が「勝手に低級な文字を並べ立て鼻持ちのならない一とつの談話体に書き更めたもの」（「再び新小説編輯主任に」）である。しかも、本多自らが俊子から事後的に了解を得た（「田村俊子君に」）と書いており、こうした主任の無責任な弁明、対応によって二重に侮辱されたとしている。しかも、「柔順な夫」には、俊子の記事のみならず、同号に掲載された田村松魚の「僕の細君」の一部までもが無断で借用されており、あまりにお粗末な手抜き、かつ捏造記事である。

もうひとつ気になるのは、抗議文中での俊子の「思想」へのこだわりである。ここでの俊子の怒りの矛先は、文章の改竄のみならず、『新小説』の企画そのものに向けられていたと思われる。すなわち、「私どもの夫婦間」（『新婦人』）における俊子の意図は、世間的には自分は悪妻だが、良人はそれを承知で「芸術家」、「女友達」として尊重してくれるということにあった。俊子にとっては、あくまでも「私どもの夫婦間」である必要があり、「柔順な夫」ではただの恐妻家になってしまう。これに対し、『新小説』の特設企画は、「細君の見たる良人」という表題のもとに、著名男性の内輪話、裏話を集めたような古臭い感覚の誌面構成である。前者では、目次の立て方一つをとってみても妻と夫の両方から平等に取材する紙面構成（「僕の細君」／「妾の良人」）になっており、俊子の言う「思想の尊重」とはこういうことも含んでいたと思われる。

新富座

大正二（一九一三）年七月一日発行『演藝画報』第七年第七号に掲載。劇評。署名は田村とし子。同年六月の新富座「大将の家」（伊原青々園作・小島孤舟脚色）。高田実、喜多村緑郎、藤沢浅次郎、秋月桂太郎らが出演。

舞踊研究会評

大正二（一九一三）年七月一日『シバヰ』第一巻第五号（第二次）に掲載。署名は田村とし子（目次は田村とし子）。

長谷川時雨主宰の第四回「舞踊研究会」の感想。第四回大会は、一九一三（大正二）年五月二四・二五日の両日、歌舞伎座にて開催された。五世藤間勘十郎、六世尾上菊五郎、二世市川猿之助らの他、名妓藤間政弥（のち雪後）ら七人の新橋芸者が「七福神」を踊るなど豪華な顔ぶれだった。同会の趣旨は「だん〴〵滅びてゆく古い曲を惜しむ心と、それから新曲を披露したいといふのにあります」（時雨女「舞踊研究会に就て」『歌舞伎』明治四五年五月）とされ、明治四五年四月二四日、第一回研究会から例会、大会併せて通算八回を開催した（長谷川時雨『旧聞日本橋』青蛙房、昭和四六年五月）。当日の演目は以下の通り。《長唄「竹生島」／同「浦島」／新作「玉はゝき」上下／新作「空華《くうげ》」／長唄「七福神」／常磐津「恋鼓調懸罠《こいのはつねしらべのかけわな》」／長唄「賤機帯」》。この中で「玉はばき」および「空華」の二本は時雨の創作である。前者は「更科日記」の竹芝寺説話を舞踊化したもの、後者は歌劇。

〔旅〕

大正二（一九一三）年七月一日発行『文章世界』第八巻第九号に掲載。アンケート（「旅」）の回答。署名は田村俊子。項目は「見た土地のローカル、カラー／見た風景の印象／好きな山水／旅と季節／旅の思ひ出の一つ／旅して見たいと思ふ所」。他に、野上臼川、木下杢太郎、吉井勇などが回答。

処女時代の心持

大正二（一九一三）年七月六日発行『サンデー』第二二八号に掲載。署名は田村俊子。『サンデー』は、政治から芸能、ゴシップまでを扱う大衆向け週刊総合紙（月二回発行）。本号は、各分野の専門家（教育者、宗教家、文学、美術、法学、心理学、衛生学等々）から著名女性の体験記まで揃えた「処女特集」ともいうべき企画。「破瓜期時代の処女」（澤田順次郎）、「月経及び処女膜の研究」（松の里人）等、当時の俗流セクソロジー（性科学）や精神病理学、人種改良思想などの影響がうかがえる。「松の里人」は、岡悌治のペンネーム。

〔二百号記念能〕

大正二（一九一三）年七月一三日発行『ホトトギス』第一六巻第九号に掲載。署名は田村俊子。『ホトトギス』主催の観能会の感想。同年六月二七日、喜多六平太（喜多流第十四世当主）邸宅内の能舞台（飯田町四丁目三十一番地、喜多舞台）において、同誌の発刊二百号を記念する催能が行われた。番組は「八嶋」「羽衣」「是界」の三番、および狂言「抜殻」。同会の趣旨は、啓蒙の意図も含め、日頃能楽に親しむことの少ない文芸界の人々に観能の機会を提供することにあった。高浜虚子によれば、発意の趣旨は以下の通り。「今度の催が縁となつて文芸家と能楽との間に従来よりもより深い関係が結ばれ、「能を見るので無く謡を聞く」人よりも、「芸術として能を見る」人を得るやうになつたならば其は斯界の為めにどれ程喜ぶべき事だか判りません」（「此能を催すやうになりしゆきたて」『ホトトギス』大正二年六月二〇日）。招待者は約三五〇名とされ、同誌上に援助者、来訪者の詳細な名簿を付す。

平塚さん

大正二（一九一三）年七月一五日発行『中央公論』第二八年第九号（臨時増刊「婦人問題号」）に掲載。署名は田村俊子。「人物評論　平塚明子論」中の一編。同特集には、他に佐藤春男、馬場孤蝶、与謝野晶子、岩野泡鳴、尾島菊子、岩野清子、後藤宗碩、尾竹紅吉ら一〇名が寄稿。

日記

大正二（一九一三）年七月一五日発行『中央公論』第二八年第九号（臨時増刊「婦人問題号」）に掲載。署名は田村

俊子。身辺雑記。H（平塚らいてう）、O（岡田八千代）との交友や夫婦関係の行き詰まり、創作の苦しみ等々の日常が日記の体裁で書かれている。

嫁ぐまで

大正二（一九一三）年七月一五日発行『婦人評論』第二巻第一四号に掲載。署名は田村俊子（目次は田村とし子）。女学校を卒業したばかりの少女の微妙なモラトリアム心理を描く。『恋むすめ』（牧民社、大正三〈一九一四〉年四月二〇日）に収録。

夏の海は辛辣

大正二（一九一三）年八月一日発行『新潮』第一九巻第二号に掲載。署名は田村俊子。アンケート（「海と山」）の回答。他に、徳田秋声、正宗白鳥、山路愛山ら九名が回答。

〔名家の嗜好〕

大正二年（一九一三）年八月三日発行『大阪毎日新聞』第一〇七七三号に掲載。アンケート（「名家の嗜好」）の回答。署名は田村俊子。項目は、「1　草花と樹木　2　動物　3　色彩と香気　4　時と季　5　詩歌と小説　6　絵画と彫刻　7　音楽と劇　8　遊戯と娯楽　9　住みたしと思ふ時代　10　住みたしと思ふ外国の土地　11　夏の食物」。他に、中村歌右衛門（俳優）、荒木十畝（画家）、佐藤紅緑（脚本家）をはじめ、牧師、声楽家、俳人、医学博士、教育家など各界の名家が回答。俊子の肩書は「女流小説家」。

〔書籍と風景と色と?〕

大正二（一九一三）年八月九日発行『時事新報』第一〇七五一号に掲載。アンケート（「書籍と風景と色と?」）の回答。署名は田村とし子。項目は、「（一）貴下の御著作中にて最も御会心のもの（二）本年六ヶ月間の御読書中にて最も面白きか或は最も利益ありと感ぜられしもの（三）最も風景優れたりと思はれし地」。他に笹川臨風が回答。

界を隔てたる人に

大正二（一九一三）年九月一日発行『演藝画報』第七年第九号に掲載。「市川九女八追憶録」中の一編。署名は田村俊子。この年の七月二四日に亡くなった市川九米八を追想した一文。かつて俊子は、弟子として「市川華紅」の名で舞台に立ったこともあり、忌憚のない筆で、晩年の九米八の気概と哀れ、その芸人魂への限りない共感と敬慕を綴る。俊子によれば、九米八は「宝玉のやうな技芸」を持ちながら、かつては「女役者と云ふ名目を卑められて男優と伍することができず、一方、「女優」を待望する新しい時代には、すでに完成の域に達していた芸が時代に合わなくなっていた。晩年には芸に根底のない若く美しい「帝劇女優」などの人気に追い上げられ、「七十の老躯を提《ひっさ》げて活動写真小屋の幕間の踊りなどに出ていたとされる。最後の「お狂言師」、「女優の元祖」として、時代のはざまを生きた稀有な女役者へのレクエイム。他に、竹の屋主人（饗庭篁村）、岡鬼太郎、佐藤濱子、市川若八、守住菊子、犀児（三島霜川）らが追想文を寄稿。

町子の手紙

大正二（一九一三）年九月一日発行『処女』第一号に掲載。署名は田村俊子。絵画の教師に対する女弟子の思慕を、手紙形式で描く。「自分の心」に目覚め始めた町子は、結婚を嫌い、周囲の価値観に反抗してはみるが、自分を立て通す気概はない。先生の「甘つたれつ子」である若い女弟子の曖昧な心理は、「私を可愛がつてくれる人はあつても、私の心を可愛がつてくれる人はないんでございますもの」という媚をふくんだ手紙の一節によく示されている。『恋むすめ』（牧民社、大正三〈一九一四〉年四月二〇日）に収録。

夏の晩の恋

大正二（一九一三）年九月七日発行『サンデー』第二三二号に掲載。署名は田村俊子。モダンでお洒落な美青年と、お町、お金の十代の美人姉妹の夕暮れ時の街歩きを描く。金魚屋、植木屋、西洋料理店、飾り窓の美しい玻璃器、等々、東京の下町情景がエキゾチックで美しい。『恋むすめ』（牧民社、大正三〈一九一四〉年四月二〇日）に収録。（『恋むすめ』では、「お町」、「お金」はそれぞれ「お葉」、「お梅」に改められている）。

宗之助の静緒と松蔦の玉の井と

大正二（一九一三）年一〇月一日発行『処女』第二号に掲載。署名は田村俊子。劇評。同年九月に上演された山崎紫紅作の二つの史劇「三七信孝《さんしちのぶたか》」（帝国劇場）と「明智光秀」（本郷座）の女形をそれぞれ比較して論じたもの。「三七信孝」の静緒を演じた澤村宗之助と「明智光秀」の玉の井を演じた市川松蔦は、ともに優れた技芸と熱烈さを持ち、その表れ方は「焔」、「刃の切先」と対照的だが、当代の女形の中で「新らしい女性」の性格を理解し、「新らしい技芸」によって表現することのできる女形は今のところこの二人しかいないと述べる。

〈我が創作の自己批評〉

大正二（一九一三）年一〇月一日発行『処女』第二号に掲載。アンケート（「我が創作の自己批評」）の回答。署名は田村俊子。項目は、「(一)其長所(二)短所(三)態度(四)新旧作の比較、今後向はんとする道等」。その他「創作諸家」として、小川未明、三木露風、前田夕暮、加能作次郎、川路柳虹ら一六名が回答。

海坊主

大正二(一九一三)年一〇月一日発行『新潮』第一九巻第四号に掲載。署名は田村俊子。「南洋熱」に取りつかれた母の話。役者狂いで財産を使い果たした母は、小学校教員の娘のわずかな給料にあきたらず、「熱帯の植民地」の抱妓《かかえ》たちに三味線の稽古をつける仕事に目を付ける。しかし、六年後に熱帯から帰ってきた母は、すでに過去の母ではなく、「魔物に魅入られ」た凄まじい形相になっていた。一九一〇年代の日本には、第一大戦後の本格的な南進政策の開始に先立つ一種の「南洋ブーム」があったという。山っ気の多い母親像は、実際に台湾に渡り、夫と一緒に事業(海水浴場)をやっていた俊子の実母をもとにした設定と思われる。

現劇壇の新女優

大正二(一九一三)年一〇月一日発行『中央公論』第二八年一二号に掲載。署名は田村俊子。劇壇の女優評。滝田樗蔭の依頼に応じたもの。芸術座の松井須磨子、帝劇の村田喜久子《かくこ》、森律子、初瀬浪子、近代劇協会の上山浦路ら現劇壇で活躍中の女優たちについて辛口の批評を開陳。須磨子と浦路は坪内逍遥の文芸協会出身のライバル同士、村田、森、初瀬らは、川上貞奴の帝国女優養成所の第一期生である。俊子自身も短い期間ながら、これら二つの機関に在籍した経験がある。

憂欝な匂ひ

大正二（一九一三）年一〇月一日発行『中央公論』第二八年一二号に掲載。署名は田村俊子。三月ほど前に男と別れた満子は、新しく自由に生きようとするが、逆に「物憂い倦怠な生活」の中で心を腐らせ、自分を惹きつける男の肉のある感覚を思い出したりする。ヘリオトロープ、ブランバボー、ベゴニアなどの花々の匂いが、気だるい都会派風のメランコリーやデカダンスを演出している。同号には他に、長田幹彦、中村星湖などが寄稿。『木乃伊の口紅』（牧民社、大正三〈一九一四〉年六月一五日）に収録。

同時代評には、「濁つたやうな抑制のない放縦な血を持つた女性の気分が能く現はれて居る」（「前月文壇史」『新潮』大正二年一一月）や「唯感情乃至感覚の味到にのみ専一なるが故に局限せられたる人生の一小分野にのみ沈湎してゐるが故に全的人生の観照を忘れてゐる傾がある」（綾川武治、石坂養平「十月の文壇」『帝国文学』大正二年一一月）等がある。

午前

大正二（一九一三）年一〇月三一日発行『読売新聞』第一三一一二号に掲載。署名は田村俊子。後に大幅に改稿、「姉」と改題して『恋むすめ』（牧民社、大正三〈一九一四〉年四月二〇日）に収録。「午前」では、産褥を離れたばかりの疲労と、「主婦《じぶん》」の生活の自足感の中にたゆたう五人の子の母初江の姿を、晩秋の風景とともに描く。一方、改稿した後半では、初江とは対照的な未婚の妹勝子が登場。「これからの女」を振りかざして、「私は姉さんの様に沢山の小供を拵《こさ》へて、朝から晩まで小供の着物ばつかり縫つてる事なんか出来ないわ」と生意気な口をきき、若い男に手紙を書いたりする。妹の言動を見つめる姉のまなざしの中には、自分たち姉妹を育てた実家の母の「愛の不平均」への小さな恨みもかいま見える。

明治座合評

大正二（一九一三）年一一月一日発行『歌舞伎』第一六一号に掲載。副題「（この頃の流行に就いて）」。劇評（岡田八千代との対談）。同年十月、明治座の「母の心」（柳川春葉作）、笑劇「鏡」（中内蝶二作）について芝居好きの二人が気楽に語り合うスタイル。伊井蓉峰、井上正夫、福島清、五味國太郎、木下吉之助、藤井六輔、深沢恒造らが出演。上演番付では、「母の心」の静枝役は石川新水となっているが、二人の合評および同時代評等によれば当日の舞台は森きよしが務めたらしい。本文中の「森といふ人のお嬢さんはおつとりとして、好かつた」（八千代）云々のくだりは、江ノ島の場の静枝（森きよし）のこと。

歌舞伎座へ行く日

大正二（一九一三）年一一月一日発行『処女』第三号に掲載。署名は田村俊子。観劇の一日を描いた身辺雑記。大正初期の風俗や、演劇関係者の生活実感がよく出ている。

「私」は、坂東秀調（二代目）の女房「のしほ」と誘い合わせて芝居見物に行く約束で、玉突場「東京亭」（秀調の自宅）まで迎えに行く。人力で武田屋（芝居茶屋）に着くと、「小山内さんの連中」（岡田八千代、小山内薫夫人登女子・市川左団次夫人登美ら）がすでに顔を揃えていた。芝居茶屋の若者や出方などが出入りする喧騒の中、美しく着飾った婦人連や演劇関係者（市川松蔦、河合武雄夫婦、六代目市川寿美蔵、市川福之助）、文壇では阿部次郎、久保田万太郎の他、「森博士（鷗外）のお母様」や帝劇の森律子らの顔ぶれも見える。

当日の歌舞伎座の演目は、十月狂言「象引《ぞうひき》」、「忠貞奇譚《ちゅうていきだん》」、「絵本太功記《えほんたいこうき》」、「裏表心曲尺《うらおもてこころのさしがね》」、「歌舞伎十八番の内〈紅葉狩〉」。市川段四郎（二代目）、市川左団次（二代目）、市村羽左衛門（十五代目）、中村歌右衛門（五代目）らが出演。「忠貞奇譚」は、ベートーベンのオペラ「フィデリオ」を小山内薫が翻案、脚色したもの。

秋の一日

大正二（一九一三）年一一月一日発行『婦人評論』第二巻第二一号に掲載。署名は田村俊子。十七歳の嬌子は、級友と一緒に外国人教師のミス・グリーンに熱を上げたり、美しい嫂に淡い憧れを抱いたりする。ティーンエイジの娘のロマンティックな心理を描く。『恋むすめ』（牧民社、大正三〈一九一四〉年四月二〇日）に収録。

頭に残つたもの

大正二（一九一三）年一二月一日発行『新潮』第一九巻第六号に掲載。アンケート（「大正二年の芸術界」）の回答。署名は田村俊子。他に、徳田秋声、正宗白鳥、佐藤紅緑などが回答。俊子は、同年十月に上演された帝国劇場の「女がた」（森林太郎作）を挙げ、「あの舞台面の新らしい様式や、幕切れに男の首ばかりが三角に積み上つて、「あは、、、」と笑つたのが、私の頭に残つてゐます」と述べている。「女がた」は、河合武雄、小織桂一郎らの公衆劇団の旗上げ公演のために森鷗外が書き下ろした喜劇。文中の「三角」は当時のキュビズムの意匠（「三角派」、「立方（体）派」等の俗称がある）をさす。背景意匠を担当したのは和田英作、北蓮蔵。

〔大正二年、藝術界の収獲〕

大正二（一九一三）年一二月九日発行『時事新報』第一〇八七三号に掲載。署名は田村俊子。文芸欄のアンケート（「大正二年、芸術界の収獲」）に対する回答。項目は「一、創作及評論。二、演劇。三、絵画」。文中で俊子が挙げているのは、大正二年十一月十日、本郷座の「杳手鳥弧城落月《ほととぎすこじょうのらくげつ》」（坪内逍遙作）。歌右衛門の淀君は評判を呼び、以後五代中村歌右衛門の当り役となる。同号では他に小宮豊隆、山崎紫紅が回答。

田村俊子全集 第3巻

2012年11月20日 印刷
2012年11月30日 第1版第1刷発行

[監修] 黒澤亜里子
長谷川 啓

[発行者] 荒井秀夫

[発行所] 株式会社ゆまに書房
〒101-0047 東京都千代田区内神田2-7-6
tel. 03-5296-0491 / fax. 03-5296-0493
http://www.yumani.co.jp

[印刷] 株式会社平河工業社

[製本] 東和製本株式会社

落丁・乱丁本はお取り替えいたします。 Printed in Japan

定価：本体 12,000 円＋税 ISBN978-4-8433-3784-4 C3393